魯迅

루쉰전집

14

루쉰전집 14권 서신 2

초판 1쇄 발행 _ 2018년 4월 15일
지은이 · 루쉰 | 옮긴이 · 루쉰전집번역위원회(박자영)

펴낸이 · 유재건 | 펴낸곳 · (주)그린비출판사 | 신고번호 · 제2017-000094호
주소 · 서울시 마포구 와우산로 180, 4층 | 전화 · 702-2717 | 팩스 · 703-0272

ISBN 978-89-7682-287-1 04820 978-89-7682-222-2(세트)
이 도서의 국립중앙도서관 출판시도서목록(CIP)은 서지정보유통지원시스템 홈페이지(http://seoji.
nl.go.kr/ecip)와 국가자료공동목록시스템(http://nl.go.kr/kolisnet)에서 이용하실 수 있습니다.(CIP
제어번호: CIP2018011479)

하이잉(海嬰)과 루쉰(魯迅). 1930년 9월 25일 상하이.

1928년 7월 17일 루쉰이 첸쥔타오(錢君匋)에게 보낸 편지 수고.

1929년 5월 4일 루쉰이 수신청(舒新城)에게 보낸 편지 수고.

1932년 9월 20일 루쉰이 정보치(鄭伯奇)에게 보낸 편지 수고.

中國民權保障同盟

會員號第弐拾號
會員證號第叁號

會員證

中華民國二十二年一月十一日

全國執行委員會

分會執行委員會　　　　
年　　月　　日

SHANGHAI MUNICIPAL POLICE
PASS

No. 15969

The bearer is permitted to pass to his residence situated at the undermentioned address.

Name _____

Hong name _____ ( )

Accompanied by _____

_____

Address _____

March , 1932.

for Commissioner of Police.

1932년 상하이 1·28사변 당시 영국 조계지로 피신해 있었던 루쉰이 일본군 봉쇄선을 통과해 갈 때 사용한 통행증.

중국민권보장동맹 상하이분회에서 발행한 루쉰의 회원증.

웨이밍사(未名社)의 설립 멤버. 왼쪽부터 리지예(李霽野), 웨이쑤위안(韋素園), 타이징눙(臺靜農). 웨이밍사는 1925년 8월에 루쉰의 제안과 지지 아래 결성된 문학 단체이다.

리췬(力群)의 목판화 「루쉰상」(魯迅像). 리췬은 차오바이(曹白), 예뤄(葉洛) 등과 무링(木鈴)목각연구회를 조직하였고, 자신의 작품을 자주 루쉰에게 보내 가르침을 청했다.

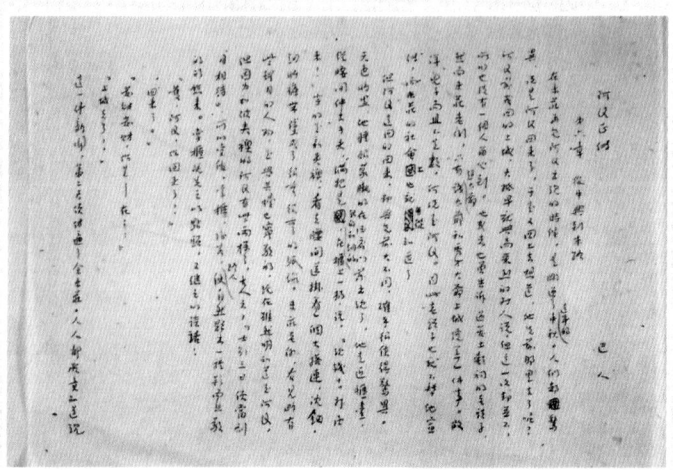

루쉰의 「아Q정전」 수고

「아Q정전」 러시아어 역본. 바실리예프가 번역하여 1929년에 출판되었다.

「아Q정전」 영역본. 량서첸(梁社乾)이 번역하여 1926년에 출판되었다.

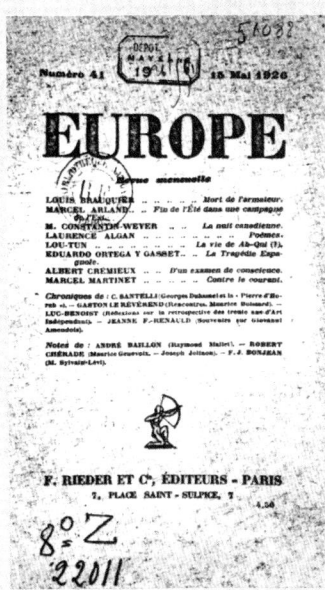

「아Q정전」 불어본이 실린 『유럽』지(1926년). 프랑스 작가 로맹 롤랑(Romain Rolland)은 「아Q정전」을 읽은 후 "높은 수준의 예술작품"이라고 평했다.

「아Q정전」 일역본. 야마가미 마사요시(山上正義)가 번역하여 1931년에 출판되었다.

1931년 8월 22일 이바이사(一八藝社)목각강습회 기념 촬영. 루쉰은 우치야마 가키쓰(内山嘉吉. 사진에서 루쉰의 오른쪽)를 강사로 초빙하여 중국의 젊은 예술가들에게 목판화 기법을 전수했다.

루쉰 전집

14

서신 2

書信 2

루쉰전집번역위원회 옮김

ㅎB
그린비

『루쉰전집』을 발간하며

루쉰을 읽는다, 이 말에는 단순한 독서를 넘어서는 어떤 실존적 울림이 담겨 있다. 그래서 루쉰을 읽는다는 말은 루쉰에 직면直面한다는 말의 동의어가 되기도 한다. 그런데 루쉰에 직면한다는 말은 대체 어떤 입장과 태도를 일컫는 것일까?

2007년 어느 날, 불혹을 넘고 지천명을 넘은 십여 명의 연구자들이 이런 물음을 품고 모였다. 더러 루쉰을 팔기도 하고 더러 루쉰을 빙자하기도 하며 루쉰이라는 이름을 끝내 놓지 못하고 있던 이들이었다. 이 자리에서 누군가가 이런 말을 던졌다. 『루쉰전집』조차 우리말로 번역해 내지 못한다면 많이 부끄러울 것 같다고. 그 고백은 낮고 어두웠지만 깊고 뜨거운 공감을 얻었다. 그렇게 이 지난한 작업이 시작되었다.

혹자는 말한다. 왜 아직도 루쉰이냐고. 이에 대해 우리는 이렇게 대답할 수밖에 없다. 아직도 루쉰이라고. 그렇다면 왜 루쉰일까? 왜 루쉰이어야 할까?

루쉰은 이미 인류의 고전이다. 그 없이 중국의 5·4를 논할 수 없고 중국 현대혁명사와 문학사와 학술사를 논할 수 없다. 그는 사회주의혁명 30년 동안 누구도 건드릴 수 없는 성역으로 존재했으나 동시에 사회주의 이데올로기의 금구를 타파하는 데에 돌파구가 되었다. 그의 삶과 정신 역정은 그가 남긴 문집처럼 단순하지만은 않다. 근대이행기의 암흑과 민족적 절망은 그를 끊임없이 신新과 구舊의 갈등 속에 있게 했고, 동서 문명충돌의 격랑은 서양에 대한 지향과 배척의 사이에서 그를 배회하게 했다. 뿐만 아니라 1930년대 좌와 우의 극한적 대립은 만년의 루쉰에게 선택을 강요했으며 그는 자신의 현실적 선택과 이상 사이에서 끝없이 방황했다. 그는 평생 철저한 경계인으로 살았고 모순이 동거하는 '사이주체'間主體로 살았다. 고통과 긴장으로 점철되는 이런 입장과 태도를 그는 특유의 유연함으로 끝까지 견지하고 고수했다.

한 루쉰 연구자는 루쉰 정신을 '반항', '탐색', '희생'으로 요약했다. 루쉰의 반항은 도저한 회의懷疑와 부정否定의 정신에 기초했고, 그 탐색은 두려움 없는 모험정신과 지칠 줄 모르는 창조정신에서 비롯되었다. 또한 그의 희생정신은 사회의 약자에 대한 순수하고 여린 연민과 양심에서 가능했다.

이 모든 정신의 가장 깊은 바닥에는 세계와 삶을 통찰한 각자覺者의 지혜와 존재하는 모든 것들에 대한 허무 그리고 사랑이 있었다. 그에게 허무는 세상을 새롭게 읽는 힘의 원천이자 난세를 돌파해 갈 수 있는 동력이었다. 그래서 그는 굽힐 줄 모르는 '강골'强骨로, '필사적으로 싸우며'(쩡자掙扎) 살아갈 수 있었다. 그랬기에 '철로 된 출구 없는 방'에서 외칠 수 있었고 사면에서 다가오는 절망과 '무물의 진'無物之陣에 반항할 수 있었다. 그는 자신을 둘러싼 모든 것과 대결했다. 이러한 '필사적인 싸움'의 근저에는 생명과 평등을 향한 인본주의적 신념과 평민의식이 자리하고 있다. 이 것이 혁명인으로서 루쉰의 삶이다.

우리에게 몇 가지 『루쉰선집』은 있었지만 제대로 된 『루쉰전집』 번역본은 없었다. 만시지탄의 감이 없지 않지만 이제 루쉰의 모든 글을 우리말로 빚어 세상에 내놓는다. 게으르고 더딘 걸음이었지만 이것이 그간의 직무유기에 대한 우리 나름의 답변이 될 수 있기를 희망해 본다.

번역저본은 중국 런민문학출판사에서 출판된 1981년판 『루쉰전집』과 2005년판 『루쉰전집』 등을 참조했고, 주석은 지금까지의 국내외 연구성과를 두루 참조하여 번역자가 책임해설했다. 전집 원본의 각 문집별로 번역자를 결정했고 문집별 역자가 책임번역을 했다. 이 과정에서 몇 년 동안 매월 한 차례 모여 번역의 난제에 대해 토론을 벌였고 상대방의 문체에 대한 비판과 조율의 과정을 거쳤다. 그러므로 원칙상으로는 문집별 역자의 책임번역이지만 내용상으론 모든 위원들의 의견이 문집마다 스며들어 있다.

루쉰 정신의 결기와 날카로운 풍자, 여유로운 해학과 웃음, 섬세한 미학적 성취를 최대한 충실히 옮기기 위해 노력했지만 많이 부족하리라 생각한다. 독자 제현의 비판과 질정으로 더 나은 번역본을 기대한다. 작업에 임하는 순간순간 우리 역자들 모두 루쉰의 빛과 어둠 속에서 절망하고 행복했다.

2010년 11월 1일
한국 루쉰전집번역위원회

| 루쉰전집 전체 구성 |

1928년

서신
2

270102 쉬광핑에게[1]

광핑 형

　12월 23, 4일에 19, 6일의 편지를 받은 다음부터 오랫동안 편지가 오지 않아서 한참 기다렸소. 오늘 오전(1월 2일)에 드디어 12월 24일에 보낸 편지를 받았소. 푸위안은 이미 만나 봤을 거요. 그가 광둥에서 이야기했던 일에 대해서 내가 30일에 보낸 서한에 그의 편지를 첨부했는데 이 편지는 이미 받았을 것이오. 잡지에 관해서라면 11월 21일 이후 나는 두 번 더 보낸 적이 있소. 한번은 12월 3일인데 이미 분실한 것 같고 다른 한번은 12월 14일인데 등기로 부쳤으니 아마 도착할 거요. 학교 수위의 행동이 그와 같다니 정말 한숨이 나오는구려. 그래서 노동자의 지위를 높이는 것은 모름지기 교육이 있어야 하오. 다행히 그 잡지들은 그냥 잡지일 뿐이고 서명을 하거나 도장을 찍지 않아서 잃어버려도 괜찮소.

　마오셴毛筅, 이 사람은 매우 괜찮은 사람이라고 들었는데 그의 본가가 여기에 있소. 편지에서 한 말은 간절해 보이는데 푸위안은 기껏 작은 소동을 일으킨 것에 지나지 않으니 그냥 놔두시오. 그런데 사람 이름마저 틀리게 썼다면 정말 너무 엄벙덤벙하오. 원장雲章은 평판이 좋았던 것 같은데 그는 『광풍』에 비판받고 편지까지 써서 해명하다니 정말 속은 것 같소. 창홍은 지금 나를 열심히 공격하고 있소. 내가 죽지 않으면 그가 살지 못할 것처럼 공격하는데 생각해 보면 정말 헛웃음이 나오. 최근에도 그에게 받은 독한 술을 공손히 되돌려줬소. 나는 예전에 힘닿는 대로 도와주고 양보했소. 지금은 멀리 떨어진 섬에 틀어박혀 있으니 그들은 내 정력을 그들을 위해 소진했고 쓸모없다고 판단한 것이오. 그래서 낯빛을 바꿔서 공격하고 있소. 사실 아직 너무 이르오. 그들의 부스러기 사상으로 아직 나를 때려죽일 수 없소. 그렇지만 이 일은 다음부터 사람을 만나는 데 더욱 조심하게 했소.

그저께 12월 31일에 나는 정식으로 사직서를 제출했고 그날을 끝으로 모든 직무에서 물러났소. 이 일은 샤먼대학을 좀 뒤흔들었소. 왜냐하면 내가 여기에 있는 것이 학교의 지명도와도 관련 있는데 그들은 이후에 사람을 초빙하는 게 힘들고 학생도 줄어들까 두려워하여 난처해하나 보오. 이름값을 생각하자니 나를 만류하고 싶고 분란을 없애서 깨끗이 할 것을 생각하자니 나를 놔주고 싶은 거요. 그렇지만 어찌 됐든 간에 결국에 후자로 결과가 날 것이오. 내가 불만스러워하는 이는 총장이오. 절대로 어울릴 수 없는 사람이기 때문이오. 오늘 학생회에서도 대표를 뽑아 나를 만류하러 왔는데 물론 의례적인 것일 뿐이었소. 뒤이어 아마 송별회가 기다리고 있을 것이오. 그때 내가 샤먼대학을 공격하는 연설을 듣겠지요. 그들은 학교에 대해 만족하지 않지만 소요는 일어나지 않을 것이오. 왜냐하면 4년 전에 한 차례 실패한 적이 있기 때문이오.

내가 이렇게 떠나면 공기를 적잖게 휘저어 대강 일이십 명의 학생도 떠나려고 하오. 그들은 광저우로 가거나 우창으로 향하오. 이십여 명의 학생이라면 십분의 일이오. 여기는 모두 합쳐도 이백여 명밖에 되지 않기 때문이오. 이렇게 계속 가다가는 내가 광저우에 도착한 뒤 또다시 십여 명의 학생이 더 붙어서 또다시 일이 불거질 것 같소. 여기에서도 이미 접대에 바빠 여가가 없었소. 그런데 이후에 나는 접객시간을 정해야겠다고 생각했소. 그렇지 않으면 감당이 안 될 것 같소. 베이징에 있을 때처럼 바빠질 게요. 장래에 나를 공격하는 사람도 그 속에 또 생길 것이오.

지난달 월급은 모레 나올 수 있다고 들었소. 나는 지금 답안지를 채점하고 있는데 이삼 일이면 끝나오. 이다음에 나는 짐을 꾸려서 10일 이전에 늦어도 14, 5일 이전에 샤먼을 떠나서 배를 타고 광저우로 향할 생각이오. 그런데 그때 아마 나를 따라오는 학생이 있을 것이어서 그들을 위해 전학시키고 정착시켜야 할 것이오. 따라서 이 편지를 받은 다음 또 편지를 써서 보낼 필요가 없소. 이미 보낸 그 편지는 괜찮소. 대신해서 받아 줄 사람이 있소. 세간붙이에 대해서는 몇 종의 알루미늄 물건을 제외하고는 아무것도 없소. 가져올 때 존람尊覽하시도록 삼가 바치겠나이다.

반년이 안 되어 다시 샤먼대학을 한바탕 시끄럽게 하고 도망가 버렸소. 나의 낡은 습성은 그다지 크게 바뀌지 않은 듯하오. 이번에 나의 소요가 학생들에게 미친 영향은 적잖았다고 하오. 그렇지만 나는 총장이 절대로 회개할 리가 없다는 것을 알고 있소. 그는 나에게 매우 공손하지만 나는 그가 싫소. 아무리 봐도 그는 중국인 같지 않고 영국인같이 느껴지오.

위탕은 우창에 가고 싶어 하는데 그는 거기에서도 결국 오래 머물지 못할 것이오. 현대파 사람이라면 갈 수 있는데 그들은 이미 다른 사람들과 연락을 했다오.

나는 최근에 매우 차분하면서도 대담해졌소. 의기소침하던 분위기도 완전히 사라졌고, 아마 한 사람의 교훈에 힘입어서겠지요. 이십 일 이전에는 꼭 만날 수 있을 것 같소. 당신이 일할 곳은 문제가 안 될 것이오. 같은 학교에 있어도 괜찮다고 생각하오. 꼭 같은 학교에 있어야 한다는데 누가 뭐라 할 수 있겠소.

오늘 사진을 한 장 찍었소. 초목 사이에서 무덤의 시멘트 제단에 앉아 있어서 황제같이 보이오. 잘 찍혔는지 모르겠는데 모레면 알게 되겠지요.

1월 2일 오후, 쉰

주)_____

1) 이 편지는 루쉰의 정리를 거쳐서 『먼 곳에서 온 편지』에 실렸다. 번호는 104번이다.

270105 쉬광핑에게[1]

광핑 형

　푸위안은 이미 만나 봤을 거라고 생각하오. 그는 12월 29일에 나에게 편지를 보냈는데 지금 일부를 잘라서 동봉하는데 어떻게 생각하오?[2] 내 생각에 조교 일은 어렵지 않을 거고 수업할 필요도 없을 거요. 게다가 나를 위해 조교를 하는 것이니 더욱 쉬운 일이오. 나는 교수라고 무게를 잡을 생각이 별로 없소.

　요 며칠간 '유명인' 행세를 하는데 정말 힘들었소. 송별회 몇 곳을 갔는데 모두 다 관례대로 괴상한 연설을 해야 했소. 정말 이상하오. 내가 사직했다는 소식이 전해지자마자 생각지도 못하게 적잖은 동요가 일어났소. 분개하는 학생들도 많았고 개탄하는 사람들도 있었고 화내는 사람도 있었소. 어떤 이는 이 기회를 틈타 학교를 공격했고 공격당하는 사람도 나란 사람을 전력을 다해 나쁘게 말하여 죄를 경감하는 것이오. 그리하여 꽤 많은 소문이 돌았고 나는 그저 수수방관했는데 정말이지 볼만했소. 여기는 죽은 바다인데도 한번 물을 휘저으니 분쟁이 생겨서 결국 '풍파를 일으키는' 손색없는 학비學匪가 된 셈이오.[3] 그렇지만 학교에는 여전히 무익한 것으로 이 학교는 철저하게 소탕하는 것 말고는 다른 방법이 없소.

　그러나 물질적으로는 손실이 있는 것 같소. 푸위안이 떠난 뒤 12월 상반기의 월급을 그에게 주지 않았소. 나의 12월 월급도 나오지 않았소. 그들은 우리가 너무 밉거나 아니면 그중 누군가가 수작을 부리고 있기 때문이오. 나는 며칠 동안 이를 지켜봐야 하오. 그리하여 10일 이전에는 분명히 갈 수 없을 것이고 15일 전후에야 갈 것 같소. 그렇지만 월급을 받지 못해도 괜찮소. 이들 여우귀신의 타격에 대해서 나의 손실을 보상할 만큼 여유가 있소. 그들은 루쉰 두 글자만 들어도 두통이 일어나니까 말이오.

학생은 적어도 이십여 명이 나를 따라갈 것이오. 나는 확실히 떠나지 않을 수 없는데 그렇지 않으면 피해가 적잖기 때문이오. 내가 여기에 있으면 허난의 중저우中州대학에서도 전학 오는데 학교가 이 모양이니 내가 그들을 위한 간판이 다시 된다면 어찌 사람을 망치는 일이 아니겠소. 그리하여 나는 다른 한편 별도로 통신 한 편을 써 『위쓰』語絲에 실어서 내가 이미 샤먼을 떠났다는 것을 알렸소. 나는 어떻게 해서 갑자기 우상이 되었는지 모르겠소. 여기의 학생 몇 명은 내가 창훙에게 욕을 되돌려서 하기를 극력 권하고 있소. 당신은 당신 자신만의 것이 아닙니다, 많은 청년이 당신의 말을 기다리고 있습니다, 라고 말하면서 말이오. 나는 이 때문에 놀랐는데 나는 그들의 공유물이 된 것이오. 그래서는 안 되는 것이고 내가 원하지도 않는 일이오. 부득이하다면 억지로 '유명인'이 다시 되어 '약간의 시간이 지난 다음 차라리 넘어지는 것이 훨씬 더 편하겠다'고 생각하오.

이 편지 다음에는 샤먼에서 아마 다시 편지를 보내지는 않을 것 같소. 멀지 않은 곳이 광저우라서 다행이오. 중산中山대학의 직무는 결코 가볍지 않은 것 같소. 그래서 잠시나마 다시 '유명인'의 간판을 어깨에 메고 묵묵히 지내 보는 것은 어떨까 하는 생각까지 드오. 만약 문과가 그럭저럭 모양을 갖추어 일을 한다면 나의 목적은 달성한 것이오. 나는 최근 들어 태도가 변했다오. 모든 일을 되는대로 처리하고 이해를 따지지 않지만 또 그렇게 열심히 하지도 않소. 그렇게 하는 것이 쉬이 일하고 또 피곤하지도 않다는 생각이오.

다시 이야기하리다.

1월 5일 오후, 쉰

주)_____

1) 이 편지는 루쉰의 정리를 거쳐 『먼 곳에서 온 편지』에 실렸다. 일련번호는 105번이다.

2) 루쉰이 동봉한 쉰푸위안의 편지는 다음과 같다. "쉬광핑 군은 이미 학교에서 이사를 나가고 사직의 뜻을 밝혔습니다. 제가 바로 류셴(騮先)에게 다그쳐 물으니 그의 말에 따르면 학교 직원이 대략 십수 위안을 받는 것은 합당하지 않다고 했다고 합니다. 내가 그에게 물었습니다. '당신은 이전에 리위안 군이 루쉰의 조교가 될 만하다고 말했지요. 지금 위안이 없으니 루쉰 조교로 광핑을 청할 수 있어요.' 그는 조교도 1백 위안밖에 안 되고 보통은 80위안을 받는다고 말합니다. 그래서 제가 말했습니다. 1백 위안이라면 1백 위안으로 하지요(다행히 다음 달부터 재정이 조금 나아져서 공채를 발행하지 않아도 됩니다). 류셴은 '루쉰이 도착하자마자 바로 초빙서를 보낼 수 있습니다'라고 했습니다. 쉬 군이 있는 곳에서는 아직 그녀에게 물어보지 않았다고 합니다. 일이 일 내에 제가 그녀에게 편지를 쓰도록 하겠습니다. 그녀가 다시 다른 일을 하지 않도록. 선생님께서 빨리 오실 수 있다면 제일 좋겠습니다."

3) 천시잉(陳西瀅)은 『현대평론』 1권 25호(1925년 5월 30일)의 「한담」(閑談)에서 양인위(楊陰楡) 총장을 반대하는 베이징 여사대 학생에게 동의하고 지지하는 루쉰과 마위짜오(馬裕藻) 등의 교원을 "어둠 속에서 풍파를 일으킨다"고 비난한 바 있다. 국가주의파 잡지인 『국혼』(國魂) 9기(1925년 12월 30일)에 발표한 장화(姜華)의 글 「학비와 학벌」(學匪和學閥)에서 루쉰과 마위짜오 등을 '학비'라고 공격했다.

270106 쉬광핑에게[1]

광핑 형

5일에 보낸 편지는 이미 도착했을 것이라 생각하오. 오늘 12월 30일의 편지를 받아서 다시 몇 자 적으려 하오.

푸위안이 당신을 조교로 초빙할 생각을 한 것은 당신을 놀리려는 것이 아니라고 생각하오. 내가 지난번에 동봉해 보낸 두 통의 편지를 보면 알 수 있을 것이오. 이는 리위안(李遇安)의 결원 때문이라오. 베이징대학과 샤먼대학의 조교는 평소에는 수업을 하지 않소. 샤먼대학은 교수가 반년이나 몇 개월 휴직할 때 간혹 조교가 대리 강의를 하기도 하지만 이것도 극히 드물게 생기는 일이오. 중산대학도 특별하지 않을 것이라 생각하오. 게다가 교수가 책을 쓰고 조교가 강의를 하는 것도 정리에 맞지 않소. 지금 들은 것은 아마도 소문일 것이오. 소문이 아니라면 다만 생각일 따름으로 예민하게 신경 쓸 필요가 없을 것 같소. 아직 초빙서신을 보내지 않은 것도 중도에 바뀐 것은 아닐 게요. 이는 지푸(季黻)[쉬서우창]에게도 그렇소. 중산대학의 많은 일은 내가 도착한 뒤에야 할 수 있는 것 같소. 내 뜻은 부속중고등학교의 초빙서신은 받아들일 필요가 없고, 설사 중간에 바뀌었더라도 내가 올 곳을 알아봐 달라고 부탁하겠소.

동료로 끌어들이는 일에 대해서 나 자신이 연루되는 것은 두렵지 않소. 내가 사람들에게 각양각색의 이름으로 불리게 된 유래는 오래됐지요. 그래서 어떻게 말을 들어도 괜찮소. 이번에 내가 샤먼에 가고 여기에서도 갖가지 소문에 시달렸는데도 나는 상관하지 않고 쉬스창(徐世昌)의 철학을 사용했소. 자연스럽게 놔둬라.

하이마[2]는 또 우창(武昌)에 가고 싶어 했는데 일을 도모하려고 그렇게 가려 한 것인지요? 12월 30일에 쓴 편지에서도 "하반기에는 광저우에 있을 계획" 운운했으니 이해하지 못하겠소. 손바닥을 맞아야 할 것 같소.

나는 10일 이전에는 떠나지 못하게 되었소. 12월달 월급이 내일이나 모레가 되어야 수령할 수 있기 때문이라오. 그러나 어찌 됐건 15일 이전에는 반드시 떠나야 하오. 그들은 일찌감치 내게 월급을 주지 않아서 내가 일찍 떠나지 못하게 했는데 이는 실책이지오. 교내에 소요가 일어나려고 지금 꿈틀대고 있는데 이삼 일 내에 폭발할 것 같소. 그러나 이미 내가 이 학교를 떠나는 것을 만류하는 운동에서 샤먼대학 개혁 운동으로 바뀌었으니 나와는 상관없소. 그러나 내가 일찍 떠나면 학생들은 동기가 줄어들어 다시 움직이지 않을 수도 있으니 지금은 안 되오. 그렇지만 나는 또다시 방화범이 되었지만 또한 자연스럽게 놔둘 뿐이라오. 방화범이라면 방화범이겠지요.

최근 며칠 동안 너무 힘들었다오. 모임에 참석하고 송별연을 베풀고 말을 하고 술을 마시고 대략 이렇게 이삼 일을 더 보냈소. 강제로 '유명인'이 되고 난 다음은 몹시 괴로웠소. 이 편지는 밤 세 시에 쓴 것인데 모임에 참석한 다음 귀가하면 열두 시이기 때문이라오. 잠시 눈을 붙였다가 다시 깨면 이미 세 시가 되어 있다오.

이렇게 식사 초대를 하는 사람 가운데 나에게 감명받은 사람도 있는데, 여기에 매달 사백 위안의 돈을 아랑곳 않고 써 버리는 사람은 이미 영웅인 셈이오. 어떤 이는 나를 미워하고 두려워하면서 술과 요리로 나의 입을 봉하려는 자도 있어서 연회석상의 모습은 정말 볼 만하다오. 그야말로 악마에게 응대하는 것과 같소. 그저께 학생들의 송별회는 샤먼대학에서 일찍이 없던 규모로 성대하게 치러졌는데 노래하는 이도 있었고 송사를 하는 이도 있었소. 일약 나 스스로도 생각하지 못했던 대인물이 되었다오. 그리하여 황젠黃堅도 나보고 "우리 선생님"이라 칭하고 "나는 그의 학생이며 당연히 감정도 매우 좋다"고 선언했다오. 포복절도하게 만들었지요. 오늘 또 송별연을 마련한다고 하오.

여기에 있는 악의 세력은 사오 년 동안 누적되어 확산된 것으로 지금 학생들은 나의 사 개월의 마력을 빌려서 그들을 타파하려고 하니 결과가 어찌 될지 모르겠소.

1월 6일 등불 아래에서, 쉰

주)_____

1) 이 편지는 루쉰의 정리를 거쳐서 『먼 곳에서 온 편지』 109번에 실렸다.
2) 하이마(害馬). 베이징여자사범대학 사건 당시 교장 양인위(楊蔭楡)가 쉬광핑 등 여섯 명의 학생자치회 임원에 대해 '집단에 해를 가하는 말'(害群之馬)이라고 지칭한 바 있다. 여기에서 연유하여 루쉰은 쉬광핑을 '하이마'라고 불렀다.

270108 웨이쑤위안에게[1]

수위안 형

오전에 번역원고 두 편을 보냈는데 이 편지와 같이 도착했는지 모르겠습니다. 마찬가지로 중국은행에서 양洋 1백 위안을 송금하니 관례대로 이 편지가 며칠 늦게 도착했는지 따져 때가 되면 대리 수령하여 지예霽野에게 전달해 주기를 부탁합니다.

나는 사나흘 안에 떠납니다. 편지는 광저우 원밍로文明路 중산대학으로 보내 주십시오. 원래 학기가 끝난 뒤에 떠날 계획이었으나 견디기 힘든 일이 여럿 생겨 갑자기 사직하게 됐습니다. 그런데 생각지도 못하게 이 일로 작은 소요가 일어나고 학생들이 개량운동을 벌이게 됐습니다. 지금 확산되고 있는 중이긴 한데 반드시 개량할 수 있는 것도 아니지만 또 개악될 것도 아닐 겁니다.

어쨌든 이곳은 죽지도 살아 있지도 않은 학교입니다. 대부분은 나쁜 이들이고 이들이 천자경[2]의 돈을 편취하여 나눠 쓰고 있는 형편입니다. 강의가 어떠한지에 대해서는 아무도 신경 쓰지 않습니다. 첩의 도가 성행하고 '학자'가 돈 앞에서 무릎을 꿇는 추태가 벌어지고 있으니 정말 가관입니다. 견디기 힘듭니다.

1월 8일, 쉰

주)_____

1) 웨이쑤위안(韋素園, 1902~1932). 안후이(安徽) 휘추(霍丘) 출신이며, 별칭은 웨이수위안(韋漱園)이다. 웨이밍사(未名社)의 성원이며 번역활동가이다. 일찍이 루쉰의 지도 아래 웨이밍사 업무를 관장했으며, 『망위안』(莽原) 반월간을 편집했다.
2) 천자경(陳嘉庚, 1874~1961)은 애국적인 화교의 지도자로 오랫동안 싱가포르에 거주했다. 1912년 지메이학교(集美學校)를 창립했고 1921년 샤먼대학을 만들었다.

270110 웨이쑤위안에게

수위안 형

8일에 1백 위안을 송금했고 9일에 편지 한 통을 부쳤는데 이미 도착했으리라 생각합니다. 12월 30일에 보낸 편지를 오늘 받았습니다. 형의 각혈은 속히 치료해야 하는데 약을 복용하고 주사를 맞는 것 이외에 제일 좋은 것은 어간유(漁肝油)를 먹는 것입니다.

장마오천(章矛塵)은 벌써 도착했는데 반송된 『망위안』을 여전히 그에게 부쳐 주시기 바랍니다. 『무덤』(墳)은 이미 출간됐을 거라고 생각합니다. 보내야 할 곳의 명단을 만들었는데 아래에 붙입니다.

이곳의 소요는 확대되는 것 같습니다. 나는 대략 14, 5일에야 떠날 수 있는데 지금 배가 없기 때문입니다.

『방위안』 원고 두 편을 새로 보냈으니 2월분은 걱정하지 않아도 됩니다. 3월 원고도 이어서 부치겠습니다.

1월 10일 등불 아래에서, 쉰

장펑쥐張鳳擧

쉬야오천徐耀辰(쭈정祖正)[1]

류반눙劉半農

위 세 사람 주소는 웨이밍사未名社가 알 거라고 생각합니다.

창웨이쥔常維鈞[2]

마췌馬珏[3](후문 내 둥반차오東板橋 50호, 혹은 쿵더孔德학교)

펑원빙馮文炳(아마 베이징대학에 있을 겁니다. 베이신서국에 문의하면 알 겁니다)

천웨이모陳煒謨[4]

펑즈馮至[5]

위의 두 사람은 천중사沈鐘社[6] 동인인데 아직 베이징에 있는지 모르겠습니다. 주소를 안다면 우편으로 보내 주시기 바랍니다. 그 밖의 사람은 기억나지 않습니다. 그 외에 쑤위안素園, 충우叢蕪, 징눙靜農 같은 이들은…… 당신이 당연히 한 권씩 보낼 테니 따로 말하지 않겠습니다.

주)_____

1) 쉬야오천(徐耀辰, 1895~1978)의 이름은 쭈정(祖正)이고 야오천은 자이다. 위쓰사 성원

이다. 일본에 유학했으며 베이징대학 등에서 교수를 지냈다.

2) 창웨이쥔(常維鈞, 1894~1985)의 이름은 후이(惠)이고 자는 웨이쥔이다. 베이징대학 프랑스문학과를 졸업하고 베이징대학의 『가요』(歌謠) 주간의 편집을 맡았다.

3) 마쳬(馬珏, 1910~?)는 마유위(馬幼漁)의 딸. 당시 베이징 쿵더(孔德)학교 학생이었다.

4) 천웨이모(陳煒謨, 1903~1955)는 베이징대학 학생이다. 천중사 성원.

5) 펑즈(馮至, 1905~1993)는 시인이다. 베이징대학 학생이며 독일에서 유학한 바 있다. 천중사(沈鐘社) 성원이다.

6) 천중사(沈鐘社)는 문학단체이다. 1925년 가을 베이징에서 결성됐다. 주요 성원으로 린루지(林如稷), 천웨이모, 천샹허(陳翔鶴), 펑즈 등이 있다. 주간 『가라앉은 종』(沈鐘; 이후 월간으로 바뀌었다)과 '천중사총서'를 발간했다.

270111 쉬광핑에게[1]

광핑 형

5일과 7일 두 통의 서신은 오늘(11) 오전에 한꺼번에 받았소. 이 등기우편은 결코 요긴한 일이 있어서는 아니고, 그저 몇 마디 의견을 말해 보고 싶은데 분실하면 안타까우니 차라리 좀 안전하게 보내자 싶어서이오.

이곳의 소요는 아직도 확산되고 있는 것 같으나 하지만 결과는 결코 좋지 않을 것이오. 몇 사람은 벌써 이 기회를 틈타 승진하려고 학생 측에 비위를 맞추거나 총장 측에 비위를 맞추고 있소. 진짜 한탄할 일이오. 내일은 대체로 다 끝나서 움직여도 되나, 오늘은 배가 있지만 타기에는 시간이 촉박하고 다음에는 토요일이나 되어야 배가 있어서 15일에야 갈 수 있소. 이 편지는 나와 같은 배로 광둥으로 가겠지만 우선 먼저 보내오. 나는 15일에 배를 타고 어쩌면 16일에나 출발할 수 있고 광저우 도착은 19일이나 20일이 되어야 할 것이오. 나는 우선 광타이라이 여관廣泰來棧에 묵다가 류셴驢先과 협의가 이뤄지면 일단 학교로 옮길 작정이오. 집은 다중로大鐘路라고 하는데 푸위안의 편지에 따르면 그가 묵고 있는 곳 한 칸을 나에게 물려준다고 했소.

조교는 푸위안이 힘을 쓴 것인데 소인이 어찌 감히 '은전'을 베풀 수 있겠소? '폭발'하기 쉬워도 좋고 '발폭'하기 쉬워도 좋소. 나는 이런 것이오. 아무리 이리저리 근신해도 여전히 사람 노릇 하지 못할 정도로 심하게 핍박을 받게 되오. 나는 스스로 자백하고 직접 소식을 이야기하며 그들이 어떻게 하고 내가 어떻게 할 것인지 두고 보겠소. 나는 '후배'에 대하여 전에는 군중들에게 널리 베푸는 마음을 품고 있었소. 그러나 이제는 그중 한 사람에게만 혼자서 얻기를 기대하는 마음을 품고 있소(이 단락은 어쩌면 내가 본래 뜻을 오해한 것인지도 모르겠지만 이미 썼으니 수정하지 않겠소). 이들이 설령 맞수이고 적수이고 올빼미 뱀 귀신 요괴라 하더라도 나는 묻지 않을 것이오. 그들이 나를 밀어 떨어뜨리려고 한다면 나는 즉시 기꺼이 떨어질 것이오. 내가 언제 기쁜 마음으로 축대 위에 서 있었던 적이 있었소? 나는 올빼미 뱀 귀신 요괴를 사랑하오. 나는 그들에게 나의 특권을 기꺼이 짓밟히겠소. 나는 명성, 지위 그 어떤 것도 원하지 않소. 올빼미 뱀 귀신 요괴이기만 하면 충분하오. 그런데 지금 세상에 소식을 좀 밝히는 이유는 이러하오. ①나 자신을 위해서인데, 좌우지간 여전히 생계문제를 생각하게 되오. ②다른 사람들을 위해서인데 잠시 나의 이미 만들어진 지위를 빌려 개혁운동을 할 수 있을 것이오. 하지만 나에게 전전긍긍하고 애오라지 이 두 가지 일을 위해 희생하라고만 한다면 안 되오. 나는 적지 않게 희생했소. 내 이전의 생활은 모두 이미 희생했소. 그러나 그것을 누리는 자는 그것으로 만족하지 않고 기필코 나더러 생명 전체를 봉헌하라고 하고 있소. 나는 이제는 그렇게 안 할 것이오. 나는 '맞수'를 사랑하고 그들에게 저항하겠소.

최근 삼사 년 동안 학생을 위해 어떻게 했으며 청년을 위해 얼마나 필사적이고 나쁜 마음은 하나도 없었고 줄 수 있는 것은 다 주었다는 것을 당신도 잘 알고 있소. 그런데 남자들이 어떻게 했소? 그들 서로 간에도 질투를 숨기지 못하고 싸우기 시작했소. 어느 한쪽이 마음에 불만이 있으면 바로 나를 때려죽이려 하고 다른 쪽에도 도움을 주지 못하게 만들었소. 내가 있는 곳에 여학생이 있는 것을 보기만 하면 그들이 소문을 만들었소. 그런 일의 유무와 상관없이 그들은 이런 소문을 반드시 만들었던 것이오. 내가 여성들을 만나지 않는 경우를 제외하고 말이오. 그들은 새로운 사상을 갖고 있는 것처럼 보이지만 사실은 폭군이고 혹리이며 밀정이자 소인배이오. 내가 그들을 피하면 그들은 더 끝도 없이 욕심을 낼 것이오. 이제 나는 그들을 멸시하오. 나는 가끔 한 사람을 사랑하는 데 어울리지 않는 것 같아 스스로 부끄러울 때가 있었소. 하지만 그들의 언행과 생각을 본 뒤로 나는 내가 결코 스스로 그렇게까지 나쁘지 않다고 느꼈소. 나는 사랑해도 되는 사람이오.

그 소문은 처음에는 웨이수위안이 내게 알려 줬는데 천중사 사람이 말했다고 했소. 『광풍』에 자신을 태양에 비유하고 나는 밤, 달은 그녀라고 하는 시가 한 수 실렸다고 했소. 오늘 촨다오川島[장팅첸]에게 물어보고 비로소 이런 소문이 벌써부터 있었고 퍼뜨린 사람은 핀칭品青, 푸위안, 이핑衣萍, 샤오펑, 제수…… 라는 것을 알게 되었소. 그들은 또 내가 그녀를 데리고 샤먼으로 갔다고 했다는데 여기에는 푸위안이 합세한 것 같지는 않고 나를 배웅한 사람들이 퍼뜨린 것 같소. 황젠이 베이징에서 가족들을 데리고 이곳에 오면서 이 소문도 샤먼에 가지고 왔소. 나를 공격하기 위해서 사람들에게 내가 샤먼에 있지 않으려 한 것은 달이 없기 때문이라고 하는 이야기를 사람들에게 퍼뜨리고 있소. 송별회에서 천완리陳萬里는 중상모략을 하려는 의도로 일부러 사람들 앞에서 이 이야기를 했소. 예상과 달리 전혀 효과가 없었고 소요도 결코 줄어들지 않고 있소. 이번 소요의 뿌리가 아주 깊고 결코 나 한 사람으로 말미암아 일어난 것이 아니기 때문이오. 게다가 '밤'이라면 당연히 달도 있어야 하는데 이를 잘못됐다고 하니 천명을 거스르는 일인 것이오.

지금은 밤 2시요. 교내는 소등하여 어두컴컴하고 방학 공고문을 붙였지만 즉각 학생들에게 발각되어 찢겨 나갔소. 이것으로 비서축출운동에서 학교파괴운동으로 전환될 것 같소.

「부자가 되는 것에 대도가 있다」[2] 이 글은 문체를 보면 류반눙이 쓴 것인 것 같소. 라오싼老三은 돌아가지 않고 올해 베이징에 한번 돌아왔을 뿐이라 하오. 늦으면 여름방학을 기한으로 삼나 보오. 그러나 그는 헛소문을 퍼뜨릴 것까지는 없었소. 나는 지금 진짜로 자조하고 있소. 종종 말은 각박하게 하면서 사람들에 대해서는 너무 관대했던 것에 대해서 말이오. 나는 한 번도 이핑 무리가 내 거처로 와서 나를 정탐한다고 의심한 적이 없었소. 뿐만 아니라 내가 종종 그들에게 거실에 앉으라고 할 때 그들이 기분 나빠하면서 방에 달을 숨겨 놓아서 못 들어가게 하는 것이냐고 말했다는 것을 오늘에야 알게 됐소. 내가 셴쑤羡蘇에게 버드나무 몇 그루를 사오라고 부탁해서 후원에 심고 옥수수 몇 그루를 뽑아낸 적이 있소. 그때 모친은 아주 안타까워하며 바다오완八道灣에 불평을 이야기했는데 제수씨는 헛소문을 퍼뜨려 학생이 모친을 함부로 대하는 것을 내가 용인했다고 말하고 다녔소. 지금은 매우 자주 왕래를 하는데 노인네는 쉽게 속게 마련이오. 그래서 내가 시싼탸오西三條[3]에서 한번 나오면 되돌아갈 수 있을지가 문제다, 라고 전에 말한 적이 있는데 이건 사실 신경과민에서 나온 이야기는 아니오.

하지만 이 모든 것들은 내버려 두고 나는 나의 길을 걸어가오. 그런데 이번에 샤먼대학에서 소요가 일어난 후 나는 또다시 중심이 되었소. 지난해 여사대 사건과 마찬가지로 말이오. 나와 함께 광저우로 가겠다거나 혹은 우창으로 전학 가려 하는 학생들이 많이 있소. 그들을 위해서 이대로 잠시 머무르며 철갑을 몸에 두르며 1년 반 정도 더 있어야 하는지 지금 이 순간에도 결정을 내리지 못하고 있소. 이 문제는 어쩔 수 없이 만나서 의논합시다. 그런데 조교 일을 하는 것을 겁내거나 동료가 되는 것을 거리낄 필요는 없소. 만약 이렇게 하면 진짜로 소문의 수인囚人이 되고 소문을 만든 사람의 간교에 걸려들게 되는 것이오.

1월 11일, 쉰

주)_____

1) 이 편지는 루쉰의 정리를 거쳐서 『먼 곳에서 온 편지』 112번에 실렸다.
2) 「부자가 되는 것에 대도가 있다」(生財有大道)의 원제목은 '生財有大道論'이다. 서명은 '신신'(心心). 『위쓰』 105기 '한화집성'(閑話集成) 칼럼에 실렸다.
3) '바다오완'은 루쉰의 동생 저우쭤런(周作人) 내외의 거처를 가리킨다. '시싼탸오'는 베이징을 떠나기 전 루쉰의 거처로, 어머니 루루이(魯瑞)는 계속 이곳에서 지냈다.

270112 자이융쿤에게[1]

융쿤 형

지난 연말에 보낸 편지를 오늘 받았습니다. 이곳은 무료하여 배는 고프지 않지만 머리가 아픕니다. 나는 원래 이곳에서 일이 년 두문불출 공부할 요량이었는데 이제는 이것이 공상이라는 걸 알고 있습니다. 때마침 중산대학에서 나를 초빙하여 거기에 가려 합니다. 15일 즈음에 떠날 것 같습니다.

그곳에서 얼마나 머무를 수 있을지 지금 가늠할 수 없습니다. 만약 적합하지 않다는 생각이 들면 길어야 한 학기 머무르겠지요. 그 다음에 여기저기 떠돌 것인지 아니면 베이징으로 돌아갈 것인지도 말하기 어렵습니다. 여름 어름에 다시 살펴봐야겠지요. 그렇지만 어찌 됐든 지금은 강의안을 엮는다고 바빠서 다른 걸 할 수 없을 것 같습니다.

1. 12, 쉰

편지에서 이곳에서의 생활에 대해서 물었는데 나는 생활이랄 게 없다고 답할 수 있습니다. 학교는 비밀세계이고 외부의 누구도 내부 사정을 알 수 없습니다. 제 느낌에 따르면 핵심은 '돈'입니다. 이 물건을 둘러싸고 쟁탈과 편취와 총애 다툼과 아부와 머리 조아리기가 벌어집니다. 희망이란 게 없습니다. 최근 나의 사직으로 인해 학생들이 개량운동을 벌였습니다. 그렇지만 가망이 없을 것입니다. 왜냐하면 이런 운동이 3년 전에 한 차례 실패한 적이 있기 때문입니다. 이 학교는 개량할 수도 개악할 수도 없습니다.

이곳은 서리와 눈이 내리지 않습니다. 지금 좀 쌀쌀하지만 솜두루마기를 입는 것으로 충분합니다. 매화가 피었지만 국화도 아직 피어 있고 산에는 석류화도 남아 있습니다. 오랫동안 추운 지역에 살았던 사람 눈에는 '자연'이 우리에게 농담을 거는 것처럼 보입니다.

쉰이 추신합니다

주)＿＿＿＿

1) 자이융쿤(翟永坤, 1900~1959). 허난(河南) 신양(信陽) 출신이며, 자는 쯔성(資生)이다. 1925년에 베이징 법정대학에 재학 중이었으며,『국민신보 부간』(國民新報副刊) 투고 건으로 루쉰과 편지를 주고받았고, 루쉰은 창작 면에서 그를 지도하고 도와주었다.

270115 린원칭에게[1]

원칭 선생 족하

지난번 편지를 받은 은혜를 받자와 삼가 류추칭劉楚靑 선생에게 분부하여 선생이 수고스레 왕림하여 만류하기까지 했습니다.[2] 명령을 듣고 은혜 입는 것에 부끄러워서 어떻게 말해야 할지 모르겠습니다. 게다가 수차례 연회를 베푸는 은혜를 입어서 각별히 고아한 뜻을 느꼈습니다. 그러나 저 스스로 박약하고 졸렬하며 군자의 풍모가 없으며 본분을 지키지 않는다는 것을 알기 때문에 속히 떠나는 것이 옳습니다. 다행히 오늘 떠나는 여객선이 있어서 바로 길을 떠납니다. 공손히 이렇게 떠남을 알림에 황송할 지경입니다. 초빙서 두 통은 돌려드립니다.

1월 15일, 저우수런 올림

주)＿＿＿＿

1) 린원칭(林文慶, 1869~1957)은 1921년부터 샤먼대학 총장을 지낸 이다. 청년시절에 미국에서 유학했다.
2) 류추칭(劉楚靑, 1893~?). 당시 샤먼대학 교무처장 겸 비서, 이과주임을 맡고 있었다. 루쉰은 1927년 1월 3일 일기에서 "밤에 류추칭이 와서 만류하며 초빙서를 줬다."

270117 쉬광핑에게[1]

광핑 형

지금은 17일 밤 10시오. 나는 '쑤저우'호를 티고 홍콩의 바다에 징박하고 있소. 이 배는 내일 아침 9시에 출발하여 오후 4시면 황푸에 도착할 것 같소. 다시 작은 배를 타고 방파제에 도착하면 8, 9시는 될 것 같소.

이번에는 풍랑이 조금도 일지 않아 창장에서 배를 탄 것처럼 평온했고 내일은 내해이니 더욱 문제되지 않소. 생각해 보면 아주 신기하오. 나는 이제껏 바다에서 세찬 풍랑을 만난 적이 없소. 그런데 어제도 누워서 일어나지 못하는 사람이 있었으니 어쩌면 내가 상대적으로 배멀미를 하지 않는지도 모르겠소.

내가 탄 것은 탕찬칸실唐餐間이오. 2인 1실이고 한 사람이 홍콩에서 내려 지금은 한 실을 독차지하고 있소. 광저우에 도착해서 어느 객줏집에 머물지는 아직 결정하지 못하겠소. 정탐꾼 같은 학생 하나가 나와 함께 있기 때문이오. 이 사람은 샤먼대 당국에서 정보를 알아보라고 보낸 것 같소. 그쪽의 소요가 진정되지 않았기 때문에 그는 내가 광저우에서 활동하며 학생들을 도울까 봐 걱정하고 있소. 나는 선상에서 그를 갖은 방법으로 떼어내려고 했소. 심지어는 험악한 소리와 낯빛으로 못 견디게 굴었지만, 성공하지 못했소. 그는 끝까지 시시덕거리며 지기인 척 안 떨어지고 있소. 앞으로 나와 같은 객줏집에 머물며 시시각각 내 방에서 중산대의 상황을 알아보려는 수작인 것 같소. 나는 결코 비밀을 가지고 있지도 않지만, 이런 놈을 꼬리에 달고 있자니 아무래도 짜증이 나오. 따라서 기회를 봐서 처리해야 하오. 그를 내팽개칠 수 있으면 내팽개치고 그렇지 않으면 다시 방법을 생각해 봐야 겠소.

이 자 말고 또 학생 세 명이 있소. 광둥 사람이고 중산대에 들어가려는 학생들이오. 나는 이미 그들에게 똑같이 조심하라고 했소. 따라서 이 자는 선상에서 아무런 정보도 알아낼 수 없소.

(1월 17일) 쉰

주)_____

1) 이 편지는 루쉰의 정리를 거쳐서 『먼 곳에서 온 편지』 113번에 실렸다.

270126 웨이쑤위안에게

수위안 형

나는 18일에 학교에 도착했고 지금 교내에 머물고 있습니다. 개학까지 아직 한 달이 남아 있어서 직무로 인한 일은 없습니다. 그렇지만 매일 손님맞이와 연회 참석, 연설에 바빠서 정말 고민입니다. 이렇게 하다가는 아무래도 안 될 것 같습니다. 다른 방법을 강구하여 이 상황에서 벗어나야 합니다.

이곳 출판물은 선전물이 제일 많은 것 같습니다. 타지 출판물로는 『현대평론』 판매처가 제일 많습니다. 베이신의 간행물도 자주 눈에 띕니다. 다만 웨이밍사의 것만은 쉽게 만날 수 없습니다. 창조사 사람에게 들었는데 『망위안』은 매호 대략 40권이 나간다고 합니다. 제일 유행하는 것은 『환주』幻洲인데 매호 6백여 권이 팔립니다.

음력설이 지나면 베이신은 학교 근처에 판매처를 열 계획입니다.[1] 웨이밍사 책도 여기에서 판매할 수 있겠구나, 라는 생각이 들었습니다. 그렇게 되면 『무덤』 50권과 다른 책 20권씩과 『망위안』 합본 대여섯 부, 2권 1호 이하는 10여 권씩 보내 주기를 희망합니다. 등기는 '중산대학 다중러우(大鐘樓), 저우……' 앞으로 보내 주십시오. 그들이 세를 얻을 집을 구하면 바로 교섭해 보겠습니다.

여기는 매우 번화한데 음식은 아주 간단합니다. 이러저러하다는 이야기를 듣고 틈을 내어 가 보면 여전히 똑같이 낡은 것입니다. 그저 노조가 많이 있을 뿐이고 그렇게 특별하지는 않습니다. 그렇지만 사람들 민심은 다른 곳보다 훨씬 더 활달합니다.

외국 책을 사는 것은 여전히 불편합니다. 이것은 내게 손해인데 외서를 파는 서점이 있을 것이라고 생각하고 지금 찾고 있는 중입니다.

1. 26, 쉰

주)_____

1) 당시 루쉰은 광저우 팡차오제(芳草街) 44호 2층을 빌려 '베이신서옥'(北新書屋)을 개설하여 베이신서국과 웨이밍사 책을 대리판매했다. 1927년 3월 15일 문을 열었고 8월에 닫았다.

270129 쉬서우창에게

지푸 형

　19일 편지를 받았네. 지금 학교에 예과 교수만이 결원이어서 모두 이 작은 일자리를 원하며 서로 허리를 굽히고 있네. 형은 이 기회를 버리지 말고 바로 여장을 꾸려서 오기 바라네. 가르치는 과목이 무엇일지는 아직 정해지지 않았네. 어쨌든 다 아주 쉬운 것일세. 또 본과를 두세 시간 겸하여 가르쳐야 하네. 월급은 2백 40위안으로 합하면 다양大洋으로 약 2백 정도 되네. 학교 도착한 달부터 계산하기 때문에 2월(양력)간에 학교에 도착하기를 바라네. 그러면 며칠 놀 수 있는데 개학은 3월 2일이네.

　이곳의 생활비는 꽤 비싸네. 그렇지만 한 사람이 한 달에 샤오양小洋 1백 위안을 사용하면 충분하네. 음식은 좀 비싸지만 재료는 아주 좋네. 다만 집세가 비싼데 작은 세 칸 집이 한 달에 20위안 정도 드네. 아우는 지금 학교 안에 살고 있는데 내방객이 너무 많아서 아주 불편하네. 앞으로 집을 임대해야 할지도 모르겠네.

　편지를 받으면 출발 날짜를 알려 주기 바라네. 또 타이구太古 회사 배를 탄다면 '쓰촨', '신닝'新寧, '쑤저우' 등 보통 S로 시작하는 배편이 다 괜찮네. '탕찬러우'唐餐樓[1]는 한 사람당 약 25, 6위안이네.

　편지는 이전처럼 교내로 보내 주게.

1월 29일 밤, 쉰 드림

주)_____

1) 탕찬러우(唐餐樓)는 탕찬칸(唐餐間)이다. 중식을 제공하는 선실로 2등선실에 해당된다.

270131 쉬서우창에게

지푸 형

　어제 막 편지를 사오싱과 상하이에 부쳤네. 오늘 아침에 23일 날 보낸 편지를 받아서 다 알게 됐네. 형의 초빙서신은 벌써 내게 와 있네. 예과 교수가 되면 월급은 2백 40위안이며 합하면 다양 2백 정도에 지나지 않네. 이곳 생활비는 1백 위안이면 충분하므로 고생할 정도는 아닐 걸세.

　가르칠 수업에 대해서는 현재까지 아무런 이야기가 없네. 모든 것이 두서가 없기 때문이네. 요컨대 이 학교 수준이 그렇게 높거나 심오하지 않아서 크게 준비할 건 없는 듯하네.

　개학은 3월 2일이네. 하지만 형이 편지를 받는 즉시 건너오기 바라네. 그럼 비교적 조용히 이야기를 나눌 수 있을 테니. 가르칠 수업은 본과에도 몇 시간 있는 것 같네.

　학교에서 내게 문과 학과장을 하라고 하는데 나는 아직 승낙하지 않았네.

　상하이에서 오는 여객선은 타이구사 것이면 '쑤저우', '신닝', '쓰촨' 등 S로 시작하는 배가 제일 좋다네. '쑤저우'가 특히 좋다고 들었네. 내가 탄 것은 '탕찬러우'(일등선실보다 나음)였는데 가격이 25위안 안팎이었네.

　나머지는 만나서 이야기하세.

정월 31일, 쉰 드림

270207 리지예에게

지예 형

1월 15일에 보낸 편지가 벌써 도착했습니다. 수위안의 병은 나았는 지요?

『매일평론』에 부록으로 『망위안』을 증정하는 것은 '미녀 달력'을 끼워 파는 느낌이 들어 별로 적합하지 않다는 생각입니다.[1] 유린이 편지로 내게 문의했을 때에도 나는 이렇게 답을 했습니다.[2]

형이 필요로 하는 학비는 이미 샤먼에서 송금했는데 이미 도착했겠지요?

2. 7, 쉰

주)_____

1) 『매일평론』(每日評論)은 베이징에서 나온 신문으로 징유린(荊有麟)이 편집을 맡았다.
2) 유린(有麟)은 징유린을 말한다. 루쉰의 소개로 징바오관(京報館)에서 교정직을 맡았고 『망위안』(莽原) 주간의 출판 작업에 참가했으며 『민중문예주간』(民衆文藝週刊)을 편집하기도 했다. 310205 편지를 참고하시오.

270221 리지예에게

지예 형

2월 1일 편지는 그저께야 받았습니다. 학비는 이미 도착했는지 궁금합니다.

폴라보이[1] 선생이 「아Q정전」 및 기타를 번역하는 것은 물론 가능합니다. 그러나 왕시리[2] 군이 이미 번역한 적 있어서 그(왕)의 생각은 어떠할지 모르겠습니다. 외국의 관례상 두 종류의 번역본이 있어도 무방하다면 번역출판하면 되겠지요.(나도 새로운 번역을 허락하지 않는다고 왕시리 군과 함께 밝힌 적이 없습니다.) L부인의 그림을 우리가 전재하는 것을 허락받는다면 당연히 제일 좋습니다.[3]

나는 지금 너무 많이 바빠졌는데 밥 먹을 시간도 없을 정도입니다. 며칠 전 홍콩에 가서 이틀 동안 강연을 하다 보니 머리가 혼미해질 지경이었습니다.[4] 제29기 『망위안』 원고도 아직 쓰지 못했습니다. 이(29) 기에 일단 제 원고를 뺐으면 좋겠습니다.

2월 21일, 쉰

주)_____

1) 폴라보이(С. А. Полевой)는 소련인으로 베이징 러시아문학 전수관(專修館)에서 교수를 지냈고 베이징대학 러시아문학과 강사를 역임했다. 그가 번역하려던 「아Q정전」은 출판되지 않았다.

2) 왕시리(王希禮)는 소련인이다. 본명은 바실리예프(Б. А. Васильев, ?~1937)이다. 1925년 허난 국민군 제2군 러시아고문단으로 통역을 맡았는데 그때 「아Q정전」을 러시아어로 번역한 바 있다. 이 책은 다른 사람이 번역한 「행복한 가정」, 「가오 선생」, 「머리털 이야기」, 「야단법석」, 「고향」, 「지신제연극」 등을 한 책으로 묶어서 1929년 소련 레닌그라드 격랑(激浪)출판사에서 출판됐다.

3) L.부인은 로르스카야(Лорская)이다. 소련 화가이자 조각가이다. 1925년 중국에 왔다. 폴라보이가 「아Q정전」을 번역할 때 그녀에게 삽화를 그려 달라고 부탁한 바 있다.

4) 루쉰은 1927년 2월 18일과 19일 홍콩의 청년회에서 강연을 했다. 강연 제목은 각각 「소리 없는 중국」(이후 『삼한집』 수록)과 「케케묵은 가락은 이제 그만」(이후 『집외집습유』 수록)이었다.

270225 장팅첸에게

마오천 형

　20일과 그 전에 보낸 편지를 모두 받았습니다. 푸위안은 10일에 떠났는데 후난에서 출발하여 월말경에 우창에 도착할 수 있을 것 같습니다.[1]

　중산대학은 3월 2일 개강하기로 정해져 있습니다. 내부 사정은 매우 복잡하여 한 마디로 말하기 어렵고 말하지 않아도 그만입니다. 나는 가르치려고 왔는데 생각지도 못하게 문학계(과가 아닙니다) 학과장 겸 교무처장 감투가 씌어져서 잠잘 시간은커녕 밥 먹을 시간도 없게 됐습니다. 이렇게 하다가는 안 됩니다. 나는 이것들을 내려놓고 오로지 교원만 할 방법을 찾고 있는데 장래(개강 후)에 그럴 수 있을지 모르겠습니다. 그렇지만 교원을 한다 하더라도 "경조윤의 직책을 오 일밖에 할 수 없는" 상황입니다.[2] 혁명의 요람 안에 앉아 있으니 언제든지 휩쓸려 갈 수 있습니다. 그런데 나는 그래도 가르치는 일이 사무 보는 것보다 좀더 오래 할 수 있다고 생각하는데 최근에는 정말 일한다고 동분서주하는 것이 너무 힘에 부칩니다.

　사오위안이 여비를 구하는 전보를 보내와서 오늘 전신환을 송금했습니다.[3] 빨간 코를 전에 많은 사람들이 그가 좋은 사람이라고 말했는데 정말 웃깁니다.[4] 이런 사람은 속을 알기 힘듭니다. 아마 구멍위 무리는 그가 여전히 좋은 놈이라고 생각했나 봅니다.[5] 명위의 안목은 그다지 높지 않습니다.

　형의 일을 나는 류셴과 상의한 적이 있습니다.[6] 교내에는 교무 조교의 자리만 남아 있다고 합니다. 월급은 샤오양 1백인데 반은 현금이고 반은 채권(팔 때는 대략 80퍼센트의 가치를 인정해 줍니다)으로 준다고 합니다.[7] 형과 부인이 여기에 온다면 근근이 생활을 유지할 수 있을 정도의 월급입니다. 나는 형을 초빙하여 일단 이 자리에 오게 하고 류셴이 다시 적당히 다른 자리를 알아보는 것으로 류셴에게 말한 바 있습니다. 형이 괜찮다면 바로 편지를 보내 알려 주시기 바랍니다. 일단 3월 중에 이곳으로 오십시오. 그렇지만 급여는 '월별지급' 방식인데 괜찮은지요? 샤먼대학의 급여는 어쨌든 최대한도로 받는 것이 좋습니다.

본교 시험은 28일이 최후의 시험인데 주페이[8] 등이 아직 오지 않았습니다. 내가 이미 시험 등록을 하긴 했으나 27일에 도착할 수 있을지 모르겠습니다. 만약 도착하지 못하면 상반기에는 입학할 수 없어 그냥 버리게 되니 정말 안타깝습니다.

나는 여기에서 너무 높게 떠받들려져서 많이 괴롭습니다. 글과 연설 빚을 정말이지 많이 졌습니다. 음력 정월 초사흘에는 위슈산毓秀山에서 뛰어내리다가 다리를 접질려 며칠 동안 누워 있었습니다. 17일에는 홍콩에 연설하러 갔었는데 연설문의 신문 게재가 영국인에 의해 금지됐습니다. 정말 벽이 얼마나 많은지 셀 수 없을 정도입니다.

나는 '유명인'을 하지 않고 그저 놀고 싶습니다. '유명인'이 되면 '자기 자신'은 없어지게 됩니다.

지푸는 벌써 여기에 와 있습니다.

형은 (광저우에 대한) 행방을 어떻게 할 것인지 답신으로 알려 주시기를 바랍니다. 위탕[9]에게 편지를 한 통 부치니 편할 때 전해 주시기를 희망합니다.

2. 25, 쉰

페이쥔 형에게도 같은 내용이니 따로 보내지 않겠습니다.

주)_____

1) 쑨푸위안이 1927년 2월 10일 광저우를 떠나 우한에서 『중앙일보』 부간의 편집을 맡으러 간 일을 가리킨다.
2) 원문은 '五日京兆'. 경조윤(京兆尹)의 직책이 5일밖에 남지 않았다는 뜻이다. 이는 『한서』(漢書)의 「장창전」(張敞傳)에서 서한(西漢)의 장창(張敞)이 경조윤에서 면직되기 며칠 전 부하 직원이 "경조윤을 5일밖에 더 못하는데 무슨 일을 처리할 수 있겠느냐?"며 태업을 한 고사에서 유래한다.
3) 사오위안은 장사오위안(江紹原)이다.
4) 빨간 코는 구제강(顧頡剛)을 가리킨다.
5) 구멍위(顧孟餘, 1888~1963)의 이름은 자오슝(兆熊)이다. 베이징대학 교수와 교무장을 지냈다. 당시 국민당 중앙상무위원과 대리(代理)선전부장을 맡았고 중산대학 위원회 부위원장을 지냈다.
6) 류셴(騮先)은 주자화(朱家驊, 1893~1963)이다. 류셴은 자이다. 독일에서 유학을 했으며 베이징대학 교수를 지냈다. 당시 중산대학위원회 위원을 맡으며 교무를 주관했다. 이후에 국민당 정부 교육부장관과 국민당 중앙조직부장 등을 역임했다.
7) 채권의 원문은 '庫券'이다. 당시 광둥 국민정부가 국고(國庫)의 명의로 발행한 채권이다. 일정 시간이 지나면 현금으로 교환할 수 있다.
8) 주페이(朱斐, 1897~1990)의 자는 위루(玉魯)이다. 샤먼대학 교육학과 학생이다.
9) 위탕(玉堂)은 린위탕(林語堂)을 말한다.

270303 류수이에게[1]

첸두 선생에게

　귀하의 서신을 삼가 잘 읽었습니다. 강연원고의 게재는 당연히 허락합니다. 선생은 일간신문에 발표하십시오. 지금 원고를 다시 부쳐 드립니다. 무람없이 그 가운데 몇 군데를 고쳤으니 부디 살펴보시고 양해해 주시면 다행이겠습니다. 건강하시기 바랍니다.

3월 3일, 루쉰

주)_____

1) 류수이(柳隨)는 첸두(前度)라고도 한다. 루쉰의 강연 「케케묵은 가락은 이제 그만」의 기록자이다. 기록원고는 이후에 홍콩 신문에 발표될 수 없었다.

270315 웨이충우에게

충우 형

보내 주신 편지를 잘 받았습니다. 당신의 살이 6파운드 찐 것을 축하드립니다.

『걸리버 여행기』는 보낸 편지대로 하면 되고 한번 읽어 볼 필요가 없습니다. 저도 할 말이 없는데 그렇게 하지 않으면 우편으로 왕래하다 보면 내가 시간이 없어 미뤄 놓을 것 같아서입니다. 『망위안』은 유지할 수만 있다면 좋습니다. 우쉬사 같은 식은 걸맞지 않다고 생각합니다.[1] 나는 전부터 계속 『천바오 부간』에 투고하는 사람의 원고를 싣지 않았습니다.

미스 주는 한 차례 방문한 적이 있는데 겨를이 없어서 아직 그에게 답례로 찾아가지 못했습니다.[2] 링난대학은 내가 강연을 해주러 오기를 바란다고 합니다. 그러나 사적으로 내게 이야기했을 뿐이고 그에게는 아직 답하지 않았습니다. 그렇지만 최근에 그들의 교원 한 명을 중산대학에 겸임으로 끌어왔기 때문에 교환 삼아 강연을 하러 가야 할 것 같습니다.

이 한 달여 동안 나는 소용돌이 속에서 사는 것처럼 엉망으로 바빴습니다. 책은 고사하고 생각할 시간조차 없었습니다.

3월 15일, 쉰

1) 우쉬사(無須社)는 문학단체이다. 1926년 베이징에서 창립했다. 주요 성원으로 젠셴아이(蹇先艾), 장차이전(張采眞), 선충원(沈從文) 등이 있다. 그해 10월에『세계일보』에『문학주간』(文學週刊)을 부록으로 출간했다. '우쉬사총서'도 출판했다.
2) 미스 주(密斯朱)는 주서우헝(朱壽恒)이다. 원래 링난대학(嶺南大學) 학생이었다. 1925년 옌징대학으로 전학 와서 웨이충우의 소개로 루쉰을 알게 됐다. 이 당시 링난대학에서 교편을 잡고 있었다.

270317 리지예에게

지예 형

검열받은 2월 24일에 보낸 편지를 어제 받았습니다. 수위안이 점점 낫고 있다니 정말 기쁩니다. 나는 너무 바쁩니다. 매일 뭘 하는지 모르는 채 시간을 흘려보내고 있습니다. 글은 오랫동안 못 썼고『망위안』의 원고도 못 보내고 있습니다. 이런 걸 생각하면 마음이 급해집니다. 그렇지만 교내에 살아서는 안 됩니다. 아침 10시부터 밤 10시까지 사람들이 계속 찾아옵니다. 이사 나가면 저녁에 손님을 만나지 않게 되어 책을 읽고 글을 좀 쓸 수 있을 것 같습니다. 내일 집을 알아볼 생각입니다.

베이징의 출판물을 오랫동안 받아보지 못했습니다.『망위안』도 2권의 1기와 3기만 한 권씩 받았을 뿐입니다. 그저께 창조사 사람을 만났는데 3기는 오자마자 다 팔렸다고 했습니다. 내가 그에게 몇 권 오냐고 물어봤는데 그는 대답하지 않았습니다. 그들은 어떤 때는 팔리지 않는다고 말하고 어떤 때는 괜찮다고 말하니 어떻게 된 영문인지 모르겠습니다. 내가 쓴 것을 사는 사람이 꽤 많습니다. 며칠 전에는 가격을 정가보다 50퍼센트 더 올렸는데도 거의 다 팔았습니다. 그런데도 책이 없어서 결국 유인물 『외침』이 등장했는데 일주일에 천 권을 팔았습니다.『무덤』이 출판된다면 1백 권을 보내도 되겠습니다.

3. 15, 쉰

『무덤』 60권과 『상아탑』 50권을 오늘 받았습니다. 포장지가 다 뜯어져서 책이 많이 파손됐습니다. 그런데 베이신의 포장은 하나도 망가지지 않았습니다. 이다음에 책을 보낼 때는 파손되지 않도록 베이신의 포장 방법을 참고하시기 바랍니다.

17.

270404 장사오위안에게[1]

사오위안 선생

선생의 편지를 잘 받았습니다. 학교에 오셨을 때 마침 외출 중이어서 만나 이야기 나누지 못해서 아쉽습니다. 영문과 수업 한 시간은, 제 생각에 곤란하다는 말을 거둬 주시기 부탁드립니다. '웃음거리가 될' 정도일 수 없을 것이라고 생각됩니다. 중산대학 교원은 전공이 아니면서 학교에서 강의를 하는 이가 적지 않습니다. 처음에는 수업 준비하느라 당연히 바쁘겠지만 나중에는 아무것도 아니게 됩니다. 요컨대 선생의 편지에서 말한 걱정은 불식해 주시기 부탁드립니다. 나머지는 내일 만나서 이야기하도록 하겠습니다.

4월 4일, 쉰

주)──────

1) 장사오위안(江紹原, 1898~1983)은 안후이성 징더(旌德) 출신으로 민속학연구자이다. 미국 유학 뒤 귀국하여 베이징대학과 중산대학에서 교수를 지냈다. 『위쓰』의 원고편자 가운데 한 명이었다.

270409① 리지예에게

지예 형

3월 11일 보낸 편지는 4월 8일에 받았습니다. 아마 검열 등의 우여곡절을 겪느라고 이렇게 늦어졌나 봅니다. 나는 4일에 원고 한 편[1]을 등기로 보냈습니다. 이미 받았는지 모르겠습니다.

『아Q정전』 단행본[2]을 웨이밍사에서 출간하려면 문제가 좀 생길 수 있습니다. 그래서 어떻게 해야 할지 나는 한번 생각해 봐야 합니다. 또 책 뒷면의 '웨이밍총서' 광고에 베이신에서 인쇄한 것도 반드시 들어가야 한다고 생각합니다. 왜냐하면 그들의 광고에서 웨이밍사에서 인쇄한 책이 들어가기 때문입니다.

지난번에 보내온 책인 『상아탑』과 『무덤』, 『루쉰에 관하여』關於魯迅 3종은 벌써 다 팔렸습니다. 계속 부쳐 주시기를 바랍니다. 『망위안』 합본호도 매진됐는데 원하는 사람이 아직 많아서 20권을 보내 주시면 좋겠습니다. 이 일은 지난 편지에서도 이야기한 것 같습니다. 여기 학생은 잡지에 대해서는 합본호를 사는 것을 많이 좋아합니다. 낱권은 올 때도 있고 오지 않을 때도 있어서 전체를 사기가 쉽지 않아서입니다. 합본호 제2책은 예약할 수 있는 것 같습니다. 책이 만들어진 뒤 30권을 부쳐 주십시오.

『가난한 사람들』窮人은 10권을 판매했습니다. 10권을 더 보내줘도 좋습니다.『별을 향해』往星中와『외투』는 각각 3권을 팔았습니다.

『백차』3)와『군산』君山은 인쇄한다면 각각 20권을 부쳐 주시기 바랍니다.『검은 가면을 쓴 사람』黑假面人노 이와 같습니다.

트로츠키의 문학비평은 출간된다면 판로가 괜찮을 것 같습니다.

『옛일을 다시 떠올리다』舊事重提의 내 원고는 이미 다 모았는데 다시 한번 더 살펴봐야 합니다. 제목은 아직 정하지 않았습니다만 이건 어렵지 않습니다.『작은 요하네스』원고는 아직까지 손을 못 대고 있습니다. 정말 탄식이 나옵니다.

지난주 나는 링난대학에 강연하러 가서4) 미스 주를 만났습니다. 그녀도『망위안』을 잘 받을 수 없다고 했습니다.

나는 이전보다 좀 덜 바빠진 것 같습니다. 그렇지만 이는 일이 줄어들어서가 아니라 내가 습관이 좀 든 탓입니다.『광풍』은 정간됐습니다. 그들은 내가 음모를 꾸며서 문제가 생겼다고 말합니다.5) 정말 웃깁니다. 지금도 뭔가를 출간하려고 하는데 뭔지 모르겠습니다. 상웨尙鉞에게 편지가 왔는데 나의 「달나라로 도망친 이야기」奔月에 대해 편치 않다고 했습니다. 사실 나의 그 글은 그냥 잠시 작은 농담을 걸어 본 것에 지나지 않습니다. 그런데 그들의 머리가 이렇게 아프다니 정말 풍파가 이는 것을 감당하지 못하겠습니다.

수위안과 충우에게 나를 대신하여 인사를 전해 주시기 바랍니다. 따로 편지를 쓰지는 않겠습니다. 징눙은 지금 어디에 있는지요?

4. 9, 쉰

편지를 옌징대학으로 바로 부치려면 편지 겉면에 어떻게 써야 합니까?

주)_____

1) 소설 「미간척」(眉間尺)을 가리킨다. 「미간척」은 이후에 「검을 벼리다」(鑄劍)로 제목을 바꾸었다.
2) 『아Q정전』 단행본은 당시 웨이밍사에서 『외침』에서 「아Q정전」만 골라 단행본으로 출간할 계획을 갖고 있었다. 원래 '웨이밍신집'(未名新集)에 넣을 계획이었으나 나중에 베이신서국이 불만스러워할 것을 루쉰이 우려하여 출간은 이뤄지지 않았다.
3) 『백차』(白茶)는 소련의 희극집이다. 반커(班珂)의 「백차」와 다른 작가의 단막극 등 모두 5편이 실렸다. 차오징화가 번역하여 1927년 4월 웨이밍사에서 출간했다.
4) 링난대학 강의는 3월 29일 오전에 링난대학에서 황화강 72열사를 기념하는 대회에서 한 강연이다. 강연원고는 사라졌다. 관련하여 1927년 4월 3일 『남대청년』(南大靑年) 15권 21기에 실린 「황화절기념의 경과과정」(紀念黃花節的經過情形)을 참고할 수 있다.
5) 1927년 1월 『광풍』이 정간된 뒤 창옌성(常燕生; 광풍사 성원. 이후에 국가주의파가 된다)이 「광풍을 애도하며」(挽狂飈)를 발표했다. 여기에서 『광풍』의 정간이 '사상계의 권위자'의 '역습전략' 결과라고 말한다. 관련하여 『삼한집』의 「애도와 축하」를 참고하시오.

270409② 타이징눙에게

징눙 형

3월 23일에 보낸 편지를 오늘 받았습니다. '이전 편지'를 내가 받았는지 어쨌는지 잊어버렸습니다. 개강 초여서 너무 바빠서 많은 일들을 잊어버렸기 때문입니다.

『망위안』의 원고는 4일에 이미 한 편 부쳤는데 두 기에 나눠 실어도 됩니다. 이다음에는 시간이 생기기만 하면 번역을 하거나 글을 써야겠지요. 5기와 6기를 나는 수령하지 못했습니다. 1기는 네 권을 받았고 2기는 두 권을 받았습니다. 3기와 4기는 없지만 발매 중인 스무 권에서 본 적이 있습니다.

『백차』와 『군산』, 『검은 가면을 쓴 사람』은 출판되면 각각 이십 권을 보내 주시기 바랍니다. 그 밖에도 필요한 책이 있는데 오늘 아침 보낸 지예에게 쓴 편지(웨이밍사에서 전달할 겁니다)에 상세하게 썼으니 참고해 주시기 바랍니다.『망위안』의 합본을 문의하는 사람이 여전히 적지 않습니다. 사실 이 간행물은 여기에 유통하는 것입니다. 다만 살 곳이 없을 뿐입니다. 제2권의 낱권도 품절되었습니다. 1기에서 최근 출판된 잡지까지 각각 10권을 더 부쳐 주셔도 됩니다. 그렇지만 등기가 안전합니다. 이곳의 우편행정은 좀 부패한 것 같아서입니다(이다음에 매기는 30권을 보내 줘도 됩니다).

『상아탑』의 재판은 늦어져도 괜찮습니다. 내가 말한 적이 있지요. 자본금을 마련해서 새 원고를 인쇄할 수 있다는 뜻이었습니다. 그렇지만 출간할 자금이 있다면 늦출 필요가 없습니다. 그중에 오자가 있는 것 같아 수정해야 하니 파본을 한 권 보내 주시기 바랍니다. 보고 난 뒤 돌려드리면 바로 인쇄에 들어갈 수 있겠지요.

『옛일을 다시 떠올리다』는 그림 몇 장을 넣었으면 하는데 제가 수집해 보겠습니다. 그렇지만 지금은 시간이 없어서 조금 늦어지겠습니다.

나의 최근 사진은 지난해 겨울 샤먼에서 찍은 사진 한 장밖에 없습니다. 무덤 앞 제단에 앉아 있는 사진인데 뒤는 다 무덤입니다(샤먼의 산은 거의 다 이렇습니다). 오늘 내로 부칠 테니 보 군[1]에게 전달해 주십시오. 아니면 타오 군이 그린 그림(웨이밍사에 있는 것 같습니다)을 사용해도 됩니다. 그가 자유롭게 결정하게 합시다.

4. 9. 밤, 쉰.

주)_____

1) 보례웨이(伯烈威), 즉 폴라보이를 가리킨다. 270221 서신의 주석 1번 참고.

270420 리지예에게

예 형에게 보냅니다

    4일에 보낸 소설원고 한 편은 이미 도착했으리라 생각합니다. 이곳 우체국은 특별하여 원고는 인쇄물 류로 지원받을 수 없고 편지로 간주된다고 합니다. 그 뒤에도 편지 한 통을 부쳤는데 날짜를 잊어버렸습니다.

    오늘 『중앙 부간』을 몇 장 읽었습니다.[1] 트로츠키의 책은 이미 번역되어(푸둥화 옮김)[2] 꽤 많이 실렸습니다. 벌써 번역을 끝마친 것 같아 보입니다. 이런 서적이 중국에 두 종류의 번역본이 있다면 판매하기가 아주 어려울 것 같다는 생각이 듭니다. 당신의 번역 작업이 많이 진행되지 않았다면 그만두는 것이 낫지 않을까 싶습니다. 그렇지만 이것도 저 개인의 의견일 뿐입니다.

    나는 샤먼에 있을 때 '현대'파 사람 몇 명에게 배척당했는데 그곳을 떠난 절반의 원인도 여기에 있습니다. 그렇지만 내가 베이징에서 초빙한 교원의 체면을 생각하여 비밀로 하고 말하지 않았습니다. 그런데 그중 한 명이 거기에도 발을 붙이지 못하고 이곳으로 파고 들어와 교수를 하고 있습니다.[3] 이들 패거리의 음험한 성격은 바뀌지 않을 것이니 오래지 않아 자연히 배척하고 사리사욕을 꾀하겠지요. 이곳에서의 나의 교무와 수업은 이미 충분히 많습니다. 거기에 중상모략을 방어하고 하찮은 일로 화를 내는 일까지 더해질 수 있습니다. 그래서 나는 이삼 일 내에 모든 직무를 사직하고 중산대학을 떠나는 것으로 결정했습니다.

    다음 행로에 대해서는 아직 정해진 게 없습니다. 어쩌면 잠시 동안 여기 머물면서 『작은 요하네스』를 수정하면서 여름방학이 되기를 기다린 후 다시 생각할지도 모르겠습니다. 지금은 개강한 지 오래되어 가르칠 수 있는 곳이 없고 나도 잠시 강의하지 않고 휴식을 취했다가 나중에 다시 생각하려 합니다. 이 1년 동안 정말 너무 바빠서 힘들었습니다. 편지는 '광저우 팡차오제^{芳草街} 44호 2층 베이신서옥^{北新書屋}'('국'^局이 아닙니다)으로 보내면 전달받을 수 있습니다. 서적도 '베이신서옥'으로 바로 부치면 받습니다. 작은 한 칸 집인데 웨이밍사와 베이신국의 출판물을 판매하는 곳입니다.

『망위안』 5기와 6기의 각각 10권과 내게 보낸 2권을 오늘 받았습니다. 광둥에는 문예서가 출판되지 않아 외부에서 나온 출판물의 판매상황이 괜찮습니다. 『상아탑』은 품절됐고 견본까지 구매해 갔습니다.

이곳에서도 지금 적화대토벌이 벌어지고 있습니다.[4] 중산대학에서 체포된 학생이 사십여 명이 있는데 다른 곳은 모르겠습니다. 신문지상에도 잘 실리지 않습니다. 사실 이곳은 원래 조금도 붉지 않고 상인의 세력이 꽤 큰데 그건 베이징보다 훨씬 더 심한 것 같습니다. 체포된 사람은 대부분 붉은 사상을 가지고 싶어 하는 사람일 따름입니다. 억울하게 잡혀간 사람도 있는지 최근 몇 명을 풀어줬습니다.

다시 연락드리겠습니다.

4. 20. 밤, 쉰.

징눙, 수위안, 충우 형에게도 이와 같습니다. 따로 서신을 보내지 않습니다.

주)_____

1) 『중앙 부간』(中央副刊)은 우한(武漢)에서 출판한 『중앙일보』의 부간이다. 당시 쑨푸위안이 편집을 맡았다. 이 신문은 트로츠키의 『문학과 혁명』 번역문을 연재했다.

2) 푸둥화(博東華, 1893~1971)는 번역가이다. 당시 상하이 푸단대학(復旦大學)과 지난대학
(暨南大學) 국문과 교수였다.

3) 구제강을 가리킨다. 그는 1927년 4월 18일 중산대학에 도착했다.

4) 1927년 국민당이 '4·12'정변을 일으킨 뒤 광저우에서 잇달아 발생한 '4·15', 공산당원
과 혁명인사를 수색체포하고 학살한 사건을 가리킨다. 체포된 사람은 2천여 명으로 추
산하며 그중 2백여 명이 살해됐다.

270426 쑨푸위안에게[1]

내게 보낸 신문을 받았는데[2] 전문은 아니고 중간 중간 대여섯 장이었습니다. 나의 「소리 없는 중국」은 이미 봤습니다. 이는 홍콩에서 그냥 이야기해 본 것에 불과합니다. 깊이가 없습니다. 나는 당신에게 내가 홍콩에 갔던 일에 대해 아직 이야기하지 않은 것 같습니다. 강연은 원래 이틀로 예정되었고 둘째 날은 당신이 하기로 되어 있었는데, 당신이 도착하지 않아서 제가 대신하여 강연을 하게 된 것입니다. 제목은 「케케묵은 가락은 이제 그만」이었습니다. 이 글은 홍콩에서 발표가 금지되어서 『신시대』에 발표할 수밖에 없었는데 지금 첨부하여 부칩니다. 량스 선생의 주석은 작은 오류가 있는데[3] 수정·삭제를 거친 것은 첫번째 글이 아니라 이 글입니다.

그런데 샤먼에서 그렇게 민당을 반대하고 젠스를 화나게 만들던 구제강이 여기에 와서 교수를 할 줄은 정말 생각지도 못한 일입니다. 그렇다면 이곳 상황도 샤먼대학같이 바뀔 것이란 건 명약관화합니다. 강직한 사람을 내쫓고 개혁자를 해고할 것입니다. 게다가 보아 하니 샤먼대학에 비할 바가 아닐 것 같은 생각이 새롭게 듭니다. 나는 이미 지난주 목요일에 모든 직무를 사임하여 중산대학에서 벗어났습니다. 지난달 얻은 셋집에

서 번역원고를 정리할 생각이어서 얼마간은 이곳을 떠날 수 없을 것 같습니다. 며칠 전에도 유언비어가 나돌았는데 지난해 여름 베이징에 있을 때와 똑같습니다. 하하, 정말 세상은 까마귀처럼 검습니다!

주)_____

1) 이 편지는 1927년 5월 11일 우한 『중앙일보』의 『중앙 부간』에 실린 수신인이 쓴 「루쉰 선생 광저우 중산대를 벗어나다」(魯迅先生脫離廣州中大)라는 글에 편입된 것이다. 편지의 처음과 끝은 모두 생략됐다.
2) 우한의 『중앙일보』를 가리킨다.
3) 량스(梁式, 1894~1972)의 필명은 스이(屍一)로 광둥성 타이산 출신이다. 당시 광저우의 『민국신문』 부간 『신시대』의 편집인으로 루쉰에게 원고를 청탁한 바 있다. 나중에 왕징웨이 정부의 신문 『중화 부간』의 필자 중 한 명이다.

270515 장팅첸에게

마오천 형

　그저께(13일) 4월 27일의 편지를 받았습니다. 또 5월 3일 편지도 같은 날 받았는데 그날 바로 사오위안에게 전달하여 보냈습니다.

　당신이 내게 원고를 요청했는데 사실 곤란한 게 지금 나는 할 말이 없기 때문입니다. 지금 나는 『작은 요하네스』 번역원고를 갈무리하는 중이어서 빨라도 다음 달 초나 되어야 마무리됩니다. 만약 중간에 중단되면 이 때문에 손을 놓게 되고 다시 일을 개시할 날은 언제일지 모르게 됩니다. 그런데 다른 것을 번역하여 보낼 수 있습니다만 그렇게 할 수 없을지도 모릅니다.

『망위안』의 글을 전재하는 것은 당연히 가능합니다. 그렇지만 저의 글로 한정지어야 합니다. 다른 사람의 글이라면 나는 당연히 가능할 거라고 생각합니다. 그렇지만 내가 가능하다고 말했다가 나중에 그들이 혹시 나와 사이가 안 좋아지면 바로 나의 죄목이 되어 버립니다. 죄목이 되면 되는 것이고 원래 불가한 것도 아니지만 무료하지요. 당신이 전재하고 싶으면 전재하면 되고 물어볼 필요가 없다고 생각합니다. 샤먼의 『민중보』처럼 말입니다.[1]

내가 이곳에 온 지 석 달밖에 안 되었는데 나는 벌써 거대 꼭두각시가 되어 버렸습니다. 푸쓰녠을 처음 만났는데 이전에 이런 사람인 줄은 생각도 하지 못했습니다. 빨간 코가 여기에 도착하자 나는 바로 떠났습니다. 그러자 푸는 편지를 대대적으로 써서 내게 보냈습니다. 그에게 구제할 방법이 있다고 하면서 곧 코를 학교에 있지 않게 하고 베이징으로 보내 책을 사게 할 것이라는 것입니다. 뿐만 아니라 다른 사람에게도 널리 알리겠다 합니다. 나는 여전히 아랑곳하지 않고 바로 학교를 떠났습니다. 책 구매가 예정됐던 그들의 계획이라는 것은 이미 알고 있었습니다. 금액이 5만 위안에 이르기 때문에 실제로 코 패거리의 큰 사업이지요. 그렇지만 코는 새로 온 사람이어서 갑자기 이런 큰일을 맡기기에는 적당하지 않습니다. 그래서 나의 반대를 구실로 삼는 것인데 이건 조화로운 방법이어서 다른 사람들을 할 말 없게 만듭니다. 그들의 이런 수단은 내가 사직하지 않으면서도 불만을 품게 하는 것이어서 쓸 수 있는 것입니다.

지금 그들은 여전히 나를 만류하고 있습니다만 당연히 효과 없습니다. 나는 되돌아가지 않을 겁니다. 지푸도 이미 사직했습니다. 왜냐하면 내가 떠나자마자 푸가 그의 태도를 정탐할 것이기에 그래서 그만뒀습니다.

지난달 27일에 푸위안이 보낸 편지에 따르면 위탕은 이미 취직을 했다 합니다.[2] 어떤 '식업'에 '취직'했는지는 아직 자세히 모릅니다. 대략 외교와 관련된 일인 것 같습니다. 류셴은 이미 이곳의 민정청장을 맡았는데 물론 저장浙[으로 되돌아올] 리 없습니다. 나도 저장으로 되돌아 갈 생각이 없습니다만 이디로 갈지는 아직 징해지지 않았습니나. 교육 같은 건 정말 좀 두렵습니다. 정계보다 절대로 더 깨끗하지 않습니다.

광둥도 아무 일이 없습니다. 이전에 계엄일 때는 사람이 체포된 일 등을 자주 들었습니다. 지금은 계엄[이 풀린 것] 같지만 나는 바깥출입을 그다지 하지 않아서 상세한 내용은 모르겠습니다.

지난 편지에서 당신이 문의한 두 가지 일 가운데『소설구문초』에 관한 것은 책 이름을 잊었습니다. 어쨌든 인용도서에 거론된 이름이라면 모두 읽어 봤습니다. 다른 사람 글에서 인용했다면 아직 읽어 보지 않았습니다.

나는 당신에게 중요한 일을 하나 부탁하려고 합니다. 다름 아니라 시간이 되면 헌책방에 가서 책 두 권이 있는지 살펴봐 주십사 청합니다. 두 권은『옥력초전』과『이십사효도』입니다. 목판본을 구하고 중국종이에 인쇄된 것이면 더 좋습니다.[3] 만약 판본이 다른 것이 있으면 몇 종을 더 사도 좋습니다.

5월 15일 등 아래에서, 쉰 드림

페이쥔 형에게도 이와 같이 안부를 전하고 따로 편지 쓰지 않습니다.

주)_____

1)『민중보』(民鐘報)는 곧『민중일보』이다. 1916년 10월 1일 샤먼에서 창간됐다. 1918년 5월 28일 푸젠군벌 리허우지(李厚基)에 의해 폐쇄됐다가 1921년 7월 1일 복간되었고

1930년 9월 8일 폐간됐다. 루쉰이 샤먼대학에 있을 때 지도학생이 창간한 『구랑』(鼓浪) 주간이 이 신문에 붙어서 출간됐다.

2) 린위탕(林語堂)이 당시 샤먼에서 한커우에 도착하여 우한의 국민정부 외교부 비서를 맡은 일을 가리킨다.

3) 『이십사효도』(二十四孝圖)는 원대 곽거경(郭居敬)이 편집한 책이다. 내용은 고대에 전하는 24명의 효자에 대한 것이다. 이후 인쇄본에는 모두 그림이 삽입되어 일반적으로 『이십사효도』라고 칭하고 있다. 과거 봉건적인 효도를 선전하던 통속적인 읽을거리였다.

270530 장팅첸에게

마오천 형

내가 중산대학에서 축출된 이후 편지를 두 통 보낸 것 같습니다. 한 통은 다오웨이道圩로 보냈고 다른 한 통은 항저우로 보냈는데 정제스에게 전달해 달라고 부탁했습니다.[1] 그렇지만 정말 이렇게 했는지는 확실하게 기억나지 않는 데다 게을러서 일기를 찾아보지도 않고 있습니다. 다행히 그 편지들은 긴요한 것들이 아닙니다. 될 대로 되라지요.

10여 일 전에 사오위안을 만나서 당신이 지푸와 내가 이미 '다른 곳으로 도망갔다'는 소식을 듣고 어떻게 된 것인지 사정을 급히 알고 싶어 했다는 것을 알았습니다. 당시 그가 편지를 이미 쓴 데다가 나도 번역원고를 갈무리한다고 두서가 없어서 편지 쓸 겨를이 없었습니다. 사실은 나는 여기에 붙박여 바이윈러우白雲樓에서 리즈荔枝를 먹고 지내고 있습니다. 그렇지만 일이 묘하게 돌아가서 빨간 코가 광둥에 왔을 때 숙당이 일어나고 있어서 내가 축출된 것이 정치와 관련 있는 것이 아닌지 의심하는 사람이 있었던 것 같습니다. 실제로 '코가 오면 내가 떠난다'코와 양립하지 않겠다는 것이지요. 매독균과 많이 닮아서 정말 재수가 없습니다는 선언은 4월 초보다 훨씬 이전에 한 것입니다. 그렇지만 구제강과 푸쓰녠이 나를 공격하는 견지에서 내가 정치와 관련되어 떠난 것이라는 말을 퍼뜨렸습니다. 홍콩의 『공상보』[2]에서 소식을 봤다고 하면서요. 이는 내가 '친공산주의'여서 도주했다 운운한 적이 있는 신문입니다. 형이 들은 소문은 아마 이 같은 종류일 것입니다. '니미럴'이라 하면 됩니다.

중산대는 원래 개강하는 것 자체가 쉽지 않았습니다. 내부갈등이 있어서인데 나는 적지 않은 힘을 들였습니다. 그런데 시절이 태평해지자 빨간 코가 왕림하셨나니 그의 학자로서의 운은 매우 좋다고 해야겠습니다. 며칠 전 중산대 도서관에서 가보家譜와 현지縣誌를 모집하고 샤먼대의 문호가 이곳의 임용에 응했으니 전도가 유망합니다. 류셴은 그를 위탕처럼 대하고 있습니다 사오위안도 아주 적적한 것 같습니다. 이 학교의 상황은 베이징대와 많이 달라서 그의 눈에 걸리는 게 많을 것입니다.

중산대학에서도 내부 갈등이 있다는 소식을 그저께 들었습니다.[3] 쩌우(루)[4]파와 주朱파 사이의 싸움이면서 또 구제강·푸쓰녠 패거리와 다른 사람 싸움이기도 하며 또한 현지인과 외지인의 싸움 같기도 했다 합니다. 학생들이 대대적으로 표어를 붙이고 다니며 주를 옹호하고 쩌우를 축출하고 있다 합니다. 나중에 어떻게 됐는지, 해소됐는지는 모르겠습니다. 코는 이곳이 이미 조용한 시대에 접어들 때 와 놓고, 오자 조용한 시대가 곧 '다른 곳으로 도망가는' 상황이 벌어진 것입니다. 인심이 옛날 같지 않으니 길게 탄식을 견뎌 내는 것입니다. 다행히 나는 벌써 떠났는데 그렇지 않으면 또다시 사람들에게 떠밀려 바오두구산의 양놈처럼 앞장서서 돌격하게 될 것입니다.[5] 어찌 괴로울 뿐만 아니라 억울하고 또 억울하지 않겠습니까.

저의 건강은 아주 좋습니다. 여기가 더워진 것이 아쉬울 따름입니다. 그렇지만 다른 곳도 필시 더울 테니 이곳에서 임시로 며칠 머무르다가 다시 생각해 보려 합니다. 리즈茘枝는 이미 시장에 나와서 두세 번 먹어봤는데 상하이에 운송된 것보다 확실히 좋고 싱싱합니다.

종이가 다 찼습니다. 편지도 마쳐야겠지요.

5. 30, 쉰

페이쥔 형과 샤오옌[6] 형에게도 따로 연락하지 않고 이와 같이 안부를 묻습니다.

주)＿＿＿＿

1) 정제스(鄭介石, 1896~1968)는 저장(浙工) 주지(諸暨) 출신의 언어학자로 본명은 정뎬(鄭奠), 자는 제스, 호는 스쥔(石君)이다. 베이징대학 졸업 후 모교에서 학생들을 가르치고 이전에 베이징여자사범대학 교수를 지냈다. 당시 저장성 교육청 청장을 맡고 있었다.

2) 『공상보』(工商報)는 『공상일보』(工商日報)이다. 홍콩에서 출판한 신문이다. 1925년 7월에 창간됐다.

3) 1927년 5월 하순 광저우의 중산대학에서 '광둥대학이 복벽하여 교무를 맡을 교원이 바뀐다'라는 소문이 돌았다. 학생회는 '시산회의(西山會議)에서 지도자로 쩌우루(鄒魯)를 파견하여' 총장을 맡는 것에 반대한다고 선언했다. 청 정부는 명령을 내려 쩌우루를 지명수배하고 학교 측에 쩌우파 교수들을 축출할 것을 요구했다. 6월 10일 다이촨셴(戴傳賢)과 주자화(류셴)는 중산대학의 총장과 부총장으로 각각 임명됐다.

4) 쩌우루(鄒魯, 1885~1954)의 본명은 덩성(澄生)이다. 초기에 동맹회에 참여했다. 1924년 광둥대학 총장으로 임명됐다. 1925년 가을 국민당 우파조직인 시산회의에 참가하여 학생들에게 축출당했다. 오래지 않아 중산대학(광둥대학이 개칭함)의 총장으로 다시 임명됐다. 이후에 국민당 중앙집행위원회 상무위원 등을 맡았다.

5) 1923년 5월 5일 산둥 펑현(峰縣)의 바오두구(抱犢崮)를 불법점거하고 있는 토비 쑨메이야오(孫美瑤)가 진푸철도의 역 부근에서 기차를 탈취하여 중국 국내외 여행객 2백여 명을 포로로 납치한 사건이 일어났다. 베이양정부가 체포하러 군대를 파견했을 때 쑨은 외국인 여행객을 앞으로 내세워 저항했다.

6) 샤오옌(小燕)은 장팅첸의 딸이다. 이후에 장옌(章淹)으로 이름지었다.

270612 장팅첸에게

마오천 형

5월 30일의 편지를 어제 받았습니다. 『옥력초진』玉曆鈔傳은 아직 도착하지 않았습니다. 나는 중산대학에서 일찍 이사 나와서 한 칸짜리 양옥에 살고 있습니다. 그래서 편지는 팡차오제라는 곳으로 보내 주십시오. 왜냐하면 그 당시 나는 이 거리의 도서판매처가 문을 닫아 내 거처(?)가 된 뒤일 거라고 예상했기 때문입니다. 지푸도 처음에는 여기에 살았는데 지금은 떠났습니다. 6일에 배를 탔습니다. 따라서 5월 30일 이전에 항저우의 거리에서 봤다는 사람이 있었지만 필시 그는 지푸가 아닙니다. 만약 6월 15일 이후라면 판단할 수 없습니다.

코의 입에서 나오는 루쉰이 혐오스럽다는 말은 의심할 여지가 없습니다. 그에 그치는 것이 아니라 기타 등등의 이유도 반드시 있습니다. 코의 뱃속에는 고대사가 있고 근대사도 있는데 이것이 그가 '학자'가 된 이유입니다. 그렇지만 나에게 코는 코를 잡으며 약을 구하는 일 이외의 것은 알 수 없어서 이것이 그가 '학자'가 아닌 까닭입니다. 이 코를 시중들기는 힘드나니 루쉰이 그와 함께 일을 하는 것도 혐오스럽고 같이 하지 않는 것도 혐오스럽습니다. 그러면서 항저우, 상하이, 닝보, 베이징으로 힘들게 다니면서 루쉰이 혐오스럽다고 선전하여 루쉰의 혐오스러운 면모가 만천하에 드러납니다. 이로 인해 5만 위안어치의 책 구입은 당연한 이치로 굳어졌습니다. 어찌 훌륭하지 아니한지! 경사스럽습니다!

나는 당신이 제스와 함께 제 공에게[1] 가서 싸워 그 결과 제 공이 우리를 연구원으로 초빙하게 되었다는 데 정말 감사드립니다. 그렇지만 나는 무엇을 연구할 수 있을까요. 고대사야 코가 이미 '고증'했지요. 문학이야

후스가 이미 '혁명'했지요. 지스러기는 '혐오'밖에 없습니다. 혐오에 대한 연구는 제 공이 듣기를 좋아하지 않을 것이 틀림없습니다. 사실 나는 이 공과 기질이 맞지 않습니다. 민국 원년 이후에 그가 높이 평가하는 것은 위안시타오와 장웨이차오 무리입니다.[2] 민국 16년 무렵에도 그가 아끼는 것은 마찬가지였으니 유추할 수 있습니다.

사오위안, 나는 그가 여기에 있을 것이라고 생각합니다. 첸鏠이 나를 받아들이지 않을 것이라는 건 확실합니다. 그는 정말 억울한데 내가 소개했기에 어떤 사람은 그를 루쉰파라고 말합니다. 사실 나는 무슨 파였던 적도 없으며 반드시 같은 파라고 사람을 추천한 적도 없습니다. 그런데 광둥 사람과 '학자'들은 사람을 무슨 파로 정하지 않으면 마음이 불편합니다. 그래서 그도 떠나겠다고 합니다. 또 어떤 사람은 내가 그를 움직여 떠나게 했다는 의혹을 제기합니다. 사실 나는 그가 떠나는 것에 찬성하지 않습니다. 지푸가 사직할 때조차(떠날 때 푸쓰녠은 그가 어떤 태도인지 탐문한 적이 있었기 때문인데) 나는 반대한 적이 있습니다. 그런데 다른 사람들이 나를 짐작하는 것이 다 내 생각과 반대이니 나는 중국인 가운데 확실히 좀 유별난가 보다라는 생각이 듭니다. 그걸 이 패거리들은 알 수 없는 것이겠지요.

나의 '언제 광둥을 떠날 것인가'와 '어디로 갈 것인가'의 문제는 얼마 동안은 말하기 어렵습니다. 나는 현재 국고발행 증권이 있기 때문에 몇 푼의 돈을 더 받을 수 있어서 여기에서 살고 있습니다. 어쨌든 떠난다 해도 상하이에 머물면서 접대를 한 번 더 하며 지내는 것에 불과할 것입니다. 최근 10개월 동안 여러 번 등락을 겪으면서 인정과 세태를 둘러봤는데 이것도 아주 흥미로웠습니다. 나는 지금 몇 부의 옛 원고를 다 엮었고 소설 번역 한 부를 간추렸습니다. 지금은 일본인의 논문을 번역하고 있는데 이를 당신에게 보내려고 합니다. 그렇지만 오늘 내에 마칠 수 있을 것 같진 않습니다. 너무 길기 때문입니다. 매일 어간유를 먹어 살이 찌고 있습니다. 어쩌면 몇 년 동안 더 '혐오'스러워질지도 모르겠습니다. 그 이후에 대해서라면, 여름방학 전후에 우리의 '제스 둥지'가 베이징에 진격하면 나도 베이징으로 돌아갈 수도 있습니다. 그렇지만 한편으로는 이리저리 떠다니면서 한바탕 혐오스러워져서 이 사람이 얼마나 많은, 눈에 보이는 창과 보이지 않는 화살을 맞을 수 있을지 시험해 보고 싶기도 합니다. 요컨대 지금은 그날 그날 되는대로 살아갈 요량입니다. 정해진 건 없습니다.

'도망갔다'는 소문은 고의로 만든 것이라 생각합니다. 꼭 위즈에게서 시작된 것은 아닐 것입니다.[3] 어쩌면 의외로 코 패거리의 인물 중에서일지도 모르지요. 그들은 지금도 그렇게 하고 싶지만 편승할 수가 없습니다. 왜냐하면 뜻밖에도 내가 광둥을 떠나지 않았기 때문입니다. 만약 대질할 사람이 없으면 이곳에서 소문이 벌떼처럼 일어났을 것입니다. 그들은 단지 홍콩의 신문에 작은 소문을 날조하고 있습니다. 한번은 내가 친공산주의여서 숨었다고 하더니 오늘은 내가 벌써 한커우로 갔다고 합니다(이 사람은 현대파인데 나는 코와 같은 당이 아닐까 의심합니다).[4] 나는 이미 편지 한 통을 보내서 농담을 작게 걸었습니다. 그렇지만 이것이 실릴 수 있을지는 모르겠습니다. 왜냐하면 이곳의 언론계는 베이징보다 더 심하게 암담합니다.

이달 내에 내게 편지를 부친다면 '광저우 정류장, 바이윈러우白雲樓 26호 2층 쉬의 집에서 받아 전달 부탁'으로 보내면 됩니다. 다음 달에는 다음에 해결되는 대로 따라 하면 됩니다.

(6월 12일) 쉰 드림

페이쥔 형은 이와 같으니 따로 소식 전하지 않습니다. 샤오옌 형도 이와 같습니다. 따로 편지하지 않습니다.

주)_____

1) 제스(介石)는 곧 정몐(鄭冕)이다. 제 공(孑公)은 차이위안페이(蔡元培)이다. 1927년 5월 25일 저장 성무위원회(省務委員會)에서 저장대학연구원 설립계획을 통과시켰다. 차이위안페이는 아홉 명의 준비위원 중 한 명이었다.
2) 위안시타오(袁希濤, 1866~1930)의 자는 관란(觀瀾)으로 장쑤 바오산(寶山) 출신이다. 1912년 5월 베이양정부 교육부 보통교육국 국장을 역임했다.
   장웨이차오(蔣維喬, 1871~?)의 자는 주좡(竹莊)으로 장쑤 우진(武進) 출신이다. 1912년 5월 베이양정부 교육부 참사를 맡았다.
3) 위즈(愈之)는 후위즈(胡愈之)이다. 저장 상위(上虞) 출신으로 루쉰이 산콰이(山會)사범학교의 교사였을 때 학생이었다. 당시 후위즈는 상하이의 상우인서관(商務印書館)에서 재직하고 있었다.
4) 1927년 6월 10일과 11일자 홍콩의 『순환일보』에 쉬단푸(徐丹甫)가 쓴 「베이징문예계의 문호분별」(北京文藝界之分門別戶)이 실렸는데 이 글에 "루쉰이 한커우에 도착했다"라는 대목이 나온다. 이 기사 때문에 루쉰은 11일 이 신문사에 편지를 보내 "나는 여전히 광저우에 있고" 한커우에 도착 "하지 않았"다는 점을 밝혔다.

270623 장팅첸에게

마오천 형

14일에 보낸 편지는 오늘 도착했습니다. 저장의 연구원은 준비와 미비 사이에 있는 것이 틀림없습니다. "교육청은 하반기에 저장대학에 합병하는 것으로 확정했다"는 지시를 이미 들었습니다. 그런데 저장대학은 어디에 있습니까?

차오펑이 서신을 보내 말하기를 전에 전보를 하나 받았는데 투부[1]가 아프니 그에게 급히 돌아와 달라고 재촉했다고 했습니다. 그런데 ①돈이 부족하고 ②대신 일을 할 사람을 구해야 하여 전광석화로 신속하게 갈 수 없어서 편지를 보내 상황을 물었는데 이후에 소식을 듣지 못했다 했습니다. 아마도 바다오완에 죄를 지어서겠지요. 방금 보낸 편지를 읽으니 투부의 병이 나았는데 차오펑은 이를 모르고 필사적으로 일을 하고 있습니다. 여전히 양해를 얻지 못했다니 슬픕니다.

코는 상하이로 갔습니다. 이 사람은 '학자'로서 '아부하는 자'를 겸하고 있습니다. 나는 이 사람이 반드시 '제 공'의 눈에 들 것이라는 걸 점칠 수 있습니다. 방금 지푸의 편지를 받았는데 이미 자싱嘉興에 도착했다고 합니다. 편지에서 "저장성에도 대학을 창설하는 일이 있습니다.…… 나는 푸쓰녠과 구제강도 머지않아 저장으로 올 것이라 생각합니다"라고 합니다. 이상한 말 같으나 이치에 맞는 말이기도 합니다. 나는 하느님의 계시에 따라 코가 광둥에 올 것이라는 느낌을 받았습니다. 여전히 책을 사는 장사를 전문으로 하면서 별종의 '무노동 임금'을 받고 있습니다. 하반기에 강단에서 강의를 한다고 하는데 꼭 그런 것도 아닐 겁니다. 그가 말을 더듬는다는 것은 자신도 알고 있습니다. 그래서 저장성에 대한 것도 연구나 교수 같은, 꾀하는 것이 있을 것입니다.

중산대학에서도 룽자오쭈容肇祖의 형 룽겅容庚을 교수로 초빙했는데 그도 말을 더듬습니다. 광둥의 중산대학은 말 더듬는 사람들을 유독 좋아하는 것 같습니다.

푸쓰녠은 최근 스즈를 비난했는데 어떤 이유인지는 모르겠습니다. 소문에 의하면 후스즈가 먼저 그에 대한 불경한 이야기를 했다고 합니다 (푸쓰녠이 공부한 영역이 아주 많은데 이룬 것은 하나도 없다고 했다 합니다).

중산대학에서 사오위안에게 떠나는 것을 만류했습니다. 그렇지만 당연히 많이 불편하겠지요. 푸가 원수를 알현하고 코가 참모가 되었으니 형세가 어떤지 알 만합니다. 그는 저장에서 일을 도모하기를 바라는 눈치인 것 같습니다만 나는 그가 그 사이에 초빙서를 먼저 받아야 한다고 주장합니다.

저장대학이 아직 어떻게 될지 모르는데 그가 서북풍을 들이마시면서 기다릴 수 있겠습니까? 나는 그가 '루쉰파'로 불려졌다는 걸 들어 알고 있습니다. 사실 그들도 그가 루쉰파가 아니란 걸 알고 있습니다. 따라서 이 소문을 이용하는 것입니다. 곧 자극하는 방법을 써서 그가 '루쉰파'에 들어가는 것을 방지하는 것입니다. 그리하여 그렇게 '부를' 뿐이고 그를 배척하지는 않는 것입니다.

나는 사나흘 안으로 번역원고 한 묶음을 보낼 생각입니다. 대략 이삼천 자 될 것입니다. 사용할 수 있다고 생각되면 우선 부간에 실어도 됩니다. 그러나 저작권은 남겨 둬야 합니다. 이 원고는 리 사장이 장래에 출판할 생각이 있어서 내게 번역을 재촉한 것이기 때문입니다.

나는 이곳에 있으면서 번역하고 편집해야 하는 일을 거의 다 끝냈습니다. 내일부터 『당송전기집고증』 일에 들어갑니다. 이다음에 어디로 갈지에 대해서는 아무 생각이 없습니다. 어쩌면 7월 중에 일단 상하이에 건너간 다음 다시 상황을 살펴볼지도 모릅니다. 베이징으로 돌아가는 것은 여전히 무의미한 것 같습니다. 뒤뜰에 삐죽 솟아 나온 초라한 집에서 살면서 다른 사람을 위해 소설을 교정보고 출간할 일들에 대해 자세히 생각해 보면 정말 이게 뭔가 싶습니다! 그렇지만 푸젠과 광둥으로 간 뒤 경험은 더욱 풍부해졌습니다. 다른 날 맘 놓고 이야기를 해보면 속 시원하겠습니다.

6. 23, 쉰

페이쥔 형에게도 같이 보냅니다.

샤오옌 동생에게도 같이 보냅니다.

주).

1) 투부(土步)는 루쉰의 동생 젠런(차오펑)의 셋째 아이 밍페이(名沛)이다. 투부는 밍페이의 별명이다.

270630① 리지예에게

지예 형

6월 6일과 12일에 보낸 편지를 모두 받았습니다. 지푸는 이미 사직하여 고향으로 돌아갔습니다. 펑쥐는 내가 이곳에 도착한 뒤 그에게 편지를 한 통 보냈는데 답신이 없습니다. 그래서 다시 편지를 쓰기는 적당치 않습니다.

트로츠키의 글을 나는 가져오지 않았는데 지금 미스 쉬[1]에게 편지를 써서 집에 한번 찾아봐 달라고 부탁했습니다. 찾게 되면 바로 보내 드리겠습니다.

베이신서옥에서 보낸 돈 백 위안은, 돈을 보낼 때의 발신자와 수령자가 편지 겉면에 쓰인 이름과 동일합니다.

여기 베이신서옥은 문을 닫을 생각입니다. 나는 곧 떠나야 하므로 이 편지가 도착한 뒤 더 이상 여기로 책을 보낼 필요는 없습니다.

각지의 상황을 둘러보면 베이징 상황이 오히려 나쁘지 않은 것 같습니다. 그래서 하반기에 베이징으로 돌아갈지도 모르겠습니다.

요 며칠 나는 아팠는데 이런 열병은 푸젠과 광둥에서 많이 걸립니다. 며칠 동안은 상태가 좋았으니 심각한 건 아닙니다.

6. 30, 쉰

논단

중국의 학자[2]

(다達)

국가에서 학자의 지위는 산과 호수, 꽃과 새와 같을 따름으로 사람들에게 감상할 거리를 제공한다. 그렇다면 학자는 국가의 장식품일 뿐으로 실용을 논하기는 어렵다. 학자에 대한 숭배도 그의 문학과 예술이 있을 뿐이다. 그러나 근대 구미의 문명은 학자의 지력으로 구성되지 않은 것이 있던가. 사람들은 학자에 대해서 문학과 예술적인 숭배를 할 뿐만 아니라 인류에게 정신과 물질을 가져다주어서 세계 인류에게 영원히 기억하게 하는 것이다. 그러나 중국의 학자는 또 어떠한가. 우리는 중국에 학자는 없을지도 모른다고 생각한다. 우리나라에도 학자가 있다면 최근과 과거 시기에 다소간 우리에게 사상의 신영역을 열어주고 신경향을 얻게 해주었을 것이다. 그러나 우리 중국의 이른바 학자는 다수가 후퇴하고 있다. 사람들은 캉유웨이나 구훙밍과 같은 사람이 학자라고 인정할 것이다. 그러나 그들의 사상은 이러하다. 우리는 그가 지도하는 것을 따를 때 뒤로 돌아갈 수밖에 없다. 가장 애석한 것은 현대시인 단눈치오이다. 그는 전쟁에 한 차례 참전한 뒤 사람들에 대한 열망이 줄어들었다. 딩원장 등으로 말하자면 군벌의 살인을 돕는 망나니 역할을 하고 있으니 그야말로 악마로 변한 것이다. 중국의 학자는 그래서 책상 앞에 머리를 파

묻고 앉아 학자의 생활을 하는 것이 더 낫다. 정치와 어울리면 결국 정치의 난롯불이 되어 기질이 변하니 어찌 그럴 필요가 있겠는가.

이것은 1927년(이십 세기도 이미 1/4 이상이 시났다는 것을 주목하시라!) 6월 9일 홍콩의 『순환일보』[3]의 사설입니다.

억지로 D'Annunzio[4]를 끌고 와서 계보에 넣어 그를 비난하니 정말 마른하늘에 날벼락입니다. 그렇지만 외국인의 이름을 억지로 중국식으로 번역하는 사람들 또한 더불어 죄가 있습니다. 우리는 중국에서 무슨 문예를 논하겠습니까.

오호라, 단눈치오여!

주: 그렇지만 이 신문이 이와 같은 '새로운' 논의를 편 것은 드물게 있는 일입니다. 며칠 전 옌슈[5] 등이 댄스에 반대하는 편지를 전재하면서도 숱한 공란을 남겼습니다. 생각해 보십시오. 옌 선생의 글에도 저촉되는 글자가 있다고 여기니 방정함이 무엇인지 알 만합니다.

6.9, 밤

주)_____

1) 쉬셴쑤(許羨蘇)를 가리킨다.
2) 본문은 원래 스크랩된 것이었다.
3) 홍콩에서 출간하는 신문으로 1874년 왕타오(王韜)가 창간, 1947년경에 폐간되었다.
4) 단눈치오(D'Annunzio, 1863~1938)는 이탈리아 작가이다. 그는 파시즘을 옹호하여 무솔리니의 총애를 받았다.
5) 옌슈(嚴修, 1860~1929)의 자는 판쑨(范孫)으로 톈진 출신이다. 청말 진사로 학부시랑과 베이양정부 교육총장을 역임했다.

270630② 타이징눙에게

징눙 형

7일 편지는 받았습니다. 『백차』는 지금까지 도착하지 않았는데 어떻게 된 건지 대략의 상황도 모르겠으니 탄식이 나옵니다.

베이징에서 소문이 돌기를 구제강이 광둥대학에서도 사직한 것이 베이징대학의 지위를 유지하기 위한 수단이라고 합니다. 구제강들의 언행을 내가 신뢰할 수 있게 된다면 중국의 앞날도 훨씬 더 밝을 수 있을 것이라는 생각이 듭니다.

6. 30, 쉰

270707 장팅첸에게

마오천 형

언제인지 기억은 나지 않지만 편지 한 통을 보냈고 연이어 번역원고 한 권을 보냈는데 이미 도착했으리라 생각합니다. 6월 21일에 보낸 편지는 며칠 전에 받았습니다. 『옥력초전』도 도착했는데 아쉽게도 그 속에 활무상活無常이 없어서 그림이 있는 책도 몇 권 따로 구했습니다. 그런데 행동이 정정당당하지 못하고 괴상하여 '영회'迎會에서만큼 사랑스럽지 않아 결국 직접 그려야 할 것 같습니다.

며칠 전에 열병을 앓았는데 바로 위탕이 샤먼에 있던 그 무렵입니다. 얼굴 전체가 빨갛게 되어 침대에 누워 있어야 하는 그런 병이었습니다. 나는 Aspirin과 퀴닌[1]으로 이 병을 공격했는데 이는 코가 나를 공격하는 것보다 더 극심한지 사흘이 되자 괜찮아졌습니다. 어제는 거의 다 나아서 랴오 의사[2]에게 잠시 불경한 생각을 품었습니다. 그렇지만 한 가지 일은 아직 감탄하고 있습니다. 바로 코가 그를 불러 붉은 기를 치료받았는데 그가 "좋은 약방이 없습니다. 적게 먹기만 해도 좋아질 것입니다" 했다는 점입니다. 이 일은 당신이 아직 샤먼에 오기 전에 일어난 일입니다. 푸위안은 이 때문에 그를 대신하여 멀리 광저우에 있는 마오 의사[3]라는 자에게 약을 구걸하기까지 했답니다. 코가 '밥 적게 먹기'를 원하지 않았기 때문이었습니다.

위탕에게 온 편지는 없습니다. 춘타이도 오랫동안 형의 편지를 받지 못했다고 합니다. 나는 일전에 한 통 받았는데 50일 전에 보낸 편지였습니다. 이미 검열을 거쳤을 뿐만 아니라 물에 젖었다가 말리기까지 한 편지였습니다. 편지를 보내는데 이렇게 일이 많으니 얼마나 낙담했을지 상상이 갑니다. '둥피'이기 때문에 상대하지 않는 것이 아니라는 것도 짐작할 수 있습니다.[4]

우리나라의 글은 나날이 불통하고 있습니다. 어제는 『유선굴』 서문을 썼는데 별로 좋지 않다는 생각이 들어서 '손으로 써서' 보냈습니다. 그런데 '손으로 쓴' 것도 좋지 않으니 차라리 원래대로 조판 인쇄하는 것이 어떻습니까. 본문은 조금 교정을 봤는데 이 편지와 같이 보내겠습니다. 이전에 젠스[5]가 하는 말을 들었는데 일본에서 영인한 구판본이 한 권 있어서 베이징대학에 기증했다고 합니다. 이것이 판각본의 조상일 터입니다. 나중에 그 책을 빌려서 석판으로 인쇄하거나 아니면 주석을 달아서 더 호화로운 책자로 인쇄하고 싶습니다. 그때 불통하는 정도까지가 아니라면 한번 교정을 봐서 적절하게 서문이나 발문으로 삼고 싶습니다.

내 글씨를 보면 정말 웃깁니다. 나는 글씨 쓰는 것을 배운 적이 없는데 이곳에서도 여전히 내게 건물을 써 달라, 명함을 써 달라, 하는 사람이 있습니다. '유명 인사'로 지내는 것도 힘듭니다. 내가 활무상을 잘 그린다면 그 뒤에 내게 부채그림을 그려 달라고 하는 사람이 있을지도 모르겠습니다. 그렇지만 나는 이후에 활무상만을 그릴 계획이니 가르침을 청할 사람은 없겠지요. 이런 것은 다들 그다지 좋아하지 않는 것이라 생각합니다.

사오위안이 며칠 전에 떠났는데 당신은 이미 만나 봤겠지요. 다시 만나면 안부를 대신 물어봐 주시기를 바랍니다. 나도 별일 없다고 알려 드립니다. 다만 푸 주임이 홍콩에 갔다고 하니 무슨 일로 분주한지 모르겠습니다. 허 주임(쓰위안)은 닝보로 가면서 여기 『국민신문』 편집은 다른 사람에게 위임했습니다.[6]

하반기 중산대학 문과 교원으로는 딩산丁山과 룽자오쭈, 코, 뤄창페이羅常培가 있다고 들었습니다. 당신과 나, 위탕의 샤먼대학 국학연구원을 배제한 것에 다름 아니니 웃음이 나옵니다.

중산대학은 5월달 월급을 보내왔는데 그 가운데 당연히 작은 성의도 들어 있었습니다. 그렇지만 루쉰은 이미 '나쁘니' 받으면 당연히 안 좋고 받지 않아도 어찌 좋을 수 있겠습니까. 그래서 나는 성질을 내지 않고 시원스레 받았습니다. 이 행동은 그들의 의중을 벗어난 것 같았습니다. 그리고 나는 갑자기 돈을 마구 쓰며 한 부에 40위안 하는 책을 사고 한 통에 3위안 하는 비스킷을 샀습니다. 그러고도 모찌 아이스크림(리즈荔枝)과 바나나를 먹었습니다. 이 두 개는 정말 맛있습니다. 상하이에 없어서 사오위안은 아직 먹어 보지 못했을 텐데 정말 안타깝습니다.

춘타이와 샤오펑의 다툼은 아직까지 매듭지어지지 않은 것 같습니다. 그런데 『베이신주간』에 실린 광고를 보니 확실히 정치에 관한 작은 책자광등에는 최근 정가가 2, 3마오 하는 작은 책자만이 많이 팔립니다. 학생들이 가난해서입니다가 많이 나와 있는데[7] 천한성과 많은 관련이 있거나 현대파가 벌써 베이신에 침입해 있어서인지도 모르겠습니다.[8] 왜냐하면 현대파는 직접 개척하지 못하고 다른 사람이 이미 이뤄 놓은 판을 탈취하는 자들이기 때문입니다. 최근에 중징원[9]이 여기에서 베이신 지국을 열려고 하여 샤오펑이 내게 협력을 상의하라고 했는데 나는 진작에 '베이신서국(옥)'의 문을 닫기를 바라 마지않는 사람이었으니 나에게 문의할 거리도 없습니다. 중의 배후에는 코가 있습니다. 그들은 이렇게 수상하고 괴상망측합니다. 천하에 어떻게 괴상하게 학자가 된 이가 있습니까. 나는 '좋지 않기'를 바라 마지않을 뿐만 아니라 문을 닫기를 원합니다. 그러면 더 '안 좋아'지겠지만 그것도 '자연에 순응하는 것'일 따름입니다.

7. 7(양력 칠석), 쉰

페이쥔 형에게도 같이 보냅니다.
(추신: 중산대학의 상황이 좀 바뀌었다고 방금 들었습니다. 코 패거리의 계획은 수포로 돌아간 듯합니다. 류도 안정적인 것은 아니라 합니다.[10] 양력 칠석날 밤)

천시잉과 장시뤄張溪若도 여기에서 활동합니다. 그저께 우리는 딩웨이펀丁惟汾 선생 댁에서 마주쳤는데 딩 선생은 내게 그들을 데리고 후한민胡漢民에게 가라고 했습니다. 나는 일이 있다고 말하고 바로 도망 나와 □□에게 알렸습니다. 그리하여 □□이 『시민일보』에 기회주의자 천시잉을 축출해야 한다고 대대적으로 욕을 퍼부었는데 꽤 흥미로웠습니다. 지금 그들의 활동이 어떤지는 모릅니다.

발바리도 결국 주인을 골라 섬기기 시작했습니다.

주)_____

1) 퀴닌(quinine)은 키니네(kinine)라고도 한다. 키나피에 소석회와 알칼리를 가하여 퀴닌을 유리시켜 황산염으로 정제한다. 약전명은 황산퀴닌·염산퀴닌 외에 에틸탄산퀴닌이 있다. 앞의 두 가지는 모두 백색 분말이고 맛은 매우 쓰다. 해열·진통·강장(強壯), 말라리아 등에 효과가 있다.

2) 랴오차오자오(廖超照)를 가리킨다. 샤먼 출신으로 당시 샤먼대학 의사로 있었다.

3) 마오쯔전(毛子震, 1890~1970)을 가리킨다. 이름은 청(成)이고 쯔전은 자이다. 베이징에서 병원을 개업한 바 있으며, 당시 중산(中山)대학 의과부 교수였다.

4) '둥피'(東皮)는 '시피'(西皮)와 대조하여 한 말. 당시 공산당의 약칭이 C.P.(Communist Party)였기에 음을 따서 중국어로 '시피'라고 했다. 루쉰은 비공산당 사람이라는 점을 가리키기 위해 '둥피'라는 용어를 사용했다.

5) 젠스(堅士)는 선젠스(沈兼士)이다.

6) 허쓰위안(何思源, 1896~1982)은 산둥 허쩌(荷澤) 출신이다. 미국과 독일 유학을 다녀왔고 당시 중산대학 정치훈육부 부주임을 맡고 있었다.

7) 『베이신주간』(北新週刊)에 실린, 베이신서국에서 출판한 『국제의 새로운 국면』(國際新局面), 『영국정치에서 노동자문제』(英國政治中的勞工問題) 등의 책 광고를 가리킨다.

8) 천한성(陳翰生, 1897~2004)은 장쑤 우시(無錫) 출신으로 베이징대학 교수를 역임했다. 당시 베이신서국에 편집주간으로 초빙되어 있었다.

9) 중징원(鐘敬文, 1903~2002)은 광둥 메이펑(梅豊) 출신으로 작가이자 민간문학연구가이다. 광둥대학을 졸업하고 당시 광저우의 링난대학(嶺南大學) 문학과 직원으로 있었다.

10) 류(騮)는 주자화(朱家驊)이다. 당시 국민당 당국에서 그를 광둥성 정부 교육청 청장으로 이동 배치시킬 계획이었으나 부임하지 않았다.

270712 장사오위안에게

사오위안 선생

한번 이별했는데 벌써 열흘이 다 되어 가니 정말 '세월은 잡을 수 없고 번개처럼 스러진다'입니다. 내게 보낸 강의는 나흘 전에 받았습니다. 아마 우체국에서 며칠 누워 있었던 모양입니다.

며칠 전 중산대학에서 사람들이 당황하는 일이 일어났습니다. 류셴[1]이 초빙하기로 했었던 지질학자에게 전보를 보내 오는 것을 미루게 했기 때문입니다. 이들은 지질연구소의 인물인데 오늘 민청이 사임하자[2] 이를 저지한 것이니 괴상한 일도 아니라는 생각입니다.

그런데 그들은 지금도 당황하고 있는데 어둠 속에서 공격하는 적이 있다고 여기는 것 같습니다. 교육청이 안정적이지 않으면 대학 부총장도 위험하니 장래에 n차로 당내 숙청의 위험이 닥칠 것이라고 생각하고 있습니다. 푸쓰녠이 홍콩에 온 것은 상황을 살펴보고 상업계도 둘러보기 위함입니다. 그리고 허쓰위안이 모 신문을 편집하는 일도 이미 없던 일로 됐습니다. 다행히 학교일은 아직 리지선[3]이 지원하고 있다고 합니다. 소식을 전한 사람은 이 지원이 연말까지 연장될 수 있을 거라고 하는군요. 확실한지는 모르겠습니다.

최근 하루 이틀은 조용한 것 같습니다. 가끔 "총장과 부총장[4]을 보호하자" 운운하는 종이가 붙기도 했지만 곧 철거됐습니다.

구 도서구입 교수[5]는 이곳의 모군에게 편지를 보냈는데 "루쉰이 광저우를 떠나지 않아서 다시 갈 수 없을지도 모릅니다. 차이 선생은 내게 난징에 남아 일을 하라고 했습니다"라는 요지의 말을 했다고 합니다. 나는 같은 학교에 있고 싶지 않을 뿐인데 그는 같은 성에 있고 싶지 않다는 것으로 확대해 버렸지요. 위대합니다! 그렇지만 여기에서 중산대학의 소식을 참고할 수 있습니다. 지푸의 예언은 이미 실현되고 있습니다.

　나는 시교육국의 '학술강연회'에 몇 시간 강연하기로 하여 8월이 되어야 떠날 수 있습니다.[6] 이 행동에 무슨 깊은 뜻은 없습니다. 다만 존재를 조금 과시하여 몇 사람 기분을 나쁘게 하려는 것일 뿐입니다. 어떤 사람이 기분이 나쁘면 나는 기분이 좋습니다. 최근 내 양심이 이 정도로 나빠졌습니다.

　펑 원수[7]는 언제 베이징에 진격해 들어갈지 알 수 없습니다. 만약 8월에 진푸열차를 타고 첸먼에 도착할 수 있다면 어찌 기쁘지 않겠습니까![8]

7. 12. 쉰 올림

　찬다오^{川島}를 만나면 최근의 일을 알려 주시기 바랍니다. 하지만 그는 자세한 사정을 알지 못하여 흥미가 없을지도 모르겠습니다.

주)＿＿＿＿

1) 류셴(驪先)은 주자화이다. 당시 중산대학 부총장으로 교무를 담당하고 있었다.
2) 1927년에 주자화가 광둥성 민정청장을 맡았으나 얼마 되지 않아 사임한 일을 가리킨다.
3) 리지선(李濟深, 1884~1959)의 자는 런차오(任潮)이며 원시(文西) 창우(蒼梧) 출신이다. 당시에 국민혁명군 제4군 군단장과 군 총참모장을 겸임하면서 그 명의로 광저우에 머물고 있었다.
4) 다이지타오(戴季陶)와 주자화를 가리킨다.
5) 구제강을 가리킨다. 당시 푸쓰녠은 구제강을 외부에 파견하여 도서 구입하는 일을 맡겼다. 차이위안페이는 그를 난징의 중앙대학원에 임용할 계획이 있었다.
6) 강연제목은 「위진풍도·문장과 약·술의 관계」(魏晉風度及文章與藥及酒的關係)이다. 나중에 『이이집』에 수록되었다.
7) 펑위샹(馮玉祥, 1882~1948)을 가리킨다. 그는 즈계(直系) 장군이었는데 1924년 베이징

군사반란을 일으켜서 국민군으로 소속을 바꾸었다. 1926년 4월 평계(奉系)에 의해 베이징에서 쫓겨났다. 같은 해 9월 북벌에 응하겠다는 선언을 하고 이듬해 5월 국민혁명군 제2집단군 총사령을 맡았다.

8) 진푸열차(津浦鐵路)는 톈진역과 난징의 푸커우(浦口)역을 연결하는 기차이다.

270717 장팅첸에게

마오천 형

3일에 보낸 편지를 어제 받았습니다. 부간을 당연히 당신이 편집하지 않는 날이 올 줄 알았지만 이렇게 빨리 닥칠 줄은 예상치 못했습니다. 이른바 혁명시대에는 모든 것이 끊임없이 변동하는군요. 열흘 전 옌지딩[1] 선생이 내게 편지를 보내왔습니다. 그가 『삼오일보』 부간 일을 하고 있어 원고투고를 요청하는 편지였습니다. 지금 당신에게 부탁할 게 있는데 내 번역원고를 갖고 그에게 한번 방문하여(신문사는 청년로 신6호입니다) 이 원고가 필요한지 문의해 주십시오. 만약 원고를 원한다면 건네주세요. 나중에 받을 원고료(편지에 원고료가 있다고 했습니다)는 당신이 대리 수령하여 차오펑에게 보내 주시기를 부탁드립니다. 그런데 원고를 원치 않거나 이 신문이 조직 개편을 했거나 혹은 옌 공이 더 이상 편집을 하지 않는다면 당연히 관두고 제2의 방법을 다시 생각해 봐야겠지요.

당신은 최근 일 년 동안 벽에 부딪힌 적이 벌써 한두 번이 아닙니다. 그런데 편지에서 분개한 것을 보면 '국고'國故를 잘 이해하지 못하여 격분한 게 많습니다. 예를 들어 편지에서 제스許壽의 일이 갈피를 잡지 못하고 지푸가 있을 곳이 없어서 '사람을 낙담하게 만든다'고 생각합니다. 사실,

저장성은 이렇게 할 줄밖에 모릅니다. 더 좋은 일이란 있을 수 없습니다. 나는 오월吳越 시대의 전무숙왕의 시대부터 저장에 대해 낙담했습니다.[2] 예를 더 들면 광둥대학에서 전보를 보내 세 명의 선과 두 명의 마와 전, 주를 초빙했는데[3] 모두 다 오지 않아서 광둥대학이 실패했다는 어감을 편지는 전하고 있습니다. 사실은 말입니다, 여기에서 전보를 보낼 때 그들이 못 올 것을 분명 알고 있었고 또 오지 않기를 바란 것입니다. 다만 뤄창페이와 룽겅 패거리의 초빙을 돋보이게 하기 위해 이름을 빌린 것뿐입니다. 만약 온다면 오히려 더 큰일입니다.

만약 세 명의 선과 두 명의 마 등이 예상 밖으로 눈치가 없어서 광둥대학에 왔다고 합시다. 그 뒤에 어떤 일이 벌어질까요. 이것도 예언하기 어렵지 않습니다. 푸쓰녠과 구제강 패거리가 대계획을 그들과 같이 논의합니다. 같이 하지 않으면 책임지지 않는다는 소리를 듣습니다. 만약 같이 하게 되면 괴뢰가 되는 것이지요. 모든 나쁜 일은 그가 도맡아 처리하게 됩니다. 만약 독립적인 주장을 편다며 뒷전에서 값어치가 하나도 없는 놈이라는 비판을 듣게 됩니다.

사오위안은 광둥대학을 꽤 싫어하는 것 같습니다. 그렇지만 저장은 더 무료하다는 것이 내 생각입니다. 이른바 연구원이라는 것은 장래에 '자연과학'과 병합되어 없어질 것입니다. 그에게 가장 좋은 것은 하반기에도 광둥에 있는 것입니다. 그러나 첫번째로 해야 하는 일은 학교에서 이사를 나와 집 하나에 숨어드는 일입니다. 그래서 다른 사람과는 아예 교제하지 않거나 슬렁슬렁 교제하며 지내는 것입니다. 이렇게 하면 몇 달 월급은 확보할 수 있을 것입니다. 저장의 대학에 대해서는 내가 직언을 하는 것을 용서해 주십시오. 이건 사기극에 지나지 않습니다. 관계자 제공들이여, 스스로에게 한번 물어보십시오. 어떻게 하나도 파악하지 못했으면서 이를 일이라고 할 수 있는지를.

그러나 9월이 되면 이곳이 어떻게 될지도 당연히 의문입니다. 내가 이곳 상황에 밝지 못해서 꿰뚫어 보지는 못합니다. 그렇지만 지금과 같지는 않을 것입니다.

당신에게 말 한 마디 선사하고 싶습니다. 자기 밥벌이에 전념하고 다른 사람 일로 분개하지 말라는 것입니다(여기의 이른바 '다른 사람'이란 모르는 사람은 말할 것도 없고 의심 가는 아는 사람도 포함됩니다). 그리고 몇 푼의 돈을 모으십시오.

내가 항저우에 놀러 갈 수 있을지는 지금 모르겠습니다. 나는 진작 '찰나주의'에 기울어져서 내일 일을 오늘 생각하지 않기 때문입니다. 그러나 가게 되면 당연히 당신에게 알리겠습니다. 지금은 이곳의 시교육국 하기夏期 학술강연[4]에 응하여 8월에야 움직일 수 있습니다. 이 행동은 장난치는 것에 다름 아닌데 코 패거리가 듣기를 원하는 게 아니기 때문입니다. 몇 시간 강의하여 존재를 과시하는 것으로 코 패거리들에게 며칠 밤 잠들지 못하게 합니다. 이는 내가 이득을 보는 장사입니다.

여기의 '베이신서옥'은 8월 중에 문 닫을 계획입니다. 중징원(코의 괴뢰인)이 협력하러 내게 온다는데 내가 문을 닫으면 같이 일하지 않아도 됩니다. 이후의 편지를 가령 8월 10일 전에 보내면 '광저우 정류장 옆, 바이윈러우 26호 2층, 쉬의 집에서 받아 전달'로 부쳐 주십시오. 그 후에는 차오펑에게 보내 전달받겠습니다.

반눙이 『위쓰』 발행을 허가하지 않았다고 하니 정말 무섭습니다. 그가 어디에서 이런 권력을 얻었는지 모르겠습니다. 나는 며칠 전에 그가 Hugo 글을 삭제한 번역자 주(『망위안』 11기에 수록됐습니다)를 보고 너무 '딕테이터'하다고 생각했는데 이게 더 심해졌으리라고는 상상치도 못했습니다.[5] 『위쓰』가 정간된다면 정말 안타깝습니다만 다른 방법이 있는지요? 베이신 내부는 이미 썩어 문드러졌습니다. 예를 들어 쉬즈모와 천 거시기(이름은 잊었습니다)가 침투한 셋이니 사오평과 춘타이가 싸우는 것 모두 망하고 있다는 증거이지요. 이 판국에 최근 나는 번역 몇 회를 보냈으니 매듭지으려 해도 방법이 없습니다. 그냥 둘 수밖에 없습니다. 남이 훼손하고 있는 걸 나는 구제하고 있는데 '남'이 그렇게 이득을 취하지 못하면 나는 또 그렇게 바보는 아닌 것이지요?

7. 17, 쉰 드림

페이쥔에게도 같이 안부를 묻고 달리 편지를 보내지 않습니다.

혁명시대는 끊임없이 변합니다. 여기 신문은 벌써 나를 '명사' 계열로 분류하기 시작했습니다. 그 이름은 코가 구하려 해도 얻을 수 없는 것이지요. 그래서 나는 오히려 며칠 더 놀다 가려 합니다.

주)_____

1) 옌지청(嚴旣澄)의 이름은 체(鍥)로 광둥 쓰후이(四會) 출신이며 문학연구회 성원이다. 베이징대학에서 강사를 지냈으며 당시 항저우의 『삼오일보』(三五日報) 부간 편집을 맡고 있었다. 참고로 『삼오일보』는 1927년 7월 6일 창간됐다.
2) 전무숙왕(錢武肅王)은 오대 때 오월(吳越)의 왕 전류(錢鏐, 852~932)를 가리킨다. 역사서의 기록에 따르면 그는 가혹한 세금을 강제로 징수하고 인민을 죽인 폭군이다.
3) 삼선(三沈)은 선스위안(沈士遠), 선인모(沈尹默), 선젠스(沈兼士)이다. 이마(二馬)는 마위짜오(馬裕藻), 마헝(馬衡)이며 천은 천다제(陳大齊), 주는 주시쭈(朱希祖)이다.
4) 1927년 여름 광저우시 교육국에서 하계 학술강연회를 주최했는데 루쉰은 7월 23일과 26일에 초청을 받아 「위진풍도·문장과 약·술의 관계」를 강연했다.
5) 『망위안』 2권 11기(1927년 6월)에 류반눙은 프랑스 작가 위고(Victor Hugo, 1802~1885)의 소설 「클로드 괴」(Claude Gueux)의 번역원고를 실었는데 이때 원작의 상당 부분을 삭제했다. 번역자는 삭제한 곳에 주를 달아 '이곳은 종교를 제창한 말로…… 나는 번역하기를 원치 않는다' 등을 밝힌 바 있다. 이 때문에 루쉰의 편지에서 그가 '딕테이터'(독재자)라고 말한 것이다.

270727 장사오위안에게[1]

사오위안 선생

오늘밤 우연히 『이백재시화』(명 고원경 씀, 하문환 집간輯刊의 『역대시화』에 수록)[2]를 읽다가 한 대목이 눈에 들어왔는데 '고수풀 뿌리기'[3]의 방증인 듯하여 특별히 기록해 보냅니다.

"남방에 '장로종長老種의 깨는 본 적이 없다'라는 말이 있는데 나는 그 의미를 이해하지 못했다. 우연히 당시唐詩를 읽다가 이 말이 오래전부터 있었다는 것을 깨닫게 되었다. 시에서 다음과 같이 적혀 있었다. '흐트러진 귀밑털에 싸리나무 비녀는 세상에 드물고, 베로 만든 치마는 시집갈 때의 옷과 같도다. 호마의 좋은 종자를 뿌릴 사람이 없구나. 함께 돌아갈 때 못 돌아가는 것인가?'[4] 호마는 오늘날의 깨이다. 파종할 때 부부가 양손으로 같이 뿌리면 깨는 배로 수확됐다. 장로는 승려를 말하니 반드시 얻을 수 있는 것이 없는 이치여서 그렇게 말했다."

7. 27, 루쉰

주)_____

1) 이 편지는 『위쓰』 주간 145기(1927년 8월 20일)에 실린 수신인의 「소품150」(小品一五〇)에 편입됐다.
2) 고원경(顧元慶, 1487~1565)의 자는 대유(大有)이다. 명대 장서가이다. 번각한 총서에 『고씨문방소설』(顧氏文房小說)과 『명조 40가 소설』(明朝四十家小說) 등이 있고, 저서로 『운림유사』(雲林遺事)와 『산방청사』(山房淸事), 『이백재시화』(夷白齋詩話) 등이 있다. 『역대시화』(歷代詩話)는 청대 하문환(何文煥)이 편집한 책이다. 남조 양대의 종영(鍾嶸)의 『시품』(詩品)에서 명대 고원경의 『이백재시화』까지 모두 29종을 수록했다. 뒤에 직

접 쓴 「역대시화고색」(歷代詩話考索)이 부록으로 수록됐다.

3) 원문은 '撒園粲'. 1927년 당시 『위쓰』 주간에서 진행된 민속학 관련 토론을 가리킨다.

4) 이 시는 『전당시』(全唐詩) 801권에 실린 '좋은 사람을 생각하다'(懷良人)에 나온다. 작가는 갈아아(葛鴉兒)이다.

270728 장팅첸에게

마오천 형

19일에 보낸 편지를 28일에 받았습니다. 정말 빨리 받았습니다. 광저우가 항저우보다 반드시 더 더운 것은 아닌 것 같습니다. 화씨 280도 혹은 290도가 됩니다.

지푸에게 아직 편지가 없습니다. 그렇지만 그 명칭을 보면[1] 별 의미가 없는 것 같습니다. 저장이 인재를 잘 거두지 못한 유래는 오래됐지요. 지금 밖에서 그럭저럭 지내는 사람들 중에 저장성에서 쫓겨나지 않은 이가 없습니다. 줄풀茭白[2] 무리도 오래 있지 못할 겁니다. 한 무리, 한 무리씩 쫓겨나서 결국 원래 있던 건달만 남아 있을 겁니다. 나는 새로운 관료가 이전 관료보다 못하다고 자주 한탄합니다. 옛것은 파락호와 같고 새것은 졸부와 같습니다. 우리가 심부름꾼 일을 하러 가면 반드시 파락호의 자제를 시중 들기 쉽겠지요. 만약 졸부 자제를 만나면 천한 티를 벗지 못하고 거드름을 피웁니다. 그 어리석은 냄새를 어떻게 가까이 할 수 있겠습니까. 한족이 노비가 된 지 삼백여 년이 되어서 일단 주인이 되면 당연히 당황하여 어찌 할 바를 모릅니다. 줄풀 패거리가 그 표본입니다.

딩산에게 전보를 보낸[3] '차이녠'은 빙빙 둘러서 나인 듯 내가 아닌 듯

굴면서 딩산을 속여서 나도 항의할 수 없습니다. 코는 이런 계획을 공모하여 내막을 잘 알고 있습니다. 그런데 코는 사오위안에게 놀란 척을 하며 사오위안을 속입니다. 중산대학의 내부사정을 자신은 하나도 몰랐다는 것입니다. 그는 내가 왜 그를 비난하지 않느냐고 물었습니다. 이것도 내가 정말로 비난하기를 바라는 것이 아니라 사람들에게 두려워하지 않는다는 것을 보여 주는 것일 뿐입니다. 겉은 강해 보이나 속은 약합니다. 아무도 비난하지 않는데도 잠을 이루지 못하는데 더군다나 비난하는 사람이 있으면 어떻겠습니까?

내가 아직 비난하지 않았는데도 나의 비난에 연연하는데 심지어 내가 정말 비난하면 어떻게 되겠습니까. 비난은 언젠가 할 것입니다. 그러나 발바리를 비난하는 방법과는 달라야겠지요. 소설에 써넣는 것이라면 그는 그럴 만한 자격이 없는 것 같습니다. 예술화를 많이 거치지 않고 소설 속에 이런 사람이 나오면 정말 싫기 때문입니다. 당신이 코(ㄥ)의 잔재주를 아는 것은 매우 쉽습니다. 명말청초 쑤저우 일대에 유행했던 상호 칭찬하고 공격했던 저작을 읽기만 해도 됩니다.

게다가 '차이'[*]라는 서명도 정말 웃깁니다. 내가 다른 사람에게 보내는 편지에서 스스로를 '차이'라고 칭한 적이 없습니다. 어리석은 인재인지, 천재인지, 죽일 놈의 인재인지, 노비 같은 인재인지? 사실 내 편지와 전보의 서명이 '수'[嬶] 아니면 '쉰'[迅]이라는 것을 푸쓰녠과 코는 알고 있습니다.

발바리는 난징으로 갔습니다. 이 소식은 별지와 같이 지금 첨부합니다.[4]

『유선굴』을 나는 다음과 같이 인쇄할 수 있다고 생각합니다. 이번에는 찍어서 수정한 뒤 인쇄에 넘깁시다. 영인본[5]을 빌린 뒤에는 연속해서

주를 달아 다시 인쇄하여 조판하거나 영인합니다(석판인쇄). 모두 구식으로 찍습니다. 그러고 나서 노트 한 편을 써서 덧붙입니다. 책 앞에『하전』처럼 의미 없는 교감을 덧붙여 인쇄하는 것은 너무 '째째해' 보입니다. 절대로 배워서는 안 됩니다.

번역원고의 처치는 앞의 편지에서 이미 말씀드렸습니다. 그런데 그들이 원치 않거나 아니면 아직 보내지 않았으면 샤오펑에게 줘도 좋습니다. 그렇지만 이 글은 주간잡지에는 어울리지 않습니다. 내가 자료를 고를 때에는 성격을 좀 구분짓습니다. 그래서『베이신』에 실을 수 없다면 싣지 않는 것이 맞습니다. 그러면 나도 다른 곳에서 용돈을 벌 수 있지요.

샤오펑과 춘타이의 싸움은 도대체 어떤 사정이 있었는지 지금까지도 모릅니다. 곧 푸위안과 베이신의 관계도 모릅니다. 샤오 and 춘 사이에는 아직까지 가운데 한 겹 장벽이면서도 자극하는 것이 남아 있다는 생각입니다. 그렇지 않으면 이 정도까지 나갈 수 없습니다. 이 일이 정말 아쉽다고 생각하지만 이미 손쓸 방도가 없는 지경에 달했습니다. 춘타이가 나가서 발바리 패거리를 위해 일하는 것은 나도 별로 좋지 않다고 생각합니다. 원한이 이 정도로 깊을 필요가 있는지요.

베이징에 가고 싶었지만 일이 생겨 늦어지고 있습니다. 나의 예전 학생 하나[6]가 최근에 난징으로 도망을 온 일인데 그가 마얼[7]을 대신해서 베이징에서 신문을 만들다가 장후[8]에게 들켰기 때문입니다. 그가 신문을 준비하면서 내게 누구를 위해서 일한다고 밝히지 않았습니다. 그렇지만 창간호에 싣겠다고 하며 내게 글 한 편을 청탁했고 뿐만 아니라 이 글을 기다려 출판하겠다고 했습니다. 제 글이 막 도착하자마자 그는 도주했습니다. 이 때문에 나는 그가 마얼에게 이 신문이 내가 주관한다고 말한 것은 아닌지 매우 의심스럽습니다. 만약 이와 같다면 내가 베이징에 가는 것은

'특별대우'를 받는 건 아닌지 하는 걱정을 면할 수 없습니다. 그래서 상하이에서 기다리면서 상황을 잘 알아봐야 합니다. 게다가 시싼탸오의 집에도 '큰부인'의 형제 비슷한 사람이 들어와서 사람이 늘어난 것 같습니다. 내가 되돌아가도 머물 곳이 없습니다. 항저우에 가는 일에 내해서는 그때 가서 다시 상황을 살펴보지요.

9월이 되어도 상황이 변하지 않는다면 사오위안이 이곳에 오는 것이 낫다고 생각합니다. 대강 모르는 척하면서 밥벌이를 하며 지내는 것이지요. 저장과 닝보에서 밥벌이를 하는 것은 더욱 힘든 일일 것이 틀림없습니다. 그렇지만 9월이 되어서 상황이 어떻게 되어 있는지가 문제라고 생각합니다. 난징에서도 내게 무슨 잡지를 편집해 달라고 하는 사람이 있었지만 나는 이미 사절했습니다. 그저께 저의 집에서 멀지 않은, 시 당기관 건물 후문에서 폭탄이 터졌습니다. 그렇지만 나는 폭발음조차 듣지 못했고 오늘에야 홍콩신문을 보고서 알았습니다.

7. 28. 밤, 쉰 드림

페이쥔에게도 이 편지를 보냅니다.

주)＿＿＿
1) 당시 저장성 민정청에서 '시찰'(視察)직을 맡기기 위해 쉬서우창(지푸)을 초빙했다.
2) 장멍린(蔣夢麟, 1886~1964)으로 저장 위야오(余姚) 출신이다. 미국 유학을 했으며 베이징대학 교수와 대리총장을 역임했다. 당시 저장성 교육청의 첫 청장이었다. 참고로 '장'(蔣) 글자의 원래 의미가 줄풀이다.
3) 그 당시 푸쓰녠은 '차이녠'(材年)이라는 서명으로 딩산(丁山)에게 전보를 보내 중산대학에 속히 오라고 독촉했다. 딩산은 딩딩산(丁丁山)이다.
4) 이 편지의 말미에 첨부한, 징유린(荊有麟)이 보낸 편지 발췌본을 말한다.
5) 일본의 다이고지(醍醐寺)에서 소장한 영인본을 가리킨다.

6) 징유린을 가리킨다.

7) 마얼(馬二)은 펑위상이다.

8) 장후(張鬍)는 장쭤린(張作霖, 1875~1928)을 가리킨다. 그는 펑계 군벌 지도자로 1924년부터 베이양정부를 장악했다. 그 당시 베이징은 완전히 그의 통제 아래 있었다.

270731 장팅첸에게

마오천 형

29일 보낸 편지는 이미 도착하였는지요? 코는 내가 8월 중에 광둥을 떠나야 한다는 것을 항저우에서 알아낸 것 같습니다. 오늘 그의 편지를 받아 읽고 실소를 금할 수가 없었습니다. 나는 바로 답신을 써서 그에게 농담을 좀 걸었습니다. 웃음 소재로 삼을 수 있도록 지금 전부 옮겨 적어 드립니다. 지푸는 아직 편지가 없습니다. 만약 형이 그가 사는 곳을 알면 이 편지를 전달하여 읽을 수 있게 해주시면 감사드리겠습니다.

7. 31, 쉰

270802 장사오위안에게

사오위안 선생

일전에 시화 하나를 적어 보냈는데 여전히 '고수풀 뿌리기'와 관련이 있는 것이었습니다. 이미 도착하여 읽어 보셨으리라 생각합니다. 7월 22

일 보낸 편지는 조금 전에 받았습니다. 지지하는 자는 지선이라 합니다.[1] 어제 자 홍콩의 『순환보』 기사 두 개를 오려서 붙입니다. 그렇지만 이전에 들은 게[2] 까닭이 없는 것은 아닌 듯합니다. 교수직은 관직과 겸직해도 무방하다는 류셴의 설은 이미 자동 취소된 것이겠기요?

멍린이 개탄한 것은 코의 선전하는 힘입니다. 그가 힘들여 나를 공격하는 모습을 상상할 수 있습니다. 그러나 다만 멍린의 개탄만 얻을 수 있을 뿐으로 사소하고도 사소하지 않습니까. 딩산에게 '차이녠'이라는 이름을 써서 전보를 보낸 것에 대해서 코도 공모하여 내막을 잘 알고 있지만 지금은 당황한 척하면서 자기가 내막 속의 인물이 아니라고 표내고 있습니다. 그러나 이런 잔재주를 핀 사례는 적지 않습니다. 명대 말기의 야사를 살펴보면 행장에 기록되어 알려진 것도 꽤 많습니다. 허쓰위안이라는 이름을 나는 의중에 두고 있지 않았는데 어찌 그와 함께 난처하게 될 수 있습니까. 사실 코도 이 점을 잘 알고 있습니다. 그가 뭐라고 하는 것은 함정을 파는 방법이니 더불어 다투기에 충분하지 않습니다.

코는 내가 8월 중에 광둥을 떠나야 한다는 소식을 항저우에서 들었는지 어제 그의 편지를 받았는데 24일에 쓰고 26일에 보낸 것이었습니다. 편지에 '9월 중에 광둥에 도착하여 내게 소송을 거니 떠나지 말고 재판 개시에 대기하라'라 했습니다. 미래의 피고인에게 달포 정도를 공손히 기다리면서 까마득히 남아 있는 소송을 기다리라고 명령한 것입니다. 기상천외한 발상이라고 할 수 있습니다. 실은 그는 내가 기다리지 않을 것이라는 것을 알고 죄가 두려워서 도망갔다고 지탄할 셈인 것이지요. 답신을 보내어 나는 9월에 상하이에 와 있을 것이니 항저우에서 가까운 곳에서 기소를 하면 된다고 했습니다. 두 편지 원고는 모두 기록하여 촨다오川島에게 보냈습니다. 코는 애오라지 이러한 잔재주를 부리는 데 공을 들이니 정말 웃기면서도 불쌍합니다. 그러다가 피가 코끝에 쏠려 빨갛게 되었으니 어찌 '하늘이 이렇게 한 것'이리오.

중국의 사대부가 작은 재주를 잘 쓰는 것은 정말 '크게 개탄할 일'로 분명히 이것으로 망합니다. 그리고 장쑤성과 저장성은 특히 이러한 잔재주를 가진 자의 소굴입니다. 내 생각에 현 상황이 크게 다르지 않다면 선생이 이곳에 오는 것이 무슨 상관이 있겠냐는 것입니다. 멍더[3]는 산둥 지역 방사의 허풍을 떠는 유풍이 배어 있긴 하지만 코보다 심하지 않습니다. 장쑤와 저장에 코와 같은 동족이 특히 많습니다. 그래서 이곳은 더 좋아질 수가 없습니다. 여기에서 멍더 무리는 곧 떠나지 않을 수 없는데 아직 몇 개월은 머물 수 있겠지요. 그렇지만 가장 중요한 것은 반드시 중러우鍾樓에서 이사 나가야 한다는 것입니다.

리궈창[4]이 등록처에 앉아 일하는 것을 보았다고 말하는 사람이 있습니다. 또 어떤 이는 멍더가 도서관 주임으로 이동해 갈 것이라는 소식을 들었다고 말합니다. 요컨대 중산대학은 바둑돌을 들고 놓지 않고 주저하고 있으니 결국 엉망진창이 될 것입니다.

지푸의 직함은 꽤 새로운데 아마도 한가한 관직인 것 같습니다.

광저우는 오히려 덥지 않습니다. 일전에 폭풍이 닥쳐 해상에서는 사망자가 적지 않았는데 홍콩 일대에서는 대비를 하여 큰 피해가 없었습니다. 과학의 힘이란 이와 같습니다. 나는 천천히 길 떠날 준비를 하고 있습니다. 그렇지만 타이구호의 선원이 파업을 하고 있는데 이달 중에 타결될 수 있을지 모르겠습니다. 만약 우편선을 탄다면 짐이 많아서 매우 불편합니다.

청매실주는 오랫동안 마시지 않았습니다. 리즈의 철은 이미 지났고 양타오楊桃가 시장에 나왔습니다. 이 과일은 처음 먹었을 때는 별로인 것 같으나 익숙해지면 정말 맛있습니다. 식후에 비눗물로 입을 헹군 것같이 아주 상쾌합니다. 가을날이 아직 남아 여기에 온다면 먹지 않을 수 없을 테니 특별히 미리 소개합니다.

8월 2일, 쉰 올림

○ 쉬충칭許崇清 교육청장 유임 소식

광둥성 정부는 오늘(8월 1일) 조직개편을 단행했고 새로 임명한 각 청장도 이와 동시에 임명됐다. 그러나 소식통에 따르면 신임 교육청장 주자화朱家驊는 중산대학 업무에 전념하기 위해 중앙에 극력 고사하여 오늘같이 임명하지 못했다. 이번 교육청 정무는 이전과 마찬가지로 쉬충칭이 장래에 교육청장이 취임할 때까지 유임하기로 했다. 변경이 있는지 여부는 여전히 중앙의 공개 발표 명령을 기다려야 한다.

○ 리원판李文範 민정청장 임명 공고문

어제 30일 민정청 앞에 종이가 붙어 다음과 같은 사실을 공포했다. 현 중화민국 국민정부의 명령을 받아 리원판을 광둥 민정청 청장으로 겸임하여 임명한다. 이에 8월 1일 오후 2시에 직무를 이어받아 개시한다. 문서 보고와 명령 발행을 별도로 하는 것 이외에 공동으로 포고를 행하여 소속된 모두에게 알린다. 청장 리원판. 7월 30일.

주)_____

1) 지선(濟深)은 곧 리지선(李濟深)이다. 아래에서 류셴(騮先)은 주자화이다.
2) 주자화가 중산대학에서 위치가 불안정하다는 소문을 가리킨다. 270707 편지 말미의 추신을 참고할 수 있다.
3) 멍더(孟德)는 푸쓰녠을 가리킨다. 당시 중산대학 철학과 주임 겸 문과주임에 재직 중이

었다.

4) 리궈창(黎國昌, 1894~?)은 광둥 둥완(東莞) 출신이다. 독일 유학을 했으며 광저우 중산
대학에서 재직한 바 있다. 1927년 루쉰이 중산대학 교무주임에서 사직할 때 그는 부대
리교무주임이었다.

270808 장팅첸에게

마오천 형

7월 30일 편지는 오늘 도착했습니다. 나는 『오삼일보』의 내부 사정을
잘 모릅니다만 지금 이와 같다면 그에게 보내지 마시고 샤오펑에게 건네
주기 바랍니다. 그렇지만 사실 나는 『베이신』에 싣는 것은 적당하지 않다
고 생각합니다. 책은 작은데 글은 길어서입니다. 『위쓰』에 싣는 것이 낫다
고 생각하니 전해 주시기 바랍니다. 『베이신』에 어울리는 글은 별도로 보
내도록 하겠습니다.

코의 편지는 앞의 편지에서 알려 드렸습니다. 내게 광둥에서 대기하
라는 것으로 내가 어떻게 할 것인지 정할 수 있느냐는 것이었습니다. 나는
이 코가 아직 미친 것까지는 아니고 거센 부인이 목을 매어 죽겠다고 난
리를 피우는 것과 같이 억지를 부리며 못살게 구는 정도라고 생각합니다.
만약 미친 것이라면 분명 중산대학의 일이 순조롭게 풀리지 않아서입니
다. 셰[1]는 일찌감치 여기에 없고 쑨과 린이 있는 곳은 편지가 오가기 힘듭
니다. 다행히 피고인 제가 여기에 있어서 이걸로 충분합니다. 설사 코에게
잘못했다 하더라도 대단한 중범이 될 것도 아닙니다. 그래서 나도 그에 대
응할 준비를 하고 있지 않고 가만히 그가 미치는 것을 보고 있는데 꽤 흥

미룹습니다. 이런 방법으로 나를 겁주는 것은 헛일입니다. 그는 내가 「아Q정전」에서 Q가 잡혀가는 장면을 쓸 때 써내려 갈 수 없어서 술에 취한 척하며 순경을 때려 감옥에 갇히는 경험을 할 생각을 했던 일을 모릅니다.

나는 원래 월말에 떠나기로 했습니다. 짐도 이미 돌려줬는데 자오상 선박회사[2]는 배가 없고 타이구 선박회사도 파업을 하여 홍콩에서 갈아타야 합니다. 그런데 짐이 너무 많아 불편합니다. 그래서 지금까지도 어떻게 해야 할지 결정하지 못했습니다. 떠날 수 없다면 빨간 코에게 편지로 알려 그에게 여기로 와서 고소하라고 해야겠지요. 다른 곳에 가게 되어도 그에게 통지해야 합니다. 『중앙 부간』을 나는 아직 읽지 못하여 실린 것이 어떤 편지인지 모르겠습니다. 그렇지만 소송을 하면 나는 법정에서 할 말이 있습니다. 아마도 위탕의 '공지글'보다 더 재미있을 것입니다.[3]

신문보도에 따르면 류셴이 중산대학 일에 전념하기로 했다고 합니다. 어떤 사람은 그가 사람들과 동산東山에 놀러 간 것을 봤다는데 '유유자적하는 태도'였다고 합니다. 그리고 이전 교육청장[4]은 지금 또다시 위원으로 임명되어 류셴이 교육청장을 겸임할 수 없다는 것을 알 수 있습니다. 중산대학 내부는 어떤지 모르겠고 정말 예측 불가합니다. 그런데 지난달에 쫓아낸 교무 부주임이 오늘 등록처에 앉아서 일하는 것을 본 사람이 있습니다. 그런데 결코 '유유자적하는 태도'는 아니었다고 하니 정말 이해할 수 없습니다. 거의 모든 일이 흐리멍덩하고 분명한 방법이 없습니다. 이른바 '동쪽에 가서 양머리를 먹고 서쪽에 가서 돼지머리를 먹는' 식으로 그저 생명을 연장할 따름입니다.

아버님은 정말 위험했는데 지금 별일이 없다니 다행입니다.[5] 사실 '금고'는 '국고'에서 기원한 것입니다. 나는 옛일 몇 가지를 끄집어내어 고금의 모든 놀음을 대신하여 교본으로 삼아 촨다오 같은 아이들에게 보여 줄 생각이 있었습니다. 그러나 이 일은 쉽지 않은 데다가 공부도 부족하여 이루어지지 않을 것 같습니다. 예를 들어 장쑤와 저장은 인재를 수용하지 않는 곳입니다. 삼국시대 손씨가 이와 같았습니다. 우리는 오나라 및 위나라 인재와 한번 비교해 보기만 해도 알 수 있습니다. 조조도 사람을 죽였습니다만 이건 그에게 농담을 했기 때문이지요. 손씨는 이러지 않았는데도 사람을 죽였는데 전부 질투에서 비롯된 것이었습니다. 내가 사오위안이 저장에 남아 있기를 주장하지 않는 것은 바로 『삼국지연의』에 근거해서입니다. 광둥은 아직 거친 기운이 남아 있어 괜찮은 편입니다.

여기는 그렇게 덥지는 않습니다. 자주 바람이 크게 일고 바다에서 폭풍이 많이 붑니다. 나는 지금 『당송전기집』을 엮을 생각입니다만 아직 많이 손을 대지는 않았습니다. 그리고 과일을 많이 먹는데 물건이 좋고 가격은 쌉니다. 주위에서 일도 정말 많이 벌어집니다. 갑자기 길을 따라가며 총을 쏘기도 하고 찻집에 폭탄이 떨어지기도 합니다. 한 번에 다 이야기할 수 없으니 머지않아 만나서 이야기할 수 있기를 바랍니다. 왜냐하면 나는 '재판 시작에 대기'해야 하여 언젠가 항저우에 가야 하기 때문입니다.

8월 8일 밤, 쉰 드림

페이쥔 형에게도 같이 안부를 전합니다.

주)_____

1) 셰위성(謝玉生)을 말한다. 루쉰이 샤먼대학과 중산대학에 있을 때의 학생이다. 셰위성은 쑨푸위안에게 보낸 편지에 따르면 구제강이 '소문을 만들어 쉰 선생님을 무고한다'고 말하고 '구가 린위탕 선생도 배신하고 린원칭의 책사가 되었다'고 말하기까지 했다. 이 때문에 구제강이 소송을 제기하는 일이 일어났다. 편지에서 언급한 쑨과 린은 쑨푸

위안과 린위탕을 가리킨다.

2) 자오상(招商)은 중국 최초의 선박회사이다. 청대 동치 11년(1872) 이홍장이 창설했으며 1909년 상사로 바뀌었다가 1930년 '국영'기업으로 다시 변경되었다.

3) 수신자 장팅첸의 기억에 따르면 린위탕이 샤먼대학을 떠날 때 샤먼대학 총장 린원칭을 폭로하는 공지글을 배포한 바 있다고 한다.

4) 쉬충칭(許崇淸, 1888~1969)을 기리킨다. 원래 광둥성 교육청 청장으로 재직했으며 이 시기에 광둥성 정부위원 겸 재정청장으로 임명되었다.

5) 수신자의 기억에 따르면 당시 사오싱에서는 장팅첸이 공산당이라는 소문이 돌아서 그의 아버지가 한 차례 체포된 적이 있었다.

270817① 장팅첸에게

마오천 형

일전에 보낸 편지는 제 원고를 첩의 부간[1]에 보내지 말라는 뜻을 전하는 데 주력하다 보니 좀 급하게 썼습니다. 최근 며칠 동안 나는 푸 옹이 만드는 서점[2] 건을 갈무리하는 데 전념했는데 어제 다 마무리했습니다. 이제 내가 땀이 나고 땀띠가 날 일을 제외하고는 도움 준 사람들을 초청하여 식사를 한 번 하여 샤오양 6위안을 쓰기만 하면 됩니다. 장사는 다른 사람이 하는데 손해는 내가 보니 정말 괴상망측하지 않습니까!

어슴푸레 한 달 전 일이 떠오릅니다. 노루 모양의 머리에 쥐 모양의 눈을 한 빨간 코 '학자' 하나가 '시쯔후'西子湖 가로 달려가 우리가 '나쁘다'는 것을 널리 알리고 다른 한편으로는 소송이라는 '무료하기 짝이 없는 생각'을 짜냈습니다. 호수의 물 빛과 산 빛을 저버렸으니 여기에 생각이 미치면 실소를 금할 수 없습니다. 우禹는 벌레입니다.[3] 따라서 그런 사람은 없습니다. 나의 최근 연구에 따르면 쉰은 금수이므로 또한 그런 사람이 없습니다. 그러니 코는 잠시 자위를 해도 됩니다. 쉰迅 글자를 조사해 보면 곧 빨리 날 신卂입니다. 신은 실제로 송골매 준隼 자의 약자입니다. 우禹와 우愚도 이와 다를 바 없습니다. 이와 같이 해석하면 '준隼'도 순조롭게 해결됩니다. 곧 물水이 뜻이며 준隼이 소리입니다. '회匯' 글자와 같이 견강부회할 필요는 없습니다. 나도 문자에 밝은 편인데 내게 편지로 물어보는 사람이 없어서 아쉬웠습니다. 그렇지 않다면 나도 모아서 '금사변'今史辨을 만들었겠지요.

최근 우연히 이 『고사변』을 봤는데 놀랍게도 앞에 자서自序 일백여 쪽版이 있다는 것을 알게 됐습니다. 한漢나라의 대역죄인 사마천[4]은 거세로 인한 불평불만을 이렇게 큰 『사기』 뒤에 덧붙였는데 글이 그래도 아주 짧았습니다. 금일 이 학자는 코가 빨간 것뿐인데도 득의양양해하며 문인이랍시고 말하고 다닙니다. 우가 아직 존재한다 하더라도 화를 꾹꾹 누르며 아무 소리도 못 내고 결코 그런 사람은 없다, 라고 스스로 인정할 수밖에 없는 경지입니다.

이곳의 하반기 중산대학 문과는 실제로 지난해 샤먼대학에서 내쫓았던 무리로 코가 싫어하는 이들인데 푸쓰녠은 전국에서 모범이 될 만하다고 하면서 대대적으로 광고를 했습니다. 그렇지만 이것은 보름 전의 일입니다. 나중에 어떻게 되었는지 다음 회 해설 때 들어 봐야겠습니다. 나는 일들이 대략 마무리되어 원래는 바로 떠나도 됩니다. 그런데 타이구사의 양놈들이 하필이면 이때 파업을 하여 타고 갈 배가 없어졌습니다. 이곳도 점점 더워져서 서쪽 집에 있으면 햇볕에 쩌져 온몸이 땀띠로 벌겋게 됩니다. 그런데 생각해 보면 상하이에 도착해서도 좁은 집에서 지내야 하여 상황이 더 좋아질 수 없습니다. 그러자 마음이 평화로워지고 '순리를 따르게 되었습니다'. 땀띠가 나면 땀띠가 나나 보다, 종기가 나면 종기가 나나 보다, 이래도 좋고 저래도 좋게 됐습니다. 요컨대 적당한 배가 있으면 바로 떠나겠습니다. 그렇지만 내게 고심하라고 하면 우선 '번귀'番鬼5)가 다스리는 홍콩으로 옮겨 가서 우편선을 타는 방법도 있습니다만 정말 게을러져서 애쓰지 않게 됩니다. 다행히 최근 코의 고소 계획도 변경되거나 수정되어 나도 급하게 분부대로 할 필요가 없게 됐습니다.

『위쓰』에서 하는 말은 상당수가 다른 잡지에서 말하고 싶지 않거나 감히 말할 수 없거나 말을 하지 못하는 것들입니다. 만약 잡지가 정간된다면 정말 아쉬운데 나는 이미 몇 번 원고를 보냈지만 글이 생기가 없었습니다. 신월사의 목록을 보면 춘타이와 쉐자오6) 양의 이름이 다 올라가 있습니다. 나는 그럴 만한 가치가 없다고 생각합니다. 목록의 내용과 형식은 쉬즈모 식입니다. 발바리 떼가 바야흐로 식솔을 이끌고 남하하고 있습니다. 그런데 상황은 또다시 변화하여 최근에는 상갓집처럼 황망하니 불쌍하옵니다.

8. 17, 쉰

페이쥔 형과 샤오옌 동생에게도 이와 같이 안부를 여쭙니다.

주)_____
1) 루쉰이 항저우의 『삼오일보』 부간을 농담으로 지칭한 말로 『시경』의 「소남(召南)·소성(小星)」에 나온 다음 구절과 관련이 있다. "반짝반짝 저 작은 별, 삼오 개가 동쪽에 있네."(嘒彼小星, 三五在東) '작은 별'은 '첩'을 가리킨다는 주석이 있다.
2) 쑨푸위안이 만든 베이신서옥(北新書屋)을 말한다.
3) 구제강은 『노력』 증간호 『독서잡지』 9기(1923년 5월)에 「첸쉬안퉁 선생과 고사서를 논하다」(與錢玄同先生論古史書)를 발표했다. 이 글에서 구제강은 하나라의 우가 '도마뱀류'의 벌레라고 주장했다.
4) 한나라 역사학자이자 문학가인 사마천(司馬遷)을 가리킨다. 그가 쓴 『사기』는 중국의

유명한 기전체 역사서이다. 루쉰은 천(遷) 옆에 벌레 충(虫)자를 덧붙였는데 구제강이
"우는 도마뱀 종류"라고 한 것을 풍자한 것이다.
5) 광둥어로 '외국침략자'를 뜻한다.
6) 천쉐자오(陳學昭, 1906~1991)는 여성작가로 본명이 천수잉(陳淑英) 혹은 천수장(陳淑
章)이며 쉐자오는 필명이다. 번역가로도 활동했다.

270817② 장사오위안에게

사오위안 선생

이전에 보낸 몇 통의 편지를 이미 받았으리라 생각합니다. 세부 사항
은 다 기억나지 않고 다만 검은 참깨에 관한 고서 한 단락을 베껴 적은 편
지 한 통만이 기억납니다.

아주 오래전에 왕푸취안 선생이 보낸 편지를 받았는데 내게 글 한 편
과 책 표지 하나를 써 달라는 요청을 하며 완성되면 선생을 통해 전달해
달라고 했습니다. 글 쓰는 것은 아직 기한이 되지 않았습니다. 그런데 책
표지를 부치니 전달해 주시면 감사하겠습니다. 이런 글씨로 책 표지를 만
들게 되다니 정말 웃기고 개탄스럽습니다. 나는 최근에 거실에 걸 족자 한
폭을 쓰기도 했습니다. 이런 일은 광둥에 오지 않았다면 있을 수 없는 일
입니다.

신문에서 류셴이 홍콩에 도착했다는 기사가 실렸는데 어떻게 된 것
인지 모르겠습니다. 아마도 유람차 온 것이겠지요.

최근 서점 일을 마무리한다고 며칠 동안 바빴습니다. 원래 떠날 수 있
었지만 타이구사에 배가 없습니다. 우편선을 타는 것은 짐이 너무 많아서

힘들고 화물선을 타는 것은 너무 고되어서 아직 살펴보고 있습니다. 여하튼 적당한 배가 있으면 바로 떠날 것입니다. 그렇지만 날짜는 아직 정해지지 않았습니다.

날씨는 이전보다 더 더워진 듯합니다. 나는 지주 서항 장가에 햇빛을 쬐어 온몸에 작은 종기가 가득 났습니다. 목숨을 잃을 걱정은 하지 않지만 꽤 괴롭습니다. 변화가 많습니다. 중산대학도 하반기에 어떨지 모르겠습니다. 나는 현 상태를 유지할 수 있을지도 의심스럽습니다.

지지자는 류셴에 대해 정치도 그의 장점이 아니고 교육도 유치한 수준이라고 평가합니다. 그가 결국 '학교 설립에 전념'하며 '유유자적한 태도'를 취하는 것도 아마 이 때문이겠지요.

8. 17, 쉰 드림

270919① 자이융쿤에게

융쿤 형

8월 22일, 28일에 보낸 두 통의 편지를 오늘(9월 19일) 같이 받았습니다. 한 학생이 내게 갖다줬습니다. 당신은 내가 중산대학의 모든 직무를 3월에 이미 사직한 일을 아직 모르고 있는 것 같았습니다. 여기에서 하릴없이 머물러 있은지 6개월이 되었습니다. 지금은 배를 곯아 머리가 어지러울 지경입니다. 나는 원래 일찍 떠날 생각이었습니다만 처음에는 다른 이유로 나중에는 타이구사의 선원이 파업을 하여 배가 없어서 계속 떠나지 못하고 있습니다. 이제 배가 있다고 들어서 이달 안으로 떠날 생각입니다.

나는 일단 상하이에 갑니다. 이건 밥벌이할 거리를 찾아보려는 것에 다름 아닙니다. 그렇지만 정계와 교육계, 두 세계에는 발을 디디지 않을 생각입니다. 정말 문외한이어서 어떻게 돌아가는지 영문을 알 수 없을 때가 많습니다. 번역을 좀 하면서 밥벌이를 할지도 모르겠습니다. 베이징 대학의 조직 개편 건은 이미 신문에서 읽었습니다.[1] 이곳에서 약간의 학생——숫자는 모르겠습니다만 수십 명 혹은 백여 명이겠지요——을 체포해 간 이후에 매우 낙관적이 되었다고 들었습니다. 이제 중국 제일의 대학이 되었다고 합니다.

『광둥에서의 루쉰』鲁迅在廣東[2]을 나는 보지 못했는데 어떤 건지 모르겠습니다. 아마도 신문지상의 논의를 모은 것이겠지요. 그렇지만 이런 논의는 시의성을 띤 것으로 그때 그때 달라서 지금과는 아주 많이 다른 상황입니다.

시간은 확실히 빠릅니다. 우리가 길에서 만났던 게 기억나는데 그 뒤 벌써 일여 년이 지났고 나는 두 개의 성을 표류했고 환상에서 많이 깨어났습니다. 지금은 흐리멍덩한 상태입니다. 베이징을 생각해 보면 그곳도 나쁘지 않습니다. 게다가 지난해 나를 잡고 싶어 하던 '정인군자'正人君子들이 지금 대다수가 남으로 내려와 혁명하고 있으니 되돌아가는 것도 괜찮은 것 같습니다. 그렇지만 학생 몇 명이 나의 학생이라는 이유로 학교에 제대로 들어가지 못하고 있어서, 근자에 이런 상황이 많습니다. 심지어 나와 잘 아는 학생까지도 그 학생의 성격이 나와 비슷하여 가면 벗기기를 좋아할 것이라고 의심을 사서 미움받고 있는 상황입니다. 나는 그들 곁에서 같이 표류하다가 그들이 공부하게 되면 다시 조용해질 참입니다.

이십여 편의 작품을 읽어 볼 시간은 있을 것입니다. 그러나 최근 일 년 동안 나는 남을 위해 글을 고른 일이 전무했습니다. 가오창홍이 이전에 내게 그를 위해 글을 한 권 골라 달라고 한 적은 있습니다.[3] 나중에 그는 신문에 내가 그의 가장 좋은 글 몇 편을 다 빼 버렸다고 말했습니다. 내가 자기의 재능을 질투하여 유명해질까 봐 좋은 글을 일부러 묻어 버렸다는 것이지요. 그 다음에 나는 글을 고르는 일을 하지 않고 여유가 있으면 내 글을 추리면서 놉니다. 당신이 만약 가오창홍의 말을 불신한다면 내게 보내도 좋습니다. 시간이 있을 때 다시 한번 살펴보겠습니다. 그렇지만 시는 보낼 필요가 없습니다. 나는 이 방면은 잘 모르기 때문입니다. 원고는 '상하이 신자로新閘路 런지리仁濟里 베이신서국 리샤오펑李小峰 전달 수령'으로 보내면 됩니다.

여기는 아직 여름입니다. 홑겹으로 된 옷을 입고도 일을 하면 바로 땀이 줄줄 흐릅니다. 지난해 샤먼에 있을 때는 11월에 산에 올라갔다가 석류꽃이 핀 것을 봤습니다. 북방에 익숙한 눈으로 보면 조물주가 내게 농담을 거는 것처럼 느껴집니다.

9월 19일 밤, 루쉰

주)_____

1) 1927년 8월 베이양정부는 베이징대학과 베이징사범대학 등 9개 고등교육기관을 합병하여 '국립경사대학교'를 설립하고 그 아래 6개과 5개부를 설치할 계획을 세웠다. 이 방안은 각계각층의 반대에 부딪혀 결국 실현되지 않았다.
2) 중징원(鐘敬文)이 엮은 글로 1927년 7월 상하이 베이신서국에서 출판했다. 책에는 루쉰이 광저우에 도착한 뒤 신문에 실린 루쉰과 관련된 글 12편이 실렸다. 부록으로 루쉰의 잡문 1편과 강연록 4편을 실었다.
3) 가오창홍(高長虹)의 『마음의 탐험』(心的探險)을 가리킨다. 이는 시문집으로 1926년 6월 베이징 베이신서국에서 출판됐다.

270919② 장팅첸에게

마오천 형

　오랫동안 편지를 받지 못했습니다. 아마 당신은 내가 벌써 떠났으리라고 생각했겠지만 내가 지금까지도 2층에서 지내며 볕에 쩌 있을지 어찌 알았겠습니까! 타이구 회사 선원 제공諸公은 현장에 복귀했기에 나는 정말로 떠날 수 있게 됐습니다. 이미 이틀 동안 짐을 꾸렸고 27, 8일에 객잔으로 옮겨 배가 있으면 바로 탈 계획입니다.

　당연히 먼저 상하이에 가고 그 다음에 난징에 잠시 머물 계획입니다. 오래 머물러 봐야 이삼 일일 것입니다. 왜냐하면 일이 좀 있어서 유린을 만나 봐야 하기 때문입니다. 그렇지만 밥벌이를 도모하는 일은 아닙니다. 제 공子公이 다시 대학원장을 맡아서 밥벌이는 여전히 장웨이차오와 위안시타오 손 안에 있습니다. 다음 번 항저우에 가게 되면 시후西湖와 베이후北湖 등을 보면서 마음 놓고 이야기 나눌 수 있겠지요. 그렇지만 이런 계획은 나중에 바뀔 수도 있습니다. 지금은 그냥 하는 말이나 다름없습니다.

　이곳은 이미 꽤 선선합니다. 량수밍[1]은 벌써 위원이 되었는데 그는 잘나갈 것 같습니다. 시민은 장파쿠이張發奎 장군을 환영할 계획을 짜고 있는데[2] 패루에 걸려 있는 것이 공전에 없이 멋집니다. 각 청장은 이미 많이 바뀌었습니다. 황푸 학교는 벌써 폐교되었습니다. 오늘까지는 이와 같은 상황입니다.

　중산대학은 오늘(혹은 내일일지도 모릅니다. 기억이 확실하지는 않습니다) 개학했고 깃발 수여식을 거행했습니다. 깃발은 곧 교기인데 청천백일 바깥에 붉은 테두리를 덧붙였는데 새로 정했습니다. 개강이 언제인지는 듣지 못했습니다. 사오위안 선생은 이미 떠났겠지요. 이 학교의 안부는 보통 정국과 아주 많은 관련이 있어서 이번 학기가 어떠할지는 실제로 말할 수 없습니다. 그렇지만 그가 중립적인 태도를 취한다면 괜찮습니다.

『위쓰』의 141기와 142기를 결국 받지 못했습니다. 아마 몰수된 듯합니다. 이곳의 일부 청년은 위다푸를 위험인물로 보고 있는데 정말 이상합니다.[3] 광시에서 『홍수』와 『두슈문집』을 금지시켰습니다. 산터우의 창조사도 활동금지 조처가 내려졌습니다. 베이신에서 『광둥에서의 루쉰』을 출판하여 많은 사람들이 내게 달라고 하는데 나는 줄곧 모르는 일입니다. 출판계에 관한 소식은 대략 이와 같습니다.

신월서점의 목록을 당신은 본 적이 있습니까? 광고마다 자신만만하게 시인 철학자요 문필가라 합니다.[4] 춘타이도 그 사이에 이름을 올렸는데 나는 같이 이름을 올릴만하지 않다고 생각합니다. 가장 싫은 것은 『한담』 광고입니다. 나를 '위쓰파 수령'으로 승격시켜서 '현대파의 주장'인 천시잉과 교전을 했다고 말하고 모름지기 『화개집』을 읽은 이는 『한담』도 읽어야 한다고 운운하고 있습니다. 나는 벌써 잡감을 써서 『위쓰』지에 보내 이를 비난했고 이후에도 네다섯 편을 썼습니다.

펑쥐가 옌징대학이 나를 교수로 초빙하려 한다고 말하여 그에게 회답을 했습니다. 나는 얼마간 더 표류해야 할 것 같습니다. 내가 가면 분명학생 몇 명도 같이 가려고 할 것입니다. 이것은 내 힘이 미치는 영역이 아닙니다. 그런데 다른 사람은 내가 친구들을 불러들였다고 오해하기 쉽습니다.

나는 아마 이후에 학생들을 가르칠 수 없게 될 것 같습니다. 그렇지만 놀아야 할 때는 짐짓 같이 할 수 있습니다.

2층에서 최근 『당송전기집』 한 부도 다 편집했습니다. 상하이에 도착한 뒤에는 신진작가들의 소설을 골라야 하는데 모두 합하면 세 부입니다.

이후에는 정말로 놀아야 합니다. 다른 한편으로는 밥벌이를 찾으면서 말이지요.

9월 19일 밤, 쉰 드림

페이쥔 부인 앞으로도 같이 안부 여쭙니다. 옌 형과 사오싱의 어떤 형에게도 같이 안부 전합니다.

주)_____

1) 량수밍(梁漱溟, 1893~1988)은 베이징대학 교수를 역임했다. 1927년 4·12정변 이후 국민당 광둥성 정부위원과 광저우 정치위원회 건설위원회 상무위원과 대리주석을 지낸 바 있다.
2) 장파쿠이(張發奎, 1895~1980)는 국민당 장군이다. 제1차 국내혁명전쟁 시기 국민혁명군 제4군 군장을 지내며 북벌에 참가했다. 1927년 9월 하순 그는 소속부대를 이끌고 장시(江西)에서 광저우로 돌아왔다.
3) 위다푸(郁達夫)는 반월간지 『홍수』(洪水) 3권 19기(1927년 3월)에 발표한 「방향 전환의 도중에」(在方向轉換途中)에서 장제스집단의 '독재적이고 고압적인 정책'을 비난한 바 있다. 편지의 반응은 이와 관련되어 언급됐다.
4) 시인 철학자(詩哲)는 쉬즈모(徐志摩)를 가리킨다. 1924년 인도 시인 타고르가 중국에 방문했을 때 타고르를 '시성'이라고 지칭하고 쉬즈모를 '시인 철학자'로 지칭한 이가 있었다.

270922 타이징눙, 리지예에게

징눙
지예 　형

『아침 꽃 저녁에 줍다』의 수정원고는 이미 등기로 보냈는데 받아 보셨으리라 생각합니다.

징눙 형의 9월 8일 편지를 그저께 받았습니다. 소설[1]이 출판된다고 하니 정말 좋습니다. 주소는 상하이 베이신서국의 리샤오펑이 받아서 전달로 부쳐 주시면 됩니다. 보내는 편지도 마찬가지입니다.

이곳의 생활비가 너무 비싸고 타이구선도 이제 운행을 시작하여 이 달 말에 떠나 상하이로 가려 합니다. 거기는 지내기가 좀 편하고 또 글을 써서 팔 수도 있습니다. 여기에서는 아무것도 모르겠고 볼만한 간행물도 없습니다.

이전에 종종 떠나고 싶은 마음이 일었고 이제는 짐을 꾸리고 있습니다(열 개 정도 되는데 정말 싫습니다). 『망위안』에 오랫동안 글을 쓰지 않았습니다. 지금 글을 써서 오늘 보냈습니다.[2] 이다음에 이런 걸 몇 번 쓸 생각입니다.

동봉하는 사진 넉 장은 한 달 전에 찍은 것인데 R여사[3]가 원하면 건네주시기 바랍니다. 만약 쓸 데가 없으면 편하실 때 시싼탸오의 집으로 보내 주시기 바랍니다.

지난번 보낸 편지에서 부쳐 준 『이십사효』 종류 가운데 몇 권은 웨이쥔維鈞 형의 것이라고 말했습니다. 나는 바로 편지를 보내 어느 것인지 문의했는데 답신을 받지 못했습니다. 아마 내 편지가 중간에 사라진 듯합니다. 지금도 여전히 제게 알려 주시기를 바라는데 미리 우편으로 돌려드리려고 해서입니다. 왜냐하면 가지고 가기에는 불편하기 때문입니다.

나는 잘 지내니 걱정하지 마십시오. 배는 대략 이달 28, 9일에 탈 것 같습니다.

이곳은 의외로 선선해졌고 가을 분위기가 납니다.

미스 주서우헝朱壽恒이 결혼했다는 소식을 들었습니다. 올해의 링난대학은 분위기가 엄해져서 학생과 교직원이 논의를 개진하던 것이 사라져 버렸다고 합니다. 중국으로 회수하여 직접 운영해야 할 판입니다.

9월 22일 밤, 쉰

주)_____

1) 타이징눙이 쓴 단편소설집 『땅의 아들』(地之子)을 말한다. 1928년 11월 웨이밍사에서 '웨이밍신서' 중 하나로 출판했다.
2) 「어떻게 쓸 것인가」(怎麽寫)를 가리킨다. 나중에 『삼한집』에 수록됐다.
3) 로르스카야 여사를 말한다. 270221 편지의 관련 각주를 참고할 수 있다. 당시 그녀는 루쉰의 반신상 조각을 준비하고 있었다.

270925① 타이징눙에게

징눙 형

9월 17일 보낸 편지를 받았는데 반눙 선생님에게 말을 전해 주시기를 부탁드립니다. 나는 그의 호의에 감사합니다. 나를 위하고 중국을 위해서 말입니다. 그렇지만 죄송합니다. 나는 그렇게 하고 싶지 않습니다.

노벨상[1]은 당연히 량치차오에게 어울리지 않습니다. 나도 걸맞지 않는데 이 돈을 받기에는 더 노력해야 합니다. 세상에 나보다 더 좋은 작가가 한없이 많은데 그들도 받지 못했습니다. 당신은 내가 번역한 『작은 요하네스』를 읽으셨지요. 나는 그렇게 써낼 수 없는데 이 작가도 노벨상을 받지 못했습니다.

내가 덕을 보는 게 있다면 중국인이라는 점이겠지요. 이 '중국'이라는 두 글자에 기댔다고 칩시다. 그러면 천환징[2]이 미국에서 『공자 문하생의 이재학』孔門理材學을 써서 박사가 되는 것과 다를 바 없습니다. 스스로 생각해도 웃깁니다.

나는 중국에 노벨상을 받을 만한 사람이 시실 아직 없다고 생각합니다. 스웨덴에서 우리에게 신경 쓰지 말고 아무도 주지 않는 것이 가장 좋다고 생각합니다. 만약 황색얼굴을 한 사람이기 때문에 특별대접을 받는다면 오히려 중국인의 허영심을 키워서 정말로 다른 나라 대작가와 어깨를 나란히 할 수 있다고 착각하게 되어 결과는 아주 나빠집니다.

내 눈앞에 보이는 것은 여전한 어둠입니다. 지치기도 하고 위축되기도 하여 이후에 창작을 할 수 있을지 여전히 알 수 없습니다. 만약 이 건이 성사되어 이후에 다시 펜을 들지 않으면 사람들에게 미안합니다. 만약 다시 써도 한림문자로 변할 테니 하나도 좋지 않게 될 것입니다. 이전처럼 명예는 없이 가난한 것이 좋다는 생각입니다.

웨이밍사 출판물은 여기에서 신뢰를 쌓았습니다만 판매처가 적은 듯합니다. 책을 읽는 사람은 대개 시대의 추세를 읽습니다. 지난해는 궈모뤄의 책이 괜찮았고 올 상반기에는 내 책이 괜찮았으며 지금은 다이지타오[3]의 강연록이 많이 팔립니다장제스의 책도 한때 팔렸습니다. 여기 책은 작가가 직접 와서 누벼야 더 좋습니다. 강호에서 고약을 파는 사람이 꼭 호랑이 뼈를 옆에 걸어 놓는 것과 비슷합니다.

그리고 일련의 잡다한 일이 있었습니다. 지예에게 보낸 편지에 자세하게 썼으니 덧붙이지 않겠습니다.

9월 25일, 쉰 드림

주)_____

1) 1927년 스웨덴의 한학자 칼그렌(Bernhard Karlgren, 1889~1978)은 중국을 방문한 지질학자이자 탐험가인 스벤 헤딘(Sven Hedin, 1865~1952)을 통해 류반눙에게 중국의 노벨문학상 후보를 추천해 달라고 부탁했다. 류반눙은 량치차오와 루쉰을 추천할 계획이었는데 타이징눙에게 루쉰의 의견을 알아봐 달라고 부탁했다.
2) 천환장(陳煥章, 1881~1929)은 광둥 신후이(新會) 출신이다. 청말 유신운동의 지도자 중 한 명이다. 유신운동 실패 후 일본으로 도망가 입헌군주제를 고취하며 쑨중산이 지도하는 민주혁명운동에 반대했다. 만년에 청화대학 연구원 교수를 역임했다. 저서로『음빙실문집』(飮氷室文集)이 있다.
3) 다이지타오(戴季陶, 1890~1949)는 저장 우싱(吳興) 출신이다. 초기에 동맹회에 참가했으며 이후 국민당 중앙선전부장과 중앙집행위원회 상무위원, 국민당 정부 고시원 원장 등을 역임했다. 4·12정변 전후에 장제스의 공개 반공 '숙당'을 위해 대대적으로 여론을 조작한 바 있다.

270925② 리지예에게

지예 형

12일 편지를 받았습니다. 안에는 공화에 보내는 편지가 들어 있지 않았습니다.[1]

『백차』白茶는 아마 열셋만 있는 것 같습니다. 내가 잘못 알았습니다. 이 일은 이렇게 마무리할 수밖에 없습니다.

베이신서옥의 장부는 하루 이틀 기다렸다가 다시 상세하게 결산하자고 했는데 오늘까지도 아직 처리한 것이 없습니다. 내가 너무 바빠서입니다. 결산할 수 있는 사람이 나 하나밖에 없습니다. 사실은 이미 결산했는데 대략 80위안이 부채입니다. 내가 우체국에 송금하러 갔을 때 중앙은행에서 고객인출사태가 벌어져서 표 가치가 급락하여 우체국도 환거래를 정지하여 부칠 수 없었습니다. 그게 지금까지 이어진 것입니다. 이 돈은 내가 상하이에 도착하고 다시 보낼 수밖에 없습니다.

29일에 배가 있어 배표를 구한다면 이 배를 타고 10월 6, 7일에 상하이에 도착할 수 있습니다.

이곳의 문예는 많이 침체되어 있습니다. 어제 창조사에 가서 한번 살펴보고 웨이밍사의 책은 다 팔렸고 『망위안』만 많이 남아 있다는 것을 알게 됐습니다. 『망위안』에 투고한 라오차오화饒超華 군(전에 회신한 사진에 나와 푸위안 사이에 앉은 이가 바로 그입니다)이 귀갓길에 산터우에 들렀다가 체포되었는데 지금은 석방된 듯합니다. 그는 그렇게 시를 쓰는 것 외에 아무것도 하지 않는데도 고초를 겪었으니 상황이 어떤지 상상할 수 있습니다. 그런데 그곳은 작은 지역입니다. 광저우시는 형편이 좀더 낫습니다.

책 표지 건은 쉽지 않습니다. 나는 몇 사람에게 부탁했는데 아무에게도 회신이 없었습니다. 이곳에서는 상상할 수 없는 것이지요. 군인 하나가 말을 타고 앞으로 달려가는 것을 그릴 수밖에 없는 것 같습니다.이른바 '혁명! 혁명!'입니다.[2] 『아침 꽃 저녁에 줍다』는 내가 춘타이에게 부탁했는데 그림이 오지 않았습니다. 그는 베이신과 싸워 사이가 틀어졌는데 정말 신월사와 연합할지 모르겠습니다. 내가 다시 한번 생각해 보겠습니다.

지난번 『상아탑』 표지는 너무 한가운데 인쇄됐습니다. 아래에 공백을 남겨 둬서는 안 됩니다. 이번에 시간이 된다면 수정해 주시기 바랍니다.

『망위안』 원고는 한 편을 이미 보냈습니다. 나는 원래 이런 글을 몇 편 더 쓸 생각이었습니다. 그런데 이동하게 되어 시간이 날 수 있을지 모르겠습니다. 이곳은 절대로 머물고 싶지 않습니다. 상하이에 잠시 머무르면서 가능한지 여부를 살펴봤다가 다시 생각해 보겠습니다. 여기 대학은 이미 현대파의 본거지가 되어 버렸습니다.

노벨 관련 건은 징눙에게 보낸 편지에 상세하게 썼으니 늘어놓지 않겠습니다.

창조사는 우리와 지금은 관계가 매우 좋은 것 같습니다. 그들은 남쪽에서 꽤 억압을 당했으니 개탄스럽습니다. 현재 문예에 힘을 쏟는 곳은 여전히 창조와 웨이밍, 천중 세 곳밖에 없고 다른 곳은 없습니다. 만약 이 3사가 침묵한다면 중국은 전국이 사막이 될 것입니다. 남방에는 희망이 없습니다.

9. 25, 쉰

13일에 보낸 편지를 연속해서 받았습니다. 공화의 수령증은 웨이밍사가 받아야 하는 것 같아 오늘 되부칩니다.

주)_____

1) 공화(共和)는 광저우의 공화서국(共和書局)을 말한다. 베이신서옥을 정리할 때 재고도서는 모두 이 서국으로 이전했다.
2) 당시 광저우의 이른바 '혁명문학사'가 출판한 반공간행물 『이렇게 하자』(這樣做, 순간) 3, 4기 합본호의 표지그림을 가리킨다.

271004 타이징눙, 리지예에게

징눙 형
지예

어제 상하이에 도착하여 견본 그림 다섯 장을 봤습니다.[1] 에덴의 사진은 보기 싫게 나온 것 같습니다. 원본은 이렇지 않은 것으로 기억합니다. 그림자가 많이 졌고 인물 가장자리도 조잡합니다. 원본대로 다시 한 장 만들고 이 사진은 사용하지 않기를 바랍니다. 나는 앞서 보낸 편지에서 가장자리를 지워 달라고 했는데 그건 다시 찍은 후의 판 가장자리를 지워 달라는 것이었습니다. 그림자 등등까지 다 지워날라는 것은 아니었습니다. 요컨대 다시 한 장 더 만들어서 모두 원래의 모습을 살려 주기 바랍니다.

이 책의 표지와 『아침 꽃 저녁에 줍다』 책 표지는 이미 춘타이에게 그려 달라고 부탁했습니다. 완성된 뒤 바로 부치겠습니다. 책의 1쪽 뒷면에 "쑨푸시孫福熙가 책 표지를 그리다" 한 줄을 덧붙여 주기 바랍니다.

나는 지금 여관에 머물고 있습니다. 이삼 일 내 어쩌면 시후에 가서 대엿새 놀다가 어디로 갈지 정할까 싶습니다.

10. 4, 쉰

주)_____

1) 『작은 요하네스』의 작가 반 에덴의 초상과 이 책의 삽화 인쇄견본을 말한다. 반 에덴(F. Van Eeden, 1860~1932)은 네덜란드 작가이다.

271014 타이징눙, 리지예에게

징눙
지예 형

도서 회계장부는 일찌감치 결산을 마쳤습니다. 보내온 한 장과 별반 차이가 없습니다. 그곳의 우체국이 환거래를 일시 정지하여 지금까지 계속 미뤄졌습니다. 오늘 상우관에서 80위안을 송금했는데 류리창에서 수취하시기 바랍니다(출판사 도장을 가지고 가는 것이 가장 좋습니다). 이렇게 하여 내 손을 거친 도서 대금은 다 청산한 셈이 됩니다.

『작은 요하네스』와 『아침 꽃 저녁에 줍다』 두 책의 표지는 원래 모두 춘타이에게 그려 달라고 부탁할 계획이었습니다. 그러나 그가 지금 아파서 일단 그에게 『작은 요하네스』 한 장을 그려 달라고 부탁할 수밖에 없었는데 아직 완성하지 못했습니다(완성하면 바로 부치겠습니다). 『아침 꽃 저녁에 줍다』 1쪽의 뒷면에 "쑨푸시가 책 표지를 그리다" 글자는 잠시 인쇄하지 말아 주십시오. 여기에 도착한 지 벌써 열흘이 다 되어 갑니다. 아는 사람이 이렇게 많고 접대로 이렇게 바쁠지는 생각지도 못했습니다. 나를 초빙하여 일해 달라는 곳도 매우 많습니다. 그렇지만 나는 문을 닫고 번역과 책 쓰기에 몰두하고 싶습니다.

광풍사[1] 사람은 여기에도 매우 많이 있는 것 같습니다. 활발히 활동하고 싶어 하지만 활동을 제대로 하지 못합니다. 스스로 똑바로 서 있지도 못합니다.

여기는 벌써 많이 추워졌습니다. 신문에 베이징에는 눈이 내렸다고 하는데 그렇겠구나 싶습니다.

편지는 여전히 원래 장소에서 전달받겠습니다.

10월 14일, 쉰

주)_____

1) 광풍사(狂飈社)는 가오창훙(高長虹)과 샹페이량(向培良) 등이 조직한 문학단체이다. 1924년 11월 베이징의 『국풍일보』(國風日報)에 『광풍』 주간이 나온 적이 있는데 17기까지 내고 폐지됐다. 1926년 10월 이 단체는 상하이 광화서국(光華書局)에서 다시 『광풍』 주간을 출판했으며 '광풍총서' 등을 출간했다. 1928년에 해체됐다.

271017 리지예에게

지예 형

며칠 전에 편지 한 통과 도서 대금 80위안을 부쳤는데 받았으리라 생각합니다. 6일에 보낸 편지는 오늘 받았습니다. 글자 빈 칸을 다 채워서 오늘 부쳤습니다. 책 표지는 이미 쑨춘타이에게 부탁했는데 다 나왔습니다. 미세한 그물눈 동판을 사용해야 하는데 베이징에는 없을 것 같아서 상하이에서 판을 만든 다음 베이징으로 부칠 계획입니다.

이곳에 도착해 보니 아는 사람이 너무 많아서 사람을 만나느라 더 바쁘게 지냅니다. 금세 10여 일이 훅 지나갔습니다. 아무 일도 하지 못했습니다.

광화서점은 일처리가 그렇게 반듯하지 못한 것으로 보입니다. 믿을 만하지 못합니다.

『아침 꽃 저녁에 줍다』 후기에서 「조아」[1]의 그림 묘사는 좋지 않습니다. 원본이 아직 있다면 이 그림을 동판으로 바꿔 주시기 바랍니다. 그러면 선이 비록 가늘지만 괜찮을 겁니다.

『망위안』 16, 17기는 여전히 보이지 않습니다. 내게 3기도 없는데 같이 보내 주시기 희망합니다. 3기 1권과 16, 17기 두 권씩입니다. 이후에 편지는 '상하이 바오산로寶山路 상우인서관 편역소 저우젠런周建人 선생 대리 수신'으로 보내면 됩니다.

『망위안』의 명칭을 이전에는 오기로 바꾸지 않았습니다. 내 생각에 내년 1월부터 『웨이밍』으로 이름을 바꿔도 됩니다. 『광풍』이 이미 소리 소문 없이 사라졌기 때문입니다. 게다가 『망위안』은 창간 초기에 창훙 패거리와 관련이 있어서 지금까지도 계속 쓸 필요가 없습니다. 창훙 패거리를 여기에서 '망위안의 꼬마들'로 부르는 사람들이 여전히 많습니다. 그래서 『망위안』의 이름은 그렇게 흥미롭지 않습니다. 그렇지만 이건 제 개인적인 생각이니 여러분들이 결정해 주시기 바랍니다.

징눙의 소설 원고는 이미 받았다고 전해 주시기 바랍니다.

지난번 보낸 책 가운데 어느 것이 웨이쥔 것인지도 알려 주시기 바랍니다. 되돌려 드리기 위해서입니다.

10. 17. 밤, 쉰

주)_____

1) 조아(曹娥, 130~143)는 동한시대 사람이다. 아버지 조우(曹盱)가 5월 5일 오자서(伍子胥)의 신을 영접하는 제사 도중 순강(舜江; 오늘날 차오어강曹娥江)에 익사했다. 며칠 동안 시체가 보이지 않자 효녀 조아는 그 당시 나이가 겨우 14살이었는데 밤낮으로 강 연안에서 통곡하며 슬퍼하다 17일이 지난 5월 22일에 강에 투신했다. 5일 후 조아의 시체가 아버지의 시체를 안고 수면 위에 떠올랐다. 이 이야기가 현부지사(縣府知事)에게 전해져서 비석을 세우게 하고 그의 제자 감단순(邯鄲淳)에게 기리는 사를 짓게 했다고 한다. 이 때문에 살고 있는 마을은 차오어전(曹娥鎭)으로, 강은 차오어강(曹娥江)으로 명명됐으며 절이 건립되어 효심을 기렸다.

271020 리지예에게

지예 형

『작은 요하네스』 표지의 동판이 완성되어 베이신에 이를 대신 부쳐 달라고 부탁했습니다. 아마 며칠 뒤 받을 수 있을 겁니다. 오늘은 견본을 부칩니다. 종이는 황색지를 썼고 그림은 보라색을 사용했습니다.

쑨춘타이의 병이 나아서 『아침 꽃 저녁에 줍다』 표지도 그리기 시작했습니다. 책의 1쪽 뒤에 "쑨푸시가 책 표지를 그리다" 글자를 인쇄해도 됩니다.

10. 20, 쉰

동판 비용 5위안은 편하실 때 시싼탸오의 미스 쉬에게 건네주십시오.

271021① 장사오위안에게

사오위안 선생

이틀 못 뵈었는데 6년을 격조한 것 같습니다.

지푸에게 온 편지가 있으니 일단 삼가 읽어 보십시오.[1] 나는 이 일[2]이 형에게 어울린다고 생각합니다. 왜냐하면 사람과 다툴 일이 아마도 적을 것이기 때문입니다. 그렇지만 월급을 제대로 받을 수 있을지는 모르겠습니다.

10월 21일, 쉰 돈수

부인 앞으로 이름을 아뢰고 안부를 여쭙니다.

주)_____

1) 지푸, 곧 쉬서우창은 당시 난징국민정부 대학원 비서로 일하고 있었다.
2) 대학원 원장 차이위안페이가 루쉰과 장사오위안 등을 초빙하여 이 대학원의 특약저술원으로 임명하고자 했다.

271021② 랴오리어에게[1]

리어 형

　12일에 보낸 편지를 어제 받았습니다. 먼저 부친 다른 편지도 이미 받았습니다. 나는 7일에 편지를 보냈고 그 뒤에 『들풀』한 권도 보냈는데 이미 도착했으리라 생각합니다.

　상하이에 도착한 지 벌써 십여 일이 됐습니다. 아는 사람이 너무 많아서 조용히 지내지 못하고 거의 매일 술을 마시거나 영화를 보며 지냅니다. 일주일을 더 보내면 좀 한가해질 수 있을 것 같습니다. 이렇게 지내는 것은 좋지 않습니다. 책도 읽을 수 없고 글을 쓸 수도 없습니다.

　여기의 상황은 광저우보다 좀더 흥미롭습니다. 각양각색의 사람들이 있고 간행물 종류도 많아서 광저우처럼 단조롭지 않습니다. 처음 도착했을 때 신문에서 내가 서점을 열 것이라는 루머를 만들어 냈습니다. 상하이 사람들은 상인의 눈으로 사람을 판단하는 데 익숙하기 때문입니다. 또 내게 국문학을 가르치는 일로 초빙한 사람도 있었습니다만 나는 승낙하지 않았습니다.

　지금 나는 '바오산로, 둥헝방로東路浜橫, 징윈리景雲里 29호'에 머뭅니다. 이후에 편지는 이곳으로 바로 보내면 됩니다. 여기는 중국 관할 땅이어서 방세도 비교적 저렴합니다. 전쟁만 일어나지 않으면 괜찮습니다.

　중산대학 총장이 홍콩으로 간 일은 나도 신문에서 봤습니다.[2] 장즈마이 패거리가 이 일로 바로 이리저리 의심을 하고 있으니 정말 불쌍합니다.[3] 사실 그들은 괜찮습니다. 잘 바뀌니 어찌 손해를 보겠습니까? 광둥으로 되돌아가는 일에 대해서라면 나는 생각을 해본 적이 없습니다.

　린위탕 선생은 만났습니다. 지금은 부인을 데리러 샤먼으로 되돌아갔습니다. 십여 일 뒤 다시 상하이로 올 것이라고 합니다. 쉬서우창 선생은 난징대학원에서 비서를 하고 있습니다. 그들은 나를 초빙하여 책 번역을 맡기려 합니다. 그러나 갈 생각이 아직은 없습니다.

장사오위안 선생은 이미 만나 봤습니다. 그는 오늘 항저우로 돌아갔는데 부인 집에 잠시 머무릅니다. 대학원에서 편역 일로 그를 초빙했다고 합니다. 그에게는 이 일이 어울린다는 생각입니다.

광저우 중산대학의 올해 하반기는 상반기보다 좋지 않을 것입니다. 당신이 혼자 알아서 책을 많이 읽는 것이 제일 좋다는 생각입니다. 교원에 의지해서는 안 됩니다. 그들의 학문을 다 배운다 할지라로 그저 '어리둥절하니 멍'할 따름입니다. 읽을 만한 책을 보면 보내도록 하지요.

구멍위가 광저우로 돌아갔다는 이야기를 상하이에서는 듣지 못했습니다. 『중앙일보』는 나오지 않게 됐습니다. 난징에서 별도로 중앙일보 주비처를 조직했는데 그중 다수는 '현대파'입니다.

나는 원래 조용히 지내며 번역과 집필에 몰두하고 싶었는데 수월치 않습니다. 시끌벅적한 게 익숙해졌습니다. 주위에서 내가 조용히 지내는 걸 허락하지 않습니다. 그래서 소용돌이에 매우 쉽게 말려들어 갑니다. 많은 친구들을 만나고 주위가 좀 조용해진 뒤 다시 상황을 살펴봐야겠지요. 만약 열심히 할 수 있다면 나는 여전히 책 읽고 글 쓰고 싶습니다.

광핑 누이도 이곳에 머물러서 추신하여 안부를 여쭙니다. 그녀의 이전 동학 몇 명이 이곳에 있습니다. 여성에 관한 간행물을 만드는 데 같이 하자고 하는데 아직 가지는 않았습니다.[4]

10월 21일, 쉰

주)_____

1) 랴오리어(廖立峨, 1903~1962)는 광둥 싱닝(興寧) 출신이다. 원래 샤먼대학 학생이었으
   나 1927년 1월 루쉰을 따라 중산대학으로 옮겼다. 나중에 루쉰의 상하이집에 기숙하기
   도 했다.
2) 1927년 10월 13일 왕징웨이파로 인식되는 장파쿠이가 중산대학에 강연하러 가자 장
   제스 계열에 속하는 총장 다이지타오와 주자화는 즉각 학교를 떠나 홍콩으로 갔다. 나
   중에 다이는 상하이로 갔고 주는 광저우로 돌아갔다.
3) 장즈마이(張之邁)는 1926년 중산대학 영문과 학생이다.
4) 『혁명적 부녀』(革命的婦女)를 말한다. 국민당 상하이시 당부 부녀부에서 주관한 잡지로
   베이징여사대 시절 쉬광핑의 친구인 뤼윈장(呂雲章)이 주편을 맡았다.

271031 장사오위안에게

사오위안 선생

　선생의 편지 두 통을 모두 받았습니다. 그 가운데 한 통은 번역원고가
들어 있습니다. 원고는 팔(살) 사람을 찾겠습니다.

　지푸가 말한 일은 지금까지 소식이 없습니다. 그렇지만 소식이 있더
라도 나는 가고 싶지 않습니다. 여기에 대한 느낌은 애오라지 답답할 뿐이
어서 참을 수가 없습니다.

　이미 떠났는데 다시 광둥 쪽에 전보를 보낼 필요가 있겠습니까. 어제
류셴이 황포차黃包車를 타고 바삐 길을 가고 있는 것을 본 학생이 있었습니
다. 아마 총장을 만류하러 쫓아가는 것이겠지요.[1]

　최근 또다시 강연 같은 것을 할 일이 자주 있습니다. 정말 고됩니다.

10월 31일, 쉰 드림

부인 앞으로 이름을 아뢰고 안부를 여쭙니다.

주)_____

1) 1927년 10월 18일 『국립중산대학일보』 64호에 따르면 "주 부총장은 다이 총장이 학교로 돌아올 것을 독촉하러 오늘 상하이에 갔다"고 한다.

271103 리지예에게

지예 형

10월 26일 편지를 오늘 받았습니다. 에덴의 초상은 인쇄에 들어갔습니다. 네댓새 안에 나올 겁니다. 초상이 나오면 바로 부치겠습니다.

『상아탑』과 『망위안』, 그리고 당신의 원고는 아직 도착하지 않았습니다.

『망위안』은 확실히 힘이 덜 듭니다. 그건 창작과 비평이 적고 번역 글이 많기 때문입니다. 우리가 각자 외국 문예잡지 한두 개를 정해서 순수문예 쪽으로 힘을 쏟으면서 다른 한편 그림 같은 것을 소개한다면 더 재미있어지지 않을까 싶습니다. 그렇지만 베이징에서는 조판하기가 수월치 않습니다. 처음에는 나도 여기에서 편집을 하려 했습니다. 나는 원래 은둔하여 뭔가 열심히 해볼 생각이 있었기 때문입니다. 그러나 최근 상황을 보면 각지에서 찾아오고 강연 초청을 하고 교원으로 초빙하는 곳도 많아서 한시도 조용할 수 없습니다. 나는 시골로 가 몸을 숨기고 싶은 생각이 간절합니다. 그런 까닭으로 상하이를 떠날지도 모르겠습니다.

『작은 요하네스』의 책 표지 판을 21일에 보냈습니다. 벌써 도착했으리라 생각합니다.

『망위안』에 대해 또 말할 것이 있습니다. 신문지를 사용하는 것은 너무 보기 좋지 않은 것 같습니다. 좀더 좋으면서 이전보다 더 저렴한 종이를 사용하는 것은 어떤지요. 쪽수를 줄이는 것은 불가피합니다.

광풍사 사람들은 이전에 최첨단이었는데 변한 것 같습니다. 상웨尙鉞는 아주 안 좋아졌는데 허난에 있다고 하고, 페이량은 후난에, 가오창훙은 상하이에 있는 것 같습니다. 이 그룹은 페이량을 제외하고 다 아주 나쁜 사기꾼입니다. 창훙은 며칠 전에 카이밍서점의 장 군[1]을 찾아갔는데 만나지는 못했다고 합니다.

글 한 편[2]을 첨부하여 부칩니다. 이전에 쓴 글인데 다른 곳에서 되가져온 것입니다. 『망위안』에 사용해도 됩니다.

11. 3, 쉰

주)_____

1) 장시천(章錫琛)을 말한다.
2) 「중국인의 얼굴」(略論 中國人的臉)이다. 『이이집』(루쉰전집 5권)에 수록되어 있다.

271107① 장팅첸에게

마오천 형

6일에 보낸 편지는 이미 받았습니다. 상하이에 온 뒤 지금까지 놀며 지냈습니다. 그 사이에 강연 같은 것도 있어서 꽤 힘들었습니다. 최근 또 부득이하게 노동대학에서 국문을 매주 한 시간씩 맡아서 더욱 힘들게 느껴집니다. 항저우의 갈대꽃은 볼만하다는 소문이 자자합니다. 마음은 그곳으로 향하지만 또 게을러서 떠나지는 못하고 있습니다. 매화꽃 구경할 날을 기다려야 할지도 모르겠습니다.

『유선굴』은 선본이 있으니 당연히 선본으로 교정본 뒤 인쇄에 부치는 것이 가장 좋습니다.『당송전기집』은 막 교정하여 인쇄하고 있습니다. 상책을 먼저 출간할 계획입니다. 책이 나오는 대로 바로 부쳐 드리겠습니다.

베이신에서 리(샤오펑의 사촌형)와 왕(누구인지 모르겠습니다) 두 공公이 체포되고 수색당한 일이 10월 22일이며,『위쓰』의 판매금지는 24일에 일어났다고 들었습니다. 작가는 모두 몸을 피했고 저우치밍은 일본 병원에 있었을 겁니다. 베이신을 강제 폐쇄한 것은 30일입니다. 오늘 차오펑이 치밍의 편지를 받았는데 이미 집으로 돌아온 것 같다고 합니다. 그는『위쓰』를 3기 더 출간해야 하고 삼 년을 채우면 그 다음에 베이신으로 돌아가 일을 이어서 할 수 있다 운운했다고 합니다. 30일에 보낸 것은 아마도 강제 폐쇄 소식을 아직 모를 때였겠지요. 그가 북방에 있는 것은 당연히 남쪽에 오는 것보다 안전하지는 않습니다. 그렇지만 나는 이 일에 찬사를 보내지 못하겠습니다. 왜냐하면 바다오완의 위용이 대단하다고 느끼기 때문입니다. 장쒀린보다 결코 못하지 않습니다. 한번 말을 붙였다가 죄가 더 중해질 수도 있기 때문입니다. 다행히 그에게 좋은 친구가 있어서 서로 도와줄 수 있겠지요.

지푸는 원래 난징에서 사오위안을 초빙할 것이라고 이야기했습니다만 지금까지 뒷 소식이 없습니다. 어떻게 차이 공이 말하여서 지푸가 대강 응대한 것일 수 있겠습니까. 그렇지만 사실 초빙하러 온다 하더라도 무료합니다. 위탕이 지난번에 샤먼으로 돌아갔었는데 지금 상하이에 벌써 와서 집을 찾아왔습니다. 그러나 내가 외출할 때였습니다. 그가 어디에 사는지는 모르겠습니다만 무사한 듯합니다. 어떤 학생이 상하이에서 푸쓰녠이 길을 가고 있는 것을 봤다고 내게 알려 왔는데 확실한지 모르겠습니다. 사실이라면 이 공은 이리저리 길에서 지척대며 일처리에 수완을 발휘하고 있는 중이겠지요.

나는 건물 한 칸을 독차지하고 있습니다. 쾬타골목보다 훨씬 더 좋습니다. 광둥의 월급을 다 쓰지 않았기 때문입니다. 그렇지만 연회와 손님 접대, 억지로 글을 쓸 일이 여전히 너무 많아서 조용히 지낼 수 없어 아주 고됩니다. 원래 번역일을 하고 싶었습니다만 지금 원하는 대로 할 수 있을지 모르겠습니다.

11월 7일, 쉰 드림

부인에게도 같이 안부 여쭙니다.

271107② 장사오위안에게

사오위안 선생

5일에 보낸 편지와 원고는 이미 도착했습니다. 번역원고는 샤오펑이 수락하여 반월간 『베이신』에 싣기를 원합니다. 주석의 후반부가 오면 바로 보내겠습니다.

베이징의 베이신서국은 10월 22일에 수색당하고 두 명이 체포됐습니다. 한 명은 샤오펑의 사촌형이고 다른 한 명은 왕씨 성을 가진 이로 다른 사건과 관련 있는 것 같습니다. 『위쓰』는 24일에 판매금지 당했습니다. 베이신국도 갑자기 30일에 일시 폐쇄됐습니다. 나는 이 일이 여전히 장스자오와 깃발기 보호운동[1]의 사람이 농간을 부리고 있는 것이라고 의심합니다.

　어떤 학생이 내게 푸쓰녠을 상하이의 길에서 봤다고 알려 왔습니다. 이 공은 어떻게 또다시 총장을 쫓아와서 만류하는 것인지요.

11월 7일, 쉰 올림

　광둥의 중산대학 영문과 학과장으로 류치펑劉奇峰이 됐다고 들었습니다. 어떤 사람인지 모르겠습니다.

주)_____

1) 당시 국가주의파는 베이양군벌을 옹호하고 혁명을 반대하여 오색기를 보호하는 '깃발운동'을 발기한 바 있다.

271114 장사오위안에게

사오위안 선생

　앞뒤로 『종교사연구』 2회분과 소품 2회분, 모두 4편을 받았습니다. 그렇지만 소주[1]의 후반부는 오늘까지 받지 못했는데 어쩌면 중간에 사라진 것인지도 모르겠습니다. 좀 기다려 봤다가 안 되면 고치거나 보충하여 써야 할지도 모르겠습니다. 참작하여 결정해 주시기 바랍니다.

일본어 NoRito는 '축사'입니다.

동생은 이곳에 도착한 지 달포가 됐습니다. 매일을 연회와 손님 접대와 연설로 지새웁니다. 정말 무료하기 짝이 없습니다. 몸이 야위어 가나 일말의 성과도 없습니다. 문을 걸어 잠그고 번역을 하고 싶지만 그럴 수 있을지 모르겠습니다.

오늘 적화 토벌을 한다지만 종교학에 대해서 여전히 주의를 기울이는 사람이 없습니다. 독서계의 대세를 보면 장래에 상황을 살펴보며 물어볼 사람은 여전히 문예계 사람뿐일 것 같습니다. 형은 한번 시도해 볼 생각이 있는지 모르겠습니다. 가령 지난번 『위쓰』에서 논의한 『타이스』[2]처럼 정말 좋은 책은 중국어로 번역하기만 하면 독자가 있습니다. 헛되게 읽은 것까지는 아니지요. 반눙이 프랑스 소설을 번역한 것은 짧은 것을 골라 번역하는 추세를 따른 것 같습니다. 나는 그다지 좋지 않다고 생각합니다.

11월 14일, 쉰 돈수

부인 앞으로도 돈수합니다.

주)_____

1) 소주(小注)는 글자가 본문보다 작고, 주로 본문 사이에 두 줄로 잘게 달아 본문과 구별하는 주석이다. 할주(割註)라고도 한다.
2) 『타이스』(Thaïs). 프랑스의 작가 아나톨 프랑스(Anatole France)가 쓴 장편소설이다.

271116 리지예에게

지예 형

4일에 보낸 편지를 받았습니다. 소설원고와 『상아탑』은 일찌감치 도착했습니다.

『망위안』은 좋은 종이를 쓰고 쪽수를 줄이는 것이 여전히 가장 좋습니다. 카이밍서점에서 18, 19 합본호 10권이 일찍 소진됐다고 들었습니다. 그런데 책이 계속 들어오지 않았다고 합니다. 왜 많이 보내지 않았는지 궁금합니다.

『작은 요하네스』의 작가 초상은 춘타이에게 인쇄한 것을 가져가라고 부탁했습니다. 그런데 그가 갑자기 일이 생겨 고향으로 돌아갔는데 곧 상하이로 돌아올 것 같습니다. 가져와서 베이징으로 부치겠습니다. 지금 내게 구해 달라는 사람이 너무 많습니다. 비교적 빨리 처리하는 방법은 이책의 내용과 표지를 인쇄하고 바로 책 표지와 낱장을 내게 50부 부쳐 주는 것입니다(마찬가지로 저우젠런 대리 수령으로 해주십시오). 다른 한편 나는 사진을 50부 남겨 놓겠습니다. 낱장이 도착하면 여기에서 제본하는 것이 훨씬 더 빠릅니다. 인쇄한 다음 바로 부쳐 주시는 것이 중요하니 그렇게 해주시기 바랍니다.

나는 겨울에 베이징으로 돌아가지 않습니다. 여기에서도 조용히 지내지 못하고 일말의 성과도 없습니다. 어떻게 해야 좋을지 정말 모르겠습니다.

11. 16, 쉰

271118 자이융쿤에게

융쿤 형

10월 10일과 26일에 당신이 보낸 편지 두 통과 2회의 원고를 모두 받았습니다. 좀 한가해질 때 한번 읽어 볼 생각입니다. 그러나 출판할 길을 찾는다면 내년이어야 할 겁니다. 여기 책방은 현재 경제사정이 모두 그다지 좋지 않습니다.

그 구소설 한 권도 벌써 받았습니다. 구상과 글솜씨가 모두 뛰어나지 않습니다. 성욕에 대한 묘사조차도 아주 졸렬합니다. 특별한 가치가 없는 책입니다. 이는 아마 명나라 사람이 쓴 것으로 원래는 완전한 한 편의 글이었을 겁니다. 나중에 다른 사람이 이를 나누고 매회에 제목을 덧붙여 장회체로 바꿨을 겁니다. 내용에서 원나라 사람 이름을 사용한 것에 대해서라면 이는 명나라 사람이 쓴 소설에 자주 등장하는 상황입니다. 그들은 감히 당대 왕조를 지칭하지 못하여서 원나라 사람인 척하는 경우가 많았습니다.

최근 반년 동안 나는 가르치는 데 흥미를 완전히 잃었습니다. 그리하여 학교의 초빙을 모두 고사했습니다. 어쩔 수 없이 한 학교에서 강의를 좀 맡기는 했습니다만 이것도 그만두고 싶습니다.

글도 쓰여지지 않습니다. 지금 『당송전기집』을 교정하고 인쇄하고 있습니다. 이는 고문으로 내가 골라 엮은 것입니다. 올해 상책이 나오고 내년에 하책이 나올 수 있습니다.

『위쓰』가 베이징에서 판매금지당하고 베이신이 강제폐쇄됐다고 합니다. 정인군자들은 여기에서도 아주 득의양양합니다. 그들은 신월서점을 여는 것 외에도 의상실을 열었습니다. '구름치마'雲裳라는 이름의 의상

실인데 "구름을 보니 저고리 치마가 생각나고 꽃을 보니 얼굴이 생각난다"에서 가져왔습니다.[1] 당연히 아가씨와 부인들을 위한 가게입니다. 장경성[2]은 '아름다운 서점'美的書店을 열었습니다. 두 명의 '아름다운' 여점원이 가게 안에 서 있는데 문전성시를 이루고 있습니다.

나는 책을 좀 번역하여 호구지책을 삼으려 합니다. 그렇지만 지금까지 어떤 책을 번역할 것인지 아직 결정하지 않았습니다.

11월 18일, 쉰 드림

주)_____

1) 원문은 '雲想衣裳花想容'이다. 당나라 시인 이백(李白)의 시 「청평조」(淸平調)에 나오는 구절이다.
2) 장경성(張競生, 1888~1970)은 광둥 라오핑(饒平) 출신의 문학가이자 출판가이다. 프랑스에서 유학했으며 베이징대학 교수를 지낸 바 있다. 저서로 『미의 인생관』(美的人生觀), 『미의 사회조직법』(美的社會組織法) 등이 있다. 1927년 상하이에 아름다운 서점을 개설하고 '혼인총서', '성육소총서'(性育小叢書) 등을 간행하며 성문화에 대해 널리 알렸다. 『성의 역사』(性史) 제1집을 출판하여 논란을 일으켜서 당국에 의해 강제폐쇄됐다.

271120 장사오위안에게

사오위안 선생

보낸 편지와 『25년 이래 초기 기독교 연구』[1]의 주석을 모두 받았습니다. 편집하려는 두 종의 책 계획에 대해서 나는 특별한 의견이 없습니다. 『피와 천계……』는 볼 사람이 있으리라 생각합니다.[2] 『20세기의 종교학

연구』[3]에 대해서라면 상우관에서 출판 제의를 받아들였다면 아마 안면 때문이었을 것입니다. 상즈학회[4]는 이미 소리 소문 없이 사라졌습니다.

사실 중국이 이렇게 커서 한 달에 종교학에 관한 책 몇 권을 출판한다 하더라도 많다고 할 수 없습니다. 그렇지만 이런 논리는 이때 적용되지 않습니다. 그리하여 나는 선생이 연구하는 종교학이 사람들에게 혼자 즐기는 거리로 성격이 바뀔지도 모른다고 생각합니다. '종교타도'든 '종교부흥'이든 아무도 연구하는 사람이 없습니다.

그리하여 어쩔 수 없이 문학책을 만지작거릴 수밖에 없습니다. 인세를 줄 때도 원래 느릿느릿 행동이 급하지 않지만 그 밖에 달리 좋은 방법도 없습니다. 지금처럼 사람의 목숨을 특별히 요구하는 시절에 평온하게 밥 먹고 싶다면 그것만으로도 정말 어렵습니다. 나는 열심히 한번 힘을 쏟고 싶지만 결국 하지 못하는데 너무 바빠서입니다. 이렇게 바쁜 것은 자신에게도 이익이 없습니다.

지금 중국에서는 아직 희곡을 볼 수 없는데 정말 어떻게 된 건지 모르겠습니다. 현상으로 따지자면 여전히 소설입니다. 그리고 점차적으로 새로운 요구가 생겨날 것입니다. 문예나 사상에 관한 에세이(Essye)가 그것입니다. 그렇지만 읽을 때 힘들이지 않아도 되는 것으로 제한됩니다. 나는 선생이 이런 것을 하는 것이 가장 좋다고 생각합니다.

영문으로 된 수필과 소설 종류는 내가 문외한이어서 알 수 없습니다. 그렇지만 번역하려고 한다면 작가와 책 이름을 내게 알려 주면 대신하여 수소문해 볼 수 있습니다.

선생이 이전에 읽기 좋아한 것이 어떤 작품인지 모릅니다. 그렇지만 『위쓰』에 발표한 적이 있는 『Thais』[5]에 대해 말하자면 나는 정말 좋은 책이라고 생각합니다. 그러나 내가 주목하는 것은 주연을 베풀어 환대하는 장면이 아니라 이 수사(修士)의 내면적인 고통입니다. 프랑스[6]가 아니면 정말 쓸 수 없습니다. 이 책은 역사적인 분위기를 띠고 있어서 젊은 문호는 번역할 수 없습니다(좀더 듣기 좋게 말하면 번역할 만한 작품이라고 생각하지 않는 거지요). 선생은 번역할 수 있고 또 이주 길 하실 겁니다. 만약 번역하려면 선생은 일단 한 월간지에 연속 게재하십시오. 저작권을 잡는 것은 이후에 해도 된다고 생각합니다.

그 밖에 중국인이 좀 알고 있는 작가를 골라야 하고 작품도 일정 정도 영구성이 있어야 합니다. 나는 영미 작품을 많이 읽지 않고 그다지 좋아하지도 않습니다. 그러나 U. Sinclaire(틀렸는지 모르겠습니다)라는 작가의 이름을 들었는데 그의 문학론은 매우 새롭고 대담합니다. 선생은 그를 아는지요. 또 J. London의 작품도 중국의 현재에 마찬가지로 적합하지 싶습니다.

광둥에서 또 전쟁이 시작된 것 같습니다. 상하이의 신문에서는 다이 총장이 이미 홍콩으로 이주했고 손님맞이를 사절했다고 이야기합니다. 중산대학의 일군의 학자들이 평안한지 특히 걱정이 됩니다.

11월 20일 밤, 쉰 올림

부인에게도 인사 올립니다.

주)_____

1) 장사오위안의 번역문 『25년 이래 초기 기독교 연구』(二十五年來之早期基督敎硏究)는 미국의 윌러비(Harold R. Willoughby)가 쓴 글이다. 번역문은 『동방잡지』 24권 24기(1927년 12월)에 실렸다.

2) 『피와 천계: 그들의 미신언행에 관하여』(血與天癸: 關於它們的迷信言行)를 말한다. 장사

오위안이 쓴 글로『공헌』 2권 7기(1928년 5월)에 연재를 시작했다.
3) 원문은『二十世紀之宗敎學硏究』이다. 장사오위안이 기획한 저작으로 완결되지 못했다.
4) 상즈학회(尙志學會)는 판위안렌(范源濂), 장융(江庸) 등이 베이징에서 조직한 학술단체
로 '상즈총서'(尙志叢書)를 편집하여 상우인서관에서 출판한 바 있다.
5)『타이스』를 가리킨다.
6) 프랑스(A. France, 1844~1924)는 프랑스 작가이자 평론가이다.『실베스트르 보나르의
죄』(*Le Crime deSylvestre Bonnard*),『타이스』(*Thaïs*),『붉은 백합』(*Le Lys rouge*) 등의
소설을 썼다.

271122 타오위안칭에게

쉬안칭 형

『당송전기집』 책 표지에 사용한 황갈색 견본을 오늘 보내왔습니다.
지금 원래 견본도 같이 부칩니다. 맞는지요? 답장을 주시기 바랍니다.

11월 22일, 루쉰

271206① 리샤오펑에게

샤오펑 형

나는 늘 비非미술잡지의 두서없는 모든 삽화에 대해 이상하다고 생각
해 왔습니다. 무슨 의미가 있는지 짐작할 수 없었기 때문이지요. 최근『베

이신』반월간의 삽화를 한번 봐도 이런 생각을 떨칠 수가 없습니다.

어제 우연히 일본의 이타가키 다카오^{板垣鷹穗}가 쓴 '민족적 색채'를 위주로 한『근대미술사조론』을 봤는데[1] 프랑스혁명 이후부터 현재까지 서술하고 있었습니다. 새로운 시도로 간단명료하여 읽을 만했습니다. 중국에는 바로 이런 책이 있어야 한다고 생각합니다. 소개해야 하는 책입니다. 그렇지만 책 속 그림이 130~40장이 들어 있습니다. 그렇잖아도 독자가 드문 출판계에서 번역하더라도 출판하겠다고 나서는 서점이 하나도 없을지도 모르겠습니다.

그래서『베이신』이 떠올랐습니다. 만약 매호마다 이 책에서 고른 그림 두세 장을 쓰고 번역문 10쪽 안팎을 덧붙이면 2년이 안 되어 완결할 수 있습니다. 논문과 삽화가 연결되어 있으니 헛수고하는 것이 하나도 없습니다. 독자도 이 때문에 체계적인 지식을 얻으니 제멋대로인 감상과 장식보다 훨씬 더 좋지 않습니까?

미술에 관한 책 한 부를 위해 이렇게 오랜 세월 동안 노력해야 하는 것은 원래 개탄스럽고 불쌍한 일입니다. 그렇지만 우리 이 문명국 내에 실제로 다른 좋은 방법이 없습니다.『베이신』에서 이렇게 할 수 있을지 모르겠습니다. 만약 가능하다면 내가 논문을 번역하겠습니다.

12월 6일, 루쉰

주)_____

1) 이타가키 다카오(板垣鷹穗, 1894~1966)는 일본의 미술평론가이다. 메이지대학과 와세다대학, 도쿄사진대학의 교수를 역임했다. 루쉰의 번역문은『베이신』2권 5기(1928년 1월)에서 3권 5기(1929년 1월)까지 연재했으며 이후에 베이신서국에서 단행본으로 출판했다.

271206② 차이위안페이에게[1]

제민 선생께 삼가 아룁니다. 오랜만입니다.

모범된 선생님의 생각이 더욱 깊어진다는 것을 저는 알겠습니다.

선생님의 근심에 아직 감히 좇아가 아뢰지 못했습니다. 지금 징유린 군의 일이 있는데 그는 원래 수런의 예전 학생으로 나라에 충성하며 일한 지 이미 오래되었습니다. 그는 최근 강북 일대에 흩어진 병사들이 있다는 것을 알았습니다. 절반은 베이양군벌 군대 소속입니다. 통솔할 우두머리를 잃고 강호에 흩어졌는데 출몰하는 것이 심상치 않아 백성들의 걱정을 샀습니다. 징 군의 이전 동학과 동향배들 사이에도 유랑하는 이가 있었는데 이들을 통해 이들 무리의 최근 상황을 알게 되었습니다. 원래 이전부터 생각했던 것은 아니오나 만약 의지하는 데가 있다면 기꺼이 생명을 맡길 것입니다. 그리하여 그를 불러와서 대략 대오를 편성하여 훈련시키면 내부적으로는 안을 살펴보는 공을 들이며 외부적으로는 남아 있는 적을 공격할 수 있습니다. 이는 당국에도 진실로 일거양득하는 바가 됩니다. 이미 여러 곳을 방문한 경력이 있으니 그가 진실하여 추천하니 부디 한번 경청해 주시기를 희망합니다.

선생이 알려 주시면 법도로 삼겠습니다. 사소함을 무릅쓰고 특히 소개해 드리며 아룁니다.

귀하께서 만약 안색을 빌려주어 그 말을 완수하게 해주고 지휘를 받게 해준다면 큰 행운으로 생각하겠습니다. 이와 같이 말씀드리며 평안하시기 바랍니다.

12월 6일, 후학 저우수런 올림

1) 이 편지의 원본에는 띄어쓰기와 문장부호가 없다. 한국어 번역본에서는 가독성을 위해 띄어쓰기와 문장부호를 부가했음을 밝힌다.

271209① 장사오위안에게

사오위안 선생

　『140효 그림』[1]이 아직 있습니다. 이 책에서 묘사한 '안장을 당기는' 방법은 아래와 같습니다.

12월 9일, 쉰 드림

1) 『아침 꽃 저녁에 줍다』의 「후기」에 따르면 『240효 그림』이 되어야 한다. 청대 호문병(胡文炳)이 그렸다.

271209② 장팅첸에게

마오천 형

　4일 편지는 일찍 도착했습니다. 위탕은 이곳의 카이밍서점에서 영어사전을 편집하기로 한 것 같습니다. 푸위안은 주간지를 만들고 있는데 『공헌』이라고 합니다(정말이지 너무 공손합니다). 또 책을 출판하려 한다고 들었습니다. 그렇지만 드물게 만나서 자세한 내용은 알지 못합니다.

　상하이 이사 후 첫번째 『위쓰』는 12일에 출판할 수 있을 거라고 합니다.[1] 몇 편 투고한 글을 내가 한번 살펴봤는데 이것으로 '편집'이라고 하려니 감당할 수 없습니다! 나는 최근 이런 자잘한 일을 하고 있습니다. 어떻게 해야 좋을지 정말 모르겠습니다.

　새해에는 상하이에 와서 이야기 나눌 날이 있기를 간절히 바랍니다. 만약 교정을 보는데 하루아침에 끝나지 않을 것 같으면 내가 대신 교정을 봐도 됩니다.

　뜻밖의 일에 연루되어 고초를 겪었다는 이야기를 대략 들었습니다.[2] 세상에서 사람 구실을 하는 것은 원래 이와 같습니다. 지금 이곳에서 모두가 서로 성문을 넓히면서 우리에게는 물고기가 되라고 하니 무슨 영문인지 모르겠습니다. 그저 사오싱 선현의 옛말을 빌려 "웬만한 건 그냥 넘길" 수밖에 없습니다.

　사오위안은 글을 써서 밥벌이를 하려 하여 나는 그에게 문학을 번역할 것을 권했습니다. 지난달에 상하이에 왔는데 책을 사러 왔다고 했습니다. 이달 초에 돌아갔는데 여전히 원고를 팔지 못했다고 들었습니다. 어떻게 된 건지 모르겠습니다. 원고를 팔 곳이 이제는 대략 정해졌겠지요?

　태사[3] 같은 이는 허수아비에 지나지 않아서 사실 말할 가치가 없습니다. 그들의 말을 들을 건지 여부는 중요하지 않습니다. 나는 이 태사가 중국에서 할 수 있는 일이 없다는 생각입니다.

『망위안』은 창간호부터 마지막호까지 합본호가 있습니다. 그렇지만 내게 한 권을 보내 주지 않았고 또 오랫동안 연락이 없습니다. 벌써 독립한 것인지요? 『화속』[4]과 『들풀』은 다른 날 부쳤습니다. 『들풀』 초판은 표지 제목에 '루쉰 선생 지음'이라고 되어 있습니다. 나는 이를 고쳐 달라고 하여 개정본이 나와야지 사람들에게 보낼 수 있습니다. 『당송전기집』 상책은 오늘에야 교정을 마쳤습니다. 출판은 아직 며칠 더 기다려야 할 겁니다. 책이 나오면 보내 드리겠습니다. 하책 원고는 이미 인쇄소에 넘겼습니다.

12. 9. 밤, 쉰 드림

저우치밍의 편지 세 장을 첨부하여 돌려드립니다.

주)_____

1) 1927년 12월 17일 상하이에서 출판한 주간 『위쓰』 4권 1기(통권 157기)를 가리킨다.
2) 수신인의 기억에 따르면 이는 당시 국민당 군대가 저장성의 농학원(農學院)을 포위하여 장(章)씨 성을 가진 공산당원을 체포수색한 일을 가리킨다. 이때 사람들은 장팅첸을 체포수색하려는 것이 아닌지 의심을 했다.
3) 태사(太史)는 차이위안페이를 가리킨다. 그는 청대 광서에 진사가 되어 한림원 편수를 지낸 바 있다. 이전에 한림을 태사라고 불렀다.
4) 『화개집속편』을 줄여서 표현한 말이다.

271219 사오원룽에게[1]

밍즈우 형

이별 뒤 벌써 몇 년이 흐른 것 같습니다. 남북으로 분주하다 보니 피차 머리가 하얗게 됐습니다. 조금 전에 형의 편지를 받고 정말 기쁘고 위안이 됐습니다.

저는 작년에 베이징을 떠나 푸젠을 거쳐 광둥으로 갔다가 광둥에서 다시 상하이로 왔습니다. 더 갈 수 있는 곳이 없어서 상하이에서 잠시 머물 계획입니다. 음력 섣달에도 여전히 여기에 있을 겁니다. 세상사는 혼란스럽지만 국외자는 어떻게 돌아가는지 모르겠습니다(아마 당사자들도 어떻게 된 건지 모르지 싶습니다). 그래서 최근 두 달 동안 정치와 관련된 것은 일절 손대지 않고 있습니다. 어제 대학원에서 특약저술위원으로 초빙하는 서신을 받아서 여기에 응했습니다.

대략 일주일 전에 이곳에서 궁사公俠를 뵈어 형의 근황을 대략 알게 됐고 쯔잉子英의 상황도 알게 됐습니다. 그러나 그가 사는 주소를 묻지 못하여 연락을 못 했습니다. 저는 처음 상하이에 도착했을 때 항저우에 한 번 여행을 갈 계획이었으나 나중에 바빠진 데다 게을러졌습니다. 또 날씨도 점점 추워진 데다가 그곳의 대인물이 내가 밥그릇을 뺏으러 갈까 봐 두려워하는 것 같아 결국 가지 않았습니다. 고향을 떠난 지 오래되니 고향으로 되돌아가는 것도 쉽지 않습니다.

이에 알려 드리오니 만복이 깃들기를 기원합니다.

16년[2] 12월 19일, 동생 저우수런 올림

1) 샤오원룽(邵文熔, 1877~1942)의 자는 밍즈(銘之) 혹은 밍즈(明之)이며 저장 사오싱 출신
   이다. 루쉰과 같은 시기에 일본에서 유학했고 나중에 항저우에서 토목기사를 지냈다.
2) 민국 16년(곧 1927년)이다.

271226 장팅첸에게

마오천 형

　25일의 편지를 받았습니다. 『위쓰』 4권 3기는 이미 인쇄에 들어갔습니다. 보낸 원고는 아마 4기에 들어가게 될 겁니다.

　나는 푸위안과 샤오펑의 일을 그동안 잘 모르고 있었습니다. 그들이 작가 인세 이외에 순이익을 나누고 쓰는 일로 다투고 있다는 것도 오늘에야 알았습니다. 그렇지만 나는 지금까지 인세를 제대로 다 받은 적이 없습니다. 가령 『연분홍 구름』 1쇄를 다 판매한 뒤 내게는 일부만 줬습니다. 당시에 돈이 없어서 나중에 보충해서 주겠다고 했지만 그 후에 언급한 적이 없습니다. 나도 언급하지 않았지요. 그런데 지금 내가 '증인이 될 수 있다'고 생각한다니 어찌 억울하지 않겠습니까! 내게 뭘 증명하란 것이지요?

　예를 들어 그들 둘이 도대체 언제 같이 일을 했고 언제 다퉈서 사이가 틀어졌는지 하나도 모릅니다. 그래서 나는 국외자여서 함부로 말을 할 수 없습니다. 그렇지만 내가 불만스러운 것은 같이 일할 때 베이신의 결점을 내게 많이 숨겼는데 사이가 틀어진 뒤 베이신의 나쁜 점을 너무 많이 떠들고 다닌다는 점입니다.

　그렇지만 한 마디는 해야겠습니다. 내가 상하이에 도착하고 각 출판사의 사정을 살펴보니 대체로 영리를 제일로 꼽고 있었습니다. 그런데도

샤오펑은 좀 어리석은 데가 있습니다. 이삼 년 전에 다른 출판사에서 출판하기를 꺼려하는 책이었는데 내가 소개하자마자 그는 바로 인쇄에 넘겼습니다. 이 일을 나는 지금까지 기억하고 있습니다. 내가 소개한 작가는 지금은 낯빛을 바꾸어 나를 욕하고 있습니다만 나는 여전히 샤오펑이 사정을 봐준 일에 고마워하지 않을 수 없습니다.

신월서점은 그렇게 잘 될 것 같지는 않습니다. 내용이 너무 부실합니다. 작가의 다수는 교수이지만 그들이 발표하는 논문은 일본의 중고등학생도 봐 줄 수 없는 수준입니다. 정말 어떻게 해야 좋을지요.

내년 상우인서관도 이와 같은 서점을 새로 열려고 합니다. 같은 종류의 서국은 타격을 받을 겁니다. 투항하지 않으면 경쟁에 뛰어들어야 하니 눈을 비비며 기다리시기 바랍니다.

사오위안은 경제사정이 특히 걱정스럽습니다. 그러나 2주 전에 심부름꾼 하나(차이 '공' 집의 사람인 것 같습니다)가 대학원의 초빙서신을 내게 보내왔습니다. 여기에 사오위안 것도 한 부 있었습니다. 그렇지만 쓰여 있는 것은 후스를 통해 전달한다는 것이었습니다. 그에게 언제 송달할 것이냐고 물었더니 그는 이미 보냈다고 대답했습니다. 후 박사가 자신은 상하이에 있지 않아서 수령하지 않는다고 했다 합니다. 나는 원래 도중에 가로채서 전달할까 했으나 별로 좋지 않은 생각인 것 같아서 그만뒀습니다. 나중에 지푸에게 알아보니 이미 항저우로 보냈을 것이라고 말했습니다. 화요일(19일)에 우편으로 부쳤다 합니다. 아직 도착하지 않은 것은 아니겠지요? 만약 도착했다면 그 속에 돈도 좀 들어 있어서 설을 쇨 수 있습니다.

12월 26일, 쉰 드림

페이쥔 부인 샤오옌 미스에게도 이와 같이 안부 여쭙니다.

280131 리지예에게

지예 형

　16일에 보낸 편지를 어제 받았습니다. 『작은 요하네스』는 아직 도착하지 않았습니다. 『망위안』 21기와 22기는 지금까지 받지 못했습니다. 요새 우편 행정은 분실사건이 많이 일어납니다. 이다음에는 등기로 보내는 것이 적합하다고 생각합니다.

　『작은 요하네스』의 장정은 베이징 인근에서 편한 대로 처리해도 됩니다. 하고 싶은 대로 만들고, 다시 나와 논의할 필요는 없습니다. 거리가 너무 멀어서 몇 번 오가다 보면 시간만 더 늦어집니다. 별 소용이 없습니다.

　『아침 꽃 저녁에 줍다』의 삽화는 상하이에서 알아볼 곳이 없습니다. 만들어 놓은 그것을 쓰면 되고 바꿀 필요가 없다는 생각입니다. 책 표지는 다시 사람을 청해 그리지는 않을 생각입니다. 류리창의 춘칭거^{淳青閣}(?)에 천스쩡[1]이 그린 편지지가 있는 것 같은데 편하실 때 몇 장(양식이 다른 것이어야 합니다)을 사서 내게 보내 주시기를 바랍니다. 한 장을 골라 직접 책 제목을 써서 그것으로 책 표지를 삼을 생각입니다.

　여기는 눈이 내립니다. 난로가 없어서 꽤 춥습니다.

1. 31, 쉰

주)_____

1) 천스쩡(陳師曾, 1876~1923)의 이름은 헝커(衡恪)이다. 스쩡은 자이다. 화가이며 전각가이다. 일본에서 유학했으며 이후에 베이양정부 교육부의 편집심사위원을 지냈는데 이때 루쉰과 알고 지냈다.

280205 리지예에게

지예 형

1월 24일 편지를 받았습니다.『작은 요하네스』소포 두 개도 이미 받았습니다.

일 하나가 잘 처리되지 않았습니다. 내가 전에 보낸 편지에서 1쪽 뒤에 "쑨푸시가 책 표지를 그리다"라는 글자를 덧붙여야 한다는 부탁을 했는데 지금 이게 없습니다. 작가에게 미안하여 보낼 수가 없습니다. 지금 일부(4, 5백 부)의 첫 장을 별도로 인쇄하여 이 한 줄을 덧붙여서 바로잡을 수 있을런지요.

지금 제본 모양의(곧 지난해 말 내게 보내 준)『작은 요하네스』열 권 정도를 내게 더 보내 주기를 희망합니다. 첫 장을 새로 인쇄한 책이 완성되면 이 별도 인쇄본을 내게 열 권 더 보내 주면 됩니다.

스투차오^{司徒喬}가 상하이에 있어서 어제 만나 봤습니다.[1]

베이징에서 따로 보낼『작은 요하네스』는 별지에 목록을 작성했습니다.

2. 5, 쉰

주)_____

1) 스투차오(司徒喬, 1902~1958)는 유화와 소묘에 능한 화가이다. 원명은 스투차오싱(司徒喬興)이다. 1924년부터 1926년까지 옌징대학(燕京大學) 신학원(神學院)에서 공부했다. 1926년 베이징 중앙공원 물가의 정자(水榭)에서 첫번째 개인전을 가졌다. 1928년에 프랑스에 유학 갔으며 1930년에는 도미하여 벽화를 그리는 것으로 생계를 삼았다. 이듬해 귀국하여 링난대학(嶺南大學)에서 교편을 잡았다. 1934년부터 1936년까지『다궁바오』(大公報)의 예술주간(週刊)의 편집을 맡았다.

280222 리지예에게

지예 형

2월 14일에 보낸 편지를 받았습니다. 에덴(Eeden)의 사진 50장은 벌써 보냈습니다. 등기로 보냈는데 지금 이미 받았을 것이라 생각합니다. 『아침 꽃 저녁에 줍다』를 어떻게 인쇄해야 하는지에 대해서 나는 의견이 하나도 없습니다. 나는 상황을 잘 모르기 때문에 여전히 거기에서 형편을 봐서 결정해 주시기를 부탁드립니다.

당신의 원고를 부쳤는데 나는 모두 사용할 수 있다고 생각합니다. 징눙의 원고는 며칠 더 본 뒤에 다시 부쳐 드리겠습니다. 『무덤』은 내가 있는 곳에 한 권도 없게 됐습니다. 그렇지만 좀 늦췄다가 인쇄해도 된다고 생각합니다.

『웨이밍』의 원고는 정말 문제입니다. 내가 상하이에 있어서 환경도 다른 데다 『위쓰』의 투고원고와 역서도 검토해야 합니다. 그러다 보니 『웨이밍』과 소원해져서 ── 1기도 아직 보지 못했습니다 ── 점점 흥미를 잃게 되고 글도 쓰지 못했습니다. 그래서 나는 당신이 베이징에 있는 몇 사람 ── 펑쥐, 쉬야오천, 반눙 선생 등 ── 과 협의하여 그들의 작품을 발표하는 것으로 삼는 것이 적당할 것 같습니다. 내 번역서는 언제 끝날지 모르겠습니다. 『위쓰』도 상하이로 옮겨 오면 베이징에 있는 사람의 작품은 줄어들겠지요.

충우 형은 지금 어디에 있는지 모르겠습니다. 편지 한 통이 있으니 전달해 주시기 바랍니다.

2월 22일, 쉰

280224 타이징눙에게

징눙 형

　15일에 보낸 편지를 받았습니다. 당신의 소설을 읽어서 어제 부쳤습니다. 모두 실을 수 있습니다. 그렇지만 '후이구'蟪蛄라는 이름은 좋지 않다는 생각입니다. 나도 좋은 이름이 떠오르지 않는데 당신과 지예가 다시 생각해 보시기 바랍니다.

　중국문학사략은 아마도 반드시 편집할 것은 아니고 대략적인 틀도 정해지지 않았습니다. 출판된 책을 둘러봤는데 괜찮은 책이 하나도 없었습니다. 다만 류선수의 『중고문학사』만이 괜찮은 편이었지만[1] 아쉽게도 오탈자가 많았습니다.

　『웨이밍』의 일을 나는 지예에게 말한 적이 있습니다. 베이징의 펑쥐 선생 등에게 글을 써 달라고 청하는 것은 어떻습니까? 나는 멀리 떨어져 있고 가끔 쓰는 것도 부근의 간행물의 요청으로 억지로 하고 있습니다. 게다가 인쇄본을 받는 것도 단속적이어서 흥미가 생기지 않습니다. 상하이로 이전하여 내가 편집인쇄를 맡는 것도 생각해 봤습니다. 그러면 어쩔 수 없이 해야 하고 펜을 들 생각이 날 수도 있고 여기 학생의 번역원고를 부가할 수도 있습니다. 그렇지만 곤란한 점도 있습니다. 첫째, 내가 상하이에 오래 머무를지 알 수 없습니다. 둘째, 어떤 번역원고는 번역료를 주어야 합니다. 여기 학생의 생활이 매우 어렵기 때문입니다.

　나는 보통 상하이에서 책을 번역하거나 글을 쓰며 지냅니다. 가르치는 일은 일절 하지 않습니다. 나는 교수 생활에서 정말이지 벗어나고 싶습니다. 마음도 차분해지지 않고 상하이의 상황은 베이징보다 훨씬 더 복잡하며 공격법도 다릅니다. 하나하나 대응해야 하는데 정말 엉망진창입니다. 일전에 친구가 내게 말해 줬는데 시후의 만수의 무덤에 7언절구 시 한 수가 씌어 있는데 아래에 내 이름이 서명되어 있다고 합니다. 시는 매끄럽지 않다고 합니다. 오늘은 편지 한 통을 받았는데 여성인 것 같습니다. 내게 "구산에서 이별한 뒤 시간이 많이 시나지 않은 것 같은 느낌입니다"라고 말했습니다. 그렇지만 나는 이사하여 베이징에 간 뒤 지금까지 항저우에 간 적이 없습니다. 이런 일이 자주 있습니다. 자칫 잘못하면 위험에 빠질 수도 있습니다.

차오가 번역한 『담배쌈지』를 이미 받았습니다. 며칠 안에 되부쳐 드릴 테니 인쇄에 넘기면 되겠습니다. 중국에는 바로 이런 책이 없습니다.

2. 24, 쉰

주)_____

1) 류선수(劉申叔)는 곧 류스페이(劉師培, 1884~1919)이다. 선수는 류스페이의 자이다. 장쑤 이정(儀征) 출신으로 근대학자이다. 『중고문학사』(中古文學史)는 곧 『중국중고문학사』를 가리키는데 민국 초년에 베이징대학에서 강의한 것을 책으로 낸 것이다.

280226 리지예에게

지예 형

어제 천스쩡이 그린 편지지를 한번 살펴봤는데 사용할 만한 것이 없었습니다. 나는 그가 화훼를 그렸을 줄 알았는데 예상과 달리 화훼그림이 없었습니다. 다른 방법을 생각해야겠습니다.

『담배쌈지』는 어젯밤에 다 읽었습니다. 정말 좋았고 바로 출판해야 한다는 생각입니다. 그렇지만 첫번째 소설에서 명사 몇 개는 껄끄러운 것 같았습니다. 베이징에서 인쇄하는 것은 괜찮은지 모르겠습니다. 그런데 만약 고친다면 또 핵심적인 정신을 잃어버립니다. 인쇄에 넘길 수 있다면 (나는 그곳의 상황을 잘 모르기 때문입니다) 바로 편지를 보내 주시기 바랍니다. 편지를 받으면 바로 원고를 되부쳐 드리겠습니다. 그렇지 않으면 여기에서 인쇄하면서 여전히 웨이밍사에서 출판한다고 말하고(문예서적은 원래 이렇게까지 할 필요가 없습니다만 중국은 별개이지요) 일부를 베이징으로 부쳐서 판매해야 합니다. 그러면 여기에서 간섭할 수도 없으면서 또 만약 베이징에 문제가 생기면 다른 사람이 우리를 사칭했다고 핑계를 댈 수 있습니다. 본사는 결코 모르는 일이라고요. 어떻게 생각하는지 답신을 기다리겠습니다. 후자의 방법을 쓴다면 작가의 사진과 책 표지(원서 표지를 그대로 사용해도 된다고 생각합니다)를 바로 부쳐 주셔도 됩니다.

2. 26, 쉰

280301 리지예에게

지예 형

번역원고는 정말 좋습니다. 오늘 보내 드렸습니다. 이후에 투고원고는 주고받으며 시간을 허비하지 않도록 봐 달라고 보낼 필요는 없을 것 같습니다. 『웨이밍』1기가 보이지 않습니다.

그 밖에 22일 보낸 편지의 문제는 앞의 편지에서 이미 답을 했으니 여기에서 덧붙이지 않겠습니다.

3. 1, 쉰

『무덤』은 여기에 없습니다. 수정을 해야 하므로 한 권을 내게 보내 주면 좋겠습니다.

280306① 장팅첸에게

마오천 형

3일 보낸 편지를 어제 받았습니다. 『당송전기』는 이렇게 하면 목판화와 어울리지 않습니다. 각 판본의 자구가 상이한데 나는 아직 주석을 달지 않았기 때문입니다. 일일이 주석을 달면 좀더 낫겠지요.

항저우로 여행 가는 일은 묘연한 것 같습니다. 5년 묵은 술이 탐나지만 말입니다. 만약 형이 피곤하고 바쁜 일이 있으면 『유선굴』을 내게 부쳐 주시면 대신 교정볼 수 있습니다.

만수의 무덤에 시를 쓴 것은 예샤오쥔葉紹鈞이라고 들었습니다. 이 군君은 근거 없는 소문을 잘 퍼뜨리는 사람이 아닌데 어쩌면 그가 쓴 것은 다른 사람의 무덤인지도 모르겠습니다. 그렇지만 당연히 깊이 따질 필요는 없습니다.

두 가지 일을 문의하셨습니다. 앞의 일은 나도 잘 모르는데 다음과 같이 그 의미에 대해 대답합니다.

가토부시河東節는 가토곡조河東腔라는 뜻입니다. 중국에서 '곤강'이라고 하는 것과 같이 곧 일본의 한 지역 곡조입니다.

사이카쿠西鶴[1]는 인명입니다. 소설을 많이 썼고 일본에서 '호색본'이라고 부르는 음서도 썼습니다. 그렇지만 글이 아주 좋습니다. 고문을 나는 본 적이 있는데 그렇게 많이 이해한 것은 아니어서 애석합니다.

『유선굴』은 삽화를 책 표지로 하는 것은 원래는 좋습니다. 그렇지만 안에 적당한 것이 있는지 모르겠습니다. 목각본 중의 그림은 각 판본에서 취하여 만든 것으로, 본서에서 진본 삽화는 없는 것으로 기억합니다. 살펴본 뒤 다시 이야기해 주십시오.

친원이 갖가지 박해를 받았다는 소문을 들었는데 하나도 이상하지 않습니다. 간행물 몇 종(가령 창조사에서 출판한 것)이 최근에도 대놓고 공격을 했습니다. 나는 오히려 흥미가 생겨 내가 도대체 얼마나 많은 칼과 화살을 맞을 수 있는지 시험해 보고 싶어졌습니다.

편지를 너무 두서없이 썼습니다. 사실은 소주 한 잔을 마셨습니다. 백배 사죄드립니다!

3. 6, 쉰

페이쥔 형에게도 이와 같이 안부를 보내고 달리 쓰지 않습니다.

주)_____

1) 사이카쿠(西鶴)는 이하라 사이카쿠(井原西鶴, 1642~1693)로 일본 작가이다. 저서로 『호색일대남』(好色一代男), 『색녀 다섯 명』(好色五人女) 등이 있다.

280306② 장팅첸에게

마오천 형

　오후에 편지 한 통을 보냈는데 도착했으리라 생각합니다. 지금 계속 찾아보고 있는데 '가토부시'의 의미는 다음과 같습니다.

　'가토부시'는 일명 '에도부시'江戶節이다. 에도는 도쿄의 옛 이름이다. 곧 에도 사람인 마쓰미十寸見(성씨) 가토河東(이름)가 만든 노래극 곡조이다. 따라서 가토는 인명이다. 중국에 메이파와 탄파가 있는 것과 같다.[1]

　　　　　　　　　　　　　　　　　　　　　　　　3. 6, 쉰

주)＿＿＿＿

1) 메이파(梅派)는 경극배우 메이란팡(梅蘭芳)이 만든 여자배역 '정단'(正旦) 연기예술 유파이다. 탄파(譚派)는 경극배우 탄신페이(譚鑫培)가 창조한 중·노년배역인 '쉬성'(鬚生) 연기예술 유파이다.

280314① 리지예에게

지예 형

　3월 2일과 7일에 보낸 편지는 벌써 도착했습니다. 『웨이밍』 1기와 2기, 3기도 받았습니다.

『담배쌈지』 원고는 어제 베이신에게 부쳐 달라고 부탁했으니 오늘 이미 발송했을 겁니다.

소설 번역원고는 좋고 오늘 부쳤습니다. 이런 원고는 이다음에 내가 보도록 다시 보낼 필요는 없다는 생각입니다. 원고에 오탈자가 있으면 당신이 좀 수정하면 됩니다.

『문학과 혁명』은 이곳에 살 사람이 있게 마련입니다. 웨이밍사의 신용은 꽤 좋습니다. 『작은 요하네스』 3백 권은 예닐곱 날 만에 다 팔렸습니다.

황색종이는 『아침 꽃 저녁에 줍다』 책 표지에 사용할 수 없는 것 같습니다. 다른 기회를 봐야 하겠지요.

17권짜리 『아라비안나이트』는 쿵더[1]에서 한 질 산 것으로 기억합니다. 대략 가격은 1백 위안 이상이 들었던 것 같습니다.

3. 14, 쉰

주)_____

1) 쿵더(孔德)는 베이징의 쿵더학교를 가리킨다. 1917년 베이징대학의 일부 동인이 준비하여 교직을 맡은 학교이다.

280314② 장팅첸에게

마오천 형

10일 편지가 벌써 도착했습니다. 나는 항저우에 안 가는데 첫째는 게을러서, 둘째는 역시 좀 바빠서입니다. 그래도 어쩌면 갈지도 모릅니다.

그러나 정해진 건 아닙니다.

『유선굴』은 좋은 책입니다. 정말 좋습니다. 번역문[1]은 아직 나오지 않았는데 곧 나올 것 같습니다.

'견수'犬纏 —— 이건 정말 식자공에게 크게 속은 것이지요 —— 는 나의 원고[2]에서는 '견유'犬儒=시닉(Cynic)인데 그것의 '가시'는 바로 '냉소'이지요.

다푸의 그 글은 확실히 잘 썼습니다. 그의 태도는 갑자기 '제4계급 문학가'[3]를 자처하는 이보다 훨씬 더 좋습니다. 그런데 지금 일부 인사가 그를 공격하고 있는데 내게 하는 공격보다 더 빈번합니다. 5월 중에 우리는 잡지 하나[4]를 또 내서 한바탕 놀아 보려 합니다.

중국 문인의 개인적인 도덕은 정말 아주 좋습니다. 공적인 도덕도 아주 좋아서 하나도 건드릴 수 없습니다. 배빗 and 아널드는 이제 막 흥하여서 쑤 부인이 군걱정을 할 필요가 없습니다.[5] 이 여사를 나는 한 번 만나본 적이 있는 것 같습니다. '결혼기념책'이 곧 출판되는 것 맞지요?

페이쥔 부인은 이미 해산했겠습니다. 낳은 아이가 여사인지 신사인지 알려 주시기 바랍니다.

3. 14, 쉰

주)_____

1) 저우쭤런의 수필 「밤독서 초(2)」를 가리킨다. 내용은 일본의 고다 로한(幸田露伴)이 쓴 『달팽이집 밤이야기』(蝸牛庵夜譚) 중 『유선굴』에 관한 글을 발췌·번역한 것이다. 장팅첸이 『유선굴』에 문장부호를 달아 교정하여 출판했을 때 이 번역을 부록으로 실었다.

2) 「소잡감」을 가리킨다. 나중에 『이이집』에 수록됐다.

3) 당시 프롤레타리아혁명문학을 제창하는 창조사와 태양사 성원을 가리킨다. 당시 일부는 외국사학자의 프랑스대혁명 시기 사회등급에 대한 구분을 가져와서 프롤레타리아를 '제4계급'이라고 칭했다.

4) 문학월간지 『분류』(奔流)를 말한다. 루쉰과 위다푸가 주편을 맡아 1928년 6월 20일에 상하이에서 창간했다. 1929년 12월 2권 5기까지 내고 정간됐다.

5) 쑤 부인(素夫人)은 쑤메이(蘇梅, 1897~1999)이다. 쒜린(雪林)이라고도 하며 필명으로는 뤼이(綠漪)가 있다. 당시 상하이 후장대학(滬江大學)에서 학생을 가르쳤다.

280316 리지예에게

지예 형

『무덤』과 『웨이밍』 4, 『혁명과 문학』 4권은 모두 도착했습니다. 한 꾸러미를 한도로 하여 내게 네다섯 권을 더 보내 줄 수 있으면 좋겠습니다. 기념우표를 사용하는 것은 여기에서 처벌을 받습니다.

『황화집』[1]에서 알아볼 사람은 아직 조사해 찾아내지 못했습니다. 며칠 지나 다시 이야기하지요. 지금 여기는 원고를 부치는 것도 쉽지 않습니다. 밀봉하는 것을 금지했습니다.

『아침 꽃 저녁에 줍다』 표지는 타오 군(陶君)에게 그려 달라고 이미 부탁했습니다. 완성되면 바로 부쳐 드리겠습니다.

샤오펑의 형(중단仲丹)은 어제 여관에서 손님을 모시다가 어떤 사람이 쏜 권총에 맞아서 사망했습니다. 손님을 쏘려고 했던 것 같습니다. 그는 정말 억울하게 죽은 것이지요.

오늘 우리집 근처에서 순경이 납치범을 체포한다고 모제르총과 권총을 많이 쏜 일이 일어났습니다. 내 창문에 한 발 맞았고 순경(서양인) 한 명이 사망하고 범인 2인이 사망했습니다. 나는 무사합니다.

3. 14(6), 쉰

1) 러시아와 북유럽 시가소품집으로 웨이쑤위안이 번역했다. 작품집은 29편의 시를 수록
   하여 1929년 2월 '웨이밍총서' 중 한 권으로 출판했다.

280331① 리지예에게

지예 형

　『아침 꽃 저녁에 줍다』 표지를 오늘 타오 군이 그려 왔습니다. 그러나
3색이어서 베이징에서 인쇄를 잘 하지 못할까 싶어서 그에게 부탁하여
인쇄했습니다. 2천 부인데 완성되면 바로 부쳐 드리겠습니다. 충분한지
요? 만약 부족하다면 더 인쇄하도록 하겠습니다. 그 돈은 베이신에 가서
찾고 웨이밍사 도서대금에서 공제하도록 하겠습니다.

　이 책의 1쪽에 "표지 그림 타오위안칭^{陶元慶}"이라는 글자를 덧붙여 주
시기 바랍니다.

3. 31, 쉰

280331② 장팅첸에게

마오천 형

　22, 4일 편지를 모두 받았습니다. 샤오펑에게 보내는 편지 등은 만나
서 건네줬습니다. '득남'하는 기쁨을 얻으셨다니 정말 축하드립니다. 이건

남존여비가 아닙니다. 다만 저 스스로 남자여서 약간의 편견이 있는 것이지요. 동성이 늘어나기를 바라기 때문입니다. 제기한 문제에 대해서라면 실제로 적당한 물품이 있는지 잘 모르겠습니다. 첫번째 원인은 대개는 부주의해서입니다. 이 일은 아직까지 만전의 대책이 없는 데다가 부주의하기 때문에 빚어집니다. 베이징의 디보르 닥터(Dr.)[1]가 간단한 수술을 잘하는데 더치 페서리 피임기구를 시술하는 것이 적당할 겁니다. 그렇지만 의사는 반드시 수술 솜씨가 좋아야 합니다. 주의력이 떨어지거나 실력이 뛰어나지 않은, 대충 하는 사람이 해서는 안 됩니다. 나는 고무를 남성에게 씌우는 것이 적당한 것 같습니다. 그렇지만 결점도 있습니다. 이 때문에 감각이 둔해질 수 있습니다.

『유선굴』건은 저우치밍이 번역한 것에 당신이 서문을 쓰면 된다고 생각합니다. 내가 이전에 쓴 서문은 사용하지 않는 것이 낫겠습니다. 서문의 자료는 당신이 채용하고 싶으면 사용해도 됩니다. 인쇄본에 대해서 나는 그다지 많이 따질 필요는 없다고 생각합니다. 지금 생각으로 '인쇄를 잘 하는 것'과 '신식 구두점을 찍는 것'은 양립하기 쉽지 않은 것 같습니다. 이 『굴』의 구두점 판본을 인쇄한 뒤에는 기왕에 이 같은 선본이 있으니 연속으로 구식 제본을 한 호화본 한 권을 인쇄해도 되겠다 싶습니다. 그렇지만 구두점은 필요 없습니다.

지금 아무 일도 안 하는데도 늘 바쁩니다. 유린이 펑몐[2]을 추어올린 것은 확실히 낯간지럽습니다. 그런데 오늘 시후를 그에게 헌납했습니다.

3. 31, 쉰

존부인과 영애, 영랑에게도 같이 안부 묻습니다.

주)_____

1) 독일 의사 디보르를 가리킨다. 당시 베이핑 독일병원 원장이었다.
2) 펑몐은 린펑몐(林風眠, 1900~1991)이다. 화가. 프랑스에서 유학했으며 당시 항저우 국
립예술원 원장이었다. 징유린은 『공헌』 2권 2기(1928년 3월 15일)에서 「린펑몐 개인전
람회」(林風眠個人展覽會) 글을 발표하여 린의 작품 「인류의 역사」(人類的歷史)가 다빈치
의 모나리자와 '같이 성공적이다'라고 말한 비 있다. 뒤이어 쑨푸시(孫福熙)도 이 잡지
의 2권 3기에 「시후를 린펑몐 선생에게 봉헌한다」(以西湖奉獻林風眠先生)라는 제목의
칭송하는 글을 발표했다.

280409 리빙중에게

빙중 형

어제 서신 한 통과 엽서 한 장, 그리고 『미술대관』 한 권을 받았습니
다. 매우 감사합니다. 지금은 아직 구매해야 하는 책이 없습니다. 필요한
데 그 즈음에 구할 수가 없을 때 알려 드리겠습니다.

헤어지고 오래지 않아 편지를 받은 것으로 기억하는데 아직 답신을
드리지 못했습니다. 그 까닭은 '결혼하는 것이 맞는지 여부 문제'에 의견
을 구한 데 있습니다. 펜을 들기가 쉽지 않아서 미루고 미루다가 결국 쓰
지 못했습니다. 이 문제는 적어도 이삼천 년 동안 토론해 왔는데 현재까지
도 해답을 얻지 못했습니다. 그래서 토론하는 것은 말하지 않는 것과 같습
니다. 그렇지만 내 개인적인 의견으로 금욕은 불가능하다는 생각입니다.
중세기의 수도사가 바로 실패한 전례입니다. 그렇지만 병에 걸리는 것은
절대로 안 됩니다. 19세기 말의 문예가는 독주에 취하고 바이러스로 죽는
것을 찬송했는데 찬송이야 무방하지만 몸으로 겪는 것은 큰 고통입니다.

그래서 결국은 결혼할 수밖에 없습니다. 결혼 후에도 자주 큰 고통을 겪고 피곤한 일이 많으며 하늘을 원망하고 남을 걱정하는 일을 면하지 못합니다. 그렇지만 두 가지를 견주면 결혼이 해가 적다고 생각합니다. 그렇지 않으면 병에 걸리기 쉬우며 한 번 병에 걸리면 평생을 같이 해야 합니다.

현 상황은 '올해만 이와 같은 것이 아니라 먼 옛날부터 이와 같았도다'라고 생각합니다. 20년 전 도쿄에 있을 때도 학생은 대체로 육군 아니면 법정이었습니다. 그렇지만 그때에도 여전히 교육과 공업에 열중하는 이가 있었으니 지금도 드물게 있을 것입니다. 형의 직업을 나는 바꿔서는 안 된다고 생각합니다. 나라를 구하기 위해서가 아니라 밥을 벌어먹기 위해서입니다. 사람은 밥을 먹지 않을 수 없으니 이 때문에 일을 하지 않을 수 없습니다. 그러나 지금 세상을 살아가면서 일과 원하는 것이 위배되는 사람이 자주 있습니다. 그래서 일을 하는 것으로 생계를 유지하는 것을 삼는 수밖에 없습니다. 여유가 있으면 자신이 원하는 것을 할 수 있습니다. 물론 하고 싶지 않은 것을 억지로 하는 것도 고역입니다. 그러나 밥그릇을 잃으면 그 고통은 더 커집니다. 중국에서 생계를 모색하는 일은 나날이 더 어려워질 것이라고 봅니다. 그래서 그럭저럭 살아갈 수밖에 없습니다.

여기에는 '상대방 사이에서' 그들이 한 말을 그대로 사용하며 '혁명 문학'을 크게 떠드는 사람이 있습니다. 정말 웃음이 나옵니다. 간판만 걸어 놓고 물건은 따지지 않았습니다. 중국은 대체로 이와 같습니다.

금일 책 세 권을 보냈는데 그중 한 권은 『당송전기집』 상책입니다. 쪽수가 빠진 판본이니 버려도 됩니다.

4월 9일, 쉰 드림

280413 장사오위안에게

사오위안 선생

오늘 12일에 보낸 편지를 받았습니다. 『수염과 머리카락, 발톱』[1]은 일찍 받았습니다. 정말 감사합니다. 그렇지만 종이가 그다지 좋지 않은데 여전히 베이징에서 한 것이겠지요. 재판을 찍을 때는 좀더 좋은 것을 구해 사용해야 한다는 생각입니다.

『위쓰』는 여태까지 이미 출간된 간행물을 실은 적이 없습니다. 게다가 이 작은 책자[2]는 너무 길어서 보내기에 적당하지 않습니다. 오늘 되돌려드립니다.

항저우의 또 다른 '루쉰' 소식은 이전에 들은 적이 있습니다. 그런데 그가 한 학생에게 편지를 보내 상하이에 있는 루쉰이 가짜라고 했답니다. 그리고 '저우수런'이라는 이가 나타나서 국장을 사칭하다가 쉬저우에서 체포됐다는 소식을 상하이 신문에서 읽었습니다. 어떻게 된 건지 모르겠습니다. 올해는 본명과 가명까지 모두 '화개운'을 만나고 있습니다.

4월 13일, 쉰 올림

주)_____

1) 책의 전체 제목은 『수염, 머리카락, 발톱—그들의 미신에 관하여』(須髮爪—關於它們的迷信)이다. 1928년 3월 상하이 카이밍서점에서 출판했다. 장사오위안이 쓴 저서로 중국 최초로 인류학의 방법으로 미신을 연구한 전문서적이다.
2) 젠유원(簡又文)의 강연원고 「내가 아는 펑위샹과 서북군」(我所認識的馮玉祥及西北軍)을 가리킨다. 나중에 장사오위안의 소개로 『공헌』 잡지 3권 1기(1928년 6월 5일)에 실렸다.

280504① 장팅첸에게

마오천 형

28일의 편지는 일찌감치 도착했습니다. 최근 좀 바빠서 몇 가지만 간단하게 말씀드리겠습니다.

대학원 안건은 그런 일이 결코 없었습니다. 어떤 사람이 소문을 만들어냈는지 모르겠습니다. 따라서 '갈지 말지'를 말할 것도 없습니다.

『유선굴』 서문은 내 것만 써도 됩니다. 아무런 이견이 없습니다.

위탕 부부를 그저께 만났는데 입 편지[1]를 전해 주지 않았습니다. 그렇지만 항저우가 좋다는 것은 나도 알고 있습니다.

다푸와 같이 창간하기로 한 잡지는 6월 중에야 나올 수 있습니다.

구제강과 푸쓰녠이 광둥에서 반대에 부딪쳤다는 이야기를 나는 들어본 적이 없습니다.

『공헌』에 대해서는 오랫동안 기다리는 사람이 많습니다.

제4계급 문학가는 내게 다들 목숨을 걸고 공격합니다. 그렇지만 나는 하나도 아프지 않아 이것으로 치명상에 이르지 못합니다. 중국이 이렇게 큰데 좋은 방법을 갖고 있는 사람이 하나도 없으니 슬픕니다.

청팡우가 글을 썼다고 들었는데 다른 이름을 사용했다고 합니다. 그럴 필요가 있을런지요.

이핑의 그 자서[2]는 정말 좀 …… 오늘 날씨가 하하하 ……

5월 4일, 쉰 드림

부인과 따님, 아드님에게도 같이 소식을 보내 드립니다.

주)_____

1) 수신자는 당시 린위탕에게 부탁하여 루쉰에게 한번 항저우에 초청하는 일을 전달해 달라고 했다.
2) 이핑(衣萍)은 장이핑(章衣萍, 1900~1946)을 가리킨다. 베이징대학을 졸업했고, 당시『위쓰』의 필진이었다. 그는『연서 한 묶음』(情書一束) 5판을 위해 쓴 자서에서 이 책이 러시아어로 번역된 일에 대해 자랑하며 언급한 바 있다.

280504② 리진파에게

진파 선생 살펴봐 주십시오.

서신을 받고 삼가 알게 됐습니다. 글을 집필해 달라는 청탁의 은혜를 입고서 응당 명령대로 따라야 하겠지만 예술에 관한 일은 제가 잘 아는 분야가 아닙니다.『베이신』에서도 미술을 논하는 글을 본격적으로 실은 적이 없고 다만 작은 책 한 권[1]을 번역해 줬을 따름입니다. 일단 제대로 알지 못하여 재개하면 추한 꼴만 보일 것입니다. 사진을 잡지에 인쇄하는 일에 대해서라면 스스로 돌이켜 생각해 봐도 분수에 넘치는 일이라는 생각이 들지 않을 수 없습니다. 살펴 양해해 주시기를 바랍니다.

5월 4일, 동생 루쉰

주)_____

1)『근대미술사조론』(近代美術思潮論)을 가리킨다.

280530 장팅첸에게

마오천 형

7일에 보낸 편지를 받고 오늘에야 답신을 보내 드립니다.

다푸에게 글을 요청하는 일은 그에게 말했습니다. 다푸는 "좋습니다, 좋아요"라고 말했습니다. 그렇지만 '좋다'도 뜻이 꽤 광범위합니다. 출판이 되어야 확실하다고 생각합니다. 나에 대해서도 당연히 '좋습니다'이지만 그 의미는 다푸가 '좋습니다'라고 한 것과 대략 비슷합니다.

나는 '쓰지'도 않고 '편집'하지도 않고 지냅니다. 그렇지만 정말 바쁩니다. 첫째, 『사상, 산수, 인물』을 이제 겨우 교정을 마쳤고 지금은 월간 『분류』를 교정보고 있습니다. 베이신의 교정자는 믿을 만하지 않아서―『위쓰』에 오탈자가 얼마나 많은지 한번 보십시오―이런 일까지 직접 해야 합니다. 둘째, 몸이 좀 아팠습니다. 폐병인지도 모르겠습니다. 그래서 일을 이전처럼 그렇게 많이 할 수 없었습니다.

혁명문학가의 언행은 언급할 만한 가치가 없다는 생각을 최근 했습니다. 나올 만한 수법을 다 사용하고 있습니다. 그저 정객과 상인의 잡종 술수인 '구호'와 '표어' 종류를 잡지에 갖다 붙이고 있을 따름입니다.

단지 최근 반년 동안 모두 루쉰에 대해 이야기하고 있습니다. 어떻게 비난을 하더라도 걸려드니 만약 중국에 루쉰이 없다면 떠들썩한 구경거리가 없어지게 된다는 것을 알 수 있습니다.

월간 『분류』는 대략 6월 20일경에 나올 겁니다.

5. 30, 쉰 드림

페이쥔 부인에게도 같이 안부 여쭙니다.

280601 리샤오펑에게

인쇄물과 양 1백 위안을 받았습니다. 감사합니다.

위쓰의 원고 2종을 첨부하고 위탕에게 보내는 편지 등 한 건도 전달해 주시면 감사드리겠습니다. 이와 같이 샤오펑 선생에게 보냅니다.

6월 1일

280606 장팅첸에게

마오천 형

1일 편지는 그저께 도착했습니다. 주네이광朱內光 의사는 만나 본 적이 있습니다. 그는 세심하고 솜씨도 있지만 너무 조심스럽다는 생각입니다. 조심하는 의사의 약을 먹고 나빠질 리는 없지만 먹고 낫는 데 시간이 많이 걸립니다.

상하이의 의사를 나는 잘 모릅니다. 사람을 속이는 의사가 적지 않은 것 같습니다. 이전에 독일인이 세운 바오룽寶隆의원이 괜찮다는 이야기를 들었지만 지금은 어떤지 모르겠습니다. 내가 진찰받은 곳은 집에서 멀지 않은 '푸민의원'福民醫院입니다. 일본 사람이 만들었는데 꽤 유명합니다. 진찰비는 초진에 3위안이고 이후 한 번에 1위안입니다. 약값은 대략 하루에 1위안입니다. 입원은 최소 하루에 4위안입니다.

그렇지만 병원대규모입니다 조직은 문제가 있는데 의사가 돌아가며 진찰합니다. 오늘 진찰한 의사가 갑이라면 내일은 을이 진찰할지도 모릅니다. 열심히 하면 그대로 괜찮은데 그렇지 않으면 흐리멍덩하게 됩니다.

내가 며칠 전에 말한 '폐병'은 의사에게서 알아낸 것입니다. 그는 당시 자세하게 말하기를 꺼려했습니다. 나중에 나는 '의학가 스타일'로 그에게 물어봐서야 '폐렴' 초기라는 것을 알았습니다. 그렇지만 지금은 좋아졌습니다.

나는 술은 일찌감치 마시지 않지만 담배는 여전히 핍니다. 매일 30개비에서 40개비까지 핍니다. 그렇지만 내 병의 원인이 여기에 있지 않다는 것을 나는 알고 있습니다. 아무 일도 하지 않고 일 년쯤 쉬면 많이 좋아질 겁니다. 그렇지만 어떻게 이렇게 할 수 있습니까. 지금은 사소한 일이 여전히 아주 많이 있습니다.

혁명문학이 지금 어떤 상황인지 잘 모르겠습니다. 그런데 그렇게 왕성한 것 같지 않습니다. 그들의 글은 제멋대로 말하는 것이기 때문에 일일이 반박할 만한 가치가 없습니다. 가장 좋은 것은 그들이 그들을 비난하고 우리가 우리를 비난하는 것입니다.

베이징 교육계는 장래에 그다지 좋아지지 않을 것입니다. 나는 가서 일하고 싶지 않습니다. 그렇지 않으면 재작년 나는 옌징대학에서 학생들을 가르쳤을 테고 베이징을 나오지 않았겠지요.

노원수[1]가 피격당하여 탕얼허[2]는 또다시 '고애자'가 됐군요.

6월 6일, 쉰 드림

1) 장쭤린(張作霖, 1875~1928)을 가리킨다. 1928년 6월 4일 장쭤린은 베이징에서 둥베이로 되돌아가는 도중에 일본 관동군이 매설해 둔 폭탄에 폭사했다.
2) 탕얼허(湯爾和, 1878~1940)는 저장 항현(杭縣) 출신이다. 일본과 독일 유학을 했으며 나중에 베이양정부에서 교육부장관, 내무총장을 지냈다. 그는 장쉐량(張學良)과 의형제를 맺었다고 전해져서 장쉐량의 아버지 장쭤린이 폭사당하자 '고애자'가 되었다고 말한 것이다. 청대 조익(趙翼)의 『해여총고』(陔餘叢考)에 따르면 아버지가 돌아가시면 고아(孤子), 어머니가 돌아가시면 애자(哀子), 부모가 다 돌아가시면 고애자(孤哀子)라 부른다고 한다.

280710 자이융쿤에게

융쿤 형

상하이에 도착한 이래 당신이 내게 보낸 편지를 몇 차례 받았습니다. 『황도』[1]도 몇 권 받았습니다만 전권은 아니었습니다. 이야기하자니 우습지만 나는 이 일 년여 성과는 하나도 없으면서 쉬지도 못하고 지냈습니다. 제일 큰 이유는 여기저기 다닌다고 조용히 지내지 못했기 때문입니다. 하루하루 흐리멍덩하게 보냈고 당신의 편지에도 답신을 못했습니다. 정말 미안합니다.

나는 지금 뭔가를 번역만 하고 있습니다. 첫번째는 요구에 응해서이고 둘째는 입에 풀칠하기 위한 것입니다. 창작이라면 한 글자도 쓰지 못했습니다. 최근 『분류』라고 하는 월간지를 편집하고 있습니다. 여기에도 번역문이 많습니다.

당신의 소설원고는 며칠째 묵혀 두고 있습니다. 곧 골라서 베이신에 건네줄 생각입니다.

베이징을 나는 아주 한번 가 보고 싶습니다만 언제가 될지 모르겠습니다. 거처에 대해서는 오래 머물 수 있을 것 같지는 않습니다. 각지에서 내 앞길이 어떨지는 아마 선례를 보면 알 수 있을 것 같습니다.

7월 10일, 루쉰

주)_____

1) 『황도』(荒島)는 문예반월간지로 왕위치(王余杞)가 편집한 잡지이다. 1928년 4월 베이핑에서 창간하였고 1929년 1월 정간됐다.

280717① 첸쥔타오에게[1]

쥔타오 선생

귀하의 서신과 책 표지 소포 두 개를 받았습니다. 수고해 주셔서 고맙습니다. 인쇄비가 얼마인지 어떻게 지불해야 하는지를 알려 주시면 말씀에 따라 바로 처리하도록 하겠습니다.

『사상, 산수, 인물』에 나오는 Sketch Book 이 글자는 내가 완전히 잘못 보고 번역한 것입니다. 최근 출판한 『일반』에 실린 글(제목이 「번역의 어려움을 논한다」였던 것 같습니다)에서 지적한 것은 정말 맞는 이야기입니다.[2] 그렇지만 그 글의 결론은 번역이 모험이라는 것이었는데 나는 그렇게 생각하지는 않습니다. 번역은 부주의하거나 얕은 공부로 인해서 오역이 있어서는 안 되는 것 같습니다. 그래서 모험적인 사업이 된다고 하면 이는 결국 역으로 오역한 사람을 위해 변호하는 것입니다.

7월 17일, 루쉰

주)_____

1) 첸쥔타오(錢君匋, 1906~1998)는 미술가이다. 당시 카이밍서점에서 편집을 맡고 있었다. 루쉰은 그에게『아침 꽃 저녁에 줍다』표지 인쇄를 부탁했다.
2) 1928년 4월 월간『일반』(一般) 4권 4호에 돤셴(端先)의「번역의 어려움을 말한다」(說翻譯之難)가 실렸다. 글에서 일련의 오역 사례를 거론했는데 루쉰이 번역한『사상, 산수, 인물』에서「이른바 회의주의자」(所謂懷疑主義者) 한 구절을 사례로 다음과 같이 기술했다. "그 글 속의 스케치-북(소품집)은 스켑틱(회의주의자)으로 고쳐야 하는 것 같다. …… 왜냐하면 스켑틱은 스케치북의 가타카나의 음역과 매우 비슷하기 때문이다. …… 누구든지 쉽게 틀린다." 이 글의 말미에서는 다음과 같다. "책을 번역한다는 것은 확실히 일종의 모험이다. 현재의 중국어 번역서는 더욱 힘들고 웃음거리가 되기 쉬운 위험에 처해 있다!"

280717② 리지예에게

지예 형

　6일에 보낸 편지를 받았습니다.

　『아침 꽃 저녁에 줍다』의 표지는 어제 막 다 인쇄를 마쳤는데 모두 2천 장입니다. 내일 제 동생에게 부탁하여 상우관에서 부쳐 달라고 하겠습니다.

　Van Eeden의 사진은 지난번 판본이 여전히 좋지 않았습니다. 이번에 원서독역입니다를 부쳐 드리겠습니다. 그중에서 제판을 만들어서 그것을 사용해도 됩니다모습은 원본과 같은 것으로 알고 있습니다만 성명이 인쇄되어 있습니다. 책은 사용 뒤 시싼탸오의 집으로 건네주시기 바랍니다.

나는 지금은 출판한 것이 하나도 없습니다.『사상, 산수, 인물』한 권만 있습니다. 일간『작은 요하네스』독일어 번역본과 같이 부쳐 드리겠습니다.

『무덤』의 교정본과 쑤위안의 번역본은 모두 며칠 전에 부쳤습니다. 원문이 없어서 몇 사람은 여전히 누구인지 찾아내지 못했습니다.

7월 17일, 쉰 드림

280718 장팅첸에게

마오천 형

어제 오전 10시는 이미 저의 숙소[1]로 날아간 때인 듯합니다. 친원欽文만 만났습니다. 친원도 만나지 않았다면 정말 죄송했을 것입니다. 왜냐하면 날씨가 여전히 더웠기 때문입니다. 마음속으로는 계속 머물고 싶지만 그래 봤자 여관에 숨어서 신선오리神仙鴨 요리를 쪄 먹으며 지낼 뿐이겠지요. 그래서 도망치기로 결심했습니다. 이른 아침에 차를 탔는데 가는 길에 바람이 불었고 상하이에 다 와서 비를 만났습니다. 오늘은 날씨가 개었지만 시후西湖만큼 덥지는 않습니다.

제가 있는 상하이는 모든 것이 평소와 같습니다. 저는 이미 기운을 차린 듯합니다. 그렇지만 상하이에 도착하자마자 '두서없이 엉켜 있는'[2] 일들이 기다리고 있는 걸 피할 수가 없었습니다. 그렇지만 될 대로 되라지요.『바오징탕 도서목록』[3]은 상하이의 두세 서점의 서목과 비교해 보면 제시된 가격이 저렴한 것이 많지 않고 오히려 비싼 것이 많습니다. 우리는 항저우가 좀 외져서 책값도 저렴할 것이라고 생각합니다. 그런데 사실은 잘못된 생각이었고 제가 오히려 바보[4]였던 것이지요.

리 사장은 만나지 못했습니다.『분류』2는 아직 나오지 않은 듯합니다. 지금『작은 요하네스』2권을 포장해 뒀습니다. 등기로 부칠 계획입니다. '우편물이 분실'될 일은 다시 없을 것입니다.

7월 18일, 쉰 올림

페이쥔 샤오옌 제공도 같이 안부 여쭙고 달리 편지 보내지 않습니다.

그리고 다음과 같이 부탁드릴 일이 있습니다.

제스 형을 만나면 나를 대신하여 좋은 말 몇 마디 해주길 부탁드립니다. 그에게 귀중한 시간을 많이 쓰게 했다든지 나중에 간다는 말씀을 미처 드리지 못하여 송구스럽고 죽을죄를 졌다는 등등의 말을요……

주)_____

1) 항저우의 칭타이(淸泰) 제2여관을 가리킨다. 당시 루쉰이 쉬광핑과 같이 항저우로 여행 갔을 때 머문 곳이다.
2) 편지에서 원문은 '倭支葛搭'이다. 루쉰은 샤오싱 지역 방언을 사용했다.
3)『바오징탕 도서목록』(抱經堂書目)은 항저우의 바오징탕서점에서 간행한 서목이다.
4) 원문은 '阿木林'이다. 바보라는 뜻을 가진 장쑤 저장 지역 방언이다.

280722 웨이쑤위안에게

수위안 형

7월 2일 날 엽서를 받았습니다.

『미술사의 흐름 논의』는 반월간 『베이신』에서 인쇄에 넘긴 상태입니다. 아직 완성되지는 않았는데 완성되면 부쳐 드리겠습니다. 『사상, 산수, 인물』은 주목하지 못했는데 판매상황이 어떤지 모르겠습니다.

역사적 유물론으로 문예를 비평한 책을 나도 좀 읽어 본 적이 있습니다. 시원시원하고 명쾌하다고 생각했습니다. 이해 안 되었던 모호한 문제들을 많이 설명할 수 있었습니다. 그렇지만 최근 창조사파에서는 모든 것을 이 역사관에 근거하여 쓰지 않으면 안 된다고 주장하고 있습니다. 그래서 스스로도 납득하지 못하면서 일을 엉망진창으로 망쳐 놓고 있습니다. 그런데 그들은 최근 갑자기 아무런 소리를 내고 있지 않습니다. 담이 작으면서 혁명을 하려 하는 것이지요.

소련 문예에 관한 책은 광둥과 광시, 후난과 후베이 모두 팔지 않고 반품되어 왔습니다.

내 생활경비는 지금 어렵지 않습니다. 그렇지만 사소한 일이 너무 많아서 거의 매일을 이런 일 더미에 쓰고 있습니다. 정말 무의미합니다.

상하이는 상당히 덥습니다. 모기가 많아 밤에도 일을 할 수 없습니다. 이러한 고충은 시산[1]에서는 아마 없을 것입니다.

7월 22일, 쉰 드림

주)_____

1) 시산(西山)은 베이징 시산(西山)을 가리킨다. 당시 웨이쑤위안은 시산의 푸서우링(福壽嶺) 폐병요양원에서 요양하고 있었다.

280725 캉쓰췬에게[1]

쓰췬 선생

보내 주신 편지와 시를 받았습니다. 『위쓰』의 오탈자는 이미 수정했습니다.

이번에 보내 주신 시 가운데 한 수를 되돌려드립니다. 그중 한 편은 발표할 계획입니다. 그렇지만 『위쓰』에 실릴지 『분류』에 실릴지 아직 정해지지 않았습니다.

나는 영어를 모르기 때문에 영어서점에 대해서는 잘 알지 못합니다. 이전에 몇 군데 가 봤는데 여전히 '볘파양행'의 서적이 꽤 많았던 것 같습니다.[2] 그러나 당연히 대개는 유행하는 소설이었습니다. 이런 책방의 설치는 상인들이 자신을 위해 구상하는 것입니다. 비교적 수준이 높은 문예서적을 구매하려면 쉽지 않을 것입니다.

영국문학의 새 책을 알려면 『Bookman』(런던에서 출판하는 잡지) 한 부를 구독하는 것이 나을 것 같습니다. 여기에서 무슨 책이 나왔는지 보고 '볘파'나 '상우인서관'에 부탁하여 영국에서 가져오게 하면 대략 3개월 뒤에 부쳐 줄 수 있습니다. 이전에 나온 책에 대해서도 가져갈 수 있습니다. 그렇지만 출판사를 확실하게 알아내야 하여 좀 번거롭습니다.

모기가 많이 물어서 편안하게 앉아 있을 수가 없어서 이만 줄입니다.

7. 25, 루쉰

주)_____

1) 캉쓰췬(康嗣群, 1910~1969)은 당시 푸단대학 학생으로 『위쓰』 투고자 중 한 명이었다.
2) 볘파양행(別發洋行)은 영국 상인이 개설한 서점이다. 상하이와 톈진에 소재했다.

280802 장팅첸에게

마오천 형

　7월 24일 날 편지는 일찍 받았습니다. 낮에는 땀이 줄줄 흐르고 밤에는 모기가 물고 인내할 만한 시간은 모두 『분류』에 쓰고 있습니다. 그래서 오랫동안 답신을 드리지 못했습니다.

　페이쥔 형의 밥그릇 문제는 현재 상황이 어떤가요. 시후 가에서 방법을 생각하여 구할 수 있다면 나는 멀리 베이핑까지 갈 필요가 없다고 생각합니다. 그곳은 베이핑이라고 하지만 같은 중국에 속하고 특별히 빛나는 곳이라고 생각하지도 않습니다. 게다가 이리저리 이사 다녀야 하는데 고되고 돈도 축내는 것이어서 실제로 그럴 만한 가치가 없습니다. 더구나 두서없이 엉켜 있는데[1] 산하이관에 들어가는 것을 다시 보지 못할 일이 생길지 어찌 알겠습니까. 그렇지만 이것도 내가 예민한 탓이겠지요……?

　여기는 며칠 전에 많이 더웠는데 그 뒤에 비가 내리고 좀 선선해졌습니다. 천문대 예보에서 이삼 일 전에 회오리바람이 있을 거라고 했습니다만 결국 불지 않았고 다시 더워지기 시작했습니다.

　제 공은 아직 만나지 못했습니다. 아마 이미 베이핑으로 날아갔겠지요. 저도 한번 가려 합니다. 노부인의 명령 때문인데 그렇지만 시간은 아직 정하지 않았습니다. 그렇지만 오래 머물 건 아닙니다. 그리고 내가 베이징에서 가장 가난했던 시절을 회상하면 학교에서 받을 수 있는 몇 푼의 현금이 있기만 해도 쓰지 않고 갖고 있었습니다. 비록 한두 시간짜리 강의도 구하기 힘들었지만 그래서 지금도 차라리 이리저리 다니면서 생계를 꾸려 가는 것이 더 낫습니다.

　한 가지 일을 삼가 부탁드립니다.

『바오징탕 도서목록』을 조사하여 이 책이 있는지를요.

'『금문술』[2] 16권 16위안'

베이징에 있던 시절을 생각해 보면 이런 책을 봤는데 이름이 『기고실길금문술』로 유심원이 쓴 것으로 20권(?) 석인본이었습니다. 그렇지만 가격이 너무 비쌌는데 20여 위안이 필요했습니다. 그래서 지금 형이 편하실 때 한번 가서 살펴봐 주실 것을 부탁드리려 합니다. 만약 이 책이고 결권이 없으며 책이 깨끗하다면 구입하여 부쳐 주시면 감사드리겠습니다.

8월 2일 밤, 쉰 드림

페이쥔 형과 샤오옌 동생에게 같이 인사드립니다.

편지를 쓰기 시작했을 때 미스(Miss) 쉬가 "나도 한 마디 덧붙이겠다"고 했지만 여기까지 쓰고 보니 이미 잠들었습니다. 그래서 "한 마디 덧붙이겠다"라고 말한 것을 말할 수밖에 없겠습니다.

주)_____

1) 원문은 '倭支葛搭'이다. 장쑤와 저장의 방언으로 '糾纏不淸'의 의미이다.
2) 『금문술』(金文述)은 『기고실길금문술』(奇觚室吉金文述)이다. 중국의 고대 제사에서 사용한 금그릇의 명문을 해석한 책이다. 청말 문자학자인 유심원(劉心源, 1848~1917)이 저술했다.

280815 장팅첸에게

마오천 형

14일 보낸 편지를 오늘 받았습니다. 밥그릇 문제는 이렇게 하는 것이 좋겠다는 생각입니다. 제스가 베이징으로 갔으나 무슨 뾰족한 수가 있을 것 같지는 않습니다. 선 공과 류 공[1] 두 분은 이전에 샤오펑이 초대한 자리에서 뵌 적이 있는데 특별한 이야기를 하지는 않았습니다. 아무래도 내게도 문제가 있고 신경이 예민하다는 생각이 듭니다. 그래서 어떤 사안을 볼 때 상대가 전부 다 공개하여 말했는데도 나는 필시 다른 것을 수건이나 소매 안에 숨겨 뒀을 것이라고 생각하는 때가 종종 있습니다. 그렇지만 또 불행하게도 적중하는 때가 잦으니 어찌 슬프지 아니하겠습니까.

『품화보감』品花寶鑑은 필요하지 않습니다. 그 책『금문술』은『바오징탕 도서목록』13기 33쪽 11행에 나옵니다. 전문은 다음과 같습니다.

"『기고실길금문술』30권 유심원. 석인본, 10권 16위안."

그런데 이미 다 팔렸다면 그만둬야겠지요.

여기는 이제야 좀 선선해졌습니다.『분류』때문에 종일 분주합니다. 스스로 고생을 자초한다고 할 수 있습니다.

창조사에서 커피점을 열었는데 "거기에서 루쉰과 위다푸를 만날 수 있다"고 선전하여 곧『위쓰』지면에서 정정하려 합니다. 톈한田漢도 커피점을 열었습니다. "문학 취미를 이해하는 여종업원"이 있다고 광고하고 있습니다. 여종업원이 무리지어 가게에서 손님과 문학과 사상을 논한다니 정말 닭살이 돋습니다.

8월 15일, 쉰 드림

페이췬 형 샤오옌 동생 그리고 샤먼에서 니에게 두루마리를 수선해 준 큰 형수님에게 모두 안부 인사 드립니다.

주)_____

1) 선 공과 류 공 두 사람은 선인모(沈尹黙)와 류반능이다. 1928년 8월 4일자 루쉰 일기를 참고할 수 있다.

280819 장팅첸에게

마오천 형

16일 날 보낸 편지를 그저께 받았습니다. 어제, 바오징탕에서 부친 『길금문술』도 도착했습니다. 맞습니다. 바로 이 책입니다. 지난번에 '길'吉 자를 생략하여 몇 번이나 오가게 만들었지요.

오늘 샤오펑에게 물어보니 『유선굴』이 곧 인쇄에 들어갈 것이라고 합니다. 곡원[1] 노인의 말을 권두에 넣는 것은 좋은 생각입니다. 그렇지만 중국에서 이『굴』의 '효시'를 언급했는지 여부는 의문입니다. '일본'에 하세녕河世寧이라는 이가 존재했는지 조사하면 『어제(찬)전당시』에 수록되어 있습니다.[2] 누락된 시는 『전당시일』全唐詩逸 X권에 이『굴』시가 몇 수 있습니다. 이 책은 나중에 포鮑씨 손을 거쳐 『지부족재총서』知不足齋叢書 30(?)집에 들어갔습니다. 이때는 아마 곡 노인 전인 것 같은데 이것도 확인해 봐야 합니다. 어쩌면 곡 노인이 본 것은 이『굴』전체본이 아니라 이 책일지도 모르겠습니다.

'Miss Shu'라는 '쉬 아가씨'가 '대신 안부 인사' 보냅니다. 계화꽃이 곧 피고 시후는 또 한번 경치 좋을 때이겠습니다. 나도 정말 놀러 한번 가고 싶습니다. 그렇지만 이번에 나서기는 쉽지 않을 것 같습니다. 계화가 피고 나면 국화가 또 필 것입니다. 만약 꽃구경을 여행의 목적으로 삼으면 일년 내내 상하이와 항저우 노선을 오가지 않으면 안 됩니다. 무슨 꽃이 가장 아름다운지 곰곰이 생각해 보고 그런 뒤 다시 시후에 갈 계획입니다.

항저우 날씨는 벌써 초가을 같겠지요. 정말 부럽습니다. 상하이는 며칠 좀 선선했을 뿐 오늘 다시 꽤 더워졌습니다.

8월 19일, 쉰 올림

페이쥔, 샤오옌 제공에게도 따로 편지하지 않고 같이 인사드립니다.

---

1) 곡원(曲園)은 곧 유월(兪樾, 1821~1907)이다. 곡원은 호이다. 청대학자. 저서로 『춘재당전집』(春在堂全集)이 있다. 그가 쓴 『차향실사초』(茶香室四鈔) 13권에 『유선굴』 시를 언급한 말이 나온다. 이 말은 나중에 베이신 판본의 『유선굴』 권두에 실리지 않았다.

2) 하세녕(河世寧, 1749~1820)은 곧 이치카와 간사이(市河寬齋)이다. 세녕은 이름이고 자는 자정(子靜)이며 호가 관재(寬齋)로 일본 에도시대 시인이다. 그가 편집한 『전당시일』(全唐詩逸)은 모두 3권으로 권말에 『유선굴』의 시 19수가 수록되어 있다. 이 책은 청대 포정박(鮑廷博)이 편집한 『지부족재총서』(知不足齋叢書) 25권에 수록된 바 있다. 『어제(찬)전당시』(御製[纂]全唐詩)는 『전당시』로 약칭한다. 청대 강희 연간 팽정구(彭定求) 등 10명이 명령을 받아 명대 호진형(胡震亨)의 『당음통감』(唐音通鑑)과 청초 이진의(李振宜)의 『전당시』 두 책을 저본으로 삼아 만든 책이다. 모두 당대와 오대의 시 48,900여 수를 수록했고 작가는 2,200명이 넘는다. 뒤에 당대와 오대의 사, 소설을 덧붙였다. 모두 900권이다.

280919 장팅첸에게

마오천 형

15일 보낸 편지는 일찌감치 받았습니다. 상하이 홍수 소식은 좀 들은 바가 있습니다. 프랑스 조계는 무릎이 잠길 정도로 물이 졌다고 합니다. 그러나 제가 있는 곳에는 그런 일은 없었습니다. 다만 이틀 전에 연일 비가 내려서 물이 좀 고였을 뿐입니다. 비가 그치자 물이 바로 빠졌습니다. 원래 지대가 높아서인 듯합니다. 우리가 중화 신명의 후손이어서 치수에 특별한 심득이 있어서는 아니었던 것입니다. 우가 벌레라는 것은 이미 증명되었습니다.

항저우에 밥그릇이 있다면 저는 굳이 북쪽으로 갈 필요가 없다는 생각이 듭니다. 학교의 중요 인사들은 어제 신문에 기사가 실렸습니다. 바이녠이 문과 학장을 하고 반눙이 예과 학장, 푸쓰녠과 바이메이추가 사범과 학장이라 합니다.[1] 우리 연배의 시각으로 보자면 이들은 이른바 그럭저럭 괜찮은 사람이라고 하겠지요. 쉬안보를 '끌어오'려 했는데 '민중' 설이 '있'어서였다고 하여 나는 듣고 아주 많이 놀랐습니다. 그런데 만약 '없었다'면 '끌'어오지 않았겠지요. 오호라, 민중이 없으면 굶어 죽을 것이요, 민중이 있으면 끌려와 죽을 것입니다. 민중이 소인에게는 원한이 어떻게 이렇게 깊은지요?!

보도에 따르면 차이 공은 이미 수도에 도착했다고 합니다. 그렇지만 원장직을 극력 고사하고 자신을 대신할 좋은 사람을 추천한다는 이야기가 도는데 이는 사실인 것 같습니다. 좋은 사람은 누구일까요? 이 공 페이지입니다.[2] 그리고 원院은 부部로 개편된다고 합니다. 그러면 지푸가 어떻게 될지 모르겠습니다. 스쥔[3]의 일은 더욱 이야기하기 어려울 것 같습니다.

『분류』는 2천여 부를 팔았다고 하는데 적지 않은 숫자입니다. 교정은 '미스 쉬'에게 부탁했고 제 스스로는 교정을 마쳤습니다. 베이신이 교정을 하는 것은 믿을 만하지 못합니다. 『위쓰』에 오탈자가 많은 것을 보면 알 수 있습니다. 나는 주의를 줬으나 효과가 없었습니다. 샤오펑에게 말해도 늘 효과가 없었습니다. 가령 『유선굴』을 나는 두 번 문의했으나 지금까지도 교정지를 보내지 않고 있습니다. 며칠 전에 중궈서점中國書店에서 이미 조판을 끝냈다는 소식을 들었습니다. 그렇지만 이는 베이신에 지장이 없는 일인지 별도로 판로를 알아본다고 하면서 지금까지도 교정지를 보내지 않습니다. 베이신의 일처리는 점점 더 두서가 없어지는 듯합니다. 가령 『위쓰』 35, 36이 출판될 때 25, 26이 내게 배송됩니다. 그들에게 반송하면 37호가 출간될 때 같이 보내 줍니다. 어떻게 본사 책임기자에게도 새로 나온 간행물을 보내 주지 않을 수 있습니까.

차오펑은 설사로 회사에 오지 않았는데 아마 곧 괜찮아질 겁니다. 그때 그에게 『설부』說郛를 사서 우편으로 부쳐 달라고 당부해 주십시오. 돈은 내게 있으니 보낼 필요가 없습니다.

9월 19일, 쉰 드림

페이쥔 형에게도 이와 같이 보냅니다.

어떤 사람이 코가 저장에 가서 학생들을 가르칠 것이라고 코를 대신하여 선전했습니다. 아마도 공기의 작용인 듯한데, 다른 곳의 초빙서까지 영향을 미칩니다.

1) 학교는 1928년 가을 대학구(大學區)를 설립한 이후의 베이핑대학을 가리킨다. 바이녠(百年)은 곧 천다치(陳大齊)이다. 바이메이추(白眉初)는 베이징사범대학 역사지리과 주임을 지낸 바 있다. 쉬안보는 곧 리쉬안보(李玄伯)이다.
2) 이페이지(易培基, 1880~1937)이다. 베이양정부 교육부 장관과 베이징여사대 총장, 상하이노동대학 총장 등을 지냈다.
3) 스쥔(石君)은 곧 정녠(鄭奠)이다. 정녠의 자가 제스(介石)이다.

281012 장팅첸에게

마오천 형

오래간만입니다.

『유선굴』초교를 본 뒤 인쇄소가 동맹파업을 했습니다. 어제야 재교지를 다시 보내와서 한번 더 교정을 봐야 할 것 같습니다. 이 인쇄소의 활자모형도 역시 좋아 보이지 않습니다.

『설부』는 우체국 파업 하루 전에 부쳤습니다. 오늘은 업무 복귀한 지 대엿새가 됐으니 아마 받았으리라 생각합니다. 가격은 16위안 1자오 5펀인데 잠시 형이 계신 곳에 놔둬 주십시오. 책이나 찻잎 사는 것을 부탁하려 하는데 뭘 살 건지는 아직 정하지 않았습니다.

멍 웡[1]이 승진했습니다. 징바오에 따르면 핑메이[2]가 세상을 떴다고 합니다.

(10월 12일) 쉰 드림

페이쥔 형에게도 같이 보내 안부를 여쭙니다.

참, 며칠 전에 『아침 꽃 저녁에 줍다』 2권을 보낸 게 기억납니다. 역시 이미 도착했으리라 생각합니다.

주)_____

1) 멍 옹(夢翁)은 장멍린(蔣夢麟)이다. 그는 1928년 10월 3일 교육부 부장으로 임명됐다.
2) 핑메이(評梅)는 스핑메이(石評梅, 1902~1928)이다. 베이징여자고등사범학교를 졸업했고 『부녀주간』(婦女週刊) 편집을 맡았다.

281018 장팅첸에게

마오천 형

11일, 15일 두 통의 편지를 모두 받았습니다. 『유선굴』의 시는 『전당시일』에 나옵니다. 이 책은 『지부족재총서』 30집에 있을 것입니다. 어쨌든 25집 이후에 있는데 아마 제사題詞와 발문跋文이 없었던 것 같습니다. 멍 옹[1]의 고증이 뛰어난 것은 아니니 부록으로 붙일 필요는 없다고 생각합니다.

「밤독서 초」夜讀抄는 이미 샤오펑에게 문의했습니다. 그러나 원고를 지금까지 갖고 있을 것 같지는 않습니다. '나중에 설명하는 것'을 봐야 할 것 같습니다. 샤오펑은 꽤 바쁜 듯한데 왜 바쁜지는 모르겠습니다. 『위쓰』가 항저우에 가지 않은 것은 아마 압류당해서라고 합니다. 그런데 최근 이 『쓰』에 오탈자가 너무 많습니다. 정말 놀랄 지경입니다.

구제강과 푸쓰녠, 중징원 제공이 밀치락달치락하는 것을 보면 새삼 정말 놀랍습니다. 이 패거리의 천성은 비집고 들어가는 것을 좋아하는데 이는 보통사람의 능력을 상회하는 것 같습니다. 옛날 베이징대학은 이렇지 않았습니다. 스쥔[2]이 북쪽에서 가난하게 지내는 것은 원래는 나쁘지 않았습니다. 그렇지만 이후 베이핑의 학계도 혁명 이선으로 되돌아가지 않고 있어 비집고 들어가 지내는 것은 피할 수 없습니다.

제가 '남다른' 이유는 스스로 생각해도 알 수 없습니다. 최근에는 밤을 많이 새지 않습니다. 이사 초기에 전등이 없어서 일찍 잠들었는데 아직 그 습관이 남아 있어서입니다. 나와 마주한 건물에 창문이 아주 많아서 야오 공[3]의 창문이 어디인지도 알기 어렵습니다. '투시'하여 물어볼 수 없는 것이 슬픕니다.

쉬 여사는 여전히 3층에 머뭅니다. 곧 광둥의 시집간 여동생에게 돌아가야 할 것 같다고 합니다. 그러나 반드시 가야 하는 건 아닌 것 같고 '조사 대비용'인 것 같습니다.

책을 살지 찻잎을 살지 문제는 작지 않아서 금방 결정하기 쉽지 않습니다. 며칠 더 생각했다가 말씀드리지요.

10월 18일, 쉰 드림

페이쥔 부인에게도 이같이 안부 여쭙니다. 영애도 잘 지내기 바랍니다.

주)_____

1) 음옹(蔭翁). 곧 유월(兪樾)을 가리킨다. 유월의 자가 음포(蔭圃)이다.
2) 스쥔(石君)은 정몐(鄭奠, 1896~1968)의 호이며, 자는 제스(介石)이다. 저장 주지(諸暨) 출신 언어학자로 베이징여자사범대학, 항저우저장대학, 베이징대학에서 교편을 잡았다.
3) 야오밍다(姚名達, 1905~1942)이다. 당시 상우인서관에서 편집 겸 특약필자를 지내고 있었다.

281031 자오징선에게[1]

징선 선생

일전에 『백효도설』[2](이미 개정판이 나왔습니다)을 검토해 봤습니다. '아궁이에 몸을 던진' 이는 이아李娥밖에 없습니다. 그렇지만 종이 아니라 무기를 주조하기 위한 것이었으니 어떻게 된 건지 모르겠습니다.[3] 지금 전체적으로 검토하기 쉽게 전부를 빌려 드립니다. 분명히 그림 속 바닥에는 무기들이 널려 있었습니다.

10월 31일 밤, 쉰 올림

주)_____

1) 자오징선(趙景深, 1902~1985)은 문학연구가이다. 당시 카이밍서점에서 편집을 맡고 있었다.
2) 『백효도설』(百孝道說)은 청대 유보진(兪葆眞)이 편집하고 유태(兪泰)가 그린 책이다. 동치 10년(1871)에 하간(河間) 유(兪)씨가 간행했다. 모두 4권. 부록으로 시 1권이 있다.
3) 자오징선은 그의 「고이즈미 야쿠모가 이야기하는 중국 귀신」(小泉八雲談中國鬼)을 실은 『문학주보』를 루쉰에게 보내 준 적이 있다. 그 글에 일본 고이즈미 야쿠모가 쓴 「중국 귀신 몇 가지」가 나오는데 여기에서 대종의 이야기가 유보진의 『백효도설』에 나온다고 이야기한다. 그래서 루쉰에게 이 책을 찾아서 빌려 달라고 했다. 루쉰은 책을 자세히 검토한 뒤 책에 무기를 주조하는 것만 있고 종을 주조하는 그림은 없다고 했다.

281104① 자오징선에게

징선 선생

돌려주신 책을 받았습니다. 그리고 편지도 받았습니다.

외국인이 중국의 물건을 농하는 것은 당연히 좀 막연한 것이 있습니다. 그렇지만 이 『백효도설』의 작가 유 공도 그다지 '충실'한 것 같지는 않습니다. 가령 '이아가 아궁이에 몸을 던지다'가 그 예입니다. 그는 『효원』^孝苑에서 인용했습니다. 이 책을 나는 부지 못했는데 최초의 판본은 명대 때 나온 듯합니다. 그 속의 이야기는 여전히 고서에 근거했지만 출처가 없습니다. 어쩌면 자구도 많이 고친 것이 있는 건 아닌지 모르겠습니다. 그가 일을 기록하는 것을 보면 도랑이 하나 가로놓여 있는 것 같습니다. 곧 이아의 일로 이름을 얻었습니다. 그래서 나는 『오지기』^{吳地記}(당대 육광미陸廣微 지음)와 『원화군현지』^{元和郡縣誌}(당대 이길보李吉甫 지음), 『태평환우기』^{太平寰宇記}(송대 낙사樂史 지음) 등을 다시 살펴보면 어쩌면 더 이른 출전을 발견할 수 있을 것 같다는 생각이 듭니다.

11월 4일, 루쉰

281104② 뤄아이란에게[1]

아이란 선생

보내온 원고는 잘 썼습니다. 그 신랄한 비판에 나는 탄복했습니다. 그렇지만 마찬가지로 베이신서국이 반송해 보냈습니다. 왜냐하면 최근 『위쓰』는 베이징에 있을 때보다 더 벽에 부딪히고 있기 때문입니다. 게재되어도 인쇄할 수 없고 우편으로 보낼 수도 없습니다.

11월 4일, 쉰 드림

주)_____

1) 뤄아이란(羅皚嵐 1906~1983)은 당시 칭화대학의 미국유학준비부에서 공부하고 있었
다.『위쓰』의 투고자였다. 뤄아이란의 기억에 따르면 이때 루쉰에게 보낸 원고는 단편
소설「중산복」(中山裝)으로 여기에 입으로는 삼민주의를 외치면서 농민에게는 협박하
고 약탈하는 사람이 나온다. 나중의 그의 단편소설집『6월의 두견』(六月裏的杜鵑)에 수
록됐다. 1929년 4월 상하이 현대서국 출판.

281107 장팅첸에게

마오천 형

「밤독서 초」를 내가 서신으로 독촉했다고 말한 뒤 바로 샤오펑이 가
지고 왔습니다. 여전히『위쓰』판본입니다.[1] 따라서 원래 원고가 사라진
것이 분명합니다. 샤오펑은 바쁜 건지 궁색한 건지 모르겠는데 꽤 초췌했
습니다. 나도 미안하여 그를 독촉하지 못했습니다. 그저 글자 몇 개를 고
치는 것으로 교정한 셈 칠 수밖에 없습니다. 오늘에야 교정을 마쳤습니다.

그가 정한 인쇄소는 4호 글자가 꽤 많기 때문이라고 합니다. 그렇지
만 내가 보기에 결코 많지 않은 것 같고 좋아 보이지도 않습니다. 식자공
도 별로인데 이야기한 대로 하지 않아서 교정이 쉽지 않습니다. 지금 마
치기는 했지만 대강 대강 맞춰서 한 것일 따름입니다. 책을 제대로 인쇄
하려면 작은 인쇄소로는 안 됩니다. 한 서점이 인쇄해서도 안 된다고 생
각합니다.

과일가게에서 과일을 취급하는 것을 한번 보십시오. 얼마나 되는대
로 취급하는지 만약 과일나무에게 보게 한다면 분명 슬퍼할 것입니다. 나
는 작품도 이와 같다는 생각입니다. 정말 상상할 수 없습니다.『분류』에

오탈자 몇 개 줄어들게 하기 위해 한 달의 시간을 거의 다 써야 합니다. 가끔 생각해 보면 정말 그럴 만한 가치가 없다고 느낍니다.

　나는 지금 네번째 잡감 『이이집』의 교정을 마쳤습니다. 아마 연내에 출판할 수 있을 것입니다.

11월 7일, 쉰 드림

　페이췬 형에게도 이와 같이 안부를 드리고 따로 쓰지 않겠습니다.

주)＿＿＿＿

1) 저우쭤런의 「밤독서 초(2)」는 반월간 『베이신』에 발표했다. 여기에서 『위쓰』라고 말한 것은 잘못된 기억이다.

281128 장팅첸에게

마오천 형

　12, 24일 두 통의 편지를 모두 받았습니다. 지푸는 베이징에 갈 리가 없다고 생각합니다만 그가 수도에 간 이후 지금까지 편지가 없습니다. 어디에서 머무는지 모르겠습니다. 보낸 서신에서 언급한 일은 만나거나(그는 자주 상하이에 오는 것 같습니다) 그가 보낸 편지를 받은 뒤에 바로 전달하도록 하겠습니다.

　바오징탕의 책 중 『서상기』는 희귀한 책이 아닙니다. 『목련기』는 눈이 번쩍 뜨이지만 내가 갖고 있는 비非만력본과도 별로 차이가 나지 않는 것 같아 필요하지 않습니다. 이 바오징탕은 내가 주소를 써 보냈는데 지금까지 도서목록을 보내지 않고 있습니다. 이것으로 약속을 잘 지키지 않는다는 것을 알 수 있습니다. 이 때문에 저는 이곳에 좀 악감정이 있습니다. 그와 거래하고 싶지 않습니다.

『설부』의 돈은 급하게 되돌려주지 않아도 됩니다. 그리고 찻잎도 필요하지 않습니다. 도서관의 책을 좀 살까 싶기도 한데 나중에 다시 이야기하도록 하지요.

왕국유王國維의 저작은 4집으로 나뉘어 있습니다. 제목은 『왕충각공유서』王忠慤公遺書 아니면 『관당유서』觀堂遺書입니다. 나는 2, 3, 4 모두 3집을 샀습니다. 1집은 비싸서 사지 못했는데 지금 상하이에는 일시 품절됐습니다. 항저우에는 있는지 모르겠습니다. 만약 있다면 사서 보내 주셔도 좋습니다. 가격은 대략 24위안입니다.

청 공 서위[1]가 대학의 비서장이 되었으니 학교일이 어떻게 돌아가는지 알 만합니다. 베이징의 각 학교는 아주 어지럽다고 들었습니다. 무슨 결사대 종류도 갖추고 있다고 하니 정말 할 말이 없습니다.

11월 28일, 쉰 드림

페이쥔 형에게도 이와 같이 인사 여쭙니다.

주)_____

1) 청서위(成舍我, 1898~1991)는 베이징 『세계일보』 편집자이다. 1928년 11월 12일 베이핑대학 비서장으로 임명됐다.

281212 위다푸에게

다푸 선생

보낸 편지를 오늘 받았습니다. 원고[1]는 아직 보내지 않았고 마지막 한 단락을 덧붙였습니다. 이번에 '비열한 설교자'[2]의 출전을 결국 찾았습니다. 정말 관계가 간단하지 않습니다.

원고에서 streptococcus는 음역을 사용했습니다. 그러나 이 글자는 '연쇄구균' 말고 다른 의미가 없으니 차라리 의역을 하는 것이 낫겠다는 생각이 들어 수정했습니다. 이 균은 유당을 유산으로 변하게 할 수 있습니다. 또 몸의 상처가 곪거나 '단독'丹毒[3]에 걸렸을 때에도 이 균이 생깁니다. 나는 그의 부인이나 가족을 가리키고 있는 것이 아닌가 의심합니다.

또한 열한번째 단락에 'Nekassov의 빈약한 시'라는 구절이 있는데 그 사람의 이름이 Nekrassov인데 'r'을 하나 빠뜨린 거 아닌지 모르겠습니다. 혹시 영역본에도 이 글자 r이 없으면 일역본을 한번 살펴봐 주시기 바랍니다. 이 인명은 자주 나오는 것이 아니기 때문입니다.

12월 12일 밤, 루쉰 올림

미스 왕[4]에게도 더불어 안부 여쭙니다.

주)_____

1) 고리키가 쓴 「톨스토이 회고 잡기」를 위다푸가 번역했던 원고를 가리킨다. 이 글은 위다푸가 영역본에 근거하여 중역하여 『분류』 1권 7기(1928년 12월 30일)에 실렸다.
2) '비열한 설교자'는 '혁명문학' 논쟁에서 창조사 성원인 펑나이차오(馮乃超)가 「예술과 사회생활」(藝術與社會生活; 1928년 1월 『문화비판』 창간호)에서 톨스토이가 '비열한 설교

3) 단독(丹毒)은 세균에 감염되어 피부가 빨갛게 부어오르는 피부질환이다. 피부가 세균에 감염되어 생기는 피부질환이다.

4) 왕잉샤(王映霞)를 가리킨다. 편지 300108를 참고하시오.

281227 장팅첸에게

마오천 형

지푸는 어제 만났습니다. 그 일을 그에게 이야기하자 그는 차이 선생을 만나 문의한 뒤 답을 알려 주겠다고 했습니다. 그때 다시 편지로 알려 드리겠습니다.

『산에 내리는 비』[1]는 읽어 본 적이 있습니다만——최근은 오랫동안 보지 못했습니다——이런 종류의 일은 정말 무의미합니다. 가을 이후 중국 문인에게는 욕하지 않으면 멋지지 않다는 기풍이 생겼습니다. 그런데 지금은 다시 줄어든 것 같습니다. 세상의 기풍이 오래가지 않으니 정말 개탄스럽습니다. 그런데 욕하는 목소리는 줄었지만 나를 끌어들여 글을 쓰는 사람은 다시 늘어났습니다. 사실 이 괴로움은 욕을 먹을 때보다 만 배가 더 힘듭니다.

쉬안퉁의 말 역시 진지하게 받아들일 필요가 없습니다. 쉬안퉁을 높이 치켜세우는데 정말 그런지 여부도 주목할 게 못 됩니다. 나는 최근에 성격이 아주 나빠져서 『위쓰』가 저장에서 판매금지당해도 하나도 화가 나지 않습니다. 사람들이 떼로 달려들어 나를 공격해도 화가 나지 않습니다. 성격이 나쁜 게 거의 경지에 이른 것 같습니다.

『왕충각공유집』을 북방에서 인쇄하면 유로의 무리를 망라하는 행위일 겁니다. 중궈서점은 다만 대리판매할 따름이지요. 전둬振鐸는 일찍 귀국했습니다. 『설보』說報를 편집하면서 문학을 가르칩니다. 세 학교에 이른 나고 합니다.

형에게 나를 위해 이전에 산 적이 있는 찻잎인 '웡룽성'翁隆盛의 '룽징밍첸'龍井明前(1근 당 2.56위안)과 '룽징치창'龍井旗槍(1.44위안)을 한 근씩 사서 부쳐 주시기를 부탁합니다. 만약 점포에서 부쳐 주려 하면 바로 그들에게 부쳐 달라고 해주세요. 우편료를 부쳐 주면 되겠지요. 항저우와 상하이 사이에는 우체국과 같은 것이 아직 있는 듯하니 물건을 부치는 데 매우 편리합니다.

12월 27일, 쉰 올림

페이쥔에게도 더불어 삼가 안부 여쭙니다.

주)＿＿＿＿

1) 『산에 내리는 비』(山雨)는 반월간 잡지로 1928년 8월 상하이에서 창간되어 같은 해 12월에 정간됐다. 이 잡지의 1권 4기에 시핑(西屏)의 「연상 세 가지」(聯想三則)를 실었는데 루쉰은 그의 「우상과 노비」(偶像與奴才)에 가한 작가의 말에 대해 지적을 했다. 이에 대해서는 『삼한집』의 「나와 '위쓰'의 처음과 끝」(我和語絲的始終)을 참고하시오.

281229 자이융쿤에게

융쿤 형

11월 26일 날 편지를 받았습니다. 답신이 늦어 미안합니다. 형의 서신에서 말한 소설은 『한여름의 밤』 한 편만 두루 찾았으나 보이지 않습니다. 그러나 다른 □□□□[1] 한 편도 초고인데 아직 사용하지 않은 것 같습니다. 오늘 「깨진 돌비석」斷碣 등 네 편과 같이 별도로 봉하여 등기로 부쳤습니다. 내 거처가 넓지 않아서 책과 원고를 둘 수 없어서 잃어버리는 일이 자주 일어나 곤란합니다. 그래서 수집한 원고는 잠시 보내 주시기 말기 바랍니다. 잃어버릴까 봐 걱정됩니다.

타오예궁陶冶公을 나는 잘 압니다. 지금은 이미 다 나았으리라 생각합니다.

12월 29일, 루쉰

주)_____

1) 이 부분의 편지 원본은 파손됐다.

281230 천쥔에게[1]

쯔잉 선생 읽어 주시기 바랍니다. 삼가 말씀드립니다. 일전에 선생의 서신을 받았는데 지푸가 또 이날 오후 거처를 방문하여 저의 편지를 보내 드리지 못했습니다. 같이 있으면서 자전을 편집하는 일을 이야기했는데 지푸의 말은 다음과 같았습니다. 국학연구소에서는 아직 이런 사업을 할 계획이 없고 교육부의 편역위원은 이미 해고됐다 등등. 그리하여 일이 이뤄지기는 아주 어려운 상황입니다. 지푸도 서신을 드려 답을 할 것이라 생각하지만 오늘은 동생이 먼저 들은 바를 알려 드립니다. 사실 오늘날 글로 먹고 사는 삶도 역시 생활의 길이 아닙니다. 이것으로 살아가는 사람은 어찌 학술적인 재능만으로 그에 도달할 수 있겠습니까. 각종 사고에다 일이 뒤죽박죽 뒤엉켜 있어서 글을 쓴다고 하지만 실제로는 가시밭길 위에 있습니다. 저는 광저우에서 위진 시대의 일[2]을 이야기했는데 정말 한탄스러웠습니다. 그야말로 "뜻은 크나 재주는 모자란다"로 북해[3]의 죽음을 슬퍼하지 않을 수 없습니다. 요즘 남북으로 분주하게 다니다 보니 읽은 것도 꽤 많고 생각도 모이고 걱정도 쌓여서 미친 소리로 발설되고 있습니다. 어쩌면 형의 의견과 다른 곳이 있을지도 모른다고 스스로 생각하고 있습니다. 다행히 자신을 알고 있으니 용서해 주시기 바랍니다. 요컨대 현재의 정국과 하나라도 관련되면 바로 곤란해지지 않을 수 없습니다. 눈 깜짝할 사이에 연말이 되어 모든 것이 새로워지고 저의 처지도 계륵과 같아지겠습니다. 이와 같이 알려 드리니 늘 평안하시기를 바랍니다.

12월 30일, 동생 수런 올림

주)_____

1) 천쥔(陳濬, 1882~1950)의 자는 쯔잉(子英)으로 저장 사오싱 출신이다. 광복회 성원이었다. 서석린(徐錫麟) 사건이 일어났을 때 일본으로 도주했다. 사오싱 부중학당(府中學堂) 감독을 지냈다.

2) 루쉰이 1927년 7월 23일, 26일 강연한 「위진 풍도·문장과 약·술의 관계」를 말한다. 『이이집』에 수록되어 있다.

3) 북해(北海)는 공융(孔融, 153~208)을 가리킨다. 동한 시대 노(魯)나라 출신으로 건안칠
자(建安七子) 중 한 명이다. 한 헌제 때 북해상(北海相)으로 임명되어 루쉰이 북해라고
지칭한 것이다. 나중에 조조에게 죽임을 당했다.

290106 장팅첸에게

마오천 형

작년 12월 31일에 보낸 편지가 도착하기 이틀 전, 곧 '국력' 1월 1일 오전에 쉰보¹⁾가 저의 거처에 왕림해 주셨는데 아쉽게도 내가 일어나지 않은 때여서 접견할 수 없었습니다. '밍첸'明前과 '치창'旗槍 각 한 포를 마침 맞게 남겨 주셨습니다. 「도박꾼 일기」²⁾는 지금까지 보이지 않습니다. 샤오펑 사장은 일이 바쁘고 잘 잊어버려서 알려 주지 않았습니다. 짐작건대 2기에 실을 것인가 봅니다. 『분류』 5의 홍차오洪喬의 일도 이미 그에게 서신으로 알렸습니다만 잊어버리지 않았는지 모르겠습니다. 이것도 미리 예고를 하지 않으면 안 됩니다.

도박꾼의 심리 변화는 한번 써 볼 만한 소재입니다. 당신은 '꽤 경험이 있고' 나도 결코 그것이 '엉터리'라고 생각하지 않습니다. 다만 한 절만은 좀 실례를 범했습니다. 곧 '지존' 아래에 주석을 달아서 이것이 담배가 아니라는 것을 밝힌 것이 그것입니다. 저는 '마장'을 이해하지 못하지만 따지고 보면 나이 든 지나인이어서 '지존'³⁾이 ∴와 ∷ 가 된다는 것은 이미 오래전에 알고 있는 사람입니다. 어떻게 불을 붙여서 피우는 것이라고 생각하겠습니까.

『전상고…… 문』⁴⁾은 베이징에서 4년 전 시가로 연사지로 된 것이 1백 위안이었습니다. 지금 관퇴지官堆紙에다가 좀이 쓸어 있는 것인데도(비록 나중에 잘 정리하겠지만) 가격은 65위안입니다. 사실 저렴하지 않으니 꼭 살 필요는 없다는 생각입니다. 게다가 형이 만약 체계적으로 중국문학사를 연구하지 않을 생각이면 이 물건은 필요가 없습니다. 연구하려면 또 사실 이 것으로 충분하지 않습니다. 안에 다수는 작은 작가들이요 단편적인 글입니다. 사용하기에 적합하지 않은 게 다수이니 차라리 10여 위안을 써서 딩푸바오가 편집한 『한위육조명가집』漢魏六朝名家集[5] 한 부를 거두는 것이 낫습니다. 그래서 손 가는 대로 넘겨 보는 것이 훨씬 수지에 맞습니다. 비교적 널리 추천할 만한 것으로는 『사』, 『한』, 『삼국』[6]이 있습니다. 『채중랑집』蔡中郎集과 혜강嵇康, 완적阮籍, 이륙기운[7] 도잠陶潜, 경개부庚開府, 포참군鮑參軍 만약 학자연하는 허세를 부리지 않으려면 청대의 주석본을 보는 것이 낫습니다, 하수부何水部는 모두 전집이 있습니다. 일부는 상우관의 『사부총간』에 있는데 한 부당 1위안을 넘지 않습니다. 그리하여 당송대의 유서類書로 『초학기』, 『예문유취』, 『태평어람』[8]으로 다시 찾으러 갑니다. 화상和尚이 도와준 육조와 당대 사람을 위한 변론을 보려면 『홍명집』과 『광홍명집』[9]이 있습니다. 요컨대 『전상고……문』은 실제로 크지만 적당한 책이 아니며 전시용입니다. 실용적이지 않습니다.

칭룽산靑龍山이란 곳은 장쑤성 거우룽현句容縣과 가까운데 난징에서 대략 백여 리 떨어져 있습니다. 청나라 때 탄광을 개발한 곳인데 내가 학생 때 공부하러 이 탄광으로 내려간 적이 있습니다. 나중에 채산성이 떨어져서 폐광됐습니다. Kina는 Kind의 오기이겠지요. '후이쯔뤄回資囉……'는 나도 잘 모르겠습니다. 고대 인도어(곧 이른바 '범어'라는 것이지요)로 저주하는 말인 것 같습니다. 사오싱에서 화상을 청하여 아귀에게 시주할 때 그들은 반드시 몇 번씩 주문을 읊어야 하는데 이는 아귀의 책에도 새겨져 있습니다. 아마 다른 곳도 마찬가지일 것입니다.[10]

겨울 휴가 기간에 나는 아마 움직이지 않을 것 같습니다. 따져 본 결과 링펑靈峰의 매화에는 특별한 느낌이 없다고 스스로 생각합니다. 그렇지만 술에 절인 닭과 간장 절인 오리요리에는 꽤 호감이 있습니다. 그렇지만 이렇게 추운 날씨인 데다 가죽 두루마리도 작년 여름에 '선장'中江에서 좀이 슬었는데 어찌 차를 타고 항저우로 가서 시쯔후 가에서 술에 절인 닭을 뜯어먹고 있을 수 있습니까. 지금은 틀스보이 기념호[11]를 만지느라 밥 먹을 겨를도 없습니다.

『유선굴』은 아직 나오지 않은 듯합니다. 베이신은 최근에 많이 느슨해졌습니다. 비록 규모는 커졌으나 잡지의 오탈자는 점점 더 늘어납니다. 잉잉서옥[12]은 오랫동안 쩍쩍거리는 소리가 들리지 않았는데 최근 갑자기 두 쑨 공이 프랑스로 유학 간다는 소식이 들려옵니다. 세상사가 순식간에 변하는데 우리들 소식은 정통하지 않아서 어떻게 된 건지 영문을 모르겠습니다. 상하이 서점은 사십여 개가 있는데 다수의 새로운 대문학가가 나를 반년 이상 욕했습니다. 연말이 되어 한번 조사해 보니 졸저의 판로는 여전했습니다. 다리를 만져 보니 살이 적잖게 올랐습니다. 이것으로 위로를 삼을 수 있겠습니다.

1월 6일 밤, 쉰 올림

페이쥔 형에게도 이와 같이 안부를 여쭙고 따로 보내지 않겠습니다.

Miss 쉬도 대신 안부를 여쭙는 말을 한 마디 써 달라고 합니다.

주)_____

1) 마쉰보(馬巽伯)이다. 일본에 유학한 바 있으며 귀국 후 항저우 법정전문학교와 지방자치학교에서 학생들을 가르쳤다.

2) 「도박꾼일기」(賭徒日記)는 장팅첸이 쓴 단편소설이다. 『위쓰』 4권 49기(1928년 12월)에 실렸다. 필명은 촨다오(川島)이다.

3) 여기에서 '지존'(至尊)은 도박 도구인 '패구'(牌九)의 '후대'(猴對)를 가리킨다. 이는 후삼

(猴三∴)과 후육(猴六⋮⋮) 두 장의 패로 이뤄졌다. '패구'에서 최대의 패를 '지존'이라고 칭한다. 루쉰은 당시에 '지존'표 담배가 있어서 장팅첸에게 특별히 설명한 것이다.

4) 전체 명칭은 『전상고삼대진한삼국육조문』(全上古三代秦漢三國六朝文)이다. 청대 엄가균 (嚴可均)이 편집한 것으로 작가 3,497명의 글이 수록됐다. 시대에 따라 15집으로 편집 했으며 모두 746권이다.

5) 『한위육조명가집』은 1911년 딩푸바오(丁福保, 1874~1952)가 편집 출간한 책으로 각 가 (家)의 문집 40종을 수록했다. 모두 176권이다.

6) 『사』는 『사기』(史記), 『한』은 『한서』(漢書), 『삼국』은 『삼국지』(三國誌)를 가리킨다.

7) 이륙(二陸)은 서진(西晉)시대의 육기(陸機), 육운(陸雲) 형제를 가리킨다. 이들은 문재가 뛰어나 '이륙'이라고 불렸다.

8) 『초학기』(初學記)는 당대 서견(徐堅) 등이 엮은 유서(類書)이다. 모두 30권이다. 『예문유 취』(藝文類聚)는 당대 구양순(歐陽詢) 등이 엮은 유서로 모두 1백 권이다. 『태평어람』(太 平御覽)은 송대 태평흥국(太平興國) 2년(977)에 이방(李昉) 등이 황제의 명을 받고 편찬 한 것으로 처음 명칭은 『태평총류』(太平總類)였다. 책이 만들어진 뒤 송 태종의 열람을 거쳐 『태평어람』으로 명명됐다. 모두 1천 권이다.

9) 『홍명집』(弘明集)은 불교 도서이다. 남조의 제량시대 승려 승우(僧祐)가 동한부터 양대 (梁代)까지 불교를 찬양하는 글을 모아 수록했다. 일부 불교를 비난하는 글도 실려 있 다. 모두 14권이다. 『광홍명집』(廣弘明集)은 이 책의 속편이다. 당대 도선(道宣)이 편집 했다. 모두 30권이다.

10) 이 문단은 장팅첸이 『아침 꽃 저녁에 줍다』의 「사소한 기록」(鎖記)을 읽고 난 뒤 제기 한 문제에 대한 대답이다.

11) 월간 『분류』 1권 7기를 가리킨다.

12) 잉잉서옥(嚶嚶書屋)은 1927년 10월 쑨푸위안과 쑨푸시가 상하이에서 만든 서점이다. 국민당 잡지인 순간 『공헌』을 출판한 바 있다. '잉잉'의 뜻은 짹짹 등의 의성어이다.

290123 쑨융에게[1]

쑨융 선생

번역시를 부쳐 주셔서 정말 감사합니다. 다만 내게 그 가운데 네 수를 골라 『분류』에 발표할 수 있도록 허락해 주시기를 희망합니다. 남은 두 수는 첨부하여 되돌려드리겠습니다. 양해해 주시면 감사드리겠습니다.

1월 23일, 루쉰

주)_____

1) 쑨융(孫用, 1902~1983)의 원래 이름은 부청중(富成中)으로 당시 항저우의 우체국 직원
이었다. 여가 시간에 번역을 하여 잡지에 투고했다.

290215 쑨융에게

쑨융 선생

보낸 편지를 받았습니다. 시구는 이미 말씀하신 대로 고쳤습니다.
『분류』9기에 나올 수 있습니다.

번역시는 보내 주시면 한번 살펴보겠습니다. 어쩌면 골라서 잡지에
싣는 것도 가능합니다. 다만 전부를 출판하는 것은 좀 힘듭니다. 현재 시
의 독자가 많지 않아서 출판사가 그다지 적극적이지 않습니다. 그렇지만
나는 베이신에 한번 문의해 볼 수 있습니다. 그들이 출판하기를 원한다면
다시 알려 드리도록 하겠습니다. 그 다음은 직접 협의하시면 됩니다.

2월 15일, 루쉰

톈싱 선생

보내 주신 두 통의 편지를 모두 받았습니다. '신문학'을 이야기하는 것은 원래 좋은 일입니다. 그렇지만 여전히 '낡'은 『위쓰』를 베끼는 것은 오히려 좋지 않고 웃음거리가 됩니다.

『위쓰』는 절대로 폐간하지 않습니다.

나는 예술대학[2]과 아무런 관련도 없습니다. 교무처장을 맡는다는 헛소문은 여기에서도 파다합니다. 이건 그들이 일부러 유포하는 소문으로 새로운 방법으로 청년을 속이는 것이라고 생각합니다.

2월 21일, 쉰 드림

주)_____

1) 스지싱(史濟行)은 톈싱(天行)이라고도 불렸다. 당시 문예계에서 소문을 만들어 남을 속이는 일을 자주 벌였다. 루쉰은 『차개정잡문 말편』의 「속기」에서 이를 폭로한 바 있다.
2) 중화예술대학(中華藝術大學)을 가리킨다. 중공 지하당이 주관한 대학이다. 1929년 봄에 상하이에서 창립했다. 천왕다오(陳望道)가 총장을 맡았다.

290309 장팅첸에게

마오천 형

오래간만입니다. 이번에도 여전히 형에게 '윙룽성'翁隆盛 차 세 근을 구매해 달라고 부탁드리려 합니다. 계산한 목록은 다음과 같습니다.

상상궁룽上上貢龍	1근	2.24위안
룽징위첸龍井雨前	1근	1.36위안
룽징야차龍井芽茶	1근	1.2위안

그렇지만 이번에 이렇게 딱 맞아떨어지지 않을 수도 있습니다. 마쉰보가 또 상하이에 오면 그가 거처에 가져다주면 됩니다. 만약 이 찻잎 가게가 우편배송을 할 수 있으면 그들에게 부쳐 달라고 해주십시오. 그렇지 않고 만약 인편이 없으면 형에게 우편으로 부쳐 주십사 부탁드립니다.

3월 9일, 쉰 드림

페이쥔 형에게도 이와 같이 안부 여쭙니다.

290315 장팅첸에게

마오천 형

그저께 보내 주신 편지를 받았습니다. 다음 날 이 전 위원[1]이 거처에 왕림하셔서 찻잎 세 근을 가져다 주셨습니다. 그렇지만 이 위원을 쉰보와 비교할 수는 없지만 미스 쉬가 성의를 다해 대접하다 보니 룽징차 일곱 근의 돈을 써서 꽤 가슴이 아픕니다. 다행히 이 위원은 닝보를 거쳐 베이핑으로 돌아갔습니다. 세번째로 차를 갖고 상하이에 오는 인편이 절대로 이 위원은 아니라는 것을 알 수 있습니다. 이것으로 잠시 위로를 삼습니다.

코 군은 여전히 길에서 애면글면하니 정말 탄식이 나옵니다. 이 공은 빨리 유명해지고도 싶고 또 세력도 얻고 싶어 합니다. 그래서 종종 '길은 넓으나 받아들여지지 못하는' 형국을 면하지 못하고 있습니다. 이렇게 긴장하면 밥은 어쨌든 얻어먹을 수 있지만 '제대로 펑펑 쓰며 사는 데'에는 다다를 수 없을 것 같습니다. 늘 코가 빨갛게 되어 바쁘게 지내고 있을 겁니다.

리샤오펑 공은 아주 바쁜 것 같습니다. 서신에 답신하지 않는 일도 자주 일어났습니다. 첫째는 출판사 내부인으로 밥통이 많다 보니 방만하지 않는 일이 없어서입니다. 둘째는 장모[2]가 돌아가셨다는 소식에 리 공이 급히 가서 상을 치른다고 상하이를 며칠 동안 비웠기 때문입니다. 지금은 돌아왔습니다. 그렇지만 장모가 아직 살아 계신지 모르겠습니다. 만약 돌아가시지 않았다면 장래에 또다시 두서가 없어지는 일을 피할 수 없을 것입니다. 요컨대 베이신은 게으르고 방만한데 상하이의 새 서점은 벌떼처럼 일어나고 있어 진화의 공식에 따르면 도태되어야 하는 것입니다. 그런데 예상과는 달리 새로운 서점들도 모두 마찬가지로 두서없고 활기가 없어 지금까지 베이신은 여전히 새 서점들의 괴수이고 서점들이 부러워하고 시기한다고 합니다. 아아, 이는 어찌 기이한 일이 아니며 리샤오펑 공의 복이 아니리오!

가령 『유선굴』의 예를 들어 보지요. 인쇄한 지 일 년이 되었는데도 여전히 책이 나오지 않았습니다. 나는 정전둬 공 등도 인쇄했다는 소식을 듣고 샤오펑에게 재촉했지만 여전히 큰 효과는 없었습니다. 나중에 『문학주보』에서 이 『굴』을 크게 언급하는 것을 보고 베이신의 판본은 뒤떨어지겠구나, 라고 여겼습니다. 그러나 생각지도 못하게 지금 베이신 판본샤오펑은 이미 내게 다섯 권을 주었습니다이 출간되고 정 공의 판본은 아직 세상에 나오지 않았습니다.『문학주보』의 대대적인 언급은 리샤오펑 군을 위해 광고를 한 것과 마찬가지입니다. 아아, 이는 정말 제가 생각하지 못한 것으로 성격이 급해 일을 만들었다고 자책하고 있습니다.

스쥔[3]은 랑중 선생에게 '왜 염증이 생겼는가' 문의했습니다. 그렇지만 당연히 답을 들을 수 없었습니다. 랑중 선생은 어디에 염증이 있고 염증은 수술을 해야 할 때가 있다는 것만 알고 있습니다. 염증의 원인을 다 알 수 있는 것은 아닐 겁니다. 그가 스쥔에게 '당신의 다리 근육에 왜 염증이 생겼냐'를 묻지 않았으니 그나마 다행입니다.

이 말은 진지하게 하는 말입니다. 게다가 낫는 속도는 몸의 건장함 여부와 큰 관련이 있습니다. 스쥔에게 가장 좋은 것은 보약을 먹는 것입니다. 구이위안, 연밥 종류가 아니라 우유, 소고기국물, 닭국과 같은 종류를 말합니다. 그러면 아무는 것이 빨라집니다. 그런데 곪은 것이 다 사라지지 않는다면 먹어서는 안 됩니다. 이런 일을 좀 무심한 의사라면 매번 이야기하지 않으니 그에게 전달해 주시기를 부탁드립니다.

이제 조용해졌다고 하는데[4] 신문에서 말하는 것은 모두 헛소문입니다. 제 집이 있는 지역의 수도전기권은 이미 회수해 간 듯합니다. 현재 매달 해조가 주입된 수돗물을 한 번씩 마셔야 합니다. 요리를 할 때 소금을 더 넣을 필요가 없습니다. 오늘 반나절은 물이 안 나왔는데 오후에 나왔습니다. 저녁에는 전등 불빛이 한 자루 양초보다 못합니다.

3월 15일, 쉰 올림

페이쥔 형에게도 이와 같이 안부를 여쭙니다.

주)_____

1) 뤼윈장(呂雲章)을 가리킨다. 베이징여자사범대학에서 쉬광핑과 같이 공부했다. 1925년 이후 국민당 중앙당부 부녀간사와 국민당 저장성 당부(黨部) 위원을 맡은 바 있다.

2) 원문은 태수(泰水)이다.

3) 스쥔(石君)은 정뎬(鄭奠; 제스스石)을 가리킨다.

4) 당시 조계당국이 개인에게 전기처(電氣處)를 판매하려는 것을 상하이 시민들이 반대한 일을 가리킨다. 1929년 3월 11일『선바오』에 중국국민당 상하이특별시 당부선전부는 「공부국에서 전기처를 판매하는 것에 반대하는 선언」(反對工部局出售電氣處宣言)을 발표하고 '시민동포가 일치하여 반대'할 것을 호소한 바 있다.

290322① 리지예에게

지예 형

　3일과 13일에 보낸 편지를 받았습니다.

　보례웨이[1] 선생이 내 소설을 번역하려 하면 그가 번역하고 싶은 것을 번역하게 하십시오. 내가 따로 원하는 것은 없습니다. 어느 것이 좋은가에 대해서는 그에게 정하도록 하십시오. 그는 문학연구자여서 나보다 더 잘 볼 줄 알 것입니다.

　로 부인[2]의 사진에 관해서는 어느 것인지 나조차도 잊어버렸습니다. 아무래도 이삼 년 전의 일이지 싶습니다. 가져오고 싶은 생각이 있지만 사실 그렇게 하지 않아도 괜찮습니다. 이런 물건은 원래 내게 쓸 데 없습니다. 그녀도 쓸 데 없다면 로 부인 마음대로 쓰레기통에 던져 넣게 해도 됩니다.

　베이신과 돈 문제로 협상하는 일은 내게 협상을 맡기지 않는 것이 가장 좋다고 생각합니다. 왜냐하면 거래와 관련된 일에 나는 계속 관련되어 있지 않다가 지금 갑자기 나타나면 번거로운 일이 아마 예상보다 훨씬 더 많을 겁니다. 그들은 이제 갖가지 문제를 갖고 나와 협상하려 들 수도 있습니다. 그때 나는 여전히 고사해야 할까요, 아니면 마찬가지로 다뤄야 할까요. 이렇게 가다가는 일 가운데 끼어 있는 역힐을 하게 됩니다.

웨이밍사에 관해서 나는 이야기할 특별한 의견이 없습니다. 베이핑에서도 멀고 시간도 오래 지나서 이야기하려면 뭔가 거리감이 느껴집니다. 그렇지만 일처리에 두서가 좀 없다는 느낌입니다. 가령 내가 베이징을 떠날 때 『웨이밍 반월간』에 원고를 쓰기로 약속하면서 만약 못 쓰면 번역문을 보내기로 하여 나는 이 말대로 했습니다. 그런데 나중에 편지가 와서 번역문은 필요하지 않다고 했습니다. 나는 창작한 게 없기 때문에 원고를 보낼 수가 없게 됐습니다. 그렇지만 나중에 다시 편지를 보내왔는데 내가 글을 안 쓴 것을 비난하면서 내가 웨이밍사를 잊었다고 씌어 있었습니다. 사실 나는 여기에서 『분류』를 인쇄하면서 제1기에 바로 '웨이밍총간'의 광고를 실었습니다. 어떻게 잊었다고 할 수 있겠습니까. 또 있습니다. 충우는 갑자기 '독립총간'을 내게 부쳐서 나보고 샤오펑에게 전달하라고 해놓고 나중에 다시 되가지고 갔습니다. 웨이밍사도 이 책을 출간한 것을 보지 못했는데 어떻게 된 일인지도 모르겠습니다. 이런 일들은 모두 사소한 일로 이상할 것도 없습니다. 그저 갑자기 생각이 나서 예를 들어 봤을 뿐입니다.

'웨이밍총간'에서 인쇄 예정인 두 종의 단편 ── 그중 『마흔한번째』는 일역본으로 본 적이 있습니다 ── 은 아주 좋다고 생각합니다. 시간이 많이 소모되니 원고를 보낼 필요는 없습니다. 웨이밍사의 신용은 상하이에서 괜찮은 것으로 들었습니다. 이다음에 책을 내면 투기성이 짙은 책만 아니면 판매할 수 있을 것입니다. 지난해 여기에서 『웨이밍』未明이라는 월간

지가 하나 나왔습니다. 『웨이밍』未名을 겨냥한 것이지요. 그렇지만 잘 만들
지 못하여 한 호로 끝났습니다.

　『작은 요하네스』 2쇄는 아마 다 판매되지 않은 것 같습니다. 3쇄를 찍
을 때 내게 알려 주시기 바랍니다. 표지 그림 한 장을 바꾸려 합니다.

3월 22일 밤, 쉰 드림

주)＿＿＿＿

1) 보례웨이(柏烈威)는 폴라보이를 가리킨다. 270221 서신의 주석 1번 참고.
2) 로르스카야를 말한다. 사진과 관련된 일은 270922 편지와 관련 주석 참고.

290322② 웨이쑤위안에게

쑤위안 형

　2월 15일 내게 보낸 편지는 일찍 받았습니다. 그전에 보낸 편지에 아
직 답신을 하지 못했던 것도 기억납니다. 편지가 많아져서 갑자기 어떻게
해야 할지 몰라서 한번 게으름을 피우다 보니 전부 다 미뤄지게 됐습니다.
몇 명 친한 친구의 편지까지도 여기에 들어갔으니 정말 미안합니다. 그렇
지만 절반은 여러 일에 우여곡절이 너무 많아서 어디부터 말해야 할지 몰
랐던 탓도 있습니다.

　Gorki의 두 항목[1]은 나중에 편지를 발췌하여 『분류』 10기에 싣고 싶
습니다. 그 기념호는 읽어 봤는지 모르겠습니다. 읽어 봐도 무방한데 번역

을 잘 하지는 못했습니다. 바로 당신이 번역한 루나차르스키 씨가 톨스토이를 논한 그 글과 같습니다. 번역하기에는 매우 힘이 드는 딱딱한 글입니다. 이 글을 나도 일본어에서 중역하여 『춘조』春潮 월간에 보냈습니다만 지금까지 아직 인쇄하지 않았습니다. 당신은 우선 건강을 찾았으면 하고 만약 몸이 근질근질하면 글자를 쓰도록 하세요. 많이 해봤자 『황화집』에 실린 그런 짧은 글을 좀 번역하는 수밖에 없습니다.

내가 번역한 T.iM[2]은 길이는 길지 않은데 일역본은 단행본입니다. 그렇지만 잠시 이를 출간하지 않을 생각입니다. L은 W. Hausenstein을 논의한 글이 한 편 더 있습니다. 괜찮다는 생각이 들어 이것도 장래에 번역하여 한 권 낼지도 모르겠습니다.

상하이 시민은 「천지개벽」開天辟地(지금은 '요와 황제가 세상에 나다'에 이르렀습니다), 「봉신전」과 같은 구극舊劇을 보고 있습니다. 신극으로는 「황후이루, 산후에 대량출혈하다」黃慧如産後血崩(이상하다고 생각하지 않으십니까?)가 있습니다. 일부 문학가는 혁명문학을 이야기하고 있습니다. Gorky에 대해서는 지난해 여러 사람이 그의 작품을 번역하려 했던 것 같습니다. 지금은 또 그런 소식이 들리지 않습니다. 또다시 관심이 식은 것이겠지요.

당신은 『분류』에서 외국문학을 소개하는 것이 좋다고 말했는데 나도 그렇게 생각합니다. 그래서 매호마다 한두 편 논문을 배치하려 합니다. 그런데 독자는 이런 걸 제일 싫어합니다. 소설을 읽으려 하고 그것도 통쾌한 소설을 읽으려 합니다. 마음을 쓸 필요가 없는 소설이지요. 그래서 여기 일부 서점은 번역원고를 싣지 않고 창작을 많이 싣습니다. 그런데 어떻게 된 건지 모르겠지만 나는 읽어 내려가지 못하겠습니다. 이런 시간에 외국 작품을 읽는 것이 얻는 바가 훨씬 더 많다는 생각이 듭니다.

나는 최근 늘 투고원고를 보고 번역하고 교정보고 손님을 만난다고 바쁩니다. 사소한 일로 하루를 보내고 있습니다. 경제는 그래도 아직은 안정적입니다. 베이징을 떠난 이후 궁색했던 적은 없습니다. '새로운 생활'에 대해서 나는 찬다오가 샤먼에 온 이후에야 들었습니다. 그는 내가 높은 건물에서 혼자 살고 있는 것을 보고 놀라워했습니다. 그의 말투에서 내가 미스 쉬를 데리고 샤먼에서 동거하고 있다는 소문이 베이징과 상하이에서 돌고 있는 것을 알았습니다. 그때 나는 매우 분노했습니다. 그렇지만 그들 하고 싶은 대로 하게 놔뒀습니다. 사실은, 이성을 나는 사랑합니다. 그렇지만 나는 늘 용기를 내지 못했습니다. 내 스스로 결점이 많다는 걸 잘 알고 있어서 상대방을 부끄럽게 할까 봐 아주 두려웠기 때문입니다. 그런데 일단 사랑하기 시작하자 기운이 나기 시작했지요. 아무것도 상관하지 않게 됐습니다. 나중에 광저우에 가서 이 일을 미스 쉬에게 말하고 그녀에게 방 한 칸에 같이 살자고 했습니다. 그런데 물론 다른 사람도 있었습니다. 재작년 상하이에 왔을 때에도 나는 그녀에게 같이 오자고 권했습니다. 지금은 상하이에 살면서 나를 도와 교정 등의 일을 하고 있습니다. 당신은 어떻게 보시는지요. 이전에 대대적으로 소문을 퍼뜨리던 사람들도 모두 상하이에 있습니다. 그런데 입을 닫고 아무 소리도 내지 않고 있습니다. 이런 비겁한 놈들은 정말 기개가 없습니다.

그렇지만 여기까지 이야기해도 의문은 아직 많겠지요. 다들 여전히 '적극적으로 인정'하기는 어려울 것입니다. 그렇지만 나도 여기까지 이야기하도록 하지요. 어떻게 됐는지는 다음 회에서 나눠서 풀도록 하지요.

그러나 나의 '새로운 생활'은 사실 사랑하는 사람과 입 맞추고 공원을 산책한다고 바쁘게 지내는 것과는 거리가 있습니다. 종일 책상에 엎드려 괴롭게 글을 쓰고 저녁에는 마작 소리로 자주 잠을 이루지 못하여 정말 좀

바꾸고 싶은 생각이 많이 듭니다. 그렇지만 갈 곳도 없어서 아마 여전히
상하이에 있을 것 같습니다.

3월 22일, 쉰 드림

지금 루나차르스키(Lunacharsky)의 『예술론』을 번역하고 있습니다. 대
략 2백여 쪽을 번역했고 다음 달 말이면 완성할 수 있습니다.

주)＿＿＿＿＿

1) 두 항목은 웨이쑤위안이 위다푸가 번역하여 『분류』 1권 7기(1928년 12월)에 실은 「톨스
   토이 회고 잡기」에서 두 곳의 오역에 대해 제기한 수정 의견을 가리킨다. 관련하여 『집
   외집』의 「『분류』 편집교정 후기」(9)를 참고할 수 있다.
2) 『톨스토이와 맑스』를 말한다. 루나차르스키의 강연록으로 루쉰은 가네다 쓰네사부로
   (金田常三郎)의 번역본에 근거하여 중역했다. 월간 『분류』 1권 7기(1928년 12월)와 8기
   (1929년 1월)에 연재됐다.

290323 쉬서우창에게[1]

지푸 형

22일 보낸 편지를 받았습니다. 중국에서 유리판을 인쇄할 수 있는 것
은 상우와 중화, 유정有正밖에 없습니다. 그러나 마지막 출판사는 개별적
으로 인쇄하지 않거나 실제로는 다른 출판사에 부탁하여 인쇄하는 것 같
습니다만 이것도 확실하지는 않습니다. 인쇄할 수 있는 일본인이 있는데
이전에 찾아가서 문의해 본 적이 있습니다. 그도 괜찮습니다. 크기는 보낸

편지지 속의 붉은 테두리와 같을 경우 한 장에 최소 3백 장을 인쇄해야 하는데 3위안이며 조판비를 받지 않습니다. 두 배 크기는 한 장에 2편으로 계산하고, 종이(중국 종이의 경우)는 한 장에 4편으로 계산하여 한 장당 6편입니다. 만약 한 권이 1백 쪽이면 원금은 6마오가 됩니다. 그렇지만 한 가지 문제가 있습니다. 큰 크기는 사진으로 축소해야 하는데 어느 곳에서 할 수 있을지 모르겠습니다. 상우관에 이 설비가 있을지도 모르겠습니다만 기세가 등등하여 문의할 수가 없습니다.

아동관兒童觀에 대해서 나는 아는 바가 하나도 없습니다. 베이징에서 의뢰받은 이후에도 수시로 관심을 기울여 봤지만 소득이 없었습니다. 유서類書에서는 『태평어람』에 「유혜幼慧」 하나가 있었던 것으로 기억합니다. 그렇지만 마침맞지는 않습니다. 중국은 아직 어린이에게 신경 쓴 적이 없는 것 같습니다.

서우 노인[2]은 소식이 없습니다. 며칠 전 그의 고향 사람을 만났는데 그가 난징에 없다는 것도 몰랐습니다. 날씨가 점점 따뜻해지고 있습니다. 진푸철도의 직통노선이 개통된다면 베이징에 한번 갈 계획입니다. 귀성하여 베이징대학에서 소장하고 있는, 내가 가지고 있지 않은 한나라 그림을 살펴보고 후일을 도모하려고 합니다. 잡지 열람은, 국문과 학과장이 주관하는데 여전히 유위幼漁가 맡고 있으니[3] 이전에 제공이 노력한 것은 헛된 것 같습니다.

이에 알려 드리니 만복이 깃들기를 기원합니다.

3월 23일 밤, 쉰 올림

주)_____

1) 이 편지는 쉬서우창 친척의 필사본에 근거하여 수록했다.

2) 치서우산(齊壽山)을 가리킨다.

3) 유위는 마위짜오(馬裕藻, 1878~1945)의 자(字)이다. 마위짜오는 베이징대학 국문과 교수이다. 일본 와세다대학과 도쿄제국대학에서 유학했다. 1913년 5월 '독음통일회'에서 주도적으로 '주음자모'(注音字母) 방안을 제기하고 베이징대학 교수로 초빙됐다. 1920년부터 14년 동안 베이징대학 국문과 학과장을 지냈다.

290407 웨이쑤위안에게

쑤위안 형

　3월 30일 편지를 어제 받았습니다. L의 『예술론』은 1926년에 그곳의 예술가 협회에서 출간한 것입니다. 사실 『실증미학의 기초』와 『예술과 혁명』에서 각각 몇 편을 뽑은 것에 불과합니다. 새로 쓴 것은 아니며 체계적이지도 않습니다. 나는 원래 『실증미학의 기초』를 번역하는 것으로 충분하다고 생각했습니다. 그렇지만 이 제목으로 하면 독자들이 화들짝 놀라 뒷걸음질칠 것 같아 지금의 이 책으로 정했습니다.

　창조사는 지난해 이미 폐쇄됐습니다.[1] 어떤 사람은 그들이 빚을 잘 갚지 않으면서 나서서 운동했기 때문이라고 합니다. 그렇지만 꼭 그런 것은 아닌 것 같습니다. 어찌 됐건 빚을 갚을 수는 없었을 것입니다. 왜냐하면 월급이 유명하지 않은 인물은 40위안이고 유명한 인물은 2백 위안이었습니다. 또 유명, 무명 인사들이 돈을 갖고 도망치는 일이 빈번하게 일어났던 데다가 책을 많이 내지도 않았기에 자연히 다른 사람의 돈을 빌려 쓸 수밖에 없었습니다.

　지난해 상하이는 혁명문학으로 떠들썩했습니다. 내가 보기에 그 작품들은 사실 모두 프티부르주아 계급적인 관념의 산물입니다. 일부는 군벌의 머릿속을 빼닮았습니다. 올해는 연애문학을 떠드는 것으로 바꾼 것 같습니다. 벌써 '오직 연애 총서'와 『사랑경』 예고가 나왔고 '아름다운 서점'(장징성張競生의)도 개장했으니 작은 사닌(Sanin)과 같은 이가 나오려나 봅니다.[2] 그렇지만 여전히 당연하게도 혁명가의 간판을 걸고 있습니다.

나는 연애라는 것에는 혁명적이지 않은 연애만이 있다고 생각합니다. 혁명적인 사랑이란 대중에게 마치 성이 음식과 맺는 관계처럼 괴로워하며 벗어날 수 없는 것은 아닐 것이지만 한때의 선택일 수는 있습니다. 독자들이 이런 것만 읽으려 하고 다른 이론을 탐구하지 않는 것은 아주 좋지 않습니다. 여전히 소일거리로 소비하는 것일 뿐이지요.

4월 7일, 쉰 드림

주)_____

1) 창조사는 1929년 2월 국민당에 의해 폐쇄됐다. 여기에서 지난해라고 말한 것은 음력을 가리킨다.
2) 사닌은 러시아 작가 아르치바셰프(Михаил Петрович Арцыбашев)가 쓴 장편소설 『사닌』의 주인공이다. 도덕과 사회이상을 부정하고 자신의 욕망에 만족할 것을 주장하는 인물이다.

290420 리지예에게

지예 형

10일에 보낸 편지를 받았습니다. 번역원고를 받지 않는다는 것은 당신이 말한 것이 아닙니다. 시간이 오래 지났으니 따질 필요가 없습니다.

『아침 꽃 저녁에 줍다』 표지는 전부 타오위안칭 군이 인쇄한 것입니다. 지금 그가 상하이에 없으니 어디에서 인쇄했는지 모르겠습니다. 게다가 부탁할 사람도 없습니다. 그래서 그제 아연판 세 개를 저우젠런에게 부탁하여 부쳐 드렸습니다. 원편 필름내도 베이징에서 인쇄하고 견본쇄 하나를 보내 주시기 바랍니다. 가격에 대해서는 장부가 두 장 있었던 것만 기억납니다. 샤오펑에게 돈을 지급해 달라고 부탁했는데(그는 돈을 벌써 보내왔습니다) 10, 20위안이었던 것 같습니다.그렇지만 기억이 분명하지 않습니다. 지금 만약 6위안 정도만 남았으면 그가 장부 한 장을 분실하여 잘못 처리한 것 같습니다.

『작은 요하네스』 표지의 견본을 지금 부쳐 드립니다. 나는 아연판 2장을 해도 좋겠다고 생각합니다. 한 획 한 글자씩 또박또박 아래에 한 줄로, 활자로 조판 인쇄할 수 있기만 하다면 좋겠습니다. 종이는 흰색으로, 그림은 연한 검은색으로, 글자는 진한 검은색으로.

『마흔한번째』는 빨리 출판하는 것이 가장 좋습니다. 상하이의 출판계는 엉망진창입니다. 많은 사람들이 혁명문학을 크게 떠들고 있지만 좋은 작품은 하나도 없고 여전히 남녀 사이에 시시덕거리는 소설을 대량으로 찍어 내어 돈을 갈취하고 있습니다. 이렇게 가다가 문예는 타락만이 남아 있게 됩니다. 그리하여 다른 나라의 좋은 저작을 소개하는 일이 가장 긴요합니다.

4월 20일, 쉰 드림

다음에 책을 출판하면 새 책 다섯 권을 내게 보내 주시기를 희망합니다. 재판은 보낼 필요가 없습니다.

추신합니다.

5호[1] 책 표지

M. M. Behrens — Goldfluegelein:

Elf und Vogel.[2]

“쑨푸시가 책 표지를 그림” 이 쪽도 위 세 줄과 같이 고칩니다.

주)

1) 활자 번호이다. 5호 활자를 말한다.
2) 『작은 요하네스』의 표지에 쓰인 베렌스(Marie Margarete Behrens)의 작품 「엘프와 새」(*Goldflügelein — Elfe und Vogel*)의 원문을 표기한 것이다.

290504 수신청에게[1]

신청 선생

귀하의 서신을 오늘 받았습니다. ‘차’猹 글자는 고향 사람들 발음을 따른 것입니다. 억지로 비슷하게 발음하면 ‘차’査와 같이 읽힙니다. 그렇지만 나도 어떤 동물인지 도무지 알 수 없습니다. 왜냐하면 이는 룬투가 말한 것으로 다른 사람은 잘 모릅니다. 지금 생각해 보면 어쩌면 오소리일 수도 있겠습니다.

5월 4일, 루쉰

주)

1) 수신청(舒新城, 1893~1960)은 당시 중화서국 편집소 소장으로 『사해』(辭海)의 주편을 맡았다.

290515 쉬광핑에게[1]

착한 아가씨! 작은 고슴도치!

후닝 기차에서 마침내 좌석을 확보했고 다시 강을 긴니 핑푸 기자에 올랐고 역시 예상 밖으로 침대석을 잡았소. 이렇게 해서 다 좋았소. 저녁 밥을 먹고 11시에 잠자리에 들었고, 이때부터 이튿날 12시까지 줄곧 잠을 잤고 일어나니 벌써 장쑤 경계를 벗어났을 뿐만 아니라 안후이 경계 벙부蚌埠를 지나 산둥 경계에 도착하고 있었소. 당신은 이렇게 푹 잘 수 있는지 모르겠소. 아마 이 정도는 아닐 것이오.

기차에서, 그리고 강을 건너는 배에서 우연히 많은 지인들을 만났소. 예컨대 유위의 조카, 서우산의 친구, 웨이밍사의 사람들 말이오. 또 내 학생이었다고 하는 부호 몇 명도 있었는데 나는 그들을 모르겠소.

오늘 오후에 첸먼역에 도착했고 모든 것이 대체로 예전 모습이었소. 마침 먀오펑산妙峰山의 향촉시장香市이 열려서 조용하지는 않았소. 마침 큰 바람이 불어와 3년 동안 안 마셨던 먼지를 실컷 마셨고 오후에 전보를 보냈소. 생각해 보니 빠르면 16일 오후에는 상하이에 도착하겠구려.

집은 모든 것이 예전 그대로요. 모친의 정신이나 모습은 3년 전과 같소. 어머니는 하이마와 왜 같이 오지 않았느냐고 물어 나는 몸이 좀 안 좋다고 대답했소. 사실 나는 기차에 탔을 때 이런 진동은 착한 아가씨에게 적당하지 않겠다는 생각을 했었소. 다만 어머니는 최근에 관심의 범위가 많이 줄어든 것 같았소. 말씀하시는 것도 죄다 나와는 아무 상관도 없는 바다오완의 일이었소. 그래서 나도 우리 일을 많이 이야기하고 싶지 않았소. 어머니도 특별한 흥미가 있는 건 아닐 수도 있겠다 생각이 들었기 때문이오. 자주 와서 머문 손님이 있나 본데, 길게는 네다섯 달씩 묵었고 내일기장까지 펼쳐 본 것 같소. 너무 지긋지긋하오. 처ᆖ씨 남자[2]의 소행인 듯하오. 그의 여자는 26일이나 27일에 또다시 올 거라고 하오. 당연히 나를 오래 머물지 못하게 하는 것이오.

하지만 이런 상황에 대해 나는 전혀 화가 나지 않소. 물론 기분이 좋지는 않소. 오랫동안 꼭 집에 한번 다녀와야 한다고 말하곤 했는데 집으로 왔으니 한 가지 일은 해결해서 좌우지간 좋소. 지금은 밤 12시, 상하이와는 전혀 다르게 아주 고요하오. 착한 아가씨는 잠들었소? 그대는 틀림없이 아직 잠들지 못하고 지금 내가 3년 동안의 삶을 장황하게 이야기하고 있을 것이라 생각하겠지요. 실은 장황하게 이야기하고 있는 것이 아니라 나는 지금 착한 아가씨가 착하고 자신을 잘 돌보기만을 바라고 있소. 나도 차분하고 평화롭게 예정된 시간을 보내고 있으니 작은 고슴도치는 걱정하지 말기 바라오.

오늘은 이만하고 다음에 다시 이야기합시다.

5월 15일 밤

주)_____

1) 이 편지는 루쉰의 정리를 거쳐서 『먼 곳에서 온 편지』 116번에 실렸다.
2) 처경난(車耕南, 1888~1967)이다. 저장 사오싱 사람. 루쉰의 둘째 이모의 사위로서 당시 철로부문에서 일하고 있었다.

290517 쉬광핑에게[1]

작은 고슴도치

어제 편지 한 통을 보냈는데 벌써 두 착했으리리 생긱하오. 오늘 오후에 웨이밍사를 방문했소. 또 유위를 만나러 갔으나 그는 아직 돌아오지 않았고, 마줴는 병으로 입원한 지 벌써 여러 날 되었소. 도중에 가 보니 그리 생기 없지는 않았고 조금 덜한 것은 남방 출신 관료 분위기일 따름이오.

우리 일에 관해서 남북통일이 된 다음 갑자기 이곳에 소문이 퍼져 연구하는 사람이 꽤 많이 있는데 하지만 대개는 정확하지 않게 알고 있다고 들었소. 오전에 아우님[2]이 내게 한 가지를 알려 줬소. 대략 한두 달 전에 어떤 부인이 어머니에게 자기 꿈 이야기를 해줬다 하오. 꿈에서 내가 아이 하나를 데리고 집으로 와서 자기가 크게 화를 냈다고 했소. 그런데 어머니는 그렇게 화가 날 것이 아니라고 생각했다 하오. 그녀에게 바깥에 정말 많은 소문이 있다고 알려 주면서 어머니는 어떻게 생각하냐고 물었는데 어머니는 이미 알고 있다고 말했다 하오. 어디서 알았냐고 물었더니 제수 씨에게 들었다고 했다 하오. 어머님이 듣는 소문의 근원지는 아마도 제수 씨인 것 같소. 남북이 통일된 후 갑자기 소문이 퍼진 것은 루징칭이 베이징으로 온 것과 관련이 있는 것 같소. 나는 작은 흰 코끼리의 일을 아우님에게 알려 줬는데 그녀는 이상하게 생각하지 않으며 그럴 것 같았다고 말했소. 오전에 나는 어머니에게 8월 중에 우리에게 작은 흰 코끼리가 태어날 것이라고 말씀드렸소. 그녀는 아주 기뻐하며 "나도 있어야 한다고 생각했다. 이 집에 진즉에 마땅히 왔다 갔다 하는 어린아이가 있어야 했지"라고 말했소. '마땅히'의 이유는 우리 생각과 너무 다르긴 하오. 그렇지만 작은 흰 코끼리가 태어나는 것은 세상에서 이미 당연하게 생각되나 보오.

그렇지만 나는 작은 흰 코끼리가 이 집에서 왔다 갔다 하는 것을 원하지는 않소. 이곳은 흰 코끼리를 기르기에 알맞은 그렇게 넓은 삼림이 없소. 베이핑이 계속 황폐해지지만 않으면 살기에는 적당한 것 같소. 하지만 작은 흰 코끼리를 생각하면 다른 곳을 골라야 하오. 이 일은 다음에 다시 이야기하도록 합시다.

베이핑은 아주 따뜻해서 홑옷으로도 충분하오. 내일은 쉬쉬성을 찾아가 볼 작정이고, 이외에 몇몇 지인들을 다시 만나는 것 말고는 다른 할 일은 없소. 나는 날이 정말 너무 길게 느껴지오. 그저 어서 월말이 되기만을 바라오. 그렇지만 그때는 어쩌면 바닷길로 돌아가야 할지도 모르겠소.

이곳은 상하이와 달리 매우 적막하오. 인모와 펑쥐는 벌써 정치에 마음이 가 있는 것 같았소. 인모의 자동차가 어제 전차와 부딪혀서 그의 팔이 부어 있었소. 내일도 가 볼 생각이고 밀짚모자도 돌려주려 하오. 징눙은 쑨샹지[3]와 연애하고 있소. 날마다 그녀를 위해 전신부호를 찾느라(왜냐하면 그녀가 신문사 통신원이기 때문이오) 바빠서 어쩔 줄 모르오. 린쥐펑林卓鳳은 시산에서 위병을 치료하고 있소.

내 건강은 좋소. 상하이에 있을 때와 같으오. 판마[4]의 말에 따르면 모습은 베이징을 떠날 때와도 같다고 하오. 나는 위생에 주의하고 있으니 염려 마시오. 그렇지만 고슴도치도 내가 안심할 수 있도록 스스로 잘 돌봐야 하오. 나는 그대가 그렇게 하고 있다고 믿고 있소.

편지 한 장을 동봉하니 자오 공趙公에게 전해 주오. 또 일간 책 한 묶음(약 네다섯 권)을 부친다고 셋째에게 전해 주오. 실은 셋째한테 자오 공에게 전해 달라고 한 것인데, 도착하는 즉시 전해 주라고 하오.

5월 17일 밤, 쉰

1) 이 편지는 루쉰의 정리를 거쳐서 『먼 곳에서 온 편지』 117번에 실렸다.
2) 쉬쉬안쑤(許羨蘇)를 가리킨다. 당시 루쉰의 베이핑 집 시싼탸오 골목 21호에 살며 루쉰 어머니를 도와 가사를 돌봤다.
3) 쑨샹지(孫祥偈, 1903~1965)는 1925년 베이징여자사범대학 국문연구과를 졸업했다. 베이핑 여자 1중학교 교장과 베이핑사범대학 국문계 강사 및 『신천바오(新晨報) 부간』의 편집주임을 맡았다.
4) 판마(潘媽)는 루쉰의 어머니가 베이징 집에서 고용한 도우미이다.

290521 쉬광핑에게[1]

작은 고슴도치

　상하이와 베이핑 간의 우편물은 가장 빠르면 엿새 걸린다고 들었소. 그런데 나는 어제(18) 저녁 잠깐 편지함에 가 보았더니 ── 이것은 우리들이 베이징을 떠나고 새로 설치한 것이오 ── 뜻밖에 14일에 보낸 편지를 받았소. 이 편지는 전혀 뜻밖으로 너무 기뻤소. 쓰탸오四條 골목에 가지 않아서 특히 마음이 놓였소. 나는 당신이 스스로 잘 소일하면서 잘 먹고 잘 자고 있기를 바라오. 셰 군에게 쓴 편지[2]는 매우 좋지만 나를 너무 좋게 말했소. 지금 상황을 보면 우리 앞길에 장애물이 하나도 없는 것 같지만 설사 있다 하더라도 나도 반드시 작은 고슴도치와 함께 이를 넘어서 전진할 것이며 절대로 위축되지 않을 것이오.

　모친은 기억력이 좀 나빠졌고, 관찰력·주의력도 감소했고, 성질이 좀 어린아이에 가까워지고 있소. 우리에 대한 모친의 감정은 아주 좋고 그리고 셋째가 돌아오기를 바라고 계시지만 실은 별일도 아니오.

그제는 마유위가 나를 보러 와 나더러 베이징대에서 학생들을 가르치라고 했지만 그 자리에서 완곡히 사양했소. 같은 날 리빙중을 만났는데 그는 내가 베이징에 있으리라고는 전혀 생각지 못했기 때문에 대단히 기뻐했소. 그들은 내일 라이진위쉬안에서 결혼할 예정인데 목소리에서 두 사람의 감정이 좋아지기 시작한 것이 묻어났소. 나는 오전에 공원에 한 번 가 볼 생각이오. 축하선물로 가져가려고 아우님에게 비단옷감 한 단을 사 달라고 부탁했소. 신부는 여자대학 학생, 음악과요.

린쥐펑은 아우님에게 루쉰에게 좋은 사람이 생겼다고 들었는데 결혼했느냐고 물어봤다고 하오. 그렇지만 그 '사람'이 누구인지는 언급하지 않았다 하오. 아우는 모른다고 대답했다 하오. 이 일은 사소한 일이어서 깊이 생각하기에는 부족한데 나온 김에 한번 이야기해 봤소. 린쥐펑은 위병이 있다 하면서 시산에 요양하러 갔소. 폐병일지도 모르겠다는 생각이 드오. 그렇지 않으면 시산에 가서 요양할 것까지는 없지 않소?

어제 저녁 당신의 편지를 받아서 보고 있는 참에, 처씨 집안 남녀들이 갑자기 들이닥쳤소. 내가 돌아온 것을 보고 깜짝 놀라더니 남자는 객잔으로 갔고 여자도 오늘 떠났소. 나는 그들에게 아주 냉담하게 대했소. 처씨 남자가 거실에서 지낼 때 일기를 함부로 뒤적거렸고 게다가 책장 열쇠를 망가뜨리고 책도 가져갔다는 것을 알았기 때문이오.

(이상 19일 밤 11시에 씀)

20일 오전에 당신이 16일에 보낸 편지를 받았소. 너무 기분 좋소. 당신의 보고에 근거하면 당신의 생활방식은 나를 안심하게 했소. 나도 잘 있고 만나는 사람들은 다 나의 정신이 예전 베이징에 있을 때보다 좋다고 하오. 이곳 날씨는 너무 더워 벌써부터 린넨 옷을 입고 있소. 공기 속의 먼지는 습관이 안 돼서 더러운 물 속의 물고기마냥 지내고 있지만, 다른 것은 불편한 게 없소.

어제는 중앙공원에 가서 리빙중의 결혼을 축하했소. 그는 매우 기분이 좋았소. 그곳에서 류원뎬[3]을 만나서 한바탕 이야기를 나눴소. 신부가 도착하자 나는 그 자리를 떴소. 그녀는 빙중보다 조금 작았고 아름답지도 않았지만 못 생기지도 않았소. 생김새는 적당했소. 오후에는 선인모에게 가서 잠시 간단하게 이야기를 나누었고 또 젠스, 펑쥐, 야오천, 쉬쉬성에게 갔지만 모두 못 만났소. 이렇게 하루가 지나갔소. 밤 9시에 잠들었고 오늘 7시에야 일어났소. 오전에 서적들을 좀 골라낼 생각이었는데 복잡하게 뒤섞여 있어 손을 댈 수 없었소. 끝까지 성과가 없을 것 같은데 어쩌면 『중국글자체변천사』는 상하이에서 못 쓸 것 같소.

오늘 오후에도 나는 다름없이 사람들을 찾아가 볼 것이고, 내일은 옌징대에서 강연을 하오. 나는 원래 이번에는 절대로 여러 말 하지 않으려고 했지만 그곳에 현대파가 너무 나서서 활보하고 있어 가서 몇 마디 할 생각이오. 교통이 이전과 같다면 나는 월초에는 상하이로 돌아가려 하오. 하지만 결코 위험을 무릅쓰지는 않을 테니 전혀 걱정하지 마시오. 『얼음』[※]은 두 권을 남겨 두고 나머지는 자오 공 같은 사람들에게 나누어 주시오. 『분류』 원고는 자오 공더러 저번과 같은 핑계를 대고 답신을 쓰고 그들에게 도로 부쳐 주라고 부탁하시오. 작은 고슴도치, 잘 보양하기 바라오. 다음에 다시 이야기합시다.

(이상 21일 오후 1시에 씀)

당신의 작은 흰 코끼리

1) 이 편지는 루쉰의 정리를 거쳐서 『먼 곳에서 온 편지』 118번에 실렸다.
2) 셰 군은 셰둔난(謝敦南)이다. 쉬광핑이 5월 13일 셰둔난 부부에게 편지를 쓴 일을 가리
   킨다.
3) 류원뎬(劉文典, 1890~1958)의 자는 수야(叔雅)이다. 1929년 칭화대학 국문과 주임을 맡
   으면서 동시에 베이징대학에서 겸임교수를 맡았다.

290522 쉬광핑에게[1]

작은 고슴도치

　21일 오후에 편지 한 통을 보냈고 저녁에 17일 편지를 받았고 오늘 오전에 또 18일 편지를 받았소. 편지마다 닷새 걸린 걸 보니 교통통신이 대단히 정확한 것 같소. 그런데 나는 상하이에 갈 때 배를 탈 생각이오. 평 쥐 말에 따르면 일본 배가 나쁘지 않고 이등칸이 60위안이고 기차보다 늦을 뿐이라 하오. 풍랑에 대해서는 여름철에는 이제까지 아주 잔잔했소. 하지만 마지막에 어떻게 할지는 아직 열흘은 기다려야 하니 상황을 보아 가며 결정하리다. 그러나 좌우간 6월 4, 5일에는 움직일 생각이고, 따라서 이 편지가 28, 9일에 도착한다며 내게 편지 쓸 필요가 없소.

　베이핑에 온 지 벌써 일주일이 되었소. 그간 그저 밥 먹고 잠자고 사람 만나러 가고 손님 맞고, 이 밖에는 아무것도 하지 않았소. 글은 한 문장도 안 썼고, 어제는 몇몇 교육부의 옛 동료들을 찾아갔는데, 모두들 가난에 찌들어 있고 할 일이 없어서 고향에 돌아가지도 못하고 있었소. 오늘 장펑쥐와 두 시간 이야기를 나눴고 해질 녘에 옌징대에 가서 한 시간 강연했소. 청중이 적지 않았소. 늘 하던 대로 청팡우에서 시작하여 쉬즈모로

끝나는 비판이었소. 옌징대는 현대파 신도가 많은데 ──빙신冰心이 여기에 있기 때문일 거요 ──내게 비판의 소리를 듣고 깜짝 놀라들 했소. 이날 내게 누군가 이런 말을 했소. 옌징대가 돈은 있지만 좋은 교원을 초빙하지 못하고 있으니 당신이 여기로 와서 가르치는 것이 좋겠다고 말이오. 나는 즉시 몇 년 동안 바쁘게 뛰어다녔던 까닭에 마음이 붕 뜬 상태라 학생들을 가르칠 수가 없다고 대답했소. 작은 고슴도치, 내 생각에는 이런 좋은 자리는 아무래도 그들 신사들더러 하라고 하고, 우리는 그래도 얼마간 더 떠도는 것이 좋을 것 같소. 선스위안도 그 학교 교수고, 온 가족이 거기서 살고 있다고 들었지만 그를 찾아가 볼 겨를이 없었소.

오늘 『붉은 장미』紅玫瑰 한 권을 부치오. 천시잉과 링수화의 사진이 실려 있소. 후스즈의 시는 『토요일』에 실렸고, 이 사람들 사진을 『붉은 장미』에서 보게 되다니 세월이란 노인은 '유유상종'이라는 진실을 차츰 드러내 보여 주는 힘을 진짜로 지니고 있나 보오.

윈난 소시지는 벌써 다 먹었고 아주 맛있었소. 고기도 많고 기름도 충분하오. 안타깝게도 이곳 요리법은 천편일률적으로 다 찌는 것들이오. 내일 장투이[2]를 먹을 것이라 하는데 이것도 여전히 찐 것일 것 같소. 매일 음식이 대동소이하여 정말이지 너무 질리는 것 같소. 그렇지만 밥의 양도 줄지 않았으니 당신은 신경이 예민해질 필요는 없소. 갖고 온 어간유도 벌써 다 먹고 새로 한 병 샀소. 가격은 2위안 2자오이오.

뤼윈장은 시싼탸오에 오지 않았소. 따라서 그녀가 어디에 사는지 모르겠소. 샤오루小鹿[3]도 안 왔소.

여기는 아주 덥고 얇은 적삼만 입어도 되오. 비는 오랫동안 오지 않았소. 남방의 장마철과 비교하면 진짜 아주 다르오. 가져온 겹옷은 다 필요 없소. 더구나 스웨터라니. 내일부터 치과치료를 받을 생각이오. 일주일이면 좌우지간 치료를 끝낼 수 있을 것이오. 시국에 대해서 사람들에게 물어보면 사람마다 파벌이 달라서 대답이 다르오. 따라서 나도 더 깊이 따져 묻지 않았소. 결론적으로 다음 달 초에 징진京津철로는 좌우지간 운행할 거요. 그렇다면 그것으로 됐소.

작은 고슴도치, 이곳 분위기는 진짜 차분하오. 걱정스럽고 위태로운 상하이와는 아주 많이 다르고, 따라서 나는 평안하오. 다만 한 가지 일이 미진하여 마음이 고요해지지는 않지만 편지를 보고 당신이 상하이에서 잘 지내고 있다는 것을 알고 나면 또 잠시 위로가 되오. 그저 이렇게 계속 지낼 수 있기를 바랄 뿐이오. 절대로 보살피는 데 게으르지 않아야 하오.

셋째에게 다음 내용을 전달해 주오.

환어음은 받았네. 그러나 돈을 찾으려면 도장을 사용해야 하는데 지금 이름을 잘못 썼는데 인출할 수 있을지 모르겠네. 이삼 일 내에 다시 한번 시도해 보고 결과를 보고 다시 이야기하게나.

5월 22일 밤 1시, 작은 흰 코끼리

주)_____

1) 이 편지는 루쉰의 정리를 거쳐서 『먼 곳에서 온 편지』 121번에 실렸다.
2) 저장 진화(金華)의 소시지 중 장씨(蔣氏)의 작업장에서 만든 제품이다.
3) 루징칭(陸晶淸)으로 보인다. 루징칭(1907~1993)은 뤼윈장(呂雲章)과 마찬가지로 베이징여자고등사범학교 시절 쉬광핑(許廣平)의 학우이다. 『부녀주간』(婦女週刊) 편집, 국민당 장시성당부(江西省黨部)의 부녀부 등에서 일했고, 당시에는 베이핑 제2사범학원(이전의 여자사범대학) 국문과에서 대학 본과과정을 수학 중이었다.

290523 쉬광핑에게[1]

작은 고슴도치

지금은 23일 밤 10시 반이고 나는 홀로 벽에 붙은 책상 앞에 앉아 있소. 예전에는 이 옆자리에 자주 앉던 사람이 있었는데 그대는 이 순간 멀리 상하이에 있소. 나는 하릴없이 편지 쓰는 걸로 한담을 나누는 셈 쳐야겠소.

오늘 오전에 베이징대 국문과 학생 대표 6명이 와서 나더러 공부를 가르쳐 달라고 했지만 바로 사양했소. 나중에 그들은 내가 상하이로 돌아간다는 것을 인정하고 몇 과목만 정해 놓으면 언제라도 베이징에 올 때 강의를 하면 된다고 했지만 나는 여전히 승낙하지 않았소. 내가 결론지어 한 말은 이렇소. 오늘의 L은 3년 전의 L이 아니오. 내게는 까닭이 있지만 지금은 말하지 못하고 장래에 어쩌면 알게 될 수도 있소. 어쨌든 교수를 하고 싶지는 않다 등등을 이야기했소. 그들은 어쩔 수 없이 돌아가며 강연 한 번 해주기를 희망해서 다음 주 수요일에 하기로 약속했소.

오후에는 거리에 나가 당신에게 부칠 편지를 우체통에 넣었소. 그 다음에는 치과에 가서 치아 하나를 뺐는데 전혀 아프지 않았소. 이를 해 넣기 위해 27일 오전에 약속을 잡았소. 한 번이면 될 것 같소. 그 다음은 상우인서관에 가서 셋째의 환어음을 찾았소. 이번에는 어려움이 없었소. 그 다음에는 지물포 세 집[2]에 가서 중국 종이로 찍은 편지지 수십 종을 모았소. 쓴 돈은 약 7위안이고 무슨 대단한 물건은 없소. 지금 쓰는 이번 편지지가 아주 아름다운 편이라고 할 수 있소. 아직 두세 집은 안 갔는데 편한 때 다시 한번 가려 하오. 약 4, 5위안만 더 쓰면 류리창에서 좀 괜찮은 편지지는 다 모으는 셈이오.

베이핑에 온 날짜를 꼽아 보니 벌써 열흘이나 되었고, 차비를 제외하면 겨우 15위안을 썼소. 절반은 편지지를 샀고 절반으로는 탁본을 샀소. 구서적은 아직도 너무 비싸 한 권도 안 샀소.

내일도 다름없이 외출해서 스형[3]의 밥그릇을 마련하기 위해 궁리를 해보려 하오. 앞으로 또 시산에 가서 쑤위안豪園을 볼 생각인데 그의 친구의 말투를 들어 보면 결국 치료가 잘 되고 있지 않나 보오. 웨이충우는 좀 성장한 것 같소. 29일 베이징대에서 강연을 하고 나면 상하이로 돌아가는 준비를 해야 되오. 일본 배는 '톈진 마루'天津丸라는 배인데 이리저리 돌지 않고 톈진에서 곧장 상하이로 간다고 하오. 내가 상하이로 가는 날짜와 잘 맞을지 모르겠소.

오늘 첸먼 역을 지나가다 잘 세워 놓은 하얀 패방을 보았소. 그런데 이런 전례[4]를 치르는 데 소수 몇 사람만 바쁜 것 같았소.

이번에 베이징에 돌아오니 마침 여름방학이 다가와서인지 아주 여러 곳에서 내게 밥그릇을 제공하고 싶어 하오. 하지만 나는 이런 자리에 대해 하나도 관심이 없소. 편안하고 한가롭게 지내기 위해서는 베이핑에서 사는 것도 나쁘지 않지만 남방과는 너무 달라서 거의 세상 밖 무릉도원에 있는 듯한 느낌이오. 이곳에 온 지 벌써 열흘이나 되었지만 자극 같은 것을 전혀 느끼지 못했고 자칫하면 틀림없이 '낙오'할 것 같은 두려움을 느꼈소. 상하이는 비록 골치는 아프지만 그래도 독특한 생기는 있소.

다음에 다시 이야기합시다. 나는 아주 좋소.

5. 23, 작은 흰 코끼리

주)_____

1) 이 편지는 루쉰의 정리를 거쳐서 『먼 곳에서 온 편지』 122번에 실렸다.
2) 베이징의 류리창에 있는 징원자이(靜文齋), 바오진자이(寶晉齋), 춘징거(淳靑閣)를 가리킨다.
3) 스헝(侍桁)은 한스헝(韓侍桁, 1908~1987)이다. 당시 일본에서 유학하면서 『위쓰』에 투고했다. 루쉰은 마위위 등에게 그의 일자리를 부탁했다.
4) 1926년 5월 26일 쑨중산의 영구를 베이징 시산 묘지에서 난징 쯔진산(紫金山) 중산릉으로 옮겼는데 쑨중산의 영구 이장 의식을 '봉안전례'(奉安典禮)라고 했다.

290525 쉬광핑에게[1]

작은 고슴도치

어제 오전에 편지 한 통을 부쳤으니, 받았으리라 생각하오. 10시쯤 천중사 사람이 찾아왔고, 정오가 되자 중산공원으로 데리고 가서 밥을 사 주었소. 5시까지 이야기를 나누고 헤어졌소. 개중에 하오인탄[2]이라는 사람이 있었소. 여사대 학생인데 새로운 사람이라 당신이 알 것 같지는 않소. 그녀는 마윈馬雲도 학교로 돌아와 공부하고 있다고 이야기해 줬소. 중앙공원은 어제 개방했는데 오후까지 유람객이 많지는 않았소. 풍경은 대충 예전 그대로고 작약꽃은 벌써 피었고 곧 질 것이오. 이 밖에 '공리의 승리'[3] 패방에 남색 바탕 흰 글자의 표어들이 많이 붙어 있었소.

공원에서 돌아오니 웨이밍사 사람들이 찾아왔고 1시간 동안 이야기를 나누었소. 그들이 떠난 뒤 당신이 19, 20일에 쓴 편지 두 통을 받았소. 당연히 읽어 보니 작은 고슴도치는 매우 얌전히 잘 지내고 있는 것 같았소. 코도 더 이상 동상에 걸리지 않으니 안심이 됐소. 그렇지만 나의 코를 아래로 늘어뜨리게 하다니 독재인 감이 있소.[4] 나의 코는 가끔 고슴도치에게 늘어나는 일을 겪긴 하지만 고무 코끼리처럼 마냥 늘어나는 정도는 아니오.

나는 전혀 "목숨을 걸고 쓰고, 일하고, 하고, 생각하……"지 않고 있소. 지금까지 아무것도 생각하고, 하고, 쓰……지 않았소. 어제는 말을 너무 많이 한 탓에 10시에 바로 잠이 들었고 1시에 한 번 깼다가 바로 다시 잠들었소. 깨어나니 벌써 아침 7시였고 9시까지 누워 있다가 이제야 일어나 편지를 쓰오.

다푸 네가 말한 베이신에 관한 이야기는 아마 위탕 네의 영향을 받은 것 같소. 베이신의 소매 판매는 1백 위안이 넘지 않소. 1월에 이미 1천여 위안이어서 상하이에서 임금을 지불하기에 충분하오. 그 밖에도 다른 도시의 도매 판매가 있어서 유지하지 못할 정도는 아니오. 그렇지만 이건 이론적인 이야기이고 현실은 정말 엉망진창일 것이오. 내가 여기에서 만난 사람들은 다들 베이신이 인세도 주지 않고 답신도 주지 않는다고 말했소. 베이신과 감정이 아주 좋지 않았소. 이렇게 가다가는 당연히 안 좋은 것이오.

카이밍의 주식에 대해서라면 우리는 매우 잘 알고 있소. 명목상으로 6만 위안인데 그중 2만 5천은 장쉐춘[5] 형제의 이전 상황이오. 1만은 사오싱 사람 것인데 그는 스스로 한 달에 월급 1백 위안을 받으면서 또 5명을 추천했소. 그 나머지 2만 5천도 어떻게 된 건지 알 만하오. 아마 다푸는 이런 내막을 알지 못하여 사오싱에서 자본을 모았다는 소문을 듣고 아주 비밀스럽다고 의심했던 것 같소.

사오위안의 편지는 우물쭈물하여 처음 보고는 이해할 수 없었는데, 자세히 보고서 그의 번역원고를 나더러 궁리해서 팔라는 의미였소. 베이신에 주거나 『분류』에 게재하든지 말이오. 그런데 높은 자리에 앉아 내려다보고 자기 입으로는 말하지 않으려다 보니 그 모양으로 써 놓은 것이었소. 하지만 나는 절대 그런 바보 노릇은 하지 않을 것이오. 답을 하지 않거나 흐리멍덩하게 몇 마디 답할 계획이오

여기는 날씨가 아주 좋소. 적삼을 이미 입었소. 나는 잘 지내오. 잘 먹고 잘 자오. 게다가 작은 고슴도치가 근황을 보고하는데 매우 얌전하게 잘 지내고 있다는 것을 알고 더욱 안심이 되었소. 오늘은 아직 손님이 없어서 여기까지 조용하게 편지를 썼소. 계속 써도 되겠지만 하고 싶은 말을 대충 했으니 다음에 다시 이야기합시다.

5월 25일 오전 10시 정각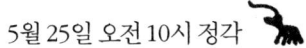

주)_____

1) 이 편지는 루쉰의 정리를 거쳐서 『먼 곳에서 온 편지』 125번에 실렸다.
2) 하오인탄(郝陰潭, 1904~1952)은 베이징여자사범대학 국문과 학생이었다. 천중사 동인이다.
3) 1918년 11월 제1차 세계대전이 끝나자 영국, 프랑스 등의 연합국은 자신들이 독일, 오스트리아 등의 동맹국과 싸워 이긴 것에 대하여 '공리가 강권을 이겼다'라고 선언했다. 베이양정부는 1917년 8월 연합국의 대독일전에 참가하기로 선언했고 이에 따라 제1차 세계대전의 전승국이 되었다. 이에 베이징 중앙공원(지금의 중산공원)에 '공리의 승리'(公理戰勝)라는 패방을 세웠다. 1953년에 이를 '평화의 보위'(保衛平和)라는 글자로 바꾸었다.
4) 쉬광핑이 5월 20일 루쉰에게 보낸 편지의 앞 호칭 부분에 코를 아래로 늘어뜨린 작은 코끼리 그림을 그리고 다음과 같이 썼다. "회신에서 작은 코끼리는 코가 위로 추켜세워 있어요. '아무래도 아래로 내리는 게 나아요.'"
5) 장쉐춘(章雪村)은 장시천(章錫琛, 1889~1969)이다. 저장 사오싱 사람으로 『부녀잡지』(婦女雜誌), 『신여성』(新女性) 등의 편집을 맡았다. 당시에 카이밍서점(開明書店)의 책임자였다.

290526 쉬광핑에게[1]

작은 고슴도치

    지금은 25일의 밤 1시 정각이오. 10시 정각에 잠들었다가 12시에 깼고 차를 두 잔 마셨고 잠자고 싶은 생각이 없어서 몇 마디 쓰오. 오늘 오후에 집을 나설 때 당신에게 부치는 편지 한 통을 우체통에 넣고 이어 우체국 문 앞에 걸린 쪽지를 보았소. '봉안전례, 이틀 휴가.' 그렇다면 나의 그 편지는 27일에나 차를 타게 되오. 그래서 내일은 편지를 안 부치고 '봉안전례'가 끝날 때까지 기다려야 하오. 방금 나는 폭죽 소리 때문에 깼고 세어 보니 모두 백여 발 울렸소. 마찬가지로 '봉안전례' 중 하나요.

    오늘의 외출은 스헝의 일자리를 찾아보려고 한 것인데, 유위와 절충해서 이미 대강 갈피를 잡았소. 펑쥐를 찾아갔지만 못 만났소. 도중에 쿵더학교로 가 고서를 보다가 우연히 첸쉬안퉁을 봤소. 수다스러운 것에 진저리가 나서 휙 돌아보고 피했소. 잠시 후 구제강이 문을 두드리고 들어왔는데 나를 보고 쥐 같은 눈으로 주저주저하더니 결국 나가 버렸소. 모습이 너무 우스웠소. 그의 북행은 밥그릇을 알아보기 위해서요. 옌징대에 뜻이 있으나 그를 꼭 청할 것 같지는 않소. 왜냐하면 옌징대는 나를 청하고 싶어 하기 때문이오. 또 칭화대에 빌붙고 있다고 하는데 뤄자룬이 떠나지 않으면 희망이 있다 하오.

    해거름에 웨이밍사로 가서 한담을 나누다가 옌징대 학생들이 또 나에게 배우고 싶다고 활동하고 있다는 것을 알게 되었소. 우선 웨이충우더러 권해 보라고 했다는데 나는 바로 거절했소. 충우는 우물쭈물하며 저 학교의 국문과 주임(마헝馬衡은 아니오. 유위의 동생이오)이 내가 오지 않을 것이라고 일찍부터 의심했는데 왜냐하면 남쪽에 에, 그게…… 있기 때문이라 했소. 그래서 나는 원인은 결코 '남쪽에 에, 그게…… 있어서'가 아니라고 대답했소. 그것은 옮길 수도 없는 큰 나무도 아니고 함께 북쪽으로 와도 되지만 나의 사절은 다만 내가 교원 노릇은 하고 싶지 않아서라고 했소. 내가 샤먼에 있을 때 창훙이 퍼뜨린 소문과 현재 당신이 상하이에 있다는 것을 알려 줬지만 그 작은 흰 코끼리의 일은 아직 비밀에 부치고 밝히지 않았소.

충우는 내게 창훙이 빙신冰心에게 연애편지를 쓴 일을 알려 줬소. 이미 삼 년이 됐다고 했고 한 다발 정도 보냈다고 하오. 올해 빙신이 결혼한 뒤 이 다발을 그녀의 남편에게 건네줬는데 그가 여행할 때 보고 바다로 던져서 며칠 만에 끝났다고 하오.

충우는 또 『얼음』冰塊의 표지그림을 가리키며 내게 말했소. "이건 내 친구가 그린 겁니다. 옌징대학 여학생인데…… 가깝게 지냅니다……."

내일은 일요일이고 찾아오는 손님이 틀림없이 많을 것 같아서 자야겠소. 벌써 2시가 넘었소. 저 멀리 '남쪽'에 있는 작은 고슴도치는 어쩌면 벌써 깼는지도 모르겠소. 하지만 그대는 사리에 밝으니 틀림없이 바로 잠들 것이라고 생각하오.

25일 밤

일요일 오전은 장례식 행렬 때문에 도로는 교통이 거의 끊기다시피 했고 오후에야 다닐 수 있었소. 그런데 찾아온 사람이 쑹쯔페이[2] 한 사람뿐이라 아주 충분히 쉴 수 있었소. 밤 10시에 잠자리에 들었고 지금 2시에 깼소. 담배 한 가치를 피고 나면 늘 그렇듯 잠을 잘 수 있을 것이오. 내일 10시에는 의치를 하러 가야 해서 자명종을 9시에 맞추어 놓았소.

요즘 상황을 보니 다음 달 초에는 기차를 탈 수 있을 것 같소. 만약 이렇게 된다면 나는 6월 3일 기차를 타고 상하이로 돌아갈 생각이오. 지체되는 일이 생긴다 해도 6일에는 좌우간 도착할 수 있을 거요 ─ 만약 지푸에게 가지 않는다면 말이오. 그런데 이것도 그때 가서 다시 결정합시다. 지금부터 아직 열흘이나 남았고 어떤 변화가 있을지는 짐작하기 어렵소.

　　내일 당신의 편지가 올 것이라 생각되지만 이 편지는 오전에 우선 부칠 것이오.

(26일 밤 2시 반) 당신의

주)_____

1) 이 편지는 루쉰의 정리를 거쳐서 『먼 곳에서 온 편지』 126번에 실렸다.
2) 쑹쯔페이(宋紫佩), 즉 쑹린(宋琳, 1887~1952)이다. 자는 쯔페이, 혹은 쯔페이(子佩)라고 쓰기도 한다. 루쉰이 저장 양급(兩級)사범학당에서 가르쳤던 학생이다. 당시 베이징도서관 직원 겸 『화베이일보』(華北日報) 편집을 맡고 있었다.

290527 쉬광핑에게[1]

작은 고슴도치

　　오늘 ─ 27일 ─ 오후에 과연 당신이 21일에 부친 편지를 받았소. 15일 편지에 사용한 편지지 두 장은 확실히 의미가 좀 들어 있소. 당신이 추측하는 대로일 것이오. 작은 연밥송이(小蓮蓬)에 연밥이 들어 있는 것이 특히 내가 고른 이유이오. 하지만 그 뒤의 편지지들은 결코 장장마다 의미가 포함되어 있는 것은 아니오. 작은 고슴도치, 너무 깊이 생각하고, 백 번 생각해도 결국 무슨 뜻인지 알아내지 못하니, 신경과민이 되지 않도록 해야 하오.

아구²⁾가 그렇게 고생한다니 너무 안됐구려. 그런데 이가 난다니 방법이 없소. 이제는 전부 좋아졌겠지요. 편집비는 우선 셋째에게 부탁하여 인출했소. 그곳에서 보내온 영수증은 일단 보관하고 내가 도착한 뒤 기입하도록 하겠소. 당신 큰 언니의 두통은 아무래도 몸이 쇠약해진 탓인 듯하오. 가장 좋은 것은 보약을 먹는 것이오. 가령 어간유 종류(나도 먹고 있는 종류)가 있소. 당신은 이번의 경비에서 백 위안을 지출해도 되니 약을 사서 부쳐 주시오. 우리가 여유가 있고 그녀가 형편이 안 되면 보조하는 것도 당연하오. 현금을 부치는 것이 제일 좋은데 보통은 생활비로 사용하려 하고 자신을 위해 쓰려 하지 않소. 그렇지만 그렇게 하여 마음이 편안할 수 있다면 자유롭게 쓰도록 하는 것도 괜찮소. 모든 것은 당신이 참작하여 정하도록 하오.

고모가 상하이에 온 것은 발표하지 않아도 발견될 터이니 직접 발표하는 것이 마땅하다고 생각하오. 결과가 어떠할지는 염려하지 말기 바라오. 나는 모든 외부의 소문에 대해 가장 소극적인 형태일지라도 논쟁하지 않을 생각이오. 그리고 보통은 옳음이 가려질 때가 많으오. 시시비비는 될대로 되게 놔둘 것이오. 어쨌든 우리에게 작은 흰 코끼리가 생겼소.

내가 베이핑에 온 지 벌써 2주일이 지났소. 접대 이외에 책 읽고 글 쓰는 일도 하지 않았고 또 할 수도 없었소. 그 뒷방은 모든 것이 이전과 같소. 작은 고슴도치가 침대 가에 앉지 않는 것이 가장 불만스러운 일이오. 다행히 여기에 온 지 이미 2주일이 됐으니 상하이로 돌아갈 날도 점점 더 다가오는구려. 새로 세낸 방에는 잡동사니와 손님들 물건을 가져다 놓고 응접실의 책은 움직이지 말고 사람도 들이지 말라고 이야기했소.

나는 오늘 이를 잘 해 넣었소. 겨우 5위안 들었고 의사 말에 따르면 앞으로 일이 년이면 전체적으로 손을 봐야 한다고 하오. 지금 사용해 보니 아직은 잘 맞는 듯하오. 저녁에 쉬쉬성, 장펑쥐 등이 중앙공원으로 데리고 가서 밥을 먹고 10시가 되어서 귀가했소. 스형은 드디어 밥그릇을 구했소. 동석한 사람은 약 10명인데 그들은 이미 내가 '우물우물'하여서 베이핑에 머물지 않을 것이라는 것을 알고 있소.

쉬성은 오늘 여사대에서 한 교원에 대한 배척이냐, 만류냐 하는 문제로 두 파벌 사이에 충돌이 일어났다고 했소.[3] 갑이라는 자가 돈주머니로 을의 머리를 가격했고 을이 쓰러져서 사람들이 둘러메고 병원으로 갔다고 하오. 아가씨들의 주먹싸움으로, 베이핑에서는 이 일이 효시라고 했소.

내일은 둥청東城에 가서 배편을 알아볼 작정이고, 저녁에는 유위가 저녁식사 초대를 했소. 모레는 베이징대에서 강연하고 글피는 시산에 가서 웨이쑤위안을 만나 볼 작정이오. 이 사흘 동안은 좀 바빠서 편지를 못 쓸지도 모르오.

지금 작은 고슴도치=작은 연밥송이=작은 연밥은 자고 있는지 깨어 있는지 모르겠소. 이 편지가 도착할 때면 나는 여기에서 떠날 날도 멀지 않을 때요. 이는 정말 기쁘오. 그렇지만 나는 여전히 차분하게 잘 보양하고 있으며 조급하지도 않소. 작은 고슴도치가 마음 편안하게 스스로 몸조심하며 지내는 것이 가장 중요하오.

5월 27일 밤 12시, 당신의 작은 흰 코끼리

주)_____

1) 이 편지는 루쉰의 정리를 거쳐서 『먼 곳에서 온 편지』 128번에 실렸다.
2) 아푸(阿菩)를 가리킨다. 본명은 저우진(周瑾)으로 저우젠런(周建人)과 왕윈루(王蘊如) 사이의 둘째딸이다.
3) 1929년 5월 28일 『신천바오』(新晨報)에 다음과 같은 기사가 실렸다. 여사대 역사지리

학과 학생들이 학과주임 왕모(王謨)의 거취 문제로 두 파로 나뉘어 있었는데 5월 27일 왕이 강의를 하는 도중에 반대파 학생 돤진쓰(段瑾思)가 따지자 왕을 옹호하는 롼(阮) 아무개 등 5명이 "따져 묻는 사람을 에워싸고 먹통과 의자를 함께 던졌다. 이에 돤 아무개의 등에 멍이 들고 머리가 부어올랐다."

290528 타오예궁에게[1]

내일은 베이징대학에 강연이 약속되어 있고 모레는 시산에 가야 합니다.[2] 그 다음에 바로 남쪽으로 돌아가야 하여 후의를 마음으로 받을 수밖에 없게 됐습니다.

　　왕차오 형에게

28일, 저우수런 드림

주)_____

1) 타오예궁(陶冶公, 1886~1962)은 사오싱 출신으로 호는 왕차오(望潮)이다. 일본에서 광복회와 동맹회에 가입했으며 귀국 후 베이징에 있을 때 루쉰과 왕래가 잦았다. 이 편지는 저우수런 세 글자가 인쇄된 명함에 씌어졌다.

2) 1929년 5월 29일 루쉰은 베이징대학 국문학회의 초청으로 강연을 한 바 있다. 시산(西山)은 시산요양원에 입원한 웨이쑤위안에게 병문안을 가기로 한 일을 가리킨다.

290529 쉬광핑에게[1]

작은 고슴도치

21일 부친 편지는 그제 도착했고, 그날 밤 회신을 써서 어제 부쳤소. 어제 오늘, 이틀간은 편지를 받지 못했소. 내 생각에, 틀림없이 장례식 때문에 기차가 지연되나 보오.

어제 오후 일본배에 대해 물어보고 톈진에서 출발해서 다롄에서 이삼 일 정박해야 하고 빨라도 엿새는 걸려야 상하이에 도착한다는 것을 알았소. 지금까지 알아본 것으로는 기차를 타는 것이 그래도 제일 낫소. 그래서 6월 3일에 움직이고 그 길에 지푸를 만나보고 그러면 8일이나 9일에 상하이에 도착할 것 같소. 만약 다음 달 초에 가서 기차가 마땅하지 않다고 생각되면 그때는 바닷길로 갈 것이고, 그러면 상하이에는 며칠 늦게 도착할 것이오. 요컨대 제일 적당한 방법을 찾아서 그렇게 할 것이니 당신은 마음 놓으시구려.

어제 또 편지지를 좀 샀는데 이것이 그중 하나요. 베이징의 편지지 수집은 드디어 일단락된 셈이오. 저녁은 유위 집에서 먹었고 마줴는 아직도 병중이라 만나지 못했소. 가벼운 병은 아니지만 위험한 일은 없을 것이라 하오. 잡담을 좀 나누었고 집에 돌아오니 벌써 9시 반이었소. 11시에 잠자리에 들어 오늘 7시까지 계속 잤소.

지금은 오전 9시 반이고 일이 없어 한가로이 편지를 쓰고 있소. 오후에는 웨이밍사에 가야 하고 7시부터 베이징대에서 강연이 있소. 강연을 마치고 나면 인모 등이 저녁밥 먹으러 끌고 갈 것 같소. 이러다 보면 귀가하면 또 10시경은 되어야 할 것이오.

작은 고슴도치이자 작은 연밥, 나는 아주 좋소. 아주 잘 자고 식사량은 상하이에서와 마찬가지고 술은 아주 조금 마시고 있소. 작은 잔으로 포도주 한 잔에 불과하오. 집에 누가 보낸 편주[2]가 있지만 뚜껑도 안 열었소. 내 계산대로라면 그렇다면 열흘이면 만나서 이야기할 수 있소. 작은 연밥, 편안하기 바라고 몸조심하는 것이 제일 중요하오.

5월 29일, 당신의

주)_____

1) 이 편지는 루쉰의 정리를 거쳐서 『먼 곳에서 온 편지』 129번에 실렸다.
2) 편주(汾酒)는 산시성(山西省) 편양현(汾陽縣)에서 생산되는 유명한 백주이다.

<h2 align="center">290530 쉬광핑에게[1]</h2>

작은 고슴도치

지금은 29일 밤 12시오. 당신의 편지를 받을 수 있을 것이라 생각했소. 당신이 21일 편지 이후에 어제오늘 도착하는 두세 통의 편지를 반드시 보냈을 것이라 짐작했는데 오늘 편지를 받지 못했소. 이것은 틀림없이 봉안식으로 인한 열차의 지연 때문일 터인데, 월요일에 기찻길이 뚫렸지만 아직 베이징에 도착하지 않았다고 들었소.

오늘 오전에는 손님 한 명이 왔소. 오후에는 웨이밍사에 갔고 저녁에는 그들이 저녁식사에 초대했소. 둥안東安시장 썬룽호텔에서 말이오. 7시 정각에 베이징대 제2원에서 1시간 동안 강연을 했소. 청중은 천 명 남짓이었고 베이핑이 너무 오랫동안 적막했기 때문인지 학생들이 이 일을 아주 신선하게 여기는 것 같았소. 8시에 인모와 펑쥐 등이 또 전별연을 열었고, 마찬가지로 썬룽에서였소. 하는 수 없이 갔지만 조금만 먹었고 11시에야 집으로 돌아왔소. 지금 벌써 소화제 세 알을 먹었고 이 편지를 쓰고 곧 잘 생각이오. 내일 아침에 쑤위안을 보러 시산에 가야 하기 때문이오.

옌징대의 교원 몇 명은 학생들이 나를 학교에 남아 달라고 만류할까봐 공황상태라고 들었소. 당신 보시오, 이건 샤먼대학과 무슨 차이가 있소? 다만 내가 '소인배와 욕심을 차리는 것을 다투지' 않으려 할 뿐이오.

오늘 편지를 못 받아 좀 울적하오. 하지만 지연되는 원인을 알고 있으니 잠들 수 있소. 그리고 고슴도치도 상하이에서 편안히 잠에 들기를 바라오.

29일 밤, 𝓞𝓟

30일 오후 2시에 시산에 있는 웨이쑤위안을 방문하고 돌아왔고, 과연 당신은 23일과 25일 편지 두 통을 받았소. 우리 둘 다 모두 늦었다가 빨랐다가 하는 우체국의 배달에 농락당하니 정말 화가 나는구려. 그래도 고슴도치가 내 편지를 받았다니 약간 위로가 되고 또한 이를 빌려 나 스스로를 조금 위로하기도 했소.

오늘 나는 아침 8시 정각에 산에 올라갔소. 오토바이를 탔고 지예 등 네 사람이 동행했소. 쑤위안은 아직도 일상생활은 금지 상태요. 햇빛 때문에 아주 까맣게 탔고 많이 말랐지만 정신은 맑았소. 그도 너무 기뻐했고 많은 잡담을 나누었소. 충우의 이야기에 따르면 우리에 관한 일을 그도 마지밍(옌징대 국문과 주임)[2)]에게 들었다고 하오. 마는 저우쬒런이 말했다고 했다오. 그렇지만 사실은 내가 밥그릇을 빼앗아 갈까 봐 두려워하는 것에 지나지 않소. 우리가 이곳에 살지 않으면 그들도 배척할 이유를 찾지 않을 것이오. 그런데 내가 3년을 떠돌면서도 결코 굶어 죽지 않았거늘 어째서 갑자기 밥그릇을 빼앗아 가겠소? 이런 점에 있어서 나는 그들이 그야말로 나보다 좀팽이라 생각하오.

오늘 샤오펑의 편지를 받았소. 전쟁 때문에 서점 장사가 더 잘 안 되지만 분점에서 나한테 200위안을 보내 준다고 했소. 하지만 이 돈은 아직까지 지급되지 않았소.

당신의 25일 편지가 오늘 도착한 것으로 보아 교통은 지장이 없는데 하지만 네댓새 후에는 또 어떨지 모르겠소. 3일에 갈 수 있으면 갈 것이고 그렇지 않으면 바닷길로 가야 할 것이니 상하이 도착은 10일 전후가 될 것이오. 요컨대 나는 가장 안전한 길을 골라 갈 것이오. 결코 모험을 하지는 않을 것이니 나의 연밥은 제발 마음 놓기를 바라오. 지금 정신도 맑으니 안심하오. 나는 절대로 고슴도치의 작은 흰 코끼리를 홀로 베이핑에 둬서 손실이 나 고슴도치의 마음을 아프게 하지 않을 것이니.

5월 30일 오후 5시, 당신의 🐘

주)_____

1) 이 편지는 루쉰의 정리를 거쳐서 『먼 곳에서 온 편지』 132번에 실렸다.
2) 마지밍(馬季銘)의 이름은 젠(鑑)이고 지밍은 자(字)이다. 마위짜오(馬裕藻)의 다섯째 동생이다.

290601 쉬광핑에게[1]

작은 연밥송이이자 작은 고슴도치

지금은 30일 밤 1시 정각이고 나는 곧 자려 하오. 오후에 편지 한 통을 부쳤지만 또 몇 마디 하고 싶어 다시 좀 쓰오.

며칠 전 둥추팡[2]이 내게 편지를 보냈소. 예전 그의 일에 대하여 나더러 조사·감찰해 달라고 했소. 그의 일에 대해서 내가 '조사·감찰'해서 뭘 하겠소? 묵살하고 답을 하지 않았소. 오후에 시산에서 돌아오니 그가 응접실에서 기다리고 있었소. 뿐만 아니라 그 전에 모친의 방에 함부로 난입한 적도 있었다는 것을 알게 되었소. 그래서 사람들이 당황하여 술렁거리고 있었고 심히 긴장된 분위기였소. 내가 바로 욕설을 퍼부었는데 그는 뜻밖에 전혀 반항하지 않고 오히려 아주 달갑게 욕설을 받겠다고 말했소. 보아 하니 그는 전혀 강골이 아니었소. 그는 스스로 용사라고 말했지만 나를 독대하고는 반항도 못 했소. 내가 말했소. 나는 사람들이 내게 반항하기를 바란다고 말이오. 그런데도 그는 바로 이런 까닭으로 나를 존경하고 반항하지 않겠다고 말했소. 나는 하릴없이 웃으며 대문 밖으로 보냈소. 아마 앞으로 다시는 성가시게 굴지 않을 것이오.

저녁에 두 사람이 왔소. 하나는 쏜상지를 위해 전신부호 뒤지느라 바쁜 징눙이고, 다른 하나는 나를 도와 『당송전기집』을 교정했던 웨이[3]오. 함께 저녁밥을 먹고 터놓고 이야기를 나누었소. 오전에 시산에서 편하게 담소를 나눈 것과 더불어 모두 오랜만에 가진 유쾌한 만남이었소. 그들은 베이핑 학계의 현황에 대해 불만스러워했소. 나는 여기에서 이전에 '정인군자'와 싸운 제공은 자칫 잘못하면 자신도 '정인군자'가 될까 두려워하는 것 같았소. 갖가지 고생을 하는 것이 내 눈에는 불필요한 것으로 보였소. 나는 베이핑에 도착한 이후 매우 자유로워졌다고 생각했고 그들의 모든 언행에 대해 전혀 개의치 않소. 오후에 둥 공﹝公﹞을 나무랐던 일은 나중에 생각해 보니 하나도 분노할 필요가 없었던 것 같소. 왜냐하면 적막한 세계에서 대치할 만한 진짜 적수가 한 명이라도 있었으면 싶지만 이깃도 쉽지 않다는 것이 한탄스럽기 때문이오.

작은 고슴도치, 우리가 같이 있게 된 것은 깊은 까닭이 있는 것이오. 그들은 자기 마음대로 정탐하고 추측하는데 어떻게 사정을 알 수 있으리오? 나는 여기에 와서 한 번 보니 우리가 결코 미미하지 않다는 것을 더 확실하게 알겠소.

이 2주일 동안 나는 조금도 낙심하지 않았소. 그런데 지금 멀리서 고슴도치가 옷감 종류를 구입하며 아기 흰 코끼리를 위한 준비를 하고 있다고 생각하면 그야말로 가슴이 좀 아프오. 이런 성격을 정말 어떻게 하면 좋겠소? 서둘러 상하이로 돌아가서 그대를 꼼짝 못하게 해야겠소.

30일 밤 1시 반

작은 고슴도치, 31일 새벽에 모친이 깨운 탓에 수면시간이 좀 모자랐소. 그래서 저녁 9시 정각에 잠자리에 들었다가 일어났더니 지금 벌써 3시 정각이나 됐소. 차 한 잔 우려 놓고 책상 앞에 앉아 멀리서 고슴도치도 누워 있으리라 생각하지만 잠이 들었는지 깨어 있는지 모르겠소. 5월 31일에는 아무 일도 없었소. 다만 오후에 일본인 세 명[4]이 내가 수집해 둔 불교에 관한 석각 탁본을 구경하러 왔소. 이것만으로도 아주 많다고 생각하고 나더러 목록을 만들라고 권유했소. 이것도 물론 내가 할 수 있는 일 중 하나며 나 이외에 다른 사람이 꼭 할 수 있는 일은 아니지만 나는 지금 그럴 생각이 전혀 없소. 저녁에는 쑹쯔페이가 왔소. 벌써 나를 위해 기차표를 사 두었더군요. 3일 오후 2시 출발이오. 그는 신문사에서 일하니 기차 좌석이 아직 남아 있고 기껏해야 시간이 지연될(연착 말이오) 뿐이라는 것을 알고 있었던 것이오. 그래서 나는 3일 출발하기로 결정했소. 일주일이면 마주하고 이야기를 나눌 수 있겠소. 이 편지를 보낸 후에는 다시 편지를 부치지는 않을 것이오. 만약 난징에 들른다면 물론 거기에서 한 통 더 부치겠소.

(6월 1일 여명 전 3시),

형 아가씨哥姑

이상 몇 줄을 쓰고 나서 다른 사람들에게 보낼 답장 몇 통을 썼더니 날도 밝아 오고 또 수정해야 할 강연원고도 있는 까닭에 지금은 잠을 잘 수 없을 것 같소. 그래서 다시 몇 마디 쓰오.

이곳에 온 이후에 갖게 된 여러 가지 느낌을 종합해 보면, 내가 신문학 및 구문학의 갖가지 방면에 착수한 것이 다른 사람에게 위협을 주고 있는 것 같소. ——일부 옛 친구는 물론 예외요. ——그래서 얻은 것은 공격이나 배제가 아니면 '경원시'敬而遠之하는 것이오. 이런 상황은 나를 더욱 대담하게 활보하게 하오. 그렇지만 이는 또한 내게 다시는 한 가지 과제에 전념할 수 없게 만들어 아무 일도 이룬 것이 없게 되고 말았소. 뿐만 아니라 고슴도치에게 늘 걱정하고 '눈물을 삼키게' 만들었소. 따라서 나도 내 자신의 나쁜 성질에 대하여 수시로 상심하고 있소. 그렇지만 이렇기 때문에 나는 나의 작은 연방이자 고슴도치에 어울린다는 생각도 가끔 들곤 하오. 이다음에 여전히 사면팔방으로 시끄럽게 할 것인지 아니면 잠시 조용히 지내면서 냉정하게 전문적인 책을 쓸 것인지, 이건 생각해 볼 문제요.

다행히 우리는 곧 만나게 되니 그때 다시 이야기하오.

나의 작은 연밥이여, 당신은 내가 여기에서 때때로 이렇게 밤새도록 바보 같은 생각을 하고 지낼 것이라고 여겨서는 안 되오. 나는 결코 이렇지 않으니까. 이번에는 그저 잠을 충분히 잔 데다가 좀 흥분되어서 마음대로 늘어놓는 것뿐이오. 점심을 먹고 난 다음 더 자야 할 것 같소. 출발 날짜가 임박해서 앞으로는 더 바빠질 것이오. 좁쌀(고슴도치가 먹을 것), 옥수수 가루(위와 같음), 과일설탕조림 등은 어제 다 사 두었소.

이 봉투의 하단은 이 장을 덧붙이려고 내가 뜯은 것이오.

6월 1일 새벽 5시,

주)_____

1) 이 편지는 루쉰의 정리를 거쳐서 『먼 곳에서 온 편지』 135번에 실렸다.
2) 둥추팡(董秋芳, 1897~1977)은 번역가이다.
3) 웨이(魏)는 곧 웨이젠궁(魏建功, 1901~1980)이다. 언어문자학자이다. 당시 베이징대학에서 교편을 잡고 있었다.
4) 쓰카모토 젠류(塚本善隆, 1898~?), 미즈노 세이이치(水野淸一, 1905~1971), 구라이시 다케시로(倉石武四郎, 1897~1975)이다. 쓰카모토 젠류는 일본 교토대학 인문과학연구소 교수였고 미즈노 세이이치는 베이징대학에서 고고학 연구를 하고 있었다. 구라이시 다케시로는 일본 교토대학 문학교수로 당시 중국에서 언어연구를 하고 있었다. 1929년 5월 31일 루쉰의 일기에는 "쓰카모토 젠류, 미즈노 세이이치, 구라이시 다케시로가 와서 조형 탁본을 보았다"라고 쓰여 있다.

290611 리지예에게

지예 형

　기차역에서 헤어진 뒤 5일 오후 연착하지 않고 상하이에 도착했습니다. 웨이쥔, 젠궁, 구경,[1] 징눙, 무한, 충우, 쑤위안 제형들을 만날 때 잘 도착했다는 말을 전해 주면 고맙겠습니다.

　베이핑에 있을 때 상하이 서점에서 3색판을 쓰지 않을 것 같아서 Lunacharsky의 초상[2]을 가져오지 않았습니다. 도착하여 이야기해 보니 그들은 사용하겠다고 말합니다. 그래서 대신 빌려서 등기로 보내 줄 수 있는지 모르겠습니다. 그런데 구겨지지 않게 판지 사이에 끼워 넣어야 합니다. 조화사[3]에서는 출판물을 이미 부쳤다고 합니다.

6월 11일, 쉰 드림

주)_____

1) 구경(九經)은 김구경(金九經, 1906~1950)으로 조선인이다. 자는 명상(明常)이다. 일본 제국주의의 식민통치에 불만을 품고 1924년 서울에서 베이징으로 와 웨이밍사에 잠시 머물 때 루쉰과 만났다. 뒤에 베이징대학에서 일본어와 조선어를 강의했다.
2) 루나차르스키 초상은 루쉰이 번역한 『문예와 비평』(文藝與批評) 권두에 실었다.
3) 조화사(朝華社)는 조화사(朝花社)라고도 한다. 1928년 11월 상하이에서 만든 문학단체로 루쉰과 러우스(柔石) 등이 주요 성원이었다.

290616 쑨융에게

쑨융 선생

번역원고 네 편을 보내 주셨는데 그중 산문 두 편이 아주 좋습니다. 『분류』에 실릴 예정입니다. 다만 번역시 가운데 하이네 시는 원문에서 직역한 것이 이미 많으며 페퇴피의 시는 전체가 아니어서 돌려드리오니 살펴 거두어 주시면 감사드리겠습니다.

6월 16일, 루쉰 올림

290619 리지예에게

지예 형

상하이에 도착한 뒤 편지 한 통을 보냈는데 이미 받아 봤으리라 생각합니다.

오늘 조화사 사람이 찾아와서 난양에 믿을 만한 문구점이 하나 있다고 그들에게 웨이밍사 책의 대리판매를 부탁하겠다고 했습니다. 셈하면 나의 번역 저서 각 1백 권과 그 밖의 책 각 10권씩입니다. 재고가 있으면 바로 허지습記[1]로 보내 주시고 대리판매규정 1부도 같이 부쳐 주십시오. 돈 부분은 신뢰할 만합니다.

여기에 도착한 뒤 여전히 많이 바쁩니다. 베이징대학 강연원고는 아직까지 보내오지 않았습니다.

지금 또다시 일부 인사가 뭔가를 조직하고 있다고 하는데 뼈대는 오색기를 옹호하는 군벌 파라고 합니다. 광풍사 사람들이 북상한 것은 이 일과 관계된 것이 아닌가 의심이 듭니다. 창홍과 페이량이 크게 싸우고 우두머리가 되겠다고 다툰다니 아마 큰돈이 있다는 것을 알 수 있습니다(대략 지금은 그 정도는 아닌 것 같습니다). 그들의 흉계에 주의하시기 바랍니다.

6월 19일 밤, 쉰 드림

주)_____

1) 대리점 명칭이다.

290621 첸쥔한에게[1]

첸쥔한 선생

번역원고를 보내 주셔서 정말 감사합니다. 지금 일부를 읽어 봤는데 좋다는 생각입니다. 아직 다른 번역본과 대조해 보지는 않았습니다만. 그렇지만 직역한 곳이 너무 많은 것 같습니다. 극본 속 대화니까 유려한 것이 맞다고 봅니다.

다만 게재 여부는 아직 정해지지 않았습니다. 최근 간행물도 독자를 고려하지 않을 수 없어서 장시와 극본은 자주 실릴 수가 없습니다. 투고원고를 내가 며칠 갖고 있어도 될런지요? 적당한 시기가 오면 게재할 계획이고——몇 기로 나눠 실어야 할 것 같습니다——그렇지 않게 되면 돌려보내 드리겠습니다. 게재된다면 제목을 그냥 '야만인'으로 하는 것이 낫지 않을까 생각합니다. 사실 러시아에서 '곰'이라고 하는 것은 중국인이 사람을 '소'라고 하는 것과 같습니다.

『벚꽃동산』은 너무 길어서 잡지에는 어울리지 않습니다. 단행본으로 출간할 수밖에 없습니다.

경지즈[2] 선생은 러시아어를 잘 안다고 다들 알고 있지만 그의 번역문을 보면 가끔 그가 저본으로 삼은 것이 영역본이 아닌가 하는 의심이 들 때가 있습니다. 저본이 원문이었다고 하여 반드시 좋은 것만은 아닙니다. 내가 Gogol의 『감찰관』을 독역본과 대조한 적이 있었는데 오역이 적잖았고 심지어 삭제한 곳도 있었습니다.

상하이에서 잡지를 내는 것은 한 단체가 도맡아 내는 방법이 있습니다. 이 경우는 당연히 외부 원고를 받지 않습니다. 다른 방법은 몇 사람이 제안하여 설립하는 것으로 제한이 없습니다. 『분류』는 후자에 속합니다. 그렇지만 창간할 때 원고가 없어서 작가 몇 명에게 청탁하여 밑거름으로 삼는데 이 몇 명이 자연스럽게 우선권을 갖는 사람으로 변하곤 합니다. 이것은 『분류』도 피하기 어려웠습니다. 다만 유명인이 소개해야 한다는 폐단은 겪지 않았습니다.

6월 21일, 루쉰

주)_____

1) 천쥔한(陳君涵)은 장쑤 양저우(揚州) 출신이다. 당시 난징중앙대학(南京中央大學) 학생이었다.

2) 경지즈(耿濟之, 1898~1947)는 상하이 출신이다. 러시아문학 번역자로 문학연구회 발기인 중 한 명이다. 역서로 러시아의 톨스토이, 투르게네프의 소설과 희곡 다수가 있다.

290624① 천쥔한에게

쥔한 선생

일전에 편지를 보내 드렸는데 이미 받았으리라 생각합니다. 얼마 전에 알게 됐는데 베이징의 웨이밍사에서 단막극이 한 권 출판되는데 그 안에 「얼간이」, 곧 「야만인」이 있고 게다가 이전에 발표한 바가 있다고 합니다. 그리하여 선생님의 번역은 발표할 수 없게 됐습니다. 원고를 부쳐야 하는지 여부는 편지를 기다렸다가 그에 따라 갈무리하도록 하겠습니다.

6월 24일, 루쉰

290624② 리지예에게

지예 형

17일 보낸 편지를 이미 받았습니다. 『작은 요하네스』 5권과 그림[1] 1장도 같은 날 받았습니다.

며칠 전 편지 한 통을 보내서 난양의 허지(조화사 대리점)에 웨이밍사 책을 필요로 하는 사람이 있다는 것을 알렸는데 편지를 이미 받았으리라 생각합니다. 이 책들을 지금 또다시 보내 달라고 재촉해 오니 바로 보내 주시기 바랍니다.

웨이밍사 책은 난양에서 신뢰도가 꽤 높습니다. 상하이로 이전해 오면 당연히 더 크게 발전할 수 있습니다. 조계지 분위기라는 것도 그렇게 두렵지는 않습니다. 내용 없는 허세(그야말로 '분위기'에 지나지 않기 때문입니다)가 있긴 하지만 그래도 진지한 것을 이기지 못합니다. 잘나가는 약삭빠른 서점이 결국 잘 안 되는 것을 보면 이를 알 수 있습니다. 물론 약삭빠른 것으로 자리를 잡은 곳도 있지만 독자층이 우리와 다릅니다. 다만 이전하게 되면 비용이 들 것 같습니다. 임시로 베이징에서 배급소(한 사람, 방 한 칸)를 설치하여 인쇄한 책을 모두 보관하고 북쪽의 각 지역은 여기에서 유통하면 되겠습니다. 그렇지만 활판과 본사는 이전하여 옮긴 뒤 재판을 찍는 데 착수하면 더욱 경제적일 것입니다.

6월 24일, 쉰 드림

주)_____

1) 루나차르스키의 초상을 가리킨다.

290625① 장팅첸에게

마오천 형

24일 편지를 벌써 받았습니다. 나는 원래대로 5일 상하이에 돌아왔습니다. 애초에 20일 전후가 되어야 돌아올 생각이었습니다만 나중에 상황을 살펴보니 그곳은 집안도 별세상이 됐고 내가 있든 없든 아무런 상관이 없는 데다 강연 등도 다시 많아져서…… 일찍 떠나왔습니다.

베이징 학계는 가능한 한 신경 쓰지 않으려 합니다. 그렇지만 잠깐 둘러봐도 내가 베이징을 떠날 때보다 더 흐트러졌고 논쟁하는 것도 사소하기 이를 데 없었습니다. 항저우에 있는 학자들이 그곳보다 더 '게으르다' 고 할 수 없을 정도입니다. 항저우가 이렇게 사람을 망친다면 스위안[1]이 왜 왕림했겠습니까.

『바오징탕 도서목록』은 이미 본 적이 있습니다. 꼭 필요한 책은 아닙니다. 『금성옥진집』[2]은 아마 '황명'皇明의 전고를 이야기하는 책일 것입니다. 지금 보기 드문 책이지만 가치 있는 책인지는 모르겠습니다. 찻잎은 큰 상자로 두 개 사 둬서 얼마 동안 마실 게 있습니다. 다 마신 뒤 부탁드리겠습니다.

살찐 것보다 마른 것이 낫습니다. 형도 아마 그럴 것 같지만 운동을 하여서 마른 것이어야 합니다. 설사로 비만을 고치는 것은 의학적이지 않은 방법입니다.

『유선굴』이 잘 팔리는 것은 확실히 나쁘지 않습니다. 그렇지만 오탈자를 고치는 일은 그만두는 게 낫겠습니다. 출판사가 유념하지 않고 독자도 이상하다 생각지 않습니다. 필자만 마음 급한 격인데 이게 무슨 소용이겠습니까. 샤오펑은 오랫동안 보지 못했고 편지를 보내도 답장을 잘 하지 않습니다. 그래서 나는 그에게 될 수 있는 한 편지를 쓰지 않습니다. 쉬안퉁의 비판 같은 것은 일고의 가치도 없습니다. 그는 직접 움직이지 않으면서 다른 사람만 비난합니다.

베이신의 경제사정은 정말 곤궁한 것 같습니다. 돈을 빼서 방직공장을 차렸다고 하는 사람이 있는데 확실한지 모르겠습니다. 사실이라면 양쪽 다 필시 파산하겠지요.

셴쑤美蘇 아가씨[3]는 돌아오지 않았습니다. 친원의 일[4]은 형이 한번 힘써 주는 것이 가장 좋을 것 같습니다.

6월 25일, 쉰 드림

페이췬 형에게도 이와 같이 안부를 여쭙니다. 샤오엔 형과 ?형, ?형도 모두 평안하시기를!

주)_____

1) 스위안(土遠)은 선스위안(沈土遠, 1881~1957)을 가리킨다. 저장 우싱(吳興) 출신이다. 원래 옌징대학교 교수로 있다가 이 무렵 항저우에서 저장성 정부 비서장을 지냈다.
2) 『금성옥진집』(金聲玉振集)은 총서 이름이다. 명대 가정 연간 원경(袁褧)이 집간한 것으로 47종의 책이 수록되어 있다.
3) 셴쑤는 쉬셴쑤(許羡蘇, 1901~1986)이다. 쉬친원의 여동생이다. 저장 사오싱 출신으로 저우젠런이 사오싱여자사범학교에 재직할 당시 학생이었다. 루쉰의 『일기』에 등장하는 쉬쉬안쑤(許璿蘇), 수칭(淑卿), 쉬 아가씨는 모두 쉬셴쑤를 가리킨다.
4) 쉬친원이 겸직한 일을 가리킨다.

290625② 바이망에게[1]

바이망 선생

보낸 편지를 받았습니다. 번역문[2]을 대략 한번 살펴봤는데 『분류』에 꼭 실려야 하는 글입니다. 그렇지만 5기와 6기에 실리게 됐습니다. 왜냐하면 이전 호 원고는 이미 준비가 끝났기 때문입니다. 그리고 전기 한 편만 실리면 너무 덩그렇게 보이니 선생이 열 편 정도의 시를 더 번역하여 같이 발표할 수 있으면 좋겠는데 괜찮은지요? 하나 더, 작가의 이름이 지금 같이 된 것은 독일인이 고친 것입니다. 발표할 때는 원래대로 헝가리식으로 바꾸고 싶습니다(그들도 성을 먼저 쓰고 이름을 뒤에 씁니다) ──Petöfi Sándor.

『분류』에 실린 원고는 원고료가 있습니다. 그런데 나는 『분류』의 편집만 맡고 있어서 원고 매수와 작가 주소를 베이신에 전달하면서 원고료를 보내 달라고 부탁합니다. 그렇지만 베이신의 일처리가 제대로 되지 않아서 미루거나 빠트리는 일이 자주 일어납니다. 내가 편지를 보내 재촉해도 여전히 처리가 되지 않습니다. 이런 일이 빈번하여 사람을 난처하게 합니다. 이번에 나는 속히 그들에게 비용을 청구하는 수밖에 없습니다. 어떻게 하는지 지켜봐야겠지요. 편집부 일과 관련하여 나는 누가 맡아 처리하는지 몰라 어디에 문의해야 할지 모릅니다. 리샤오펑은 두 달 동안 만나지 못했습니다. 그는 무슨 일로 바쁜지 모르겠습니다.

『시멘트』(Cement)는 번역을 시작했습니다. 최소한 이십만 글자는 되어 보입니다. 최근에도 번역하는 사람이 있다는 소리를 들었습니다. 그렇지만 번역했는지 여부는 의문입니다. 요즘에 책 선전을 먼저 하여 책을 선점해 놓고 다른 사람이 번역을 못 하게 하고 나중에 자신도 번역하지 않는 경우가 종종 있습니다. 몇 달 뒤에는 모두 다 잊어버립니다. 편지에서 말한 『Jungle』[3]은 아마 베이신이 예고한 그 책을 가리키는 것 같습니다. 그들이 이 책을 내년에 출판할지 내후년에 출판할지 아무도 모릅니다.

빨리 작업하면서 중복을 피하려면 아무래도 단편을 번역해야 할 것입니다.

전에 말한 적이 있는 책 두 권[4]은 이미 가져와서 오늘 부쳤습니다. 나는 차라리 선생이 그의 시 한 권을 중국에 소개했으면 합니다. P의 시에 관해 나는 『무덤』에서 이야기한 적이 있고 또 『위쓰』에서도 그의 시 몇 수를 실은 적이 있습니다. 나중에 『가라앉은 종』과 『조화』에서도 언급한 적이 있습니다만 모두 다 간단했었지요.

6월 25일, 쉰 드림

주)_____

1) 바이망(白莽, 1909~1931)은 원명이 쉬보팅(徐柏庭)이며 필명으로 인푸(殷夫), 바이망(白莽)을 썼다. 저장 샹산(象山) 출신이다. 공산당원이며 시인이다. 1931년 2월 7일 국민당에 의해 상하이 룽화(龍華)에서 처형됐다.

2) 바이망이 번역한 「페퇴피 샨도르 행장」(彼得斐 山陀爾行狀)을 가리킨다. 월간 『뷰류』 ?권 5기(1929년 11월)에 실렸다. 나중에 번역자는 누쉰의 이 편지 의견에 근거하여 페퇴피의 시 9수를 번역하여 이 글과 같이 발표했다.

3) 『정글』(Jungle)은 미국 작가 싱클레어(Upton Sinclair)가 쓴 장편소설이다. 1929년 상하이 난창서국(南强書局)에서 이칸런(易坎人: 궈모뤄郭沫若)의 번역본이 출간됐다. 당시 제목은 『도살장』(屠場)이었다.

4) 루쉰이 소장한 독일 '레클람문고'의 『페퇴피집』을 가리킨다. 하나는 산문집이고 하나는 시집이다. 관련하여 『남강북조집』의 「망각을 위한 기념」을 참고할 수 있다.

290629 쉬서우창에게

지푸 형

며칠 전 유린有隣이 자신을 궁샤公俠에게 소개해 달라는 편지를 보내왔습니다. 나는 그에게 거절하는 답신을 보냈습니다. 나는 궁샤와 알고 지내긴 하지만 사람을 추천할 정도는 아니라고 썼습니다. 오늘 다시 그는 같은 편지를 보내왔는데 정말 그런지 모르겠습니다. 만약 정말 그렇다면 나는 방법을 알아볼까 싶습니다. 중요한 계획과 관련 없는 일이라면 괜찮습니다. 나는 그와 오랫동안 알고 지냈지만 그의 속내가 무엇인지 잘 파악되지 않습니다. 그에게 책임질 일을 맡긴다면 망치는 일이 생길지도 모릅니다.

6월 29일 밤, 수런 올림

290708 리지예에게

지예 형

6월 27일 편지는 일찍 받았습니다. 무한$_{日寒}$은 그 편지와 같은 날에 도착했습니다. 마침 내가 외출하고 없을 때였는데 그는 책 두 권과 엽서 20통을 남겨 놓고 떠나서 만나지 못했습니다.

'예원조화'[1]는 인쇄 상태가 좋지 못합니다. 유럽인이 보면 우습게 여길 것입니다. 아무래도 다른 방법을 강구하여 장래에 다시 상황을 봐야 할 것 같습니다.

웨이밍사 책은 일찍 받았습니다. 구매자가 아주 많아서 상하이에 책이 모자라는 것 같다는 이야기를 들었습니다. 현금을 가지고 온 도매상도 있었는데 30퍼센트 할인으로 구매하려 하여 그에게 주지 않았다 합니다. 그 사람이 베이신은 30퍼센트 할인 판매 했다고 했는데 사실이 아니겠지요. 그렇지만 빚진 돈을 돌려주지 않을 계획이라면 30퍼센트 할인도 필수적인 것은 아닙니다.

이곳의 서점은 금방 생겼다가 금방 사라집니다. 시류에 영합하는 서점이 많습니다. 지난해는 '프롤레타리아계급'으로 간판을 삼더니 올해는 '여작가'를 간판으로 내세우고 있습니다. 게재되는 광고도 정말 담배광고와 다를 바가 없습니다.

지금 필요한 것은 성실하게 책을 내고 독자를 속이지 않는 서점입니다. 웨이밍사가 원래는 잘 운영할 수 있는데 ── 신용도 좋습니다 ── 책찍을 돈조차 모자란다니 정말 어떻게 해야 할지 모르겠습니다.

그런 까닭에 이곳의 일부 서점의 사장 겸 작가란 자가 돈을 거두는 방법은 깡패와 똑같습니다. 겪어 보지 않으면 믿지 못할 정도입니다. 비교적 착실한 허다한 작은 서점은 수금도 쉽지 않다고 합니다. 허지는 문구 도매 상입니다. 지금 조화사가 여기에 의뢰하여 책을 도매로 판매하고 있습니다. 이곳은 각지의 문구점에 배급하여 대리판매하는 곳인데 수금에서 믿을 만하다고 합니다. 왜냐하면 각지의 문구점 시킹은 서섬 사장과는 성격이 달라서 아직 그렇게까지 나쁘지 않기 때문입니다. 아마 서점을 운영하면 다른 곳도 상하이와 마찬가지로 깡패 기질을 갖게 되나 봅니다.

따라서 웨이밍사는 이전하지 않아도 좋습니다. 베이징에서 발행 장소를 한 칸으로 축소하고 상하이는 허지에게 도매를 위탁하는 것도 한 방법인 듯합니다. 그렇지만 나는 그들에게 문의하지 않아서 승낙할지는 모르겠습니다. 책 인쇄도 두 곳에서 진행해도 됩니다. 아니면 베이징에서 1천 부를 인쇄하고 판지를 상하이로 부쳐서 이곳의 도매상에서 인쇄하는 것도 방법입니다. 베이신이 베이징에 있을 때 이와 같이 처리했습니다. 왜냐하면 이곳 인쇄소의 성미가 대단하여 협의가 수월치 않기 때문입니다. 또 여름이 되어 너무 더워서 책 찍기 곤란하면 차라리 베이징에서 인쇄하는 것이 좋을 수도 있습니다.

『웨이밍』이 갑자기 휴간한 것은 아쉬울 듯합니다. 만약 1천 부 이상 판매할 수 있다면 휴간하지 않는 것이 타당할 듯합니다. 그렇지만 내용은 더 생동감이 있어야 좋습니다. 휴간한 원인은 원고 때문이겠지요. 그런데 그것도 꽤 난감합니다. 그렇지만 다시 생각해 보도록 하지요. 만약 내가 상하이에서 편집출판하면 공격적인 태도로 바뀔 텐데(문학계에 대해서) 베이징의 친구들은 괜찮다고 생각할지 모르겠습니다. 문단이 대청소될 필요는 있지만 적을 많이 만드는 것도 피할 수 없기 때문입니다.

7월 8일 밤, 쉰 드림

1) '예원조화'(藝苑朝花)는 조화사가 출판한 미술총서이다. 루쉰과 러우스가 편집했다. 모두 외국미술작품집 5권을 출판했다. 구체적으로 『근대목각선집』 1집과 2집, 『후키야 고지 화보선』, 『비어즐리 화보선』, 『신러시아 화보선』이 이에 해당한다.

290721 장팅첸에게

마오천 형

16일의 서신을 일찍 받았습니다. 또 어여삐 여겨 옌 공燕公[1]이 기어가는 듯 앉은 듯 꿇어앉은 듯한 모습의 귀한 사진까지 보내 주셔서 대단히 감사합니다. 여전히 사진을 전달해 주셔서 제 마음을 표현할 수 있으면 고맙겠습니다.

친원의 편지를 살펴보면 '온도계'라는 평가가 있습니다. 이는 칭찬하는 것도 아니지만 비방하는 것도 아닙니다. 그렇지만 "내가 있는 곳에 와서 어느 정도 피서를 할 수 있는 곳을 의논했다"는 묘사는 꽤 미묘합니다. 친원이 피서를 하는 사람이 아닌데 '어느 정도' 피서할 곳을 어떻게 쉽게 얻을 수 있겠습니까. 땀이 비 오듯이 흘러도 피서할 곳이 없어서 일부러 큰소리치며 스스로를 위로하는 것일 뿐입니다. 그런데 항저우는 덥지만 1년을 더 머무는 것도 좋습니다. 다른 곳 상황도 그다지 신통치 않습니다.

코 공이 이렇게 분주하다니, 정말 우습고 가련합니다. 내가 베이징의 쿵더학교에 있을 때 코가 갑자기 문을 밀고 들어왔는데 몇 번 들어올 듯 말 듯 하다 결국 물러나서 이제 고소를 할 뜻이 없는 듯했습니다. 그렇지만 이 어르신은 어떤 이름인지를 모르면 따져야만 하는 것 같습니다. 만약 그 글자의 원래 의미가 벌레라면 그런 사람이란 존재하지 않아야 합니다. 그런데 이를 빌려서 의고 쉬안퉁과 감정적으로 연결되고 있습니다.

베이신서국은 사정이 아주 안 좋다고 하면서 내 인세를 이달에 한 푼도 보내지 않고 있습니다. 편지를 부내 문이혜 뵈도 답신이 없습니다. 이렇게 계속 거래하는 것은 불가능할 것 같습니다. 자기 몸에는 땀띠가 한가득 난 채로 남을 위해 생고생을 하고 있는데 정작 그들은 관직을 맡네, 공장을 여네, 하고 있으니 정말 어떻게 된 일인지 모르겠습니다.

상하이는 많이 덥습니다. 나는 여전히 많이 바쁩니다. 하루 종일 다른 사람을 위해 자질구레한 일을 하는데 최근에는 눈도 좀 나빠졌습니다. 결국 조속히 개혁되어야 한다는 생각이 듭니다.

칭다오대학은 이미 개강했습니다. 문과주임은 양전성[2]인데 이 군은 최근 저우치밍 패거리와 연결되어 있는 듯합니다. 이다음에 각 파가 이합집산할 테니 상황이 꽤 많이 변하겠습니다. 위쓰파는 당연히 소멸해야겠지요. 천위안도 이미 칭다오대학으로 갔는데 여기에 자오징선과 선충원, 이자웨[3] 등도 있다고 합니다.

7월 21일 밤, 쉰 드림

페이쥔 형에게도 이와 같이 안부 여쭙니다.

주)_____

1) 장팅첸의 어린 아들을 가리킨다.
2) 양전성(楊振聲, 1890~1956)은 산둥 펑라이(蓬萊) 출신으로 소설가이다. 미국에서 유학한 바 있다. 베이징대학 등에서 교수, 칭다오대학에서 총장을 지냈다. 저서로 중편소설 『옥군』(玉君)이 있다.
3) 이자웨(易家鉞, 1899~1972)는 후난의 『민국일보』 주필을 역임한 바 있다.

290731 리지예에게

지예 형

　24일 편지를 어제 받았습니다. 젠스의 사진[1]도 받았습니다.『마흔한 번째』등은 도착하지 않았는데 아마 며칠 내로 도착하겠지요.

　내가 베이징의 범위를 축소하자고 말한 것은 유지하기가 힘들다고 들어서일 따름입니다. 이렇게 하면 비용을 좀 줄일 수 있을 것이라 생각했던 것입니다. 다른 깊은 뜻이 없고 또 이 생각을 견지하지도 않습니다. 당신이 적절하지 않다고 생각한다면 당연히 그만둬야지요. 상하이로 이전하는 일에 대해서는 자세하게 따져 봐야 합니다. 여기서 서점을 유지하는 것은 실제로 상하이에서 경험이 있는 사람이 아니면 안 되기 때문입니다.

　『루쉰에 관하여』책 출간과 판매의 일은 한 손님에게서 들었습니다. 그가 '웨이밍사'의 그 책이라고 말해서 나도 지난 편지에서 이와 같이 말했던 것입니다. 따로 편집하고 있다면 별개의 문제입니다. 말한 사람도 아마 다른 뜻이 없었을 것입니다.

　나도 원래는 내년에 베이핑으로 돌아가서 숨어 지내며 열심히 뭔가를 할 생각이었습니다. 그런데 이번에 돌아간 뒤에 알게 됐습니다. 대놓고는 아니지만 슬그머니 배척하는 사람들이 있었는데 그들은 내가 교원을 하러 온다고 생각하는 것 같았습니다. 한 사람을 추천했는데도[2] 각지에서 밀려났습니다. 베이징학계는 이미 현대평론파와 연합하여 하나로 된 것 같아 보입니다. 그래서 다시 돌아가지 않을 생각입니다. 하릴없이 화를 자초할 필요는 없겠지요. 내가 베이징을 떠나기 전에 밥벌이도 못 할 정도로 밀려난 탓에 실상은 '경황없이 도망'쳤고 이리저리 떠다니면서도 목숨을 부지했는데 이는 우연한 행운이었던 것입니다.

『웨이밍』이 좀더 시끌벅적해질 수 있다면 당연히 좋습니다. 그렇지만 내가 편집한다면 상하이에서 인쇄해야 하니 잠시 기다리면서 상황을 다시 살펴보도록 합시다. 나는 최근에 종일 사소한 일을 하고 원고를 읽고 고치고 손님을 만나고 글을 뒤저이고 접대하느라 송일 바쁘지만 성과는 하나도 없는 데다가 매우 고되게 지내고 있습니다. 내년부터 좀 개혁하여 책을 읽어 볼 생각입니다. 『분류』는 다달이 바쁘고 베이신도 협력할 상황이 못 됩니다. 만약 『웨이밍』을 편집한다면 『분류』 2권을 마치고 나서입니다. 나는 『분류』를 상관하지 않을 생각이고 또 사실 상관할 수도 없습니다.

허지에서 책을 위탁판매하는데 판매상황이 꽤 괜찮은 것 같습니다. 그들이 판매한 책은 외상을 수금할 수 있다고 합니다.

7월 31일, 쉰

주)＿＿＿＿

1) 선젠스가 루쉰에게 보낸 탁본사진을 가리킨다. 관련하여 1929년 6월 28일의 루쉰 『일기』를 참고할 수 있다.
2) 한스헝(韓侍桁, 1908~1987)은 톈진 출신으로 당시 일본에서 유학하고 있었다. 베이징에서 루쉰은 그의 구직을 위해 마유위 등에게 부탁한 바 있었다.

290807 웨이충우에게

충우 형

7월 22일 편지를 일찍 받았습니다. 『분류』는 아마 제4기까지 편집하고 더 이상 편집하지 않으려 합니다. 계속 편집하면 한 사람이 매기마다 1, 2만 자를 써야 하는데 이것도 힘듭니다. 왜냐하면 이전에는 청탁한 필자가 몇 명 있었기 때문입니다.

베이신은 최근 반응이 너무 둔해졌습니다. 내가 보낸 원고료 목록은 오랫동안 지불되지 않고 편지를 써서 재촉하여 문의해도 답신이 없습니다. 투고자 다수는 가난하여 자주 내게 문의해 오거나 불만을 표하여서 정말 난처합니다. 많은 생명이 대가 없는 고된 노동으로 소모되고 있습니다. 정말 이렇게 할 필요가 있습니까.

베이신은 내게 사정이 안 좋다고 말하는데 나는 믿지 않습니다. 그들은 현금을 빼서 방직공장을 열었다고 들었습니다. 다른 한편으로 상하이의 깡패서점의 나쁜 꼴을 배워서 작가에게 각박하게 굴고 있습니다.

보낸 번역문 한 편은 일찍 받았습니다. 이미 지난달 말에 원고료의 목록을 샤오펑에게 보내어 부쳐 달라고 부탁했습니다. 그러나 내 생각에 지금까지도 부치지 않았을 것 같습니다. 그가 원고료를 부쳤고 『분류』를 몇 기 더 출판할 계획이라면 당연히 『분류』에 싣습니다. 그렇지 않으면 샤오펑에게 건네줘서 『베이신』 등에도 실을 수 있습니다. 끝내 원고료를 보내지 않았다면 상우인서관에 원고를 팔아 보고 다시 상황을 살펴보도록 합시다. 제일 좋은 것은 당신이 원고료를 받으면 바로 내게 알려 주는 것입니다.

8월 7일, 루쉰

290811 리샤오펑에게

샤오펑 형

　서신에 답장을 받지 못한 것이 이미 여러 번입니다. 내가 『분류』의 원고료를 문의하는 마지막에 보낸 편지는 지난달 말이었습니다. 2주일 동안 간절히 기다렸으나 여전히 짧은 편지, 글자 몇 자도 받지 못했습니다. 베이신에 다른 급한 일이 있거나 이제 이런 류의 잡지에는 뜻이 없는 것이겠지요. 어떻게 된 사정인지 알 수 없지만 어쨌든 나는 편집 일을 그만두겠습니다. 피고용인이고 하인이라 하더라도 여러 번 문의했는데 답이 없으면 당연히 일찌감치 보따리를 싸야 하겠지요. 지금 이미 4기 편집을 마쳤고 다음부터 편집하지 않습니다. 휴간할지 달리 사람을 구해 맡게 할지는 편하실 대로 하십시오.

8월 11일, 루쉰

290817 장팅첸에게

마오천 형

　9일 편지를 일찍 받았습니다. 베이징대학이 또 어지럽습니다. 그렇지만 이런 일이 있으리라는 것을 나는 베이핑에 가본 다음 어느 정도 예상했습니다. 3선 3마 2저우[1]라 하는 이도 오늘과 같은 날이 옵니다. 정말 현대평론파의 제공諸公에게 비웃음을 살 일입니다.

　현대파 제공은 벌써 베이핑의 제공 일부와 결합한 것으로 보입니다.

이는 별로 좋은 일이 아닙니다. 그렇지만 무슨 방법이 있겠습니까.『신월』이 갑자기 크게 일어났는데 이건 『현대평론』을 대신하여 일어난 것입니다. 정부를 위해 '싸울 전우'가 된 것입니다. 왜냐하면 『현대평론』이 돤 형[2]을 위해 싸우는 전우가 된 적이 있기 때문에 얼굴을 다시 내밀 수는 없습니다.

코 공은 최근에는 꽤 조용합니다. 그렇지만 조용한 것은 교수직이 안정적이어서입니다. 그가 도처에서 '복무'하는 것도 적절치 않습니다.

사장은 원래 상하이에 있지만 말하는 것이 믿음직하지 못하고 편지를 보내도 회신이 없는 일이 점점 더 잦아집니다. 나는 오랫동안 참다가 그저께 변호사를 통하여[3] 그들에게 농담을 좀 걸어 봤습니다. 결코 작은 일은 아닐 겁니다. 이다음에 일이 어떻게 될지 지금은 말하기 어렵습니다. 사장은 오늘 나를 찾아왔지만 이미 늦었습니다. 내 화살은 벌써 활시위를 떠났기 때문입니다. 각종 방법으로 나를 비난하는 판쯔녠[4]도 베이신의 주주입니다. 화가 날 일인지 아닌 일인지 한번 생각해 보십시오.

이곳은 며칠 동안 비가 내려 선선해졌습니다. 내 땀띠도 점차적으로 하야하고 있습니다. 그래도 너무 바빠서 여전히 하루 종일 머리가 어지럽고 눈이 침침합니다. 정말 이렇게 고생할 필요가 있는 일인가 하는 생각을 자주 합니다.

최근 들어서 갑자기 소송을 제기하는 일에 흥미가 생기다니, 정말이지 시대에 한참 뒤떨어졌습니다.

(8월 17일) 쉰 드림

페이쥔 형에게도 이와 같이 안부 여쭙고 달리 보내지 않습니다.

주)_____

1) 3마(三馬)는 마위짜오(馬裕藻; 유위幼漁)와 마헝(馬衡), 마젠(馬鑑) 형제를 말한다. 2저우 (二周)는 저우수런, 저우쭤런 형제를 가리킨다.

2) 당시 베이양군벌 지도자인 돤치루이(段棋瑞, 1865~1936)를 가리킨다. 1924년부터 1926년까지 베이양정부의 '임시집정'을 맡았다.

3) 변호사는 양겅(楊鏗)이다. 베이신서국이 오랫동안 『분류』의 원고료와 루쉰의 인세를 미루고 주지 않았다. 루쉰은 여러 차례 독촉했으나 리샤오펑은 응답을 하지 않아서 변 호사를 구하여 법적으로 해결하고자 한 일을 가리킨다.

4) 판쯔녠(潘梓年, 1893~1972)은 철학가로 당시 베이신서국에서 반월간 『베이신』을 편집 하고 있었다. 그는 『전선』(戰線) 창간호(1928년 4월)에서 「현재 중국의 문학계를 이야기 하다」(談現在中國的文學界)에서 루쉰에게 조소와 비난을 한 바 있다. 이와 관련하여 『삼 한집』의 「나의 태도, 도량과 나이」를 참고할 수 있다.

290820 리지예에게

지예 형

8월 9일 편지는 일찍 도착했습니다. 징눙의 편지도 한 통씩 도착했지 만 그는 지금까지도 오지 않았습니다.

『마흔한번째』 5권과 『문예론 단편』 5권도 이미 도착했습니다.

허지는 문(방)구점입니다. 여기에서 위탁한 도서판매처도 서로 거래 하는 문구점입니다. 게다가 자주 사람을 보내 수금합니다. 그래서 웨이밍 사가 직접적으로 교섭할 수 없습니다.

웨이밍사가 광고를 싣는다면 조화사가 대리할 수 있습니다. 그렇지 만 서적이 막 상하이에 도착하여 판매될 시점에 광고를 싣는 것이 더 좋습 니다.

베이신의 성미가 점점 더 나빠지고 있습니다. 나는 더 이상 참기 힘들어 이미 변호사를 청하여 그들에게 작은 농담을 걸어 봤습니다.

상하이는 도처에 상인의 기운이 넘쳐 나서(베이신도 많이 상업화되었습니다) 사는 것이 정말 편치 않습니다. 그렇지만 베이징에 가는 것도 위험합니다. 지금 시비 붙는 것이 너무 많아 나는 저술로 생활할 수 있을지도 의문스럽습니다. 베이핑으로 돌아갈 수 있는지는 나중에 다시 생각해 보는 수밖에 없는 것 같습니다.

『루쉰 및 그 저작에 관하여』는 베이징에 아직 재고가 있는지 모르겠습니다. 만약 있다면 한 권을 프랑스로 보내 주시기 바랍니다. 주소는 아래에 씁니다. 그리고 부쳤는지 여부는 편하실 때 내게 알려 주시기 바랍니다.

8월 20일 밤, 쉰 드림

Monsieur Ki Tchejen,[1]

10 rue Jules Dumien 10,

Paris(20^e),

France.

---

1) 지즈런(季志仁, 1902~?)이다. 장쑤(江蘇) 창수(常熟) 출신. 천쉐자오(陳學昭)의 남자친구이며, 당시 프랑스에서 음악을 공부하고 있었다. 루쉰을 위해 서적과 판화를 구입해 주었으며, 『분류』(奔流)에 투고하였다.

290824 장팅첸에게

마오천 형

　23일 편지는 당일 밤에 받았습니다. 그날 밤 마침 나푸가 항저우에서 와서 다시 한번 의논할 것을 제안하던 차였습니다. 내가 정식으로 농담을 건 지 단 하루가 지났을 때입니다. 나는 변호사가 협의를 개시할 일시를 지정하는 데 이미 동의했습니다. 당초 전반적인 일을 변호사에게 일임했기 때문에 변호사가 끝내지 않으면 안 됩니다.

　회의[1] 명단에 나와 다푸는 당신도 포함되어야 한다고 생각합니다. 날짜는 미정인데 모레 정도일 것입니다. 그렇지만 내일 오후로 잡힐지도 모르겠습니다. 이는 최후의 회의로 그 결과가 어떻게 될지 알 수 없습니다. 그렇지만 다푸의 말에 따르면 그들이 하기로 한 것이 내가 제기한 것과 많이 다르지 않다고 합니다. 말만 하고 책임지지 않는 것이 아니기만 하다면 말입니다.

24일 오후, 쉰 드림

주)＿＿＿＿

1) 회의는 베이신에 인세 등을 청구하는 일을 가리킨다. 이 편지를 쓴 다음 날 양경 변호사의 집에서 진행됐다. 참가자는 루쉰, 양경, 리즈윈(李志雲), 리샤오펑, 위다푸 등이다. 베이신서국의 『분류』 원고료 지급 건과 루쉰 인세 상환 건 등과 관련된 조건과 방법은 이 회의에서 모두 합의에 도달했다.

290927① 셰둔난에게[1]

둔난 선생

광핑이 9일 26일 오후 3시에 산통이 있어 바로 푸민병원福民醫院에 입원하여 다음 날 아침 여덟 시에 남자아이를 낳았습니다. 아마 연령 관계로 진통도 점차적으로 강해지는 것이 아니어서 분만이 꽤 늦었습니다. 다행히 의사가 베테랑이어서 모자가 안녕합니다. 선생과 영부인이 귀한 관심을 기울여 주심에 특별히 먼저 소식을 올립니다. 본인은 대략 이삼 주 뒤 퇴원할 수 있습니다. 그때가 되면 더욱 상세하게 말씀 올리도록 하겠습니다. 이와 같이 알려 드리오니 영원한 행복을 기원합니다.

9월 27일, 루쉰 올림

주)_____

1) 셰둔난(謝敦南, 1900~1959)은 당시 헤이룽장성 재정청에서 직위를 맡고 있었다.

290927② 리지예에게

지예 형

9월 18일 편지는 이미 도착했습니다. 30위안의 영수증은 이미 다른 사람에게 부탁하여 가져갔는데 월말이 되어야 돈을 지불할 수 있다고 합니다. 며칠 있다 인출하게 되면 카이밍에 건네주겠습니다.

『웨이밍월간』의 일은 내가 할 수 없다고 생각합니다. 나는 경영에 능숙하지 않고 이렇게 일을 처리하는 사람은 청할 곳도 없습니다. 게다가 내가 상하이에 계속 살지도 알 수 없습니다. 그래서 편지에서 말한 대로 이는 절대로 좋은 방법이 아닙니다. 원고를 편집한 뒤 베이징에서 인쇄한다면 편지로 왕래하여 번거로운 데다 논쟁적인 글은 시의성도 잃기 쉬워서 편집자와 독자 양쪽 모두 흥미가 사라집니다. 이 때문에 나는 『웨이밍월간』에 대해서 정말 어떻게 해야 할지 모르겠습니다. 이보다 여전히 베이핑에 있는 동인들이 주관하는 것이 좀더 조리가 있을 것입니다.

9월 27일 밤, 쉰 드림

291004 리지예에게

지예 형

30위안 돈은 약속어음으로 받아 카이밍에 지불했고 바로 영수증을 받아서 오늘 부쳤으니 살펴서 영수하시기 바랍니다.

10월 4일, 쉰 드림

291016 웨이충우에게

충우 형

　8일 서신을 받았습니다.『최근 30년 영문학』을『동방』과『소설월보』에 모두 문의해 봤지만 답을 얻지 못했는데 베이신이 받기로 했으니 아주 잘 됐습니다. 며칠 안에 원고를 보내겠습니다.

　샤오펑은 내게 연내로 약 1만 위안을 지불하기로 했다고 말한 건은 맞는 말이긴 하지만 '모든 것'을 나'의 말'에 '따라서 하기로 했다'고 하는 것은 정말 웃기는 말입니다. 왜냐하면 내가 요구한 것은 내게 인세를 돌려주고 이후에 나오는 책에 인지대를 붙인다는 두 조항인데 사실 이는 '따르지' 않으면 안 되는 것이기 때문입니다.

　시산에 가는 것은 원래는 매우 좋습니다만 여전히 휴양할 수 없을 것이라는 생각이 듭니다. 최근 몇 년 동안 이리저리 뛰어다녔는데 어딜 가든지 간에 일은 늘 이렇게 많았습니다. 게다가 더 많아지고 있어서 시산에 가도 피할 수 없을 것 같습니다. 나는 정말 '타도'되고 싶습니다. 그러면 번거로운 일이 많이 줄게 될 것입니다. 그런데 올해 '혁명문학가'는 아무 소리도 내지 않고 있어서 아직 성사되지 않고 있습니다. 정말 싫습니다.

　반듯이 눕기—담배 피기—글쓰기는 확실히 내가 매일 하는 세 가지 일입니다. 그러나 또 다른 일도 있지만 상세하게 이야기하지 못하는 상황을 이해해 주시기 바랍니다.

10월 16일 밤, 쉰 드림

291020 리지예에게

지예 형

16일 편지는 이미 도착했습니다. 편지에서 말한 『웨이밍』은 월간을 말하는 것 같은데 내가 매기 원고를 보내는 것은 가능합니다. 그런데 글자 수를 반드시 정해야 한다면 어렵습니다. 왜냐하면 어떤 일에 연루될 것 같은데 그래서 매달 일정하게 시간을 들일 수 없을 것 같기 때문입니다.

베이신과의 갈등이란 내가 인세를 청구한 건입니다. 지금 연속으로 분할 상환하기로 하여 내년 7월에야 끝납니다. 그래서 7월이 되기 전까지 아직 '청산했다'고 말할 수 없습니다. 『분류』를 휴간하고 있는 것은 모든 투고원고의 원고료를 보내야 내가 편집에 착수하겠다고 했기 때문입니다. 이전의 많은 투고자들이 내게 원고료를 청구하여 난처한 일이 자주 있었습니다. 그런데 그들은 지금까지 돈을 부쳐 주지 않아 나도 편집 일을 하지 않은 것입니다. 어제 나와 다푸가 나서서 전권을 메워 주겠다는 제안을 했는데도 샤오펑이 원치 않았습니다. 그는 보름 이내 돈을 다 마련하겠다고 합니다.

요 며칠 사이에 상하이에 타블로이드 신문 하나가 생겼습니다. 정전 둬가 출판사를 하나 열어 러시아문학을 소개하려 한다는데 번역자로 경지즈와 차오징화가 있다고 합니다. 징화가 포함됐다는 건 소문이 아닐까 의심스럽습니다. 그에게 번역 작품이 있으면 웨이밍사에서 출판할 수 있을 것이라 생각합니다. 인세는 그에게 가능한 한 먼저 마련해 주십시오. 기회주의자와 같이 일하는 것은 객쩍습니다.

『웨이밍』이 출간되면 징화는 자주 원고를 보내 줄 수 있을지요?

10월 20일 밤, 쉰 드림

291022 장사오위안에게

사오위안 선생

　서신을 받고 알게 됐습니다. 『위쓰』에 실린 잡감은 당연히 다른 곳에 전재할 수 있습니다. 그중 오탈자가 있는지 모르겠는데 만약 있다면 수정해 주시면 됩니다. 『위쓰』가 곁에 없는 지 벌써 2개월이 지나서입니다. 또 괄호 안의 『전체신론』[1] 아래에 '등 5종' 세 글자도 넣어 주시기 바랍니다.

　『서양의학의 처방에 관한 우리나라 사람의 반응』[2]은 계발하는 측면과 중국의 사회 상태와 심리를 관찰하는 측면에서 모두 유익한 면이 있다고 생각합니다. 지금 단점은 조금 산만하다는 정도입니다. 나중에 책으로 만들 때 권두에 개요와 의견이 들어간 글 한 편을 넣으면 좋겠습니다.

10월 22일 밤, 쉰 올림

주)＿＿＿＿

1) 『전체신론』(全體新論)은 생리학 서적이다. 1851년 광둥성 진리부(金利埠)의 혜애의국(惠愛醫局)에서 석판인쇄했다. 나중에 닝보 등지에서 판각인쇄했다.
2) 『서양의학의 처방에 관한 우리나라 사람의 반응』(國人對於西洋醫學方藥之反應)은 장사오위안(江紹原)이 편저한 책으로 원제는 『서양의약과 의약학에 대한 중국인의 반응』(中國人對於西洋醫藥和醫藥學的反應)이다. 이는 단속적으로 상하이의 순간잡지 『공헌』 2권 4기에서 4권 9기(1928년 4월에서 11월까지)에 실렸다. 『과학월간』 1권 1기와 2기(1929년 1, 2월)에 연속적으로 게재될 때 현재의 제목으로 변경했다.

291026 장팅첸에게

마오천 형

　23일 편지는 일찍 도착했습니다. 쌍십절 견후에 나는 항저우에 가려 했지만 갑자기 병이 났는데 인후염 증세였습니다. 늘 겪던 대로 빨리 나았는데 이틀 만에 좋아졌습니다. 쉬도 9월 26일에 입원했습니다. 10월 10일에는 여가가 날 수 있을 것이라 예상했습니다만 예측과 달리 여전히 떠날 수가 없게 됐습니다. 그래서 결국 항저우에는 갈 수 없게 됐습니다.

　쉬는 이제 건강을 회복했습니다. 병이긴 하지만 생리적인 병이어서 한 달이 지나면 낫습니다. 그렇지만 퇴원하여 집에 돌아올 때 한 사람이 더 늘어났습니다. 그리하여 세력이 많이 확장하여 나는 압박감을 느껴 지금 1층으로 피난 와서 책을 보고 있습니다. 이런 조짐을 당신이 상하이에 오면 반드시 알아볼 수 있을 것입니다. 짐작하지 못하지는 않겠지요. 찬다오도 결국 '둔한 데'가 있다는 것을 알 수 있습니다.

　'마음을 가다듬어 책을 읽는' 일은 아주 어렵습니다. 나도 어릴 때부터 생각해 봤으나 지금까지 해내지 못했습니다. 왜냐하면 한번 자유로워지면 규칙이 생기기가 어렵습니다. 하루하루씩 미뤄지게 마련입니다. 베이징은 엄벙덤벙하며 전진하기에 적당하지 않은 곳입니다. 사정을 봐 가며 대략 정한 뒤 다시 갈지 말지를 정하는 것이 가장 좋습니다. 길은 너무 먼 데다 독신이 아니어서 우연찮게 한번 분주해지면 손해가 작지 않습니다. 칭다오대학의 일은 편지에서 추측한 대로라고 한다면 명단의 좋은 교수들은 지금 여전히 상하이에 있겠군요.

　샤오펑의 돈은 이미 두 기 분량을 건네줬습니다. 제2기는 약속어음인데 열흘이 늦었지만 상하이의 관례대로라면 그리 심하지 않은 것 같습니다.『분류』의 돈은 아직까지 건네주지 않았습니다. 원인을 문의하면 경제 사정이 좋지 않은 데다 전쟁 때문이라고 합니다. 나는 베이신에서 출판할 수 없다면 내가 직접 인쇄하여 판매할 방법을 찾겠다고 서신으로 알렸습니다. 그렇지만 샤오펑은 이것도 원치 않아 하며 내게 보름을 더 기다려 달라고 합니다. 그렇지만 11월 5일까지 기다렸다가 그때 다시 상황을 살펴봐야겠습니다. 이런 종류의 잡지를 샤오펑은 먹자니 흥미가 없고 버리자니 내키지 않을 것입니다.

항저우에는 새 책이 없지만 상하이에는 너무 많습니다. 새 학기가 되자마자 다들 염가판매에 나섭니다. 마치 거미가 그물을 치는 것처럼 시골집에서 푼돈을 가져온 학생을 기다렸다가 깨끗하게 다 빨아들입니다. 나는 여태까지 새 책 한 권도 쉽게 산 적이 없습니다. 그리고 사실 좋은 책도 없습니다. 스즈適之의『백화문학사』白話文學史도 좋은 책이라고 할 수 없습니다.

10월 26일 밤, 쉰 드림

페이쥔 형에게도 이와 같이 인사드리며 따로 보내지 않습니다.

291031 리지예에게

지예 형

오늘 보낸『문예와 비평』은 모두 다섯 권입니다. 그중 한 권은 형에게 보내고 세 권은 징눙와 충우, 쑤위안 세 형에게 각각 보내 주시기 바랍니다. 그리고 또 한 권은 사진 한 장과 같이 내게 사진을 빌려준 그 분[1]에게 보내 주십시오. 이 사진은 책 사이에 끼워 뒀습니다.

조화사 내부에 갈등이 있습니다. 웨이밍사의 책을 그들에게 부치지 말아 주십시오. 기다렸다가 장래에 다시 상황을 살펴봅시다.

10월 31일, 쉰 드림

주)──────

1) 왕징스(王菁士, 1907~1931)를 가리킨다. 당시 중국공산주의 청년단 베이핑시위원회 서기였으며 공개적인 직업은 웨이밍사 점원이었다. 1931년 초 상하이에서 체포되어 살해당했다.

291108① 장팅첸에게

마오천 형

10월 31일 편지는 일찍 받았습니다. 원래 빨리 답장해야 했지만 늦어지게 됐고 바빴습니다. 페이쥔 형이 겪은 이상적인 옷인데 사용하기에 적당하지 않은 일은 조사를 거쳐서 확실히 동일한 현상이 있다는 것을 알게 됐습니다. 나중에 '엄마가 아직 되어 보지 못한' 여사들이 보낸 옷 몇 벌을 받았는데도 마찬가지로 이상적인 것에 속했습니다. 이 현상은 중국에 공통적으로 존재하는 것 같습니다.

바쁘다고 했는데 또 소송을 당할 준비를 해야 하기 때문입니다. 지난달 상위 출신 하녀를 하나 고용했는데 남자에게 학대를 받아 팔릴 처지의 사람이었습니다. 그런데 생각지도 못하게 나중에 건달들이 몰려와서 잡아가려 하는 일이 벌어졌는데 제게 다 쫓겨났습니다. 그리하여 하녀는 집 안에서 나가지도 못하고 건달들은 밖에서 들어오지도 못하면서 네댓새를 지냈습니다. 상위 동향회는 원래 무뢰한들에게 유지되고 있는데 직접 나서서 사람을 돌려 달라고 했습니다. 그러다가 또다시 제게 쫓겨났습니다. 최근에 뒷 소식이 없는데 아마 나에게 어떻게 대처해야 할지 의논하고 있는 중이겠지요. 그렇지만 저도 좋은 방법이 없습니다. 그저 쉬 대총통[1]의 지혜에 따라 "순리대로 따를" 수밖에 없습니다.

샤오펑은 그저께 돈 2백 위안을 보내왔습니다. 『분류』의 원고료로 남은 1백 위안은 11일 보내 줄 것이라 했습니다. 잡지가 깨끗도 아닌데 마음대로 얼마짜리로 절단하여 다 모아지기를 기다렸다가 다시 손을 쓸 계획이구나 하는 생각이 들었습니다.

베이징은 이제 괜찮은 곳이 아닙니다. 가지 않아도 좋고 일단은 가지 않는 것이 맞습니다. 만약 이렇게 가다가는 점점 더 황량해져서 사오 년 뒤에는 허난성과 산둥성과 같이 살 수 없는 곳이 될 것입니다. 최근 인력거꾼이 크게 소동을 벌인 일[2]은 사실 실업자가 벌인 일입니다. 이들이 도둑으로 변하는 것은 시간문제입니다. 저장성의 농학원이 '자신을 낮추고 후한 대우로' 인재를 초빙했다면 여전히 가르치러 가는 것이 좋겠다는 생각이 듭니다. 그 목적은 당연히 밥그릇에 있습니다. 왜냐하면 어찌 됐건 이는 늘 경제와 관련 있습니다. 요즘 세상을 살면서 수중에 좀 여유가 있어도 바로 나가거나 쓸 곳이 생기므로 돈을 넉넉하게 가지고 있어야 합니다. 이런 돈은 우선 저축해 둬야 합니다.

내가 다푸와 생활하는 것은 실제로 불가능합니다. 나는 자기 시간도 없을 정도로 바쁘고 다푸도 여유가 없는 것 같습니다. 지난달에 안후이로 학생들을 가르치러 갔는데 2주도 못 되어 싸울 일이 생기자 다시 도피해 왔습니다.[3]

'11월 8일, 쉰 올림

페이쥔 형도 이와 같이 안부를 여쭙고 달리 보내지 않습니다. 미스 쉬도 대신 안부를 여쭤 달라고 당부했습니다.

주)_____

1) 쉬 대총통(大總統)은 쉬스창(徐世昌, 1855~1939)을 가리킨다. 청대 선통(宣統) 시기 내각 사무대신을 맡았고 1918년부터 1922년까지 베이양정부 총통을 지냈다. "순리대로 따른다"는 그가 자주 말하던 처세방법 중 하나이다.
2) 1929년 10월 22일 베이핑의 인력거꾼 수천 명이 폭동을 조직하여 전차를 파괴했는데 즉각 진압당한 일을 가리킨다.
3) 위다푸 가족의 회고에 따르면 1929년 10월 위다푸는 안후이대학 문과 교수에 초빙되었는데 학교에 도착한 지 보름 뒤 성의 교육청 청장 청톈팡(程天放)의 공격을 받게 되었다. 가해하려 한다는 소식을 듣고 위다푸는 바로 상하이로 되돌아왔다.

291108② 쑨융에게

쑨융 선생

베이신서국의 일처리가 너무 늦습니다. 선생의 9월 24일 편지와 『용사 야노시』[1]를 그들은 이달 6일에야 내게 보내왔습니다. 번역문은 아주 좋아 한달음에 읽을 수 있었습니다. 그렇지만 『분류』에 싣기에는 적당하지 않습니다. 『분류』 발간도 정체되고 있어서 이다음에 한 달에 한 권씩을 낼 수 있을지도 모르기 때문입니다. 그래서 연재하게 되면 언제 끝날지 알 수 없습니다. 한 호에 싣는 것도 너무 길어 잡지가 '잡'스러울 수 없게 됩니다.

작가는 헝가리의 대시인이고 번역문 또한 좋아서 단행본 한 권으로 인쇄할 방법을 찾아볼 수 있으리라 생각합니다. 대략 1천 부를 인쇄하고 서국 한 곳에 판매를 위탁하면 인세는 (정가의) 20퍼센트를 받을 수 있는데 선생은 어떻게 생각하는지 궁금합니다. 알려 주시기 바랍니다. 만약 괜찮다면 원래의 번역문[2]과 그림을 바로 보내 주시기 바랍니다. 만약 전기를 한 편 쓴다면 더 좋은데(번역문의 권두에 서문이 있는지 모르겠습니다) 그러면 바로 출판을 준비하도록 하겠습니다.

11월 8일 밤, 루쉰 올림

만약 답신하려면 '상하이 바오산로 상우인서관 편역소 저우젠런 군 수신 전달'로 부쳐 주시기 바랍니다.

주)_____

1) 『용사 야노시』(勇敢的約翰)는 헝가리의 페퇴피(Petőfi Sándor)가 지은 장시(長詩)이다. 쑨융(孫用)이 에스페란토어 번역본에 의거하여 중역하여 1931년 상하이 후펑(湖風)서국에서 출판되었다. 루쉰은 이 책의 교정과 교정후기를 썼다.
2) 헝가리 컬로처이(K. de Kalocsay)의 『용사 야노시』(勇敢的約翰, *Johano la Brava*) 에스페란토어 번역본을 가리킨다.

291110 천쥔한에게

쥔한 선생

그저께야 편지를 수신했습니다.『귀신의 늪』번역문은 여러 곳에 문의했으나 출판이 이뤄지지 않았습니다. 선생이 언제 고향에 돌아갈지, 여름방학일지 겨울방학일지 몰라서 함부로 편지를 보낼 수가 없었습니다. 오늘 편지를 받고 여전히 난징에 있다는 것을 알았습니다. 오후에 등기로 부쳤으니 도착하면 살펴서 받아주시기 바랍니다. 며칠 지체되어 정말 많이 미안합니다.

11월 10일, 루쉰

291113 왕푸취안에게[1]

푸취안 선생

보내 주신 서신은 잘 받았습니다. 소설사에 관한 일은 오랫동안 신경 쓰지 못했습니다. 그리하여 지금 특별히 알려 드릴 새로운 의미와 새로 구한 자료가 없어서 많이 미안합니다.

청의 우셴吳縣은 명대의 창저우長洲가 아닌지 의심스럽습니다. 그렇지만 주위에 조사할 만한 책이 없어서 확신할 수는 없습니다. 선생이 『역대지리운편』歷代地理韻編을 한번 살펴봐 주시기 바랍니다(조락兆洛의 『이씨오종』李氏五種 안에 있습니다).[2] 거기에서 확실한 해설을 얻을 수 있을 것입니다.

11월 13일, 쉰 드림

1) 왕푸취안(汪馥泉, 1899~1959)은 인도네시아에서 귀국한 후 푸단대학에서 교수를 역임
했다. 당시 상하이 다장서포(大江書鋪)에서 사장을 맡고 있었다.
2) 『역대지리운편』(歷代地理韻編)은 곧 『역대지리지운편금석』(歷代地理志韻編今釋)으로
『이씨오종』(李氏五種) 중 하나이다. 이조락(李兆洛)이 쓴 책으로 모두 20권이다. 이조락
(1769~1841)은 청대 지리학자이다.

291116① 리지예에게

지예 형

징화 형에게 편지 한 통을 보내 그에게 일을 하나 부탁했습니다. 그런
데 그의 주소를 몰라서 오늘 부쳤는데 형이 전달해 주시면 고맙겠습니다.
며칠 전 『문학과 비평』 소포 하나를 보내고 작가 사진 한 장을 되돌려 보
냈는데 이미 받았으리라 생각합니다.

11. 16, 쉰 드림

291116② 웨이충우에게

충우 형

10일 편지를 받았습니다. 쑤위안 형이 또 각혈을 했군요. 정말 걱정이
됩니다. 나는 그가 어떤 일도 궁금해하지 말고 무엇보다 요양하는 데 전념
해야 한다고 생각합니다.

『분류』는 정체하고 있습니다. 2권 5기를 이제 잇달아 인쇄에 넘겼습니다. 이다음에 한 달에 한 기씩 나오는 것은 아닐 겁니다. 왜냐하면 베이신에서 기한대로 원고료를 지불할 수 없기 때문입니다.

나는 이야기할 만한 가치가 있는 일은 하나도 하지 않고 있습니다. 여전히 자질구레한 일입니다. 그렇다고 베이핑에 가고 싶지도 않습니다. 주간지에 관련된 일을 나는 조금도 알지 못합니다.

11월 16일 밤, 쉰 드림

291119 쑨융에게

쑨융 선생

보내 주신 서신과 『용사 야노시』 에스페란토어 번역본 한 권을 모두 받았습니다. 이 책은 이미 춘조서국春潮書局과 협의하여 '근대문예총서' 중 한 권으로 출판하기로 했습니다.

지난번에 부친 「고개를 넘다」[1] 한 편은 『분류』 5권에 발표하기로 했습니다. 이에 원고료 12위안(인세 보류분)을 부쳤으니 상우인서관에 가서 수령해 가시기 바랍니다(저우젠런에게 부탁하여 그의 이름으로 송금했습니다). 그리고 인수증을 잘 기입하여 우편으로 '상하이 바오산로 상우인서관 편역소 저우젠런 받아서 전달' 쉰拜으로 보내 주시면 고맙겠습니다.

11월 19일 밤, 루쉰

1) 「고개를 넘다」(過嶺記)는 불가리아 작가 이반 바조프(Ivan Vazov)가 쓴 산문이다. 쑨융
이 에스페란토어 번역본을 저본으로 번역하여 『분류』 2권 5기(1929년 12월)에 실었다.
이반 바조프(1850~1921)는 불가리아 시인이자 소설가이다. 민족독립투쟁에 참가했다.
저서에는 장편소설 『멍에 아래서』(Под игото)와 풍자극 『승관도』(昇官圖) 등이 있다.

291125 쑨융에게

쑨융 선생

24일에 받았다는 것을 알게 됐습니다. 『분류』와 '베이신'의 관계는 원래는 이와 같습니다. 내가 원고를 골라 편집하면 '베이신'은 원고를 되돌려주거나 원고료를 보냅니다. 그런데 올 여름에 그들이 하나도 집행하지 않은 것을 알게 됐습니다. 나는 바로 편집 책임 자리에서 물러났습니다. 그 뒤 사람의 중재를 통해 원고료를 내게 먼저 보내 주고 내가 필자에게 부치는 방식으로 진행하기로 약속했습니다. 그때부터 다시 편집을 맡고 인쇄에 넘겨서 『분류』 5권은 이 새로운 약정이 이뤄진 뒤 처음으로 낸 책입니다. 이 때문에 가운데 3개월이 비게 된 것입니다.

선생의 이전 글 원고료도 내가 일찍 목록을 보냈는데 아직도 부치지 않고 흐지부지 처리했다는 것을 지금 알게 됐습니다. 제 생각에 선생이 직접 '베이신'에 문의해 보는 것이 가장 좋을 것 같습니다. 베이신이 실수로 제대로 처리하지 못했다고 인정하는 것이 제일 나을 것입니다. 왜냐하면 내가 장부를 뒤적이러 간다면 한바탕 소란이 일어나는 결과를 맞이할 것이기 때문입니다.

11월 25일, 루쉰

291126 왕위치에게[1]

위치 선생

　서신과 대작 원고를 모두 잘 받았습니다. 『분류』의 원고료는 5권부터 내가 부치는데 그래서 중복됐습니다. 편하실 때 쪽지 하나를 '징산둥제景山東街 웨이밍사 리지예'에게 건네주시면 감사드리겠습니다.

　『분류』는 베이신에서 일처리가 늦는 까닭으로 6권이 계속 나올지, 언제 나올지는 아직 알 수 없습니다. 만약 계속 출간한다면 원고를 보내 주십시오. 게재하도록 하겠습니다.

11월 26일, 쉰 올림

주)_____

1) 왕위치(王余杞, 1905~?)는 당시 자오퉁대학 베이핑철도관리학원 학생이었다. 『분류』의 투고자이다.

300108 위다푸, 왕잉샤에게[1]

다푸 선생:
잉샤

　우리 소식은 정말 너무 느립니다. 이제야 영랑이 탄생한 지 벌써 40여 일이 지났다는 것을 알게 됐습니다. 그렇지만 축하하는 마음을 여전히 표현하고 싶어서 변변치 않은 선물 두 가지를 보내 드립니다. 한 달을 축하하는 작은 선물로 생각하시면 될 듯합니다. 부디 웃으면서 받아 주시면 감사드리겠습니다.

1월 8일, 루　쉰 올림
쉬광핑

주)＿＿＿＿＿

1) 왕잉샤(王映霞, 1908~2000)는 항저우 출신이다. 당시 위다푸의 부인으로 1929년 11월 여아를 낳았다. 루쉰은 덧저고리 한 벌과 목도리 한 벌을 우편으로 선물하여 축하했다.

300119 리지예에게

지예 형

　11일 편지를 오늘 받았습니다. 쑤위안이 또 아프다고 하니 정말 걱정됩니다. 나는 최근에 일은 많고 들어오는 돈은 적은 데다 따로 생기는 돈도 여기저기로 금방 사라집니다. 게다가 오늘은 음력 세밑이어서 형편이 더 궁색합니다. 그렇지만 베이징의 집에는 남아 있는 돈이 좀 있을 거라고 생각합니다. 오늘 편지를 써서 쉬셴쑤許羡蘇 여사에게 일러 뒀으니 이 편지 도착 뒤 하루 이틀이 지나 형이 가서 문의하면 됩니다. 내 생각에 대략은 조달할 수 있을 것 같습니다

조화사가 문제가 많다는 것을 나는 일찌감치 편지를 써서 알렸습니다. 이는 일부가 한 사람[1]에게 속은 것으로 지금은 이미 관계를 끊었습니다. 우리에게 3종의 책이 있어 춘조서점에서 판매해 달라고 건네줬습니다. 전부는 아니고 또 35퍼센트 할인으로 정할 것도 없습니다. 베이징에서 전하는 것과 달라서 어떻게 된 것인지 모르겠습니다. 웨이밍사와 협의를 하는 업무담당자 말에 따르면 웨이밍사의 책 대금에 대해 4, 5위안만이 부채라고 하는데 확실한 말인지 모르겠습니다.

내가 이번에 결국 크게 속게 되었으니 말을 더 할 수가 없습니다.

웨이밍사가 이렇게 힘들면 내 생각에 중단하는 게 낫습니다. 책과 저작권은 모두 다 다른 사람에게 판매할 수 있습니다. 그렇지 않으면 이전 부채를 회수하고 새 주주를 추가해야 합니다. 추가한 뒤 이전 부채에 대해 받을 수 있다는 자신이 없는 데다가 새 부채도 추가하는 것에 불과한데 이렇게 할 필요가 있습니까? 이는 대리점을 위해 영원히 소처럼 일해야 한다는 것이 아닙니까?

1월 19일, 쉰

주)＿＿＿＿

1) 왕팡런(王方仁, 1905~1946)을 가리킨다. 필명은 메이촨(梅川). 루쉰이 샤먼대학 교수 시절에 가르친 학생이며 조화사 성원이다. 조화사는 왕팡런으로 인해 적자가 나서 운영을 중단했다.

300211 쉬서우창에게

지푸 형

　오후에 『냉아』와 『위쓰』이 소포 한 개를 부쳤네. 지금 생각해 보니 『위쓰』는 잘못 부친 것 같은데 맞는지 모르겠네.

　그 안에는 한 기에 한 권씩 있을 텐데 이전과 중복하여 출판된 게 있는 것 같네. 중복 출판된 것은 버려 주기 바라네. 되부쳐 줄 필요가 없네. 결권은 편하실 때 기수를 알려 주시면 추가하여 보내 드리겠네.

2월 11일 밤, 쉰 올림

300214 쑨융에게

쑨융 선생

　보내 주신 편지 잘 받았습니다.

　선생이 번역한 체코 문학작품은 『분류』에 실을 수 있습니다. 그러나 베이신이 여러 차례 출판을 미뤄서 5권을 인쇄에 넘긴 것도 며칠 됐는데 아직까지 끝내지 않았습니다. 6권은 편집을 맡기지도 않아서 계속 출간될지 미정인 상황입니다. 『맹아』는 촉박한 편이고 아직 좀 오래된 작품을 실을 여유가 없습니다. 선생의 원고를 묵혀 둬도 괜찮다면 『분류』의 상황이 정리될 때 다시 이야기할 수 있습니다. 아니면 적당한 잡지를 별도로 찾아봐야 합니다.

『이향집』[1]은 원래 베이신에서 인쇄하고 싶어 했습니다. 출판이 늦어지고 있는 것은 지난해 이후 출판업계가 불황인 탓도 있습니다. 인쇄를 마친 뒤 관례에 따라 인세몇 퍼센트인지는 모르겠습니다를 받습니다. 그렇지만 여전히 작가가 편지를 써서 독촉을 해야 합니다. 상하이 상업계의 오래된 습성입니다. 독촉하지 않으면 지불하지 않습니다.

2월 14일, 쉰 올림

주)_____

1) 『이향집』(異香集)은 쑨융이 편역한 에스페란토어 시선집이다. 나중에 발표되지 않았고 원고는 분실됐다.

300222 장팅첸에게

마오천 형

20일 편지를 22일에 받았습니다. 당신이 오랫동안 사오싱에 머물렀다는 것을 이번에 알게 됐습니다. 나는 자질구레한 일로 바빠서 오랫동안 편지를 쓰지 않았습니다. 하이잉海嬰은 콧대가 높은데 나는 하나도 경탄하지 않습니다. 다만 그가 잠을 많이 자기만 바랄 뿐입니다. 아이가 처음 태어났을 때는 모유가 충분하지 않아서 많이 말랐습니다. 2개월이 될 무렵 모유를 한번 먹고 우유와 미음을 섞어서 한번 먹였더니(두 번 사이에는 세 시간 간격이 있습니다. 야간에는 모유만 먹습니다) 그제야 살이 올랐습니다. 쌀이 아기에게는 확실히 좋은가 봅니다. 그렇지만 미음이 죽보다 나은 것 같은데 찌꺼기가 적기 때문입니다.

의고 쉬안퉁은 제 관찰에 의하면 자기 영형[1]과 같은 성격입니다. 빈 말하기 좋아하면서 실제적인 일은 하지 않습니다. 요령을 아주 잘 피우는 사람입니다. 그는 욕조치 빈 말이며 자기 자신조차 자신의 말을 믿지 못하는데도 세간에는 그의 말을 경청하는 자가 있습니다. 이것이 그가 흐리멍덩한 벌레가 된 까닭입니다. 코 공으로 말하자면 필연적인 일입니다. 그는 샤먼에서 풍파를 일으키지 않으면 베이핑에서 말썽을 피웁니다. 천생이 아가씨 소갈머리입니다. 분칠을 해도 바꿀 수가 없습니다. 의고도 같은 종류여서 의기투합할 수 있었던 것입니다.

의고와 반눙은 아직도 베이핑에서 사람을 만나면 내가 상하이에서 미쳐 지내고 이는 린위탕과도 관련이 있다고 떠들고 다닙니다. 여기에서 이미 내게 위문하는 학생들의 편지 몇 통을 받았습니다. 그렇지만 주원인은 아마도 베이징대학 학생 몇 명이 내게서 배우고 싶다고 요구했기 때문일 것입니다.

위쓰파 사람들은 이전에는 확실히 어둠 속에서 싸웠습니다. 그렇지만 자기 지위가 생기자 그 자체로 또다시 암흑으로 변했습니다. 어떤 소리도 내지 않고 잔재주에 소용하면서 벌벌 떨면서 밥그릇을 지키고 있습니다. 사오위안은 지난달 내게 『다궁바오』 부간 2장을 보냈는데 그 속에 「미국비평가 셜만 평전」이 실려 있었습니다. 그는 나중에 사상이 바뀌어서 벗이 적으로 되어 결국 바다에 빠져 익사했다고 합니다. 이것도 지금 베이핑 식의 잔재주입니다. 확실히 글자 하나만 P로 바뀌었을 뿐입니다.[2]

비열한 놈들은 반드시 비열한 성격을 갖추고 있어서 때리지 않으면 그만두지 않습니다. 올해 내가 『맹아』에 글 한 편 「나와 『위쓰』의 관계」를 발표할 때 그래도 그들 사정을 봐줘서 방망이 한 대만을 선사했습니다만 이 잡지는 아마 항저우에서 구할 수 없을지도 몰라서 발췌하여 덧붙입니다. 그 밖에 특별히 방망이 몇 대를 더 때려야 하는 사람들이 있는 것 같습니다. 최근 몇 년 동안 산전수전과 주야간 전투를 치르면서 적수가 다 사라져서 사실 무료했습니다. 그래서 다시 나서 그들을 한번 효되게 디루고 그 김에 부람없이 나를 무는 녀석들을 몇 대 때릴까 하는 생각도 하고 있습니다. 만약 혼이 나도 죽지 않으면 내년에 다시 공을 들여 보지요.

올해는 '봄놀이'를 갈 겨를이 없었습니다. 내 손을 거치는 일이 너무 많고 아이 보는 일까지 도와야 하여 방법이 없었습니다. 샤오펑은 오랫동안 보지 못했습니다. 그렇지만 인세는 부쳤는데『분류』발간은 늦어지고 있습니다.

2월 22일, 쉰 드림

페이쥔 형도 이와 같이 안부 여쭙니다.

페이쥔과 샤오옌 자매, 동생에게도 아주 많이, 크게 감사드립니다. 촨다오 선생은 당연히 말할 필요도 없습니다. 모두 다 안녕하시지요!

광핑 삼가 인사드립니다.

주)_____

1) 여기서 영형(令兄)은 첸녠춰(錢念劬, 1853~1927)이다. 광복회 성원이며, 청 정부에서 일본과 프랑스, 이탈리아 등의 대사관에서 참사와 공사 등의 공직을 역임했다.
2) 1928년 6월 20일 국민당 중앙정치회의에서 베이징을 베이핑으로 명칭을 변경하고 특별시로 삼을 것을 결의했다. 명칭의 영어 발음이 K에서 P로 바뀐 것이다.

300312 리지예에게

지예 형

3월 5일 편지는 이미 받았습니다. 춘조의 문예총서는 '공성계'와 같은 것이었습니다. 그들은 자본이 없으며 모르는 사이에 손을 뗄 것입니다.

당신의 번역원고는 내가 소개하기가 쉽지 않습니다. 지금 이곳의 출판물 편집들은 내 이름을 사용할 것을 요구하는 데가 많지만 영업의 견지에서 제기하는 것이고 내가 실권을 갖는 것은 원치 않습니다. 그들은 내 이전의 역사에 비춰 보면 나는 당연히 '손해를 봐야' 한다고 생각하기 때문입니다. 그래서 나의 거래에 대해 다른 사람보다 더 각박하게 굽니다.

징화의 연락처를 알려 주시기 바랍니다. 나는 그에게 책 구입을 부탁하려 합니다.

3월 12일, 쉰 드림

300321 장팅첸에게

마오천 형

4일 편지는 일찍 받았습니다. 『맹아』 3권은 이미 며칠 전에 부쳤습니다. 이른바 '6개 문예단체 5편'[1]은 몇 편 더 쓰고 싶었지만 지금까지 쓰지 못했습니다. 그런데 발표를 할 수 있겠습니까.

자유운동대동맹[2]에 영락없이 이런 물건이 있습니다. 내 이름은 목록에 배치됐을 때 원래는 아래쪽이었는데 어떻게 된 영문인지 전단으로 인쇄할 때 두번째로 올라가 있었습니다(첫번째는 다푸입니다). 최근 한동안 학교의 문예단체에 가서 연설을 몇 번 할 기회가 있었는데 문학에 관한 것이었습니다. 나는 원래 '운동'을 모르는 사람이어서 대부분 강연이 이 동맹의 뜻과 일치하지 않는 것이었습니다. 그렇지만 일부는 내가 과시하기를 좋아한다고 판단하고 일부는 아주 싫어한다고 생각하면서 헛소문과 비방과 비난이 다시 분분하게 일어났습니다. 반평생 이후 욕을 먹을 운명을 지고 태어난 것인지 모든 것을 그저 듣고 있을 뿐입니다. 오히려 남아 있는 자유마저 잃어 버린다 하더라도 아무렇지도 않은 상황입니다.

사실 항저우에서 혼자 파묻혀 있는 것은 평안하게 밥을 먹을 수 있다면 자신을 위해서는 결코 나쁜 일이 아닙니다. 나는 자주 요충지가 되었는데도 지금까지 쓰러지지 않았으니 모든 전투가 겉으로 봐서는 승리한 것처럼 보인다고 말할 수 있습니다. 그렇지만 형, 솔직히 말하지요. 나는 너무 힘이 듭니다. 펜과 혀가 멈출 때가 없습니다. 좀 쉬고 싶지만 그럴 수가 없습니다. 아마도 고된 운명을 타고난 것 같습니다.

다푸는 원래 베이징으로 간다는 설[3]이 있었지만 지금 보니 이뤄질 것 같지 않습니다. 첫째 그가 병원에서 치질을 치료하고 있고, 둘째 북방에 변화가 생겨 아마도 월급이 불확실할 것 같아 그가 바람을 쐬러 갈 것 같지 않습니다. 아마 가지 않을 확률이 8,90퍼센트입니다. 자유동맹에 이름을 올린 것도 세번째 원인을 차지할 겁니다.

반눙과 쉬안퉁, 존경하는 지도자 원수[4]에게는 시간이 얼마나 더 남아 있는지 모르겠습니다. 총이 있는 자도 펜이 있는 자와 마찬가지입니다. 상대가 나를 때리면 나도 상대를 때려서 교통이 막히게 되는 것 같습니다. 형이 지금 항저우에 머무르는 것도 결코 불행한 일인 것만은 아닙니다.

3월 21일 밤, 쉰 드림

페이쥔 형에게도 같이 안부 여쭙니다.

주)_____

1) 「나와 『위쓰』의 관계」는 『맹아월간』을 빌표할 때 부제목이 「내가 만난 6개 문학단체' 5 편」('我所愚見的六個文學團體'之五)이었다.
2) 자유운동대동맹은 곧 중국자유운동대동맹(中國自由運動大同盟)이다. 중국공산당이 지도하는 대중단체로 1930년 2월 상하이에서 결성됐다. 취지는 언론과 출판, 집회, 결사의 자유를 쟁취하고 국민당의 독재통치를 반대하는 것이다. 루쉰은 「중국자유운동대동맹선언」에 이름을 올렸다. 이 선언문은 『맹아월간』 1권 3기(1930년 3월)에 실렸다.
3) 마유위가 당시 위다푸를 베이징대학 교수로 초빙할 계획이 있었다.
4) 류반눙이 베이핑대학교 여자문리대학 학장을 맡고 첸쉬안퉁이 베이징사범대학 국문과 학과장을 맡는 일을 가리킨다.

300327 장팅첸에게

마오천 형

25일에 보낸 편지를 오늘 받았습니다. 사다리 이론은 아주 정확합니다. 이 부분을 나도 곰곰이 생각해 봤는데 만약 나중에 일어난 제공들이 진정으로 여기에서 더 높은 곳으로 올라갈 수 있다면 내가 사다리가 되는 것이 어찌 아쉽겠습니까. 중국에 사다리가 될 수 있는 사람은 사실 나 이외에 몇 명 되지 않습니다. 그래서 나는 십 년 동안 웨이밍사를 돕고 광풍사를 돕고 조화사를 도왔는데 모두 실패하거나 속임을 당했던 것입니다. 그렇지만 뛰어난 인재가 중국에서 나오기 바라는 마음은 결국 사그라들지 않아서 이번에도 청년들의 요청에 응하여 자유동맹 이외에 좌익작가연맹에도 가입했습니다. 회의장에서 상하이에 한데 모인 혁명작가를 살

퍼봤습니다. 그런데 내 눈에 다 어금버금하게 보여서 결국 제가 다시 사다리가 되는 위험을 감수하기로 했습니다. 그렇지만 그들이 사다리를 타고 반드시 올라갈 수 있는 건 아니구나 하는 생각도 들었습니다. 슬픕니다!

아니나 다를까 신문 몇 종이 따다시 네게 대게 공석을 퍼부었습니다. 당연히 인신공격도 있었는데 2년 전 '혁명문학가'가 나를 공격하는 방법과 같았습니다. 그렇지만 이번에 '죄가 중하여 화가' 아이에게 '미쳐서' 하이잉은 생후 반년도 안 됐는데 남북의 신문에서 조롱하고 욕한 것이 예닐곱 번이나 됐습니다. 이와 같은 적은 신경 쓸 필요가 없습니다. 그래서 나는 여전히 번역 일을 할 요량으로 다시 일 년을 보냈습니다. 나는 당신이 "겁이 많고 장래성이 없다"고 비웃지 않습니다. 쉬고 싶다는 마음은 나도 자주 생깁니다. 그렇지만 소용돌이 근처에 가면 말려들어 갈수록 더 갑갑하거나 중심으로 빨려 들어갈 수 있습니다. 펜을 쥔 지 10년 동안 얻은 것은 피로와 가소로운 승리, 그리고 진보하지 않은 상태입니다. 내려갈 수도 없어서 정말 슬픕니다.

차이 선생은 확실히 옛 친구를 생각하는 사람입니다. 만약 그가 북쪽으로 간다면 형은 자연히 같이 가도 괜찮습니다. 그렇지만 세상사가 자주 변하여 이번에 그가 꼭 가는 것이 아닐지도 모르겠습니다. 베이징은 자극도 항저우보다 꼭 더 많다고 할 수 없습니다. 내 관찰에 의하면 지난날 전사라고 불렀던 이는 이제 불안하고 위태로운 사람이 되거나 곧 숨이 끊어지거나 심지어 말과 행동거지가 매우 저속하고 우스꽝스럽게 변했습니다. 함께 대오를 하기에도 난감하고 전투를 같이 하기에도 불가능하여 결국 늪에 빠진 것 같은 느낌이 들게 됩니다. 그렇지만 북방의 풍경은 위대합니다. 만약 점점 더 황량해지는 것이 아니라면 살기에 적당합니다.

서부인[1]의 출전에 대해서 나는 모르는데 곁에 조사할 책도 없습니다.

추측건대 남자인데 여자 이름을 취한 것이 아닌가 합니다. 인명 가운데 서부徐負(負=婦)가 있는지 모르겠는데 만약 있다면 아마 이 사람일 겁니다.

차오평이 상하이의 상황을 베이징에 알린 것이 어떤 의도인지는 모르겠는데 ㅗ는 내게 이 일을 언급하지도 않았습니다. 그렇지만 밥그릇을 유지하는 일의 어려움을 자주 한탄했고 바다오완의 일을 많이 이야기했습니다. 일이 있으면 바로 베이징으로 가서 호령하고 명령하겠는데 행동거지가 어려워서 불면증에 걸릴 지경이다 등등을 이야기했습니다. 지금 이런 행동에 어떻게 특별한 결심이 있겠습니까. 요컨대 베이징(특히 바다오완)과 상하이는 상황이 많이 달라서 황제의 기운이라는 고질적인 습성은 결국 조계지 주민과 평안하게 지낼 수 없는 지경에 이르게 마련입니다. 왜냐하면 유랑을 목격하면 오랫동안 치안할 생각이 점점 더 사라지기 때문입니다. 억압이 생기면 이른바 '평안'이란 헌신짝처럼 여기기 쉽기 때문입니다.

가령 글을 팔아 생활하는 것도 상하이의 상황은 많이 다릅니다. 유랑하는 무리는 안거하는 자와 비교해 보면 좋습니다. 이것이 지난해 '혁명문학'이 흥성한 원인이기도 합니다. 나는 우연히 사다리가 되어서 이제는 더이상 집에서 머무를 수 없습니다.[2](그렇지만 편지는 집으로 보내 주십시오. 이런 때에도 여전히 받을 수 있습니다.) 번역원고는 1천자 당 10위안인데도 벌써 예약해 가는 사람이 있습니다. 나중의 흥망성쇠는 여전히 실력과 억압의 정도를 봐야 합니다.

3월 27일 밤에, 꼭대기 방[3]에서 편지를 쓰다

페이쥔 형과 샤오옌 동생에게도 같이 안부 여쭙니다.

300412① 리빙중에게

빙중 형에게

방금 베이핑에서 전달받은 형의 서신을 받았음을 알려 드립니다.『관광기유』觀光紀遊는 일찍이 받았는데 잊고 회신을 드리지 못해 정말 죄송합니다.

『함수거총서』含秀居叢書는 아직 중국에 소개한 사람이 없는 것 같습니다. 몇 종이 간행됐는지도, 지금도 여전히 간행하고 있는지 여부도 모르겠습니다.『초목춘추』草木春秋와『선진후사』禪眞後史는 중국에 일찍이 있으나 인쇄상태가 아주 안 좋습니다. 이 총서는 이전 인쇄본에 근거해야 꽤 괜찮을 수 있다고 생각합니다.『고장절진』鼓掌絕塵이라는 이름은 지금까지 들어본 적이 없는데 이 땅에서 일찍이 없어진 것 같습니다. 명대의 이런 소설은 일본에서 보존되고 있는 것이 적지 않다고 들었습니다.

나는 여전히 일이 너무 많지만 건강은 괜찮아서 이것으로 위로를 삼고 있습니다. 이후에 형의 서신은 '상하이 자베이閘北, 바오산로寶山路, 상우인서관 편역소, 저우차오펑 전달하여 받음'으로 보내 주시면 좋겠습니다.

4월 12일 밤, 쉰 올림

영부인에게도 같이 안부 여쭙고 달리 보내지 않습니다.

300412② 팡산징에게[1]

산징 선생

보내 주신 편지와 『새로운 목소리』[2] 4기를 조금 전에 받았습니다. 감사합니다! 선생이 새긴 목판화는 당연히 발표할 수 있다고 생각합니다. 나무의 특성이 익숙하지 않은 것은 많이 새기게 되면 바로 알 수 있습니다. 중국의 조각가도 그림을 새길 수 있습니다. 그 도구와 수법도 연구할 만한 가치가 큰데 그리하여 참고자료로 제공하면 됩니다. 서양 목판화의 도구와 판각법은 중국과 그다지 같지 않은 것 같습니다. 칼은 다양하고 새길 때 팔목을 눕힙니다.

쑨융 선생은 아직 뵙지 못하여 상세한 사정을 모릅니다. 연락처는 '항저우 우체국 부청중蔔成中 선생 받아서 전달'인데 저는 두 사람이 같은 사람이고 우체국에서 일하는 것이 아닌가 싶습니다. 『희망』[3]은 조금 전에 부쳤습니다.

PK선생도 아직 뵙지 못했습니다. 친구 말에 따르면 그의 이름은 쉬원첸[4]이라고 합니다. 편지는 '상하이 쓰마로四馬路 카이밍서점 받아서 전달'로 부치면 받을 수 있을 겁니다.

La Scienco Proleta[5]는 일본어 잡지입니다. 제목 아래에 이런 글귀가 가로로 한 행 있을 따름입니다. 이 두 번역자는 다 에스페란토어를 모릅니다.

선생이 지난번에 보낸 목판화 몇 장은 아직 적당한 곳(『분류』는 정체 상태고 『조화』는 나오지 않습니다)을 찾지 못하여 지금까지 발표하지 못했습니다. 최근에 아쿠타가와의 것을 『문예연구』에 보냈는데 인쇄가 되면 부쳐 드리도록 하겠습니다.

4월 12일 밤, 쉰 올림

주)_____

1) 팡산징(方善境, 1907~1983)의 필명은 자오펑(焦風)으로 에스페란토어와 라틴화 신문자와 관련하여 일을 했다. 목판화 예술 애호가이기도 하다.
2) 『새로운 목소리』(新聲)는 문예반월간지로 『우한일보』(武漢日報) 부간이다. 1930년 2월 14일 창간하여 모두 10기를 냈다.
3) 『희망』은 『희망월간』을 가리킨다. 한커우의 에스페란토어 학회의 간행물로 1930년 1월에 창간하여 1932년 8월까지 출간됐다.
4) 쉬원첸(徐耘阡, 1907?~1937)은 에스페란토어 학자이다. 카이밍서점과 신주국광사(神州國光社) 등에 재직했으며 중국자유운동대동맹의 발기인 중 한 사람이다.
5) 에스페란토어로 쓰여진 책이다. '프롤레타리아의 과학'이란 뜻이다.

300420 위다푸에게

다푸 선생

Gorki 전집의 내용과 가격, 출판사를 지금 베껴서 드립니다. 이 16권이 벌써 약 60위안이 되며 이후에 몇 권이 더 나올지 모르겠습니다.

이 전집을 중국에 번역하는 것도 한 가지 일입니다. 가장 좋은 것은 일 년에 10권을 먼저 내는 것입니다. 이 10권 가운데 2권(4와 5)은 누가 벌써 번역하고 있는 것으로 알고 있습니다. 선생과 내가 각각 두 권을 번역하는데 동의한다면 인쇄를 할 책방이 있을 것이라고 생각합니다.

4월 20일, 쉰 올림

미스 왕에게도 같이 안부 여쭙니다.

300427 후쉬안에게

후쉬안^{胡昭茲} 선생

보낸 편지와 원고를 받았습니다. 원고는 이미 전달했습니다.

지난번에 보내 주신 『이재민구제위원』^{賑災委員}은 확실하게 이전에 받아서 읽은 적이 있습니다. 그렇지만 싣지는 않았습니다. 원고 반환 방법에 관해서 당초 베이신에 부탁했는데 베이신이 보내지 않는 원고가 매번 나와서 결국 내가 직접 보냈습니다. 등기 여부는 일괄적으로 정하지는 않았습니다. 지금 집에 쌓인 원고가 없어서 선생이 투고한 소설은 부쳤어야 합니다. 그렇지만 베이신인지 아니면 내가 보낸 건지 등기로 보냈는지 아닌지 등이 지금 하나도 기억나지 않습니다. 그리하여 실제로 찾아볼 길이 없고 일처리가 두서없다 보니 선생이 결국 이 원고를 못 받게 됐습니다. 정말 죄송합니다. 만약 살펴 양해해 주신다면 은혜에 감사해 마지않겠습니다. 이와 같이 답신을 드리니 평안하시기를 기원합니다.

4월 27일, 루쉰

300503 리빙중에게

빙중 형

지난번에 보내 주신 『고장절진』은 일찍 받았습니다. 뒤에 4월 18일에도 형의 편지를 받았음을 알려 드립니다. 천남둔수[1]는 청말 '신당'新黨으로 일본인과 왕래가 꽤 있었고 일본을 유람한 적도 있습니다. 그렇지만 기록된 것은 글과 술, 기예와 음악과 관련된 일이 많습니다. 이는 『관광기유』觀光紀遊가 대사에 주목하는 것과 비교하면 차이가 많이 납니다. 형의 『고장절진』에 관한 글은 편지에 연결되어 씌어 있어서 읽은 다음 평소대로 편지봉투에 넣어 뒀습니다. 친구가 대신하여 폐지를 정리하는 데 겨를이 없어서 자세히 살펴보지 않아 다른 서신과 함께 파기되어 원고를 되돌려드릴 수 없게 됐습니다. 정말 죄송합니다. 양해해 주시면 감사드리겠습니다.

형이 문의한 『다궁바오』 부간 편집자와 와카和歌[2] 입문서, 비교적 괜찮은 일본사, 이 세 가지를 나는 다 모릅니다. 국내 문예잡지에 관해서라면 사실 읽을 만한 것이 아직 없습니다. 근래 프롤레타리아문학이 꽤 유행합니다. 출판물이 이것을 기치로 내세우지 못하면 뒤처진다고 생각하는 것 같습니다. 그렇지만 작가는 아직 얼마 되지 않습니다. 꽤 많이 판매되는 것은 『개척자』[3]와 『현대소설』,[4] 『대중문예』,[5] 『맹아』 등이 있습니다만 금지될 날이 멀지 않은 것 같습니다. 『위쓰』도 작가가 뿔뿔이 흩어져서 곧 휴간할 것이라는 소식이 들립니다. 나는 『방황』 이후 소설을 쓰지 못했습니다. 최근에는 자주 번역을 하고 있고 그 사이에 단평을 쓰고 시사를 언급하며 입에서 나오는 대로 떠들고 있어 꽤 많이 후회를 하고 있습니다. 스스로 단속하지 않으면 머지않아 상하이에서 더 이상 살 수 없게 될지도 모르겠습니다.

나는 재작년부터 『분류』를 편집했고 15권을 냈는데 지금은 휴간한 지 반년이 됐습니다. 서점은 더 이상 출판하려고 하지 않습니다. 무슨 생각을 갖고 있는지 모르겠습니다.

결혼에 대해서는 말하기 어렵습니다. 장단점은 수년 전 편지에서 형이 언급한 적이 있는 것으로 기억합니다. 사랑과 결혼은 확실히 천하의 큰일이고 여기에서 이것이 정해집니다. 그렇지만 사랑과 결혼에는 다른 큰일도 있습니다. 이것이 여기에서 비롯되는데 이런 종류의 큰일은 결혼 전에는 생각해 본 적이 없거나 겪을 수 없는 것입니다. 그렇지만 이 또한 삶에서 반드시 겪어야 하는 것으로(만약 결혼한다면) 어쩔 수 없는 일입니다. 결혼하기 전에 말해도 이해하지 못하며 이해한 다음에는 어떻게 할 수 없습니다.

국내에 일이 많고 혼란스러워 정말이지 어디에서부터 말을 해야 할지 모르겠습니다. 사람이 입을 꾹 다물고 침묵을 지켜도 여전히 근심과 화를 겪게 됩니다. 명대 말기의 패사를 읽어 보면 그때의 상황과 비슷한 것 같습니다.

5월 3일, 쉰 올림

영부인에게도 같이 안부 여쭙니다.

1) 천남둔수(天南遯叟)는 곧 왕도(王韜, 1828~1897). 천남둔수는 별호이다. 청말의 개량주의 정치가이다. 홍콩에서 『순환일보』(循環日報)를 주편했고 변법유신을 지지했다. 주요 저작으로 『도원문록외편』(弢園文錄外編)이 있다. 1879년 일본을 유람하면서 『부상유기』(扶桑遊記)를 썼다.

2) 일본 고전시가의 일종이다.

3) 『개탁사』(拓荒者)는 문학월간으로 장광츠(蔣光慈)가 편집자이다. 1930년 1월 상하이에서 창간됐다. 제3기부터 '좌련' 간행물 중 하나가 되었고 1930년 5월 4권·5권 합간호를 출간하고 국민당 당국에 판매금지당했다.

4) 『현대소설』(現代小說)은 예링펑(葉靈鳳), 판한녠(潘漢年)이 편집하는 월간잡지이다. 1928년 1월 상하이에서 창간되었고 1930년 3월 제3권 6기까지 내고 정간됐다.

5) 『대중문예』(大衆文藝)는 위다푸와 샤라이디(夏萊蒂)가 편집하는 월간잡지이다. 1928년 9월 상하이에서 창간됐고 이후에 '좌련' 기관지가 되었다. 1930년 6월 2권 6기까지 출간하고 정간됐다.

300524 장팅첸에게

마오천 형

아주 오래전에 내가 '쉬부인'에 관해 문의했던 편지를 형에게 받고 바로 회신을 했습니다. 그때 나의 근황도 간단하게 적었습니다. 오늘 형이 22일에 쓴 편지를 받았는데 그 편지를 받지 않은 것 같습니다. 또 이전에 『맹아』 4기를 보냈었는데 당국에서 압수했다 운운하는 우체국의 통지를 나중에 받은 일도 있었습니다. 당신에게 이 잡지를 보낸 것은 공자 위패 앞에서 맹세할 수 있습니다. 원래 '선동'하려는 의도는 하나도 없고 다만 당신에게 상하이에 이런 잡지가 있다는 것을 보여 줄 생각밖에 없었습니다. 지금 당국이 이렇게 조심하면서 잡지를 압수하는 수고까지 하니 이다음에는 보내지 않겠습니다.

항저우를 베이징과 비교하면 기후와 인성 면에서는 베이징이 더 좋습니다. 그렇지만 그곳 학계가 어떤 상황인지 모르겠습니다. 형이 항저우에 밥그릇이 있다면 나는 옮길 것을 주장하지 않습니다. 더구나 대우가 좋다면 더 그렇습니다. 가령 많은 것이 10분의 6이라면 밥그릇을 잃는다 하더라도 베이징에 있는 것보다 10분의 6년을 더 놀 수 있습니다. 그렇지만 중요한 조건이 하나 있습니다. 어쨌든 돈을 좀 모아 둬야 합니다.

『낙타초』[1]는 벌써 읽어 봤습니다. 딩우丁武가 빙원丙文이라는 것은 틀림없습니다만 그 단평은 너무 난삽합니다. 전체적으로 봤을 때에도 『위쓰』 초창기처럼 그렇게 활력 있지 않습니다.

체포설은 이전에도 있었고 도피자도 다푸 한 사람만이 아닙니다. 그렇지만 이 일도 역시 일부가 바라는 일이었던 듯 아직 실행되지는 않았습니다. 그래서 현재는 각종 신문에서 펜대로 공격하고 있는 상황인데 저에 대한 것이 독보적으로 많습니다. 모으면 작은 책자를 만들 수 있을 정도입니다. 그렇지만 한편으로 사실 전 상처를 입지 않아서 베이신은 '몽타주를 그린' 광고로 『루쉰론』을 판매하고 있습니다. 십 년 동안 저는 어찌 됐건 사람들에게 이익이 됐으니 어떻게 슬프지 않겠습니까.

최근 몇 년 동안 또다시 '세상 돌아가는 이치'에 대해 많이 알게 됐습니다. 인간사 무궁무진한데 정말 배워도 끝이 없습니다. 푸위안은 파리에서 노래를 하면 프랑스어로 할 것이라고 생각하지만 나는—직언하는 것을 용서해 주십시오—푸위안이 사오싱말로 노래한다 하더라도 그가 잘 배울 수 있는 사람이라고 생각하지 않습니다.

5월 24일, 쉰 드림

페이쥔과 샤오옌 형에게도 같이 안부 전해 주십시오. 징쑹이 더하여 안부를 묻습니다.

주)_____

1) 『낙타초』(駱駝草)는 저우쭤런이 주편하는 주간잡지로 1930년 5월 베이징에서 창간했
다. 주요 투고자로 저우쭤런과 쉬쭈정(徐祖正), 펑원빙(馮文炳) 등이 있다. 1930년 10월
26기까지 출간하고 정간됐다.

300609 리지예에게

지예 형

6월 3일 편지는 9일에 받았습니다.

판표로프(Panferov)의 『빈민조합』이 그 10개의 연작인 『*Brusski*』입
니다.[1] 『빈민조합』은 독일어 번역본에서 수정한 것입니다. 나중에 모르는
사람에게 편지를 받았는데 편지에서 자신이 이미 번역하고 있으므로 내
게 번역하지 말아 달라고 했습니다. 나는 승낙을 해서 번역하지 않았습니
다. 그렇지만 그가 번역했는지는 단언하기 어렵습니다.

『궤멸』은 영어, 독일어, 일본어 세 종류의 번역본을 갖고 있습니다.
영역본은 책에서 밝히고 있지는 않지만 독일어본에서 중역한 게 아닌가
의심됩니다. 독일어본은 『19개』라고도 합니다. 책표지 그림까지 똑같습
니다.

Babel의 자전은 『현대작가 자서전』에 실렸습니다. 그런데 판표로프
(Panferov)는 거기에 없습니다.

6월 9일 밤, 쉰 드림

1) 소련 작가 판표로프(Фёдор Иванович Панфёров)가 쓴『브루스키』(Бруски)는『숫돌농장』으로 번역되기도 한다. 이 책은 10장으로 구성되어 있어서 '10개 연작'으로 칭한 것이다.

300715 쉬서우창에게

지푸 형

난징의 공자묘 앞은 아마도 지금의 청셴제成賢街입니다. 이곳은 이전에 강남 관서국인데 책을 찍어서 판매했습니다. 관서국은 지금은 이름이 바뀌었을 것입니다. 그렇지만 아직 책을 판매하고 있는지 모르겠습니다. 한번 알아봐 주시기를 부탁드립니다. 만약 판매하고 있다면 도서목록 두 부를 구하여 보내 주시면 고맙겠습니다. 여전히 차오펑을 통해 전달해 주시면 됩니다.

만복이 깃들기를 기원합니다!

7월 15일, 링페이 돈수

300802 팡산징에게

산징 선생

6월 21일에 보낸 편지를 받았습니다.

아쿠타가와의 사진도 마찬가지로 아연판입니다. 그렇지만 조판이 정밀하지 않아서 석판 인쇄 같아 보입니다. 같은 아연판이라도 우열의 차이가 많이 납니다. 이는 사진사와 인화사의 기술 차이 때문인데 침식이 너무 오래 진행되면 너무 가늘어지고 너무 짧게 진행되면 낯이 두터워집니다. 서점에서도 우열을 살펴보지 못할 때가 많은데, 그런데도 저렴한 것만 찾으니 정말 개탄스럽습니다.

목판화는 사실 현재 절실하게 필요한 기술입니다. 그렇지만 역시 수백 장밖에 찍지 못하여 많이 인쇄하려면 여전히 아연판으로 조판해야 합니다. 좌련에는 현재 이 방면의 인재가 없습니다. 장샤오젠[1]의 작품은 사람들에게 추하다는 느낌을 갖게 할 수 있습니다. '예원조화'는 제판하면서 선택하는 데 꽤 신경을 썼지만 원화와 비교해 보면 여전히 한참 못 미칩니다. 지금 벌써 제5권이 출간됐는데 선생은 벌써 보셨는지 모르겠습니다. 우리는 한 번에 1천 5백 권을 찍는데 그중 5백 권만 판매되고 있습니다. 또 판매된 돈도 다 회수되지 않아서 6권부터는 꼭 나온다는 보장이 없습니다.

목판화를 배우는 건 중국에서 상상할 수가 없습니다. 그런데 서양에는 목판화 기술을 전수하는 학교가 있습니다. 초등학생도 수공의 일종으로 목판화를 제작합니다.

이곳에서 잡지가 정체된 원인은 복잡합니다. 주요 방법을 예로 들면 권력자가 우체국에서 몰수(금지한다고 밝히지 않습니다)하기 전에 한편으로 출판인에게도 위협하는 일이 있습니다. 서국은 문화를 전파한다고 자칭하곤 하지만 사실은 표면적인 말뿐입니다. 작은 위험을 만나고 이익을 얻기 어려우면 핑계를 대며 시간을 끌거나 휴간합니다. 『맹아』 제6기는 『신지』로 이름을 바꾸어 출판했습니다. 이다음에는 휴간할 것 같습니다.

그렇지만 또 다른 월간지를 인쇄하고 있는데 문예지의 성격이 짙습니다. 이름은 『열풍』입니다.

좌련은 에스페란토어에 대해서는 아직 언급한 적이 없습니다. 편지의 생각을 전달해 드리겠습니다.

『문예연구』는 부쳐 드릴 계획입니다만 알려 주신 주소는 우편함입니다. 서적도 들어갈 수 있는지 모르겠습니다. 말씀해 주시기 바랍니다. 아니면 책을 부칠 수 있는 주소를 알려 주시기 바랍니다.

8월 2일, 쉰 올림

주)_____

1) 장샤오젠(江小鶼, 1894~1939)의 이름은 신(新)이다. 당시 상하이 신화예술전문학교 소조과 학과장을 맡고 있었다.

300903① 리빙중에게

빙중 형

보낸 편지는 받았습니다. 결혼한 후에 기술했던 현상이 생기는 것은 필연적입니다. 이상과 현실은 충돌하게 마련입니다.

책 번역으로 생계를 유지하는 것은 지금은 불가능합니다. 상하이같이 추한 곳은 괴상망측하여 번역가와 작가도 건달이 아닌 한 책 판매로 속는 경우가 자주 생깁니다. 게다가 전쟁과 경제적인 상황도 책 산업을 쇠락시켜서 번역자와 저자도 영향을 받습니다. 번역원고를 예약하고 끝나고 받아가는 곳은 이제는 더 이상 없습니다. 설령 있다 하더라도 믿을 만하지 못합니다. 나는 경험으로 책방과 거래할 때 가끔 변호사를 이용하거나 계약을 하는데도 불구하고 여전히 믿음직스럽지 못합니다.

아오키 마사루의 『명청희곡사』는 나도 읽어 봤습니다.[1] 확실히 좋습니다. 그렇지만 이런 대작을 내가 알고 있는 서국 가운데 낼 수 있는 곳은 없습니다. 이곳의 새로운 책방은 대개 영리(그것도 빠른 속도의)를 목적으로 합니다. 그들이 내는 것은 원고료가 적은 작은 책자입니다.

나는 최근 잡지를 편집하지 않고 있습니다. 여전히 상하이에 살고 있습니다. 옌징대학 교수로 실린 신문이 있던데 전부 루머입니다.

9월 3일, 쉰 드림

주)_____

1) 아오키 마사루(靑木正兒, 1887~1964)는 일본의 한학자이다. 『명청희곡사』는 『중국근세희곡사』로 1930년 교토 고분도쇼보(弘文堂書房)에서 출판했다.

300903② 쑨융에게

쑨융 선생

보낸 편지를 받았습니다. 최근 들어 베이신서국은 나와 점점 더 소원해지고 있습니다. 갖가지 사정 때문인데 충돌하는 곳이 적잖습니다. 선생의 원고는 좀 기다렸다가 다시 상황을 살펴봐도 되겠는지요. 내가 베이신에 재촉한다면 대응 방법이 같습니다. 전례도 이미 여러 번 있었습니다.

『용사 야노시』도 원래는 출판하기를 원하는 서국이 있었습니다. 나는 원서를 해체하여 그림을 만들 준비를 했는데 나중에 상대의 태도가 적극적이지 않았습니다(상하이의 서점은 자주 오락가락 변합니다). 내가 원고를 전달한 뒤에도 감감무소식일 것 같은데 그러면 그만두겠습니다. 그렇지만 선생의 번역문은 공을 많이 들였다고 생각합니다. 오기가 나서 직접 방법을 생각하여 1천 부를 인쇄하여 사람들에게 보여 줄 생각도 있습니다. 그러나 직접 인쇄하려면 더 좋은 그림을 넣고 싶습니다. 그래서 독일에 있는 친구를 통해 헝가리 유학생에게 삽화집 한 권을 구매해 달라고 부탁했습니다. 그렇지만 지금까지 답신이 없어서 구할 수 있는지 아직 모르겠습니다.

선생은 다른 방면, 곧 헝가리에 소재하는 에스페란토어회 소속 회원에게 부탁하여 구매할 수 있는지요?

만약 양쪽 다 구할 수 없다면 그냥 에스페란토어 번역본의 그림을 사용할 수밖에 없겠지요.

그러니까 그 원서는 이미 해체했지만 손상되지는 않았습니다. 선생이 다만 잃어버릴까 봐 걱정된다면 제가 책임지도록 하겠습니다. 필요하다면 바로 부쳐 드리고 책을 찍을 때 다시 말하겠습니다. 마찬가지로 말씀대로 행하도록 하겠습니다.

9월 3일, 쉰 올림

300920 차오징화에게

구』에 이 잡지도 휴간되어서 후반부는 번역되지 않았습니다.[1] 그렇지만 이해하기 어려워서 읽은 사람두 많지 않았을 짓 같습니다. 체르니셰프스키 씨와 벨린스키는 중국에 최근 소수만이 그들의 이름을 알고 있습니다.

번역서의 창궐 현상은 이제 다시 좀 나아졌습니다. 당국이 좋고 나쁜 것을 가리지 않고 일률적으로 압박을 가하고, 번역자와 출판사는 이런 종류의 책을 판매하면 곤란한 일이 생기는 걸 보고서 바로 힘을 적게 들이면서도 돈을 벌 수 있는 다른 것을 만들러 갔기 때문입니다. 지금은 자유운동발기인인 '타락한 문인' 루쉰 등 51인을 수사하고 있는 중인데 번역 작품까지(어쩌면 편지까지) 우체국에서 몰래 압류하고 있다고 합니다. 그래서 일부는 재빨리 말머리를 돌려서 오로지 늦지 않을까 봐 걱정하며 떠나갔습니다. 그리하여 번역계도 청정해졌는데 사실 이는 좋은 일입니다.

이곳의 새로운 문예운동에 대해서라면 이전에는 말로 외치는 것에 불과하고 성과가 없었습니다. 그런데 지금은 말로 외치는 것조차 사라졌습니다. 새로운 문인은 눈 깜짝할 사이에 프롤레타리아 문학가로 되었다가 지금 다시 잠잠해졌습니다. 이 패거리는 신문학에 큰 손해를 끼치고 있다고 생각합니다. 그들이 이 이름을 제기하기만 하여서 사람들의 주의를 끌게 한 공이 없다고는 할 수 없습니다. 그렇지만 다른 한편에서 괴상망측한 단체가 편승하여 생겨나서 어떤 단체는 이탈리아식[2]이요 어떤 단체는 프랑스파[3]라 하지만, 여전히 작품을 쓰지는 않습니다. 그들의 유일한 장점은 실력자임을 암시하면서(?) 누구누구의 작품이 루블을 받은 것이라고 떠드는 것입니다. 나는 이전에 문학가는 손과 머리를 쓰는 것이라고 늘 생각했습니다. 그런데 지금에야 일부 문학가는 코를 사용하고 있다는 것을 알게 됐습니다.

당신 딸의 상황은 양의의 진찰을 받지 않으면 고치기 어려울 것입니다. 지능에 문제가 있는 것이 아닌데 대여섯 살까지 말을 할 수 없는 것은 귓속에 병이 있을 수 있습니다. 아이가 들을 수 없기 때문에 따라 할 방법이 없는 것입니다. 걸을 수 없는 것에 대해서는 '구루병'일지도 모릅니다. 침을 놓는 것은 소용이 없습니다. 중국에서는 해삼을 보약으로 치는데 사실 효력은 작습니다(생선과 새우를 먹는 것과 비슷한 정도에 지나지 않습니다). 영아자기알약[4]은 효과가 좀 있습니다만 병세가 심하지 않을 때로 한정됩니다.

그렇지만 지금 그 밖에 다른 방법이 없어서 오늘 알약 한 다스와 해삼 두 근을 사서 센스백화점[5]을 통해 부쳤습니다. 이 백화점에 배송부서가 있어서 모든 것을 대신 처리해 줘서 편합니다. 그런데 생각지도 못하게 뤄산[6]으로 소포 배송이 되지 않은 지 반년이 넘었고 2주가 지나면 어쩌면 배송이 될 수도 있다(무슨 이유인지는 모르겠습니다)고 말했습니다. 이 때문에 이 소포는 백화점에 뒀다가 2주가 지난 뒤 다시 상황을 살펴봐야 합니다.

2주 뒤 나는 다시 한번 문의해 보러 가야 합니다.

이곳은 추워지고 있습니다. 나도 늙어 가고 있습니다. 며칠 전에 친구 몇 명이 내게 50세를 기념해 줬습니다.[7] 사실 50년을 살았는데 성과가 하나도 없습니다. 나는 다만 문예계에 새로운 청년들이 아주 많이 생겨나기를 바랄 뿐입니다.

다시 연락드리겠습니다. 편안하시기를 기원합니다.

9월 20일 동생 저우위차이 올림
(편지주소는 이전과 같습니다)

1) 이 편지의 전반부는 분실됐다. 이 잡지는 『문예연구』를 가리킨다.
2) 당시는 이탈리아에서 무솔리니의 파시스트당이 통치하던 시절이다. 이탈리아식의 단체란 곧 파시스트의 단체를 가리킨다. 여기에서는 1930년 상하이에서 출현한 '민족주의문학' 파를 말한다.
3) 신월(新月)파를 가리킨다. 그들은 프랑스내혁명에서 제기된 인권, 민주, 자유 등의 구호를 자주 거론했다.
4) 영아자기알약(嬰兒自己藥片)은 당시 판매되던 조제약의 이름이다.
5) 셴스백화점(先施公司)은 당시 상하이의 최대 백화점이었다.
6) 뤄산(羅山)은 허난성 뤄산현을 말한다. 이곳은 차오징화 부인인 상페이추(尙佩秋)의 고향이다. 1930년 5월에서 10월까지 장제스가 펑위샹, 옌시산 등의 군벌과 허난 일대에서 전투를 벌여서 해당지역의 우편업무는 일시 정지된 상태였다.
7) 루쉰 생일은 9월 25일이다. 1930년 9월 17일 상하이의 혁명문예계는 미국인 스메들리를 통해 네덜란드 식당을 빌려 루쉰 생일 축하 모임을 열었다.

301013 왕차오난에게[1]

차오난 선생

　　방금 5일에 보낸 편지를 받고 여러 가지 일을 삼가 알게 됐습니다. 나의 작품은 원래 극본과 같은 고귀한 성격으로 각색하면 안 되는 것은 아닙니다. 그렇지만 하문하는 것을 허락해 주신다면 아래와 같이 약간의 의견을 말씀드리겠습니다.

　　내 의견은 「아Q정전」은 실제로 극본이나 영화로 각색할 요소가 없다고 생각합니다. 왜냐하면 무대에서 상연하면 골계만 남는데 내가 이 작품을 쓴 것은 골계나 애련을 목적으로 한 것이 아니기 때문입니다. 여기에 담긴 상황을 지금 중국의 '스타'는 표현할 수 없을 것입니다.

　　게다가 그 영화 감독이란 사람의 말대로라면 지금 집필한 극본은 여

주인공에 편중되어야 하는데 내 작품은 이들 관객이 돌아볼 만한 가치가 있지도 않습니다. 차라리 이를 '죽어 버리게'[2] 놔두는 편이 낫습니다.

급하게 답신을 씁니다. 만복이 깃들기를 기원합니다.

10월 13일, 쉰 올림

추신: 나도 선생이 각색한 뒤 상연하지 않을 수도 있다는 것을 알고 있습니다. 그러나 극본이 완성되면 상연될 가능성이 있기 때문에 이와 같이 답신드립니다.

주)_____

1) 왕차오난(王喬南, 1896~?)의 본명은 왕린(王林)이다. 당시 베이징 육군 군의학교 수학교사로 재직했다. 그는 「아Q정전」을 영화극본인 「여인과 빵」(女人與面包)으로 각색하여 편지를 써서 루쉰의 의견을 구한 바 있다.
2) '죽어 버리다'(死去)는 첸싱춘(錢杏邨)이 1928년 혁명문학논쟁 시기에 루쉰을 비판하며 던진 말에서 비롯됐다. 첸싱춘은 1928년 『태양월간』 3월호에서 「죽어버린 아Q시대」(死去了的阿Q時代)라는 글을 발표한 바 있다.

301020 장팅첸에게

마오천 형 발치에 드립니다.

알려 주신 소식을 어제 들었습니다. 여러 가지로 잘 알게 됐습니다. 도서 목록은 이전에 이미 본 적이 있는데 나중에는 따로 한 종을 보게 됐습니다. 모두 합하면 백여 가지였습니다. 그렇지만 일시에 수집하기란 쉽지 않습니다. 출판지 등을 상세히 알기 어려워서 착수할 수 없었습니다. 형수님은 쾌차하셨을 것이라 생각합니다만 건강에 주의하시기 바랍니다. 동생은 무고하게 지내는 편이니 걱정을 내려 두셔도 됩니다. 아이는 벌써 걸음마를 배우고 있습니다. 이와 같이 삼가 전하오니 가을날 편안하시기 바랍니다.

10월 20일, 동생 쓰俟 돈수

301114 왕차오난에게

차오난 선생

방금 6일 보낸 편지를 받고 아Q 극본을 각색하는 상황이 어느 정도인지 알게 됐습니다. 정말 좋은 영화를 보는 것 같았습니다.

지난번 하문할 기회를 만나서 제 생각을 간단하게 기술했습니다. 아Q를 보호하려는 것이고 선생이 각색하고 출간하는 것을 허락하지 않을 생각은 달리 없습니다. 선생이 작업할 마음이 있다면 하시고 싶은 대로 하십시오.

연출제작권에 관해서라면 이는 서양——특히 미국——작가가 보물처럼 여기는 것입니다. 나는 아직 이 정도로 서구화되지는 않았습니다. 이것이 「여인과 빵」으로 바뀐 이후는 나와는 무관한 일이 되었다고 할 수 있습니다.

영화, 나는 그 속에 담긴 오묘한 이치를 잘 모릅니다. 보내 주신 원고는 원본을 따로 남겨 놓지 않았을 테니 돌려드립니다. 이와 같이 답신을 드립니다. 항상 평안하시기를 기원합니다.

11월 14일 밤, 쉰 올림

301119 추이전우에게[1]

전우 형

보낸 편지를 받았습니다.

도안 그리는 것을 가르칠 수 있는 사람은 지금 중국에 한 명도 없을 것입니다. 타오위안칭이 죽은 뒤 항저우미술원에서 일본인을 초빙할 수밖에 없었습니다. 그렇지만 나는 일본인 가운데 이걸 잘 하는 사람을 알지 못합니다.

상하이도 이전과 같지 않습니다. 광저우를 떠나면 어디로 가나? 나는 다른 곳도 비슷하다고 생각했습니다. 올해는 '민족주의 문학'가가 대활약을 합니다. 그들과 일치하지 않는 이들을 거의 다 '반동'이라고 몰아붙여 중국에서 살아갈 수 없게 만듭니다. 그래서 나의 번역 작품은 발표할 데가 없고 서적과 잡지는 당연히 더더욱 출간할 수 없습니다.

책방의 사장은 다들 뜨뜻미지근한 작가를 구하러 다닙니다. 지금 가장 잘나가는 이는 자오징선趙景深과 왕푸취안汪馥泉입니다. 우리는 다들 몸을 피해 숨어 있습니다. 그리하여 마 군馬君의 저작은 소개할 수 없습니다.

바바오밥八寶飯은 어디에서 살 수 있는지 나는 모릅니다. 다만 찻집의 딤섬이 아주 좋다는 것만 알고 있습니다. 가령 루위쥐陸羽居와 짜이산취안

在山泉[2])과 같은 곳이 그렇습니다. 그렇지만 이런 종류의 딤섬은 상하이에도 이제 있는데 신야新雅가 바로 그곳입니다.

하이잉은 이가 3개 반이나 났습니다. 말할 수 있는 말은 여전히 서너 마디밖에 없습니다. 그렇지만 지금 걸음마를 배우고 있는 데다가 이리저리 돌아다녀서 데리고 다니기에 힘이 부칩니다.

11월 19일 밤, 쉰 드림

주)＿＿＿＿＿

1) 추이전우(崔眞吾, 1902~1937)는 이름은 궁허(功河)이고 자가 전우(眞吾)이다. 필명은 차이스(採石)이다. 조화사 성원이다. 1928년 상하이 푸단대학 부속실험중고등학교 교원으로 재직할 때 루쉰을 초청하여 강연을 하게 한 바 있다. 저작물로 루쉰이 선별하고 교정을 본 시집 『망천의 물』(忘川之水)이 있다.
2) 당시 광저우에 소재한 유명 찻집 이름이다.

301123 쑨융에게

쑨융 선생

19일 편지는 이미 받았습니다. 『용사 야노시』의 그림[1])은 아주 좋습니다. 삽화로 쓸 수 있지만 동판의 단색으로 인쇄하면 그림과 비교하면 형편없습니다. 채색을 사용할 수 있는데 그렇더라도 한 장당 1천 매를 인쇄하면 적어도 60위안이 듭니다. 그림 전체를 인쇄하면 720위안이 필요합니다. 지금 출판계와 독서계의 능력으로 감당하지 못합니다.

또 있습니다. 조판소에 가서 조판할 때 노동자는 대개 원본 필름을 오염시키곤 합니다. 이런 일을 나는 여러 번 겪어 봤습니다. 그 결과 원화가 훼손되고 복제한 것도 원화에 못 미치는 경우가 생깁니다. 그래서 그 12장은 아마 '희생'되어야 할 것 같습니다.

『분류』에 사용한 적 있는 페퇴피 초상은 별로 좋지 않습니다. 내게 다른 초상이 한 장 있지만 이것도 좋지 않습니다. 또 에스페란토어 역자의 사진은 넣을 필요가 없다고 생각합니다. 관련이 많지 않기 때문입니다 선생은 어떻게 생각하시는지요?

『문학세계』[2]를 나는 도와줄 수 없을 것 같습니다. 나는 에스페란토어를 모르기 때문입니다. 나는 다만 estas[3]라는 한 글자만을 알고 있습니다.

11월 23일, 쉰 올림

주)_____

1) 헝가리 샨도르 벨라톨(Sándor Belátol)이 『용사 야노시』를 위해 그린 벽화를 가리킨다. 모두 12장이다. 그림은 이 책의 에스페란토어 번역자 카루소가 헝가리에서 쑨윱에게 부쳐 줬다. 본문의 '그 12장'도 이를 가리킨다.
2) 에스페란토어 문학 월간잡지이다. 1922년 10월 헝가리의 부다페스트에서 창간했다.
3) '예', '그렇습니다'의 의미를 갖고 있는 에스페란토어이다.

301206 쑨융에게

쑨융 선생

11월 27일 편지는 일찍 도착했습니다. 『용사 야노시』의 에스페란토어 번역본과 원역자 사진은 이미 그끄저께 등기로 부쳤으니 이미 받았으리라 생각합니다. 번역본은 당초에 『분류』에 사용할 생각이어서 그림을 인쇄판으로 만들려고 이미 해체했습니다. 이건 정말 미안합니다.

다른 12장의 그림을 받은 뒤에, 개인적으로는 인쇄할 수 없겠구나 하는 생각이 들었습니다. 그래서 소설월보사에 가지고 갔습니다. 그들은 지금도 삼색판을 한 호에 4장씩 찍고 번역문도 게재하니 장래에 우리가 그들의 인쇄판(지면)을 빌려서 단행본을 1천 부 찍으면 되겠다 싶었습니다. 어제 들러서 회신을 기다렸는데 생각지도 못하게 관료적인 대답을 들었습니다. 그들 있는 곳에 놔뒀다가 사용 가능할 때 쓸 수 있다는 이야기였습니다. 이 말은 사용 여부가 불확실하다는 의미입니다.

상하이는 이익을 좇는 곳입니다. 선생은 내가 직언하는 것을 부디 용서해 주시기 바랍니다. '쑨융'이라는 이름에 관심을 갖는 사람은 아직 많지 않습니다. Petöfi와 나도 재수 없는 시절입니다. 나는 '좌익작가연맹'의 한 사람으로 지금 꽤 많은 압박을 받고 있습니다. 그래서 선생은 이다음에 편지를 보낼 때 '…… 저우위차이 전달하여 받음'으로 적는 것이 좋을 것 같습니다. 번역문이 좋고 나쁜 것은 두번째 문제입니다. 첫번째 문제는 출간했을 때 유행을 탈 것인가 여부입니다.

그렇지만 삼색판을 사용할 수 없다 하더라도 단색판은 어쨌든 쓸 방법이 있을 겁니다. 그래서 내년 봄에는 꼭 이 책을 출간할 수 있을 것입니다. 이와 같이 답신을 드리니 평안하시기를 기원합니다.

(12월 6일) 쉰 올림

『아Q정전』의 에스페란토어 번역본[1]을 나는 본 적이 없습니다. 그들은 한 권도 내게 보내지 않았습니다. 정가도 너무 비쌉니다. 그들이 하고 싶은 대로 하라지요.

1) 1930년 2월 상하이출판합작사에서 중셴민(鐘憲民)의 번역으로 출간됐다.

310121 쉬서우창에게

지푸 형 좌우:

어제 쒀스素士 형을 문병하러 바오룽寶隆 병원[1]에 갔으나 이미 병원에 없었네. 다른 병원으로 옮긴 것 같은데 어느 병원인지는 모르겠다고 하네. 동생이 수소문하여 찾아갈 계획이어서 상세하게 알아야 하지만 아직은 겨를이 없네. 최근 저장성의 친우에게 병이 위독하거나 그가 이미 죽었다는 소문이 있는데 아마도 퇴원했기에 퍼진 말인 듯싶네. 형도 이 헛소문을 듣고 암담해할까 걱정되어 특별히 알려 드리네. 이를 전하니 평안하시기 바라네.

1월 21일, 동생 링페이令斐 돈수

주)_____

1) 당시 독일인이 상하이에서 개설한 병원이다. 쉬서우창의 『망우 루쉰 인상기』(亡友魯迅印象記)에 관련하여 다음과 같은 기록이 있다. "1931년 1월 러우스(柔石) 등이 체포되어 루쉰도 체포되거나 죽었다는 소문이 퍼졌다. 대형신문에서는 언급이 없었지만 타블로이드 신문에서는 확실한 소식으로 기술했다. 나는 걱정으로 초조했는데 그의 친필 편지가 갑자기 도착하여서 그가 이미 피했다는 것을 알게 됐다. 그제서야 나는 마음을 놓을 수 있었다. 편지의 형식은 이전과 많이 다르다. 구두점도 찍지 않고 본명을 피하여 '쒀스'(素士)와 '링페이'(令斐)를 사용했는데 이 둘은 같은 사람이라는 것을 나는 원래 알고 있었다. 병원을 옮겼다는 것은 도피했다는 것을 에둘러 표현한 말이다."

310123 리샤오펑에게

샤오펑 형

　　어제 차오펑이 가게의 친구를 만나 이야기하여 타블로이드 신문기자의 창작을 알게 됐습니다.[1] 이미 상하이의 친구들은 거의 다 믿는 것 같고 베이핑에서도 안부를 묻는 전보가 옵니다. 통신사도 전국에 전송했을 것입니다. 사실 이는 일부 인사가 지어낸 소설로 내가 이렇게 되기를 바라면서 안도하는 것입니다. 그들은 내가 "쓴 『외침』이 6, 7만 권이 판매"되지 않기를 바라는 마음에서 한풀이를 한 것입니다. 그렇지만 사람들이 중구난방으로 떠들면 옳고 그름이 헷갈리고 위험한 나라에서는 신중해야 합니다. 그래서 나는 지금도 이전에 살던 집에 머물지 않게 됐습니다.

　　어제 신문에 또 서점을 수색한 기사가 실렸습니다. 현대와 광화서점이 없어서 이 행동이 '민족주의문학' 운동의 하나라는 것을 알 수 있습니다. 만약 베이신도 그들을 위해 책을 낸다면 위험을 면할 가능성이 있습니다. 그렇지만 이 패거리는 문학이 없고 운동만 있어서 출판사를 아주 난처하게 만듭니다. 공문과 다름없는 글은 사람들을 자발적으로 구독할 수 없게 합니다. 다푸 선생을 만나면 평안하다는 말을 전해 주시기를 부탁드립니다.

1월 23일 오후, 쉰 올림

주)_____

1) 러우스 등이 체포된 뒤 상하이의 『사회일보』는 1931년 1월 20일 '밀정'(密探)이라는 필명으로 「깜짝 놀랄 만한 중요 뉴스」(驚人的重要新聞)라는 기사를 실었는데 여기에서 '루쉰 체포'라는 루머가 유포됐다. 아래에서 언급한 "쓴 『외침』이 6, 7만 권이 판매됐다" 등의 말도 이 글에 나온다.

310202 웨이쑤위안에게

쑤위안 형

　어제 제 동생이 징쑹에게 전달해 준 편지를 읽고 이빈의 소분이 북방까지 퍼졌다는 것을 알게 됐습니다.[1] 형의 걱정을 사게 됐으니 정말 마음이 무겁습니다. 지난달 17일 상하이에 확실히 수십 명이 체포된 일이 있은 듯합니다. 그렇지만 나는 자세하게 알지 못합니다. 이곳 신문도 아직까지 기사가 없습니다. 나중에 타블로이드 신문을 보고서야 내가 체포자 명단에 있다는 것을 알게 됐습니다. 이때는 벌써 며칠 지난 뒤였습니다. 그렇지만 통신사가 이 소식을 전국에 전송하여 나도 체포된 사람이 되었던 것입니다.

　사실 나는 상하이에 온 이후 공격을 받지 않았던 때가 없습니다. 매년 헛소문이 몇 번 돌긴 했지만 이번은 꽤 큰 겁니다. 이는 일부가 내가 이렇게 되기를 바라는 환상에서 비롯된 것입니다. 이들은 대체로 이른바 '문학가'인데 창홍처럼 나를 '걸림돌'로 여겨서 나를 제거하면 그들의 글이 바로 찬란한 빛을 띠게 될 것이라고 생각하고 있습니다. 사실은 절대로 그렇지 않습니다. 문학사에서 문학의 적수를 음모로 제거하여 문호가 된 사람을 본 적이 없습니다.

　그렇지만 중국에서는 확실히 소문도 사람을 음해하기에 충분합니다. 그래서 나는 최근에 다른 곳으로 이사를 갔습니다. 징쑹도 잘 지내고 있습니다. 다만 아이를 돌본다고 바쁠 뿐입니다. 내가 이야기하지 않은 것 같은데 우리에게 남자 아이가 하나 있습니다. 태어난 지 1년 4개월이 됐습니다. 아이는 생후 2개월이 되지 않았을 때 '문학가'에게 신문지상에서 욕을 두어 번 들었습니다. 그렇지만 아이는 별 영향을 받지 않고 건강하게 자라고 있습니다.

　나는 최근 Gladkov의 『*Zement*』 삽화를 인쇄했는데 모두 10장입니다. 곧 웨이밍사에서 형에게 전달하여 부칠 것입니다. 또 Fadejev의 『훼멸』(*Razgrom*)도 번역을 마쳐 곧 인쇄에 부칠 예정입니다. 중국에서 사람 구실을 하는 것은 어렵고 나의 적(괴이한)도 너무 많습니다. 그렇지만 내게 하루가 있다면 문예를 위해 온 힘을 다하고, 새로운 문예와 압제자의 보호 아래 존재하는 쓰레기 같은 문예 중 어느 것이 먼저 먼지가 되어 사라질 것인지 볼 참입니다. 형도 건강을 잘 챙기어 쾌차하기를 바랍니다. 어찌 됐건 장래는 우리의 것이 될 것입니다.

2월 2일, 쉰 드림

　징쑹도 추신하여 안부를 여쭙니다.

주)_____

1) 1931년 1월 21일 톈진의 『다궁바오』(大公報) 증간호에 실린 기사 「루쉰, 상하이에서 체포, 현재 조계 경찰서에 구금」(魯迅在滬被捕, 現拘押捕房)을 가리킨다.

310204 리빙중에게[1]

빙중 형

　조금 전에 동생에게 보낸 편지를 읽고 상하이의 헛소문이 일본까지 퍼졌다는 것을 알게 됐습니다. 폐를 끼쳤음을 생각하면 몸 둘 바를 모르겠습니다. 감사와 슬픔이 교차하는 것이 말로 설명할 수 없습니다!

　나는 상하이에 머물게 된 이후 매우 조심하며 지내고 사람들과 거의 왕래를 하지 않으며 침묵을 지켰습니다. 그렇지만 전에 붓을 놀리는 뜻이 혁신에 있었지요. 따라서 근본은 사라지지 않아서 다시 좌익작가연맹의 일원이 되었습니다. 그런데 상하이 문단의 어릿광대는 기회를 타 함정을 만들어 놓고 즐거워했습니다. 헛소문을 만들어 내고 중상모략을 가한 지도 오래되었지만 그들의 행동이 너절한 것을 슬퍼하면서 일소에 부쳤습니다. 지난달 중순 그 즈음에 청년 수십 명이 체포됐는데 그중 한 명이 나의 학생이었습니다[2](아마 자기 성이 '루'라고 말한 사람이 있었다고 합니다). 이리저리 낭설을 퍼뜨리는 패거리들 때문에 내가 이미 체포됐다는 소문이 파다하게 됐습니다. 통신사에서 이 소식을 전국에 타전했고 타블로이드 기자도 근거 없는 말을 꾸며내어 기사에 내 죄상을 싣고 내 주소를 기록하기도 했습니다. 의도는 당국에 귀띔하여 수색체포하게 하려는 것입니다. 나는 그저 창문 아래 납작 엎드려 지내고 계획하는 것이 하나도 없다는 것을 저 패거리들도 모르지 않습니다. 그런데 상하이의 인심은 타인의 불행을 즐기는 경향이 있는 것 같습니다. 남의 위기를 심심풀이 화제로 삼고 싶어 합니다. 황후이루와 루건룽의 연애 이야기를 먼저 크게 떠들다가[3] 마전화가 물에 몸을 던진 일을 이어서 이야기합니다.[4] 뒤이어서 샤오 여사가 강간당한 사건을 이야기한 다음[5] 이제 내가 체포된 이야기를 할 차례입니다. 문인이 펜을 한번 휘둘러 아주 살짝 힘을 주기만 하는데도 내 피해는 격심해집니다. 노모는 흐느껴 울고 친한 친구는 깜짝 놀랍니다. 열흘 동안 거의 매일 사실을 바로잡는 편지를 보내는 것이 일과이니 이것도 정말 슬픕니다. 다행히 아무 일도 없으니 염려 놓으셔도 됩니다. 그렇지만 세 번 고하면 베틀을 던지게 되고 현모에게도 의심이 생기게 마련입니다.[6] 천 명이 손가락질하면 아프지 않아도 죽음에 이르게 마련입니다. 이 세상에 장정으로 태어나 정말 내일이 어떻게 될지 모르겠습니다.

동쪽으로 일본扶桑을 바라보니 감사와 슬픔이 교차합니다. 이와 같이 알려 드리니 만복이 깃들기를 기원합니다.

2월 4일, 쉰 올림

영부인에게도 이와 같이 안부 여쭙니다.

주)_____

1) 이 편지는 1931년 2월 23일 톈진의 『다궁바오』의 「문학부간」 제163기에 실렸다.
2) 러우스(柔石)를 가리킨다.
3) 1928년과 1929년 사이에 상하이의 신문에서 과장하여 대서특필했던 황후이루(黃慧如)와 루건룽(陸根榮)의 주인과 하인 사이의 연애 사건을 가리킨다.
4) 1928년 봄과 여름에 마전화(馬振華)가 왕스창(汪世昌)에게 사기로 농락당하여 물에 몸을 던져 자살한 사건을 말한다.
5) 1930년 8월 난징의 여교사 샤오신안(蕭信庵)이 난양의 화교학교에 초빙을 받아 임지로 가는 도중 네덜란드 국적의 여객선에서 선원에게 강간을 당한 사건이 일어났는데 이를 가리킨다.
6) 『전국책』(戰國策)의 「진책2」(秦策二)에 나오는 말이다.

310205 징유린에게[1]

유린 형

조금 전 동생에게 보낸 편지를 읽고 상하이의 소문이 형을 걱정하게 했다는 것을 알게 됐습니다. 뿐만 아니라 각지에 도움을 청하는 전보까지 보냈으니 정말 감사드립니다.

나는 상하이에 머문 이후에 하릴없는 일부 문인이 날조하는 소문의 밥이 된 지 오래됐습니다. 갑자기 서점을 열었다가 또 갑자기 다달이 인세를 만여 위안 받다가 갑자기 중앙정당기관의 문학상금을 타고 또 갑자기 소련의 루블을 받고 모스크바에서 체포되기도 합니다. 나도 모르는 일이 벌어집니다. 사실 이는 내가 이렇게 되기를 바라는 일부의 상상일 따름입니다. 그들의 소설 작법에 따르면 지난해 일 년 동안 루블을 받았으니 올해는 당연히 체포되어야 하고 뒤이어야 하는 것은 총살입니다. 그래야 그들의 문학은 무적이 됩니다.

사실은 꼭 그런 것도 아닌데 말입니다.

나는 푸저우로가 어디에 있는지도 모릅니다.[2]

그렇지만 세상은 이와 같습니다. 사람 구실을 하는 것은 정말 힘들고 헛소문은 사람을 죽일 수 있습니다. 장래에 정말 체포될지도 모르는 일입니다. 그렇지만 지금은 평안합니다. 특별히 소식을 알려 드리니 멀리서 걱정 않으셔도 됩니다. 더불어 나를 걱정하는 벗들에게도 알려 주시면 감사드리겠습니다. 만복이 깃들기를 기원합니다.

2월 5일, 쉰 올림

주)_____

1) 징유린(荊有麟, 1903~1951)은 즈팡(織芳)으로도 부른다. 그는 베이징의 에스페란토어 전문학교에서 루쉰의 강의를 들은 바가 있다. 나중에 루쉰의 소개로 징바오관(京報館)에서 교정직을 맡았고 『망위안』(莽原) 주간의 출판 작업에 참가했으며 『민중문예주간』(民衆文藝週刊)을 편집하기도 했다. 1927년 5월 이후에 난징에서 『시민일보』를 창간하여 국민당 중앙당부 간사 등의 직책을 역임했다. 1939년 국민당 중앙조사통계국 등의 특무조직에서 일했다.

2) 당시 '루쉰은 푸저우로(福州路)에서 체포됐다'는 소문이 있었다. 1931년 1월 21일 톈진의 『다궁바오』에 실린 기사에 나온다.

310218 리빙중에게

빙중 형

　9일 형의 서신을 이미 받았습니다. 지금 여기에서 장정으로 태어나는 것은 가시덤불 속에 있는 것이나 다름없습니다. 우리나라 사람들 가운데 인명을 팔아 자기 뱃속을 채우는 사람이 있으니 정말 분노가 일고 개탄스럽습니다. 때로는 이 위험한 나라를 떠나고 싶지만 그러면 고향을 그리워할 것이니 단호하게 길을 떠날 수도 없습니다. 야인이 흙을 품고 잔풀이 산을 그리워하니 이 또한 슬픈 일입니다. 일본은 이전에 머문 곳이고 수목이 맑고 투명하여 마음 편히 있을 수 있습니다. 그렇지만 아는 이가 많아서 그렇게 가고 싶지 않습니다. 지난해 독일에 갈 생각도 꽤 있었는데 그저 마음속으로 생각할 따름이었지요. 오늘 금값이 많이 올랐는데 거의 세 배나 오른 데다가 상하이에는 가족까지 있습니다. 어린아이도 하나 있어 서로 의지하고 지내는데 만약 떠나면 양쪽 다 상하게 될 것입니다. 그저 몸을 깊이 숨겨서 남은 세월이 늘어날 수 있기만을 바랍니다. 만약 조정의 문신과 무신이 여전히 서로 용납하지 못하면 같이 바다에 빠지거나 서로 끌고 가서 목숨을 바칠 수밖에 없겠지요. 후의에 깊게 감사드립니다. 그렇지만 지금은 아직 무사하니 걱정 마시기 바라며 부디 몸조심하시기 바랍니다. 이와 같이 알려 드리니 만복이 깃들기를 기원합니다.

2월 18일, 쉰 올림

영부인에게도 이와 같이 안부를 여쭙니다.

310224 차오징화에게

징화 형

정월 10일 편지와 『고요한 돈강』 책 한 퀀을 이미 받았습니다. 형의 땔감은 이미 받았는지요? 이 일이 특히 걱정됩니다.

『별목련』은 지금 잠시 내버려 둘 수밖에 없습니다.[1] 현재 글에 가하는 압박이 특히 심합니다. 잡지에 내 작품도 실을 수 없을 정도이고 소개하는 것도 아주 어렵습니다. 한 떼의 막장 '문학가'가 한 판 춤을 추고 있습니다. 이런 풍경은 고금의 다른 나라에서는 없을 것입니다.

그런데 형의 『철의 흐름』[2] 번역은 다 했는지 모르겠습니다. 이 책은 여전히 방법을 생각해서 출판해야 합니다. 나의 『훼멸』은 일찍 번역을 마쳐 곧 가명으로 출판할 계획입니다.

『철의 흐름』 목판화의 그림을 만약 구할 수 있으면 이것도 방법을 생각하여 구매하여 부쳐 주시기를 희망합니다.

일본 신문을 보고서야 이달 7일에 일군의 청년들을 총살했다는 것을 알게 됐습니다. 그 가운데 네 명(남자 세 명과 여자 한 명)이 좌련 소속입니다.[3] 그렇지만 '죄상'은 다른 걸로 붙인 듯합니다.

많은 사람들이 나를 연루시키려고 들어 나는 거처를 옮긴 지 꽤 오래되었습니다. 그렇지만 현재 상황을 보면 아마도 별다른 일은 일어나지 않을 것 같으니 부디 걱정 마시기 바랍니다.

2월 24일, 동생 위차이 드림

주)_____

1) 『별목련』(星花)은 소련 작가 라브레뇨프(Борис Андреевич Лавренёв, 1891~1959)가 쓴

중편소설로 차오징화가 번역했다. 1933년 1월에 상하이의 량유도서인쇄공사(良友圖書印刷公司)에서 출판한 소설집 『하프』(堅琴)에 수록됐다.
2) 『철의 흐름』(鐵流)은 소련 작가 세라피모비치(A. C. Серафимович, 1863~1949)가 쓴 장편소설로 차오징화가 번역했다. 1931년 12월 루쉰이 '삼한서옥'의 이름으로 출판했다.
3) 러우스(柔石), 인푸(殷夫), 후예핀(胡也頻)과 펑경(馮鏗)을 가리킨다.

310306 리빙중에게

빙중 형

2월 25일 보낸 서신을 조금 전에 받았습니다. 저의 어머니 등은 여전히 베이징에 머무릅니다. 연세가 많으셔서 편한 데가 익숙하시고 이사하는 것을 특히 좋아하지 않습니다. 오 년 전 어떤 사람이 내 이름을 딴 공段公에게 올려 바쳐서 체포할 것을 선동했습니다. 그래서 혈혈단신으로 베이징을 떠나 객지인 샤먼에 머물렀습니다. 그리고 다시 광저우로 향했다가 그다음에 상하이에 이르렀습니다. 이때 나와 동행한 이는 원래 이전의 제 학생이었는데 같이 어려움을 겪고 서로 도와준 지 오래되어 돌보지 않기가 어려웠습니다. 형이 북방에서 귀국하여 징윈리景雲裏의 집에 들렀을 때 만나 본 적이 있습니다.[1] 그렇지만 초기여서 예측하지 못하였으니 당연히 유의하지 않을 때였습니다.

아이는 재작년 9월 즈음에 태어났습니다. 이제 한 살 반이 되었는데 남아입니다. 아이는 상하이에서 태어난 영아嬰兒여서 하이잉海嬰이라고 이름 지었습니다. 나는 사람이 죽어도 혼이 있다는 것을 믿지 않습니다. 후사라는 것도 구하지 않아서 자녀가 없는 것을 원래 개의치 않았습니다. 반대로 나중에 걱정거리가 없으니 편하다고 생각했습니다. 그런데 지금 애쓸 일이 하나 더 생겼습니다. 책 상자 몇 개와 마찬가지로 힘들게 느껴져서 이사할 때마다 대대적으로 배치할 고생을 더 합니다. 그렇지만 이왕 아이를 낳았으니 반드시 잘 길러야 하는 것은 말할 필요가 없겠습니다.

최근 수년 동안 상하이의 어떤 패거리가 한편으로 신문지상과 구두로 나에 대한 헛소문을 날조하고 다른 한편으로는 당국이 나를 수색하고 있어서 매우 위급하다 운운하는 말을 퍼뜨리고 있습니다. 지금 형이 말한 친구의 말을 보면 아직 심혈을 기울이는 정도까지는 아닌 것 같습니다. 얻고자 하며 기꺼워하는 것 같습니다. 그 사이에 또 한 무리가 있는 것 같은데 분위기를 만들고 함정을 파서 스스로 즐기려 하는 것 같습니다. 그렇지만 이 패거리가 누구인지는 조사해 보지 않았습니다. 아마도 상하이의 기자는 이와 같은 성격일지도 모르겠습니다.

또 톈진의 모 신문에서 내가 '고문을 당했다'고 기사를 실었다고 하는데 이것도 옛 친구를 분개하게 만들었습니다. 다른 신문에서는 내가 체포되었는데 '홍군의 지도자'이기 때문이다 운운하기도 했습니다.

요즈음 날씨가 점점 따뜻해지고 있습니다만 감기가 대유행합니다. 그렇지만 가족은 모두 평안합니다. 베이징도 평안합니다. 나는 북쪽으로 돌아가고 싶지만 그곳의 '학자'를 생각하면 바로 뒷걸음질쳐집니다. 이와 같이 알려 드리니 만복이 깃들기를 기원합니다.

3월 6일 쉰 올림

영부인에게도 이와 같이 안부 여쭙니다.

1) 리빙중이 소련 유학에서 귀국한 뒤인 1927년 11월 초에 상하이의 징원리에 소재한 루 쉰 집을 방문한 적이 있다.

310403 리빙중에게

빙중 형

　일전에 도쿄의 점포에서 아이 윗도리와 바지 한 벌씩을 보내온 일이 있는데 형이 보내 준 선물이라는 것을 알게 됐습니다. 정말 감사드립니다. 최근에는 헛소문이 점차적으로 잠잠해져서 지난달 초순에 이전 집으로 되돌아왔습니다. 그렇지만 언제까지 이렇게 평안할 수 있을지 모르겠습니다. 누추한 저는 이전과 같이 지내니 걱정을 내려놓으셔도 됩니다. 이와 같이 알려 드리니 영원한 행복을 기원합니다.

4월 3일, 쉰 올림

　영부인에게도 이와 같이 안부를 여쭙니다.

310415 리빙중에게

빙중 형

　3월 29일에 보낸 편지를 받은 지 이미 며칠 지났습니다. 마침 감기를 앓아 답신을 보내는 것이 늦어졌습니다. 세상에 태어나 아이를 많이 낳는 건 정말 부담이 되는 일입니다. 그러나 아이를 낳는 수고 정도는 가벼운 문제입니다. 더 큰 문제는 장래의 교육입니다. 국가가 항상 감당하지 않으며 개인은 더욱 어떻게 해야 할지 모르겠습니다. 나는 원래 뒤를 걱정하지 않는 것을 목적으로 했는데 부주의하다 보니 아이가 생겼습니다. 아이의 장래를 생각하면 자주 막막해지지만 일은 이미 벌어졌습니다. 어떻게 해야 할지 몰라 이장길의 시를 읊조립니다. "태어났으니 알아서 자라야겠다. 생활의 부담을 지고 문을 나선다.[1] 갑절로 힘써 일을 하여 아이를 위한 소가 될 수밖에 없으니 무슨 말을 하겠는가."

형은 아이가 나보다 배로 많지만 더 늘어나지 않으려면 여전히 힘써야 합니다. 이후에 산아제한 방법은 반드시 행해야 합니다. 반드시 꾸준히 행해야만 효과가 있습니다. 그런데 이 일은 번거로워 소홀히 하기 쉽습니다. 한번 부주의했는데도 임신하는 경우가 자주 생깁니다. 아이를 원하는 이는 밤낮으로 축원하지만 효과가 없고 바라지 않는 이는 조금 부주의했는데 임신이 됩니다. 이것이 인간 세상에 고뇌가 많은 이유겠지요. 집안은 모두 평안합니다. 걱정을 내려놓으셔도 좋습니다. 그렇지만 물가가 모두 오르고 펜을 쓰는 자는 죽거나 갇히며 서점(베이신을 포함하여)도 여러 번 폐쇄당합니다. 문학계도 소수만이 살아남고 원고가 있어도 팔 곳이 없으니 생활에 결국 큰 영향을 미치고 있습니다. 이와 같이 알려 드리니 무궁한 행복이 있기를 기원합니다.

4월 15일, 쉰 올림

영부인에게도 이와 같이 안부를 여쭙니다.

주)_____

1) 원문은 '己生須己養, 荷擔出門去'이다. 이하(李賀)의 시 「감풍오수(感諷五首)·기사(其四)」에 나오는 말이다. 이하(791~약817)는 당대(唐代) 시인이다. 장길(長吉)은 그의 자이다.

310426 리샤오펑에게

샤오펑 형

조금 전에 제 남동생이 장편 서신과 인세 4백을 가져와 건네줬습니다. 곤란한 중에 돈을 준비하여 부쳐 주시니 정말 정말 감사드립니다.[1]

학교용 도서는 최근 각 출판사가 경쟁적으로 출판하고 있습니다. 게다가 판매를 하려면 여전히 활동을 좀 해야 하여 아마 경쟁이 그렇게 수월치 않을 것입니다. 또 베이신은 그동안 문예서 출간으로 유명했는데 이 선택이 좋은 결과를 낳을지도 문제인 것 같습니다. 나는 오랫동안 문학사를 쓰고 싶다는 생각을 해왔습니다. 그러나 첫째 생활이 안정되어야 연구를 할 수 있는데 현재 상황은 거의 불가능하여 한동안 손을 댈 수 없습니다. 게다가 지금 법률도 수시로 들쑥날쑥 바뀝니다. 비록 문학사일지라도 반혁명 제X조에 저촉되지 않기란 어렵습니다.

법원이 이처럼 진지한 것은 정말 감탄할 일입니다. 그렇지만 최근 타이바오아수太保阿書를 참수한 일은 여러분이 아직 들어보지 못한 듯합니다.[2] 사실 참수는 무슨 주의主義는 아니며 법률에도 없지만 이것도 '삼민주의에 이롭지 않은 것'입니다.

수입인지는 다 검토한 뒤 내 동생에게 전해 주시고 편지로 알려 주십시오.

베이신이 폐쇄됐다가 오늘 열기까지 그 사이의 경과과정을 나는 하나도 모릅니다. 전해들은 소문은 있습니다만 믿을 만하지 않습니다. 형이 지금 겨를이 있는지 모르겠는데 괜찮으면 방문하니 한번 이야기해 주실 수 있는지요. 다녀오셨으면 언제든 오후에 저의 집에 와 주시면 감사드리겠습니다.

6(4)월 26일, 쉰 드림

주)_____

1) 1931년 3월 국민당 장쑤성 고등법원 2분원에서 상하이의 일부 서점을 강제 폐쇄했는데 여기에 베이신도 포함됐다. 4월 23일 폐쇄가 해제됐지만 경제적으로 여전히 어려움을 겪었다.
2) 1931년 4월 17일 상하이 『선바오』에 실린 기사이다.

310504 쑨융에게

쑨융 선생

오랫동안 안부 여쭙는 데 소홀했습니다. 상하이 문단은 괴괴하고 서점은 이익을 좇습니다. 항저우는 소식이 밝지 못하여 깊이 알고 있지 않으리라 생각합니다. 그렇지만 이야기하자니 너무 장황하여 이야기하지 않는 것을 용서해 주시기 바랍니다. 『용사 야노시』는 지금까지 몇 개의 돌부리에 부딪힌 상태입니다.[1] 물론 아무 출판사에 맡겨서 조잡한 종이로 인쇄하면 출판하려는 곳이 있습니다만 나는 그렇게 하는 데 동의하지 않았습니다.

출판사가 애오라지 이익만 추구하는 것은 좋지 않습니다. 이는 중국에 좋은 책을 사라지게 할 수 있습니다. 나는 현재 경비를 준비하여 이번 달에 내가 부담하여 1천 부를 인쇄하는 것으로 결정했습니다. 그 벽화 12장은 부득이하게 단색 동판을 쓸 수밖에 없습니다(경제적인 원인 때문입니다). 책 속의 빈 곳에는 여전히 에스페란토어 판본에 실린 삽화 3장을 인쇄할 생각입니다. 그래서 바로 부쳐 주시면 제판을 준비하는 데 도움이 되겠습니다.

이번에 여러 번 이사하여 매우 미안하게도 선생이 부쳐 주신 벽화의 시에 대한 지수[2]를 잃어 버렸습니다. 내게 다시 한번 보내 주시기 바랍니다. 원본이 없을지도 몰라 각 절의 첫 구절을 아래와 같이 적습니다.

No. 1. Ĉar sur la herbejo Ŝafgardisto nia ···

"Perla korjuvero, Ilnjo, mia ĉio!" ···

2. "Laste mi vin vidas, ho printemp' de koro, ···

"Do nun, Ilnjo bela, trezor' de l'animo, ···

3. Nokt', rabband', pistoloj hakaj, pikaj feroj, ···

"Donu Di' vesperon de feliĉo plenan" ···

4. Jen, husaroj venis, husartrupo bela, ···

Multon per la lango diris la junulo, ···

5. De l'ĉeval' li saltis, al knabin' li iris, ···

"Ho savint'! Pri l'nom' ne estu vort' demanda, ···

6. Kaj la reĝo turnis sin al li jenvorte: ···

Nun la reĝ' malfermis sian trezorejon, ···

7. Skuis, turnis sin la birdo en aero, ···

   Kiom landojn flugis ili, scias Dio, ···

8. "Do, se vi alvenis, bone, manĝu kun ni! ···

   Reĝ' da ŝtonọ rompis funtojn ĉukaŭ kvin nun ···

9. Maljunulinaĉoj svarme venis, iris, ···

   Balailoj estis en amas' sur tero, ···

10. Iris la gigant' kun vado senripoza, ···

    "Kaj insulo kia" — sonis la demnado, ···

11. Helpu Di'! Jen terurega gardo ···

    En la brust' de l'drako koron elesploris ···

12. Tiu akvo estis mem la Vivoputo ···

    Inter fea gent', en rondo idilia, ···

민국 20년 5월 4일, 쉰 드림

편지는 '바오산로 상우인서관 편집소 저우차오펑이 받아 저우위차이에
게 전달'로 써서 보내 주십시오.

주)_____

1) 쑨융이 번역한 『용사 야노시』는 원래 『분류』에 연재할 계획이었다. 그러나 『분류』가 갑
   자기 정간되어 루쉰이 바로 앞뒤로 『소설월보』와 『학생잡지』, 춘조서점에 번역을 소개
   했으나 모두 발표할 수 없었다. 관련하여 『집외집습유보편』의 「용사 야노시 교정 후기」
   를 참고하시오.
2) 원시의 제○수 제○행을 가리킨다.

310613 차오징화에게

징화 형

　이전에 내게 부친『고요한 돈강』제4권은 이미 받았습니다. 나는 지금 제2권과 제4권을 가지고 있습니다. 제1권과 제3권은 아직 구할 수 있을지 모르겠습니다. 만약 갖고 있다면 각각 한 권씩 부쳐 주시기 바랍니다. 그러나 만약 구하기 힘들면 굳이 구해 줄 필요는 없습니다. 나는 그 속의 삽화를 한번 보고 싶을 뿐이어서 꼭 필요한 것은 아닙니다.

　『철의 흐름』번역원고 1권은 오늘 받았습니다. 지금『훼멸』을 조판 인쇄하고 있으며 7월 말에 마칠 수 있습니다. 인쇄 뒤 바로 이 책을 인쇄할 계획인데 9월 중순에 인쇄를 마칠 수 있을 것입니다. 목판화를 구할 수 없으면 이전에 보내 주신 엽서에 그려진 그림을 인쇄에 넣을 계획입니다. 이상의 책 두 권은 형이 원하면 편하실 때 알려 주시기 바랍니다.

　좌익문예에 대해서 이곳에서 억압의 손길이 닿지 않는 곳이 없습니다. 그런데 또 다른 문예는 텅 비었고 아무것도 없습니다. 그래서 출판계는 매우 적막합니다. 나는 지난해 겨울『시멘트』의 삽화 10장을 인쇄했습니다. 그렇지만 지금까지 중국 청년에게 팔린 것은 스무 권도 되지 않습니다.

　영아자기알약과 해삼은 정월 말에 부쳤습니다. 지금까지 회신이 없고 소포도 되돌아오지 않았습니다. 어떻게 된 건지 모르겠습니다.

　웨이밍사는 결국 연기처럼 사라지고 말았으니 정말 한숨이 나옵니다. 지난달 충우가 여기 와서[1] 웨이밍사에 관리할 사람이 없어서 카이밍 서점(이곳은 몰인정한 서점입니다)에 대행을 맡길 것이라고 말했습니다. 내게도 이 서점의 규칙을 따를 것을 권했습니다. 나는 이 서점의 규칙을 준수할 필요가 없으며 동인이 직접 관리하지 않으면 바로 탈퇴하겠다고 대답했습니다. 이후에 소식이 없었습니다.

　이곳은 이미 여름이 온 것 같습니다. 동생은 평소와 다름없이 평안하니 걱정을 내려놓으셔도 됩니다. 이아 간이 평인과 선상을 기원합니다.

6월 13일 밤, 동생 위 드림

주)＿＿＿＿

1) "지난달 충우가 편지를 보내서"의 오기인 듯하다. 1931년 5월 1일 일기에 관련 기록이 있다.

310623 리빙중에게

빙중 형

　16일 편지는 이미 도착했습니다. 지난번 편지[1]는 몇 차례나 전재된 것을 봤습니다. 일부는 이 편지로 장문의 글을 써서 헐뜯거나 칭찬하기까지 했습니다. 이는 상하이의 타블로이드 신문기자의 해묵은 방법입니다. 그들은 국가 대사를 이야기할 깜냥이 안 되어 이렇게 할 수밖에 없습니다. 형은 이런 종류의 사회와 접해 보지 않아서 경악하셨겠지만 나는 이런 데 익숙해져 있습니다. 하나도 이상하지 않습니다.

　편지를 발표하는 일에 대해서라면 형에게 반감이 하나도 없습니다. 자기 편지를 발표하는 것은 다른 사람이 소문을 날조하는 일보다는 낫습니다. 게다가 이미 써서 보낸 것인데 인쇄해도 무방합니다. 그건 무슨 특별한 일이 아닙니다. 그렇지만 상하이의 타블로이드지는 웃음거리가 너무 많습니다. 지금까지도 내가 체포되지 않았다는 것을 인정하지 않는 곳도 있습니다. 아직 내가 친필 편지를 보내 정정하지 않았다는 것이 이유입니다.

형이 "빛을 빌려서 자기를 비췄다"고 의심하는 것은 지금은 아직 그 정도는 아닙니다. 왜냐하면 형이 아직 상하이의 출판사에 원고를 팔지 않아서 이 패거리들과 먹을거리를 다투지 않았기 때문입니다. 그렇지 않다면 이 편지가 없더라도 그들은 험담을 하려 들 것입니다. 나는 여태까지 신문기자인 것 같은 낌새가 있는 사람은 만나지 않습니다. 만나더라도 이야기하지 않습니다. 그런데도 여전히 헛소문이 나오고 어떤 때는 내 동생의 일을 나의 일로 지어내기까지 했습니다. 아마도 얼굴이 닮아서 구분하지 못한 까닭이겠지요. 최근 몇 개월 동안 나에 관한 기사가 좀 줄어들었습니다. 아마 한동안 새로운 수법을 생각하지 못했기 때문인 듯합니다.

나는 평소처럼 평안하게 잘 지냅니다만 어쨌든 늙어 가고 있습니다. 미스 쉬도 건강합니다. 아이도 좀 통통해졌습니다만 사람 머리를 어지럽게 할 정도로 짓궂은 데가 있습니다. 4월 즈음에는 베이신서점이 폐쇄되어 생계가 좀 어려웠습니다. 지금 베이신이 다시 문을 열고 내 책 판매도 이전과 같아서 문제가 없게 됐습니다.

중국에는 최근 또다시 안녕하지 않습니다. 어떻게 해야 좋을지 정말 모르겠습니다. 일을 하려면 정말이지 사람을 불안하게 합니다. 그렇지만 요즘 제대로 사람구실을 하려면 좀 대담해야 합니다. 그냥 넘어가야 할지도 모릅니다. 형이 자주 난처하다고 느낀다고 했는데 그런 결점은 너무 세세하게 생각하고 틀린 곳이 하나도 없으려고 하는 데 있다고 생각합니다.

사실 이런 일은 정말 어렵습니다. 사소한 일을 일일이 신경 쓸 필요가 없습니다. 일단 경지에 오르면 사실 아무것도 아닙니다. 가령 포위된 성 안에 있더라도 성 바깥에 있는 사람이 짐작하는 것만큼 그렇게 두렵지 않을 수도 있습니다. 이와 같이 답신드리니 만복이 깃들기를 기원합니다.

6월 23일 밤, 쉰 드리고 광핑이 덧붙여 안부를 여쭙니다

영부인에게도 이와 같이 안부 여쭙니다.

주)_____

1) 310204 편지를 가리킨다.

310730 리샤오펑에게

샤오펑 형

오후에 보내 주신 편지를 받아 읽었습니다.

웨이밍사가 며칠 전에 나에게 편지를 보내서 내 재고도서로는 『작은 요하네스』3백 권밖에 없다고 말했습니다. 나머지 3종[1]은 오래전에 다 팔았고 더 찍지 않았다고 했습니다. 그렇지만 다른 사람의 재고도서는 많다고 했습니다.

『용사 야노시』는 이미 출판사 하나가 도맡아 인쇄에 부쳤습니다.[2] 내가 인쇄할 필요는 없게 됐습니다. 다음 달 말에 다른 소설 한 종을 찍을 생

각인데 그때가 되면 다시 부탁드려야겠습니다.

전집은 영인해야지 상황을 알 수 있을 것입니다. 아마 손해를 볼 정도는 아닐 겁니다. 영인할 수 있을 만큼 영인한다는 것에 나는 이견이 없습니다. 번역한 소설에 대해서 나는 일단 상관하지 않을 생각입니다. 왜냐하면 그중 대부분은 내가 번역하려는 『신러시아 신작가 30인집』에 들어 있는 것들입니다. 이 책의 염가판이 있기만 하면 충분히 저지할 수 있습니다.

「상하이 문예의 일별」을 나는 한 시간 동안 강의했습니다. 『문예신문』[3]에 실린 글은 기자가 발췌하여 쓴 개요입니다. 나는 직접 초고를 쓸 생각도 있습니다. 그렇지만 지금은 글을 걸러 내는 그물이 촘촘하여 자칫 잘못하면 죄를 불러옵니다. 그래서 『청년계』[4]에 적합한지 의문스럽습니다. 또 내가 초고를 쓴 뒤 다시 한번 검토해 봐야 합니다. 다음 호 『문예신문』에 실릴 글은 아마 금기를 위반한 말이 있을 것입니다. 다른 원고는 지금 없습니다. 첫째는 나는 정말 잡지에 해를 끼치고 싶지 않아서입니다. 둘째는 현재의 작가와 감히 기량을 겨룰 수 없어서 펜을 잡고 있지 않습니다.

교정원고 4장을 첨부하여 부치니 인쇄소에 보내 주시기 바랍니다.

7월 30일 밤, 쉰 드림

주)_____

1) '웨이밍총서'의 『고민의 상징』과 『상아탑을 나서며』 및 '웨이밍신서'에 포함된 『아침 꽃 저녁에 줍다』를 가리킨다.
2) 후평서국(湖風書局)을 가리킨다. 1931년 쉬안샤푸(宣俠父) 등이 상하이에서 창간한 출판사이다.
3) 주간지이다. '좌련'이 출간하는 간행물 중 하나로 1931년 3월 상하이에서 창간됐고, 1932년 6월 정간됐다. 「상하이 문예의 일별」(上海文藝之一瞥)은 이 주간지의 20, 21호

(1931년 7월 27일, 8월 3일) 두 회에 나눠 발표됐다. 훗날 『이심집』(루쉰전집 6권)에 수록됐다.
4) 『청년계』(靑年界)는 스민(石民), 자오징선(趙景深), 리샤오펑(李小峰)이 편집한 종합월간지이다. 1931년 1월 상하이에서 창간했으며 베이신서국에서 발행했다. 그 뒤 휴간과 복간을 거듭하다 1949년 1월에 폐간됐다.

310808 리샤오펑에게

샤오펑 형

오늘 형의 편지를 받은 다음 바로 『아침 꽃 저녁에 줍다』 한 권을 처리했습니다. 이 책 안에는 도판이 있습니다. 제판하러 갈 때 원본을 잃어버리지 마시기를 부탁드립니다. 왜냐하면 뒷면에 글이 인쇄되어 있는데 분실하면 집에는 다른 책이 없기 때문입니다.

또 이 책에는 10줄만 있습니다. 이번 인쇄에서는 한 쪽에 12줄로, 한 행에 30자로 『외침』 등과 같이 고칠 수 있는 듯합니다.

『상아탑』은 먼저 편지를 보내 베이핑에서 속히 인쇄해 달라고 부탁할 수 있습니다. 수입인지는 내일 차오펑에게 바로 보내야 하니 13일에 가는 길에 가지러 가시고 별도로 베이핑의 복제판 두 권이 있으니 같이 삼가 돌려드립니다 수입인지 영수증을 받아 가져오시기를 바랍니다. 베이핑에 염가판만을 판매하면 나는 인세를 20퍼센트로 낮출 수 있습니다.

8월 8일 밤, 쉰 드림

추신: 『열풍』과 『화개』, 『화개집속편』 및 출간예정인 『중국소설사략』, 『상아탑』은 모두 아직 계약을 하지 않았습니다. 편할 때 보완하기 바랍니다. 모두 3부가 있어야 하는 것 같습니다. 앞의 3종은 합하여 1부가 있으면 되고 뒤의 2종은 각각 한 부가 있어야 합니다.

310816 차이융옌에게[1]

융옌 형

7월 26일 편지를 일찍 받았습니다. 『시멘트』 교정원고는 훨씬 이전에 받았습니다. 쉐 형은 평소와 다름없이 지냅니다.[2] 다만 그 원고의 적당한 출판사가 아직 확정되지 않은 듯합니다. 상하이의 출판사는 말은 번지르르하게 하지만 막상 출판할 때가 되면 첫째는 안전, 둘째는 판매량, 셋째는 본전, 넷째는 돈을 많이 벌려 합니다. 그래서 협상하기가 꽤 까다롭습니다. 그렇지만 어찌 됐건 출판을 하긴 합니다.

인쇄할 때 삽화를 본문에 나눠 넣어야 하고 제목도 이에 따라 바꿔야 하며 아래에 원제를 밝혀야 합니다. 이 원제는 독역본과도 다 안 맞는데 판화가가 직접 붙인 것입니다. 코간 교수 논문은 내가 따로 번역하여 붙일 수 있습니다.[3] 책은 『분류』 크기로 낼 예정인데 더 커서는 안 됩니다. 작가 초상은 내게 있으니 따로 하나 만들면 비용도 많이 들지 않습니다.

다장大江서점의 선장법은 폐단이 많습니다. 나는 여전히 실을 종이 가장자리에 박는 방법을 사용할 수밖에 없다고 생각합니다. 교정에 관해서라면 어떤 출판사든 믿을 만한 데가 거의 없습니다. 일부는 심지어 식자한 것도 적고 구두점도 좀 달라서 알아볼 수 없었습니다. 이번에 인쇄할 때 미스 쉬가 교정을 볼 수 있어서 보통 때보다 착오가 좀 줄어들 것이라 생각합니다.

이에 답신을 드리며 잘 지내시기를 비립니다.

8월 16일 밤, 쉰 드림

샤오 형에게도 이와 같이 안부를 여쭙고 달리 보내지 않습니다.

제판과 표제어에서 삭제나 수정을 할 수 있는지 여부는 출판사와 의논하여 의견을 수용하십시오.

주)_____

1) 차이융옌(蔡永言)은 둥사오밍(董紹明)과 차이융창(蔡詠裳) 부부가 같이 사용하는 이름이다. 둥사오밍(1899~1969)의 자는 추스(秋士)인데 추쓰(秋斯)라고도 쓴다. 번역가이다. 상하이에서 『세계월간』을 편집했다. 차이융창(1901~1940)은 둥사오밍과 함께 글랏코프의 장편소설 『시멘트』를 번역했는데 루쉰이 교정을 봤다. 이 편지는 차이융창에게 보내는 것이다.
2) 쉐 형(雪兄)은 펑쉐펑(馮雪峰, 1903~1976)을 가리킨다. 필명은 화스(畵室), 뤼양(洛揚) 등이 있다. 작가이자 문예이론가이다. 중국좌익작가연맹 성원 중에 한 명이다.
3) 코간(Пётр Семёнович Коган, 1872~1932)은 소련 문학사가이자 문학비평가이다. 여기서 말한 그의 논문이란 『위대한 10년의 문학』 3장 15, 16절을 가리킨다.

310911 리샤오펑에게

샤오펑 형

어제 제 동생을 만나 몇 가지 이야기를 나눴다고 들었습니다. 심심한 위로를 드립니다.

『소설사략』은 이미 출판했는지요? 출간하면 20권을 증정해 주시기 바랍니다.

『구시대의 죽음』의 작가 가족은 지금 형편이 꽤 어렵습니다. 친구 몇 명이 이 때문에 돈을 모으고 저축을 하고 있습니다. 아이가 공부하는 데 사용하려 합니다. 이 책은 8월에 인세를 결산해야 합니다. 결산을 하여 알려 주시기를 바랍니다. 아니면 내가 대신 수령하여 그의 친구가 가져가게 하는 것도 가능합니다.

9월 11일, 쉰 드림

310915① 리샤오펑에게

샤오펑 형

오늘 8월분 인세 4백 위안과 『소설사략』 20권을 받았습니다. 고맙습니다! 이달 인세를 일찍 부쳐 주셔서 특히 감사드립니다.

웨이밍사 내부 사정을 나는 자세히 알지 못합니다만 시인 웨이충우 군은 말하는 것까지 시를 닮아서 믿을 만하지 못할 때가 종종 있습니다. 오늘 나는 이미 카이밍서점에 항의를 제기했습니다. 그의 인세지급은 순조롭지 않습니다. 내가 갖고 있는 지판은 아마 오래 지나지 않아 돌려줘야 할 것 같습니다.

빚의 대리 상환에 대해서 나는 그럴 필요까지 없다고 생각합니다. 첫째 『작은 요하네스』 판로가 꼭 좋은 것은 아니고 『무덤』도 반은 문어文語여서 특별할 게 없기 때문입니다. 둘째, 나는 이 두 종의 압류가 반드시 이 책 때문이 아니라 새로 조판한 다른 서적에 진 빚 때문이라고 생각합니다. 빚의 규모도 결코 작지 않습니다. 대신 지불한다면 다른 사람을 위해 장부를 결산하는 것이 됩니다 아무래도 '그냥 나둬다'가 낫겠습니다.

인쇄한 수입인지는 이제 1천 장밖에 남지 않았습니다. 새로 인쇄할 계획입니다만 어쩌면 바로 인쇄할 수 없을지도 모르겠습니다. 『아침 꽃』[1]을 출판할 때 먼저 1천 장을 쓴 다음 다시 이야기하지요. 그때까지 인쇄하지 못한다면 말입니다.

9월 15일 밤, 쉰 드림

『구시대』[2]의 대금은 속히 건네줄 수 있으면 제일 좋겠습니다.

주)_____

1) 『아침 꽃 저녁에 줍다』를 말한다.
2) 『구시대의 죽음』을 가리킨다.

310915② 쑨융에게

쑨융 선생

오랫동안 적조했습니다. 잡지를 읽다가 발표한 글이 있는 것을 보고 여전히 번역에 힘쓰신다는 것을 알게 됐습니다.

최근 출판계는 기세가 꺾여 있습니다. 많은 출판사가 너나없이 교과서 장사를 하여 문예에 괜찮은 물건은 사라졌습니다. 출판하기도 쉽지 않고 조금 잘못하다가는 큰일이 생깁니다 …….

『용사 야노시』는 후평서점이라는 곳에서 인쇄했습니다. 이곳은 작은 서점이어서 돈이 없어 삽화 12폭과 작가 초상 한 폭은 내가 대금을 내어 인쇄에 넘겼습니다. 그런데 수입인지 1천 장은 선생이 인쇄하여 주시기를 바랍니다. 이는 앞으로 결산할 때를 대비한 것입니다. 결산을 할 수 있을지는 미지수이지만 말입니다.

수입인지로 가장 사용하기 좋은 것은 얇은 선지宣紙로 격자무늬가 겹쳐 있습니다. 한 장에 수십 위안 혹은 백여 위안입니다. 그 위에 이름 도장을 찍어서 印의 크기만큼 만들어 그들에게 붙이라고 하면 됩니다.

원고는 벌써 교정을 다 봤으니 곧 에스페란토어 번역본 세 쪽과 함께 등기로 부쳐 드리겠습니다. 그렇지만 원고는 이미 인쇄소에 의해 엉망이 되었습니다. 내가 덧붙인 양식도 그들은 제멋대로 처리했습니다(여기는 출판사가 작가의 말을 듣지 않고 인쇄소도 출판사와 작가의 말을 따르지 않는 곳입니다).

앞으로 수입인지를 부치려면 주소는 원고를 보낼 때와 같은 곳으로 쓰셔도 됩니다.

이와 같이 알려 드리며 행복하시기를 기원합니다.

9월 15일 밤, 쉰 올림

311005 쑨융에게

쑨융 선생

선생의 서신과 수입인지 1천 매를 일찍 받았습니다. 시집[1]은 아직 조판 중이고 교정이 끝나지 않았습니다. 중국의 일처리는 정말 너무 느려서 졸라(Zola)의 전집을 출판하려면 아마 백 년은 걸릴 것입니다.

이번에 시를 인쇄할 때 그림 13장은 내가 인쇄하여 건네줬습니다. 조판할 때 각각 1천 장을 인쇄하는 것도 모두 합하면 220위안이 들었습니다. 글자 인쇄와 종이는 후펑서점이 부담하여 대략 2백 위안 이하가 들었습니다. 정가는 7자오이고 도매는 30퍼센트 할인됩니다. 장래에 다 팔려서 회수한다고 가정하면 490위안을 얻을 수 있습니다. 서점은 겉치레를 하는 차원에서 초판에서 돈을 벌지 않아도 된다고 합니다. 하지만 선생의 초판 인세는 10퍼센트를 드릴 수밖에 없으니 실제로 얼마 되지도 않습니다. 게다가 지금의 출판계 상황으로 보면 재판을 찍기도 쉽지 않아서 이 번역은 거의 봉사하는 것이나 다름없습니다.

인세를 이곳에서는 관례적으로 추후에 정산합니다. 그렇지만 추석 전에 그들이 내게 조판비 일부를 갚아서 선생의 인세로 쳐서 미리 보냈습니다. 선생이 편할 때 상우인서관의 분관에 오셔서 돈을 찾아가시고 송금인은 저우젠런 명의로 했습니다 찾은 뒤 내게 영수증을 하나 써서 보내 주면 좋겠습니다. 영수증에는 『용사 야노시』 인세 양 70위안을 받았음이라고 써 주십시오. 판매가 다 된 후 출판사에 미리 낸 돈을 대신 청구하는 데 도움이 되게 말입니다. 내가 상하이에 있어서 소식이 비교적 정통하고 손을 쓰기도 쉽습니다. 다행히 재판을 찍을 수 있다면 그때 별도로 방법을 정해 보도록 하지요. 이와 같이 행복을 기원합니다.

책은 대략 11월에 인쇄를 마칠 수 있을 것입니다. 선생이 몇 권을 원하는지는 편할 때 알려 주시기 바랍니다.

주)_____

1) 시집 『용사 야노시』를 가리킨다.

311013 추이전우에게

전우 형

조금 전에 편지를 받아 여러 가지 소식을 알게 됐습니다. 잡지는 아직 도착하지 않았고 우체국에서도 흐리멍덩하게 말하니 배달할 수 있을지 장담하기 어렵게 됐습니다.

올해 나는 이곳저곳으로 이사 다녀서 친구들과 자주 만나기도 어려울 지경이었습니다. 형이 상하이에 도착한 것도 제 동생이 알려 준 것인데 그때 이미 고향으로 되돌아가고 난 뒤였습니다. 스형[1] 형은 오랫동안 만나지 못했는데 편지를 받고 나서 그가 중산대학에 갔다는 것을 알았습니다.

조화사는 아연판을 사용한 적이 있습니다. 싱싱사[2]가 사용하려면 당연히 가능합니다. 형이 직접 왕 선생[3]에게 편지를 보내 동의를 받으시기 바랍니다.

복사판은 베이신도 확실히 많습니다. 내 전집도 있는데 사실 300쪽 밖에 되지 않으니 낯간지럽습니다. 그렇지만 광저우 현지에서 나온 것도 빠질 수 없습니다. 나는 5년 전에 등사판 『아Q정전』을 본 적이 있습니다.

이곳은 최근 꽤 시끌벅적합니다만 여시 오래가시는 않을 것이라 생각합니다. 내 건강은 이전과 다름없습니다. 걱정하지 않으셔도 됩니다.

이에 답신을 보내 드리니 잘 지내시기를 기원합니다.

10월 13일, 쉰 올림

주)_____

1) 스헝(侍桁)은 한스헝(韓侍桁)을 가리킨다. 290731 편지를 참고하시오. '좌련'에 참가했으며 나중에 '제3종인'으로 전향했다. 당시 광저우 중산대학에서 학생들을 가르치고 있었다.
2) 싱싱사(星星社)는 광저우 중산대학 부속중고등학교의 문학단체이다. 1930년 11월에 『싱싱잡지』(星星匯刊; 비정기발행)를 출판했다. 이후에 이는 『싱싱순간』(星星旬刊)으로 바뀌었다.
3) 왕팡런(王方仁)을 가리킨다. 300119 편지를 참고할 수 있다.

311027 차오징화에게

징화 형

10월 8일 편지를 받았습니다. 타[1] 형의 편지는 이미 전달했습니다. 지도 한 장과 편지도 일찍 받았는데 그림이 너무 작아 분명하지 않아 여전히 사용할 수 없었습니다. 지금 이미 문집 중의 한 장張을 다른 사람에게 부탁하여 단색으로 바꿨습니다. 좀더 좋아 보입니다. 세 씨의 전집[2] 제1권도 일찍 도착했습니다. 대략 한 달 이전에 『전초』[3] 두 부를 부쳤는데 받았는지 모르겠습니다. 아마 부쳤지만 못 받았을 것 같습니다.

'거제트'[4]의 주석은 타 형의 말에 따라 이미 고쳤는데 지금 편지를 받으니 또다시 의심이 듭니다. 지금 일단은 타 형이 어떻게 결정했는지에 따라 두고 보려 합니다. 만약 그에게 편집자 주가 있으면 뒤에 덧붙여 인쇄하십시오. 만약 없으면 그냥 놔두십시오. 나는 이 말의 원래 뜻이 사관생도의 것이 아닌가 의혹이 입니다. 왜냐하면 이런 사람은 반동군에 많이 있는데 나중에 모든 반동파 군대를 지칭하는 것이라 하기에도 어렵기 때문입니다. 이 책의 본문은 이미 교정을 끝냈습니다. 지금은 자전自傳과 주석 등을 교정보고 있습니다. 다음 달 안에는 꼭 출판할 수 있을 겁니다. 책에 삽화 네 장이 있는데 삼색판의 작가상과 『철의 흐름』그림 한 장, 지도 한 장이 있습니다. 이 출판사가 출간한 영리를 추구하는 상품과 비교하면 꽤 진지한 편입니다. 독일어와 일본어 번역본과 비교해 봐도 손색이 없습니다. 『훼멸』은 곧 인쇄에 들어갑니다. 원본에 있는 삽화를 넣는 것 이외에도 삼색판의 작가 초상 한 장도 들어갑니다. 그렇지만 출판은 11월에야 가능할 것입니다. 이 책은 모 출판사[5]에서 인쇄하는데 그들은 내 이름을 쓰는 것이 겁나서 이름을 바꾸고 서문까지 뺐습니다. 그렇지만 내가 따로 500부를 찍었는데(그들의 인쇄판을 이용해서) 서문이 있고 이름도 고치지 않았습니다. 보낼 때는 당연히 이 판본으로 쓰겠습니다.

웨이밍사는 시작이 쉽지 않았는데 지금 다른 이에게 보내게 되니 정말 아쉽습니다. 첫번째 잘못은 베이징에 있는 몇 분이 줄곧 새 사람이 들어오는 것을 원하지 않은 데 있습니다. 자신들이 손을 놓자 이를 이어받을 사람이 없게 된 것이지요. 사실 그들 중 몇 명은 현재 교수를 하는데 이는 웨이밍사로 올라간 자리입니다. 공을 세운 뒤에는 물러나 있으니 당연히 웨이밍사를 보전하지 못합니다. 그렇지만 사업을 이어받을 청년을 미리 예비하기만 했더라도 이 지경에 이르지는 않았을 것입니다. 경제사정도 엉망입니다. 충우의 편지에 따르면 웨이밍사에서 빚진 것이 내게 3천여 위안, 형에게 1천여 위안, 지예에게 8백여 위안이라 합니다. 카이밍서점이 재고서적을 구매하고 또 타 도시에서 수금해 온 것으로 빚을 갚는다고 합니다. 책은 이미 상하이로 운송했다는 이야기를 나중에 들었습니다. 나는 카이밍서점에 돈을 청구했는데 충우가 이미 8백 위안을 수령하여 남은 7백 위안만이 내게 허락되어 아직 다 지불받지 않았습니다. 판지를 가져가 달라고 친구에게 부탁했는데 3부 가운데 2부가 이미 저당 잡혀서 가져올 수 없었습니다.

계약은 다른 종이에 베꼈는데 이는 충우가 통지한 것이 아닙니다. 내가 출판사 쪽을 통하여 베껴 쓴 것입니다. 그 당시 충우는 웨이밍사의 이름을 남기려고 했습니다. 나는 출판사의 지배 아래 있기를 원치 않아서 웨이밍사를 탈퇴하겠다고 밝혔습니다. 그래서 나는 그 안에 없습니다. 그렇지만 이런 계약도 믿을 수가 없습니다. 그들은 지금 이미 재고도서 가운데 『담배쌈지』와 『마흔한번째』(판금된 적이 없습니다) 및 『문학과 혁명』(위와 같습니다) 3종의 대리판매를 원치 않아서 벌써 대대적으로 훼방을 놓고 있는 중이라고 들었습니다.

양도의 사안을 쑤위안은 모릅니다. 그가 상심할까 봐 다들 그를 속이고 있습니다. 그는 지금도 여전히 병원에 누워서 웨이밍사가 전진하고 있다고 생각하고 있습니다. 그것 외에도 의외로 주동자가 누구인지 모릅니다. 충우의 말에 따르면 자신이 나서서 일처리를 하고 있지만 늘 모두의 뜻을 대신하여 행하는 것이라고 합니다. 전에 돈 문제가 있어서 웨이밍사에 편지를 보내 현재 누가 웨이밍사를 책임지고 있는지 문의한 적이 있는데 충우는 "이전에 책임자가 있었고 지금도 당연히 책임자가 있다"고 답신했지만 누군지는 말하지 않았습니다.

나는 소설집을 번역하고 싶은데 이미 9편을 번역했습니다. L. Lunz의 「사막에서」, E. Zamiatin의 「동굴」, K. Fedin의 「과수원」, S. Malashkin의 「노동자」, B. Pilniak의 「고엽」, V. Lidin, Zoshitcenko의 *Victoria Kazhimirovna*」, A. Yakovlev의 「가난한 사람」, Seifullina의 「비료」가 그것입니다. 이외에는 아직 정해지지 않았습니다. 나중에 며칠 손을 놓고 있다가 최근 『철의 흐름』을 교정보는 일로 독역본을 살펴봤는데 삭제한 곳이 적잖다는 것을 알게 됐습니다. 다른 나라 글에서 중역하는 것은 정말 신뢰할 수 없습니다. 『훼멸』은 내게 영역본, 독역본, 일역본 세 종류의 번역본이 있는데 세 종류의 번역본에 모두 다른 곳이 몇 군데 있습니다. 이 일은 나를 매우 낙담하게 만들었습니다. 그렇지만 나는 이 책 번역을 어쨌든 마쳐야 합니다. 없는 것보다는 좀 낫다고 할 만합니다.

우리는 평소와 다름없이 잘 지냅니다. 염려 마시기 바랍니다.

10월 27일 밤, 동생 위 올림

주)_____

1) 취추바이(瞿秋白)의 필명 '취웨이타'(屈維它)의 약칭이다. 취추바이(1899~1935)는 중국 공산당 초기 지도자 중 한 명이다. 1931년부터 1933년까지 상하이에서 혁명문화사업에 종사했다. 1934년 중앙소비에트구역에 가서 소비에트 정부 교육인민위원을 지냈다. 홍군의 장정 후에 그는 소비에트구역에 남았다가 1935년 2월 푸젠 장허에서 국민당에 체포되어 6월 18일 피살됐다. 저서로 『적도심사』(赤都心史) 등이 있고 번역문집으로 『해상술림』(海上逑林) 두 권이 있다.
2) 『세라피모비치 전집』을 가리킨다.

3) 『전초』(前哨)는 좌련 기관지이다.
4) '거제트'는 차르 귀족자제 군관학교 학생이다.
5) 다장서포(大江書鋪)를 가리킨다.

311110 차오징화에게

징화 형

10월 23일 보낸 편지는 이미 받았습니다. 타 형의 편지는 바로 전달해 드렸습니다. 이전의 편지 두 통도 모두 받았으니 걱정 마시기 바랍니다.

지예는 오랫동안 연락이 없습니다. 거의 일 년이 넘은 것 같습니다. 충우만이 가끔 편지를 보내 불만을 토로하지만 마찬가지로 주소를 명기하지 않습니다. 웨이밍사 발행부는 이미 없어졌으며 그야말로 편지를 보낼 길이 없습니다. 다만 카이밍서점을 통해 충우도 톈진에서 학생들을 가르치고 있다는 소식을 들었습니다. 오늘 신문에 톈진이 혼란스럽고 학생들은 흩어졌다는 소식이 실렸습니다. 그렇다면 그는 지금 또 거기에 없을지도 모르겠습니다.

웨이밍사는 카이밍서점과 협상한 뒤 충우는 모두 1천 위안을 가져갔지만 최근에 들으니 또다시 분규가 발생했다 합니다. 그 뒤에 그들이 또다시 계약을 이행하지 않았기 때문입니다. 웨이밍사는 썩은 지 오래된 것 같습니다. 지난해 내가 Gladkov의 소설 『시멘트』의 목판화 10장을 인쇄하고 40부를 웨이밍사에 대리판매를 맡겼습니다. 올해 웨이밍사가 운영을 중단했기에 재고도서를 돌려 달라고 했는데 생각지도 못하게 보내온 것은 말끔한 포대 하나였습니다. 진열조차 하지 않았던 것입니다. 정말 한숨이 나왔습니다.

　형의 단편소설 번역원고는 차라리 내게 보내 곁에 두어 보관하는 것이 낫지 싶습니다. 나는 한편으로 지예에게 편지를 보낼 방법을 찾아서 보관 원고를 부쳐 달라고 요청하려 합니다. 상황을 봐서 잡지에 먼저 신고 난 뒤 책으로 묶어 내년에 날씨가 따뜻할 때 형이 『Transval』 번역을 마무리한 뒤 보내 주시기 바랍니다. 이곳의 일은 일정한 게 없습니다. 출판사도 쥐새끼처럼 담이 작고 이리처럼 흉악하여 협상하기가 정말 어렵습니다. 그렇지만 원고가 상하이에 있으면 그래도 비교적 쉽게 방법을 생각할 수 있습니다. 베이핑의 상자에 보관하는 것보다 낫습니다.

　나는 지금까지 잘 지내고 있습니다. 그렇지만 일본배척 풍조[1] 때문에 학생들이 책을 잘 읽지 않고 서점도 매우 썰렁합니다. 나의 인세도 아마 영향을 받을 것 같습니다. 그러면 생활에도 영향을 미치겠지요. 그렇지만 나는 어찌 됐건 시골로 물러날 수도 없습니다. 생활 규모를 축소하여 내년에도 여전히 상하이에 있을 수밖에 없습니다. 그렇지만 내년에 나는 베이징에 한번 가서 어머니를 뵐 생각입니다. 옛 친구는 변화무쌍하여 거의 한 명도 남아 있지 않습니다.

　일본사람 말을 들으면 『아Q정전』 러시아어 번역 신판에 Lunacharski (루나차르스키)의 서문이 실렸다고 하는데 사실인지 모르겠습니다. 만약 사실이라면 형이 서문을 번역하거나 이 서문이 실린 책 한 권을 사서 보내 주시기를 진심으로 희망합니다.

　내가 번역한 단편소설은 앞선 편지에서 말한 것 이외에 최근에 Zozulia의 「AK과 인성」 및 Inber의 「Lala의 이익」 각 한 편씩을 번역했습니다. 이외에 번역하기로 결정한 것으로 푸르마노프의 「붉은 영웅들」이 있습니다.

『훼멸』은 이미 인쇄하고 있고 이달 내에는 책이 나올 수 있습니다. 『철의 흐름』은 이미 교정을 마쳤고 15, 16일 즈음 인쇄를 시작하면 12월 중순에 책이 출간될 수 있습니다. 지도는 여전히 전집에 실린 걸 한 장을 사용했습니다. 그렇지만 사람에게 한 장을 따라시 그리세 했고 산도 검은 색으로 바꿨습니다. 원문의 영국 발음과 번역 명칭은 대조표 한 장으로 별도로 인쇄했습니다.

여기는 벌써 추워지기 시작했습니다. 그곳은 난로도 없으니 정말 힘들다는 것을 상상하여 알 수 있습니다. 이런 상황은 대략 몇 년이 지나야 벗어나고 연료를 얻을 수 있을런지요?

이곳의 학생들은 의용군 연습을 하고 있지만 오래지 않아 자연스럽게 걷어치울 것입니다. 이런 비슷한 상황을 몇 번이나 목격했습니다. 지금은 일본배척으로 인하여 종이가 모자라고 출판사도 책을 더 이상 출간하지 않고 있습니다.

이에 평안하고 건강하시기를 바랍니다.

11월 10일, 동생 위 올림

주)_____

1) 1931년 9·18사변 이후 전국에서 일본제품 배제와 일본제국주의 침략에 반대하는 운동이 일어났다.

311113 쑨용에게

쑨용 선생

『용사 야노시』는 인쇄를 마쳤고 조금 전에 11권을 보냈습니다. 세 포대로 나눴습니다. 그중 한 권은 번거롭겠지만 '구공원舊貢院 고급중학 쉬친원 선생 앞'으로 전달해 주시면 감사드리겠습니다.

책 비용은 서점으로 부칠 필요가 없습니다. 당시 그들과 계약을 할 때 역자에게 10권을 보내 주기로 했기 때문입니다.

이번 판본은 그들이 내가 계획한 대로 하지 않은 곳이 많습니다. 도련하지 않은 가장자리는 도련하는 것으로 바꿨고 두꺼운 종이는 얇은 종이로 바꿨습니다. 책 표지의 글씨와 그림은 원래 책등에 면한 쪽에 인쇄할 계획이었으나 출판된 것은 중앙에 위치하여 보기 좋지 않습니다.

정가도 자기 마음대로 1자오 올렸는데 이는 인세와 상관 있습니다. 그렇지만 이 일은 장래에 다시 이야기하는 수밖에 없습니다.

그렇지만 이 서점은 모든 일을 노력과 재료를 적게 들이며 작업을 하고 있는데 이 마당에 이 책은 비교적 괜찮게 인쇄한 책이라고 할 수 있습니다. 게다가 페퇴피의 명작도 결국 중국에 소개할 수 있게 되었습니다.

이에 알려 드리니 영원한 행복을 기원합니다.

11월 13일, 쉰 올림

320108 차오징화에게

징화 형

    6일 보낸 편지 한 통은 이미 받았으리라 생각합니다. 조금 전 뤄산의 상씨 댁이 보낸 편지를 받아서 이를 전달해 드리니 수령해 주시기 바랍니다. 편지에 학비에 관한 일이 언급되어 있습니다.[1] 사실 형은 웨이밍사에 인세 1천여 위안이 있어 5년 동안 충분히 지불할 수 있습니다. 그렇지만 이는 받을 수 없을 것 같아 보입니다. 왜냐하면 내게도 3천여 위안이 남아 있어서 카이밍서점과 지금까지 논의하고 있지만 한 푼도 받지 못했기 때문입니다.

    나는 이 돈을 힘닿는 대로 방법을 생각해 내어 두 차례에 나눠 부칠 생각입니다. 형은 5, 60루블의 그림책을 사서 내게 부쳐 주기만 하면 되는데 그것으로 갚는 셈 치려 합니다. 어떻게 생각하는지 알려 주시기 바랍니다. 그렇지만 이렇게 한다면 수령자의 상세 주소와 성명을 알려 주실 필요가 있으니 부탁드립니다.

1월 8일, 동생 위 올림

주)＿＿＿＿

1) 당시 차오징화의 처제 상페이우(尙佩吾)가 허난성 카이펑에서 학교를 다니고 있었는데 학비를 보내 달라는 편지를 보낸 일을 가리킨다.

320222 쉬서우창에게

지푸 형

　어제 쯔잉이 신문에 사람을 찾는 기사를 냈다는 소식을 듣고[1] 찾아가서야 형이 전보로 행방을 알아봤다는 것을 알게 되었네. 이번 사변은 완전히 예상 밖으로 갑자기 전쟁터 한가운데로 빠져들었네. 피 묻은 칼날이 길을 막고 탄환이 집으로 날아 들어오는 일도 있어 정말 목숨이 짧은 순간에 오가는 것을 실감했다네. 2월 6일이 되어서야 우치야마 군[2]이 방법을 찾아 아내와 아이를 데리고 영국 조계지로 들어갈 수 있었지. 책과 물건은 하나도 가져오지 못했지만 어른과 아이가 다행히 무사하니 이것으로 위안을 삼겠네. 일단은 이 지점支店[3]에 머물고 있네. 여기도 오래 있을 계획은 아니지만 어디로 옮겨 갈지 아직 정해지지 않았네. 만약 편지를 보내려면 '쓰마로四馬路 싱화러우杏花樓 아래 베이신서국 전달'로 해주시게. 만복이 깃들기를 기원하네.

2월 22일, 동생 수 돈수

　차오펑도 무사하다고 들었네.

주)_____

1) 1932년 1·28사변 때 루쉰이 살던 베이쓰촨로(北四川路) 끝의 집이 전장과 가까워서 쉬서우창이 전보를 보내 천쯔잉(陳子英)에게 루쉰의 안위를 문의했다. 천쯔잉도 루쉰이 어디로 갔는지 몰라서 신문에 사람 찾는 기사를 냈던 것이다.
2) 우치야마 간조(內山完造)이다. 상하이 우치야마서점 점주이다.
3) 이때 루쉰은 가족과 함께 우치야마서점의 영국 조계지 지점에 피신을 가 머물렀다.

320229 리빙중에게

빙중 형

　사흘 전에 1월 25일에 보낸 편지를 여러 사람을 거쳐 받았습니다. 아드님이 세상을 떠났다는 것을 알게 되어 가슴이 메어집니다. 조금 전에 베이핑에서 보낸 편지에 답신을 했습니다. 제가 실종됐다는 소문이 있다는 것을 알게 됐는데 멀리서 걱정을 끼쳐드려 정말 죄송하고 또 감사드립니다. 지난달 28일 일은 예상하지 못한 일이었습니다. 일이 나기 전에 하나도 대비하지 못하고 갑자기 전쟁터로 내몰렸습니다. 중화에 매년 전쟁이 일어나서 총과 대포 소리를 많이 들었습니다. 그렇지만 이렇게 가까이에서 들은 적이 없었습니다. 2월 6일이 되어서야 많은 친구들의 도움으로 겨우 몸을 빼내어 영국 조계지로 갈 수 있었습니다. 그렇지만 하나도 챙겨오지 못하고 나와 아내와 아이 세 사람만 빠져나왔습니다. 다행히 모두 건강하니 걱정 내려놓으셔도 됩니다. 지금 잠시 한 서점 건물에 머물고 있습니다. 이후에도 여전히 상하이에 살 수 있을지 아니면 베이핑으로 돌아갈지 아직 갈피를 잡은 것이 하나도 없습니다. 앞으로의 상황을 봐 가며 결정해야겠습니다. 보내 주신 수정 도장은 지금까지 도착하지 않아 어떻게 된 건지 알 수 없습니다. 상우인서관도 29일에 전소됐지만 제 동생은 무사하다고 들었습니다. 이와 같이 답신드리니 부부의 행복을 기원합니다.

(2월 29일) 쉰 올림

　영부인도 이에 안부를 여쭙고 따로 보내지 않겠습니다. 아드님도 행복하시기 바랍니다.

이후에 편지를 보내 주시려면 '상하이 쓰마로 베이신서국 전달'로 보내
주시면 됩니다.

320302 쉬서우창에게

지푸 형

　조금 전에 2월 26일에 보낸 편지를 받아서 여러 가지 일을 알게 됐네.
이전 거처에서 오늘까지 모두 네 발의 총탄 소리를 들었네. 그렇지만 관통
하지는 않은 탓에 책과 물건은 다 괜찮고 강도도 만나지 않았다네. 이런
까닭으로 일단은 서점 건물에서 웅크리고 있지만 곧 되돌아갈 수 있을 것
으로 기대하네. 만약 새 거처를 알아봐야 한다면 일이 번잡해지고 집은 작
아지고 비용은 많이 들어서 지금의 힘으로 감당할 수 없을 것이네. 이전
집이 잿더미가 되었다면 가족을 데리고 북상하고 다시 상하이에 살지 않
을 계획이네.

　해고 건[1]은 이미 교육부로부터 통지받았네. 차이 선생이 이렇게 이
일로 고심을 하다니 정말 감격스럽네.[2] 수년 동안 성과도 없었고 수집한
서적도 아직 출간하지 않았네. 최근에 『혜강집』[3]을 직접 인쇄하려 했는데
청대 판본은 간단해서였네. 그런데 갑자기 전쟁에 휘말리게 되어 원고가
보존됐는지 유실됐는지 알 수 없는 상황이라네. 교육부에서 도태되는 것
은 당연히 부당하지 않고 명령받은 날부터 단 한 번도 책망하지 않았네.
지금 베이신서국에서 소액의 인세를 지불하는 것으로 근근이 살아갈 수
있네. 걱정하지 않으셔도 될 것 같네.

지금 다만 바라는 것이 있다면 내 동생 차오펑이 상우인서관에서 직원으로 10년을 보냈으면 하는 일이네. 혁혁한 공은 없지만 일처리가 한결같으며 시종여일하네. 상우관이 폭격당한 뒤 모든 직원과 함께 정직당했는데 평소에 저축한 것도 없어서 생활이 어렵네. 상우관은 모든 직원과 계약해지를 했다고 하네. 하지만 지금 아직까지 자리를 유지하고 있는 이도 있고 앞으로도 직원을 계속 모집해야 하니 형이 치뻔 선생과 차이 선생에게 전하여 방법을 생각해 줄 수 있기를 바라네. 머물 곳이 하나라도 있게 되면 곧 다른 곳 다른 일이라도 괜찮으니 일을 하기를 정말 원하네.

친원의 일[4]은 일주일 전에 가족도 접견이 허락되지 않았지만 죽은 자의 여동생은 그가 재산을 도모하고 목숨을 해했다고 고소했다고 들었는데 정말 웃기는 이야기네. 그렇지만 근래 새로운 소식을 듣지 못하여 아직 자유를 얻지 못했는지도 모르겠네.

총총 답신드리며 영원한 행복을 기원하네.

3월 2일, 동생 수 올림

차오펑과 광핑이 추신하며 안부를 여쭙네.

주)_____

1) 루쉰은 1927년 12월 대학원 원장 차이위안페이의 초빙에 응하여 대학원 특약저술위원으로 임명됐다가 1931년 12월에 해고됐다.
2) 차이위안페이(蔡元培)를 말한다. 그는 1928년 10월 대학원 원장직을 사임하고 바로 국민정부위원, 감찰원 원장으로 임명됐다. 이 직위는 이듬해 8월에 사직하고 중앙연구원 원장에 유임됐다.
3) 『혜강집』(嵇康集)은 삼국과 위(魏)대의 혜강이 쓴 시문집이다. 루쉰은 명대 오관총서당(吳寬叢書堂) 판본에 근거하여 유실된 글의 보완 작업을 진행했다. 모두 10권이다.
4) 친원(欽文)의 일은 1932년 초에 쉬친원(許欽文)의 집에서 일어난 사건을 가리킨다. 이

때 항저우 예술전문학교 학생인 타오쓰진(陶思瑾; 타오위안칭陶元慶의 여동생)과 친구 류멍잉(劉夢瑩)이 쉬친원의 집에 세들어 살았는데 타오와 류 사이에 갈등이 생겨 류가 타오에게 살해됐다. 이 일로 집주인인 쉬친원은 류멍잉의 여동생 류칭싱(劉慶荇)에게 고소당해 2월 11일에 구속됐다. 루쉰이 사법계 친구인 타오수천(陶書臣)을 통해 구제 활동을 벌였고 쉬친원은 3월 19일 보석으로 풀려났다.

320315 쉬서우창에게

지푸 형

급하게 보낸 서신은 이미 도착했네. 모든 일에 지극히 감사드리네. 떠돌아다니는 중에 하이잉이 갑자기 홍역을 앓아 그저께 좀 따뜻해지기를 바라면서 다장난大江南호텔로 급하게 거처를 옮겼네. 지금 경과과정이 양호한 것으로 보이니 걱정 마시기 바라네. 어제 옛 거처를 잠깐 둘러봤는데 대여섯 곳 유리가 깨지고 한두 군데 총알구멍이 난 것을 제외하고 많이 망가진 곳은 없었네. 수도와 전기, 가스도 복구되어 있었네. 그래서 20일 전후에 되돌아갈 계획이라네. 그렇지만 쓰촨로 다리를 지나면 문을 연 가게가 하나도 없고 베이쓰촨로에 들어서면 시장과 가옥이 불탔거나 폭격에 파괴되어 황량하고 다니는 사람도 거의 없네. 이 같은 상황은 금세 회복되기 어렵네. 살기 적합한지가 특히 문제가 되네. 나는 황량한 것은 두렵지 않으나 음식을 사려면 몇 킬로미터를 힘들게 다녀야 하니 살기에는 수월하지 않다네. 요컨대 일단 한번 살아 봤다가 만약 견디기 힘들면 다른 방법을 생각해 봐야겠네. 베이핑으로 돌아가거나 영국 조계나 프랑스 조계에서 살 곳을 찾아봐야겠네. 시국이 좀 안정되면 집세도 좀 저렴해질 수 있으리라 생각하네. 차오펑의 집은 포탄으로 반파됐지만 강도를 만나지는 않아 잃어버린 것도 많지 않네. 다행히 사람도 일찍 피난을 갔네. 만약 그러지 않았다면 죽었을 것이네. 이와 같이 편지를 드리니 만복이 깃들기를 기원하네.

3월 15일, 수 올림

320316 카이밍서점

수신자에게. 웨이밍사의 재고도서가 귀사에 귀속된 지 이미 반년이 지났습니다. 귀사의 서신을 통하여 지불된 돈도 적지 않다는 것을 알게 됐습니다. 그런데 제가 받아야 하는 돈은 지금까지 소액도 받지 못했습니다. 돈의 분배가 불평등한 것은 생각지도 못했습니다. 한두 명의 사원만 있는 것이 아니어서 얻는 것이 지급해야 하는 것을 초과해야 한다는 것도 알게 됐습니다. 업무담당자는 세상 돌아가는 이치를 모른다는 듯 솔직해 보였으나 알고 봤더니 능글거리고 믿을 수 없는 사람이었습니다. 따라서 지금 특별히 편지를 보내 요청합니다.

　장래에 미수령한 이 서점의 돈 전액을 압류하니 귀사는 바로 지불해주시기 바랍니다. 제가 지불한 차입금과 받아야 하는 인세는 사천 위안 이상으로 계산되는데 지금까지 한 푼도 받지 못했습니다. 지금 재고도서는 당연히 가능한 한 개인 소유로 귀속되어야 합니다. 다만 지금 전체를 갚을 수 없으면 추후에 받도록 하겠습니다. 이는 극도로 인내하는 것입니다. 만약 갈등이 생기면 제가 책임지고 처리하여 귀사에게 절대로 폐를 끼치지 않겠습니다.

이에 카이밍서국의 담당선생이 살펴봐 주시기를 요청드립니다.

32년 3월 16일, 루쉰 올림

320320① 어머니께

어머님 대인의 슬하에서 삼가 아룁니다. 17일 편지 한 통을 부쳤는데 이미 도착했으리라 생각합니다. 지금 아들 등은 19일에 이미 집으로 돌아왔습니다. 집의 창문도 포탄 파편으로 사방이 구멍 자국이며 깨진 유리도 열한 군데나 됩니다. 당시에 친구가 대신 관리하고 있었지만 밤낮으로 지킬 수 없어서 옷과 집기를 도난당했습니다. 계산해 보니 하이마의 옷 세 벌과 하이잉의 저고리와 바지, 양말, 장갑 등 열 건입니다. 모두 하이마가 털실로 직접 짠 것입니다. 부엌 도구 대여섯 개와 이불 한 채, 홑이불 대여섯 장으로 모두 합해서 양 70위안 정도 됩니다. 그래도 손실이 많지 않은 편입니다. 다만 아들은 양산 하나가 보이지 않는 것 이외에 하나도 잃어버리지 않았습니다. 서적과 낡은 옷가지는 도둑들의 눈에 들어오지 않는 것이라는 것을 알 수 있습니다. 셋째의 이전 집은 포탄에 반파되었고 문과 창문이 많이 부서졌습니다. 그렇지만 셋째 물건은 목기가 포탄에 파괴된 것을 제외하고 옷은 크게 훼손되지 않았습니다. 그러나 집에서 살 수 없어서 셋째는 프랑스 조계로 이사 갔습니다.

하이잉의 홍역은 발진이 올라오기 하루 전날 평소처럼 거리에서 반나절 바람을 쐬었습니다. 그런데 다음 날에 열꽃이 올랐는데 여관으로 옮겼을 때 눈이 내리고 많이 추웠는데도 괜찮았습니다. 18일 밤에 열이 내려서 집으로 같이 돌아왔습니다. 지금 입맛도 아주 좋고 아이도 활달하고 장난기가 더 많아졌습니다. 같이 놀 아이가 없어서 어른 곁에서만 떠들고 놀아 어머님 아들을 조용히 지낼 수 없게 합니다. 말도 더 많아졌는데 대개 사오싱 말입니다. 짠 음식을 좋아하는데 썩은 두부霉豆腐나 절인 채소 같은 종류입니다. 지금 밥과 죽을 대략 먹을 수 있고 우유는 두 번만 먹습니다.

아들과 하이마는 모두 잘 있으니 걱정 마시기 바랍니다. 수칭 아가씨는 오랫동안 만나지 못했지만 배가 많이 불러 곧 산달이라고 들었습니다. 아이를 낳은 뒤에는 남편과 함께 쓰촨으로 돌아간다고 합니다. 이와 같이 전해 드리니 평안히 지내시기 바랍니다.

3월 20일 밤, 아들 수 절 올립니다

320320② 리빙중에게

빙중 형

형의 서신을 받았습니다. 위험한 시절에 사람은 비천하여 누구든 언제나 죽을 수 있습니다. 나도 종종 위험을 만나서 젊은 벗들을 멀리서 걱정하게 만들었으니 감사하면서도 송구스러워 말을 할 수 없을 지경입니다. 나는 무사합니다. 다만 좁은 곳에서 시간을 보내려니 무료하다는 느낌이 들 따름이지요. 백성은 죽을 곳도 자신의 뜻대로 정할 수 없는 것입니다. 이전에 보낸 편지를 기억하면 분개하는 말이 꽤 많았습니다. 그러나 제 생각에 그럴 필요는 없다고 생각합니다. 형은 냉정을 찾고 공부를 마친 뒤에 다른 것을 다시 생각하십시오. 공부는 당연히 끝이 없습니다만 매듭은 있습니다. 한때의 격분으로 무기를 내려놓고 빈 주먹으로 대비하는 것은 남에게도 자신에게도 양쪽 모두에게 무익합니다. 이곳은 이제 총과 포탄 소리가 들리지 않습니다. 그래서 어제 예전 집으로 되돌아왔습니다. 문과 창문은 포탄 파편으로 서너 군데 구멍이 났고 깨진 유리가 십여 장입니다. 그렇지만 사라진 물건은 없습니다. 빈 방에 들어서 보니 도둑님도 이미 다녀가셨습니다. 옷과 집기 약 20여 점을 골라 갔는데 70위안 정도 됩니다. 그렇지만 모두 아내와 아이, 부엌의 물건이었습니다. 내 물건은 오직 한 개, 양산만 없어졌습니다. 서적과 종이, 먹은 모두 예전과 다름없었습니다. 이를 봐서도 글이 돈이 되지 않는다는 걸 새삼 알 수 있었습니다.

떠돌아다니는 도중에 아이가 갑자기 홍역에 걸렸는데 바람을 맞고 햇볕을 쐬게 놔두고 진찰을 받지 않았는데도 다 나았습니다. 이전처럼 건강하게 장난을 치며 지내고 있습니다. 오랫동안 사진을 찍지 않았습니다. 아이가 돌 때 내가 아이를 안고 찍은 사진 한 장만이 여기에 있습니다. 일간 부쳐 드리겠습니다. 날이 좀 따뜻해지기를 기다렸다가 새로운 사진을 찍을 계획이니 그때도 보내 드리겠습니다. 친원의 일은 나도 상세히 모릅니다. 삼각관계인 것 같은데 두 여자가 서로 질투하여 살해에 이르렀는데 그 상대가 친원이라는 말이 있고 아니라는 말도 있습니다. 정말 '의견이 분분하여 결론을 내릴 수 없는 일'이라 할 수 있습니다. 저도 말하기가 곤란합니다. 이와 같이 만복이 깃들기를 기원합니다.

3월 20일 밤, 쉰 올림

영부인에게도 이와 같이 안부를 여쭙니다.

320322 쉬서우창에게

지푸 형

최근 조계지 부근은 벌써 평온을 되찾았네. 전차도 다 개통되어서 나는 그저께 이전 집으로 되돌아왔네. 문과 벽에 탄환 구멍이 났지만 안은 괜찮다네. 그렇지만 좀도둑이 언제 왕림하여 아내와 아이의 옷가지와 이불, 부엌의 집기 이십여 점을 갖고 갔네. 대략 70위안 정도 되는 물건이네. 내 개인 물건은 양산 하나만 가져갔고 책은 전부 꼼짝 않고 그대로 있네. 건드려 보지도 않은 것 같네. 당연히 기뻐해야 할 일이지만 한편으로는 글이 돈이 되지 않는다는 걸 알 수 있는 일이기도 하네. 요컨대 자베이[1]의 다른 집과 비교하여 우리 집은 파괴된 것이 거의 없는 셈이라고 할 수 있네. 지금 길에 벌써 중국인 행인이 보이지만 이사 간 사람도 많아서 시장은 아직 열리지 않았고 노점상도 오지 않았네. 거리가 황량하고 음식 구하는 것도 꽤 번거롭네. 원래는 베이징에 가서 한두 달 머물 계획이었는데 여비가 많이 들 것 같아 일단 보류했네. 일단 원래 집에서 살아 보고 많이 불편하면 다시 이사 나갈 계획이네. 떠돌아다닐 때 하이잉이 갑자기 홍역을 앓았을 때 아이가 가스난로 있는 것을 좋아했기 때문에 여관에서 일주일 머물렀네. 그런데 난로에 가스가 없어서 집이 이전 집처럼 서늘하면서도 돈은 많이 들었네. 그렇지만 하이잉은 온실에서 지내는 것 같았고 홍역 상태도 좋아졌네. 18일이 되자 다 나아서 다시 장난기가 많아지고 건강해졌네. 그래서 가스난로를 구비하면 불을 때지 않아도 위생에 큰 도움이 된다는 것을 알게 됐네. 친원은 아직 보석으로 풀려날 수 없는 것 같네. 최근 피해자의 일기가 몇 권 발견됐다는 소문도 있네. 법관이 하나하나 자세히 읽어야 하는데 이 검토가 언제 끝날지 모른다고 하네. 이는 친원에게 큰 영향을 미친다고 하네. 집에 돌아온 뒤에는 베이신에 자주 갈 수 없고 베이신에서 오는 사람도 없는 것 같아 전달하는 편지가 많이 늦어지네. 이다음에 상황을 봐서 우치야마서점을 통해 전달받는 것이 나을 수 있을 것 같네.

이에 편지를 드리니 만복이 깃들기를 기원하네.

3월 21일 밤, 쉰 올림

추신

17일에 보낸 속달은 조금 전에 받았네. 베이신을 통해 수령하여 조금 늦어졌네. 차오펑의 일을 차이 선생이 직접 나서 주셔서 정말 감사드리네. 차오펑에게 다시 직접 가게 하는 것은, 왕원우[2]가 승낙한 것 같은데 아직 확실한 것은 아닌 것 같으니 일단 가지 말고 며칠 가만히 기다리는 것이 좋을 것 같다는 생각이네.

또 조금 전에 친원이 석방됐다는 소식을 들었다네. 법관은 그를 기소하지 않는다고 하네. 따라서 이미 관련선상에서 벗어났네. 법관이 일기를 읽는 것이 어쩌면 이렇게 빠를 수 있는지.

22일 오후, 쉰 드림

주)_____

1) 루쉰이 살던 지역은 상하이의 자베이(閘北) 구역에 속해 있다.
2) 왕윈우(王雲五, 1888~1979)는 당시 상우인서관 사장 겸 편역소 소장을 맡고 있었다.

320328 쉬친원에게

친원 형

조금 전 24일에 보낸 편지를 받고 이미 나왔다는 것을 알게 됐습니다. 깊은 위로를 전합니다. 우리도 19일에 예전 집으로 되돌아왔습니다. 다만 약 6, 70위안 정도 되는 물건만 없어졌고 책은 하나도 사라지지 않았습니다. 포탄 맞은 유리창도 다 수리했습니다. 모든 것이 예전과 같지만 시장에 인적이 드물고 주위의 집이 많이 파손됐습니다. 가게도 영업을 시작하지 않아서 음식을 사는 데 불편할 따름입니다. 수감 생활은 전쟁터의 생활과 너무 많이 달라서 비교하기 어렵습니다. 그렇지만 내가 보기에 류의 여동생의 '재심 신청'이 없으면 전쟁터의 생활이 말끔하다고 생각합니다. 그러나 대포가 날아오는 것은 예측하기 어려우니 이는 '상관이 없다'고 할 수 없으니 수감 생활보다 더 혼란스럽습니다. 이와 같이 답신드리며 잘 지내시기를 기원합니다.

3월 28일 오후, 쉰 드림

320406 리샤오펑에게

샤오펑 형

집으로 돌아온 뒤 벌써 2주일 가량 지났습니다. 일부 도난당했지만 손실은 크지 않아서 많이 불편하지는 않습니다. 다만 간단한 음식을 사려 해도 멀리 나가야 할 일이 있을 따름입니다.

경제사정이 어려운 까닭으로 이달 인세를 부쳐 주시기 바랍니다. 혹 보냈으면 일시와 장소를 편지로 알려 주시면 가지러 가도록 하겠습니다. 장부에서 결산이 분명하기를 바라며 이를 같이 보내 주시면 감사드리겠습니다.

4월 6일, 쉰 드림

320407 왕위허에게[1]

위허 선생

조금 전에 보내 주신 편지와 원고 한 꾸러미[2]를 잘 받았습니다. 원고를 읽은 후에 알려 드립니다. 먼저 문의하신 질문에 대해 다음과 같이 답합니다.

1. 핑푸 형의 부조금[3]을 돌려받을 계획은 없습니다. 그의 부인에게 보내 주셔서 자유롭게 처리하게 해주시기 바랍니다.

2. 젠런은 현재 '프랑스 조계 산중로善鐘路 허싱리合興里 49호'에 거주하지만 이것도 임시거처입니다. 오래 머물 계획은 아닙니다.

3. 저의 집은 도난을 당하지 않고 좀도둑이 들어와서 약 6, 70위안 되는 옷가지와 물건을 훔쳐갔습니다만 서적은 하나도 없어지지 않았습니다. 전쟁터의 집에서 이것만 잃어버렸으니 큰 행운이 아닐 수 없습니다.

일단 이렇게 답신으로 알려 드리며 봄철에 평안하시기를 기원합니다.

4월 7일 밤, 쉰 올림

주)＿＿＿＿

1) 왕위허(王育和, 1903~1971)는 러우스의 동향으로 상하이 사쉰(沙遜)빌딩 루이상융펑(瑞商永豊) 양행의 직원이었다. 당시 러우스와 같이 살아서 루쉰의 징원리(景雲里) 거처의 이웃이었다.
2) 리핑(李平)이 쓴 『소련견문록』(蘇聯見聞錄)을 가리킨다. 리핑(1902~1949)은 1927년 대혁명이 실패한 뒤 소련 모스크바에 건너가 중산대학에 입학하여 학습했다. 1931년 귀국 후 『소련견문록』을 썼다. 1932년 봄 왕위허를 통해 루쉰에게 교정과 서문을 부탁했다. 이 책은 11월 상하이 광화서국에서 출판됐는데 필명은 린커둬(林克多)이다.
3) 러우스(자오핑푸趙平復)의 유가족을 위해 루쉰이 모은 교육비를 가리킨다. 왕위허를 거쳐 전달했다.

320411 쉬서우창에게

지푸 형

4월 2일 형의 서신이 11일이 되어서야 도착했으니 정말 한참 느리네. 동생은 매일 우치야마서점에 갔으니 서점에서 방치한 것은 아니네. 차오펑은 생계가 없어 잠시 '프랑스 조계 산중로 허싱리 49호'의 친구 집에 머물고 있다네. 저렴한 방을 구하면 언제든지 이사 나갈 계획이네. 동생의 집은 '베이쓰촨로(전차종점) 194 A 3층 4호'이네. 예전 집의 파손된 곳은 모두 수리를 마쳐 이전과 다름이 없다네.

도피생활 중에 쯔잉子英이 찾아와 돈을 빌려 달라는 부탁을 한 일이 있었네. 내가 부자라는 소문이 도는 듯했네. 바로 거절했지만 그의 경제사정이 좋지 않다는 것을 짐작할 수 있었네. 지금 사오싱으로 돌아가는 것도 이 때문인 것 같네.

만복이 함께 하기를 기원하네.

4월 11일, 동생 수 올림

320413 리샤오펑에게

샤오펑 형

오늘 형의 서신과 인세 이백을 받았습니다. 영수증을 방문객에게 건네줘서 가져갔는데 벌써 보셨으리라 생각합니다. 수입인지는 보낸 편지에서 작성한 숫자에 따르면 모두 9천 장이 필요한데 조금 전에 준비를 마쳤습니다. 편할 때 사람을 보내어 영수증을 가지고 가지러 와 주시면 감사드리겠습니다.

집에 돌아온 뒤 잡감집 원고를 모으는 일을 시작했습니다. 그런데 생각지도 못하게 소문이 돈 탓에 한 하녀가 놀라서 일을 그만두고 가 버리는 일이 생겼습니다. 많은 잡무를 직접 해야 하여 다시 손을 놓아야 했습니다. 그렇지만 여전히 진행하고 있습니다. 일이 마무리된 뒤에 알려 드리겠습니다. 이 6년 동안 쓴 잡문은 많지 않지만 2개의 문집으로 나눠 낼 계획입니다. 전반부는 베이신에서 인쇄할 수 있습니다. 후반부는 적당하지 않은 듯하여 작은 출판사에 인쇄를 맡길 생각인데 형은 어떻게 생각하는지 모르겠습니다.[1]

문학사는 자료를 모으고 있을 따름입니다. 생활이 안정되어 이리저리 피신하지 않을 상황이 되면 가을께 정리 작업에 들어갈 계획입니다.

4월 13일 밤, 쉰 드림

[1] 전반부는 『삼한집』을 가리키고 후반부는 『이심집』을 가리킨다.

320423① 차오징화에게

징화 형

4월 2일에 보낸 편지는 이미 받았습니다. 편지를 첨부하니 바로 전달해 주십시오. 그의 잡지 2권과 『문학보』 몇 장 보낸 것은 그저께 받았습니다. 그렇지만 형이 2월 중에 부친 짧은 편지 두 통은 아직 받지 못했는데 분실된 것이 분명합니다. 동생은 피난 갈 때, 다 쓰지 못한 편지를 갖고 나오지 못하여 편지를 보낼 수 없었습니다. 3월 19일 집에 돌아온 뒤인 21일에야 편지 한 통을 부칠 수 있었습니다. 안에는 상씨 댁에서 온 편지를 첨부했는데 이미 받았는지 모르겠습니다.

이번의 전쟁으로 내가 입은 손해는 많지 않습니다. 비록 피난 비용은 들었지만 방세를 내지 않아서 비슷해졌습니다. 그렇지만 아이가 홍역을 앓아서 형편이 어려워졌었습니다. 지금은 괜찮습니다. 집에 물건을 좀 도 난당했는데 아이 것이어서 얼마 되지 않습니다. 생활에 관해서 서점 판로 가 나날이 줄어들고 인세도 이에 따라 줄어들기에 이다음에 어떻게 해야 할지 모르겠습니다. 만약 지금 상태로 생활한다면 반년 정도는 버틸 수 있 습니다. 좀 절약하고 다달이 약간의 수입이 있으니 좀더 오래 버틸 수 있 겠지요. 이달까지 베이신에서 내게 인세를 줄 게 좀 있으니 걱정하지 마시 기 바랍니다. 자비출판한 두 권의 책[1]은 부근 한 서점[2]과 논의하고 있는데 전쟁의 영향을 받아서 재고도서도 절반으로 깎아서 판매하려 합니다. 만 약 성사되면 형은 인세 2백 위안을 받을 수 있습니다. 이 돈을 어떻게 처리 하고 어디로 부칠지 편할 때 알려 주시기 바랍니다.

종이[3]는 5월 초에 구매하여 부치겠습니다. 일역본 『철의 흐름』은 벌 써 일본에 편지를 보내 두 권을 사 달라고 했습니다. 도착하면 바로 부쳐 드리겠습니다. 이 책의 번역자[4]는 이번 달에 체포됐습니다. 그들이 있는 곳에도 필화사건이 많이 벌어지고 있습니다.

책의 그림은 여전히 원래의 장소(우치야마서점)로 보내 주시면 됩니 다. 등기로 보내면 없어질 수 없을 것이라고 생각합니다. 그곳보다 더 믿 을 만한 곳은 이제 없습니다. 우리는 지금 모두 건강하니 걱정 마시기 바 랍니다.

이에 보내 드리니 평안하고 건강하시기 바랍니다.

4월 23일, 동생 위 드림

주)_____

1) 『훼멸』과 『철의 흐름』을 말한다.

2) 상하이 광화서국을 가리킨다.

3) 소련 목판화가가 필요로 하는 중국 선지를 가리킨다. 관련하여 『집외집습유』의 「인옥집(引玉集) 후기」를 참고할 수 있다.

4) 구리야가와 하쿠손(廚原惟人, 1902~1991)을 말한다. 일본 문예이론가이자 번역가로 일본 프롤레타리아작가동맹 지도자 중 한 명이다. 루쉰이 번역한 『고민의 상징』 저자이기도 하다.

320423② 타이징눙에게

징눙 형

오랫동안 안부를 묻지 못했습니다. 이전의 웨이밍사 사람을 나는 어디에 사는지 하나도 몰라서 그렇게 됐습니다. 웨이밍사의 주소도 없어진 것 같아서 전할 방법이 없었습니다. 오늘 우연히 형의 주소를 알게 되어 정말 기쁩니다. 지예 형에게 보내는 편지 한 통이 있으니 전달해 주시면 감사드리겠습니다. 나는 해마다 한번 도피 생활을 해야 하나 봅니다. 그렇지만 이전처럼 건강하니 멀리서 걱정하지 않으셔도 됩니다. 이와 같이 알려 드리니 행복을 기원합니다.

4월 23일 밤, 쉰 드림

320423③ 리지예에게

지예 형

　일전에 제 집에서 보낸 편지와 형의 쪽지를 받고 1백 위안을 돌려받은 것을 알게 됐습니다. 정말 감사드립니다. 이번 전쟁에서 나는 전쟁터 한가운데 있었지만 한창일 때 이미 피난을 갔습니다. 집의 사방에서 포탄이 쏟아졌지만 모두 관통하지는 않아서 손실이 아주 적습니다. 베이징에 있을 때에도 매년 포탄 소리를 들어야 해서 그렇게 괴상하지는 않았습니다. 그렇지만 이번처럼 가까이에서 겪지는 않았습니다.

　일찍 답신을 드리고자 했으나 편지를 어디로 부쳐야 할지 몰랐는데 오늘 편지를 전할 방법을 찾아서 급히 소식을 드립니다. 이와 같이 행복을 기원합니다.

4월 23일 밤, 쉰 드림

320424 리샤오펑에게

샤오펑 형

　잡감집 상편을 이미 다 엮었습니다. 1927년에서 29년 사이에 쓴 것인데 대략 5, 6만 자가 됩니다. 이름은 『삼한집』으로 정했습니다. 서점의 친구가 편한 때 가지러 와 주시면 되고 목록을 덧붙이니 살펴보시기 바랍니다. 하편은 아직 열흘 정도 더 기다려야 마무리됩니다. 이름은 『이심집』으로 정했습니다.

　판본은 『열풍』을 따랐습니다. 1년을 한 묶음으로 하여 연속으로 조판했습니다. 편마다 달리 판을 시작할 필요가 없습니다. 한 행의 글자 수는 종이절약의 차원에서 36자로 해도 괜찮습니다. 복제를 막기 위해 신문지로 찍은 염가판을 별도로 인쇄해도 됩니다. 뒤의 두 일에 대해 나는 아무런 편견이 없습니다.

이번에 차오펑이 이사를 가고 내가 보관하던 이전 판지는 훼손되는 바람에 세 종류만 남아 있습니다. 『당송전기』와 『연분홍 구름』은 아직 출판할 가치가 있다고 생각합니다만 베이신에서 인쇄할 계획이 있는지 알려 주시기 바랍니다. 만약 인쇄하지 않는다면 달리 방법을 찾아야겠지요.

4월 24일, 쉰 드림

인쇄할 때 직접 교정을 봐야 합니다. 전달하는 방법은 장래에 따로 의논드리겠습니다. 우치야마에서 전달받는 것은 좀 불편합니다. 그들도 관리하는 사람이 없기 때문입니다.

추신: 지난 두 달 동안 받은 인세로는 생활을 할 수 없습니다. 이달 안에 약간 더 보내 주시면 감사드리겠습니다. 25일에 덧붙여 씁니다.

320503 리빙중에게

빙중 형

조금 전에 18일 형의 서신이 도착했고 동시에 또한 집의 어머니의 편지도 받아서 형이 방문을 하고 좋은 선물[1]까지 주신 것을 알게 되었습니다. 정말 감사드립니다. 3월 28일 편지는 일찍 받았는데 곧 귀국한다 하여서 답신을 하지 못했습니다. 사실 내가 말한 학문을 탐구한다는 것은 학교의 강의를 가리켜 말한 것이 아닙니다. 보낸 편지에서 말한 유학의 폐단이란 설사 학문이 이렇게 탁월한 견해가 있어서 중국 장래에 대다수가 이미 알 수 있는 것일지라도 중국의 신문은 절대로 이를 발표하지 않는 거지요. 정직한 말은 남이 즐겁게 듣지 않습니다. 대개는 엄벙덤벙하다가 죽어 버리기를 바랍니다. 상하이에 최근 댄스홀 하나가 새로 개장했는데 첫날 발 디딜 틈도 없을 정도로 사람들이 몰렸으니 오호라 어떻게 말할 수 있으리오, 입니다. 인민이 받을 괴로움이란 이제 겨우 개장했을 뿐일 겁니다. 그런데 무익할 것을 헛되이 걱정하는데 나는 형이 차라리 우선 옛 친구를 찾아가서 생계를 알아봐야 한다어떤 일이든 괜찮습니다는 생각입니다.

나는 원래 베이징으로 귀성할 계획이었으나 비용을 좀 아껴야 하고 잇달아 베이핑에서도 밥 벌어먹을 곳이 없다는 생각이 들었습니다. 게다가 시비와 구설수도 상하이와 어금버금하다는 것을 지난날 직접 겪어 봤습니다. 그래서 지금은 주저하고 있습니다. 고향에 돌아가 어머님을 뵙고 싶으나 세 명의 왕복 여비에 필요한 것도 많아서 올해는 궁싯거리다가 결국 움직이지 못할지도 모르겠습니다. 그 사이에 여름 분위기가 완연하고 앵두와 죽순이 시장에 나왔습니다. 그런데도 시장의 분위기는 가라앉아 있습니다. 그렇지만 계절성 유행병은 베이핑처럼 성하지 않습니다. 중국의 방역에 방법이 없다는 것도 치명상 중에 하나입니다. 그렇지만 누가 베이핑을 근심하겠습니까. 저는 이전과 다름없습니다. 가족도 모두 평안하고 건강하여 이를 위안으로 삼습니다. 이와 같이 답신을 드리니 잘 지내시기를 기원합니다.

5월 3일 밤, 쉰 올림

영부인도 이와 같이 안부를 여쭙고 스 형世兄도 행복하시기 바랍니다.

주)_____

1) 리빙중이 선물한 도장을 가리킨다.

320514① 리샤오펑에게

샤오펑 형

어제 편지와 인세를 받은 뒤 바로 서점의 친구에게 부탁하여 『이심집』 원고 한 권을 가져가게 했습니다. 원고는 마지막 한 편[1]이 빠졌습니다. 원래 『십자가두』[2]에 게재하려 한 원고인데 아직 출간되지 않아서 원고를 가져오지 못했습니다. 이 책은 베이신에서 인쇄한다면 아무래도 본점의 이름을 사용하지 않는 것이 적당합니다. 만약 인쇄하지 않는다면 조속히 원고를 돌려주시기 바랍니다.

얼마 전에 친구에게 부탁하여 책 10여 종을 구매했습니다. 지금은 베이신에 부탁하여 문집을 하나 더 찾아 달라고 할 계획입니다. 왜냐하면 할인하는 것이 좀 많을 수 있을 거라 기대하기 때문입니다. 그 가운데 출판지가 명확하지 않은 것은 통용되는 판본으로 구매해도 됩니다. 다만 구두점을 왕위안팡이 찍은 것을 원합니다. 야둥에서 출판한 적이 있는지 모르겠습니다.[3] 가격은 대략 20위안을 넘지 않습니다. 베이신에서 먼저 돈을 내어 내 장부에 올렸다가 다음번 인세에서 공제해도 됩니다. 다만 바로 처리해 주시기를 바랍니다. 늦어도 20일 안팎에 서점의 친구를 한번 보내 주시는 수고를 해주시면 감사드리겠습니다.

　　신문을 읽고 '여자서점'이 개막했다는 것을 알았습니다.[4] 이는 남자를 아연실색하게 합니다. 그런데 의외로 남자의 '자서전'이 유행하고 있습니다.

5월 14일, 쉰 드림

주)＿＿＿＿

1) 「번역에 관한 통신」의 회신 부분을 가리킨다.
2) 『십자가두』(十字街頭)는 루쉰과 펑쉐펑이 편집하는 '좌련' 기관지 중 하나이다. 처음에는 반월간지였다가 3기에서 순간으로 바뀌었다. 1931년 12월 11일 상하이에서 창간됐으며 이듬해 1월 국민당정부에 의해 판금되어 3기만 나왔다.
3) 왕위안팡(汪原放, 1897~1980)은 '오사' 이후 『수호』 등의 소설 몇 종의 구두점을 찍어서 상하이 야둥(亞東)도서관에서 출판한 바 있다.
4) 1932년 5월 14일 상하이의 『선바오』에 「여자가 창립한 '여자서점' 출판 예고」(女子創辦'女子書店'出版預告)가 실렸다. 여기에 '황톈펑(黃天鵬) 자서전' 『유랑인』(流浪人)과 '장이핑(章衣萍) 자서전'인 『나의 30년』(我的三十年) 등이 포함됐다.

320514② 쉬서우창에게

지푸 형

　　오랫동안 소식이 없었네. 모든 일이 여전히 잘 이뤄질 것이라 생각하네. 차오펑의 일은 지금까지 이후 소식이 없지만 지금 출판사와 직원이 팽팽하게 맞서서 격화된 상태여서 실제로 손을 쓰기도 어렵다네. 출판사에서 사후처리를 다한 뒤 일이 마무리되기를 기다렸다가 차이 공에게 다시 부탁하겠네.

그 사이에 상인들도 소리 소문 없이 되돌아왔네. 아마 영국과 프랑스 조계지에서도 생활하기가 어려웠겠지. 이로써 사방이 또다시 시끌벅적해졌네. 5월 이후에는 『선바오』와 우유도 구할 수 있다네. 처음에는 이전 상태로 회복하는 데 최소한 1년이 걸린다고 생각했는데 지금 보니까 그만큼 시간이 걸리지는 않을 것 같네.

　　경관은 이전과 같고 아내와 아이도 평안히 잘 지내네. 베이신서국이 여전히 다달이 인세로 약간씩 후불로 지불하고 있어서 생활은 유지할 수 있으니 걱정 마시기 바라네. 최근 몇 달 동안 일본에서 내 소설을 우르르 번역했다네.[1] 친구들[2]이 글을 팔아 생활하는 이 사람을 초청하겠다고 편지를 보냈지만 이는 장기적인 방책이 아니어서 결국 거절했네. 지금 이후에 중국문학사 초안을 쓰려 하네. 이와 같이 알려 드리니 만복이 깃들기를 기원하네.

5월 14일 밤, 동생 수 올림

주)＿＿＿＿

1) 1932년 일본 교카도(京華堂)에서 『루쉰창작선집』을 출판했고, 일본 가이조샤(改造社)에서 『외침』과 『방황』의 전체 소설을 수록한 『루쉰전집』을 편역출판 중이었다.
2) 우치야마 간조, 마스다 와타루(增田渉), 사토 하루오(佐藤春夫) 등을 가리킨다.

320604 리빙중에게

빙중 형

　방금 5월 31일 엽서를 받아서 아직 남쪽으로 가지 않은 것을 알았습니다. 그런데 나는 5월 23일 전후에 아이 사진 한 장을 보낸 적이 있습니다. 마찬가지로 주안의 집[1]에서 받아 전달해 달라고 했는데 언급이 없어서 도착하지 않은 것을 알 수 있습니다. 저의 집에서 교제하는 방법은 정말 바라보기만 해도 두렵습니다. 내가 베이징의 집에서 살 때에도 자주 두근두근하고 불안해했습니다. 자주 진언했지만 한 번도 받아들여지지 않았고 길은 다 됐는데 지원은 끊긴 상황이었습니다. 탄식을 한 번 하고 놔둔 지 오래됐습니다. 남쪽으로 오는 것은 언제일지 모르겠군요. 만약 편지를 주신다면 이다음에 베이신으로 부치지 말아 주십시오. 이 서점은 거리도 멀고 책임지지 않아서 분실되기 쉽습니다. '베이쓰촨로 끝, 스가오타로, 우치야마서점 전달 저우위차이 수령'으로 하는 것이 적절합니다. 만약 방문하려면 이 서점에 문의하시면 나의 행방을 알 수 있습니다. 베이신은 알지 못합니다. 이와 같이 답신드리니 만복이 깃들기를 기원합니다.

6월 4일 밤, 쉰 올림

영부인에게도 이와 같이 안부를 여쭙니다. 영랑도 잘 지내기 바랍니다.

주)＿＿＿＿

1) 베이징 푸청먼(阜成門) 내 시싼탸오후퉁(西三條胡同) 21호이다. 루쉰은 1906년 어머니의 명을 따라 주안(朱安, 1878~1947)과 결혼했다.

320605① 리지예에게

지예 형

　5월 13일 보낸 편지를 오늘 받았습니다. 편지에서 며칠 전에 부친 편지를 문의했는데 아직 도착하지 않았습니다. 그렇지만 편지는 13일 쓴 것으로 이미 받았는지도 모르겠습니다. 그런데 내 편지는 오자마자 답장을 하여 형이 수신했는지 여부가 분명하지 않습니다. 그러면 내 회신은 분실된 것이겠지요. 베이신의 일처리가 산만하고 편지도 쉽게 잃어버려 이다음에 편지를 보내시려면 '베이쓰촨로 끝, 스가오타로, 우치야마서점 전달 저우위차이 수령'으로 하여 보내 주시면 좋을 것 같습니다.

　쉐펑은 이전에 내게 사람들의 편지를 엮을 계획이라는 이야기를 한 적이 있습니다. 한 사람에 몇 통씩 골라 한 권의 책으로 낼 것이라고 했습니다. 내게도 몇 년 전 징눙에게 보냈던 노벨상금 수령을 거절한 편지를 달라고 했습니다. 그렇지만 내 편지는 초고가 없습니다. 그래서 징눙에게 물어봐서 가져올 수 있다고 대답한 적이 있습니다. 쿵 군[1]의 이야기는 여기에서 나왔을 겁니다.

　내 편지는 사소한 일이 많아 사실 공개할 만한 가치가 없습니다. 그렇지만 쉐펑이 원하는 것이 확실하다면 형이 내용이 괜찮은 것 몇 통을 골라 그에게 보내도 됩니다.

　이에 답신드리니 잘 지내시기를 기원합니다.

6월 5일, 쉰 올림

주)_____

1) 마오둔(茅盾) 부인의 남동생 쿵링징(孔另境)을 가리킨다. 그 당시 당대작가서간을 편집 출판할 생각이 있었다.

320605② 타이징눙에게

징눙 형

　　오늘 베이신서점에서 사람이 와서야 형이 5월 8일에 보낸 서신을 건네받았습니다. 베이신은 이제 이전의 베이신이 아니며 흩어진 모래처럼 아무도 책임을 지지 않습니다. 거리도 꽤 멀고 나도 자주 가지 않고 편지 전달도 늦어지는 일이 많습니다. 이후에 편지를 보내시려면 '베이쓰촨로 끝, 스가오타로, 우치야마서점 전달'로 부치면 입수가 좀더 빨라질 수 있습니다.

　　상하이는 실제로 위험한 땅입니다. 살기殺氣도 많고 상업의 종류도 너무 많습니다. 사람조차도 물건 중 하나일 따름으로 이를 판매하는 것으로 살아가는 사람도 정말 많습니다. 살아남는 것은 대부분 우연일 뿐입니다. 올해 봄 전쟁터에 있으면서 학살을 목도했는데 아주 위험했습니다. 그렇지만 다행히 위험을 피할 수 있었습니다. 기록하고 싶은 마음이 있었지만 정말 어디서부터 이야기해야 할지 모르겠습니다.

　　중국의 옛 책도 여전히 훑어보고 있습니다. 상하이에도 서너 군데 헌책방이 있긴 한데 가격이 베이핑보다 비싸지 않습니다(이는 내가 베이핑에 있을 때를 가리키는데 최근에도 그렇게 저렴해졌다고 생각하지 않습니다). 그래서 구매하는 것은 어렵지 않습니다. 만약 특별한 책을 수집하려면 구복각판을 알아봐야 하여 베이핑이 가장 적당할 것입니다. 그렇지만 나는 그런 종류는 아니며 읽은 것도 대개 보급판이었습니다. 다만 몇 년 전에 『왕충각공유집』王忠慤公遺集을 출판했을 때 제1집이 너무 비싸서 보고 사지 않고 우선 잇달아 제2집에서 제4집까지만 구했습니다. 그런데 전집이 완간될 무렵에 낱권 판매를 하지 않아 지금까지도 제1집이 빠져 있습니다.

베이핑에서 이 1집을 구할 수 있는지 모르겠습니다. 만약 있다면 구매하여 부쳐 주시면 정말 감사드리겠습니다.

친족의 생활을 책임지는 것은 정말 많이 힘듭니다. 나는 평생의 대부분을 이 일에 얽매여 지냈는데 머리가 흰 재작년에 또 아이 하나를 낳았습니다. 책임의 기한은 더더욱 없게 되었습니다.

정 군[1]의 펜 끝은 너무 노골적이고 중국사회의 상황에 어두워 실수하는 일은 피할 수 없습니다. 창후이常惠와 젠궁建功 두 형은 여전히 대학에서 일을 하고 있겠지요. 때때로 그들이 생각납니다. 남쪽에서 4년 동안 떠돌다 보니 베이핑의 일을 하나도 모르게 됐습니다. 올 봄에 돌아갈 계획이 있었으나 시간이 덧없이 흘러 결국 그만뒀습니다. 이와 같이 답신을 드리니 만복이 깃들기를 기원합니다.

6월 5일 밤, 쉰 드림

주)_____

1) 정전둬(鄭振鐸)를 가리킨다. 330205 편지를 참고할 수 있다.

320618① 쉬서우창에게

지푸 형

분큐도文求堂에서 『선집』[1]을 출간했는데 오탈자가 꽤 많네. 일전에 이 건으로 정오표 한 장을 만든 적이 있는데 방금 인쇄하여 보내왔네. 형에게 특별히 한 장을 보내 드리니 받아주시기 바라네.

차오펑에게 편지가 왔는데 교무는 월말까지 볼 수 있다 하네.[2] 그 도시의 주민들 가운데 민병民兵이 약 반을 차지하여 상당히 무료하다고 하네. 강의를 마치면 바로 되돌아올 계획이고 제일 좋기는 가을에 다시 돌아가지 않는 것이라 한다네. 형이 편할 때 차이 선생에게 한번 이야기해 주기 바라네. 아니면 상우관에서 확실한 소식을 얻을 수 있다면 좋겠네. 급하게 입사할 필요는 없습니다만 갈 곳을 일찍 구했으면 하네. 어떻게 될지 모르는 밥벌이를 찾으러 다른 곳에 분주히 다닐 필요는 없도록 말이지. 그렇지만 차이 선생이 지금은 아직 문의하러 갈 때가 아니라고 판단한다면 당연히 재촉해서는 안 되네. 이와 같이 알리며 만복이 깃들기를 기원하네.

6월 18일, 수 올림

주)_____

1) 1932년 도쿄 분큐도(文求堂)에서 편역 출판한 『루쉰소설선집』(魯迅小說選集)을 가리킨다. 중국어에 일본어 주석을 덧붙이는 형태로 출간했다.
2) 저우젠런(周建人)이 1932년 5월에 안칭(安慶) 안후이대학(安徽大學)에 가서 교편을 잡았다가 6월에 바로 상하이로 되돌아온 일을 가리킨다.

320618② 타이징눙에게

징눙 형

6월 12일 편지는 어제 받았습니다. 오늘 『왕충각공유집』 한 상자를 받았습니다. 정말 감사드립니다. 소설 두 권[1]은 각각 2권씩 이미 오후에 우치야마서점에 등기로 부쳐 달라고 부탁했는데 곧 도착할 거라 생각합니다. 두 책은 모두 직접 교정을 보고 자비출판했지만 여전히 서점에 속아서 일을 하고도 노동의 대가를 받지 못했습니다. 나는 상인의 수법을 모르지 않지만 그들과 세세하게 따지기 두렵습니다. 그래서 결과적으로 여전히 실패한 것입니다. 『철의 흐름』 때 쪽수를 잘못 제본한 일이 있었습니다만 지면이 누락되지는 않았습니다. 보낼 때 미처 검사하지 못했으니 형이 한번 살펴봐 주시기를 희망합니다. 만약 잘못 제본된 것이 있으면 직접 손봐 주시기를 부탁드립니다. 만약 쪽수가 빠졌다면 알려 주시면 따로 보내 드리도록 하겠습니다. 나머지 한 권씩은 형 마음대로 증정해도 됩니다. 네 권을 보내는 것은 두 권을 보내는 것과 우편요금에서 차이가 많이 나지 않아서였습니다.

베이핑에서 예약한 일을 나는 하나도 모르고 있습니다. 나중에 캉 군[2]이 편지로 알려 와서 그제야 책 판매상이 또 이런 수법을 쓰고 있다는 걸 알았지만 또 어떻게 할 수도 없었습니다. 자비출판한 두 책으로 1천 위안을 썼으며 지금까지 회수한 것은 2백 위안밖에 되지 않습니다. 삼한서국三閑書局[3]도 이것으로 문을 닫아야 했습니다. 나중에 남은 자금이 있다면 『시멘트 그림』과 같은 미술류 서적을 출판하여 복제판을 낼 수 없게 해야겠습니다.

형이 소설을 쓴다면 아주 좋을 것 같습니다. 나는 최근 몇 년 동안 잡감을 쓴 것도 수십 편 있었지만 대체로 다른 필명으로 발표했습니다. 최근에 1928년부터 1929년까지 쓴 글을 엮어 『삼한집』이라고 이름 붙였습니다. 이미 베이신에서 조판하고 있습니다. 30년에서 31년까지 쓴 것은 『이심집』으로 이름 붙였는데 출판하겠다고 나선 사람이 없습니다. 갖가지 이유를 대지만 사실은 자오징선趙景深의 부마를 욕한 말[4]이 너무 많아서인 것 같습니다.『북두』에 '창경'長庚으로 서명한 것은 실제로 내가 다 쓴 것입니다. 현재 출판사는 정해지지 않았지만 만약 인세를 포기한다면 출판하기 쉬울 것입니다.

'1·28'사건은 쓸 수 있는 것도 있지만 본 것이 여전히 너무 적어서 쓸지 말지 아직 정해지지 않았습니다. 가장 원통한 것은 들은 것 상당수가 믿을 수 없으며 내 조사에 의하면 대다수는 거짓이라는 점입니다. 사람을 찾는 광고조차 자기가 낸 것이 있는데 이렇게 함으로써 유명해지기 때문입니다. 중국인은 일처리를 연극놀음과 한데 섞어 이야기하는데 의외로 진지하게 대하는 사람도 있습니다. 오늘『선바오』의「자유담」에서「모던 스타일의 구국청년」이라는 소식이 실렸는데 그 가운데 한 단락은 다음과 같았습니다.

"미스 장은 국치를 기념하여 특별히 은루銀樓에서 항일구국이라는 네 글자가 새겨진 무늬 있는 은상자 하나를 주문했다. 그녀는 인단을 즐겨 먹었던 것이다. 꽃 앞에서 그리고 달 아래에서 …… 그녀는 항일구국의 은상자에서 인단 두 알을 흔들어 꺼내어 천천히 씹어 먹었다. '여 동포들는 이여! 9·18과 1·28을 잊지 맙시다. 반드시 항일구국해야 합니다!'라고 말하면서."

언사가 과도한 감이 있지만 확실히 1·28 이전에 이런 사람들도 적지 않았습니다. 그런데 1·28 당시에 도구에 이런 글자가 쓰여 있는 사람 중에 살고자 하는 사람은 매우 곤란하게 됐습니다. '저항'하는 것은 경거망동하는 일이었고 죽음은 무거운 일이었습니다. 이 일을 지금까지도 사람들이 여전히 깨닫고 있지 못하고 있는 것 같습니다. 오늘날까지 중국에서는 전사한 병정과 피살된 인민의 수에 대해서는 발표한 적이 없습니다. 하는 척 연기도 하지 않았습니다.

내가 자베이에 살 때 쏟아지는 포탄은 모두 중국 포탄이었습니다. 가까운 거리는 1장尺 정도의 거리밖에 되지 않았는데 조준이 잘 되지 않았다고 말할 수는 없습니다. 그렇지만 폭발하지 않는 것이 다수였습니다. 나중에는 더 위력적인 포탄으로 바꿨다고 들었습니다. 그렇지만 그때 나는 이미 영국 조계지로 피신했을 때였습니다. 포화로부터 좀 멀어졌지만 피난민은 종일 끊이지 않고 들어왔고 피난 가지 않은 사람은 여전히 희희낙락한 걸 봤습니다. 정말이지 무저항과 무조직의 양떼 같았습니다. 이제 내 집도 사방에서 또다시 시끌벅적해지기 시작했습니다. 아마 전쟁의 흔적은 곧 찾아볼 수 없게 될 것입니다.

베이핑의 상황에 나는 아주 어둡습니다. 류 박사[5]의 언행은 우연히 신문지상에서 봤는데 정말 해괴망측합니다.『신청년』에 있을 때 나는 이렇게 될지 예상하지 못했습니다. 출판물로『안양발굴보고』[6]류 몇 권만을 봤을 뿐입니다. 이것도 알맹이는 드물고 헛소리를 늘어놨습니다. 상하이의 상황도 그렇게 좋지 않습니다. 장삼이사가 모두 학생을 가르치고 있습니다. 그렇지만 여기에 발붙이지 못한 이가 의외로 베이핑에 가서 교수를 하는 경우가 많은데 이것도 또 다른 기이한 상황입니다.

이에 알려 드리니 행복하시기를 기원합니다.

6월 18일 밤, 쉰 올림

주)_____

1)『훼멸』과『철의 흐름』을 말한다.
2) 캉쓰췬(康嗣群, 1910~1969)이다. 당시 문학청년이다.

3) '삼한서옥'(三閑書屋)이어야 할 것이다. 루쉰이 자비출판할 때 사용한 출판사 명칭이다.

4) 자오징선의 아내 리시퉁(李希同)은 리샤오펑의 여동생이다. 루쉰은 이를 풍자하여 자오를 '부마'라고 지칭한 것이다. 루쉰은 『이심집』 중의 「풍마우」와 「번역에 관한 통신」 등에서 자오의 오역에 대해 비판한 바 있다.

5) 류반눙(劉半農)을 가리킨다.

6) 『안양발굴보고』(安陽發掘報告)는 베이핑 국립중앙연구원 역사언어연구소에서 엮은 연간지이다. 여기에 허난성 안양의 은허발굴작업에 관한 자료를 발표했다. 1929년 12월에 창간하여 1933년 6월에 제4기를 내고 폐간했다.

320624 차오징화에게

징화 형

11일 보낸 편지 한 통은 이미 받았으리라 생각합니다. 17일 보낸 종이 한 포는 대략 450장입니다. 등기로 보냈는데 분실되지는 않으리라 생각합니다. 원래는 5백 장을 준비했지만 너무 무거워서 줄였습니다. 지난 편지에서 말한 작은 종이 200장은 관둘 수밖에 없었습니다. 우체국에도 괴상한 성격을 가진 사람이 꽤 있는데 '러시아'라는 글자만 봐도 경기하는 사람도 그중 하나입니다. 이전에도 이런 돌부리에 걸려 몇 번 넘어진 적이 있어서 이번에 작게 말아서 부치려 했는데 그는 종이라는 것을 믿지 않아 풀어 봤습니다. 역시 종이이므로 원래는 문제가 되지 않는 것입니다. 그렇지만 풀어 보면서 그는 일부러(!) 포장지를 갈기갈기 찢으며 풀었습니다. 그래서 나는 다시 포장할 수 없어서 집으로 되가지고 올 수밖에 없었습니다. 포장을 다 하여 재차 부치러 갔는데 또다시 이 수법을 쓰는 것이 아니겠습니까. 그래서 나는 이제 소량우송 방식을 포기하고 작은 소포로 부칠 수밖에 없게 됐습니다.

상하이의 소시민은 정말이지 10분의 9는 어리석고 멍청합니다. 그들은 러시아가 자기를 잡아먹을 것이라 생각하는 것 같습니다. 문인의 대다수가 개입니다. 떼를 지어 돌아가며 익명으로 프로문학[1]을 공격합니다. 10월혁명 이전의 Korolenko[2]를 반만이라도 닮은 인물이 없습니다.

샤오쌴[3] 형은 이미 편지를 보내왔습니다.

형이 보낸 책인 『문학가 초상』 등 2권은 6월 3일에 받았습니다. 지금 이미 20여 일이 지났는데 같은 날 부친 『코넨코프 화집』[4]은 아직 도착하지 않았습니다. 그래서 받을 수 있을지 의심스럽습니다. 책은 등기로 부쳤으니 형이 레닌그라드 우체국에 문의해 봐야 할 것 같습니다. 더 느려지겠지만 나도 일단 사람에게 부탁하여 상하이 우체국에 가서 한번 살펴보겠습니다. 만약 소재지를 알 수 없으면 다시 편지를 써서 알려 드릴 테니 형이 한번 찾아가서 문의해 주십시오. 거기에는 12장의 목판화도 있어서 만약 분실됐다면 정말 아깝기 때문입니다.

지금까지 받은 목판화는 모두 5명인데 그중의 Favorsky와 Pavlinov는 일본 글에서 언급된 사람입니다. 그리고 F.씨는 소련 삽화가에서 첫째 가는 사람이라고 합니다.[5] 그렇지만 이 몇 명 이외에 목판화가가 더 있는지 모르겠습니다. 그들의 작품을 구할 수 있을까요. 어떤 방법으로 구매할 수 있는지 형이 편하실 때 관심을 가지고 찾아봐 주시기를 부탁드립니다.

『철의 흐름』은 베이핑에 복각판이 있습니다. 종이질이 안 좋은 데다 오탈자까지 있어서 엉망입니다. 그래서 나는 이미 판지를 이곳의 광화서국에 팔았습니다(저작권은 판매하지 않았습니다). 비전문가는 실제로 서적상을 이길 수 없어서 상인에게 상인과 대치하게 할 수밖에 없었습니다. 작가는 저작권을 빼가고 수입인지는 내가 대리하여 붙입니다.

일본어 『철의 흐름』은 이미 절판됐습니다. 구판을 사려 해도 지금은 없습니다. 이 책은 헌책방에서도 눈에 잘 띄지 않는다고 합니다. 그렇지만 내게 한 권이 있어서 일간 부쳐 드릴 테니 작가에게 부쳐 주시면 됩니다.

우리는 다 잘 있으니 걱정 마시기 바랍니다. 이와 같이 알려 드리니 건강하시고 평안하시기를 기원합니다.

6월 24일 밤, 동생 위 올림

주)_____

1) 프로문학은 프롤레타리아 문학을 가리킨다.
2) 코롤렌코(Владимир Галактионович Короленко, 1853~1921)는 러시아 작가이다. 어린 시절 혁명민주주의 사상의 영향을 받아 혁명운동에 참여하여 여러 차례 체포되었다. 저서로 중편소설 『맹인음악가』(Слепой музыкант)와 자전체소설인 『나의 동시대인의 일생』(История моего современника) 등이 있다.
3) 샤오싼(蕭三)과 관련하여 320911② 편지를 참고하시오.
4) 소련 조각가 코넨코프(Сергей Тимофеевич Конёнков, 1874~1971)의 화집을 가리킨다.
5) Favorsky는 파보르스키(Владимир Андреевич Фаворский, 1886~1964). 소련 판화가이다. 대표작으로 「도스토예프스키 초상」 삽화 등이 있다. Pavlinov는 파블리노프(1881~?). 소련 판화가로 목판화 「푸시킨 초상」 등의 작품이 있다. F.씨는 파보르스키를 가리킨다.

320626 쉬서우창에게

지푸 형

18일 보낸 서신 한 통은 이미 도착했으리라 생각하네. 조금 전에 신문을 읽고 상우인서관의 분쟁이 종결됐다는 것을 알게 됐네. 이후에 개관하는 일에 힘쓰겠네. 차이 선생에게 부탁하여 다시 한번 차오펑을 위해 한 마디 해줄 수 있을런지. 형이 참고하여 진취를 결정해 주시기를 희망하네. 정말 감사하고 다행스럽다고 생각한다네. 이와 같이 알려 드리니 만복이 깃들기를 기원하네.

6월 26일, 동생 수 돈수

320702① 어머니께

어머니 대인의 슬하에서 삼가 아룁니다. 조금 전에 6월 26일 보낸 편지를 받아서 모든 것을 알게 되었습니다. 하이잉은 이제 다 나았고 다시 살이 올라 병이 나기 이전과 별 차이가 나지 않습니다. 그렇지만 여전히 죽을 먹고 있는데 내일 모레는 아이에게 밥을 먹일 계획입니다. 아이는 장난치는 것을 좋아합니다. 얼마 전에 아이에게 아이용 완구 목공 도구를 한 세트 사 줬더니 요즘 매일 못을 박으며 놀고 있습니다. 그렇지만 곧 싫증을 내게 되겠지요. 최근에도 자주 아이를 데리고 공원에 나갑니다. 집에서 정말 정신이 사나울 정도로 시끄럽게 놀기 때문입니다. 첨부한 사진은 우리 집 근처입니다. 집은 이미 다 복구되어 전쟁의 흔적이 눈에 띄지 않습니다. 중간에 선 이가 하이잉을 안고 있는 하이마입니다. 그렇지만 사진이 너무 작아서 분명히 보이지 않습니다. 상하이는 점점 더워지고 콜레라는 유행이 지나가서 지금은 많이 사라졌습니다. 이제 대략 소멸될 것 같습니다. 아들과 하이마는 모두 잘 지내니 걱정 마시기 바랍니다. 셋째는 벌써 상하이에 돌아왔습니다. 하반기에 다시 갈지 아직 정해지지 않았습니다. 아들은 다른 곳에 일이 있으면 할 수 있다고 생각하지만 아무래도 가지 않는 게 맞다고 생각하기로 했습니다. 현재 학교 가운데 안정적으로 학생을 가르치고 밥을 벌어먹을 수 있는 곳이 거의 없기 때문입니다. 이와 같이 알려 드리니 평안하시기를 기원합니다.

> 7월 2일, 아들 수 절을 올립니다
> 하이마와 하이잉도 같이 절을 올립니다

320702② 리지예에게

지예 형

『흑승』黑僧 번역원고는 일찍 받았습니다. 그끄저께 25일 보낸 편지를 받았는데 편지의 필사본[1]은 오늘 받았습니다.

마침 쉐펑을 만날 때여서 바로 그에게 건네줬습니다. 나도 미처 보지 못하고 그에게 골라 달라고 했습니다. 사람들을 공격하는 편지와 자신의 사생활을 쓴 편지는 발표해도 된다고 생각합니다. 이런 것이 없어도 적은 헛소문을 만들어 내 공격을 잘 하기 때문입니다. 이런 예는 이미 너무 많습니다.

"와『사랑경』"和愛經이라는 세 글자는 이미 삭제했습니다.[2] 이와 같이 답신드리니 늘 행복하시기를 기원합니다.

> 7월 2일 밤, 쉰 드림

1) 쿵링징이 편집출판하는 『현대작가서간』은 펑쉐펑을 통해 루쉰의 서신을 대리하여 모은 적이 있다. 리지예는 루쉰이 자기에게 보낸 편지의 필사본을 보내어 루쉰이 살펴보고 펑쉐펑과 쿵링징에게 전달해 달라고 부탁했다.
2) 이는 루쉰이 1929년 4월 7일 웨이쑤위안에게 보낸 편지를 수정한 대목과 관련된다 290407 편지를 참고하시오.

320705 차오징화에게

징화 형

6월 17일에 종이 한 포를 부치고 25일 편지 한 통을 보냈는데 이미 받았는지 모르겠습니다.

『코넨코프 화집』과 목판화 12장은 지금까지 받지 못했습니다. 소포 세 개를 부친 날로부터 이미 한 달여 지났습니다. 사람에게 부탁하여 상하이의 중앙우체국에 가서 찾게 했는데 어디에도 이 책이 거치된 적이 없었습니다. 그러니 분명 다른 곳에 뒀거나 잃어버린 것이 틀림없습니다. 형이 레닌그라드 우체국에 한번 찾아봐 주시기 바랍니다. 왜냐하면 책이 분실된다면 정말 아깝습니다.

도쿄에 일역본 『철의 흐름』을 사러 갔는데 지금까지 구하지 못했습니다. 절판됐는데 헌책도 구하기 어려웠습니다. 오늘 서점에 나의 책을 부쳐 달라고 부탁했으니 작가에게 보내질 겁니다. 형이 전달하여 부쳐 주시기 바랍니다.

상하이는 벌써 더워졌습니다. 우리는 그럭저럭 지내고 있습니다. 그렇지만 날씨와 위생 시설이 좋지 않아서 병치레가 잦습니다. 감기와 배탈,

설사와 같은 병입니다. 그렇지만 심하지 않으니 며칠이면 낫습니다.

그 밖에 달리 말할 특별한 일은 없어서 다음에 다시 이야기하도록 하겠습니다.

평안히 잘 지내시기를 바랍니다.

7월 5일, 동생 위 올림

320801 쉬서우창에게

지푸 형

오전에 7월 30일에 보낸 속달을 받고 갖가지 일을 알게 됐네. 차오펑의 일을 이와 같이 정중하게 보증해 주니 정말 감사하네. 사실 차오펑 군은 어려움을 겪긴 했지만 여전히 세상물정을 모른다네. 가령 동료와 이야기할 때 그가 분개하는 말을 했는데 듣는 사람은 바로 자신이 가진 불만의 말을 감추고 이 말을 위로 옮겨 아첨하는 소재로 삼았던 일이 종종 있었지. 조금 전에 이미 충고를 했네. 그가 기가 죽어서 입을 꾹 다물기로 했으니 이후에 잘못하지 않으리라 기대하네.

왕 공[1]은 겁이 많아서 비웃을 수 없고 거기에 불쌍하기까지 하네. 지난해 가을 이후를 기억해 보면 여러 논의로 시끄러웠는데도 상우관의 간행물에는 항일이라는 글자도 감히 쓰지 못했네. 이 일에 관한 글은 『동방잡지』에 부록으로만 실렸고 본 책에는 들어가지 못하여 이도 저도 아닌 상태가 되었다네. 그런데도 일본은 참작하지 않고 상우관을 여전히 배일排日의 본거지로 여겼지. 그래서 일찌감치 건물을 폭격하여 불태우고 왕

공의 저택도 기생집으로 만들었네. 여기는 지금도 문 위에 홍등이 휘황하게 켜져 있다네. 밤에 산보하다 여기를 지나갈 때마다 탄식이 저절로 나온다네. 삼려대부[2]가 있었다면 반드시 대작 『이소』離騷를 지었을 것이네. 그렇지만 왕 공은 고상한 흥취를 갖고 있지만 어전히 조심스럽네. 이 부분은 지금도 매우 감탄스럽다네.

최근 간행물에서 '젠런'으로 서명이 된 글을 자주 보네. 그런데 무슨 말을 하는지 모르겠고 무엇을 말하는지도 모르는 글이 많네. 이 이름을 칭하는 사람이 한두 사람만이 아닌 듯하네. 이 모두 차오펑이 쓴 것은 아니네. 찾아보려 해도 일일이 신문에 정정하여 알릴 수 없어 걱정이 되네. 다만 편하실 때 차이 선생에게 한번 말씀해 주시기를 바라네. 혹은 원우에게 전달하여 알려 주어 오해를 하지 않게 하면 고맙겠네. 원래의 편지를 첨부하여 되돌려드리네. 이와 같이 답신드리니 만복이 함께 하기를 기원하네.

8월 1일 밤, 동생 수 올림

차이 선생은 지금 어디에 사시는지 모르네. 알려 주시면 좋겠네. 그럼 직접 가서 그에게 감사드릴 계획이네. 같은 날 밤에 덧붙임.

주)_____

1) 왕원우(王雲五)를 말한다. 당시 상우인서관 사장이다. 320322 편지를 참고할 수 있다.
2) 전국시대 초(楚)나라 시인인 굴원(屈原, B.C. 340~278)을 가리킨다. 굴원은 초나라 회왕(懷王) 때 삼려대부(三閭大夫)를 지냈다.

320805 리지예, 타이징눙, 웨이충우에게

지예
징눙 형
충우

방금 8월 2일 보낸 편지를 받아서 쑤위안 형이 1일 새벽에 세상을 떠났다는 것을 알게 됐습니다. 정말 애통합니다. 나는 우리가 여전히 만날 수 있을 것이라고 생각하고 늦봄에 베이핑에 한번 가서 차를 타고 시산에 갈 생각도 했었습니다. 그러나 이제 다 끝난 이야기입니다.

편지를 말하자니 정말 미안합니다. 그는 편지를 몇 통 내게 보냈는데 발표할 만한 가치가 높은 편지였습니다. 그런데 지난해 초봄 내가 집에서 떠날 때 편지가 다른 사람 손에 들어가면 친구들이 곤란해질까 봐 편지를 모두 불태웠습니다. 지금도 받는 대로 불살라 아무것도 남아 있지 않습니다.

나는 다만 지금 여러분이 특별히 몸조심하기만을 바랄 따름입니다.

8월 5일, 쉰 드림

320812 쉬서우창에게

지푸 형

어제 새벽에 형의 서신을 받았네. 오후에 차오펑과 함께 차이 선생 댁에 갔지만 만나지 못했네. 선생이 남긴 글을 봤는데 마 선생[1]이 있는 곳에 초빙하기로 약조됐다고 씌어 있었는데 차오펑은 오늘 오전에 이미 이 자리를 받았다네. 형과 차이 선생이 전심전력으로 방법을 강구하여 이 자리를 얻을 수 있게 되었네. 저는 원래 차이 선생을 뵙고 감사의 뜻을 전할 계획이었으나 뵙지 못했는데 아마도 국사로 바쁘셔서 외출할 일이 많은 것 같네. 그래서 당분간은 만나 뵙기가 쉽지 않을 것 같네. 형이 뵙게 되면 감사의 뜻을 전해 주시기를 부탁드리네.

돌아오는 길에 다마로大馬路를 지나다가 문명서국文明書局에서 헌책 염가판매를 막 하고 있는 것을 보고 들어가서 한번 살펴봤다네. 타이옌 선생의 『글의 기원』[2] 수고본의 영인본 4권이 먼지를 뒤집어쓴 채 가만히 무료한 책 가운데 놓여 있는 것을 봤네. 정가는 한 권당 3자오라네. 이 모습을 보고 한탄하면서 두 권을 사서 나왔지. 형은 이 책이 있는지 모르겠네. 만약 없다면 한 부를 드리려 하니 기념으로 삼으면 될 것 같네. 이와 같이 편지를 보내니 만복이 깃들기를 기원하네.

8월 12일, 동생 수 돈수

주)_____

1) 마 선생(馬先生)이 누군인지 밝혀지지 않았다.
2) 『글의 기원』(文始)은 중국어 어원을 연구한 중요저작으로 장타이옌(章太炎)이 쓴 책이다. 9권으로 이루어져 있고 저장(浙江)도서관이 수고본에 근거하여 1913년 영인본을 출판했다.

320815① 타이징눙에게

징눙 형

8월 10일 편지를 받았습니다. 쑤위안이 세상을 떠났다니 정말 슬프고 가슴 아픕니다. 뜻이 있는 자가 세상을 뜨고 행하지 않는 자가 세상에 남아 있으니 어떻게 좋은 일이라 하겠습니까. 재작년에 헝겊 표지의 『외투』 한 권을 받았는데 그때 이미 죽음이 다가왔다는 느낌을 받았던 게 기억납니다. 지금 이 책은 여전히 여행 가방 안에 있습니다. 책을 들춰 보니 슬픔이 가득합니다.

정 군[1]의 학문하는 방법은 후스의 방법입니다. 종종 유일본 비책에 기대어 사람들을 놀라게 하는 도구로 삼습니다. 이는 정말 이목을 휘황하게 하고 학자에게 귀중하게 감상하게 할 거리가 되는 것이 마땅합니다. 나의 방법은 좀 다릅니다. 대개 대강대강 보고 다 보급판이며 구하기 쉬운 책입니다. 그래서 학림學林의 바깥에 홀로 있습니다. 『중국소설사략』은 시대 구분을 하지 않았다고 바로 남에게 폄하를 당했습니다. 그렇지만 이 책의 수정판은 일찌감치 지난해에 출판됐습니다. 이미 서점에 한 책을 부쳐 달라고 부탁했으니 도착하면 받아 주시기 바랍니다. 수정했다고 말했지만 고친 것은 사실 많지 않습니다. 최근 몇 년 동안 역외에서 특별한 책이, 또 사막에서 잔권이 발견됐습니다.[2] 틈날 때마다 중국에 소개하지만 아직 이 때문에 『사략』을 크게 고칠 필요는 없어서 많은 부분은 그대로 뒀습니다. 정 군이 쓴 『중국문학사』는 벌써 상하이에서 예약판매하고 있습니다. 나는 『소설월보』에서 소설에 관한 몇 장을 본 적이 있는데 정말이지 술술 끊이지 않고 기술되어 있었습니다. 그렇지만 이는 문학사 자료 장편이었지 '역사'가 아니었습니다. 그런데 만약 역사적인 감식을 갖고 있는 사람이라면 자료를 역사로 만들어서 사용할 수 있습니다.

올해 계속 창문 아래 웅크리고 있다 보니 소설사 일에 이미 주의하지 않게 되었고 새로운 것이 하나도 없습니다. 지난달 석판인쇄본 전기 『매화몽』梅花夢 두 권 한 질을 구했는데 비릉 진심毗陵陳森이 쓴 것이었습니다. 이 사람은 『품화보감』品花寶鑑을 쓴 사람이기도 합니다. 『소설사략』에서 진삼서陳森書가 썼다고 잘못 기술했습니다. '서'라는 글자 하나를 잘못 덧붙였으니 강의하실 때 수정하셨으면 좋겠습니다. 그 밖에도 목판화『매화몽전기』도 있는데 장씨 성을 가진 사람이 쓴 것은 이 책이 아닌 것 같습니다.

상하이는 많이 더웠다가 최근에 좀 서늘해졌습니다. 그러나 글을 금지하는 것이 터럭처럼 촘촘하고 근위병은 사방 천지에 있습니다. 어제와 오늘이 딴판인데 오랫동안 보다 보니 익숙해졌습니다. 그래서 여관이든 남의 집에서든 청년을 체포해 가는 것은 이제 닭 잡는 것보다도 사람들의 이목을 끌지 않습니다. 나도 좀 둔해져서 작품을 쓴 게 없으니 정말 콩을 먹고 있을 뿐이다라 할 만합니다.[3] 벌써부터 이십사사二十四史를 읽으려 하여 상우관에 한 부 예약을 했으나 지금까지 연기됐습니다. 아마 내후년 겨울에야 완간될 수 있습니다. 다만 어간유를 복용하고 있으니 수명이 늘어났는데 그건 병이 기다리고 있다는 것을 의미할 뿐입니다.

이와 같이 답신드리며 만복이 깃들기를 기원합니다.

8월 15일 밤, 루쉰 올림

주)_____

1) 정전둬를 말한다. 관련하여 330205 편지를 참고하시오.
2) 당시 국내외에서 연속하여 오랫동안 실전된 중국 고서들이 발견된 일을 가리킨다. 일

본에서 발견된 원대(元代)에 간행된 전상평화(全相平話) 5종(잔본)과 둔황에서 발견된 당대(唐代)의 변문(變文) 잔본 등이 대표적이다.
3) 원문은 '食菽而已'. 『맹자』의 「고자」(告子) 하(下)편에 나오는 조교(曹交)의 질문과 관련된다. "저(交)는 문왕(文王)의 키가 10척이었고 탕왕은 9척이라고 들었습니다. 지금 저는 키가 9척 4촌이나 되는데 밥만 축내고 있으니(食粟而已) 어떻게 하면 좋겠습니까?"

320815② 리샤오펑에게

샤오펑 형

수입인지는 이미 준비가 다 되었으니 언제든지 가지고 가십시오.

『삼한집』은 곧 출판할 수 있으리라 생각합니다. 이 책은 계약하지는 않았지만 여전히 내게 스무 권을 보내 주시면 감사드리겠습니다.

8월 15일, 쉰 드림

320817① 쉬서우창에게

지푸 형

일전에 차이 선생 댁에 갔다가 뵙지 못했네. 이후 바로 형에게 편지 한 통을 보냈는데 이미 받아 보셨으리라 생각하네. 이번에 간청드릴 일이 있다네. 아우에게는 이전의 학생이었던 쿵뤄 군[1]이 있는데 후저우 출신이며 톈진에 소재한 허베이 성립省立 여자사범학교에 다녔네. 최근 집에 한동안 편지가 없어서 백방으로 알아보니 이미 체포되어 지금 쑤이징綏靖관공서의 군법재판소에 구류되어 있다는 것을 알게 됐는데 원인은 알려지지 않았네. 이전에 찾아가 동학이 있었는데 그에 따르면 상황이 그렇게 심각하지는 않아서 큰 문제는 없어 보인다고 말했네. 이 사람은 당도 없고 파도 없으며 과격하지도 않네. 그런데 이렇게 오랫동안 갇혀 있으니 어떻게 된 건지 영문을 알 수 없네. 다만 청년인 까닭에 말이나 글에 위험한 요소가 있어서 화를 입었는지도 모르겠네. 얼허 선생[2]의 주소를 형이 안다면 서신을 보내어 그를 구할 방법을 선생에게 부탁드려도 되려나. 일찍 나오게 된다면 정말 감사드리네. 서신에서 동생의 이름을 거론해도 좋네. 베이징의 유명한 어르신을 예전에는 많이 알고 있었지만 오랫동안 연락을 하지 않아서 부탁드릴 수가 없다네. 이와 같이 편지를 보내 드리니 만복이 깃들기를 바라네.

8월 17일, 동생 수 돈수

주)_____

1) 쿵뤄(孔若) 군은 곧 쿵링징(孔另境)이다. 당시 톈진 허베이 여자사범학원에서 출판부 주임을 맡았다. '공산당 혐의자'로 톈진에서 체포되었다가 나중에 베이핑으로 압송됐다.
2) 탕얼허(湯爾和)를 가리킨다.

320817② 메이하이성에게

하이성 선생[1]

　　방금 선생의 서신을 받았습니다. 정말 감사드립니다. 알려 주신 숫자는 웨이밍사가 알려 준 것과 수십 위안의 차이가 있습니다. 그렇지만 차이가 미약하여 쉽게 해결할 수 있을 것입니다. 대체로 문제는 없어 보입니다. 다만 웨이충우 군의 주소를 계속 알려 주지 않고 웨이밍사에서 오는 편지도 주소를 쓰지 않거나 다른 사람이 대신 부쳐 줍니다. 제가 바로 편지를 부치는 것을 두루 경계하는 듯합니다. 그래서 지금도 말을 같이 하지 않고자 합니다. 웨이밍사에 계약을 맺자고 재촉해야 하는데 카이밍서국이 그들과 협상해도 된다고 생각합니다. 이와 같이 알려 드리니 평안하시기 바랍니다.

8월 17일, 동생 저우수런 돈수

주)_____

1) 메이하이성(梅海生, 1876~1955)은 저장 사오싱 출신이다. 사오싱부중학당 감독(교장)을 역임했으며, 신해혁명 이후 저장성 교육사임과장을 지냈다. 1926년 이후 상하이 카이밍서점의 사장을 맡았다.

320817③ 쉬서우창에게

지푸 형

오전에 방금 편지를 한 통을 부쳤는데 금방 형의 편지를 받았네. 상우 인서관 편역소는 쓰마로 총발행처 3층에 있네. 그저께 한번 가 봤는데 경비가 꽤 삼엄하네. 실업자의 난입을 우려해서라고 하네. 차오펑은 이미 지난 토요일부터 출근했네. 그의 채용은 내년 1월까지 유효하다고 하네. 상우관은 새로 규정을 바꿔서 관원 채용을 동일하게 연말까지로 한정했네. 연말마다 상우관에서 임의로 거취를 정할 수 있어서 이전처럼 걸핏하면 제동을 걸지는 않을 거라네.

『글의 기원』^{文始}은 내일 이 편지와 같이 부쳐 드리겠네. 가격은 3자오 밖에 안 하여 많이 우울했다네. 가까이에 궈모뤄의 수고본『금문총고』^{金文}^{叢考}가 있었네. 분큐도^{文求堂}에서 출판했는데 모두 4권이며 가격은 8위안이었네.

상하이는 최근 들어 좀 선선해졌네. 그렇지만 아우는 여전히 쓴 게 하나도 없다네. 밥벌이로 아우와 징쑹 사이에 오간 편지를 정리하여 책방에 넘겨 출판하여 인세를 받을 계획이네. 어제오늘 한번 살펴봤는데 낯 간지럽지는 않지만 큰 의미도 없어서 엮을지 말지 아직 정하지 않았네. 이와 같이 알려 드리니 만복이 깃들기를 기원하네.

8월 17일 오후, 아우 수 돈수

320911① 차오징화에게

징화 형

이전에 6월 30일과 7월 18일 편지를 받았고 아동화兒童畫 한 권과 『사략』 한 권(이미 전달해 드렸습니다), 『별목련』과 원고 각 한 권을 받았는데 회신했는지 어땠는지 기억이 잘 나지 않습니다. 어제 또 『고리키 초상』 한 권을 받았습니다.

나는 이달 일역본 『철의 흐름』 등 소포 하나와 또 『북두』 등의 잡지, 모두 소포 두 개를 보냈는데 받았는지 모르겠습니다.

올해 정월에 포화 속에서 피난하며 생활한다고 나는 정력을 적잖게 소모한 것 같습니다. 지난달 신경통을 앓았고 오른 다리에 천포창과 같은 부종이 나서 지금까지 치료하고 있습니다. 이제 겨우 점점 좋아지고 있습니다. 차도가 아주 늦는데 이는 대개 나이 탓으로 방법이 없습니다. 여행을 가야 하는데 날짜가 가까워 오지만 때가 되어 떠날 수 있을지 이것도 문제가 됩니다.

종이는 아직까지 아무런 결과가 없어서 걱정스럽습니다. 나는 모두 큰 소포 두 개를 보냈고 최근 일본에서 또다시 소포 두 개를 보냈습니다(모두 2백 장인데 합하면 6백 킬로그램이 넘습니다). 모두 굉장히 좋은 종이인데 부치는 것도 일이었습니다. 만약 달리 생각한 게 없으면 가장 좋은 것은 반품하지 말고 미술가 단체에 기부하는 것입니다.

이곳에서 억압은 극에 달했습니다. 신문지상에서 우리들에 대한 헛소문이 자주 유포됩니다. 서점에서 좌익작가의 책을 내기만 하면 서점주나 사장을 체포합니다. 지난달 후펑서점의 사장이 체포되어 『북두』는 다시 출판할 수 없게 됐습니다. 『문학월보』를 해칠 꿍꿍이가 있는 사람도 있습니다.

최근 한 서점과 계약을 하여 『신러시아 소설가 20인집』 2권을 출간했습니다. 형의 『별목련』도 곧 여기에 수록되는데 이외에 타 형의 부인[1]이 번역한 두 편과 러우스가 번역한 두 편이 있습니다. 나머지는 모두 형이 번역한 것입니다. 일부는 잡지에서 발표한 적이 있는 것으로 월말에 원고를 건네주기로 했습니다.

『안드룬』[2]은 아직 나서는 출판사가 없습니다. 『20인집』의 종이가 배정되어 관두지 않을 것입니다.

올 여름은 많이 더웠습니다. 이 때문에 아내와 아이가 자주 아팠지만 가을이 되어 서늘해졌으니 곧 좋아질 것 같습니다.

샤오싼 형에게도 편지 한 통을 보내니 전달해 주시기 바랍니다. 남은 이야기는 다음에 하지요. 평안과 건강을 기원합니다.

9월 11일 밤, 동생 위 올림

주)_____

1) '타'(它)는 취추바이(瞿秋白)의 필명이다. 타(它) 부인은 취추바이의 부인 양즈화(楊之華)를 가리킨다.
2) 『안드룬』은 소련 작가 네베로프(1886~1923)의 소설이다. 차오징화가 번역하여 1933년 5월 야초서옥(野草書屋)에서 출간했다. 루쉰이 「소인」(小引)을 썼다.

320911② 샤오싼에게[1]

샤오싼 형

7월 15일 편지를 받았습니다. 저우롄 형[2] 등에게 보내는 편지는 이미 전달했습니다.

이번 여행을 혼자 가는 것으로 변경했었는데 지난달 말 병을 앓게 됐습니다. 오른쪽 발의 신경통이어서 급히 치료했고 이제 겨우 좋아지고 있습니다. 그렇지만 아주 느리게 호전되고 있습니다. 의사의 말에 따르면 나이가 많아 건강이 좋지 않은 까닭이라 합니다. 따라서 시간에 맞춰 갈 수 있을지 아직까지 잘 모르겠습니다. 지금도 육로로는 갈 수 없고 배를 타고 가면 많이 느려서 서둘러 몸이 좋아지지 않으면 안 됩니다. 여비에 대해서라면 나는 처리할 방법이 있습니다.

VITZ[3]의 그림은 언제 부쳐 줄 수 있을지 모르겠습니다. 중국인은 그를 아직 잘 몰라서 나는 한번 소개하려 합니다.

러시아의 서적은 머지않아 일본서점이 상하이에서 판매할 것 같습니다. 이와 같이 알려 드리니 평안과 건강을 기원합니다.

9월 11일 밤, 위 올림

주)_____

1) 샤오싼(蕭三, 1896~1983). 원명은 쯔장(子暲)으로 시인이다. 소련에서 유학했으며 중국 좌익작가연맹의 주모스크바 국제혁명작가연맹 대표를 지냈다. 소련에 있을 때 차오징화의 소개로 루쉰과 편지를 주고받았다.
2) 저우롄(周連) 형은 은어이다. '좌련'(좌익작가연맹)을 가리킨다.
3) VITZ는 콜비츠의 라틴어 표기의 뒤 네 알파벳이다. 케테 콜비츠(Käthe Kollwitz, 1867~1945)는 독일 여성 판화가이다. 작품으로 「방직공장 폭동」과 「농민 전쟁」 등이 있다. 1936년 1월 루쉰은 『케테 콜비츠 판화 선집』을 엮고 서문을 써서 자비출판한 바 있다.

320920 정보치에게[1]

보치 선생

『신러시아 소설가 20인집』 번역원고를 방금 전부 다 엮었습니다. 2권으로 나누었는데 상권은 『하프』라고 이름붙였고 하권은 『하루의 일』로 제목을 붙였습니다. 오늘 같이 건넸습니다.

형식은 서점에서 참작하여 정하십시오. 그렇지만 통일하는 것이 좋습니다. 가령 인명과 지명 기호는 왼쪽에 있거나 오른쪽에 있어야 합니다. 한 단락 아래이거나 한 칸을 비우거나 비우지 않는 것 등이 원고에서는 일률적이지 않는데 조판할 때 통일하여 바꾸어 주시기 바랍니다.

인세는 우치야마 사장에게 건네주시기 바랍니다. 역자 저작권 증명이 필요한지요? 알려 주시면 처리하겠습니다. 이와 같이 연락드리니 평안하시기를 기원합니다.

9월 20일, 쉰 올림

주)_____

1) 정보치(鄭伯奇, 1895~1979)의 이름은 룽진(隆謹)이고 필명은 쥔핑(君平)이다. 보치는 자이다. 작가로 창조사(創造社) 동인이자 좌익작가연맹 성원이다. 당시 상하이 량유(良友) 도서인쇄공사에서 편집을 맡고 있었다.

320928① 쉬서우창에게

지푸 형

　　방금 보낸 편지를 받고서 내가 책을 잘못 보냈다는 것을 알았네. 그때 소포 몇 개를 부쳤는데 부주의했는지 주소를 잘못 썼네. 나는 형에게 서문을 쓴 편지를 보냈는데 이것이 다른 곳으로 배달됐네.

　　지금『수쯔의 편지』淑姿的信 한 권을 따로 부쳐 드리네. 안에는 우표 한 무더기가 들어 있는데 일본 것이 많고 만주국 우표는 한 장만 있네. 이곳에서 출판한 책이 없어서 우치야마도 거의 취급하지 않기 때문이네.

　　그 밖의 각국 우표는 수시로 주의를 기울이도록 하겠네.

　　『삼한집』은 잡감집류이니 차이 공에게 반드시 보낼 필요는 없다는 생각이네. 두 권을 같이 '베이핑 후문 황청건皇城根 79호 타이징눙 받음'으로 전달해 주시면 감사드리네.

　　상하이는 점점 서늘해지고 있다네. 동생의 병도 나날이 좋아지고 있으니 걱정 내려놓으셔도 좋네.

　　이에 알려 드리니 만복이 함께 하기를 기원하네.

　　　　　　　　　　　　　　　　　　　　　　　9월 28일, 수 돈수

320928② 타이징눙에게

징눙 형

　　며칠 전에 나의『삼한집』이 출판되어 두 권을 부치면서 한 권은 지예에게 전해 달라고 부탁했었는데 오늘에야 잘못 보냈다는 것을 알았습니다. 그때 소포 몇 개를 한꺼번에 부쳐서 실수로 주소를 잘못 썼습니다. 당신이 받은 것은 아마도 『수쯔의 편지』입니다. 이는 다른 사람이 필요로 하는 것이지만 이미 잘못 보내어 형에게 드리는 것으로 하겠습니다.

『삼한집』에 대해서는 다른 곳에 잘못 부쳤는데 지금 책을 직접 보내 달라고 부탁드렸으니 도착하면 받아 주시기 바랍니다. 만약 한 권만 왔으면 나머지 한 권은 지예에게 바로 보낸 것이겠지요.

9월 28일, 쉰 드림

321002 리샤오펑에게

샤오펑 형

오늘 『선바오』를 읽고 『아침 꽃 저녁에 줍다』가 이미 출판됐다는 것을 알았습니다. 이전처럼 내게 20권을 보내 주시기를 희망합니다. 편할 때 보내 주십시오.

연내로 매달 받은 상하이와 베이핑의 인세는 적다고는 말할 수 없지만 이것도 다만 지출을 맞출 수 있을 정도에 지나지 않습니다. 불행히도 지난달에 가족 모두 아파서 지금까지 약을 먹고 있습니다. 혹 급하게 쓸 데를 대비하여 이달에는 좀더 많이 받고 싶습니다. 가능한지 여부를 바로 답신하여 알려 주시면 감사드리겠습니다.

10월 2일, 쉰 드림

321014 추이전우에게

전우 형

　어제 9월 28일 보낸 편지를 받았습니다. 책과 간행물 3권도 동시에 도착했습니다. 감사합니다.

　『이심집』원고는 벌써 넘겼고 지금은 조판이 다 이뤄졌습니다. 출간된 뒤 보내 드리겠습니다. 『삼한집』은 지난달에 출판됐는데 벌써 서점에 부탁하여 한 권 부쳐 드렸습니다. 그리고 『아침 꽃 저녁에 줍다』한 권, 이 책은 형에게 이미 있겠지만 새로 3쇄를 찍어서 그 김에 같이 부칩니다. 내용은 하나도 바뀌지 않았고 다만 오탈자만 몇 개 고쳤을 겁니다.

　모든 일이 이전과 같아 할 말이 없습니다. 다만 내가 한 달 동안 아팠는데 얼마 전에 나았으니 걱정 않으셔도 됩니다. 출판계는 여전히 적막합니다. 지난달에 번역한 단편을 두 권으로 엮었는데(안에 다른 사람의 번역본 몇 편도 포함되어 있습니다) 량유사_{良友社}에 인쇄하게 보냈습니다. 아마 내년이면 출판되지 않을까 싶습니다. 이다음에 나는 단편소설을 번역하지 않을 계획입니다.

10월 14일, 쉰 드림

321020 리샤오펑에게

샤오펑 형

어제 페이쥔이 와서 편지외 대신하여 사 주신 책 4종을 받았습니다. 정말 감사드립니다. 인감 9천 장도 바로 그에게 가지고 가 달라고 부탁했는데 이미 받으셨으리라 생각합니다.

편지[1]는 지금 옮겨 적고 있는데 아직 3분의 1도 하지 못했습니다. 전부 대략 14, 5만 자인데 다 베끼면 연말이 되어야 할 것 같습니다. 다 한 뒤에 한번 살펴보고 서문을 써야 하여 이 일에도 시간이 좀더 필요할 것 같습니다. 요컨대 올해는 인쇄에 부치기 힘들 것 같습니다. 그때 다시 알려 드리도록 하겠습니다.

『청년계』의 '샤오셴'은 리사오셴[2]이 아닌지요. 그는 재작년 소설원고 (중편) 한 권을 보낸 적이 있는데 지금까지 갖고 있습니다. 형은 그가 최근 사는 곳을 알고 있는지요? 만약 안다면 알려 주시기 바랍니다. 소설원고를 되돌려줘야 하는데 작년에도 그는 문의해 왔기 때문입니다.

10월 20일, 쉰 드림

주)_____

1) 『먼 곳에서 온 편지』(兩地書)를 가리킨다.
2) 리사오셴(李少仙)은 『위쓰』의 투고자로 당시 일본에서 유학하고 있었다. 『청년계』(靑年界) 2권 2기(1932년 9월 20일) '해외통신'란에 「「아Q정전」의 번역문」(阿Q正傳的譯文)이 실렸는데 필자 서명이 샤오셴이었다.

321025 쉬서우창에게

지푸 형

쿵뤄 군이 톈진에 있는데 판결도 하지 않고 석방도 하지 않고 있네. 지예(그 자신의 이름으로)가 얼허를 뵈러 간 적이 있는데 다섯 차례나 만나지를 못했네. 쿵씨 집에서는 형이 지예에게 소개서를 한 장 써 주거나 만나기를 많이 바라는데 가능한지? 만약 가능하다면 바로 지예에게 보내 주기 바라네. 아니면 '베이핑 후문 황청건 타이징눙 전달'로 보내도 되네. 동생은 집안이 모두 평안하여 이를 위로로 삼고 있네. 이와 같이 만복이 깃들기를 기원하네.

10월 25일, 동생 수 돈수

게르만 우표 세 장도 첨부하여 드리네.

321103 쉬서우창에게

지푸 형

조금 전에 1일 보낸 형의 서신을 받아서 알게 됐네. 소개서는 이미 징눙에게 부쳤다니 정말 감사드리네. 우표는 우치야마 부인에게 재차 보관해 달라고 부탁했으니 편할 때 보내 드리겠네. 조금 전에 만주국 우표 한 장을 구했는데 이것도 첨부하네.

이번 회교도의 대거 청원은 다른 원인이 있는지 속 깊이는 모르겠네.

사실 청대 이래 충돌은 원래부터 그친 적이 없다네. 신장, 간쑤 두 성은 유혈사태를 낳을 때도 있었네. 한족漢族도 말이 경박하고 능글맞아서 욕으로 사람을 무고하는 것을 잘 하네. 그러면서 원수를 찾으면 목을 빼고 형벌을 주니 정말 개탄스럽네. 베이신이 낸 작은 책자는 아우가 아직 보지 못했네. 요약하자면 이런 황당한 말은 원래 퍼뜨려서는 안 된다네. 회족回族의 분노를 불러일으키고 또 한족의 가벼움을 불러들인다네. 그 서국은 편집하는 서너 명이 있지만 있는 둥 없는 둥 신경 쓰지 않고 모든 일을 어린아이 놀이처럼 대하네. 이것이 첫번째 잘못이라네. 회족 대표에게 질책당한 것을 아우는 통쾌하다고 생각하네. 살펴보지 않은 것을 자인하고 재고를 불태워 버리며 신문에 사과문을 실어야 한다고 생각할 뿐이네. 그러나 이 서국은 또다시 며칠을 미루다가 중상을 받고서야 신문에 공지를 실었네. 이는 두번째 잘못이네. 이다음에 어찌되었는지는 모르겠네. 베이신이 문학서를 제일 빠르게 소개하는 출판사가 된 것도 아우와도 관계가 깊으니까 만약 큰 상처를 입는다면 아우도 영향을 받겠지. 그렇지만 이 출판사는 내부에서 붕괴된 지 이미 오래되어 구제할 약도 없다네. 그저 놔둘 수밖에 없네.

상하이는 이미 추워졌네. 온 집안이 무탈하니 멀리서 염려 마시기 바라네. 이와 같이 답신드리니 만복이 깃들기를 바라네.

11월 3일, 아우 수 돈수

광평도 덧붙여 안부를 여쭙네.

321106 정보치에게

보치 선생

『하프』는 이미 교정을 마쳤습니다. 오늘 보내 드립니다. 그 가운데 잘못된 것이 너무 많아서 고친 이후 다시 내게 한번 보여 주면 제일 좋겠습니다(그렇지만 이번에는 교정원고까지 같이 던져 주십시오).

또 아래의 두 가지를 같이 알려 주시기를 바랍니다.

1. 안에 목차가 없습니다. 일부러 뺀 것인지 아니면 빠뜨린 건지?

2. 머리말에 가로선이 있을 때도 있고(처음의 몇 쪽이 그렇습니다) 없을 때도 있습니다. 어떻게 된 것인지요.

이에 알려 드리오니 평안하시기를 바랍니다.

11월 6일, 쉰 올림

321113① 쉬광핑에게

착한 아가씨

나는 이미 13일 오후 2시에 집에 도착했소.[1] 길에서는 평안했으며 잠과 식사도 좋았소.

어머니는 괜찮으오. 문제 없는 것 같소. 편찮고 나서 지금까지 다만 두 번 의사가 진찰했소. 나는 내일 다시 한번 청해서 진찰을 부탁할 계획이오.

당신과 하이잉은 잘 지내는지 걱정되오.

11월 13일 오후, 쉰 드림

1) 베이핑의 옛 집에 간 것을 말한다. 루쉰은 이때 어머니의 병환으로 집에 다녀갔다.

321113② 쉬광핑에게

착한 아가씨

도착한 이후 총총 편지를 한 통 보냈는데 먼저 받았는지? 어머니의 상황을 보니 지장이 없는 듯하오. 아마 연로하셔서 쇠약해졌고 먹는 것에 부주의하면 위에서 소화를 시키지 못해 갑자기 힘이 떨어지고 현기증이 이는 것 같소. 내일 의사를 다시 청해 진찰하고 보양할 방법을 문의해야겠소. 만약 말을 들으면 반드시 다 나을 것이오.

나는 계속 매우 좋소. 매일 두 끼 음식을 먹고 밤에 잘 자고 또 나를 아는 사람도 없소. 다만 기관차가 랑팡廊坊 부근에서 고장 나서 두 시간이 지체되어 첸먼 역에 도착했을 때 벌써 오후 2시 반이 되었던 일이 일어났을 뿐이오.

베이핑은 모든 것이 이전과 같은 것 같소. 시싼탸오도 예전과 같고. 나도 여전히 벽에 기댄 책상 앞에 앉아 있소. 오직 한 사람만이 고요한 분위기 속에 있다 보니 자연히 착한 아가씨와 작은 착한 아가씨 생각이 나지 않을 수 없었소. "Papa 보고 싶어요"라고 소리치는 건 아니겠지요?

사실 나는 여기에서도 무슨 할 일이 있지 않소. 아마 어머니가 앉고 서실 수 있을 정도로 나으면 나는 일을 마친 것이오.

저축한 돈은 아직 8백여 위안이 있으니 치료하는 데 쓰기에는 충분하오. 그래서 상하이에서 부칠 필요는 없소. 장래에 얼마간 쓰도록 놔둘 건지 보충할 것인지는 다시 정해야 하겠소.

이곳은 아주 따뜻하오. 물도 아직 얼지 않아서 상하이와 비슷하오. 다만 나뭇잎이 이미 말랐지만 떨어지지는 않아서 큰 바람이 없었다는 것을 알 수 있소.

당신 모자의 근황은 어떠하오? 모두 다 알려 주기 바라오.

11월 13일 밤 1시, 쉰

321115 쉬광핑에게

착한 아가씨

13일과 14일 각각 보낸 편지는 이미 도착했으리라 생각하오. 오늘 15일 오후에 12일 보낸 편지를 받아서 정말 기뻤소. 11일과 12일의 『선바오』도 도착했소. 당신은 내가 바라는 대로 너무 고되게 일하지 말았으면 하오. 하이잉은 최근 어떠한지 여전히 근심되오. 어머니는 이다음에 아이를 강아지 엉덩이라고 부르지 못하게 했소.

어제 퉁런의원의 시오자와[1] 박사를 청하여 어머니를 진찰하게 했소. 그와 이야기해 보고서야 그저 만성위염이라는 것을 알게 됐소. 위생적이지 않아서 발병하는 것이고 오랫동안 소화하지 못하여 쇠약해진 것이라 하오. 위험하지는 않고 다른 질병도 없다고 했소. 오늘 이미 많이 좋아졌소. 내일도 진찰을 할 건데 아마 일주일 조리 잘 하면 앉고 설 수 있을 것 같소. 다만 이 노부인이 성질을 좀 부리는데 그 학설이란 다음과 같소. "잘 낫지 않으면 죽어 버리면 되고 나으면 바로 일어나겠다"는 것이오. 특히 초조해하고 있소. 게다가 오늘은 두통도 낫고 있어서 이미 몰래 누워서 털 스웨터를 짜고 있기까지 했소.

오후에 샤오펑을 방문한 뒤에 그가 상하이로 돌아갔다는 것을 알았소. 인세는 아무 소식이 없어서 셋째와 독촉할 방법을 상의해야겠소. 베이핑의 1백 위안은 이미 보내왔소. 치서우산을 방문했는데 수위가 그는 이미 란저우蘭州인지 롼저우灤州인지 떠났다고 했는데 분명하게 들리지 않았소. 유위를 방문했는데 집에 없어서 명함을 던져 넣고 나왔소. 방문을 계획했던 일은 이렇게 마쳤소.

나는 잘 지내오. 모든 것이 평안하고 고요하오. 잠과 음식도 다 좋으니 걱정 마시오. 지금은 밤 2시인데 아직 잠들지 않았소. 어머니가 설사약을 드셔야 하여 일어나 부축할 사람이 있어야 하기 때문이오. 그녀는 사람을 부르고 싶어 하지 않는데 직접 일어날 수 있을까 걱정이 되어서 돌아가며 곁을 지키고 있소. 그렇지만 나는 3시까지는 잠을 자야 하오. 이곳은 여전히 따뜻하고 편안하오. 내가 북방살이에 익숙하여 추위를 느끼지 않은 것인지도 모르겠소.

15일 밤, 쉰

13일 보낸 편지가 16일 오후에 도착했소. 하이잉은 다 나았는지. 그러나 아이는 아주 얌전하다니 안심이 되오. 교정원고[2]를 다시 보는 것은 일이 적잖은데 특히 칭찬하오. 나는 당신이 이렇게까지 잘 할지 생각하지 못했소.

오늘 시오자와 박사가 와서 어머니는 이미 많이 좋아지셨다고 이야기했소. 마른국수를 먹어도 되지만 이후에 음식을 먹는 것은 영원히 조심해야 한다고 했소. 어머니는 다시 일주일만 더 있으면 앉고 서는 걸 할 수 있을 것 같소.

　나는 결코 애면글면하며 고생하지 않고 거의 종일 일이 없어서 그저 지루하다고 느낄 뿐이오. 오전에 헤진 책을 정리하여 쯔페이에게 부탁하여 장정을 해 달라고 할 계획이오. 오후에는 마유위가 와서 한바탕 이야기를 나눴는데 정말 즐거웠소. 이곳도 분위기가 엉망진창이오. 주라오 부자[3]는 이미 학생에게 배척당하여 쩌우루를 통해 광저우 중산대학으로 초빙되어 갔소.

　뤼윈장呂雲章은 사범대학교 여학생 사감이 되었다고 들었소.

　찬다오는 아버지의 병으로 인해 귀향했고 쑨은 베이핑에 있소.

　이곳 베이신의 상점 앞면은 붉은 벽에 흰 글자를 써서 정말 보기 싫소.

　날씨는 여전히 따뜻하오. 그렇지만 아주 고요하여 상하이와 비교하면 정말 두 개의 다른 세계 같소. 내년 봄에 다 와서 달포 정도 놉시다. 모부인[4]은 우리에게 꽤 호감을 표시했소. 당초 제수씨가 흔들려고 와서 그에게 좀더 넓게 생각하고 돈을 더 많이 쓰라고 했다지만 다만 노부인[5]을 위해서 바로잡았다고 들었소. 나중에 또 H. M.[6]의 배가 불렀다는 소문이 돌자 제수씨는 분노하며 보고했다는데 우리가 아이를 낳는 것 때문에 그 사람이 불공평해했다니 정말 우습소.

　다시 이야기하오.

11월 16일 저녁 10시 반, L.

주)_____

1) 시오자와(鹽澤)는 일본 의사이다.

2) 『하프』 번역원고를 가리킨다.

3) 주라오 부자(朱老夫子)는 주시쭈(朱希祖)를 가리킨다. 일찍이 루쉰과 같이 일본에서 유학했으며 귀국 후에도 같이 항저우 저장 양급사범학당에서 교편을 잡았다. 아래의 쩌우루는 270530 편지를 참고하시오.

4) 주안(朱安)을 가리킨다.

5) 루쉰의 어머니 루루이(魯瑞)를 가리킨다.

6) '하이마'(害馬)의 로마자 발음 'Haima'의 알파벳 첫 글자이다. 쉬광핑을 농담으로 부르는 별명이다.

321120① 쉬광핑에게

착한 아가씨

지금은 19일 오후 1시 반이오. 나는 두 명의 착한 아가씨 곁을 떠난지 이미 아흐레가 됐소. 지금 아무 일 없이 한가롭게 앉아서 몇 글자 쓰고 있소.

17일 보낸 편지는 이미 도착했으리라 생각하오. 어제 15일 보낸 편지를 받았는데 착한 아가씨의 말을 믿소. 그래서 아주 기쁘오. 작은 착한 아가씨가 아마도 어쨌든 좋아진 것 같소. 나도 잘 지내오. 어머니도 많이 좋아졌소. 그렇지만 그녀는 또한 소화가 잘 안 되는 것을 먹고 싶어 하니 정말 난처하오. 물론 내가 한번 권유하면 그래도 멈추긴 하오. 그녀는 나와이야기하는 것이 대개 이삼십 년 전의 이웃과 있었던 일이어서 나는 크게흥미가 없소. 그렇지만 잠자코 듣고만 있소. 그녀와 우리의 감정도 매우좋소. 하이잉의 사진을 침대머리에 두고 사람들을 만날 때마다 내놓소. 그

렁지만 둘째 아이들의 사진은 벽에 걸어 놨소. 처음에 나는 좀 불쾌했으나 지금은 이것이 그녀의 외교수단이라는 것을 알고 맺힌 것이 풀렸소. 제수씨는 자기 부모를 맞이하면서 정말 많이 학대했다고 하오. 그래서 모 부인을 보자마자 두 노인네는 눈물을 줄줄 흘렸다고 하오.

요 며칠 동안 손님이 얼마간 있었소. 그저께는 지예와 징눙, 젠궁이 왔소. 어제도 왔는데 뿐만 아니라 나를 초청하여 퉁허쥐에서 밥을 먹었소. 젠스도 왔는데 그는 어쨌든 정객으로 변신하지 못하여 불만스러워했소. 오늘 유위가 나에게 저녁식사에 초대했소. 3시 반에 갈 계획인데 그 이후에 나는 접객을 하지 않으려 하오.

저우치밍은 꽤 어리석어서 바깥 일을 모르오. 페이밍[1]은 그가 대학강사로 추천했다는데 이건 나를 공격하는 것에 다름 아니오. 어찌 개가 자기 주인을 위해 짖지 않겠소? 류푸[2]를 비웃는 이야기가 적지 않은데 다들 그와 사이가 좋지 않소. 왜냐하면 그는 리스쩡[3]을 떠받들고 난 뒤 사람들을 무시했기 때문이오.

여기는 정말 많이 따뜻하오. 외출할 때 외투를 입을 필요가 없소. 현지 사람도 가죽마고자를 입지 않아서 내가 가져온 옷은 입을 일이 더욱 없소.

지금은 밤 아홉 시 반이오. 나는 유위 집에서 밥을 먹고 돌아왔소. 동석한 이는 여전히 어제 있었던 사람들인데 이야기하는 것은 죄다 농담이었소. 지금 이곳은 '현대'파가 지도하고 있소. 류 박사도 이미 그들의 깃발 아래로 들어갔고 그가 교장을 맡았다고 들었다. 그 부인은 제수씨를 상대하지 않는데 왜냐하면 둘째도 교원에 불과하기 때문이라 하오.

다시 이야기하오.

11월 20일, 쉰

주)_____

1) 페이밍(廢名)은 펑원빙(馮文炳)이다. 위쓰사(語絲社)의 성원으로 베이징대학 영문과 졸업 후에 모교에서 교편을 잡았다. 관련하여 300524 편지를 참고할 수 있다.
2) 류푸(劉復)는 류반눙(劉半農)을 가리킨다.
3) 리스쩡(李石曾, 1881~1973)은 '동맹회' 성원으로 초기에 프랑스에서 유학했다 베이징 중파대학(中法大學) 총징, 베이싱대학 교수 등을 지냈다. 당시 베이핑 문화지도위원회 부위원장과 국민당 중앙정치회의 위원을 맡고 있었다.

321120② 쉬광핑에게

착한 아가씨

오늘(20일) 새벽에 막 편지 한 통을 보냈소. 저녁에 17일 편지를 받고 하이잉이 착하고 또 다 나았다고 하니 모두 매우 기쁘오. 나는 스스로 매우 조심하고 있소. 매 끼니(점심, 저녁)에 황주 한 잔만 마시고 밥은 한 공기 먹소. 다만 어제 오후에 책을 꺼내다가 판을 건드려서 발등에 떨어져서 꽤 아팠소. 더우안씨 진통약兜安氏止痛葯을 발랐는데 오늘 아침에 이미 다 나았소.

그 사진을 나는 확실히 우치야마점에 뒀소. 그가 입구의 장막 탁자 중앙 서랍에 넣는 것을 봤소. 위에는 'MR. K. Chow'라고 쓰여 있는 것이오. 나중에 내가 편지를 가지러 갔을 때에도 몇 번이나 봤소. 지금은 여러 번 찾아도 보이지 않으니 정말 이상하오. 다른 한 장을 나는 이미 어디에 뒀는지 기억이 잘 나지 않소. 아마 탁자 스탠드 옆의 접혀진 종이더미 속에 있을지도 모르겠소. 한번 찾아보고 만약 찾으면 덧붙인 종이 하나와 함께 보내 주시오. 그렇지 않으면 그냥 놔둘 수밖에 없소.

나는 여기에 도착한 뒤 쯔페이와 징눙, 지예, 젠궁, 젠스, 유위 모두가 나에게 정말 잘 해줬소. 이 옛 친구들의 태도는 상하이의 속물적인 무리들에서는 볼 수 없는 것이오. 나는 이미 그들에게 화요일(22일)에 베이징대학과 푸런대학輔仁大學에서 강연을 각각 한 번씩 하기로 승낙했소.[1] 여자학원에 가서 한 번 강연하는 것도 있는데 날짜는 미정이오. 강연에 대해서라면 그것은 평화로운 것이라는 것을 말할 필요도 없소. 또한 문학을 떠나지 않는 것이니 멀리서 걱정 마시오.

이곳은 춥지 않소. 신문에서 말하는 것은 사실이 아닌 데다 추워서 기차가 지연됐다고 말하는 것도 정말 우습소. 기차가 어떻게 추위에 약하단 말이오. 나는 여기가 상하이보다 더 춥다고 느끼지 않는데(그렇지만 야간에 실외에서는 꽤 춥소) 당연히 감기에 걸릴 것도 없소.

어머니는 아직 침대에서 일어나지 못했지만 상태는 좋소. 나는 여기에서 번역을 하고 있을 뿐이고 다른 일은 하지 않고 있소. 그래서 월말까지 머물다가 떠나려 하오. 만약 내가 연기했다는 편지를 받지 않는다면 당신은 26일까지 편지를 보내지 않아도 되오.

다시 이야기하오.

11월 20일 밤 8시, '오빠'

나는 지금 일찍 잠자오. 늦어도 11시면 잠 드는데 별일이 없기 때문이오.

주)_____

1) 이날 베이징대학 제2원에서 강연한 「식객문학과 어용문학」(幇忙文學和幇閑文學)과 푸런대학에서 강연한 「올 봄의 두 가지 감상」(今春的兩種感想)을 가리킨다. 나중에 모두 『집외집습유』에 수록됐다. 24일 베이핑여자대학 여자문리학원에서 강연한 「혁명문학과 준명문학」(革命文學與遵命文學)은 기록에 문제가 있어서 문집에 실리지 않았다.

321123 쉬광핑에게

착한 아가씨

　21일 보낸 편지 한 통은 이미 도착했으리라 생각하오. 어제 19일에 보낸 편지를 받았는데 오늘 오후에 또다시 20일 편지를 받아 모두 알게 됐소. 편지에 관해서 당신이 적당하게 처리하는 것이 가장 좋소. 어찌 '이해'만 하리오. 표창하고 장려해야 마땅하오.

　베이징이 춥지 않아서 여전히 외투가 필요 없는 것이 정말 신기하오. 나도 잘 지내오. 어제 베이징대학에 가서 30분 동안 강연했는데 청중 7, 8백 명이 있었소. 내가 국문과로 제한할 것을 요구했는데도 예상 밖으로 이 숫자가 나왔소. 다음은 푸런대학에 가서 30분 동안 강연했소. 청중은 1천 1, 2백 명이었는데 저녁에 젠스가 둥싱러우에서 연회를 베풀어 줬소. 동석한 11명은 다수가 이전에 알던 사람이었는데 이곳의 사람들은 아직 우정이 남아 있는 듯했소. 그래서 꽤 즐거웠소. 상하이 문인의 얼굴을 붉히고 서로 모르는 척하는 것과 아주 달랐소.

　내일은 여자학원에 가서 반 시간 정도 강연할 예정이오. 그 외에는 다시 가지 않으려 하오.

　어머니는 이미 나날이 좋아지고 있소. 그렇지만 여전히 의사에게 진찰을 봐야 하오. 나는 의사에게 며칠 더 약을 먹게 해 달라고 요청할 계획이오. 쓰보이 선생[1]은 정말 감탄스럽소. 구할 만한 완구가 있는지 시단 시장에 가면 한번 살펴보고 다시 말하겠소. 그렇지만 조악할 것이고 좋은 완구는 없을 것이 틀림없소. '설경'도 꼭 좋은 제품이라 할 수 없소. 야마모토 부인[2]은 편지지를 사서 보내려 하니 도련님에게는 아마 그냥 관둬야 할지도 모르겠소.

나는 벽에 기댄 탁자 가에 가만히 앉아 있소. 일은 없지만 차분해지지 않아서 소설을 쓸 수도 없고 그저 옛 책을 두서없이 뒤적이며 읽어 보고 있을 뿐이오. 밤에는 숙면하고 술도 마시지 않고 있소. 연회장에 갈 때 마셔야 하여 너무 많을 것 같아서 평소에는 절제하오.

원장은 사대 사감이 되었지만 지금 쫓겨났소.[3] 오늘 신문에서 오린 것을 덧붙이오. 그녀는 내가 여기에 있다는 것을 모르오.

11월 23일 오후, L.

주)_____

1) 쓰보이 요시하루(坪井芳治, 1898~1960)는 당시 상하이 시노자키의원(篠崎醫院)의 소아과 의사이다. 하이잉을 진료한 바 있다.
2) 야마모토 부인은 야마모토 하쓰에(山本初枝, 1898~1966)이다. 일본 여성 시인이다. 상하이에 머물 당시 우치야마서점을 자주 왕래하여 루쉰과 알게 되었다.
3) 원장은 곧 뤼원장이다. 쉬광핑의 친구이다. 당시 베이징 사범대학 문학원 재무과에서 분과장을 맡고 있었다. 1932년 11월 23일 베이핑의 『다오바오』(導報)에 다음과 같은 기사가 실렸다. "사범대학 문학원 재무과 주임이 학생을 모욕하여 자치회는 뤼원장을 면직해 달라고 요청했다."

321125 쉬광핑에게

착한 아가씨

23일 오후에 편지 한 통을 보냈는데 이미 도착했으리라 생각하오. 어제 여자학원에 가서 강연을 했는데 모두 '계집애'[1]들이었고 아는 이가 하나도 없었소. 내일도 한 곳에 강연하러 가고[2] 모레 일요일에는 사대 학생이 강력하게 요청하여 오후에 강연하러 간다고 약속할 수밖에 없었소. 나는 원래 월요일에 떠날 계획이었는데 지금 보니 아마 빨라도 화요일에야 떠날 수 있을 것 같소. 쯔페이가 아내의 병으로 바빠서 홀쭉해졌고 나는 이 며칠 동안 여행사에 갈 시간조차도 없이 바빴기 때문이오. 그렇지만 지금 내 생각은 화요일(29)에는 반드시 떠난다는 것이오.

22일 보낸 편지를 오늘 받았소. 베이신의 방법을 보니 계속 그럴 모양이오. 우리에 대한 태도도 여전히 좋소. 오늘 오후에 지점 입구를 지나갔는데 점원이 나를 불러 세워 내게 1백 위안을 지불했소. 샤오펑의 말은 거짓이 아니었던 것이오. 나는 이달 인세는 이걸로 쳐야겠다고 생각했소.

찬다오 부인의 호의는 정말 감사하오. 그렇지만 그녀의 거처를 나는 예상 밖으로 찾아내지 못했소. 만나 뵐 수 없으니 장래에 따로 방법을 생각할 수밖에 없게 됐소.

내가 오늘 외출하는 것은 선물을 살까 싶어서였는데 결과는 하나도 사지 못했소. 시단 상점은 매우 시끌벅적했지만 완구 가게는 두 곳밖에 없었고 '설경'도 없었으며 다른 물건도 모두 열악하여 하나도 사지 않았소. 그런 와중에 소매치기에게 2위안을 도둑맞았소. 나는 오랫동안 머플러와 장갑 등에 익숙하지 않았소. 비둔하고 거동이 불편하여 도적이 한번 보고는 시골 노인네라는 것을 알아본 거요. 다만 지금 작은 강아지 엉덩이를 위해 산 작은 물건 세 종류만 있소. 모두 상우인서관에서 구한 거고 다른 사람은 실제로 생각할 수 없으니 부득이하오. 그런즉 나는 후일에 사대에 가서 강연한 뒤 간 김에 꿀에 잰 과일을 좀 사서 상하이로 가지고 와 한 집에 두 갑씩 대충 때울 수밖에 없겠소. 아니면 다시 '밥을 사서' 보충해야겠소.

지금 이곳의 날씨는 여전히 춥지 않고 외투가 필요 없으니 정말 신기하오. 옛 친구도 내게 정말 잘 하니 상하이의 이해만을 따지는 이들과 아주 다르오. 그래서 우리가 만약 여기로 이사 오면 상하이보다 더 재미있을 것 같소. 그렇지만 요 며칠의 상황을 보면 내가 북방에 오면 학생들은 또다시 나를 교직에 있게 할 것이오. 결국 그러다 보면 사람들의 시기를 불러일으켜서 그 결과는 이전처럼 베이징을 떠나지 않으면 안 될 것이오. 그래서 이것도 주저되오. 그렇지만 늦봄에 와서 며칠 노는 것은 나쁘지 않을 거요.

어머니는 아직 침대에서 일어나지 못했지만 괜찮소. 그저께 의사가 와서 진찰을 받을 필요가 없다고 선고했소. 다만 연속으로 약을 일주일 동안 먹으면 된다고 했소. 그래서 그녀도 매우 기분이 좋소. 나도 좋소. 집에서 술을 마시지 않으니 걱정하지 않는 것이 중요하오.

뤼원장은 여전히 축출당하고 있는 와중이오. 기사를 스크랩하여 붙이오. 이 공은 정말 '불분명한'[3] 한세상을 살고 있구려. 나는 화요일에 떠난다면 여기에서 다시 편지를 보내지 않을 거요.

11월 26일[4] 밤 8시 반, '오빠'

주)_____

1) 계집애(毛丫頭)는 우즈후이가 여사대 문제에 관하여 발표한 「다퉁석간에 답하며」(『징바오』 1925년 8월 24일)라는 글에 나온다. "말은 여기에서 그치겠다. 나는 이 국가의 존망이 잠깐 사이에 천하를 다스리는 들실과 날실이 몇몇 계집애에게 있기를 원하지 않는다." 천시잉도 『현대평론』 2권 38기(8월 29일)에 발표한 「한담」에서 다음과 같이 기술했다. 장스자오는 "이삼십 명의 '계집애'에게 거의 농락당한 것에 불과하다".
2) 26일 오후 타이징눙 집에서 개최한 베이핑 각 좌익사단 환영회에서의 강연을 말한다. 아래의 강연은 27일 오후 베이징사범대학에서 강연한 「제3종인을 다시 논한다」(再論第三種人)를 가리킨다. 기록에 문제가 있어 문집에 수록하지 않았다.
3) 원문은 '倭支葛搭'이다. 사오싱 지방 방언으로 썼다.
4) 루쉰의 오기. 25일이다.

321126 쉬서우창에게

지푸 형

　10일 어머니가 편찮으시다는 전부를 받고 다음 날 급하게 올라갔네. 어세 쌍펑의 편지를 받고 방문하셨다는 것을 알게 되었네. 얼굴을 마주하고 이야기를 나누지 못하여 정말 아쉽네. 어머니는 위장병만 있는데도 연로하고 쇠약하셔서 병이 나면 바로 자리에 눕네. 의사를 부르고 약을 복용하여 이제 다 나아서 동생도 월말에 상하이에 돌아갈 계획이네. 베이신은 필화사건을 호되게 겪고 적잖은 손실이 있는 듯하네. 그렇지만 최근 들어 회복할 가능성이 높은 듯하네. 이달 인세도 여전히 보내와서 문을 닫는 건 아니라는 것을 알 수 있네. 걱정할 것 같아 특히 알려 드리네. 그 사이에 여전히 따뜻하여 낮에 외출할 때는 외투를 입을 필요가 없네. 유위幼漁를 만나 형의 근황을 묻기도 했으며 젠스兼士를 만나기도 했는데 모두 이전과 비교하면 좀 늙어 보이네. 중윈仲雲도 만났는데 학생을 가르치고 있네. 이와 같이 알려 드리니 만복이 깃들기를 기원하네.

　　　　　　　　　　　　　11월 26일 밤, 동생 링페이 돈수

321130 타이징눙에게

징눙 형

　28일 형에게 종일 시간과 힘을 들이게 했습니다. 정말 죄송하고 감사드립니다. 차 안에서 알게 된 사람이 적지 않지만 특별한 관계가 없는 사람들입니다. 30일 밤 상하이에 도착했습니다. 오는 길 내내 잘 왔으니 이와 같이 특별히 알려 드립니다.

11월 30일 밤, 쉰 드림

321202 쉬서우창에게

지푸 형

　조금 전에 1일 형의 편지를 받아서 여러 가지를 알게 됐네. 고도古都의 인구는 이제 5, 6년 전보다 많아졌고 집주인은 벽보도 못 붙이게 할 판이네. 그렇지만 상황은 이전과 같네. 상점들은 천막을 설치하여 대할인판매를 하고 있으나 손님은 여전히 얼마 되지 않네. 우리 동네 거리에 예전에는 작은 가로등이 있었는데 지금은 이것도 없네. 길도 알탄재로 높은 건물 높이만큼 쌓여 있네. 이번에 스잉時英을 한 차례 만났네. 그는 학교를 대표하여 강연을 요청하러 왔는데 이를 사절하고 가지 않았네. 옛 친구 중에 서우산壽山만 한 번 방문했는데 이미 란저우로 떠났다네. 또 유위를 방문하고 젠스도 만났는데 의기가 예전만 못했네. 연합전람회[1] 개설은 주목하지 못하여 가지 못했네. 베이신의 인세는 지난달에 내게 여전히 250위안을 보냈네. 이미 잘 해결했는지 여부는 상세히 알지 못하네. 설령 폐쇄했다 하더라도 또다시 이름을 바꿔 다시 열면 그만이네. 이번에 남쪽으로 올때 때마침 종교수호단[2] 대표와 같은 차를 탔네. 배웅하는 사람들이 수백명인 것을 봤는데 기세가 대단하여 이 일이 아직 끝나시 않았다는 것을 알수 있었네. 대대로 세력이 쇠할 때마다 회교도에게는 움직임이 있었네. 이같은 역사적인 사실은 뿌리가 매우 깊네. 지금은 다만 발단일 따름으로 장래에 이보다 더 거대한 것이 있을지 모르겠다는 의심이 드네. 삼가 답신드리니 만복이 깃들기를 기원하네.

12월 2일, 동생 쓰 돈수

광핑이 삼가 안부를 여쭤 보네.

주)_____

1) 연합전람회는 1932년 11월 6일부터 13일까지 베이징 고궁박물원 등 11개 기구에서 동북지역 난민을 구제하기 위해 겨울옷을 모으면서 '핑시(平市) 문물의 대전람'을 개최한 일을 가리킨다.
2) 종교수호단(護敎團)은 난징에서 상하이로 돌아오는 회교도 청원 대표를 가리킨다. 321103 편지를 참고할 수 있다.

321212 차오징화에게

징화 형

　　지난달 어머니가 편찮으셔서 베이핑에 한 번 다녀갔다가 월말에 상하이에 돌아왔습니다. 10월 10, 20, 27일 보낸 세 통의 편지를 읽고서 형이 아직 여행을 떠나지 않았다는 것을 알게 됐습니다.[1] 나의 여행은 이미 때를 놓쳤습니다.[2] 사실상 불가능하여 당연히 그만둘 수밖에 없게 됐습니다. 나의 병은 벌써 나았습니다. 그런데 베이핑에서도 한 차례 넘어져서 다리에 목판을 한동안 대고 절뚝거리며 다녔습니다. 지금은 다 나았으니 걱정 마시기 바랍니다. 아내와 아이도 다 잘 있습니다. 지금은 생활을 유지할 수 있습니다. 내년은 당연히 예측 불가지만 그래도 그럭저럭 지낼 만하지 싶습니다. 샤오싼 형의 시 원고는 지금까지 도착하지 않았습니다. 아직 보내지 않았는지 모르겠습니다.「양식」[3] 원고는 벌써 받았는데 아직 적당한 출판사를 찾지 못했습니다. 내년에는 어찌 됐건 방법이 있을 것이라고 생각합니다. 왜냐하면 상하이는 연말이 다가와 결산일이 다가오면 서점에서 움직이려 하지 않기 때문입니다.

저우렌 형은 최근 언급할 만한 성과가 없습니다.『북두』는 이미 정간 됐고 지금 우리가 편집하는 것은『문학월보』만 있습니다. 3기와 4기가 이미 출간되어서 일간 보내 드리겠습니다.『소설 20인집』상권도 이미 교정을 마쳤는데 조시첸코, 룬츠, 페딘, 리딘, 조줄랴, 인베르 등의 단편이 수록되어 있습니다.『별목련』도 안에 엮었는데 이 소설은 인세 70위안(2천 부)을 받아서 이미 형의 통장에 넣어 뒀습니다. 이전에 보낸 것까지 합하면 모두 320위안이 됩니다. 이 돈은 내가 은행에 저축했으니 만약 사용하려면 언제든지 인출하면 됩니다. 하권은 필냐크, 세이풀리나, 세라피모비치, 네베로프, 판표로프 등의 작품이 실렸습니다.[4] 아직 조판과 교정을 하지 않았으니 내년 초여름에 출판되지 싶습니다. 이 책이 출판된 뒤 형에게 한 종류마다 10부씩 보내 드릴 테니 작가에게 나눠 증정해 주시기 바랍니다.

『철의 흐름』은 광화서국에서 재판을 찍었습니다. 그렇지만 이 서국은 별로 좋지 않습니다. 그곳은 판지를 가져가 지금까지 돈을 지불하지 않고 재판도 제멋대로 도장을 찍어 팔고서는 '인증'을 가지러 오지도 않습니다. 우리는 또다시 겹겹이 압박을 받아서 머리를 내밀고 논리를 다듬기가 힘듭니다. 그저 사기를 당했다 생각해야겠지요. 재판도서는 방법을 생각하여 한번 문의해 보겠습니다, 만약 구한 수 있다면 몇 책을 부치도록 하겠습니다.

Д. Бедный의 『некогда Плюнуть!』[5]는 이미 타 형이 번역하여 『문학월보』에 실었습니다. 원래는 삽화를 추가하여 단행본으로 별도로 출간할 생각이었습니다. 그런데 원서를 광화서국이 분실했습니다(일부러 몰수당한 것 아닌가 의심스럽습니다). 그래서 형이 다시 한 권 찾아서 삽화가 있는 것이면 바로 부쳐 주시면 사용할 수 있을 것 같습니다.

또 형이 전에 내게 『Русские писатели』[6]을 부쳐 줬는데 제2권 1책이었습니다. 어디에 제1권이 있는지, 지금도 살 수 있는지 모르겠습니다. 만약 아직 있다면 또한 한 권을 사서 부쳐 주시기를 바랍니다.

상하이는 이미 추워졌습니다. 그렇지만 형이 사는 곳과는 당연히 비교불가합니다. 이번에 베이핑에 가서 징蕣과 지蘮를 모두 만나 봤습니다. 다 합하면 16일을 머물렀는데 다섯 차례 강연을 하고 바로 상하이로 돌아왔습니다. 그곳에서의 억압은 여기만큼 심하지 않았습니다만 일본군 출병 소문이 자주 돌아서 주민들이 평안하지 않았습니다. 아무 일도 일어나지 않는다면 내년에 거기에 가서 일이 년 살지도 모르겠습니다. '중국문학사' 한 권을 엮을 요량을 하고 있는데 그곳에서 참고서적을 구하기가 좀 더 수월하기 때문입니다.

이에 편지를 보내 드리니 평안하시기를 기원합니다.

32년 12월 12일, 동생 위 올림

타 형의 편지 한 장을 첨부합니다.

주)_____

1) 차오징화는 원래 귀국할 계획이었는데 이를 가리킨다.
2) 소련 방문 초청을 받은 일을 가리킨다. 관련하여 320911 편지를 참고할 수 있다.
3) 「양식」(糧食)은 소련 작가가 쓴 극본으로 차오징화가 번역했다. 나중에 『역문』 신3권 4기(1937년 6월 16일)에 실렸다.
4) 모두 루쉰이 1933년 상하이 량유도서인쇄공사에서 출판한 『하루의 일』(一天的工作)에 수록됐다. 관련하여 루쉰전집 12권에 수록된 『역문서발집』의 「『하루의 일』 앞에 쓰다」와 「『하루의 일』 후기」를 참고할 수 있다.
5) Д. Бедный의 『некогда Плюнуть!』는 소련 시인 베드니의 『욕할 시간이 없다!』이다. 취추바이가 번역(서명은 샹루向茹)하여 『문학월보』 1권 3기(1932년 10월)에 실렸다.
6) 『Русские писатели』는 『러시아 문학가 초상』이다. 소련 판화가 웨이리에스가 그렸다. 수신자의 기억에 따르면 초상화는 약 10점이었다. 여기에서 1권 혹은 1책은 한 세트로 써야 한다.

321213 타이징눙에게

징눙 형

　일전에 서적 소포 두 개와 글자 두루마리 한 권을 부쳤는데 이미 받았는지 모르겠습니다. 글자는 잘 못 썼습니다. 부디 표구하여 걸어 놓지 마셔서 저의 졸렬함을 숨길 수 있게 해주시기 바랍니다.

　보낸 서신과 소설 두 권, 그리고 화보 한 부를 모두 받았습니다. 사진은 원래 출력본 한 부를 얻을 수 있다면 정말 감사드립니다. 아마 사범대 학생 자치회의 사람에게 문의하면 알 수 있을 것입니다. 강연기록은 괴상합니다. 내용에 '새로운 주인' 운운하는 대목이 있는데 실제로 나는 이런 말을 한 적이 없습니다. 이와 같이 보내 드리니 평안하시기를 기원합니다.

12월 13일 밤, 쉰 드림

321221 왕즈즈에게[1]

즈즈 형

14일 편지를 받았습니다. 잡지[2]가 출판된 뒤 '상하이통신'과 같은 곳에 투고하면 됩니다.

소설은 내년에 서점과 논의해야 합니다. 지금은 연말이어서 상인들은 빚을 갚는 일이 우선이라서 새 일을 할 수 없습니다. 그래서 서점에 이야기를 꺼낼 수 없었습니다.

징눙의 일[3]은 예상하지 못했습니다. 어떻게 된 것인지 아는지요? 그의 아내와 아이는 지금 어디에 있는지요? 만약 알고 있으면 알려 주시기 바랍니다. 그 사이 신문에 교수와 학생 다수가 체포된 기사가 실렸지만 성명이 없었습니다.

나는 이번에 베이핑에 갔을 때 기념할 만한 것은 없었습니다. 그렇지만 당신 친구가 굳이 기념책을 내겠다면 두 가지 일을 희망합니다. 첫째, 강연원고를 발췌수록하려면 반드시 내게 보여 주세요. 나는 단기간에 원고를 되부쳐 드릴 수 있습니다. 신문에 실린 것에 가끔 착오도 많아서 요즘 책으로 내면 반드시 수정을 거칩니다. 둘째, 신문지상의 글을 모아 실으려면 나를 공격한 글들도 반드시 엮어 넣어 주십시오. 가령 상하이의

『사회신문』 같은 곳에 실린 글이 그렇습니다. 만약 베이핑에 이 신문이 없다면 내가 베껴서 보내도록 하겠습니다.

이에 답신드리니 행복하시기를 기원합니다.

12월 21일 밤, 쉰 아룀

주)_____

1) 왕즈즈(王志之, 1905~1990)의 필명은 한사(含沙) 등이고 쓰위안(思遠)을 가명으로 사용했다. 당시 베이징 제1사범학원 국문과 학생이고 베이핑 '좌련' 성원이며 『문학잡지』 편집 중 한 명이었다.
2) 『문학잡지』를 말한다.
3) 1932년 12월 12일 타이징눙이 체포된 일을 가리킨다.

321223 리샤오펑에게

샤오펑 형

그저께 인세 1백 위안을 보내 주셔서 정말 감사드립니다.

이 반년 동안 상하이의 집에서는 잇달아 아픈 사람들이 생겼고 베이핑까지 더해져서 실제로 적자가 났습니다. 베이신서국에서도 마침 일이 생겨서[1] 나는 여러 번 입을 떼기가 미안하여 선집 한 권과 서신집 출판을 한 서점과 계약하여 수백 위안 인세를 선대하여 쓸 수밖에 없었습니다. 이 책은 지금 아직 다 엮지 않았고 당연히 원고를 넘겨주지도 않았습니다. 그렇지만 되가져오는 협상은 아주 어려울 것입니다. 만약 다시 압류하면

『이심집』처럼 양쪽의 손아귀에서 벗어날 수 있을지도 모릅니다.

베이신도 정말 다사다난합니다. 게다가 최근 독서계에서 중시되는 것 같지도 않습니다. 이렇게 오랫동안 애면글면 고생하며 만든 역사가 여기에 이르고 마니 정말 안타깝습니다. 그렇지만 나는 국외자여서 말을 많이 하기에 적당치 않습니다. 그렇지만 이다음에 분명히 적당한 방법이 있을 것이고(이는 내 인세에 대해 말하는 것이 아니라 출판사 자체를 가리키는 말입니다) 그러면 내 원고도 당연히 여기저기 왔다 갔다 할 상황은 겪지 않겠지요.

12월 23일 밤, 쉰 드림

주)_____

1) 베이신서국이 『작은 저팔계』(小猪八戒)를 출판하여 야기된 회교도 청원 사건을 가리킨다. 321103 편지를 참고할 수 있다.

321226 장빙싱에게[1]

빙싱 선생

보낸 편지를 받았습니다. 내게 하신 칭찬이 지나쳐서 감당할 수 없습니다. 나는 원래 근본적인 지식이 없고 우연히 붓을 놀려서 일부에게 주목을 받았을 뿐입니다. 정말 많이 부끄럽습니다. 지금 행동이 자유롭지 않은 편이고 글도 많이 쓰지 않으며 글을 쓰더라도 발표하기가 아주 어렵습니다. 따라서 선생의 희망을 실현해 드릴 길이 없습니다. 양해해 주시면 감사드리겠습니다.

12월 26일, 쉰 올림

주)_____

1) 장빙싱(張氷醒, 1906~1950)의 원래 이름은 장빙신(張氷心)이다. 당시에 천시(辰溪) 고급
　소학교 교사였다.

330102 리샤오펑에게

샤오펑 형

작년에 찾아와 주셔서 정말 감사했습니다. 나중에야 인세 150위안을 부쳐 주셨다는 것을 알게 되었는데 수령증을 미처 쓰지 못했습니다. 서점의 친구가 올 때 종이를 가지고 와 주시면 서명해 드리겠습니다. 그때 『삼한집』 5권을 가지고 와 주시면 감사드리겠습니다.

서신집 출판 건은 이미 톈마서점과 이야기했는데 일이 착수됐지만 아직 확정하지 않았습니다. 『이심집』의 전철을 거울삼아 이 단계에서 보류하려 합니다.

지금 괜찮다면 몇 마디 분명히 해두려 합니다. 나와 베이신은 결코 '이해타산을 따지는 관계'가 아니었습니다. 지금은 인세 문제가 꽤 크지만 애초에 나는 베이신이 외관이 그럴듯해서 원고를 보낸 것이 아니며 베이신도 내 책이 잘 팔려서 원고청탁을 했던 것도 아니었습니다. 그래서 지난해까지 예전 학생들이 운영하여 정리상 사양할 수 없었던 웨이밍사를 제외하고, 창작을 다른 사람에게 준 적이 없었습니다. 『이심집』도 억지로 잡아 놓고 있었는데 광고문제로 광화서국과 한번 교섭을 해봤습니다. 이곳은 내 동의를 얻지 못했습니다. 의외로 그 결과는 나의 예상을 많이 벗어나서 나는 원고를 제3의 서점[1]에 판매할 수밖에 없었습니다.

그렇지만 이는 다 지나간 일입니다. 베이신도 힘든 상황이어서 내가 도와줄 수 있다면 당연히 회피하지 않겠습니다. 그렇지만 몇 가지 먼저 결정해야 하는 것이 있으니 보시기 바랍니다.

1. 책은 비록 정치와 무관하지만 개인적으로 미움을 산 곳이 적지 않다. 베이신은 유해 여부를 고려할 것인지?

2. 편자의 경제적인 관계로 인하여 인세는 선불이어야 한다. 다만 수입인지를 적게 가져가면 일부 판매하고 다시 조금 가져가는 식으로 하는 것은 무방하다.

3. 광고는 내게 먼저 보여 주고 나서 수정한다.

4. 내가 인세를 받았고 또 책을 압류하고 있어서 이다음에 한 작품[2]은 반드시 톈마서점에 주어야 한다.

이상 네 개 조항을 베이신이 모두 받아들일 수 있다면 베이신에 출판을 부칠 수 있습니다. 그렇지만 현재 아직까지 다 베껴 적지 않았고 나도 한번 살펴봐야 합니다. 그래서 원고를 건네주는 것은 음력 설 이후가 되어야 할 것 같습니다.

1월 2일, 쉰 드림

영부인에게도 이와 같이 편지 드리며 따로 안부를 전하지 않습니다.

주)_____

1) 허중서점(合衆書店)을 말한다.
2) 『루쉰자선집』(魯迅自選集)을 가리킨다.

330108 자오자비에게[1]

자비 선생

『하루의 일』은 교정을 마쳐 오늘 보냈습니다. 그렇지만 오탈자가 여전히 많아서 다시 한번 교정을 봐야 합니다. 수정한 다음 이번에 보낸 교정 원고와 같이 건네주시면 감사드리겠습니다.

이 책은 여전히 목차가 없습니다. 『하프』의 형식을 따라야 하는 것 같은데 바로 보충해 주셔야 할 것 같습니다.

이에 보내 드리니 평안하시기를 기원합니다.

1월 8일, 루쉰

주)_____

1) 자오자비(趙家璧, 1908~1997)는 작가이자 출판가이다. 상하이 량유도서인쇄공사에서 편집을 담당했다. 1932년에서 1936년까지 『중국신문학대계』(中國新文學大系)와 『소련판화집』(蘇聯版畫集) 등을 출판했고 루쉰과 왕래가 잦았다.

330109 왕즈즈에게

즈즈 형

지난해 12월 27일 편지를 일찌감치 받았습니다. 오늘 원고 한 편[1]을 보냈는데 『문학잡지』를 위해 쓴 것은 아니었고 다른 곳에서 돌려받은 것인데 이를 옮겨서 사용합니다. 나는 여기에서도 쉴 틈이 없습니다. 책을 볼 수도 없는데 어떻게 글을 쓸 수 있겠습니까. 그래서 베이핑의 잡지는 베이핑 작가를 뼈대로 운영하기를 희망합니다. 그래야 발전할 수 있고 특색도 있습니다. 갈래가 좀 완전하지 않아도 괜찮습니다. 다른 곳의 투고원고를 기다리다 보면 출판 시기를 놓치기 쉽습니다.

장 군[2]의 소설을 번역하는 일에 대해서는 이미 전해 달라고 부탁했습니다. 그는 가능할 것인데, 그의 근작 「원수」는 꽤 괜찮다고 생각합니다(『현대』 수록). 그렇지만 그가 어떻게 말할지는 두고 봐야겠지요. 빙잉冰瑩 여사[3]는 최근 들어 작품 스타일이 좋지 않을 뿐만 아니라 좌련과도 애초에 관계가 없어서 내가 대신 재촉할 수 없습니다.

문학가는 쉽게 변하지요. 편지 속의 말은 그렇게 믿을 만하지 않습니다. 양춘런[4]은 이전에 얼마나 과격했는지요. 지금 그는 한커우에 있는데 그가 발표하는 글을 보면 다른 사람이 다 됐습니다. 『사회신문』과 기타 몇 종류는 편할 때 부쳐 주십시오. 지금은 급하지 않습니다.

이에 답신드리며 잘 지내시기를 기원합니다.

1월 9일, 위 올림

원고는 쓸 수 있다면 제목 아래에 내가 자주 사용하는 '필명'을 덧붙여 주시면 감사드리겠습니다.

주)_____

1) 「꿈을 이야기하는 것을 듣다」(聽說夢)를 가리킨다. 나중에 『남강북조집』에 수록됐다.
2) 장군(張君)은 장톈이(張天翼)를 가리킨다.
3) 셰빙잉(謝氷瑩, 1906~2000)을 가리킨다. 여작가이다. 저서로 『종군일기』 등이 있다.
4) 양춘런(陽邨人, 1901~1955)은 1928년 '태양사'에 참여했고 이후 다시 '좌련'에 가입했다. 1932년 혁명을 배반한다.

330110 위다푸에게

글자는 벌써 다 썼는데 졸렬하기 그지없습니다. 지금 부쳐 드립니다. 그리고 편지지 두 폭을 첨부하여 드리오니 자자시 한 편을 쓰시기 바랍니다. 다른 한 폭은 편할 때 대신 야쯔[1] 선생에게 시 한 편을 써 달라고 부탁했다가 선생 있는 곳에 놓아둬 주십시오. 다른 날 가지러 가겠습니다. 이와 같이 알려 드리니 평안하시기 바랍니다.

1월 10일, 쉰 올림

주)_____

1) 류야쯔(柳亞子, 1887~1958)를 가리킨다. 시인이자 남사(南社) 창시자 중 한 명이다. 동맹회 성원이기도 했다.

330115 리샤오펑에게

샤오펑 형

어제 『먼 곳에서 온 편지』 원고의 전반부를 보냈습니다. 가로쓰기 조판인데 이 책은 『외침』 등과 같이 일률적으로 할 필요는 없다고 생각합니다. 그렇지만 조판지는 너무 작아서도 안 될 것입니다. 왜냐하면 한번 작으면 판본이 너무 두꺼워져서 제 모습이 아니게 됩니다. 요컨대 얼마가 커야 보기 좋은지는 형이 참작하여 정해 주시기 바랍니다.

후반부는 아직 옮겨 적고 있습니다. 아마 2월 초(양력)에야 완성될 것 같습니다.

조판할 때 나는 비교적 괜찮은 종이로 1백 권을 별도로 인쇄했으면 합니다. 경비는 자비로 처리하겠습니다. 종이는 누런 색을 사용합니다. 베이신에 견본이 있으면 주시기 바랍니다. 그럼 편할 때 한번 가지고 와서 보여 주시기 바랍니다. 인쇄 후에 다시 제본할 필요 없이 제본소에 부탁하여 잘 묶기만 하면 됩니다. 내가 직접 제본하러 가겠습니다.

1월 15일, 쉰 올림

330116 자오자비에게

자비 선생

원고는 교정을 마치고 오늘 보내 드렸습니다. 그 안에 여전히 오탈자가 있으니 수정해야 합니다. 그렇지만 이번에는 존경하는 교정 전문 선생에게 부탁하여 한번 훑어보기만 해도 됩니다. 내게 다시 보낼 필요는 없습니다. 이와 같이 알려 드리오니 평안하시기 바랍니다.

1월 16일, 루쉰 올림

330119 쉬서우창에게

지푸 형

　최근 차이 선생을 여러 번 뵈었고 [그 편지](1)도 벌써 받아 봤네. 형에게 전하여 부쳐 줄 것을 허락해 달라고 말했었네. 그런데 이미 만나 뵈어서 이렇게 에둘러 진행할 필요는 없게 됐네. 차오펑은 이미 채용연장 계약을 맺었는데 기한은 14개월이네. 전에 추측한 것이 맞지는 않았네. 걱정하는 것을 알고 알려 드리네. 이와 같이 보내니 만복이 깃들기를 기원하네.

1월 19일 밤, 동생 수 돈수

　광핑도 추신하여 안부를 여쭙네.

주)_____

1) 차이위안페이가 루쉰에게 선물한 두 수의 시를 말한다.

330121 쑹칭링, 차이위안페이에게[1]

칭링
제민 선생

　황핑[2]이 체포된 뒤 민권보장동맹이 중앙에 전보를 보내어 항의했다는 소식을 신문에서 읽었습니다. 방금 이 사람이 여전히 톈진 공안국에 있다는 소식을 들었습니다. 바로 해당 공안국에 전보를 보내 공리公理를 유지해 달라고 요청할 계획입니다. 다른 한편 신문지상에 전보문電文을 공포할 계획입니다. 이는 불분명하여 죽음에 이르는 것을 피하기 위함입니다. 삼가 말씀드리니 평안하시기 바랍니다.

1월 21일, 루쉰 올림

주)_____

1) 쑹칭링(宋慶齡, 1893~1981)은 쑨중산(孫中山)의 부인으로 사회활동가이다. 당시 차이위안페이와 루쉰 등과 함께 민권보장동맹을 조직하여 국민당의 독재통치에 반대했다.
2) 황핑(黃平, 1901~1981)은 중공 중앙 6회 삼중전대회에서 중앙위원으로 피선됐다. 당시 중화전국노동조합 서기를 지냈는데 톈진에 작업장을 시찰하다가 체포됐다. 선후로 국민당 허베이 당부와 톈진시 공안국과 난징 헌병 사령부에 수감됐다.

330201 장톈이에게

이즈一之 형

　자서전은 오늘 받았습니다. 편지는 일찍 받았는데 이렇게 호칭하는 것으로 바꾸겠습니다. 더 이상의 양보는 없습니다. 사실 '선생'이라는 칭호는 지금 원래의 뜻을 잃어버렸습니다. 그저 영어의 '미스터' 뉘앙스를 번역했을 뿐입니다.

　당신의 작품은 매끄러움을 잃어버릴 때가 있는데 이건 『어린 피터』를 발표했을 때 한 말입니다. 그러나 지금은 그렇게 말하지 않습니다. 절실해지기 시작했다고 생각합니다. 그렇지만 결점도 있는데 지루해지기 쉽다는 것이 그것입니다. 앞으로 소설을 모아서 출판할 때 다시 자세히 한

번 살펴보십시오. 만약 그런 것이 없어도 전체를 해치지 않는 절이나 구절, 글자는 좀 삭제해야 정련될 수 있을 것입니다.

2월 1일 밤, 쉰 드림

330202① 왕즈즈에게

즈즈 형

편지를 받았습니다. 글은 이곳도 대대수는 아무리 기다려도 출판이 힘듭니다. 각자 사소한 일이 모두 있어서 자기가 있는 곳에서 집필을 할 수 없기 때문입니다. 다만 베이핑의 현재 사람 인심도 꼭 고요한 것도 아니어서 서점이 열성적일 때 다시 출간해도 무방한 듯합니다.

셰 아가씨[1]는 우리와 오랫동안 왕래하지 않았습니다. 쉐성[2] 형은 이미 알고 있으리라 생각합니다. 그래서 그에게 편지를 전해 달라고 부탁하는 것이 어떻습니까? 그녀는 이런 일을 할 사람이 아닙니다.

앞의 서신에서 장톈이 군에게 소전을 쓰고 소설 한 편을 직접 골라 달라고 했는데 방금 편지를 받았습니다. 「빵작업장」을 골라 왔고 짧은 자전도 보내왔습니다. 지금 보내니 역자에게 전달하여 편명을 알려 주시면 감사드리겠습니다.

이에 답신드리며 안부를 여쭙니다.

2월 2일 밤, 쉰 올림

1) 세빙잉을 말한다. 330109 편지를 참고하시오.
2) 쉐성(雪聲)은 돤쉐성(段雪笙, 1891~1945)이다. 북방좌련 당서기를 지냈다.

330202② 쉬서우창에게

지푸 형

　보내 주신 서신과 시 편지를 일찍 받았네. 글을 쓴 편지도 원래 일찍 써 놓았는데 여전히 이전 작품이네. 새로 제조한 것은 없기 때문이네. 우편 발송이 불편하여 잠시 놔두고 있다네. 최근 소설 『20작가집』을 출간했는데 상권은 이미 출간되어 두 권을 이곳에 보관하고 있네. 만나게 될 때 같이 드리도록 하겠네. 하권은 서점에 따르면 2월 말이 되어야 한다고 하네. 이와 같이 알려 드리니 순조롭고 만복이 함께 하기를 기원하네.

2월 2일 밤, 동생 페이 돈수

330205 정전둬에게

시디 선생

　어제 차오펑이 『중국문학사』 3권을 건네줬습니다. 고맙습니다!
　지난해 겨울 베이핑에 갔을 때 류리창에서 편지지를 좀 구했는데 화가와 각인방법이 『문미재 전보』^{文美齋箋譜1)}의 시대보다 더 좋았습니다. 천스찡陳師曾과 치바이스齊白石가 만든 편지지 같았는데 각인방법이 일본 목판화 전문가보다 더 윗길이었습니다. 그렇지만 이 일도 오래지 않아 사그라들겠지요.

그리하여 만약 좋은 종이를 직접 준비하려는 사람이 있을 것 같으면 종이점포에 각 파의 좋은 것을 골라 각각 수십 장에서 백 장까지 인쇄해 달라고 하십시오. 종이는 나뭇잎 형태이고 색도 더욱 짙어야 하며 앞에는 목록을 덧붙여서 한 권으로 제본하면 됩니다. 동료와 미리 약속이 되면 나중에 판매하는 좋은 일이 될 수도 있습니다. 이는 문방구로 감상될 뿐만 아니라 중국 목판화 역사에서도 일대 기념이 될 것입니다.

선생은 이에 대해서 생각이 있으신지 모르겠습니다. 지역 때문에 사실 가장 편리합니다. 게다가 쑨보헝²⁾ 선생이 도와줄 수 있습니다.

이와 같이 알려 드리니 만복이 깃들기를 기원합니다.

2월 5일, 쉰 올림

주)_____

1) 청대 톈진의 문미재자화점(文美齋字畵店)에서 출판했다.
2) 쑨보헝(孫伯恒, 1879~1943)은 이름이 좡(壯)이다. 당시 베이징 상우인서관 사장이었다.

330206 자오자비에게

자비 선생

오늘 량유사에서 낸 책을 펼쳐 보다가 한 가지 일이 생각났습니다.

책의 줄 앞머리에 만약 원과 점, 점선, 괄호의 아래에 (ﾚ , ﾚ)가 있을 때 보기 좋지 않습니다. 나는 이전에 사람들의 원고를 교정볼 때 한 가지 방법을 생각해 냈는데 위 한 줄에 네 개의 '4절판'을 각각 끼워 넣는다면 한 글자가 아래 줄로 끼어 들어가서 한결 보기 좋아졌습니다. 귀사의 교정 담당 선생에게 알려 주어 채택하게 해도 괜찮을 것 같습니다. 행복하시기 바랍니다.

2월 6일 밤, 루쉰 드림

330209 차오징화에게

징화 형

1월 9일 편지를 오늘 받았습니다. 내가 언제 편지를 보냈는지도 잘 기억나지 않습니다. 올해는 아직 한 통도 보내지 않은 것 같습니다. 책과 잡지라면 지난해 말에 『문학월보』 등 소포 두 개를 보낸 적이 있습니다. 또 재판 『철의 흐름』 등 4권 소포도 하나 보냈습니다. 올해도 『하프』 10권을 소포 두 개로 나눠서 부쳤습니다. 형에게 보내는 책 한 권 이외에 작가에게 각권을 보내 주시기를 부탁드립니다. 충분하지 않으면 알려 주시기 바랍니다. 다시 부쳐 드리겠습니다.

국내 문단은 우리가 여전히 억압을 겪고 반대파가 기회를 틈타 기승을 부리는 것을 제외하고는 특별히 새로운 국면은 없습니다. 그렇지만 우리 쪽에서도 새로운 작가가 적잖게 출현하고 있습니다. 마오둔이 『한밤중』子夜이라는 소설을 썼습니다(이 책은 나중에 부쳐 드리겠습니다). 30여만 자가 되는 소설인데 그들이 도달할 수 없는 수준을 보입니다. 『문학월보』는 5, 6 합본호가 나왔는데 이미 판금당했습니다.

『철의 흐름』은 광화서국에서 출판했습니다. 이 서국은 나의 판형과 재고도서를 가져갔는데 책은 이미 다 판매했는데도 내게 100여 위안을 빚졌습니다. 그런데도 지금까지 갚지 않고 있습니다. 재판의 인세도 50위안밖에 지불하지 않았고 그 다음에 한 푼도 지급하지 않았습니다. 지금 이 책은 이미 판매금지되어 이 모든 게 다 핑곗거리가 되니 그들과 이야기할 수가 없을 것 같습니다. 사실 책은 여전히 암암리에 팔고 있습니다. 그래도 그는 더더욱 핑계를 대며 회피할 수 있을 것입니다. 상하이의 책방은 좌익작가가 압박당하는 것을 이용하여 돈을 버는 자들이 종종 있습니다.

형의 인세는 내 통장에 모두 합하여 320위안이 저축되어 있습니다(『철의 흐름』 초판 2백 위안, 재판 50위안, 『별목련』 70위안). 지난달에 지와징 두 형의 편지를 받았는데 상페이윈[1]에게 50위안과 상전성[2]에게 1백 위안을 보내 달라고 했습니다. 이미 이달 1일에 우편환으로 보냈습니다. 저축이 아직 170위안이 남았으니 일간 허난의 상씨 댁으로 부쳐 드리겠습니다.

징 형은 오해로 체포되었다가 십여 일이 지나서야 보석됐습니다. 책과 옷에 좀 손실이 있을 것 같습니다. 최근 그의 큰아들이 병사했다는 소식을 들었습니다. 출입문을 봉쇄하여 살 곳이 없어 추위에 아팠던 것은 아닌지 모르겠습니다. 정말 불운합니다.

우리는 잘 지냅니다. 경제사정도 어렵지 않습니다. 나는 늘 잡무를 하고 있을 뿐 특별히 내세울 만한 번역 작품도 없습니다. 『20인집』하권은 아마 3월 말에 나올 것입니다. 출간되면 바로 보내 드리겠습니다. 잡지에도 읽을 만한 것이 있으면 부쳐 드리겠습니다만 한 번에 서너 권을 모아서 보내겠습니다. 등기로 보내야 해서인데 이렇게 해야 수지가 맞기 때문입니다.

『철의 흐름』작가는 올해 일흔 살입니다. 우리는 그에게 전보를 보내어 축하한 적이 있는데 신문에 나온 적이 있는지 모르겠습니다.

지난번에 편지 한 통을 보낸 적이 있는데(날짜는 잊었습니다) 형에게 베드니(트로츠키를 비난한)[3]의 사진이 있는 책 한 권과 『문학가 초상』제1권(제2권은 내게 이미 있습니다)을 다시 사 달라고 부탁했었습니다. 이미 받았는지 모르겠습니다. 구할 수 있는지요?

타 형은 각혈을 몇 차례 했다고 했습니다. 지금은 멎었다고 하고 괜찮아졌다 합니다. 그는 이미 『해방된 Don Quixote』 번역을 마쳤지만 아직 출판사를 찾지 못했습니다. 지금 문예이론에 관한 논문을 편역하고 있습니다. 그에게 온 편지 한 통이 있어서 여기에 덧붙입니다.

이곳은 날씨가 따뜻해지려 합니다.

이에 답신드리니 평안하시기를 기원합니다.

2월 9일 밤, 동생 위 드림

주)_____

1) 샹페이윈(尙佩芸)은 차오징화의 처제이다.
2) 샹전성(尙振聲)은 샹페이윈의 본가 손윗사람이다.
3) 소련 시인 베드니(Д. Бедный)에 대해서는 321212 편지를 참고할 수 있다.

330210 자오자비에게

자비 선생

보내 주신 편지를 받았습니다. 교정 부분은 『애매』咦昧를 읽으면서 생각난 것입니다. 나의 두 종류의 번역본[1]에 대해서는 이미 재교를 볼 때 수정하여 이런 곳이 매우 적습니다.

베이핑의 강연은 1만 자를 넘길 것입니다만 아직 한 글자도 기록하지 않았습니다. 다른 날에 쓰게 되면 다시 알려 드리도록 하겠습니다. 이와 같이 답신드리며 평안하시기를 기원합니다.

2월 10일, 루쉰

주)_____

1) 『하프』와 『하루의 일』을 가리킨다.

330212 타이징눙에게

징눙 형

6일 보낸 편지와 사진 네 장을 받았습니다. 고맙습니다. 민권보장회는 아마 장수할 수 없을 것입니다. 다음에 해산된다고 들었습니다. 닭의 해酉年를 원숭이해申年라고 한 것은 오기입니다. 이런 계산은 오랫동안 관심이 없다가 갑자기 펜을 들어서 수탉을 원숭이로 만든 경우입니다. 오늘 『하프』 6권을 부쳐 드렸습니다. 형에게 보내는 한 권을 제외하고 나머지는 지예와 젠궁, 웨이쥔維鈞, 마줴馬珏와 젠스 선생의 아들(이름을 모르는데 알려 주실 수 있는지요)에게 각각 보내 주시기 바랍니다. 『문학월보』 4기는 이미 사람에게 부탁하여 서국으로 가져가게 했습니다. 이후에도 계속 부쳐 드리겠습니다. 지금 나온 것은 5, 6호 합본호인데 비밀리에 금지당했다는 이야기를 나중에 들었습니다. 푸런대학에서 한 강연은 어떤 학생이 기록한 걸로 기억합니다. 한 부를 옮겨 적은 것을 내게 보내 주시기를 부탁드립니다. 이곳에 내게 베이핑에서 한 강연을 출판하라고 독촉하는 사람이 있어서 초벌로 소책자를 만들어서 줘야 하기 때문입니다. 뤄산羅山에게 돈 150위안을 보냈는데 이미 이달 1일에 우편환으로 송금했습니다. 그런데 어제 징화가 보낸 편지를 받았는데 상페이우[1]에게 보내 달라고 합니다. 그래서 내일 남은 돈 전부를 부쳐 이 일을 마무리하려 합니다.

이에 답신드리니 평안하시기를 기원합니다.

2월 12일 밤, 쉰 드림

주)_____

1) 상페이우(尙佩吾)는 차오징화의 처제이다.

330213 청치잉에게[1]

치잉 선생

1932년 11월 14일 보낸 편지를 나는 1933년 2월 12일에야 받았습니다. 선생은 출국한 지 오래되어 이곳 사정은 하나도 모르는 것 같습니다.

이 7, 8년 동안 정말 변화무쌍했는데 베이신만 보더라도 벌써 두 번이나 문을 닫아야만 했습니다. 지금은 '칭광서국'青光書局으로 이름을 바꿨습니다. 일처리도 산만하여 편지는 그들 있는 곳에서 묵혀 둔 게 아닌가 생각합니다. 다른 원고를 보낸 적이 있는지 모르겠는데 나는 받지 못했습니다.

나는 『외침』을 출간한 후에 『방황』을 냈고 두세 종의 작은 책과 몇 권의 잡감집을 출판했습니다. 사나흘 내에 몇 권을 부쳐 드리겠습니다. 그 밖에도 번역을 몇 권 했는데 말할 거리는 못 됩니다. 지금 글을 거의 쓰지 못하고 있고 발표할 자유도 뺏긴 데다 재작년에는 지명수배까지 당했습니다. 그렇지만 나는 체포되지 않았습니다.

책을 받은 다음 내게 한번 회신해 주시기 바랍니다. 연락처는 다음과 같습니다.

상하이, 베이쓰촨로 끝 우치야마서점 전달 저우위차이 받음

2월 13일, 쉰 올림

주)_____

1) 청치잉(程琪英)은 쓰촨 출신의 여학생이다. 당시 독일에서 유학 중이었다.

330214 리샤오펑에게

샤오펑 형

교정원고[1]는 보냈지만 다시 한번 살펴봐야 합니다. 앞에 두 쪽이 더

있는데 어떻게 줄여야 할지 모르겠습니다. 보충하여 조판해야 할 것 같습니다.

지난번에 만났을 때 종이 1백 장을 직접 준비하여 인쇄할 계획이라고 말했는데 지금은 인쇄하지 않을 생각이어서 이와 같이 알려 드립니다.

2월 14일, 쉰 드림

주)_____

1) 『먼 곳에서 온 편지』의 교정원고를 가리킨다.

330223 리례원에게[1]

례원 선생

「자유담」이 버나드 쇼[2] 특집호를 출간하기 전에 다푸 선생이 쓴 쇼에 관한 글이 한 편 있었는데 최근에 옮겨 적으려고 온 데를 찾았으나 구하지 못했습니다. 선생이 아직 이날 신문이나 원고를 갖고 있는지 모르겠습니다. 빌려서 한 부 옮겨 적을 수 있다면 정말 감사드립니다.

이에 보내 드리니 평안하시기 바랍니다.

2월 23일 밤, 루쉰 올림

만약 답신을 해주신다면 다음 주소로 보내 주시기 바랍니다.

베이쓰촨로 끝, 우치야마서점 전달, 저우위차이 받음

주)_____

1) 리례원(黎烈文, 1904~1972)은 번역가이자 편집자이다. 1932년 12월에서 1934년 5월까지 『선바오』「자유담」의 주편을 맡았다. 이후에 반월간지 『중류』(中流)의 편집을 맡기도 했다.

2) 영국의 극작가이자 비평가인 버나드 쇼(G. B. Shaw, 1856~1950)를 말한다. 1933년 2월 17일 쇼는 홍콩을 경유하여 싱허이글 방문했다. 『선바오』의 「자유담」에서 17일과 18일 양일에 걸쳐 '버나드 쇼 특집호'를 엮었는데 여기에 루쉰과 마오둔, 위다푸, 리례원 등이 버나드 쇼와 그의 작품에 대해 평가한 글을 실었다.

330226 리샤오펑에게

샤오펑 형

나는 『외침』과 『방황』, 『열풍』, 『화개집』 및 『속편』, 『이이집』 각 한 부 모두 6권이 필요합니다. 출판사 친구가 원고를 보낼 때 같이 가져오게 하기 바랍니다. 이 책값은 인세에서 공제해 주시면 감사드리겠습니다.

『무덤』의 판지는 베이신 때 웨이밍사에서 벌써 가져간 것으로 기억됩니다. 그렇지만 확실한 기억은 아니어서 그런지 여부를 편할 때 알려 주시기 바랍니다.

2월 26일, 쉰 드림

330301 타이징눙에게

징눙 형

2월 24일 편지와 강연원고, 백화시 5권을 오늘 동시에 받았습니다. 쇼가 상하이에 있을 때 나는 식사의 반을 같이 하고 서로 한 마디씩 주고 받고 사진도 한 장 찍었습니다. 차이 선생도 있는데 이 사진을 지금 다시 인화하러 보냈으니 나오면 부쳐 드리겠습니다.

그가 메이란팡에게 묻고 답하는 것을 나도 봤습니다. 질문은 날카로 웠지만 답은 뭉툭하여 아름답다고 칭할 만한 건 없는 것 같습니다. 하긴 중국에 매독이 많아서 그를 그렇게 칭해도 괴상하지 않습니다.

우리는 상하이의 갖가지 논의를 모아 책을 하나 만들었는데 제목을 『상하이에 온 버나드 쇼』라고 붙였습니다. 이미 인쇄에 넘겼는데 책이 나 온 뒤 이것도 부쳐 드리겠습니다. 쇼가 도착했을 때 쑨 부인(쑹宋)과 린위 탕, 양싱포(?)와 함께 이야기를 많이 나눴습니다. 다른 사람은 모르겠습니 다. 이는 『논어』23기에 실려 오늘 출간됐을 것입니다. 베이징에도 책이 있을 테니 부쳐 드리지는 않겠습니다. 내가 도착했을 때 그들은 식사를 이 미 반 정도 하여 이전 건 못 들었습니다만 나의 말도 거기에 실렸습니다.

상하이에서 보니 쇼는 사람들이 환영하는 것을 확실히 좋아하지 않 습니다. 그렇지만 후 박사는 오히려 다른 원인이 있어서라고 주장합니다. 요약하자면 영국 신사(영국인은 쇼를 꽤 싫어하는데)와 한통속이기 때문이 라는 겁니다. 그는 평소에 아첨꾼과 같은 사람과 교류하더니 갑자기 부호 를 깊이 증오하는 것인가요?

후 박사가 민권동맹을 공격하는 글이 베이핑의 신문에 발표되었다고 들었는데 형이 구하여 보내 주실 수 있는지요?

『사회신문』은 이미 읽어 봤는데 정말 웃겼습니다. 그렇지만 이 간행물은 보지 않을 수 없는데 여기에서 쥐새끼와 여우의 술수를 엿볼 수 있기 때문입니다.

나는 잡일로 바빠서 소설을 한 글자도 쓰지 못했습니다. 뤄산羅山은 이미 편지를 보내왔는데 돈을 다 받았다고 했습니다. 지예는 편지를 보내와서 핑바오[1] 한 부가 있어 형이 직접 내게 부쳤다고 했는데 아직 받지 못했습니다. 이와 같이 답신드리니 행복하시기를 기원합니다.

3월 1일, 쉰 올림

1) 웨이밍사가 성명을 발표한 베이핑(北平)의 『천바오』(晨報)를 가리킨다. 이 성명은 3월 6일, 7일, 8일 사흘 동안 실렸다.

330302 쉬서우창에게

지푸 형

2월 27일 쓰신 편지를 받았네. 아동심리학에 관한 책은 우치야마서점에 드무네. 두 종류만 봤는데 이것도 괜찮은 책은 아닌 듯하네. 바로 책을 부쳐 달라고 부탁했고 책값을 대신 지불했네. 아마 이런 종류의 책은 원래 많이 출판되지 않고 또 많이 팔리지도 않아 광고를 유심히 봤다가 부쳐 달라고 해야 될 것이네.

예전 우표를 여섯 장 수집해서 같이 부쳐 드리네.

이에 답신드리며 평안과 건강을 기원하네.

3월 2일, 동생 페이 돈수

330305 야오커에게[1]

야오커 선생

3월 3일의 편지를 오늘 받았고 동시에 지난해 12월 4일에 보낸 편지도 받았습니다. 베이신서국의 일처리가 산만하고 느려서 전보도 방치합니다. 그래서 이후에 연락 주시려면 '베이쓰찬로 끝, 우치야마서점 전달, 저우위차이 받음'으로 보내 주시면 좋을 것 같습니다.

만나서 물어볼 일이 있으면 마찬가지로 이달 7일 오후 2시에 우치야마서점(베이쓰찬로 끝, 스가오타로 입구)에 오시면 제가 거기에서 기다리고 있겠습니다. 책에 대한 궁금한 점이 있어도 만나면 답을 얻을 수 있을 것입니다.

이에 답신드리니 평안하시기를 기원합니다.

3월 5일, 루쉰 드림

주)_____

1) 야오커(姚克, 1905~1991)는 원래 이름은 즈이(志伊)이다. 번역가이자 극작가이다. 영문월간지 『천하』를 편집했으며 스타영화사(밍싱영화공사明星影片公司) 각색위원회 부주임을 맡았다. 1932년 루쉰의 『단편소설선집』 영역본을 번역했다. 작품으로 극본 『서시』(西施)와 『초패왕』(楚霸王), 『청궁비사』(淸宮祕史) 등이 있다.

330310① 자오자비에게

자비 선생

보내 주신 편지 받았습니다. 나는 베이핑 강연 글 다섯 편을 아직 쓰지 못했으니 『예술신문』에서 말한 것은 사실이 아닙니다.[1] 나는 다만 한 번 떠들썩하게 놀아 보고 싶을 뿐입니다. 소설 표지의 포장된 초상화는 『하프』에서 사용한 적이 있는 한 폭이면 충분합니다. 새로 만들면 번거로우니 그렇게 일을 줄이도록 합시다. 중국에서 출판한 동화는 정말 한 차례 정리를 해야 합니다. 그렇지만 나는 이 분야에 주목하지 않아서 자료가 하나도 없습니다. 아는 친구 사이에도 동화를 수집하는 이가 떠오르지 않습니다. 한번 알아보고 난 뒤 다시 상황을 보도록 하지요. 행복하기를 기원합니다.

3월 10일, 쉰 올림

『흰 종이와 검은 글자』[2]는 영역본을 본 적이 있습니다. 거기서 거론한 중국 글자 몇 개는 잘못된 것입니다. 만약 중국에서 번역하려면 작가를 위해 수정해야 할 것 같습니다.

주)_____

1) 『예술신문』은 주간지로 샤루장(夏蘆江)이 편집을 맡았다. 1933년 2월 17일 상하이에서 창간하였고 1933년 3월 11일 제4기를 내며 폐간됐다. 이 잡지의 2기(1933년 2월 25일)에 편집자가 쓴 한 편의 짧은 글이 실렸는데 다음과 같이 루쉰의 「다섯 개의 강의와 세 번의 탄식 모음집」(五講三噓集)에서 '탄식'의 대상에 대한 답을 모집했다. "루쉰이 곧 책 한 권을 낸다고 들었는데 제목은 「베이핑의 5강과 상하이의 3탄식」(北平五講和上海三噓)이라 한다. …… 베이핑 5강은 모두 알고 있는데 상하이 3탄식은 무엇인지…… 독자들이 한번 맞혀 보시기 바란다." 제3기(1933년 3월 4일)에 바로 「루쉰의 '3탄식' 공개」

(魯迅的"三噓"揭曉)라는 제목으로 답안을 공포했다. "이 세 사람은 양춘런, 량스추(梁實秋), 장뤄구(張若谷)이다"라고 썼다.

2) 『흰 종이와 검은 글자』(白紙黑字)는 서적의 역사에 관해 기술한 소련의 대중적인 서적이다. 영역본은 1932년 런던에서 출판되었다.

330310② 리지예에게

지예 형

등기는 일찍 받았고 광고도 실린 지 사흘이 지났습니다. 그렇지만 편지에서 말한 광고가 실렸다는 베이핑 신문은 기다렸는데 지금까지 받지 못했습니다. 나는 최근 지출이 적지 않아 돈을 좀 구하여 충당할 계획이어서 이 편지를 쓸 수밖에 없습니다. 그 신문을 좀 일찍 제게 보내 주면 한번 시도해 볼 생각입니다. 비록 카이밍서점이 시원하게 그대로 지불해 줄지도 문제이긴 합니다만.

3월 10일, 쉰 드림

330311① 카이밍서점

삼가 말씀드립니다. 일전에 베이핑의 웨이밍사 광고 원고 하나를 받았는데 상하이 신문에 실어 주기를 부탁드립니다. 곧 2월 28일에서 3월 2일까지 모두 사흘 동안 『선바오』(申報)의 중요 광고란에 실어 주십시오. 방금 이 출판사의 구성원이 보내온 베이핑의 『천바오』晨報 한 부도 받았는데 안에 같은 광고가 게재되어 있습니다. 그리고 영수증 한 장도 받았는데 양 596위안 7자오 7펀으로 계산되어 있습니다. 귀사에서 돈을 수령하기를 부탁 드립니다. 이 돈은 언제 어디에서 받을 수 있는지 모릅니다. 속히 알려 주시면 그에 따라 실행하도록 하겠습니다. 이와 같이 카이밍서점에서 살펴 봐 주시기 바랍니다.

3월 11일, 루쉰

연락 주소: 베이쓰촨로 끝, 우치야마서점 전달 저우위차이 받음

330311② 타이징눙에게

징눙 형

7일 편지와 별도로 부친 『천바오』 1부를 모두 오늘 받았습니다.

아이가 폐렴을 앓고 있다니, 가벼운 병이 아닌데 최근 다 나았는지 모르겠습니다.

국가의 여러 일들은 다 무슨 영문인지도 모르게 진행되지만 베이핑은 결국 태평할 모양입니다. 올해 원래 아이를 데리고 어머니를 찾아뵐 계획이었지만 상황이 급변하여 이 여행도 취소해야 했습니다.

사진 한 장을 첨부하여 드립니다. 『상하이에 온 버나드 쇼』와 『신러시아 소설가 20인집』 하권도 월말에 모두 출간될 수 있습니다. 나오면 바로 보내 드리겠습니다. 평안하시기를 기원합니다.

3월 11일 밤, 쉰 올림

330315 리샤오펑에게

샤오펑 형

페이쥔이 왔을 때 나는 마침 외출했는데 오늘 인지대를 보내왔습니다. 모두 8천 장입니다.

'베이핑 5강'에 관한 소문이 아주 많고 이를 인쇄하기를 원하는 곳 또한 매우 많습니다. 그렇지만 사실 나는 아직 다 정리하지 못했습니다. 인쇄되면 베이신에서 위탁판매하기에도 적당하지 않은 것 같습니다. 왜냐하면 후반부에 '상하이의 3탄식'[1]이 있어서 문인과 학사의 미움을 살 곳이 적지 않기 때문입니다. 톈마도 인쇄하기 적절하지 않습니다. 앞으로 소재를 알 수 없는 출판사를 찾아야 할 것 같습니다.

3월 15일 밤, 쉰 드림

『먼 곳에서 온 편지』는 출판사에서 납작한 글씨체(『화개집』의 표지와 같은 평체자)로 새길 수 있는지 찾아봐 주시기 바랍니다. 크기와 길이는 모두 첨부한 견본쇄와 같이 해주시고 첫 쪽과 표지에 사용해 주시면 됩니다. 이와 같이 추신합니다.

3월 20일 밤, 쉰 드림

주)_____

1) 루쉰은 량스추와 양춘런, 장뤄구 세 사람을 비판하는 글을 쓸 계획을 갖고 있었는데 이를 가리킨다. 나중에 글로 작성하지는 않았다.

330320 리샤오펑에게

샤오펑 형

　오늘 아침에 교정원고를 부쳤는데 이미 두 착했으리라 생각합니다.

　출판사를 찾을 필요가 없습니다. 사실은 제가 직접 할 생각입니다. 이번에 직접 인쇄하지 않으면 곧 톈마에 인쇄를 부치지 않을 수 없습니다. 왜냐하면 이는 『먼 곳에서 온 편지』를 회수할 때의 약속이기 때문입니다. 사실 베이신은 원고를 아직 보지 않아서 괜찮을 것이라고 추정하고 있지만 사실은 그렇지 않습니다. 난처한 곳이 『이심집』 못지않게 많습니다.

　나는 오히려 다른 책을 베이신에서 출간하기를 바라는데 바로 이 책[1]입니다. 우리에게는 『무덤』에서 『이심』까지에 이르는 수필을 몇 사람이 골라 준 게 있습니다. 긴 서문이 있고 글자 수는 아직 정해지지 않은 책입니다. 이 책을 다른 출판사에서 출간한다면 되레 베이신에 문제가 될 것입니다.

3월 20일 밤, 쉰 드림

주)_____

1) 『루쉰잡감선집』(魯迅雜感選集)을 가리킨다. 허닝(何凝; 곧 취추바이)이 엮고 서문을 썼다. 루쉰의 잡문 74편을 수록했으며 1933년 7월 상하이 칭광서국(靑光書局)에서 출판했다.

330322 야오커에게

야오커 선생

보내 주신 편지를 받았습니다. 24일 나는 저녁 6시부터 일이 있지만 두 시간이면 충분히 이야기를 나눌 수 있을 것이라 생각합니다. 나는 상하이의 지리에 익숙하지 않아서 선생이 이날 3시 반에 우치야마서점에 오셔서 같이 가 주시기를 희망합니다. 이와 같이 답신드리니 평안하시기를 기원합니다.

3월 22일, 루쉰 드림

330325① 타이징눙에게

징눙 형

오늘 『상하이에 온 버나드 쇼』 6권을 부쳤습니다. 지예와 창후이, 웨이젠궁, 선관沈觀에게 각각 보내 주시고 또 한 권은 원래 마줴에게 보낼 계획이었으나 부치면서 그녀가 결혼을 했다는 사실이 떠올랐습니다. 다른 사람이 책을 자주 보내는 것은 별로 좋지 않은 것 같습니다. 형이 알아서 다른 사람에게 보내시면 될 듯합니다.

『하루의 일』은 곧 출판됩니다. 마찬가지로 여섯 권을 보내니 같은 방법으로 처리해 주십시오. 그렇지만 한 권은 전과 마찬가지로 마줴에게 보냅니다. 왜냐하면 상권을 이미 그녀에게 보냈기 때문입니다. 주소를 알 수 없으면 유위 선생에게 전달해 달라고 부탁하면 될 거라 생각합니다.

이에 연락드리니 평안하시기를 기원합니다.

3월 25일 밤, 쉰 올림

330325② 리샤오펑에게

샤오펑 형

『먼 곳에서 온 편지』의 교정원고와 서문 및 목차 등은 오후에 등기로 부쳤습니다.

책 표지는 특별하게 꾸밀 필요는 없고 그저 글자 새긴 것 세 개만 사용하면 됩니다. 아래 견본대로 조판하면 됩니다.

책등

魯迅与景宋的通信

两地书

上海北新书局印行

景宋 ： 两地书 ： 鲁迅

1933

이렇게 하면 그럭저럭 볼만합니다. 그렇지만 나는 지금 여전히 책의 크기(『분류』와 같습니까?)와 글자 모양을 모르겠습니다. 첫번째 교정원고가 조판되어 나오면 나는 정식 견본을 만들어 부쳐 드릴 수 있습니다.

수필집[1] 원고는 서문을 다 쓰면 부쳐 드리겠습니다.

3월 25일, 쉰 올림

『먼 곳에서 온 편지』는 내 수입인지를 사용하지 않고 빈칸의 저작권 수입인지를 사용할 수 있는지요? 만약 가능하다면 3천 장을 대리하여 구매해 주시고 편하실 때 건네주시기 바랍니다. 이와 같이 덧붙입니다.

주)_____

1) 『루쉰잡감선집』을 가리킨다.

330331 리샤오펑에게

샤오펑 형

　　교정원고는 따로 봉인하여 등기로 부쳤습니다. 책 표지 견본은 오늘 부쳤는데 이 견본 그대로 제작해 주시기 바랍니다. 볶은 쌀 색의 종이에 녹색 글자로 인쇄하거나 아니면 옅은 녹색 종이에 검은 글자로 인쇄해 주십시오. 이 세 글자도 솜씨가 좋지 않게 새겨졌지만(게다가 거꾸로 새겼습니다) 그렇지만 그냥 그대로 놔두십시오.

　　이 책은 '고급 장정'으로 할 필요가 없는 듯합니다. 아이도 이렇게 컸는데 옛 편지를 고급 장정하여 뭣에 쓴답니까. 그렇지만 베이신에서 다른 '장사의 비결'이 있다면 나도 반대하지는 않겠습니다.

　　「자유담」을 오랫동안 쓸 수 있으리라고 생각하지는 않습니다. 일단락을 지으면 베이신에서 출간하도록 합시다.

3월 31일, 쉰 드림

330405 리샤오펑에게

샤오펑 형

『먼 곳에서 온 편지』는 오늘 서문과 목차를 먼저 부쳤습니다. 첫 쪽에 '상하이 베이신서국 인쇄출간'이라고 쓴 건 마지막 쪽과 다르니 일률적으로(칭광靑光……) 고쳐야 하는 것 아닌지요. 형이 참작하여 고쳐 주시기 바랍니다. 만약 수정했다면 표지도 마찬가지로 고쳐야 하겠지요.

나머지 교정원고는 사나흘 내 다시 부쳐 드리겠습니다.

나의 『잡감선집』은 선정자가 아직 목차만 하나 보내왔습니다. 내가 풀어헤쳐야 하는지 아니면 그가 다 풀어서 보내 줄 건지 아직 모르겠습니다. 며칠 기다려 보지요. 그렇지만 인쇄에 부칠 때 그에게 먼저 돈을 보내 줘야 한다고 생각합니다. 곧 이는 내 미래의 인세에서 공제해 주십시오. 실제로 이는 원고를 사는 것과 마찬가지입니다. 이와 같이 할 수 있는지 여부를 알려 주시기 바랍니다.

4월 5일, 쉰 드림

330413 리샤오펑에게

샤오펑 형

인세를 받았습니다. 영수증은 토요일에 출판사 친구를 만날 때 건네주겠습니다.

『잡감선집』은 벌써 보냈습니다. 약 24, 5만 자이며 서문은 1만 3, 4천 자가 됩니다. 한 쪽은 12줄이며 한 줄에 36글자로 인쇄하면 벌써 꽤 두꺼운 책이 됩니다. 이 책이 출간되면 단행본에도 어느 정도 영향을 미칠 것입니다.

편자는 꽤 심혈을 기울인 것 같아서 나는 그에게 3백 위안을 드릴 계획입니다. 보내는 방법은 『먼 곳에서 온 편지』를 따르면 됩니다. 1천 부를 발행할 때마다 형이 내게 1백 위안을 주면 내가 전달하여 보내도록 하겠습니다. 이 1천 부는 베이신에서 전담하고 수금이 확실한 곳에서 발매하여 경제적으로 영향을 받지 않도록 해주십시오. 이런 방법은 세 번까지 하겠습니다. 그런데 이 3천 부는 20퍼센트의 인세만 받겠습니다.

서문은 잡지에 발표를 한 번 해야 하여 지금 다른 사람에게 부탁하여 옮겨 적고 있습니다. 본문도 한 번 간단하게 살펴봐야 하고 형식도 명시해야 하여 토요일에 건네주지 못할 것 같습니다. 갈무리한 뒤 바로 편지로 알려 드리겠습니다.

이 책의 출간은 빠를수록 좋을 것 같습니다.

4월 13일, 쉰 드림

330416 쉬서우창에게

지푸 형

보내 주신 편지 잘 받았네. 거처를 옮긴 지 나흘이 지났는데 햇볕은 이전 집보다 좋네. 이번에 상하이에 오면 방문해 주면 좋겠네. 또 새 주소로 밍즈[1]에게 편지를 전달해 주시면 감사드리네. 그리고 밍 공의 주소는 편하실 때 알려 주시기 바라는데 책 몇 부가 있어 그의 따님에게 증정할 계획이기 때문이라네.

푸 공傅公의 글은 이미 읽어 봤는데 우둔하고 저열하여 꽤 슬펐네. 사실 공격하려면 할 말이 정말 많은데 이 정도로 따분하다니. 이런 사람이 작가가 되었다니 위에 있는 사람이 얼마나 더 따분한지 알 수 있네.

이와 같이 편지 드리니 만복이 함께 하길 기원하네.

4월 16일, 동생 페이 돈수

주)_____

1) 밍즈(明之)는 같은 편지의 '밍 공'(明公)과 같은 이다. 사오원룽(邵文熔, 1877~1942)을 가리킨다. 사오싱 출신으로 루쉰과 같이 일본에서 유학했다.

330420① 야오커에게

신눙^{莘農} 선생

어제 편지를 한 통 보내 드렸습니다. 토요일(22일) 오후 6시에 다마로^{大馬路}와 스로^{石路}의 즈웨이관^{知味觀} 항저우요리점 7번 좌석에 오셔서 이야기를 나누기로 약속했는데 이미 받으셨는지 모르겠습니다. 그때 아드님[1]도 같이 올 수 있으면 정말 감사드리겠습니다. 이를 알려 드리오니 평안하시기 바랍니다.

4월 20일 오후, 쉰 올림

주)_____

1) 이름은 야오즈쩡(姚志曾)이다. 당시 상하이 동우(東吳)대학교 학생이었다.

330420② 리샤오펑에게

샤오펑 형

『잡감선집』의 형식에 대해 원래 붉은 펜으로 대부분을 비평했는데 나중에 생각해 보니 이 책은 17만여 자가 되는데 만약 한 면에 12행이고 한 행에 36자를 인쇄하면 4백여 쪽이 되어 너무 두꺼워서 펼쳐 보기 쉽지 않습니다. 그래서 차라리 가로줄로 바꿔서 형식을 『먼 곳에서 온 편지』대로 하면 3백 쪽이 넘지 않은 것으로 갈무리할 수 있고 보기도 좋습니다. 형이 어떻게 생각하는지 모르겠습니다. 알려 주시는 대로 처리하도록 하겠습니다. 이와 같이 편지 드리니 평안하시기를 기원합니다.

4월 20일 밤, 쉰 올림

330426 리샤오펑에게

샤오펑 형

『잡감선집』은 이미 정리를 다 했습니다. 출판사의 친구가 편할 때 집에 들러 가져가 주시기 바랍니다. 또 있습니다. 서문도 벌써 부쳤는데 안에 좀 과격한 데가 있습니다만 출판하는 데 문제는 없을 것입니다. 형이 읽어 본 뒤 되돌려주시기 바랍니다. 본문을 인쇄한 뒤에 목차와 같이 인쇄소에 보내 주시면 됩니다.

4월 26일 밤, 쉰 드림

330501 스저춘에게[1]

저춘 선생

보내 주신 편지는 일찍 받았습니다. 최근 이사와 가족들의 병치레로 오랫동안 펜을 들지 못하여 3권 2기 『현대』지에 맞춰 원고를 보내지 못할 것 같습니다. 이다음에 앉아 글을 쓸 시간이 있으면 3기에는 투고할 수 있을 것 같습니다. 이와 같이 답신드리니 평안하시기 바랍니다.

5월 1일, 루쉰 올림

주)_____

1) 스저춘(施蟄存, 1905~2003)은 작가로 당시 상하이 현대서국에서 발간한 『현대』 월간지
의 편집자였다.

330503① 왕즈즈에게[1]

즈즈 선생

집의 형이 양 20위안[2]을 대신 부쳐 달라고 부탁하여 오늘 우체국에
보내 드렸으니 살펴 받으시기 바랍니다. 송금한 사람의 성명과 주소는 모
두 이 편지 봉투에 쓰인 것과 동일하다는 것을 알려 드립니다. 그래서 수
취할 때 구두로 말하다 보면 생기는 불일치 문제를 방지했습니다. 이와 같
이 편지 드리니 평안하시기 바랍니다.

5월 3일, 저우차오펑 올림

주)_____

1) 이는 루쉰이 친필로 쓴 편지로 서명은 저우차오펑(저우젠런)의 이름으로 했다.
2) 루쉰이 베이핑의 '좌련' 『문학잡지』에 보내는 기부금이다. 왕즈즈는 그 당시 이 잡지의
편집을 맡고 있었다.

330503② 리샤오펑에게

샤오펑 형

오늘 보내 주신 『먼 곳에서 온 편지』 수입인지 오백 징에서 하나가 빠진 것 같습니다. 지금 보충하여 부칩니다.

며칠 전에 아이가 아팠고 다른 사람을 위해 논문 한 편을 번역해야 하여 바빠 단평을 쓸 시간이 없었습니다. 지금 다시 쓰기 시작하면서 한 단락을 마쳤는데 아직 시간이 좀더 필요한 것 같습니다.

5. 3. 밤, 쉰 드림

330503③ 쉬서우창에게

지푸 형

보내 주신 서신을 삼가 받았네. HM이 예측한 대로네. 바이궈白果가 황젠黃堅이었네. 형은 그 사람을 만나지 않았지요? 혹시라도 베이징에서 만나면 그를 잊게. 소인배에 지나지 않으며 기억할 만한 사람이 아니네.

『자선집』 한 권은 여전히 책꽂이에 꽂혀 있네. 책자가 너무 작아서 같이 포장할 수 없어서 놔뒀는데 다음을 기약하네.

이천[1]의 집은 10호가 아니라 첫번째 골목 9호이네.

최근에 또 『잡감선집』을 찍고 있는데 크기가 『먼 곳에서 온 편지』와 같네. 6월에 나올 수 있을 것 같네.

이에 답신드리니 만복이 깃들기를 기원하네.

5월 3일 밤, 쉰 돈수

주)_____

1) 이천(逸塵)은 쉬광핑의 별칭이다. 이천의 집이란 다루신춘(大陸新村) 9호를 말한다.

330504① 리례원에게

례원 선생

　조금 전 3일에 보낸 선생의 서신을 받았습니다. 「자유담」은 어제오늘 이틀 동안 각각 한 편씩 부쳤습니다. 이보다 먼저 받았으리라 생각합니다. 중상모략하는 사람이 있을 것이라는 건 원래 예측했던 일입니다. 그렇지만 최근 글을 쓸 때 너무 심하게 피하려다 보니 가시가 목에 걸린 것처럼 뱉어내지 않으면 안 될 때가 있습니다. 그래서 또다시 사람들의 미움을 사게 됩니다. 나중에 말은 더욱 함축적이고 에둘러 하고 글은 부드럽게 하여도 호족豪族을 범하게 되어 여전히 근심을 면하지 못하게 됩니다. 선생이 실릴 수 있을 만한 글을 골라 싣고 만약 압류될 것이 있다면 다른 원고로 바꾸고 원래 원고는 되돌려주시기 바랍니다. 저는 할 말이 있으면 평소대로 써서 보내도록 하겠습니다. 한 번 원고가 실리지 않았다고 펜을 놓는 일은 절대로 없을 것입니다. 이와 같이 답신드리니 평안하시기 바랍니다.

5월 4일 밤, 쉰 올림

330504② 리례원에게

례원 선생

저녁에 짧은 편지를 부쳤는데 밤 사이에 글을 한 편 또 썼습니다. 원래는 시시덕거리려 했지만 결국에 곧 싸울 듯 일촉즉발의 형세가 됐습니다. 개심하지 않으면 개과천선은 난망하니 정말 아아, 탄식이 나옵니다. 어찌해야 좋겠습니까. 필명을 바꾸어 사람을 눈을 가리려 하지만 여전히 도움이 안 됩니다. 지금 일단 부쳐 드리니 쓰실지 여부는 참작하여 결정하십시오. 정한 대로 따를 테니 예의를 차리지 마시기 바랍니다.

이에 연락드리니 평안하시기 바랍니다.

5월 4일 밤, 간ㆍ 돈수

330507 차오쥐런에게

쥐런 선생

선생의 편지를 받았습니다. 서우창[1] 선생을 나도 알고 있어서 유작에 뭔가를 좀 써야 합니다. 그렇지만 학설과 같은 것을 나는 잘 알지 못합니다. 그래서 개인에 관한 몇 마디 빈말을 할 수밖에 없었습니다.

늦어도 월말까지 부칠 수 있을 겁니다. 어쨌든 그렇게 늦지는 않을 것입니다.

이에 답신드리니 행복을 기원합니다.

5월 7일, 루쉰 올림

주)_____

1) 서우창(守常)은 리다자오(李大釗)이다. 유작은 『서우창 전집』(守常全集)을 가리킨다. 1933년 4월에 편집을 마치기로 했다. 원래 상하이 군중도서공사에서 출판하려 했지만 국민당의 검열로 인하여 1939년 4월에야 사회과학연구사의 명의로 출판할 수 있었다 (베이신서국 발행). 루쉰이 쓴 「서우창전집 머리말」(守常全集題記)은 나중에 『남강북조 집』에 수록됐다.

330508 장팅첸에게

마오천 형

오랫동안 뵙지 못했는데 잘 지내시리라 생각합니다. 일간 출판사에 부탁하여 책 네 권을 부쳐 드렸습니다. 한 권은 형에게 증정하고 나머지 세 권은 책 앞머리에 별도로 머리말을 썼으니 대신하여 나눠 보내 주시면 감사드리겠습니다. 우리는 다 잘 지냅니다. 멀리서 걱정하지 않아도 됩니다. 이와 같이 연락드리니 평안하시기 바랍니다.

5월 8일 밤, 수 돈수

페이쥔 부인 앞에도 이와 같이 안부 여쭙니다.

330509 쩌우타오펀에게[1]

타오펀 선생

오늘 『생활』 주간지 광고를 통해 선생이 『고리기』[2]를 이미 쎴다는 것을 알게 됐습니다. 중국 청년에게 주는 정말 좋은 선물입니다.

나는 삽화가 있다면 더 흥미로울 것이라 생각합니다. 내게 『고리키 초상화집』 한 권이 있는데 장년에서 노년까지 그의 초상이 다 수록되어 있고 또 만화도 있습니다. 만약 사용하려면 제판할 수 있도록 빌려드릴 수 있습니다. 제판한 뒤 어느 것을 사용했는지 작가의 이름을 번역해 낼 수 있습니다. 이만 줄입니다. 평안하시기 바랍니다.

5월 9일, 루쉰 드림

주)_____

1) 쩌우타오펀(鄒韜奮, 1895~1944)은 원명이 언룬(恩潤)이고 필명이 타오펀이다. 정치평론가이자 출판가이다. 중국민권보장동맹 집행위원을 지냈으며 『생활』 주간 주편이자 생활서점 창립자이다.
2) 곧 『혁명문호 고리키』(革命文豪高爾基)를 가리킨다. 1933년 4월 쩌우타오펀이 쓴 글로 그해 7월 상하이생활서점에서 출간됐다.

330510① 쉬서우창에게

지푸 형

일전에 서적 소포 하나를 부쳤는데 지난달에 묵혀 둔 것이네. 주의하지 않는 사이에 유실될까 걱정되어 우편으로 부치는데 포장을 두껍게 하여 파손될 정도는 아닐 것이라 생각하네. 또 소설 한 권이 있는데 종이가 아주 좋지 않네. 그렇지만 책에서 쓴 것이 당시의 실정實情이어서 신문기사 삼아 읽을 수 있네. 보내는 김에 같이 부치니 한번 읽어 보고 바로 버려도 되네. 책꽂이에 꽂아 둘 것까지 없네.

새 집의 분위기는 꽤 좋네. 아이에게도 도움이 되는 것 같네. 우리는 여전히 잘 지내니 걱정 안 해도 좋네.

밍즈의 연락처는 마찬가지로 편할 때 알려 주시기 바라네. 이만 줄이며 만복을 기원하네.

5월 10일, 동생 페이페이飛 드림

330510② 왕즈즈에게

정전둬와 주쯔칭[1]이 같이 일하니 정말 좋습니다. 나는 우리 태도가 온화한 것이 좋다고 생각합니다. 사실 일부에서 많이 도움 주지 않는다 하더라도 악의를 품고 있는 것은 아닙니다. 지금은 절대로 적이 아닌데 만약 빠른 목소리에 엄한 표정을 짓는다면 사람을 천 리 밖으로 쫓아내는 것입니다. 그건 우리의 손실이지요. 게다가 일단 완벽함을 추구해서는 안 됩니다. 남에게 완전무결할 것을 요구하면 멀리 피하는 사람이 생길 것이고 오히려 안 좋은 사람이 영합하러 옵니다. 이는 본심을 위배하는 논리입니다. 이렇게 되면 좋은 글이 있을 수 없을 뿐만 아니라 가짜 친구만 모입니다.

징눙은 오랫동안 편지가 없습니다. 책을 보내도 회신이 없습니다. 그가 소극적인 원인을 알 수 없습니다만 아무래도 작년 일 때문이겠지요. 내 의견은 차라리 잠시 놔두고 재촉하지 말라는 것입니다. 피곤한 사람에게 일을 더 가중시켜서는 안 됩니다. 그렇지 않으면 그는 더 피곤하고 지쳐 가겠지요. 시간이 좀 지나면 그는 회복될 것입니다.

잡지 2기[2]를, 내가 쓰지 않으면 안 된다면, 일간 좀 부쳐 주시기 바랍니다. 옌^雁 군을 만나면 한번 문의해 보겠습니다. 1기는 당연히 "너무 생기가 없긴 합니다"만 합류하는 사람들이 많아지면 좀더 활발해지겠지요.

주)_____

1) 주쯔칭(朱自淸, 1898~1948)은 작가이자 학자이며 문학연구회 성원이다. 당시 칭화대학 중국문학과 교수를 지냈다. 저서로 산문집 『뒷모습』(背影) 등이 있다. 1933년 4월 23일 정전둬와 주쯔칭은 문학잡지사가 초청하여 베이징 베이하이공원(北海公園)에서 개최한 문예다과회에 참석했다.
2) 『문학잡지』 제2기를 가리킨다.

330511 야오커에게

신눙 선생

15일 이후에 시간이 있습니다. 선생이 날짜와 시간(오후)을 지정하면 시간에 맞춰 우치야마서점에서 기다리겠습니다. 이와 같이 답신드리니 평안하시기를 기원합니다.

5월 11일, 쉰 올림

330514 리샤오펑에게

샤오펑 형

교정원고는 전과 마찬가지로 내가 직접 교정을 보는 것이 낫습니다. 아무리 대충 본다 하더라도 다른 사람이 교정을 본 것보다 오탈자가 많지 않을 겁니다.

『잡감집』의 앞에 초상화 한 장을 원래 크기대로 넣고 싶습니다. 또 원고의 한 장張은 반으로 크기를 축소해야 합니다. 동판을 사용한다든지 글자는 어떤 것을 사용한다든지 등에 대해서 나는 의견이 없습니다. 아연판도 괜찮습니다. 판형을 만든 이후에 시험적으로 인쇄한 한 장을 같이 건네주면 더해야 하는 글자를 첨가하여 다시 부쳐 드리겠습니다.

다푸 형은 상하이에 온 이후에 찾아왔으나 내가 마침 외출하여 만나지 못했습니다.

5월 14일 밤, 쉰 드림

330525 저우츠스에게[1]

츠스 선생

보내 주신 편지를 받았습니다. 재난 지역의 진실을 남쪽의 집에 앉아 있는 사람은 정말 많이 알고 있지 못합니다. 신문기사도 "눈 뜨고도 못 볼 정도이다"와 같은 모호한 말밖에 없습니다. 그래서 사실에 맞는 기록이나 묘사가 출판된다면 정말 좋습니다.

그렇지만 잡지 간행과 글을 읽는 일을 도와주는 일은 이런 시간과 능력이 내게 없는 것 같습니다. 나는 나이도 많고 집안일도 더해져서 이런 일을 할 시간이 없게 됐습니다. 그렇지만 내 의견은 ①잡지를 간행하는데 제일 좋은 것은 문학잡지로 만들지 말라는 것입니다. 독자에게 진실한 재료만 줘도 된다고 생각합니다. ②이런 재료로 소설을 쓰는 것도 물론 가능합니다. 그렇지만 과장하거나 예측하지 말고 보고 들은 것을 성실하게 쓰기만 하면 됩니다.

이와 같이 답신드립니다. 평안하시기를 기원합니다.

5월 25일, 루쉰 드림

주)_____

1) 이 편지는 1933년 7월에 월간 『홍황』(洪荒) 창간호에 실렸다. 저우츠스(周茨石, 1902~1994)는 원래 이름은 펑룬장(馮潤璋)이고 저우츠스는 필명이다. '좌련' 성원이다. 1933년 7월 1일 상하이에서 월간 『홍황』을 창간했다.

330527 리례원에게

례원 선생

보내 주신 서신을 잘 받았습니다. 일전에 알림 글을 보고 확실히 큰 돌부리에 걸렸다는 것을 알게 됐습니다. 거리낌 없이 이야기한 지 오래됐는데도 방법을 바꾸지 않는 것은 하지 않는 것이 아니라 할 수 없는 것입니다. 최근 진 글 빚이 많아서 좀 정리를 한 다음 문을 걸어 잠그고 생각을 해보겠습니다. 개심할 수 있는지 다시 시험해 볼 작정입니다. 아마 6월 중순이 될 것 같습니다.

이전에 실은 원고는 일찌감치 다른 출판사와 약속을 하여 뒤집을 수 없습니다. 그래서 내게 출판할 '자유'를 주시기를 바라며 아직 게재하지 않은 글[1]로 이 빚을 갚도록 하겠습니다. 이것으로 마무리를 하도록 하지요. 앞으로 쓸 것은 다른 이에게 승낙하지 않았으니 단행본으로 출판해도 됩니다.

이와 같이 답신드립니다. 평안하시기를 기원합니다.

5월 27일 밤, 쉰 올림

주)_____

1) 「보류」(保留)와 「다시 보류를 이야기한다」(再談保留), 「'유명무실'에 대한 반박」("有名無實"的反駁) 등 이후에 『거짓자유서』에 수록된 네 편의 글을 말한다.

330530 차오쥐런에게

쥐런 선생

이 세상에 장정으로 태어나 말로 이루 다 표현할 수 없어서 서우창 선생의 유작을 위해 몇 마디 써서 대강 막음했을 뿐입니다. 실을 수 있을지 여부는 판단하여 정하면 그대로 따르겠습니다. 이와 같이 말씀드리니 평안하시기 바랍니다.

5월 30일, 루쉰 올림

330603 차오쥐런에게

쥐런 선생

2일에 보낸 선생의 서신을 오늘 받았습니다. 그렇지만 이다음에 편지를 보내려면 우치야마서점을 통해 보내 주시는 것이 낫겠습니다. 차오펑은 나의 둘째 동생의 호인데 그 당시 등기를 보내야 하여 잠시 빌렸던 것입니다. 나는 동생과 사실 한 달에 두세 번 만날 뿐입니다.

『리전집』[1]은 차라리 심의를 받지 않는 편이 낫겠습니다. 출판사까지도 엄벙덤벙 하나 만들어 한 차례 판매하고 나서 관둡시다. 논리적으로 따지면 리다자오는 숙당 이전에 사망하였으니 여전히 국민당의 벗입니다. 그를 위해 기념하는 것은 원래 당연합니다. 그렇지만 중앙의 심의 직원은 머리가 나쁘기가 우체국 심의 직원보다 못한 것은 아니지만 인정머리가 없고 역사도 알지 못합니다. 돌부리에 걸릴 일이라는 건 명약관화합니다. 그때가 되면 더욱 곤란해집니다. 그래서 나는 차라리 '자유'롭게 출판하고 판매하는 것이 좋겠다는 생각이 듭니다. 다행히 이 책은 유행할 것 같지 않고 사상이 붉은 사람은 책의 사상이 희다고 싫어하고 사상이 흰 사람은 책이 빨갛다고 두려워하여 독자도 별로 없을 것 같습니다. 아마도 문헌에 관심이 있는 사람만이 여기에 의미를 둘 것 같습니다. 1쇄를 다 판매할 수 있다면 하늘의 복을 받은 것이나 다름없다고 생각합니다.

나는 지금 정말 글이 써지지 않습니다. 지금 해야 하는 말을 이전에 다 한 것 같은 느낌이 듭니다. 최근에는 접대만 하고 있는데 일부는 돈을 벌기 위한 것도 있습니다. 싣고 싶은 글도 편집자를 위해 생각을 해야 하니 그러다 보면 종종 말이 얼버무려지곤 합니다. 그렇지만 그것마저도 다 삭제됩니다. 오호, 슬프도다. 『파도소리』에 투고할 수 있으면 보내 드리도록 하겠습니다. 이전에도 뤄푸羅撫라는 이름으로 편지 한 통을 보낸 적이 있습니다. 나중에 광고에서 이 사람을 찾고 있었습니다만 내게 이미 『파도소리』 잡지가 있어서 답신하지 않았습니다.

상황을 보면 중고등학교 졸업생이나 대학생들이 다 『파도소리』를 읽고 이해할 수 있는 것 같지 않습니다. 최근의 학생은 '둔감'해진 이가 꽤 많습니다. 그렇지만 나는 『파도소리』가 이해하기 쉬운 것으로 편집 방침을 바꾸어서 특색을 잃기 바라는 건 결코 아닙니다. 그저 한번 말을 해보는 것일 뿐입니다.

이와 같이 답신드리니 행복하시기를 기원합니다.

6월 3일 밤, 루쉰 드림

주)_____

1) 『서우창 전집』(守常全集)을 가리킨다.

330607 리례원에게

례원 선생

보내 주신 서신은 잘 받았습니다. 정말 감사합니다.

밤에 이런 글 두 편을 썼습니다.[1] 좀 유들유들하고 무료하지만 그 때문에 많이 남다릅니다. 괜찮을지 모르겠습니다. 만약 실어도 괜찮다고 생각하면 한번 게재해 보시지요.

이다음에도 이런 유들유들하고 가벼운 어조를 유지할까 싶습니다. 그렇지만 원하는 대로 될 수 있는지 아직 모릅니다. 이와 같이 알려 드리니 행복하시기를 기원합니다.

6월 7일 밤, 쉰 올림

주)_____

1) 「밤의 송가」(夜頌)와 「밀치기」(推)를 가리킨다. 후에 『풍월이야기』(準風月談)에 실렸다.

330618① 야오커에게

신눙 선생

보낸 편지는 삼가 받았습니다. 최근 날씨가 별로 좋지 않아서[1] 길을 나서기가 어려웠습니다. 한동안 칩거를 해야 할 것 같습니다. 그래서 만날 수 없었습니다. 번역문은 선생이 직접 판단하여 결정할 수밖에 없겠습니다. 사진[2]을 한 장 보내 주실 수 있다면 정말 감사합니다.

사실 서양어로 중국 상황을 소개하는 것도 장점이 있습니다. 중국어로 발표하는 것은 최근의 상황을 보면 위험을 초래하기 쉬워서 상세하게 검토하지 않으면 안 됩니다. 이 일은 몇 마디 말로 맺을 수 있는 일이 아니어서 언제 남쪽으로 돌아오셨을 때 내가 여전히 상하이에 있으면서 지금보다 좀 자유로우면 마음껏 이야기하겠습니다.

이와 같이 답신드리니 평안하시기를 기원합니다.

6월 18일 밤, 쉰 올림

330618② 차오쥐런에게

쥐런 선생

서신을 잘 받았습니다. 최근 사건은 사실 겪어 본 적이 없는, 명대 말기보다 더 안 좋은 상황입니다. 그렇지만 교류가 광범위하면서도 지식도 늘어나서 수단도 꽤 면밀하면서 악랄합니다. 그런데 명대 말기에도 일부 사대부는 위충현[1]을 떠받들어 공자묘에 입관시켜 곤룡포와 면류관을 입혔습니다. 지금은 이 정도까지는 아닙니다. 그렇지만 나는 후 공胡公 스즈適之가 당당하게 말하고 있는 것을 보면[2] 그 때문에 뻔뻔하고 부끄럽다는 생각이 듭니다.

어중과 정림[3] 제공에 지금 사람은 이미 도달할 수 없다고 생각합니다. 시대가 다르고 환경 탓으로도 어떻게 할 수 없습니다. 중국의 학술은 새롭게 정리하는 사람이 많아져서 곧 역사와 같이 따로 한 부를 엮어야 합니다. 옛 사람은 우리에게 당대가 얼마나 홍성했고 명대가 얼마나 아름다웠는지 말합니다. 그러나 사실 당대 황실은 오랑캐의 기운이 넘치며 명대는 무뢰한 사내입니다. 이런 물건은 모두 그 화려한 곤룡포를 벗기고 사람의 본모습을 드러내야 합니다. 그래야 청년은 다시 암담해지지 않고 어떻게 된 건지 어리둥절하지 않을 겁니다. 기타 사회사와 예술사, 도박사, 창기사, 필화사……는 모두 아직 착수한 사람이 없습니다. 그렇지만 어떻게 또 착수할 수 있습니까? 지금과 같은 세상에 둑이 무너져 물이 넘치고 비행기가 포탄을 터뜨리는 범위 밖에서 지낸다 하더라도 몇 년 동안 양식을 얻어 집 한가득 책을 채우기란 어렵습니다. 나는 수년 전에 중국 글자체 변천사와 문학사 원고를 각 한 부씩 엮을 계획이 있었습니다. 먼저 자료 정리부터 시작했는데 자료 수집도 쉽지 않은 일이었습니다. 스크랩하는 데도 책이 많이 없어서 도서관에 가서 베끼고 기록합니다. 상하이는 도서관이 없습니다. 만약 있다 하더라도 한 사람이 이렇게 많은 정력과 시간을 갖고 있지 않습니다. 서기書記를 초빙하려 해도 월급을 체불할까 두려워서 지금까지 빈말을 한 셈이 되고 말았습니다. 현재 사람구실을 하는 것이란 때와 상황에 따라서 남에게 좀 도움 되는 일을 하는 정도일 수밖에 없는 것 같습니다. 만약 할 수 없다면 이기적이면서 남에게 해를 끼치지 않는 일을 하는 것이겠지요. 이것도 안 되면 남에게 해를 끼치면서 자기에게 이익이 되는 일을 하는 것입니다. 남에게 해를 끼치고 자신에게도 이익이 되지 않는 일을 나는 반대합니다. 강도가 방화를 하는 것이 그런 예입니다.

지식인 이외에 지금은 작가가 있을 수 없습니다. 고리키는 지식계급 출신이 아니라고 하지만 사실 그가 읽은 책이 적지 않습니다. 중국문자가 이렇게 어려운데 노동자 농민이 어디서부터 읽어야 합니까. 그래서 새로운 문학은 좋은 청년에게 희망을 걸 수 있을 따름입니다. 십여 년 동안 내가 만난 문학청년도 적지 않았는데 괴상망측한 이도 많았습니다. 가장 큰 폐단은 자신이 청년이기 때문에 가장 소중하고 틀리지 않다고 생각하는 것입니다. 그래서 다른 사람에게 할 말이 없을 정도로 반박당해 놓고 그는 청년이기 때문에 당연히 잘못이 있게 마련이므로 이해해 줘야 한다고 말합니다. 그러나 바뀌는 것도 정말 빠릅니다. 삼사 년 동안 서너 번 번복하는 사람이 얼마나 되는지 살펴보십시오.

이전의 사도師道는 실제로도 너무 존엄하여 나는 이에 대해 반감이 좀 있습니다. 나는 스승이 황당하면 반역을 해도 무방하다고 생각합니다. 그렇지만 스승이 죄가 없는데 억울하게 죄를 뒤집어썼을 때 기회다 싶어 돌을 던져 적의 마음에 들면서 자신을 구제해서는 안 됩니다. 타이옌 선생은 나에게 소학을 가르쳤는데[4] 나중에 내가 백화白話를 주장했기 때문에 다시 그를 만날 엄두가 나지 않았습니다. 나중에 그가 투호를 주장하여[5] 마음속으로 남몰래 틀렸다고 생각했지만 국민당이 그의 몇 칸 낡은 집을 몰수했을 때 나는 정말이지 당국에게 눈웃음을 지을 수 없었습니다. 이다음에 만약 뵙게 된다면 여전히 예절을 지키며 매우 공손하게 대할 것입니다. 내가 생각하는 사제의 도는 이 같은 것입니다.

오늘날 청년은 우리 청년시대의 청년보다 더 똑똑합니다. 그렇지만 일부는 눈앞의 이익을 더 중시하는 이도 있어서 자그마한 이익을 위하여

자기 잘못을 남에게 덮어씌우고 함정을 만듭니다. 정말 예상 밖인 사람이 있습니다. 그동안 몸소 겪은 일은 정말 한 마디 말로 다 표현할 수 없습니다. 그렇지만 나는 늘 야수처럼 굽니다. 부상을 입으면 바로 고개를 돌려 풀숲으로 파고 들어가 핏자국을 핥아 없애며 기껏해야 멷 마디 신음 소리를 낼 뿐입니다. 다만 지금 나이가 점점 많아져서 정력이 쇠하고 세상 돌아가는 이치도 더 알게 되어 점점 더 회피하게 됩니다.

자수하는 무리는 따로 논해야 합니다. 다른 나라에 경골한硬漢은 중국보다 더 많습니다. 이는 다른 나라의 과중한 형벌이 중국에 미치지 못하기 때문입니다. 나는 유럽에서 이전에 예수교도를 학살한 기록을 조사한 적이 있는데 그 학살이 정말 중국에 한참 못 미쳤습니다. 죽음이 닥쳐도 의지를 굽히지 않은 사람은 역사적으로 성명 앞에 '세인트'聖라는 글자가 붙여졌습니다. 중국 청년 중에 죽음이 닥쳐도 의지를 굽히지 않은 사람도 늘 있습니다만 모두 밝혀지지 않고 비밀에 부쳐졌습니다. 죽음에 이르는 형벌을 받지 않으려면 친구를 팔지 않으면 안 됩니다. 그리하여 굳건하고 뛰어난 사람 중에 멸망하지 않은 이가 없고 동요하는 자는 점점 더 타락합니다. 이렇게 나가다 중국에는 좋은 사람이란 하나도 없게 될 것입니다. 중국이 결국 망한다면 이 채찍을 쥔 자 때문입니다.

이와 같이 답신합니다. 행복하시기를 기원합니다.

6월 18일 밤, 루쉰 올림

주)_____

1) 위충현(魏忠賢, 1568~1627)은 명대 말기 전제정권의 환관이다. 그는 특무기관인 동창(東廠)을 장악하여 많은 사람을 살해했다. 편지에서 언급한 아첨하는 무리에 대한 언급

에 대해서는 『명사』(明史)의 「위충현전」(魏忠賢傳)을 참고하시오.
2) 관련하여 330301 편지를 참고할 수 있다.
3) 어중(漁仲)은 송대의 사학자인 정초(鄭樵, 1103~1162)를 가리킨다. 『통지』(通志) 등의 저서가 있다. 정림(亭林)은 명말 청초 학자이자 사상가인 고염무(顧炎武, 1613~1682)이다. 저서로 『일지록』(日知錄) 등이 있다.
4) 타이옌(太炎)은 장빙린(章炳麟)이다. 소학(小學)은 문자와 음운, 훈고학 등을 통틀어 가리키는 학문이다.
5) 투호(投壺)는 고대 연회에서 즐기던 오락이다. 쑨촨팡(孫傳芳)이 동남부의 5개 성을 장악하고 있을 때 장타이옌은 쑨촨팡 조직의 관혼상제회 회장을 지냈는데 '투호'의 고대 의식을 부활할 것을 주장한 바 있다. 그렇지만 그해 8월 6일 쑨촨팡이 난징에서 투호의 식을 거행하면서 장타이옌이 주관할 것을 요청했지만 그는 가지 않았다.

330619 자오자비에게

자비 선생

선생의 서신과 보내 주신 『흰 종이와 검은 글자』 책 한 권, 정말 감사드립니다.

지금 증명서 4천 매를 드리니 마땅한 영수증이 하나 있으면 부쳐 주시기 바랍니다. 이와 같이 보고 드리니 평안하시기를 기원합니다.

6월 19일, 루쉰

330620① 린위탕에게[1]

위탕 선생

조금 전에 보내 주신 서찰과 원고가 도착했습니다. 이전에 보낸 서신과 선생님의 타유시(打油詩)[2]는 지금까지 도착하지 않았습니다. 타유시도 기름칠을 하는 마음이 따르게 마련인데 지금은 어떠하신지요. 여러 가지로 압박하여 사람을 숨도 못 쉬게 하고 신음 소리와 고함지르는 것 외에 다른 어떤 것을 할 수 있는지요.

사람들이 입을 열어 말을 좀 하는 것도 못 하게 합니다. 『논어』에서 풍월만을 논하지만 이것도 어려울 듯합니다. 풍월을 읊는 것조차 싫어하는 치들이 있습니다. 천자[3]는 이제 펜도 없이 오직 권총만 갖고 있습니다. 펜대를 잡는 사람은 모두 절로 눈엣가시가 되는 일을 이번 생에서 피할 수가 없습니다. 이와 같이 답신드리니 평안하시기 바랍니다.

6월 20일 밤, 쉰 돈수

존부인 앞에도 이와 같이 안부 여쭙니다.

주)_____

1) 린위탕(林語堂, 1895~1976)은 작가이다. 미국 유학을 했으며 베이징대학, 베이징여자사범대학, 샤먼대학 등에서 교수를 지냈다. 『위쓰』 집필자 중 한 명이다. 1930년대 상하이에서 『논어』(論語)와 『인간세』(人間世), 『우주풍』(宇宙風) 등의 잡지의 주편을 맡았고 '성령'(性靈)과 '유머'(幽黙)를 주장했다.
2) 타유시(打油詩)는 당대 사람인 장이 기름을 따를 때 쓴 시에서 자주 속어를 사용했다고 하는데 이는 해학적이고 때로는 풍자를 품고 있어서 타유시라고 이름 붙여졌다.
3) 천자(天王)는 여기에서는 국민당 당국을 가리킨다.

330620② 석류꽃사

석류꽃예술사[1] 제군

　11일 편지와 『석류꽃』 1기는 오늘 모두 받았습니다. 목판화를 모으는 것은 어려울 것입니다. 목판화는 우편으로 부치는 것이 많이 번거롭기 때문입니다. 게다가 여기에는 백색테러가 성행하고 있습니다. 민권보장을 주장하는 양싱포 선생까지 그저께 암살당했습니다. 소문에 살해 대상자가 아직 십여 명이 더 있다고 합니다. 나도 공개적으로 길을 다닐 수 없어서 다른 사람과 만나 일을 의논하기가 매우 어려운 상황입니다. 그렇지만 소품문을 쓴 게 있으니 부쳐 드리겠습니다.

　타이위안에서 신문예는 아직 개척 단계이므로 작품 수준이 심오하지 않은 것은 당연하고 또 과격할 필요도 없습니다. 이는 상황과 때를 살펴봐야 하는 일입니다. 다른 곳에서 상황을 모르고 회색으로 평가할 수도 있습니다. 그렇지만 아랑곳하지 마시고 절대로 허명을 탐하지 마십시오. 그러면 오히려 출판할 수 없게 될 수 있습니다. 전사戰士는 우선 진영을 지켜야 합니다. 만약 오로지 적진으로 돌격하기만 하면 오히려 전멸당할 수 있습니다. 계획 없는 용기는 진짜 용기가 아닙니다.

　이와 같이 답신드리니 평안하기를 기원합니다.

6월 20일, 루쉰

주)＿＿＿

1) 석류꽃예술사(榴花藝社)는 문학단체이다. 탕허(唐河) 등이 1933년 봄 타이위안(太原)에서 만든 단체이다. 주간 『석류꽃』(榴花)을 발간했다. 제7기까지 내고 출판금지 조치를 당했다.

330625 리샤오펑에게

샤오펑 형

　최근 돈을 받는 데 어려움이 있었습니다. 이다음 『먼 곳에서 온 편시』의 수입인지는 반을 먼저 줘도 됩니다. 그렇지만 부대 조건이 두 가지 있습니다. ①징쑹의 장부를 따로 개설하여 명절 무렵에 남은 금액을 정산해야 한다. ②내가 현금이 필요하여 원고 건으로 다른 곳을 알아볼 때 베이신에서 출판해야 한다는 요구를 제기하지 않는다.

　최근 며칠 동안 수필을 써야 했고 손님이 자주 와서 잡감은 아직 엮지 못했습니다. 아마 빨라도 다음 달 초가 되어야 할 것 같습니다. 이번의 편집 방법은 나의 잡감을 반박하는 글을 각 글 뒤에 덧붙이고 주석을 달아서 이전의 편집 방법보다 더 품이 들 것입니다. 그렇지만 베이신이 인쇄하겠다고 이미 이야기했으니 지엽적인 문제는 없을 것이고 다만 좀 늦고 빠른 것이 차이가 있을 뿐입니다.

　지난번 알아본 아연판은 Pio Baroja[1] 초상이고 작은 네모 칸이고 그 아래에 서명이 있습니다. 하나는 Gorky[2] 초상인데 크로키인데 액자 가장자리에 붉은색으로 된 네모가 있습니다. 그래서 두 사람의 초상 조판은 세 개입니다. 검토하시려면 편할 때 가져가시면 감사드리겠습니다.

6월 25일 밤, 쉰 드림

주)_____

1) 피오 바로하(Pío Baroja, 1872~1956)는 스페인 작가이다.
2) 고리키를 말한다.

330626 왕즈즈에게

즈즈 형

보낸 편지 잘 받았습니다.

책방은 믿을 만하지 못합니다. 그들은 싸구려 옷가게처럼 어떤 옷이 유행하기만 하면 걸어 놓습니다. 상하이도 대체로 이와 같습니다. 대강 맞춰 유지할 수 있으면 그걸로 됐습니다. 마오둔의 원고는 이미 구 형[1]에게 부쳤습니다. 나는 아마 쓰지 못할 것 같습니다.

『10월』의 작가는 동반자로 당연히 전체 국면을 보지 못합니다. 그렇지만 이것도 일면의 실제 상황이며 서술하면 여전히 현재와 장래의 교훈으로 삼을 만합니다. 그래서 이 책의 생명은 아주 깁니다. 책은 거의 기회적이고 맹동적인 것에 불과한 몇 명이 떠들썩한 틈을 타는 것을 그리지만 그중에 마찬가지로 매우 견실한 사람도 있어서 성공할 수 있다는 이야기를 서술하고 있습니다. 아마 어떤 혁명이든 모두 이와 같습니다. 만약 대다수가 견실하고 정확한 사람들이어야 한다고 생각한다면 이는 실현될 수 없는 공상입니다. 사실은 그 다음에 점점 더 명확해질 수밖에 없습니다. 그래서 이 책은 작가의 본국에서 여전히 신판이 많이 나오며 독자도 적지 않다는 것을 알 수 있습니다.

딩링[2] 체포에 대한 항의는 소용이 없습니다. 당국이 항의 따위에 신경이나 쓰겠습니까. 현재 그녀의 생사는 알려져 있지 않습니다. 사실 상하이에서 실종되는 사람은 항상 있습니다만 이름이 알려져 있지 않아서 언급하는 사람이 없을 뿐입니다. 양싱포도 딩링 구출에 열심인 사람 중에 한 명이었습니다만 암살당했습니다. 이 일도 흐지부지하게 처리될 게 틀림없습니다. 무슨 명문화된 법령과 체포와 같은 것들은 모두 사람을 속이는 수작입니다. 같은 방법으로 처리하려는 사람이 14명 더 있다는 소문을 들었습니다.

『낙화집』[3] 출판 건은 친구에게 부탁하여 간접적으로 전했습니다. 나는 이 서점과 잘 알지 못하여 출판 일도 문의하지 않았습니다. 서문을 여전히 내가 쓰지 않는 것이 낫다고 생각합니다. 여기의 발바리는 눈이 없어서 내용에 상관없이 내 이름만 보면 미친 듯이 짖어대어 내가 글을 쓰면 오히려 본서에 해를 끼칠 것입니다.

나는 사람 만나는 일이 많이 줄어들어 구직을 알아보기가 힘듭니다. 현재는 문을 나설 수 없어서 종일 집에 있습니다. 『먼 곳에서 온 편지』 한 권은 이미 출판사에 부탁하여 부쳤습니다.

이와 같이 답신드리며 평안하시기를 기원합니다.

6월 26일 밤, 위 드림

『연표』에 틀린 곳이 적지 않습니다. 원래 틀린 곳이 있고(가령 나의 조부는 한림이었을 뿐인데 작가는 '한림원 대학사'라고 했으니 차이가 큽니다) 번역하면서 틀린 곳도 있습니다(대략 두세 군데). 이와 같이 덧붙입니다.

주)_____

1) 구 형(谷兄)은 구완촨(谷萬川, 1905~1970)을 가리킨다. 베이핑의 '좌련' 성원이었다. 당시 베이징사범대학 학생이었으며 『문학잡지』 편집자 중 한 명이었다.
2) 딩링(丁玲, 1904~1986)의 원래 이름은 장빙즈(蔣氷之)로 여성 작가이다. '좌련' 성원이며 『북두』(北斗) 주편을 맡았다. 저서로 단편소설집 『어둠 속에서』(在黑暗中)와 중편소설 『물』(水) 등이 있다.
3) 『낙화집』(落花集)의 원래 제목은 『혈루영웅』(血淚英雄)이다. 왕즈즈가 쓴 책을 1929년 베이핑 동방서점에서 출판했다. 나중에 작가는 책 속의 역사극 「혈루영웅」을 빼고 소설 5편과 시 2편을 남겨서 『낙화집』으로 제목을 바꿨다. 루쉰이 교정을 봤지만 나중에 출판할 수 없었다.

330628 타이징능에게

징눙 형

조금 전에 6월 22일 보낸 서신을 받았습니다. 5월 초 편지와 사진은 벌써 받았는데 분주한 때여서 아직 삼가 알려 드리지 못했습니다.

상하이의 분위기는 아주 나쁩니다. 걱정해 주셔서 정말 감사드립니다. 전염병도 대유행했지만 저는 위험한 나라에서 나고 자라면서 나이도 대연[1]을 넘어 천재와 인재도 많이 겪었습니다. 삶에 여한이 없으며 죽음에도 두려움이 없습니다. 곧 내게 아름다운 옥을 주더라도 여전히 이렇게 필묵을 놀릴 참입니다. 오랜 마음과 낡은 습관을 고칠 수 없습니다. 다만 초봄과 비교하면 스스로 알아서 섭생하고 있을 뿐입니다.

카이밍의 첫번째 돈은 오래전에 계약대로 받아 문제가 없습니다. 지霽 형은 전에 문의하는 서신을 보낸 적이 있는데 그의 연락처를 분실하여 답신할 수 없으니 전달하여 알려 주시기 바랍니다. 두번째에 대해서는 아직 소식이 없습니다.

리런 선생의 대작[2]을 한 권 보내 주어 읽었는데 멍멍하여 슬프면서 또 처연했습니다. 어제의 시인은 원래 꿈꾸는 사람이 되었고 오늘 세상사를 논하는 것은 술에 취해 의식이 흐릿한 것과 같습니다. 시인은 원래 열기 속에 있어야 하지만 정계와 관계의 바다에 마음이 쏠리게 되면 여기에 빠져 버립니다. 리런은 이미 구제할 수 없습니다. 만약 쑤위안이 살아 있다면 이 정도에 이르지는 않았겠지만 이 또한 장담하기 어려운 일입니다.

이와 같이 답신드리니 평안하시기를 기원합니다.

6월 28일 저녁, 위 올림

주)_____

1) 대연(大衍)은 오십 세를 가리킨다.『주역』(周易)에 나오는 말이다.
2) 리런(立人)은 웨이충우(韋叢蕪)이다. 웨이충우의 기억에 따르면 그가 난징에서 자비로
   출판한『합작동맹』(合作同盟)을 가리킨다. 당시 십여 부만 나눠서 보냈고 대외적으로
   발행하지 않았다.

330706 뤄칭전에게[1]

칭전 선생

편지와 목판화집을 보내 주셔서 정말 감사드립니다.

무람없이 비평하는 것을 허락해 주신다면 저의 의견은 「예금인출」儲兌과 「짐 내리는 노동자」起卸工人가 가장 좋다고 생각합니다. 그렇지만 결점도 있습니다. 전자는 확실히 은행이 도드라지지 않으며 후자는 담 아래의 풀과 하늘의 구름이 전체 구도와 어울리지 않습니다. 가장 실패한 것은 「쑹장공원」淞江公園 연못의 파문을 꼽아야 할 것 같습니다.

중국에서 목판화를 제창한 지 얼마 되지 않아서 볼만한 참고할 작품이 없는 것이 정말 공부하는 사람을 힘들게 합니다. 최근 문학출판사와 의논하여 매호마다 현대목판화 6폭을 인쇄하기 바란다고 했는데 아직 답을 얻지 못했습니다.

위와 같이 회답드리니 평안하시기를 기원합니다.

7월 6일 밤, 루쉰 올림

1) 뤄칭전(羅淸楨, 1905~1942)은 목판화가이다. 당시 광둥 메이현(梅縣)의 쑹커우(松口) 중고등학교에서 교사를 지냈다. 작품으로 『칭전목판화』(淸楨木版畵) 등이 있다.

330708 리례원에게

례원 선생

선생의 서신을 받았습니다. 원래부터 『시사신보』를 보지 않아서 오늘 아침에야 찾아서 한번 읽어 봤습니다. 또 탕쩡양의 공지가 있고 역시 쩡모를 공격하고 있었습니다.[1] 이 무리 가운데 작은 사건이 있으며 추이완추까지 포함된 것 같지만 국외자는 알 수 없을 뿐입니다.[2]

나는 중국의 신문학가들과 교제한 지 십 년이 넘었는데 괴상한 이가 많다고 생각합니다. 떠돌다가 상하이에 몰려온 이들이 특히 괴상합니다. 소문을 날조하고 사건을 만들고 사람을 해치고 친구를 팔아넘기는 일을 예사로 여기는 것 같습니다. 가장 두려운 것은 걸핏하면 당신의 목숨을 요구하는 것입니다. 그렇지만 이런 무리를 만나면 첫째로 중요한 것은 분노를 경계해야 한다는 것입니다. 그들을 겨눠 상대할 필요는 없고 그저 일소에 부치면서 천천히 돌진하는 겁니다. 우리 고향의 저열한 무뢰한 하나는 사람들과 싸울 때 똥 빗자루를 잘 사용했는데 이는 용사도 뒷걸음질치게 했습니다. 장쯔핑 공[3]의 전법도 실은 이와 같은 종류입니다. 「자유담」에 발표한 몇 편의 비평은 너무 충직하고 온후합니다.

글 한 편을 덧붙여 드리니 사용할 수 있는지 여부는 참작하여 결정하시기 바랍니다. 곧 한 편을 더 쓰고 있는데 장 공의 공지 중 "나는 앉아서 이름을 바꾸지 않고 길에서 성을 바꾸지 않는 사람이다. 설령 다른 필명을 사용할 때가 있다 하더라도 발표한 글은 모두 스스로 책임을 진다"라는 몇 글자도 여전히 글로 쓸 대목이 있습니다.

위와 같이 답신드리니 평안하시기를 기원합니다.

7월 8일, 자간 돈수

주)_____

1) 탕쩡양(湯增敭, 1908~?)은 당시 문학청년으로 '민족주의문학'을 권장하는 반월간지 『들풀』(野草)의 편집자 중 한 명이었다. 쩡모는 쩡진커(曾今可, 1901~1971)이다. 당시 상하이에서 신시대서국(新時代書局)을 만들고 월간 『신시대』와 반월간 『문예좌담』, 주간 『문예의 벗』(文藝之友) 등을 발간했다.
2) 작은 사건이란 쩡진커, 추이완추, 탕쩡양 사이에 발생한 분규를 말한다. 관련하여 『거짓자유서』의 「후기」를 참고하시오. 추이완추(崔萬秋, 1908~?)는 당시 『다완바오』에서 발간한 문예부간 「횃불」(火炬)의 주편이었다.
3) 장쯔핑(張資平, 1893~1959)은 작가이다. 창조사 성원이다.

330711① 차오쥐런에게

쥐런 선생

양싱포의 뒤를 이어서 죽일 사람 명단은 확실히 있습니다. 그렇지만 펜을 가지고 노는 무리 가운데 이름을 여기에 올린 사람은 실제로 예닐곱 명밖에 되지 않는데도 세상이 시끄럽습니다. 매우 놀라고 혼란스러워하며 죽을까 봐 두려워하는 지식인이 이들 가운데 절반이 됩니다. 죽음을 두려워하는 것도 일종의 지식일 따름입니다. 공자는 지명^{知命}이란 위험한 담장 아래에 서지 않는 것이라고 말했습니다. 그리고 약간의 문인 등에(고본에서는 맹㤨이라고 씁니다)가 기회를 틈타 소문을 날조하여 이 때문에 여기저기에서 놀란 자도 절반입니다. 불이야, 라는 소리가 나자 모두 이리저리 몰려들어 대문을 막아 밟혀 죽은 사람이 수십 명이었던 일이 과거에 있었습니다. 그러나 지금 한 사람도 밟혀 죽지 않았는데 이는 지식계급인 탓입니다. 과장하는 것이 꼴불견이라고 할 만하잖습니까.

『파도소리』가 지금까지 존재하는 것은 정말 이상한 것 같습니다. 글이 간략하고 뜻을 드러내지 않아 모두에게 이해되지 않아서 탐정들도 풀어내지 못했기 때문이라 생각합니다. 8월의 탄신일을 기념하여 이런 뜻으로 축사를 좀 썼습니다.

최근에는 잡감을 좀 썼을 뿐입니다. 이것도 이른바 말을 늘어놓은 것에 불과한데 모두 일찌감치 출판사에서 계약해 갔습니다. 그 밖에 진 글빚도 아직 많이 남아 있는데 수가 생각나지 않아서 다른 날을 기다릴 수밖에 없습니다.

이와 같이 답신드리니 평안하시기를 기원합니다.

7월 11일, 루쉰 올림

330711② 어머니께

어머니의 슬하에서 삼가 아룁니다. 7월 4일의 편지는 이미 받았습니다. 전에 보내신 편지도 받았습니다. 집에 별문제가 없습니다. 정말 좋습니다. 사실 현재 생활의 어려움은 집안 역대의 생활방법으로 봐도 중상

수준이라 할 수 있습니다. 만약 여전히 서로 이해하지 못하고 작은 일로 깜짝 놀란다면 정말 힘들게 됩니다. 지금 이미 한 명을 고용하여 전문적으로 시중을 드니 이렇게 한번 시도해 보시고 다시 생각해 보면 됩니다. 아들은 모든 것이 평소와 같습니다. 그렇지만 평소에 말을 많이 하면서 예의를 하나도 차리지 않아서 원한을 품은 자가 꽤 됩니다. 지금은 많이 외출하지 않고 집에서 책을 보며 지냅니다. 그렇지만 여전히 글도 씁니다. 이는 밥벌이에 필요해서 그만둘 수가 없습니다. 그렇지만 이 때문에 또한 위험을 겪게 되니 정말 어쩔 수가 없습니다. 하이마는 바쁘지만 이전처럼 평안하니 멀리서 걱정하지 않으셔도 됩니다. 하이잉은 더 자랐는데 턱이 책상보다 높습니다. 집을 이사 가서 자주 안마당에서 놀거나 들에도 나가서 건강도 이전보다 좀더 좋아졌습니다. 할 줄 아는 말도 많습니다. 가끔 멋대로 하려 들 때가 있지만 그래도 어른의 말을 들을 줄 압니다. 사람들이 아이가 너무 똑똑하고 순박한 게 모자란다고 말합니다. 아들은 이게 자주 어른과 같이 있고 친구들과 어울리지 않아서 보고 듣고 익숙하고 아는 일이 많아진 탓이라고 생각합니다. 가을에 서늘해지면 아이를 유치원에 보낼 생각입니다. 상하이는 최근 며칠 많이 더웠습니다. 실내에서는 90도가 됐습니다. 그렇지만 며칠 지나면 선선해질 것입니다. 이와 같이 알려 드리니 평안하시기 삼가 바랍니다.

7월 11일, 아들 수 절을 올립니다

광핑과 하이잉도 같이 절을 올립니다

330714 리례원에게

례원 선생

어제 긴 편지를 받은 뒤 급하게 답신을 드렸는데 이미 도착했으리라 생각합니다. 『다완바오』는 나와 묵은 원한이 있는데 일단 논하지 않겠습니다. 가장 나쁜 짓은 내 원고가 「자유담」에 발표할 수 없게 됐을 때 그들이 신나서 많이 조소했던 일입니다. 나중에 한편으로 류쓰柳絲(곧 양춘런楊邨人)의 『신유림외사』新儒林外史를 게재하면서 다른 한편으로 추이완추 군이 내게 편지를 보내 반박할 것이 있으면 실어 주겠다고 말했습니다. 「횃불」을 살릴 의도였기에 인정을 봐서 용서하지만 사람을 너무 저능한 걸로 내려 봤다는 인상을 지울 수 없습니다. 이번에도 같은 술수를 쓰니 여전히 그들과 엮이고 싶지 않습니다.

쩡 도련님[1]은 정말 너무 나약하고 공지는 더 웃깁니다. 문단이 더러워서 나간다고 하는데 이는 그야말로 『이솝우화』에서 여우가 포도를 먹지 못하자 포도가 시다고 비난한 것과 같은 방법입니다. 그렇지만 그는 다시 돌아올 것입니다. 중국인은 잘 잊어서 반년이 지나면 다시 의연히 순정한 문학가가 됩니다. 장 공[2]은 술수를 만 배나 더 잘 씁니다. 맹렬하게 공격하더라도 절대로 넘어지지 않습니다. 다른 방법이 아주 많고 마음대로 변화하는데 최근 4년 동안에 갑자기 프롤레타리아를 주장했다가 또 갑자기 민주였다 또다시 민족으로 바뀝니다. 그러나 사람들의 기억 속에서 이렇게 바꾸고 뒤집는 것이 그들에게 무슨 손해가 있겠습니까. 문인 전사는 모두 펜을 써야 승패의 구분이 있습니다. 다른 한편에서 음모를 꾸며 쓴다면 전투가 되지 않지요. 그런데 똥 빗자루만을 갖고 있으니 말이 됩니까. 그런데 이 공은 실제로 길이 거의 다 끊긴 상태입니다. 이다음에 발바리와 무뢰한의 분위기를 갖고 가지 않으면 잡지(문학이 아니라 잡지에서입니다) 의 생명을 다시 있게 할 수 없을 것입니다.

편집을 하다 보면 모욕을 겪게 마련이지만 '오기'에서, 더 나아가 독자에 대한 공헌이라는 관점에서 보자면 이는 참을 수밖에 없습니다. 병화로운 것도 방법이지만 여전히 공격을 피할 수 없습니다. 공격은 내용과는 사실 아무런 관계도 없기 때문입니다. 신문학가는 대개 '천재' 기운이 있어서 성격이 대단한데 상하이와 베이징 모두 그렇습니다. 그렇지만 상하이 사람은 여기에 더하여 구차하고 반질반질하여서 진지하게 편집하다 보면 꼭 응대하느라 고생하게 됩니다. 나는 베이징에서 편집자를 하나 만났는데 이 사람도 신문학가新文人였습니다. 그는 원고가 높이 쌓여 있어도 한번 살펴보지 않고 또 비난하는 편지가 쇄도해도 이상하게 여기지 않았습니다. 시간이 오래 지나자 투고자도 방법이 없어 모두 패배하여 원한이 극한에 달했습니다. 그저 가끔 편지를 보내서 편지지에 생식기를 그리고 위에 이 공의 이름을 제목으로 붙일 따름이었습니다. 이런 전법은 신기했지만 우리 무리가 따라 배울 수 없는 것이지요.

원고 한 편을 첨부하니 쓸 수 있을지 여부는 여전히 보고 결정해 주시기 바랍니다. 이와 같으니 평안한 여름 보내시기 바랍니다.

7월 14일, 간 돈수

주)_____

1) 쩡진커를 가리킨다. 관련하여 330708 편지를 참고하시오.
2) 장 공(張公)은 장쯔핑이다. 이에 대하여 330708 편지를 참고할 수 있다. 1928년 창조사가 혁명문학을 제창할 때 그는 일본의 프롤레타리아 계급 문학작품을 번역하고 러췬서점(樂群書店)을 만들어 『러췬』 월간지를 발간하며 '방향을 전환했다'고 자칭했다. 1930년대 초 국민당 당국이 이른바 '삼민주의'(三民主義) 문학을 제창하자 장은 다시 '민주주의문학'과 '민족주의문학'을 지지했다.

330718① 뤄칭전에게

칭전 선생

앞뒤로 편지 두 통을 모두 받았습니다. 두번째 편지 안에는 목판화 다섯 점이 들어 있었습니다. 고맙습니다.

선생님 제자들의 작품[1]은 매우 희망적입니다. 「늦은 귀가」晚歸가 제일 좋고 「귀로」歸途가 그 다음으로 좋습니다. 각각 결점이 있지만(가령 장작을 진 사람은 힘이 없는데 장작다발은 너무 작습니다. 후자는 원근 비례에 따르면 집은 너무 작고 나무도 너무 어색합니다) 다 생기가 있습니다. 「짐을 멘 사람」挑擔者도 마찬가지로 좋은데 다만 멜대가 곡선이 아니며 아래 구석이 너무 검은 점이 아쉽습니다. 「장교의 동반자」軍官的伴侶에서 세 사람은 모두 한쪽 발을 보고 있는데 어떤 의미가 있는지요. 「노동절 기념」五一記念은 오히려 실패작입니다. 아마 이런 종류의 복잡한 도상은 처음 배울 때는 잘 할 수 있는 것이 아닌가 봅니다. 얼굴은 부드럽고 주먹은 너무 커서 많이 어색합니다. 이런 화법은 상징으로만 사용할 수 있나 봅니다. 갑자기 마음 가는 대로 그린 것이겠지만 신중하지 않으면 바로 사람들에게 기형적이라는 느낌을 주기 쉽습니다. 좋은 실력이 뒷받침되지 않고 가볍게 그려서는 안 됩니다.

나는 어려서 목판화를 배울 때 소재는 한껏 자유롭게 선택하게 놔둬야 한다고 생각합니다. 풍경과 정물, 벌레와 물고기, 곧 꽃 한 송이 이파리 하나도 다 가능합니다. 많이 관찰하고 기교에 익숙해지면 그 다음에 점점 큰 그림을 그려야 합니다. 배우자마자 바로 대작을 그려서는 안 되며 작품에 깊은 뜻을 담으려 해야 감상자에게 효력이 발생합니다. 만약 이렇게 한다면 곧 우격다짐으로 제작하면 윤곽만 남기고 의미를 전달하지 못하며 무력한 폐단만 있게 됩니다. 결과적으로 바라는 것과 완전히 반대가 될 것입니다.

이와 같이 답신드리니 늘 평안하시기를 기원합니다.

7월 18일 밤, 루쉰 올림

주)_____

1) 뤄칭전이 메이현의 쑹커우중고등학교에서 교사로 재직할 때 그의 학생인 량이칭(梁宜慶), 구윈장(古雲章), 천룽성(陳榮生), 천루산(陳汝山), S. F가 제작한 목판화 다섯 점을 가리킨다. 이 작품들은 나중에 루쉰이 추천하여 프랑스에서 개최된 '혁명적인 중국의 신예술 전람회'에 출품됐다.

330718② 스저춘에게

저춘 선생

10일 보내 주신 서신을 오늘에야 받았습니다.

최근 많이 더운 데다 사는 곳에 모기가 많아 거의 제대로 편히 앉아 있을 수 없습니다. 글 빚도 적잖게 쌓여 있습니다. 이 때문에 이번 달에는 아마 투고하지 못할 것 같습니다. 다음 달에 날이 좀 선선해지면 가르침을 받도록 하겠습니다.

이와 같이 답신드리니 평안하시기 바랍니다.

7월 18일 밤, 쉰 올림

330722 리례원에게

례원 선생

아침에 원고 하나를 부쳤는데 이미 도착했으리라 생각합니다. 오후에 21일 보낸 편지를 받아서 여러 가지를 알게 됐습니다.

「자유담」에서 최근 논한 두 가지 일에 관해서 나는 밝힐 의견이 없습니다. 그렇지만 이 두 가지 문제는 범위가 너무 협소하여 일반 독자가 먼저 보려고 하지 않을 것 같습니다. 특히 표절 문제는 두 차례나 되풀이했는데도 이해되지 않습니다. 또다시 이들 무리를 위해 지면을 낭비하는 것은 의미가 없습니다. 이후의 글은 너무 전문적이지 않은 것을 선택해야 하고 논제도 변화가 있어야 좋을 것 같습니다.

나의 생각은 잡지를 발행해서는 안 된다는 것입니다. 첫째는 원고 건입니다. 창간 초기는 대개 힘들지 않지만 나중에 반드시 줄어들며 투고해도 사용할 수 없는 경우가 종종 있습니다. 그때 편집자는 무거운 수레를 밀고 가파른 비탈을 올라가는 것같이 전진하기도 힘들고 손을 놓기도 어렵게 됩니다. 이전에 이 같은 고통을 여러 번 겪어서 이제는 깨닫고 절대로 이 일을 하지 않기로 했습니다. 참고하시라고 써 봅니다. 둘째는 유지하는 일입니다. 「자유담」은 『선바오』의 일부에 지나지 않기 때문에 문인 등에게 미움을 사도 이 정도로 비방당할 뿐입니다. 만약 독립 잡지라면 소문이 날조되고 중상모략과 출판금지나 무고당하여 중죄에 몰리는 일은 이들 패거리에게는 손바닥 뒤집듯이 하기 쉬운 일입니다.

날씨가 더워지고 모기가 많아져 편안하게 앉아 있을 수 없는데 이전에 글 빚을 겨서 많이들 독촉을 합니다. 그래서 지금 곤란한 상황입니다. 대략 돈을 배상해야 할 때 투고하도록 하겠습니다.

이와 같이 답신드리며 여름 잘 보내시기 바랍니다.

7월 22일, 간 돈수

330729 리례원에게

례원 선생

우연히 잡감 한 꼭지를 써서 첨부하여 보내 드립니다. 제목이 너무 눈에 띄면 「선선한 아침에 떠오른 생각」[1]으로 바꿉시다.

선생의 서신을 잘 받았습니다. 명대 말기에는 정말 소문으로 사람이 죽는 화를 당하는 일도 있었습니다. 그렇지만 지금 이들 작은 등에 떼는 사람에게 해를 끼치는 것이 이렇게까지 지독하지는 않습니다. 그저 사람의 화를 돋울 뿐입니다. 화가 나지 않도록 수련이 쌓인다면 편집을 해도 그렇게 힘들다고 느끼지 않습니다. 수련하지 않으면 안 됩니다.

이와 같이 알려 드리니 평안하시기 바랍니다.

7월 29일, 간 드림

아직 장편은 써 본 적이 없는데 한번 시도해 보는 것도 어렵습니다. 쉬안[2] 선생도 써 본 적이 없을 것 같습니다. 사실 번역도 좋습니다. 『홍당무』[3] 는 실제로 단궈쑨[4] 선생의 작품보다 낫습니다. 같은 날에 추신합니다.

주)_____

1) 원문은 「晨涼漫記」이다. 나중에 『풍월이야기』(準風月談)에 수록됐다.

2) 쉬안(玄)은 선옌빙(沈雁氷)을 가리킨다.

3) 『홍당무』는 프랑스 작가 쥘 르나르(Jules Renard, 1864~1910)가 쓴 소설이다. 중국에서
   는 린취(林取; 리례원)가 1933년 4월『선바오』의「자유담」에 연재했고 1934년 10월 상
   하이 생활서점에서 출판됐다.

4) 단귀쑨(澹果孫)은 곧 리원(李允, 1886~1969)이다. 필명은 칭야(靑崖)와 단귀쑨이 있으며
   번역가이다. 초기 문학연구회 성원 중 한 명이다. 대표 역서로『모파상 단편소설전집』
   등이 있다.

330801① 뤼펑쭌에게[1]

펑쭌 선생

보내 주신 서신과 알려 주신 것 여러 가지에 대해 매우 감사드립니다.

『10월』에서 나는 장과 절을 삭제하지 않았습니다. 인쇄본에서 누락
된 것은 내가 번역하면서 빠뜨린 것인지 아니면 조판할 때 빠진 것인지 확
정하기 어렵습니다.『오래된 집』에 관해서는 솔로구프의 작품이 맞습니
다. 후기에서 안드레예프라고 쓴 것은 나의 오기(誤記)입니다.

『하루의 일』은 재판이 이미 나와서 지적해 준 곳은 3판을 찍을 때 수
정할 수밖에 없습니다.

징화가 번역한 그 글은 제목이「화원」(花園)입니다. 나는 인쇄본만 본 게
기억나서『담배쌈지』에 있다고 썼는데 지금도 갖고 있지 않습니다. 그건
아마『웨이밍』(웨이밍사 잡지인데 지금은 발간하지 않습니다)에 있을 것 같
은데 곁에 책이 없어서 확실하지는 않습니다.

이와 같이 답신드리며 늘 평안하시기를 기원합니다.

8월 1일, 루쉰 올림

주)_____

1) 뤼펑쥔(呂蓬尊, 1899~1944)의 본명은 사오탕(劭棠)이며 젠자이(漸齋)라고도 한다. 당시 초등학교 교사였다.

330801② 허자쥔, 천치샤에게[1]

자전
치샤 선생

보낸 편지를 받았습니다. 연환도화連環圖畵는 매우 중요하지만 내게 소개할 만한 자료가 없습니다. 나는 그냥 개인적인 의견을 조금 말할 수밖에 없습니다.

첫째, 재료는 중국 역사에서 취해야 합니다. 인물은 대중이 알고 있는 인물이지만 사적事跡은 수정해도 괜찮습니다. 구소설도 좋습니다. 가령 『백사전』白蛇傳(일명 『의요전』義妖傳)은 아주 좋습니다. 그렇지만 몇 군데는 첨가해야 하고(가령 백절불굴의 용기) 일부는 삭제해야 합니다(가령 개인의 은혜를 갚는 것과 자신을 위해 금산金山에 물을 채운 일 등).

둘째, 화법은 중국의 구법을 사용합니다. 화선지와 구소설의 수상,[2] 오우여[3]의 화보를 모두 참고하여 장점을 취하고 단점을 개선하도록 하십시오. 현재 유행하는 인상파 화법과 같은 것을 사용해서는 안 되고 명암을 중시하는 목판화를 사용해서도 안 됩니다. 소묘(선화)로 하는 것이 적당합니다. 요컨대 예술 감상 훈련을 하나도 받지 않은 사람도 보고 알 수 있고 또 일목요연하게 이해할 수 있는 것이 적당합니다.

그리고 또 주목해야 할 것은 지식계급이 예술을 하지 않으면서 대중이 여전히 이해할 수 없다고 생각하는(그래서 감상해서는 안 된다는) 막다른 길로 가서는 안 된다는 점입니다.

　　이와 같이 회신하며 늘 평안하시기를 기원합니다.

　　　　　　　　　　　　　　　　　　　　8월 1일, 루쉰 드림

주)_____

1) 허자쥔(何家駿)은 곧 웨이멍커(魏猛克, 1911~1984)로 좌련 성원이다. 천치샤(陳企霞, 1913~1988)는 당시 상하이의 『무명』(無名) 잡지의 편집자 중 한 명이다.
2) 수상(繡像)은 명청 이래 통속소설 권두에 붙은 책 속 인물을 백묘법으로 그린 화상을 말한다.
3) 오우여(吳友如, ?~약 1893)는 청말 화가이다. 여기의 '화보'는 곧 『점석재화보』(點石齋畫報)를 말한다. 순간이다. 『선바오』에 붙여 발행한 석판화보로 1884년에 창간하였고 1898년에 폐간됐다. 상하이 선바오관 부설의 점석재석인(石印)서국에서 출판하고 오우여가 주편을 맡았다.

330801③ 후진쉬에게[1]

진쉬 선생

　　당신이 내게 7월 3일 보낸 편지를 나는 8월 1일에 받았습니다. 나는 지금 연락조차도 편하지 않은 상황입니다.

　　당신은 내가 최근 2, 3년 동안 목소리가 낮았고 숨어 지냈다고 말합니다. 그런데 이것은 정확하지 않습니다. 사실은 아마 정반대일 것입니다. 그렇지만 환경이 이전과 달라서 나는 이름을 바꿔야 글을 발표할 수 있고 이것까지도 발바리에게 밀고당합니다. 만약 "아프지도 가렵지도 않으면서도 죽을 듯이 아프고 가려운" 글이 아니었다면 당신도 보지 못했을 것이라고 생각합니다. 『삼한집』 뒤에 또 『이심집』이 있는데 읽어 보셨는지 모르겠습니다. 이것은 그런대로 괜찮을 겁니다.

『삼한집』에서 말한 비난[2]은 사실입니다. 다른 곳은 모르겠지만 상하이는 확실히 있습니다. 물론 이는 일부입니다만 우리 집에 사는 학생까지 이 일로 나를 증오합니다. 우리 집에 살고 있어서 그의 친구들이 자신을 얕본다고 그는 말합니다. 내가 회피하려는 것이 절대로 과한 것이 아닌 것이지요. 나는 지금까지도 여전히 과도하지 않았다고 생각합니다. 설사 올해 쩡진커와 같은 급으로 떨어졌다 할지라도 내가 한 말을 후회한 적이 한 번도 없습니다.

좋은 청년은 물론 있습니다. 나는 그들이 위험을 겪는 것도 직접 봤고 고생을 하는 것도 봤습니다. 만약 이들이 없었다면 나는 정말 "쉬엄쉬엄 짊어졌"을 것입니다. 지금 하는 것은 그저 따분한 일이지만 사람에게는 그 사람만의 본령이라는 것이 있어 일부는 필요하지 않는 것이 일부에게는 필요하다고 생각할 수 있습니다. 게다가 두 손은 이런 일들을 할 수밖에 없습니다. 학술적인 글은 참고서가 필요하고 소설도 각지로 돌아다니고 살펴봐야 합니다. 그렇지만 지금 내가 처한 처지는 모두 불가능합니다.

나는 당신이 내게 희망을 걸어 줘서 정말 감사드립니다. 능력이 닿는 대로 나는 당연히 일을 하고 싶습니다. 그렇지만 상황이 다르고 저간의 사정을 알 수 없어서 당신의 편지에서 말한 대목에서 많은 부분은 인정할 수 없습니다. 이는 그 상황에 처해야 알 수 있는 것으로 펜으로 바로 분명하게 말하기 어렵습니다. 그렇지만 분명하게 말할 필요도 없으니 이것으로 갈음하겠습니다.

이와 같이 답신하니 전진하시기를 기원합니다.

8월 1일 밤, 쉰 드림

주)_____

1) 후진쉬(胡今虛, 1915~2002)는 당시 원저우(溫州)에서 신문편집 일을 하고 있었다.

2) 창조사와 태양사 및 신월사의 일부가 작가에 대해 비판하고 공격한 일을 가리킨다. 『삼한집』의 「서언」을 참고하시오. 아래에서 말한 학생은 랴오리어(廖立峨)이다. 271021 편지를 참고할 수 있다.

330801④ 과학신문사

편집자 선생님

　오늘 『과학신문』 3호를 읽었습니다. 마오둔이 체포됐다는 소식은 정확한 소식이 아닙니다. 그는 암살자 명단에 들어가 있지만 지금까지 아무 일이 없습니다.

　이 소식은 최초에 『미언』微言에 실렸는데 이는 익명의 발바리가 창간한 잡지로 루머 생산을 전문으로 하는 잡지입니다. 아직 일이 있기 전에 소문을 만들어서 정말로 체포되고 암살될 때는 그것들은 아무 소리도 못내게 합니다. 그런데 이런 소문 날조는 사실을 뒤섞는 작용을 하기도 합니다. 진상을 잘 모르는 사람은 쉽게 속습니다.

　마오둔에 관심이 있는 사람은 베이핑에도 아마 적잖을 것이어서 나는 한 번 정정해야 한다고 생각합니다. 딩링에 대해서는 아무 소식이 없습니다. 내 관측으로 이미 체포된 것 같습니다. 일부 잡지는 그녀에 대한 소문을 여전히 많이 만들어 내고 있습니다. 이들은 정말 축생보다 못합니다.

　　　　　　　　　　　　　　　　　　　8월 1일 밤, 루쉰 드림

330803 리례원에게

례원 선생

7월 31일 편지를 받고 또 한참 생각을 했으나 결국 안 되겠다는 생각이 들었습니다. 이렇게 하면 장쯔핑의 원고료를 뺏는 모양새가 됩니다. 게다가 가장 큰 원인은 내가 한동안 쓸 수 없는 상황이라는 점입니다. 내 생활은 한편으로 활동할 수가 없어서 감방에 연금된 것과 비슷합니다. 그렇지만 다른 한편으로 잡다한 일도 아주 많아서 매달에 한 번씩 갈무리하여 시간을 내볼 참입니다만 아무래도 매달마다 온전하게 여가를 낼 수는 없을 것 같습니다. 잡감을 쓰는 것은 괜찮습니다. 소재가 있으면 바로 쓰고 없으면 놔둡니다. 그렇지만 연속적인 소설은 정말 어렵습니다. 최소한 연재하지 않으면 안 됩니다. 만약 원고를 부칠 수 없으면 아주 초조해집니다.

소설은 나도 여전히 쓰고 싶습니다만 지금은 안 될 것 같습니다. 뿐만 아니라 제일 좋은 것은 전체 원고가 나온 다음에 연재를 시작하는 것입니다. 그렇지만 최근 며칠 안에는 아무래도 쓸 수 없을 것 같습니다.

이에 답신드리니 평안하시기 바랍니다.

8월 3일, 간 돈수

330804 자오자비에게

자비 선생

1일 선생의 서신을 나는 4일에야 받았습니다.

번역문은 시간에 맞춰서 드릴 수 없을 것 같습니다. 날씨는 덥고 눈도 침침한 데다 좋은 사전이 없어서 되돌려 드릴 수밖에 없게 됐습니다. 정말 죄송합니다. 서문은 조사할 필요가 없어서 그럭저럭 썼습니다. 그렇지만 6호 발간 시간에 맞출 수는 없습니다. 내가 쓰게 되면 한번 살펴보십시오. 시간에 댈 수 있으면 사용하고 시간에 댈 수 없으면 놔둬도 됩니다.

책 두 권을 먼저 되돌려 드립니다. 그 한 권은 내게 있습니다.

이와 같이 답신드리니 평안하시기 바랍니다.

8월 4일, 쉰 드림

330807 자오자비에게

자비 선생

『어느 한 사람의 수난』을 위해 서문을 좀 썼습니다. 이 글을 일단 부쳐 드리니 쓰기 적합지 않거나 너무 늦었으면 버려 주시기 바랍니다. 내가 한번 읽어 봐도 너무 대충대충 쓴 것 같기 때문입니다.

이와 같이 알려 드리니 평안하시기 바랍니다.

8월 7일, 쉰 올림

330809 리지예에게

지예 형

편지와 돈을 오늘 받았습니다.

징눙이 돌아오는지 여부는 아직 결정되지 않은 듯합니다. 최근에 편지가 드뭅니다. 돈은 보내져서 본인이 수령할 수 있는지 여부도 의심스럽습니다. 일단 내가 보관했다가 송금하는 방법을 제대로 알아낸 다음 처리하겠습니다.

카이밍의 2차 지불 기간은 6월인 것 같습니다. 3차는 8월이 됩니다. 그렇지만 계약서가 곁에 없어서 확인할 수 없습니다. 요컨대 분명한 건 2차 기간이 이미 지났다는 사실입니다.

충우는 최근 상하이에 한 번 왔었는데 만나지 못했습니다. 그렇지만 그가 말하는 것을 전해 들었는데 꽤 괴상하다고 합니다.

상하이는 많이 덥습니다. 실내도 90도 이상입니다. 나는 평소와 다름없으니 걱정 마십시오.

이와 같이 답신드리며 늘 평안하시기를 기원합니다.

8월 9일 밤, 수 올림

330810 두형에게[1]

두형 선생

선생의 편지로 알게 됐습니다. 『고리키논문선』[2]을 이미 사람에게 부탁하여 부쳤는데 이미 받아서 읽고 있는 것으로 알고 있습니다. 번역자는 권두에 작가 사진 한 장이 들어가기를 바라는데 출판사에서 사용할 만한 것이 있는지 모르겠습니다. 만약 없다면 사진을 빌려드리겠습니다.

외국소설을 읽지 않은 지 벌써 몇 해 되었습니다. 현재는 번역하는 것도 없습니다. 『현대』 6기에는 수필이나 번역론 한 편을 부치도록 하겠습니다.[3]

이와 같이 답신드리니 평안하시기를 기원합니다.

8월 10일 밤, 루쉰 올림

주)_____

1) 두형(杜衡, 1906~1964)은 본명은 다이커충(戴克崇)이고 필명으로 두형과 쑤원(蘇汶)을 쓴다. 작가이다. 당시 상하이의 『현대』 월간에서 편집을 맡고 있었다.
2) 『고리키논문선집』의 원고를 말한다. 샤오찬(蕭參; 취추바이瞿秋白)이 번역했다. 원래 상하이 현대서국에서 출판하기로 했지만 성사되지 않았다. 나중에 『해상술림』(海上述林)에 수록됐다.
3) 나중에 「소품문의 위기」(小品文的危機)를 부쳤다. 이는 『남강북조집』에 수록됐다.

330813 둥융수에게[1]

융수 선생

당신이 내게 보낸 편지는 그저께 받았습니다. 나는 살아 있습니다. 그렇지만 언제까지 살아 있을 수 있을지는 모르겠습니다.

「눈 온 날 아침」을 한번 읽어 봤습니다. 이것은 단편소설이라고 할 수도 없습니다. 국면이 작고 묘사도 간단하기 때문인데, 그렇지만 한 편의 수필로서는 괜찮은 편에 속합니다. 이다음에 만약 창작을 하려면 첫째 관찰해야 하며, 둘째 다른 사람의 작품을 읽도록 하십시오. 그렇지만 한 사람의 작품만을 읽지는 마십시오. 한 사람에게 얽매이는 것을 방지하려면 여러 대가를 넓게 취하여 그 장점을 받아들여야 합니다. 그렇게 해야 나중에 홀로 설 수 있습니다. 내가 취하는 것은 대부분 외국작가입니다.

그렇지만 다른 사람의 작품을 읽어도 어려운 곳이 많습니다. 경험이 달라서 마음이 통할 수 없기 때문입니다. 그래서 자주 이런 일이 일어납니다. 매우 중요하고 뛰어난 곳을 독자가 느낄 수 없다가 나중에 자신이 비슷한 일을 겪고 나서야 이해하게 되는 일 말이지요. 가령 기아를 묘사하는 것을 봅시다. 부자는 어찌 됐건 이해할 수 없는데 만약 그가 며칠 굶는다면 그 묘사가 잘 됐다는 것을 바로 알게 됩니다.

「위대한 인상」偉大的印象은 잡지 『북두』에 실린 적이 있습니다. 이 잡지는 일찌감치 금지됐고 지금은 구할 수도 없습니다. 어제 우치야마서점에 일곱(?) 권을 부쳐 달라고 부탁했으니 이 편지 앞뒤로 도착할 것이라 생각합니다. 그 가운데 『철의 흐름』은 초판입니다. 당신이 산 것은 광화서국의 재판일 겁니다. 그렇지만 내용은 같습니다. 종이가 좀 다를 뿐입니다.

고리키 전기는 꽤 잘 쓴 데다가 재미가 있어서 한 권 부칩니다. 그의 작품은 중국에서 번역된 것이 적지 않습니다. 그렇지만 믿을 만한 번역은 하나도 없다고 생각하니 사서 읽을 필요는 없습니다. 올해 말 그의 『소설선집』과 『논문선집』이 한 권씩 출판되는데 이는 원문에서 직역한 괜찮은 번역서입니다. 나오면 그때 부쳐 드리겠습니다.

이와 같이 답신드리니 늘 평안하시기를 기원합니다.

8월 13일, 루쉰 올림

이다음에 편지를 보내시려면 '상하이 베이쓰촨로 끝 우치야마서점 받아 전달'로 보내면 꽤 빨리 받을 수 있습니다. 이와 같이 추신합니다.

주)_____

1) 둥융수(董永舒)는 당시 구이린(桂林) 제3고급중학에서 교편을 잡고 있었다. 창작지도와 서적 대리구매를 부탁하는 일로 루쉰과 편지를 주고받았다.

330814 두헝에게[1]

두헝 선생

12일 편지는 어제 받았습니다. 『고리키논문선집』의 번역자는 소재지를 알 수 없어서 협의할 수 없습니다. 그렇지만 9월 중순은 불과 지금부터 한 달밖에 남지 않았으니 급하게 쓰려면 방법을 생각하여 처리할 수 있습니다. 인세 측면은 문제가 되지 않을 겁니다. 고리키 초상은 내게도 원래

한 권이 있었는데 다른 사람이 빌려가 한동안 되가져올 수 없습니다. 만약 지금 그림을 넣으려면 다섯 장을 사용할 수 있다고 생각합니다. 논문은 최근작인데 갖고 있는 것은 모두 만년의 것입니다.

1. 최근 초상 (내게 있습니다)

2. 목판화 초상 (『문학월보』나 『북두』에 있는데 기억이 분명하지는 않습니다)

3. 강연하는 고리키 (쩌우타오펀鄒韜奮이 편집한 『고리키』에 수록되어 있습니다)

4. 앨리스의 만화 (같은 책에 수록되어 있습니다)

5. 쿠크리닉시Кукрыниксы의 만화 (제게 있습니다)

만약 현대에서 사용하려면 세 장은 직접 구해야 하고 나는 편할 때 두 장을 건네 드리겠습니다. 그런데 번거로우면 권두에 한 장만 사용해도 괜찮습니다. 그렇지만 그림을 많이 넣어야 독자의 흥미를 더할 수 있습니다.

그리고 『고리키소설선집』이 한 부 있습니다. 대략 12만 자인데 사실 『논문집』의 자매편입니다. 이전에 현대에서 가져간 적이 있는지 모르겠습니다. 원래 생활서점生活書店에 원고를 넘기기로 이야기됐는데 어제 그들이 보낸 편지를 받았습니다. 그들은 역자 서문 두 편을 빼고 싶어 했습니다. 그런데 마찬가지로 당분간 번역자와 연락이 닿지 않아 회신을 할 수가 없었습니다. 그렇지만 역자 서문을 빼는 것은 안 좋다는 생각입니다. 독자는 좋은 지침을 잃어버리는 것이므로 손해가 적잖습니다. 현대에서 『논문집』과 같은 형식으로 특히 삭제와 수정을 하지 않고 출판할 수 있는지 궁금합니다. 저춘 선생과 한번 상의해 보고 알려 주시기 바랍니다. 만약 가능하다면 번역자와 논의할 수 있을 때 그에게 원고를 회수하여 현대에 전달하라고 권할 생각입니다. 이것도 인세 징수법으로 출판합니다.

만약 답신을 주시려면 XXXXXXXXXXXXXXXX[2]로 보내 주시면 비교적 빠릅니다. 저우젠런이 바빠서 나와 자주 만나지 못해서 그렇습니다. 이와 같이 답신드리니 평안하시기를 기원합니다.

8월 14일, 루쉰 드림

주)_____

1) 이 편지는 『현대작가서간』(現代作家書簡)에 실린 것이다.
2) 이는 『현대작가서간』 편집자가 생략하여 표기한 것이다.

330820① 쉬서우창에게

지푸 형

　형의 서신을 받아 잘 읽었네. 친원의 일은 마무리됐는데 또 다른 일이 생겼네.[1] 원수가 있으면 괴롭히고 나서 즐거워하는 자가 있는 것 같네. 신문기사는 간단하니 그 내부 사정을 누가 알 수 있겠나. 정말 어쩔 수가 없네. 차이 공[2]이 편찮으셔서 서로 대거리할 수는 없는데 궁샤[3]가 달리 생각한 방법이 있는지 모르겠네.

　우리집은 모두 평안하니 걱정하지 않아도 되네. 이전 우표 2장을 첨부하니 변변치 않은 선물로 삼아 주게나.

　이와 같이 연락하니 만복이 깃들기를 기원하네.

8월 20일, 동생 페이 돈수

주)_____

1) 쉬친원이 처음 체포된 사건에 대해서는 320302 편지를 참고할 수 있다. 쉬친원이 보석 출옥한 뒤 류멍잉이 보낸 쉬친원 집의 슈트케이스에서 공청단 증서가 발견된 사건을 가리킨다. 이 일로 쉬친원은 1933년 8월 '공산당조직'과 '반역자 소굴' 등의 죄명으로 기소되어 다시 투옥된다. 루쉰은 차이위안페이를 통해 구명활동을 벌였는데 1934년 7월 석방됐다.
2) 차이위안페이를 가리킨다.
3) 궁샤(公俠)는 천이(陳儀)이다. 궁샤는 그의 자이다.

330820② 두헝에게

두헝 선생

어제 18일 서신이 도착했습니다. 고리키 초상 두 종류는 편할 때 가져 가십시오. 『소설집』은 같은 번역자가 원문에서 번역한 것으로 문체가 막힘없이 읽을 만합니다. 어제 이미 생활출판사에 편지를 보내 원고를 되돌려 달라고 했는데 특별한 문제는 없으리라 생각합니다.

'문예이론총서' 제1권의 서문을 나는 쓸 수 없습니다. 첫째 나는 이 일에 대해 알고 싶지 않기 때문입니다. 둘째 플레하노프의 학문에 대해 실제로 아는 것이 너무 적어서 제멋대로 논의를 해서는 사람들의 웃음거리가 됩니다. 이 일은 쉐펑을 만날 날을 기다렸다가 대신 재촉하도록 하겠습니다. 그러나 그를 만나기란 정말 어렵습니다.

2권에서 서문을 쓸 사람이 없으면 징화의 그 글을 가져다 사용할 수밖에 없다는 데 찬성합니다. 1권이 당분간 마무리가 되지 않으면 사실 2권을 먼저 출판해도 됩니다.

『현대』에 쓸 원고는 아직 쓰지 못했습니다. 월말이나 다음 달 초에 늦지 않게 부쳐 드리겠습니다. 이와 같이 회신하니 평안하시기를 기원합니다.

8월 20일, 루쉰 올림

330827 두헝에게

두헝 선생

어제야 쉐펑을 만났습니다. 보내 주셨던 서신의 뜻을 전달했는데 그는 며칠 안에 보내겠다고 말했습니다.

생활서점에 원고를 찾으러 갔었는데 그들은 갑자기 번역자의 조건을 따를 수 있다고 하면서 되돌려주지 않았습니다. 그래서 이 원고는 가져올 수 없게 됐습니다.

같이 보낸 책 두 권은 조판 후 부근에 있는 저우젠런에게 보내 주면 됩니다. 나는 초상을 한 장씩 찍어서 책 안에 나눠 넣는 것이 가장 좋다고 생각합니다. 가장 안 좋은 것은 권두에 넣는 것입니다만 서점이 이렇게 하겠다면 하고 싶은 대로 해도 좋습니다. 다만 목판화 1장은 반드시 검은색으로 인쇄해야 합니다. 잡지는 검은색을 쓰지 않는 것으로 기억하는데 정말 우습습니다. 이번에는 절대로 바보 취급 당하지 않겠습니다.

또 사오 군의 번역문 한 편을 첨부해 드립니다. 『현대』에서 사용할 수 있는지요. 만약 사용할 수 없거나 금방 쓸 수 없다면 돌려주시기 바랍니다. 이것도 저우젠런에게 건네주면 됩니다.

나의 짧은 글을 같이 부쳐 드립니다. 사용할 수 있는지 여부는 여전히 참작하여 결정해 주시기 바랍니다. 평안하시기 바랍니다.

8월 27일, 루쉰 드림

330830 카이밍서점

담당자에게. 방금 웨이밍사의 편지와 영수증을 받았습니다. 편지는 지금 부쳐 드립니다. 영수증에는 금액과 날짜가 쓰여 있지 않으니 귀사에서 알려 주시면 감사드리겠습니다. 기입하면 기한 내에 수령하러 가도록 하겠습니다. 이와 같이 카이밍서점에서 살펴보시기 바랍니다.

8월 30일, 루쉰 올림

회신할 때는 '베이쓰촨로 끝 우치야마서점 전달 저우위차이 받음'으로 부쳐 주시기 바랍니다.

330901 차오쥐런에게

쥐런 선생

  방금 편지를 받아 상세하게 알게 됐습니다. 『사람의 처음』은 목차를 보면 초등학생에게나 어울립니다. 확대하면 점원까지 아우를 수 있을 것 같습니다. 나는 중국의 보통사람이 지식을 추구하는 욕망이 크지 않다고 생각합니다. 과학책 출간이 적은 것을 보면 알 수 있습니다. 그렇지만 나는 정말 선생이 쓰시기를 바랍니다. 독자도 아주 다양한 층이 있고 또 이런 종류의 책이 필요하기 때문입니다.

  야초서옥은 두세 명의 청년이 만든 것으로 자세한 건 모릅니다. 설립 의도는 도서판매 대리점으로 이윤은 적되 다종의 도서를 출간하는 데 있는 것 같습니다. 나는 그 가운데 한 사람과 알고 있어서 그를 위해서 원고를 보고 있습니다. 최근에는 진전된 게 없는 듯한데 군중출판사에서 발행하기를 원하는지 여부를 만날 때 물어보도록 하겠습니다. 사실 그들이 야초서옥이라고 칭한 것도 넌지시 암시하려는 것 같습니다. 사람들에게 내가 개설한 것이 아닌가 하는 의심이 들게 말입니다.

  군중에 대해서는 나도 대리하여 몇 종의 원고를 끌고 올 수 있습니다. 그 밖에도 공헌할 바가 있을 것 같습니다. 최근 눈이 안 좋아서 책도 많이 볼 수 없는데 이건 눈을 주로 사용하는 나 같은 사람에게는 정말 큰 손해입니다. 사람에게 퇴보하고 더 나아가 무용해지는 건 아질까 하는 두려움이 들게 합니다. 예전에 밤낮으로 교정보고 번역하던 일이 모두 꿈같다는 생각이 듭니다. 「자유담」에 실은 원고는 선바오관 측의 문제가 없으면 군중에서 출판할 수 있을 것 같습니다. 그렇지만 베이신과 (내가) 협의를 하여 12월 말까지 결론을 내야 하며 그때 출판할 수 있습니다.

생각한 걸 말로 다 표현할 수 없으니 나중에 만나서 이야기하도록 하겠습니다. 이와 같이 답신드리니 평안하시기를 기원합니다.

9월 1일 밤, 신 올림

330907① 차오징화에게

징눙 형

이 편지를 돈과 함께 징화 형에게 전달해 주시기 바랍니다.

징화 형

이달 3일 편지를 받았습니다. 『공포』[1] 원고도 일찍 받았습니다. 지금 양 527위안을 보내 드립니다. 계산은 다음과 같습니다.

『별목련』 인세(초판) 보충	30.00
『문학』 1기 원고료	28.00
지예 송금	255.00
충우 상환금	200.00
『문학』 3기 원고료(페이 번역문)	14.00

여기에 입금되어 있던 것을 전부 인출했습니다. 이곳에는 특별한 일이 없습니다. 차후에 다시 이야기하도록 하겠습니다. 이와 같이 알려 드리

니 잘 지내시기를 기원합니다.

9월 7일, 동생 위 돈수

주)_____

1) 『공포』(恐懼)는 소련 작가 알렉산드르 아피노게노프(A. Афиногенов, 1904~1941)가 쓴
4막으로 구성된 극본이다. 차오징화가 번역하여 『역문』(譯文) 신(新) 2권 3, 4, 5기(1936
년 11월부터 1937년 1월까지)에 실렸다.

330907② 차오징화에게

징화 형

3일 편지를 받았습니다. 지예 형의 돈과 충우가 되돌려준 200위안,
그리고 형의 소소한 원고료를 모두 합하니 527위안이었습니다. 이는 이
미 정 군[1]에게 부탁하여 징눙 형에게 건네 달라고 했습니다. 그는 일요일
(10일)에 여기에서 출발합니다. 아마 이 편지가 도착한 뒤 얼마 안 됐을 즈
음에 그도 베이핑에 도착할 것 같습니다. 희곡 번역원고도 이미 받았습니
다. 일단은 출판할 곳이 없는데 희곡은 소설보다 읽는 사람이 적어서 출판
사에서도 많이 환영하지 않기 때문입니다. 목판화도 받았습니다.

약 2주 전에 나는 책과 신문잡지 소포 두 개를 형에게 부친 적이 있습
니다. 형이 있는 곳을 몰라서 사람에게 부탁하여 대리 수령을 부탁했는데
받았는지 모르겠습니다. 만약 받으셨다면 바로 편지 한 통을 보내 주시고
근처의 다른 사람에게 나눠서 발송해 주십시오. 다시 반송된다면 정말 의

미가 없습니다. 이 책과 신문잡지들은 그곳에서는 구하기 어렵지만 여기에서는 아무것도 아니기 때문입니다.

형이 만약 흥미가 있다면 휴식을 취한 다음에 여기에 좀 다녀와서 구경을 해도 좋습니다. 내 주소는 내가 편지를 받는 서점에 문의하면 됩니다. 그가 데리고 올 것입니다. 그렇지만 그때 출발 전에 먼저 알려 주시기 바랍니다. 그러면 내가 그에게 먼저 일러 주어 그가 알아듣고 거절하지 않을 것입니다.

이와 같이 알려 드리니 평안하고 건강하시기 바랍니다.

9월 7일 밤, 동생 위 돈수

주)_____

1) 정전뒤를 가리킨다.

330907③ 차오쥐런에게

쥐런 선생

지난번 편지 한 통을 올렸는데 이미 도착했으리라 생각합니다. 오늘 야초서옥 사람인 장 군을 만났는데 군중출판사에서 서적총판하는 일을 문의했는데 그는 가능하다고 말했습니다. 그는 또 우편판매 일로 원래 자주 협의하러 간다고도 말했습니다. 그렇지만 그가 협의하는 사람이 누구인지는 모릅니다. 나는 선생이 서점의 사람에게 알려 주어 그가 갈 때 그 사람과 협의하면 좋을 것이라 생각합니다.

이와 같이 보내 드리니 평안하시기 바랍니다.

9월 7일 밤, 쉰 돈수

330908 카이밍서점

담당자에게. 웨이밍사 3기의 경비는 이달 중순에 만기가 다가온 것 같은데 귀사도 영수증을 보내왔습니다. 그렇지만 여전히 정확한 일시와 금액을 기입하지 않았습니다. 귀사에서 기입하여 기한 내 수령할 수 있도록 검토하여 알려 주시면 감사드리겠습니다.

이와 같이 카이밍서점에서 살펴봐 주시기를 바랍니다.

9월 8일, 루쉰 올림

추신. 회신하실 때는 아래와 같이 보내 주십시오.

베이쓰촨로 끝, 우치야마서점 전달 저우위차이 받음.

330910 두헝에게

두헝 선생

방금 짧은 글 한 편[1]을 읽어 보게 보내 드립니다. 『현대』에 사용할 수 있는지 모르겠습니다. 만약 사용하기 적합하지 않다면 바로 되돌려주시기를 희망합니다.

『고리키논문선집』의 번역자는 쓸 돈이 필요한데 9월 중순 기한도 이미 닥쳤습니다. 선생이 정했던 인세를 빨리 부내 달라고 독촉을 한번 해주시기 바랍니다. 내가 설명할 수 있도록 말입니다. 또 삽화의 원본도 이전에 내게서 가져간 것입니다. 동판을 만든 다음 마찬가지로 근처에 있는 저우 군[2]에게 보내 주시면 감사드리겠습니다. 이와 같이 알려 드리니 평안하시기 바랍니다.

9월 10일, 루쉰 올림

주)_____

1) 「하이네와 혁명」(海納與革命)을 가리킨다. 번역문은 『현대』 월간 4권 1기(1933년 11월)에 실렸다.
2) 루쉰의 둘째동생인 저우젠런을 말한다.

330919 쉬서우창에게

지푸 형

15일의 서신을 조금 전에 받았네. 이전 서신도 마찬가지로 일찍 받았고. 친원의 기사를 스크랩하여 보내니 읽어 보시게. 쉬의 죄는 사실 '날조된' 것으로 보이네. 어떤 의도를 갖고 기꺼이 이렇게 하는 사람이 있는 것 같네. 그래서 이렇게 손을 쓰기 힘든데 게다가 그 사람은 부잣집 자제인 것이 확실하네. 세사가 이와 같으니 어떻게 말할 만한 도리란 게 있겠나.

발이 축축한 것은 비록 잔병이지만 꽤 신경 쓰이니 주의를 기울이셔야 하네. 어제 오늘 상하이는 비바람이 많이 쳤다네. 우리집에 피해는 없고 아내와 아이도 모두 평안하니 걱정 마시게.

이와 같이 답신드리며 행복하기를 기원하네.

9월 19일, 동생 페이 돈수

닝보의 신문 단평[1]은 그중 하나만을 봤네. 글은 아프지도, 가렵지도 않고 정말 평범하네.

1) 1933년 9월 4일과 6일 난징의 『중앙일보』에 실린 루스(如是)의 「사위문제」(女壻問題)와 성셴(聖閑)의 「사위의 만연」(女壻的蔓延)을 가리킨다. 관련하여 『풍월이야기』의 「후기」를 참고할 수 있다.

330920 리례원에게

례원 선생

소설 한 편을 번역한 뒤 단평을 쓰자 손에 가시가 돋았습니다. 이렇게 만지고 저렇게 다듬는 건 정말 좋지 않다는 것을 알 수 있습니다. 지금 부쳐 드리는데 「예의」禮는 실을 수 없을지도 모릅니다. 만약 그렇다면 원본을 따로 남기지 않은 탓에 되부쳐 주시기를 희망합니다. 이와 같이 보내 드리니 평안하시기 바랍니다.

9월 20일 밤, 자간 돈수

사오 공자[1]는 소송 한 번에 바로 '감기'에 걸려 버리니 어찌 그렇게 약한 지요? 『중앙일보』에 이 사위를 돕는 이들이 있지만 모두 바보들입니다. 추신합니다.

주)_____

1) 사오 공자(邵公子)는 사오쉰메이(邵洵美, 1906~1968)를 가리킨다. 금옥서점(金屋書店)을 만들었고 잡지 『금옥월간』(金屋月刊)과 『십일담』(十日談)의 주편을 맡았다. 유미주의 문학을 제창했다. 소송이란 『십일담』과 『징바오』(晶報) 사이의 분규를 가리킨다. 『징바오』는 당시 상하이의 저급 취향의 타블로이드 신문이었다.

330921 차오쥐런에게

쥐런 선생

지난번 성찬에 대해 정말 감사드립니다. 그날 한 손님(양 선생 말고 다른 이인데 소개할 때 이름을 잘 못 들었습니다. 편하실 때 알려 주시기 바랍니다)이 『금병매사화』를 사고 싶다고 말하여 바로 베이핑의 친구에게 편지를 써 문의를 했습니다. 조금 전에 편지가 와서 발췌하여 첨부하니 전달해 주시고 구입을 원하는지 여부를 알려 주시기 바랍니다. 그러면 답신하도록 하겠습니다. 이 책은 예약할 때 36위안이었는데 지금은 많이 올랐습니다.

이와 같이 알려 드리니 평안하시기 바랍니다.

9월 21일 밤, 쉰 돈수

이전에 시 한 수[1]는 『파도소리』에 실렸는지 모르겠습니다.

주)_____

1) 「딩 군을 애도하며」(悼丁君)를 말한다. 『파도소리』(濤聲) 2권 38기(1933년 9월 30일)에 실렸고 이후에 『집외집』에 수록됐다.

330924 야오커에게

K. 선생

두 통의 편지와 량 군[1]이 그린 초상화 한 폭을 모두 받았습니다.

스 형[2]이 갑자기 크게 아프고 위독하여 편지를 쓸 수 없게 됐습니다.

상하이는 바람이 자주 많이 불고 날씨가 많이 흐립니다.

나는 예전처럼 평안하고 건강하니 멀리서 걱정 않으셔도 됩니다.

이와 같이 답신드리니 평안하시기 바랍니다.

9월 24일, L.

주)_____

1) 량 군(梁君)은 량이추(梁以俅, 1906~?)를 가리킨다. 광둥(廣東) 난하이(南海) 출신의 미술

운동가로 1933년부터 1934년에 걸쳐 베이핑의 싱윈탕(星雲堂)과 난징(南京)의 『민성보』(民聲報)에서 편집자를 지냈다. 초상화란 량이추가 루쉰을 위해 그린 목탄화 스케치를 말한다.

2) 러우스이(樓適夷, 1905~2001)이다. 작가이자 번역가로 '좌련' 성원이다. 이 구절은 그가 1933년 9월 17일 상하이에서 체포되어 난징감옥에 수감된 상황을 은유한 것이다.

330929① 뤄칭전에게

칭전 선생

목판화 네 폭을 보내 주시니 정말 감사드립니다. 「짐 내리는 노동자」는 수정하니 황량한 느낌이 확실히 줄어들었습니다. 처음보다 인쇄 상태가 더 좋습니다. 새 작품 두 폭도 모두 좋습니다. 다만 결점이 각각 있는데 「버드나무 그늘 아래」는 길이 분명하게 드러나지 않고 「황푸강 모래사장」의 굴뚝 연기는 구름과 연결되지 않아서 아쉽습니다.

나는 자주 우치야마서점에 갑니다만 시간이 일정하지 않습니다. 선생이 올 때 내게 먼저 편지 한 통을 보내어 시간을 명확하게 알려 주면 만날 수 있습니다. 그렇지만 이미 지나갔으니 방법이 없습니다. 나중에 다시 만나서 이야기할 기회가 있겠지요.

이와 같이 답신드립니다. 늘 평안하시기를 기원합니다.

9월 29일, 쉰 올림

330929② 후진쉬에게

진쉬 선생

편지 잘 받았습니다. 서로 멀리 떨어져 지낸 상황을 상세하게 몰라서 나는 특별한 의견이 있을 수 없습니다. 『훼멸』을 개작하는 것에 대해서 어떤 방법을 쓰든 나는 다 좋습니다. 다만 독자에게 도움이 되기만 한다면 말입니다. 허 군[1]이 편집한 것은 나도 아직 보지 못했습니다.

나의 의견은 모두 「후기」에 썼습니다. 그래서 서문은 따로 쓰지 않을 생각입니다. 그렇지만 이 책은 두 가지 판본이 있습니다. 다장大江서점 판본은 원래 서문과 후기가 없습니다. 내가 자비 출간한 판본에는 있습니다. 선생이 산 것이 어느 종류인지 모르겠습니다.

뒷면에 내 번역문의 부언을 덧붙였는데 이는 당연히 하지 않을 수 없는 일입니다.

이와 같이 답신합니다. 늘 평안하시기를 기원합니다.

9월 29일, 쉰 드림

연락처:

상하이, 베이쓰촨로 끝, 우치야마서점 전달, 저우위차이 받음

사실 XX[2]는 이전과 다릅니다. 큰 압박을 받은 까닭이며 다른 것이 아닙니다. 부디 오해하지 마시기를 바랍니다. 추신합니다.

주)_____

1) 허구톈(何谷天, 1907~1952)을 가리킨다. 당시 청년작가이자 '좌련' 성원이었다. 상하이

의『문예』잡지를 편집했으며『훼멸』과『철의 흐름』을 개작했다.

2) 원문의 이 두 글자는 수신자가 덧칠하여 지웠다. 이후에 수신자가 쓴『루쉰작품과 기타: 루쉰과 청년 통신』에서 "XX'는 '좌련'이다"라고 밝혔다.

330929③ 정전둬에게

시디 선생

선생의 서신을 받았습니다. 원대^{元代} 천자 조령은 백화로 썼습니다. 아마 조정의 뜻에서 나온 것이겠지만 원대의 희곡^{戲曲}이 백화를 섞어 사용한 것도 이러한 분위기와 관련 있을 것이라 생각합니다. 백화의 지위가 갑자기 높아져서 문언의 진영으로 성큼 뛰어 들어가게 됐고 결국 이러한 체제가 된 것입니다.

편지지 견본은 아직 도착하지 않았습니다. 도착하면 서둘러 선정하고 돌려드리겠습니다. 인쇄 비용은 4백 위안으로 결정했습니다. 다음 달 5일 이전에 반드시 보내 드리겠습니다. 다만 내게 책 40부를 남겨 주시기 바랍니다(여기에서 보관용과 선물용이 20부이고 우치야마서점에서 대리판매하는 것이 20부입니다). 다시 선생이 필요한 책을 제외하면 예약 구매는 많아야 50부를 모집하면 됩니다. 이 책에 관하여 ①단색 편지지는 넣어야 할지 모르겠습니다. 만약 괜찮은 작품이 있다면 조금 넣어도 괜찮다고 생각합니다. ②송원대 견본 편지지는 넣지 않아도 되는데 왜냐하면 그렇게 하면『류진보』$^{1)}$와 큰 차이가 없기 때문입니다. 대전^{大典} 편지지$^{2)}$도 필요 없습니다. ③ 용지는 선지^{宣紙}를 사용하는 것이 더 낫다고 생각합니다. 협공^{夹貢}에 미치지 못하지만 비교적 내구성이 있으면서도 부드러워서 좀 두

꺼운 책을 제본하는 데 적합합니다. ④ 한 부에 4백 장으로 하면 8권이 됩니다. 나는 10위안으로 예약하면 너무 저렴한 것 같아서 12위안으로 가격을 정했습니다. 그래야 사람들에게 덜 미안할 것 같습니다.

　　나는 짧은 서론을 좀 써야 합니다. 그렇지만 토끼꼬리처럼 짧아야 하는데 글자체가 너무 나빠서 목차까지 조판 인쇄할 수밖에 없습니다. 그렇지만 첫 쪽과 책갈피는 장서가들에게 부탁하여 한 번 알아봐야 합니다. 베이핑에는 아직 이런 방면에 밝은 사람이 많습니다. 선생이 한번 찾아보시면 좋겠습니다.

　　이후의 인쇄 과정은 나와 상의하지 않는 것이 가장 좋다는 생각입니다. 편지가 오가다 보면 시간이 들고 진행속도에 차질이 생깁니다. 나는 독재주의獨裁主義의 신도입니다. 지금 제시하는 몇 가지 개인적인 의견은 다음과 같습니다. ① 매 권마다 헝겊 싸개가 있어야 한다. ② 뒤에 한 쪽을 덧붙여서 모년 모월 1백 부 한정판. 이는 △△번째 책이다, 등을 명기한다. 그래서 이름을 충분히 높여서 30세기에 당나라 때의 판본에 필적했으면 좋겠습니다.

　　총총 답신드립니다. 평안하시기 바랍니다.

9월 29일 밤, 쉰 돈수

　　편지를 보내려면 '상하이, 베이쓰촨로 끝, 우치야마서점 전달, 저우위차이 받음'으로 보내는 것이 더 편하고 빠릅니다.

주)＿＿＿＿

1) 『류진보』(留眞譜)는 고서의 앞과 뒤 진적(眞跡)을 모사한 책이다. 이 책을 통하여 고서의 형식과 자체를 살펴볼 수 있다. 청말 양수경(楊守敬)이 엮었고 초편(初編)은 12책이다.
2) 명대 『영락대전』(永樂大典) 견본을 인쇄한 편지지이다.

331002① 야오커에게

신눙 선생

9월 28일 선생의 편지를 받았습니다. 베이징의 친경은 싱하니와 날라서 천지가 골동품이지요. 그래서 서양인이 이런 것을 연구하는 것을 뺀다면 중국 인물을 감상하는 것의 노임이 헐하고 가격이 저렴할 수밖에 없습니다. 인민은 늘 평온하고 전단지를 살포하는 것도 가능합니다만 마음속으로 각자 생각이 있습니다. 이게 그들에게 원래 모습을 회복시켜 주거나 최소한 현상을 유지시켜 줍니다.

스 형의 일을 이야기하려 하는데 그는 불행한 일을 겪어 상하이에 없게 됐습니다. 신문에 실리는 글은 그가 이전에 투고한 것입니다. 선생은 편지를 부칠 필요가 없습니다. 그의 집도 확실히 이전에 살던 곳이 아닐 겁니다.

상하이에 며칠 동안 비와 바람이 심했는데 삼일 전에야 조용해졌습니다. 우리는 다 잘 지냅니다. 대체로 사는 것이 지긋지긋하지만 가끔 기쁠 때도 있습니다. 하지만 이곳은 아무래도 열심히 일을 할 수 있는 곳이 아닙니다. 뭔가를 쓸 수가 없습니다. 떠나고 싶지만 적당한 곳이 떠오르지 않습니다.

선생은 베이핑에서 이렇게 오랫동안 살아서 남북의 상황이 다르다는 것을 알지요. 여기는 깃발을 바꾸는 곳이고 인민은 분개하지 않는 곳이며 만주인과 관계가 너무 깊고 너무 좋은 곳이기도 하다는 생각입니다.

이와 같이 답신드립니다. 늘 평안하시기 기원합니다.

10월 2일, 위 돈수

331002② 정전둬에게

시디 선생

편지지 견본을 어제 받고 밤새 보면서 가로 세로 표준을 정했습니다. '허백재[1] 모방편지지'까지 포함되어 있어서 269종을 선택할 수밖에 없었습니다. 이미 골라서 각 소포의 목록에 기록하고 편지지 견본과 같이 되돌려 보냈습니다. 참조하여 결정하시기 바랍니다. 아마 작은 지물포에서 여전히 2, 30종으로 별도로 쪼갤 수 있습니다. 선생이 근처에서 보고 참작하여 보충해 주시기 바랍니다. 3백 종을 구하면 네 권이나 여섯 권으로 나눠 제본해도 책 하나가 됩니다. 더 좋은 것이 있으면 4백 종도 가능한데 당연히 더 좋겠지만 그러기에는 아마 어려울 것입니다. 칭미거[2]에서 '매화희신보'[3] 양식 편지지 1백 종을 인쇄한 적이 있어서 부록으로 수록했으니 이것도 나쁘지 않습니다. 그러나 이 판은 이미 불태워졌습니다.

치바이스齊白石의 꽃과 과일 편지지는 칭미판과 룽바오판 두 종류가 있습니다. 그림은 같은 것으로 알고 있는데 한 장마다 모두 서명이 있었습니다. '△△제작'이라고 명기되어 있어서 꽤 신기했습니다. 자세히 살펴보면 칭미거판이 표절한 것 같아서 룽바오판을 선택했습니다.

이육여[4] 작품의 견본은 오직 한 가지 판본만 있습니다. 색이 옅고 새김도 안 좋아서 선택하지 않았습니다. 이 공은 광서 연간에 지물포에서 한평생 일한 듯합니다. 제첨題籤과 같은 종류에 자주 그의 이름이 눈에 띄지만 사실 기술은 뛰어나지 않았는데 작품은 적지 않았던 것으로 기억합니다. 선생이 몇 폭을 더 찾으면 그의 이름을 보존할 수 있으니 평생의 고생에 보답할 수 있을 겁니다. 고생해야 책에 들어갈 수 있다면 웃기기는 하지만 이 책은 역사성이 있어서 당연히 노동자가 들어가도 괜찮습니다.

책 이름은 『베이핑 편지지 계보』北平箋譜 혹은 『베이핑 편지지 그림』이 어떻습니까?

편차는 견본을 보니 대략 대분류가 세 가지 있습니다. 의고가 첫번째입니다. 고인의 작은 그림을 취하여 편지지에 맞게 시용한 깃으로 내순사戴醇士, 황영표黃癭瓢, 조위숙趙撝叔, 무명씨 나한羅漢이 두번째입니다. 특별히 사람을 청해 편지지를 위한 그림을 그린 것이 세번째입니다. 마지막은 우선 광서 연간의 이육여李毓如, 백화伯禾, 석령錫玲, 이백림李伯霖이 있고 선통말의 임금남林琴南이 있습니다. 그렇지만 크게 흥성한 것은 민국 4, 5년 이후의 스쩡師曾, 망푸茫父…… 때입니다. 배열은 이 방법대로 할 수 있으며 최근의 「임신」壬申과 「계유」癸酉 편지지가 맨 뒤에 위치합니다.

앞의 편지에서 선지夾貢宣紙를 사용할 것을 주장했는데 지금은 또다시 좀 흔들려서 선지가 협공夾貢선지보다 많이 못할 것 같습니다. 가격이 어떤지 모르겠습니다. 만약 같거나 혹은 '영구성'을 희생하는 것이 차라리 더 낫겠다 싶으면 협공을 사용하도록 하지요. 이와 같이 알려 드립니다. 평안하시기를 기원합니다.

10월 2일 밤, 쉰 돈수

주)_____

1) 허백재(虛白齋)는 청말의 서화점(字畵店) 명칭이다.
2) 칭미거(淸祕閣)는 아래의 룽바오(룽바오자이榮寶齋)와 더불어 베이징 류리창에 소재한 서화점 가게 이름이다.
3) 매화희신보(梅花喜神譜)는 매화 화보로 1백 장 그림이 실려 있다. 상하 두 권으로 이뤄졌다. 송대 송백인(宋伯仁)이 만들었는데 1928년 6월 중화서국에서 복사본을 출판했다. '희신'은 송대 속어로 화상(畵像)의 의미이다.
4) 이육여(李毓如)는 청말 광서와 선통 연간 베이징 남지점(南紙店)에서 그림편지지를 만든 작가이다.

331003 정전둬에게

시디 선생

오늘 오후 막 편지 한 통과 편지지 견본 한 꾸러미를 보냈습니다. 먼저 도착할 수 있으리라 생각합니다. 오늘 카이밍서점에서 양 400위안을 송금했습니다. 편하실 때 영수증을 가지고 지점에 들러 가져가시면 감사드리겠습니다.

선생이 구입한 편지지 중 만약 선생이 원하지 않는 것이 있으면 우치야마서점에서 구매하기를 원한다고 합니다. 아마 그에게 알아서 판매할 방법이 있는 듯하니 부쳐 주시기 바랍니다. 책을 부치는 방법대로 소포 몇 개로 나누면 되고 여기에 가격 목록을 명기하도록 하십시오. 안에 파본이 있을 수 있으니 선생이 종류마다 견본 한 매를 갖고 있어도 무방합니다. 나는 그에게 20퍼센트 할인하여 줄 수 있다고 생각합니다.

색지로 '허백재 편지지' 및 다른 것과 같이 인쇄하는 것은, 만약 목판을 사용할 수 있다면 일단은 원본 편지지와 같은 색깔로 인쇄하도록 합시다. 그러면 변화가 많아서 꽤 흥미롭겠지요. 이렇게 할 수 있는지요? 그러나 만약 손이 많이 가는 일이면 그만둘 수밖에 없습니다.

이와 같이 알려 드립니다. 평안하시기 바랍니다.

10월 3일 밤, 쉰 돈수

영수증 한 장도 첨부합니다.

331007 후진쉬에게

진쉬 선생

2일 편지는 받았습니다. 『훼멸』은 우치야마서점에 벌써 보내 날라고 부탁드렸는데 이미 도착했으리라 생각합니다. 다른 두 종도 우리가 자비 출판한 것인데 원저우溫州에서도 꼭 구할 수 있는 것은 아닌 듯하여 같이 보내 드립니다.

『경박도화』[1]는 개작본입니다. 나는 당연히 (총서에 들어가서는) 안 되는 건 아닙니다만 서문을 쓰고 원고를 읽는 일 등은 할 수 없을 것입니다. 힘과 시간이 허락하지 않기 때문입니다.

지금 ○○[2]의 여러 현상들은 중압된 분위기에서 얼마든지 있을 수 있는 것들입니다. 나는 이 30년 동안 셀 수 없는 수많은 일들을 목도했습니다. 그렇지만 한편으로 배반하는 사람이 있으면 다른 한편으로 또 새로운 신예부대가 일어납니다. 전진하는 것은 그래도 전진합니다.

문학하는 사람은 ①견결하게 견디고, ②진지하며, ③강인하기만 하면 됩니다. 어떤 사람이 변했다고 슬퍼할 필요는 없습니다.

이와 같이 답신합니다. 평안하시기를 기원합니다.

10월 7일, 쉰 올림

주)_____

1) 1933년 후진쉬(胡今虛)와 후민다(胡民大) 등이 소련문학작품 『훼멸』과 『10월』, 『어머니』, 『시멘트』, 『마흔한번째』 및 『철갑열차』 등의 책을 통속소설로 개작하여 총서로 엮을 계획을 갖고 있었다. 『경박도화』(輕薄桃花)는 『훼멸』을 개작한 책 이름이다.
2) 수신자의 주석에 따르면 "편지의 ○○는 당시의 진보문학단체를 가리킨다"고 한다. 이는 '좌련'이다.

331008 자오자비에게

자비 선생

선생의 서신과 목판화, 책 세 종류 20권을 모두 받았습니다. 고맙습니다. 이 책의 조판과 인쇄, 장정 모두 나쁘지 않다고 생각합니다. 다만 종이가 너무 거친 것이 작은 결점일 따름입니다. 그리고 양면에 인쇄한 것은 읽는 사람의 시선을 어지럽게 할 수 있지만 가격을 저렴하게 해야 하여 다른 방법이 없는 일이었습니다.

M.씨[1]의 목판화는 흑백이 분명하지만 배우기가 쉽지는 않습니다. 그러나 참고할 점이 아주 많아서 목판화를 배우는 학생에게 분명히 이점이 많을 것이라 생각합니다. 그렇지만 보통의 독자가 좋아할 것 같지는 않습니다. 나는 이천 부가 1년 이내 매진될 수 있기를 소망합니다.『예술 3대가의 말』藝術三家言처럼 되어서는 안 되겠지요. 그래야 목판화가 오랫동안 존재할 수 있습니다.

이와 같이 답신드립니다. 평안하시기를 기원합니다.

10월 8일, 루쉰 올림

주)_____

1) 벨기에의 판화가 마세렐(Frans Masereel, 1889~1972)이다.

331009 후진쉬에게

진쉬 선생

10월 6일 편지를 받았습니다. 나는 『문예』를 편집하시 않습니나. 노
문예연구사의 일은 들어 보지도 못했으니 당연히 주재한다고는 더더욱
할 수 없습니다. 앞의 편지에서 언급한 듯하지만 특별히 다시 밝히니 오해
하지 말기 바랍니다. 이와 같이 답신드리니 늘 평안하시기를 기원합니다.

10월 9일, 쉰 드림

331011 정전둬에게

시디 선생

7일 편지는 조금 전에 받았습니다. 제목은 『베이핑 편지지 계보』北平箋
譜로 합시다. 왜냐하면 '베이핑'이라는 글자가 시대와 지역을 한정하기 때
문입니다.

색지가 잘 나왔는지 여부는 종이 질과도 관계가 많습니다. 차라리 모
두 흰 종이를 쓰고 염색하지 맙시다.

목차의 기술방법은 편지에서 기획한 대로 하는 것이 좋겠습니다. 작
가는 그래도 이름을 사용하는 것이 낫겠습니다. 그의 호號는 편지지에서
볼 수 있기 때문입니다. 그렇지만 '쓰다'作 글자는 그냥 '그리다'畵 글자로
갈음하는 것이 낫겠습니다. 이는 '새기다'刻와 상대적입니다.

그림편지지의 크기가 들쭉날쭉하여 책 크기에 영향을 미쳐서 일률적으로 할 수 없었습니다. 이게 정말 어려운 문제였습니다. 두 가지 방법으로 대응할 수밖에 없었는데 ① 책은 다섯 자 종이의 3절지를 쓰면 가격이 3분의 1로 줄어듭니다. 그렇지만 크기가 다른 것을 다 포괄할 수 있고 체재도 비교적 보기 좋게 됩니다. ② 보낸 편지에서 말한 대로 별도로 한 책을 인쇄하고 제목을 『베이핑 편지지 계보 별책』으로 붙입니다. 이 책은 소책자와 닮은 듯 아닌 듯 하게 별도로 서문과 목차를 써서 만듭니다. 비용이 꽤 비싸지만 가능하면 ① 번 방법으로 하는 것이 낫다고 생각합니다. 왜냐하면 이것은 사치스러운 것을 기꺼이 하는 '새로운 골동품'이기 때문입니다.

편지지의 직선 격자는 아예 사용하지 맙시다. 테두리를 넣으면 보기 좋지 않습니다. 쪽수는 사실 원래는 사용하지 않아도 됩니다. 책갈피에 책 수를 분명하게 새기면 됩니다. 그렇지만 확실히 하기 위해서라면 사용해도 괜찮습니다. 다만 편지에서 말한 대로 2쪽의 가장자리에 인쇄하는 수밖에 없는데 어울리지 않으므로 검은색으로 인쇄해서는 안 됩니다. 그리고 쪽수마다 동일한 색을 사용하려면 쪽수마다 인쇄작업을 더 해야 합니다. 그래서 내 생각에는 편지지에 있는 색 가운데 하나를 임의로 선택하여 같이 인쇄하면 쪽마다 가능한 한 다르면서도 재미가 있을 것 같습니다. 어쨌든 이 점에 대해서 나는 특별한 의견이 없습니다. 선생이 판단하여 정하시기 바랍니다.

첫 쪽과 서문 및 목차는 목판화를 사용할 수 있으면 당연히 가장 좋습니다. 소인을 다 쓴 뒤에 바로 부쳐 드리겠습니다.

이와 같이 답신드립니다. 평안하시기를 기원합니다.

10월 11일, 쉰 드림

331018 타오캉더에게[1]

캉더 선생

알려 주신 은혜에 정말 감사드립니다. 사실 양자는 심하게 충돌하시 도 않습니다. 만약 욕하는 사람이 있다면 욕하도록 놔두거나 욕을 되돌려 주십시오.

게다가 사실 잘못한 것과 욕먹는 것은 지금 중국에서는 아무런 관련 이 없습니다. 잘못했다고 반드시 욕을 먹는 것도 아니요, 욕먹는다고 꼭 잘못한 것도 아닙니다. 효수하여 본보기로 삼는 것이 어찌 '한간'만 있겠 습니까.

답신드리니 평안하시기를 기원합니다.

10월 18일 밤, 루쉰 드림

주)＿＿＿＿

1) 타오캉더(陶亢德, 1908~1983)는 당시 반월간 『논어』의 편집을 맡았다. 이후에 『우주풍』 과 『인간세』 등을 편집했다.

331019① 정전둬에게

시디 선생

선생의 서신과 편지지, 판화전시회 목록을 모두 받았습니다.

나비장정은 아름답지만 튼튼하지 않아 몇 번 읽다 보면 뒤가 움푹 들어가 보기 싫게 됩니다. 게다가 가격도 비싸서 나는 전부 이 장정으로 만들 필요는 없다고 생각합니다. 부득이하면 다음과 같은 세 가지 방법을 생각해 봤습니다.

첫째, 큰 편지지 한 권만 나비장정으로 만든다. 하지만 편지 한 통 크기로 장정한다.

둘째, 큰 편지지 한 권만 나비장정으로 만들지만 좀 변통한다. 실로 제본하여 다른 몇 권과 일률적으로 맞춘다. 그 방법은 지도를 제본하는 것같이 접은 곳에 종이를 붙이고 다시 좁은 종이를 받쳐서 같은 두께로 제본하면 겉모습은 전부 같게 된다.

셋째, 큰 편지지는 여전히 큰 책으로 별도로 인쇄한다. 하지만 『베이핑 큰편지지 계보』라고 달리 제목을 붙여서 별도로 서문과 목차를 만든다.

오래가고 간편하려면 세번째 방법을 사용하는 것이 낫겠다는 생각입니다. 만약 가지런하려면 두번째 방법을 취해야 하겠지요. 내 생각에는 두번째 방법이 가장 낫습니다. 선생이 판단하시기 바랍니다.

편지지는 밤에 선정하여 내일 우편으로 부쳐 드리겠습니다.

이와 같이 답신드리니 평안하시기 바랍니다.

10월 19일, 쉰 돈수

331019② 정전둬에게

시디 선생

편지 한 통과 편지지 견본 소포 하나를 조금 전에 보냈습니다. 지금 한번 생각해 보면 이렇게 많이 노력을 들여도 여일할 수 없으니 아주 아쉽습니다. 그래서 나는 내가 맡은 40부는 종이를 확대하고 싶은데 가격이 두 배가 되어도 괜찮습니다. 가능하다면 선생이 나를 위해 지물포에 한번 부탁해 주시기 바랍니다. 그렇지만 책은 두 종류가 되니 좀 번거로운 일이 됩니다. 사실 나는 선생이 개인적으로 보관하는 10부도 큰 책으로 하는 것이 적당하다고 생각합니다. 이건 염가의 절반 가격이니 예약하여 판매해도 됩니다. 어떻게 생각하는지 바로 알려 주시기 바랍니다. 만약 가능하다면 즉시 돈을 부쳐 드리겠습니다. 이와 같이 보내 드리니 평안하시기를 바랍니다.

10월 19일 밤, 쉰 돈수

331021① 정전둬에게

시디 선생

17일 편지를 받았습니다. 종이 크기는 이렇게 해결되어 정말 좋습니다. 편지지는 이미 19일에 부쳐 드렸고 두 통의 편지도 같이 보냈는데 이미 도착했으리라 생각합니다.

칭미거는 늘 정계의 길만 걸었는데 관에서 많이 파견했던 것입니다. 원하지 않으면 빼도 됩니다. 『편지 계보』에 문제없습니다.

2쇄를 계속 찍을 것인지 여부는 사실 문제입니다. 이렇게 간다면 한 가지 일에 매달리게 되어 다른 일을 할 수 없기 때문입니다. 내년에 상하이에서 구^舊목판화 전시회를 열 수 있다면 정말 좋습니다. 다만 대표작(그림)을 뽑아 인쇄하여 『류진보』처럼 책으로 만들어 한편으로는 전시회장에서 판매할 수 있다면 더 좋다고 생각합니다(비록 얼마나 많이 팔 수 있을지는 모르겠지만요). 만약 계속 찍을 마음이 없다면 예고[1]에서 몇 마디를 빼야 할 것 같습니다(원고에 붉은 펜으로 표기했습니다). 이 원고에 이미 개인적인 의견을 넣어 별도로 기록하여 참고용으로 보내 드렸습니다. 참고하여 결정해 주시면 감사드립니다.

내가 소장하고 있는 외국 목판화는 40장밖에 없으며 이미 열네다섯 장은 전시회를 한 번 연 적이 있습니다. 그런데 정월에 다시 전시회를 연다고 하면 웃길 것 같습니다. 그렇지만 중국 청년의 새로운 작품을 일이십 장 모을 수 있습니다. 다만 좋은 작품은 없고 괜찮으면서도 아직 공개되지 않은 작품들입니다.

「편지지 방문수집 잡기」[2]는 매우 흥미 있는 이야기로 계보책 안에 넣어도 됩니다. 두번째 『편지지 계보』 인쇄는 만약 이어서 할 사람이 있으면 지물포에 재원을 마련하는 것도 무익하지 않습니다. 처음이 어렵지 한 번 터를 닦으면 다른 사람도 따라 할 수 있습니다.

이와 같이 답신드립니다. 평안하시기 바랍니다.

10월 21일, 쉰 돈수

지금 10월 중순인데 광고가 실리는 것은 12월 초나 중순이 됩니다. 그러면 차라리 정월 15일까지로 바꾸어서 책을 내는 것이 나은 것 같습니다. 참고하시기 바랍니다. 같은 날 추신합니다.

주)_____

1) 『베이핑 편지지 계보』(北平箋譜) 출판예고를 가리킨다.

2) 「편지지 방문수집 잡기」(訪箋雜記)는 편지지를 구하러 찾아다니는 과정을 기록했다. 정전둬가 집필했다. 이후에 『베이핑 편지 계보』에 수록됐다.

331021② 차오징화에게

야단 형

　17일에 보낸 편지를 받았습니다. 이전에 어떤 사람이 상하이에 와서 내게 (그가 아는) 정 군이 보낸 돈을 이미 받았다고 알려 줬습니다. 그렇지만 오랫동안 형의 편지가 없어서 아픈 건 아닌가 하는 의심이 들었습니다. 지금 나의 추측이 맞았다는 것을 알게 되었습니다. 게다가 탕산에서 겪은 일[1]은 정말 예상 밖의 일입니다. 다행히 지금 모두 이미 평안하다니 깊은 위로를 드립니다. 우리는 최근 모두 잘 지내고 있으며 건강도 좋습니다. 다만 내가 자주 외출을 할 수 없을 따름입니다. 아이는 이전에는 북향집에서 자라서 햇빛을 많이 쬐지 못하여 약했는데 올봄에 남향집으로 이사한 다음에는 많이 건강해졌습니다. 베드니의 시는 일찍 받았습니다. 타 형은 며칠 동안 만나지 못했습니다. 그렇지만 그의 건강은 여전히 좋다고 들었습니다.

　『우리는 어떻게 쓰는가』 이 책을 출판할 서점이 상하이에 있을 수 있습니다. 이런 책을 필요로 하는 독자들이 꽤 있기 때문입니다. 그래도 이런 서점은 구하기 어렵고 많아야 한두 곳에 지나지 않으며 출판할 때 인세도 약간밖에 받을 수 없습니다. 대다수 서점은 '이익'을 얻으려 하는데 그것도 한없는 '이익'을 원하여 원고를 가져가 한 푼도 안 줍니다. 비교적 괜찮은 곳은 원고 분량에 상관없이(당연히 10만 자 이상입니다) 인세를 50위안 혹은 1백 위안을 선지불하고 그 다음에는 자기들이 인쇄하고 판매하며 작가를 아예 거들떠 보지도 않습니다.

형은 언제 올 건지 아직 모르지요? 내 생각에는 처음 도착했을 때 우리 집에 와서 잠시 쉬었다가 살 수 있을지 다시 살펴보면 좋겠습니다. 이곳도 상황이 자주 바뀌어 나는 책도 집에 둘 수 없습니다. 가장 좋은 것은 떠나기 며칠 전에 내게 편지를 쓰는 것입니다. 그러면 나는 서점에 알리도록 하겠습니다. 형이 도착할 때 서점에 성씨를 알려 주기만 하면 그들이 바로 형을 데려올 수 있습니다. 집세는 상하이가 아주 비쌉니다. 침대 하나 탁자 하나 의자 하나 들어갈 수 있는 곳도 매달 10여 위안이 듭니다.

나는 지금 『해방된 돈키호테』를 교정 인쇄하고 있습니다. 타 형이 번역한 것입니다. 나는 쓰는 책도 없는데 일은 번잡하며 마음도 거칠어 차분해지지 않습니다. 문학사는 여기에 참고할 만한 책이 없어서 아직 손을 대지 못했습니다. 베이핑으로 돌아가서 일이 년 공을 들이고 싶은 마음이 아주 많지만 아마 할 수 없을 것 같습니다. 목판화들은 상하이에서 한 권을 편집 인쇄하여 중국에 소개하고 싶습니다.

이와 같이 답신드립니다. 늘 평안하시기를 기원합니다.

10월 21일 밤, 동생 위 돈수

영부인에게도 이와 같이 안부 여쭙니다.

주)_____

1) 수신자의 주석에 따르면 당시 그의 가족은 베이핑의 샤오탕산(小湯山) 요양원에 피해 지냈는데 일본 비행기의 폭격을 당했다고 한다.

331021③ 왕시즈에게[1]

시즈 선생

9월 16일자 선생의 서신을 받았습니다. 오늘은 10월 21일로 이미 한 달 넘게 지났습니다. 우리는 정말 멀리 삽니다. 동요童謠는 대신하여 잡지에 투고하도록 하겠습니다. 다른 책이 도착하면 베이신이나 다른 서국에 한번 문의해 보러 가 보겠습니다.

「자유담」은 내가 편집하지 않습니다. 투고는 합니다. 물론 허자간何家幹이라는 이름을 사용합니다만 지금은 이 이름도 압박을 받아 갖가지 가명을 따로 쓰고 있습니다. 6월까지 쓴 단평은 이미 책 한 권으로 모았습니다.[2] 며칠 안에 부쳐 드리도록 하겠습니다.

이와 같이 답신드립니다. 학업에 평안하기를 기원합니다.

10월 21일 밤, 루쉰 올림

주)_____

1) 왕시즈(王熙之, 1904~1960)는 당시 린타오(臨洮) 사범학교 교원이었다.
2) 『거짓자유서』를 가리킨다.

331021④ 야오커에게

Y. K. 선생

10월 6일의 편지는 일찍 받았습니다. 그렇지만 내게 답신해 달라는 편지의 문제가 있었는데 아직까지 도착하지 않았습니다.

S군[1]이 본 상황도 분명히 그와 같았으리라고 생각합니다. 몇 년 안 되어 전쟁이 없으면 이 땅의 사람은 아마 우리를 능가하겠지요. 우리가 있는 이곳도 정말 대단히 부패했습니다. 변함없이 피를 사고 팝니다. 지금은 사람도 자주 사라지고 있습니다.

『남행』[2]은 내가 쓴 것이 아닙니다. 서명한 사람이 진짜 이름일 겁니다. 이 사람 작품은 이후에 눈에 띄지 않는데 협박을 받았다고 들었습니다.

우리는 잘 있습니다. 그렇지만 나는 이전보다 더 자주 외출을 하지 못합니다.

이와 같이 답신드립니다. 늘 평안하시기를 기원합니다.

10월 21일 밤, L. 올림

주)_____

1) 스노(Edgar Snow, 1905~1972)이다. 미국 기자이자 작가. 1928년 중국으로 건너와 상하이의 『밀러드 평론』(*Millard's Review*) 편집보조를 지냈고 1933~35년 사이에는 옌징대학(燕京大學) 신문학과에서 강사를 겸직했다. 1936년 6월 스노는 산시성, 간쑤성 등을 방문하여 대량의 기사를 썼으며 '해방구'를 취재한 최초의 서방기자가 되었다. 항일전쟁이 발발하자 『데일리해럴드』(*Daily Harold*)지 등의 주중 종군기자를 지냈다. 대표저서로 루쉰 등 15명의 좌련 작가의 작품을 수록한 중국현대단편소설 영역 서적인 『살아 있는 중국』(*Living China*)과 『중국의 붉은 별』(*Red Star Over China*) 등이 있다.
2) 『남행』(南行)은 쉬마오융(徐懋庸)이 쓴 산문집이다. 1933년 10월 3일 『선바오』의 「자유담」에 실렸다.

331023 타오캉더에게

캉더 선생

선생의 서신을 받았습니다. 나는 『논어』의 태도를 전부 찬성하시 않는 것이 아니라 다만 그 가운데 한두 작가의 작품이 무의미하다고 생각하고 있을 뿐입니다. 그런데 자기가 마음대로 칠한 물건도 아무래도 재미있다는 생각이 들지 않습니다. 그래서 지금 공을 좀 들이고 싶고 엉망으로 쓰고 싶지 않습니다. 「자유담」의 투고는 일찌감치 "글이 샘 솟듯 떠올라서" 쓴 것이 아니며 오히려 공격자에게 화를 돋게 만들었습니다. 지금 『논어』와의 관계는 그렇지 깊지 않습니다. 가장 좋은 것은 다시 말려들어 가지 않는 것입니다. 왜냐하면 사실 나는 유머러스할 수가 없고 걸핏하면 남에게 죄를 짓고 말썽을 피워서 피차 불편하게 하기 때문입니다.

이와 같이 답신을 드립니다. 평안하시기를 기원합니다.

10월 23일 밤, 루쉰 드림

331026 뤄칭전에게

칭전 선생

보내 주신 서신과 목판화 「프랑스공원」을 받았습니다. 고맙습니다. 이 그림도 좋습니다. 그렇지만 노동자의 다리가 그다지 현실적이지 않은 것 같습니다. 인체 표현이 아직 익숙하지 않은 까닭입니다.

「황푸탄 풍경」도 일찌감치 받았습니다. 광둥의 산수와 풍속, 동식물을 아는 사람은 결코 많지 않습니다. 소재를 취하려면 지역 색깔을 더 많이 표현하는 것이 흥미롭습니다. 선생이 몇 점을 그려 보는 것도 괜찮겠습니다.

사진은 따로 부쳤습니다. 이 사진은 올해 찍은 것인데 많이 어색하여 좋지는 않습니다. 일전에 『어느 한 사람의 수난』 두 권을 부쳤는데 이미 받으셨겠지요.

이와 같이 답신드립니다. 평안하시기 바랍니다.

10월 26일, 쉰 드림

추신. 목판화를 찍은 것은 아무래도 중국 종이가 제일 좋습니다. 너무 미끄럽지 않아서입니다.

331027① 타오캉더에게

캉더 선생

선생의 서신이 도착했습니다. 먼저 쓴 편지의 이른바 "말썽을 피운다"를 선생은 오해했습니다. 이는 잡지가 나 때문에 문제가 생길까 봐 걱정하여 한 말입니다. 사실 지금 이뤄지는 갖가지 공격이 어찌 논점이 맞지 않아서 행해지는 것이겠습니까. 오히려 대부분은 개인적인 것에서 비롯됩니다. 그래서 나는 「자유담」에 우리가 투고하지 않으면 어쩌면 리례원 선생이 이렇게까지 모함을 당하지도 않을 것이라고 생각합니다.

『소설로 본 지나민족성』[1]은 여전히 베이징에 있을 때 구매한 것인데 읽고 집에 던져 놓고 찾아본 적이 없습니다. 그래서 출판 지역에 대해서도 답변을 할 수 없게 됐습니다. 아마 일본에 간다고 반드시 구할 수 있을 것 같진 않습니다. 이런 작은 책자는 항상 많이 출판되는 것이고 대부분 금방 냈다가 사라지는 종류로 오래 출판하시 않습니다. 어기에 정확한 내용이 몇 개 있기도 하지만 견강부회가 많아서 읽다 보면 실소가 나올 때도 있습니다. 고토 아사타로는 '지나통'支那通이라는 이름을 얻었지만 사실은 수준이 깊지 않습니다. 현재 일본에서도 독자를 잃은 듯합니다.[2] 요컨대 일본은 새로운 '지나통'이 생기고 있는 중입니다만 아직 진짜 '통'은 없습니다. 중국의 약점을 공격하는 것은 지금까지 대개 스미스의 『중국인 기질』을 저본으로 삼고 있습니다.[3] 이 책은 40년 전에 그들에게 번역본이 있었으며 이는 일본인이 쓴 것보다 더 좋습니다. 그래서 여전히 중국인에게 번역하여 볼만한 가치가 있는 듯합니다(물론 착오도 많습니다만). 그렇지만 영어본이 아직 유통되고 있는지는 모르겠습니다.

　이와 같이 답신드립니다. 평안하시기 바랍니다.

10월 27일, 쉰 올림

주)＿＿＿＿

1) 『소설로 본 지나민족성』(從小說看來的支那民族性)은 일본 야스오카 히데오(安岡秀夫)가 1926년 4월 도쿄 슈호가쿠(聚芳閣)에서 출판한 저서이다.
2) 고토 아사타로(後藤朝太郎, 1881~1945)는 일본의 언어학자로 니혼대학 교수, 도쿄제국대학 강사를 지냈다. 쇼와 초기에 '지나통'의 제1인자로 불렸다. 저서로 『지나종담수사자』(支那縱談睡獅子) 등이 있다.
3) 스미스(A. H. Smith, 1845~1932)는 미국의 선교사로 1872년 중국에 와서 50여 년 동안 거주했다. 그가 쓴 『중국인의 성격』(Chinese Characteristic)은 1894년 미국 뉴욕의 레벨(Revell) 출판사에서 출간됐다. 일본은 다모쓰 시부에(澁江保)가 번역한 책(『지나인 기질』支那人氣質)이 1896년 도쿄 하쿠분칸(博文館)에서 출판됐다.

331027② 정전둬에게

시디 선생

10월 22일 서신을 받았습니다. 광고 두 종류는 어제 받았습니다. 봉투는 이미 뜯겨져 있어 검열을 거친 듯했는데 다행히 통과됐습니다. 곧장 전부 다 우치야마에게 건네줘서 그에게 나눠서 보내 달라고 부탁했습니다. 나는 이곳에서 교제 범위가 넓지 않기 때문입니다. 아마 『편지지 계보』를 다 판매하는 것은 문제가 없겠지만 『청극』[1]은 좀 늦을 것 같습니다.

상하이의 편지지를 수십 종 직접 수집한 적이 있습니다. 그렇지만 모두 베이핑에 미치지 못했습니다. 항저우와 광저우도 친구에게 부탁하여 한번 찾아가 본 적이 있습니다. 마찬가지로 베이핑보다 못하고 상하이보다 더 열악했습니다. 상당수가 상하이 편지지여서 정말 웃겼습니다. 그렇지만 이도 수집가가 전문가가 아니어서 생긴 일인지도 모릅니다. 요컨대 상하이를 제외하고 이들을 가지런히 모아 책으로 낼 수 있기를 바라는 것은 정말 어려운 일입니다. 베이핑에서 개인이 사용했던 편지지에는 좋은 제품이 있습니다. 이것도 모아서 책으로 낼 수 있기를 희망합니다.

『문학계간』에 풍문이 돕니다. 이 즈음에 생긴 소문인데 문학사文學社와 의견이 맞지 않아 별도로 잡지를 창간한다 운운하는 것이 그것입니다. 상하이에서 '문인'의 타락과 무뢰함은 다른 곳과 비교할 수 없을 정도입니다. 소문을 날조하기를 좋아하는 자가 이곳에서는 마찬가지로 '문인'이라고 불리고 있습니다. 더 나아가 '문인 탐정'이라고 자기가 서명하기도 합니다. 부끄러운 줄을 모르니 정말 괴상합니다. 『계간』에 구문학에 관한 논문이 많은데 이것은 매우 좋습니다. 이런 논문은 상하이에서는 있을 수 없습니다. 왜냐하면 이곳은 독서의 땅이 아니기 때문입니다. 나는 이곳에서 5년을 살았는데 역시 마음이 거칠고 경박해진다는 것을 스스로 느낍니다. 구제할 약이 없는 것 같습니다. 그렇지만 제1기에 투고해 보도록 노력해 보겠습니다. 젠런에게 보낸 편지는 나중에 건네주겠습니다.

상하이에 중국의 구복판화 전시회를 여는 것은 아주 유익합니다. 나만 음력 1월이어서 날씨가 너무 추운 것이 아쉬울 따름입니다. 지난 편지에서 내가 소유한 목판화는 이미 전시한 적이 있어서 다시 전시하는 것은 적당하지 않다고 말했습니다. 지금 다시 생각해 보면 외국에서 목판화를 삽화로 쓴 근대 서적과 같이 진열하는 데 이용하면 참고로 제공할 수 있을 듯합니다. 이런 서적을 나는 대략 15종 갖고 있습니다. 만약 일이십 종을 더 구할 수 있다면 이것도 가능하겠지요.

이와 같이 답신드립니다. 평안하시기 바랍니다.

10월 27일 밤, 쉰 돈수

주)_____

1) 『청극』(淸劇)은 『청나라 사람 잡극』(淸人雜劇)이다. 정전둬가 엮은 책으로 모두 2집이다. 1집마다 잡극 40종을 수록했다. 1931년과 1934년에 영인출판했다.

331027③ 후진쉬에게

진쉬 선생

18일 편지를 받았습니다.

『10월』은 이미 원고를 신주국광사에 판매하여 개인이 뭐라고 말할 수 없습니다. 그렇지만 개정한 것이기에 그들도 저작권을 침해했다고 말할 수는 없겠지요.

『마흔한번째』는 찾을 수 있을지 모르겠습니다. 최근 책을 많이 보지 못해 다른 책도 당분간 소개할 수 없습니다. 그 밖에 내가 알지 못하는 것도 답을 하지 않았습니다.

이와 같이 답신드립니다. 늘 평안하시기를 기원합니다.

10월 27일, 쉰 드림

331028 후진쉬에게

진쉬 선생

23일 편지를 받았습니다. 지난번에 보낸 책[1]은 모두 수중에 있고 또 자주 친구에게 선물하는 책입니다. 그러니 이 때문에 신경 쓰실 필요는 없습니다. 총서는 이름이 있어야 하고 또 개작본은 책 제목을 바꾸어야 합니다. 선생이 생각하기에 좋은 것이면 다 가능합니다. 실제로 금기를 피하기만 하면 됩니다.

근년에 압박이 더 심해졌지만 다행히 질식할 정도까지는 아닙니다. 선생이 추측한 것은 너무 지나칩니다. 지도를 할 생각은 엄두도 못 내고 고함을 질러서 기를 북돋워 주며 일을 사양한 적이 없습니다. 이후에도 여전히 이와 같습니다. 할 수 있는 일은 뭐든 해나갑니다. 다만 정력의 한계로 인하여 뜻대로 할 수 없을 뿐입니다. 이 때문에 원망을 사는 일도 당연히 피할 수 없습니다.

이와 같이 답신드립니다. 늘 평안하시기를 기원합니다.

10월 28일, 쉰 드림

주)_____

1) 『훼멸』 등 소련소설의 중역본을 가리킨다. 관련하여 331007 편지를 참고하시오.

331031 차오징화에게

야단 형

10월 28일 편지를 받았습니다. 당신의 큰딸 병은 낫기가 쉽지 않아 보입니다. 그래도 힘닿는 데까지 한번 치료해 볼 수밖에 없습니다.

나도 형이 베이핑에 있으면서 가르치는 일을 하는 것이 좋다고 생각합니다. 학생 강의에 대해서는 당신 친구의 말이 맞습니다. 그들은 오랫동안 베이징에 거주하여 상황을 어느 정도 잘 알고 있고 경험이 있습니다. 청년들의 생각은 단순합니다. 환경이 얼마나 두려운지 모릅니다. 그저 잠시 강의내용이 속 시원하고 말이 거침없을 것만 바라는데 실제로는 얻는 것보다 잃는 것이 훨씬 더 많습니다. 이런 상황을 나는 몇 번 겪었습니다. 일이 일어나기 전에 그들은 이 사실을 믿지 않고 일이 일어난 뒤에는 늦습니다. 게다가 매우 과격한 청년은 압박을 받자마자 바로 돌변하여 밀정이 되는 이도 있습니다. 나는 여기에서 몇 명을 아는데 그들을 만날까 봐 두려운 경우가 종종 있습니다. 형은 열정에 휘둘리지 않는 편이 더 낫겠습니다.

『안드룬』은 내게 있습니다. 며칠 내 서너 권을 부쳐 드리겠습니다. 형이 상황을 직접 알아보고 사람을 보내도 됩니다. 『마흔한번째』의 후기가 『맹아』에 실린 적이 있는데 나는 원래 갖고 있었지만 이사를 다니다 보니 사라졌습니다. 『철의 흐름』 서문은 일찍 받았지만 당분간 발표할 수 있는 데가 없습니다.

며칠 내 또 좌경서적이 금지될 것이며 항저우의 카이밍 지점도 폐쇄됐습니다. 상하이의 서점은 꼬맹이처럼 놀라며 두서없이 책을 숨기고 있습니다. 이는 일종의 새로운 정책입니다. 나는 경제적인 압박을 받을지도 모르겠습니다. 그렇지만 나는 준비를 하고 있습니다. 반년은 어떻게 유지할 수 있으며 그 이후는 다시 상황을 봐야겠습니다. 지금 『해방된 돈키호테』를 출자하여 인쇄하고 있습니다. 이렇게 가면 분명히 얼마 안 가 밑지게 될 것입니다.

목판화는 바로 부쳐 주시기 바랍니다. 동생도 다른 이보다 먼저 보면 기쁘기 때문입니다. 백지 몇 장을 사 잘라서 목판화를 그 사이에 끼워 넣고 신문지와 표지의 딱딱한 종이를 같이 단단하게 말아서(딱딱한 종이는 『안드룬』을 부칠 때 동봉하여 부쳐 드리겠습니다. 『먼 곳에서 온 편지』 한 권도 형에게 증정하겠습니다) 등기로 부쳐 주십시오. 서점으로 부쳐 동생이 전달받을 수 있으면 됩니다. 작가에 관한 자료는 여유 있을 때 번역하여 알려 주시기 바랍니다. 어찌 됐건 목판화는 반드시 영인되어야 합니다. 중국과 일본에 모두 이런 목판화가 드물기 때문입니다.

이와 같이 답신드립니다.

늘 평안하시기를 기원합니다.

10월 31일 밤, 동생 위 돈수

영부인에게도 안부 여쭙니다.

331102 타오캉더에게

캉더 선생

선생의 편지를 받고 『칭광』에 실린 글을 봤습니다.[1] 읽어도 이해할 수 없었습니다. 작가는 혹시 유머러스하거나 풍자를 한다고 스스로 생각하는 건지요. 일본은 근래 구리야가와 하쿠손厨川白村과 같은 이가 눈에 띄지 않습니다. 최근 출판물을 보면 니시와키 준자부로[2]의 『유럽문학』이 있지만 뭔가 심오합니다. 하세가와 뇨제칸[3]의 전집은 지금 나오고 있는데 이 사람은 매우 깊이 있게 관찰하지만 글이 많이 난해합니다. 최근까지 작품이 한 차례 금지되었을 뿐이지만 일반적으로 이해하기 쉽지 않은 데다가 번역하기도 어렵다는 폐단이 있습니다. 수필과 같은 장르는 자주 출판되지만 대체로 가볍고 재미가 없습니다. 그래서 있어도 좋고 없어도 좋습니다. 요컨대 사회와 문예의 좋은 비평가가 눈에 띄지 않습니다. 이와 같이 답신을 드립니다. 평안하시기 바랍니다.

11월 2일, 쉰 드림

주)_____

1) 1933년 10월 27일 『시사신보』의 『칭광』(靑光)에 실린, 후싱즈(胡行之)가 번역한 하세가 와 덴케이(長谷川天溪, 1876~1940)의 「다수와 소수, 평론가」(多數少數與評論家)를 가리 킨다.
2) 니시와키 준자부로(西脅順三郎)는 일본 시인이자 영국문학 연구자이다. 일본 와세다대 학 영문과 교수를 지냈다.
3) 하세가와 뇨제칸(長谷川如是閑, 1875~1969)은 일본 평론가이다. 저서로 『일본인의 성 격』(日本人の知性), 『현대국가비판』(現代国家批判) 등이 있다.

331103 정전둬에게

시디 선생

10월 31일 편지 한 통과 편지지 견본을 모두 받았습니다. 이번은 대 부분 마음에 듭니다. 내일 따로 봉하여 등기로 다시 보내겠습니다. 12월에 책이 나오면 정말 좋겠습니다. 그렇지만 먼저 보는 즐거움이 있으니 내게 보낼 한 부는 운송국에서 바로 보내 주시는 것이 어떤지요. 만약 가능하면 우치야마에게 소개를 부탁하겠습니다. 편지 한 통을 써서 그때 책과 같이 건네주면 됩니다.

광고는 아직 인쇄에 넘기기 않았다고 생각하여 의견을 덧붙이고 다 시 한번 만들었습니다. 그런데 이미 인쇄를 마쳤다면 폐기하고 다시 인쇄 할 필요는 없습니다. 그렇지만 벌써 다시 인쇄했다면 더 말할 것도 없겠 지요.

이번 『편지지 계보』가 만들어진 뒤 유통할 수 있다면 그것도 정말 좋 습니다. 그렇지만 이것도 폐단이 있습니다. 제판이 모두 지물포에 있어서 그들 마음대로 계속 인쇄할 수 있습니다. 설렁설렁 일하거나 재료를 줄여도 제재를 가할 수 없습니다. 그래서 처음으로 우리가 감수하고 제작한 것에 식별부호를 덧붙였습니다. 서발문 등등에 이름을 새기거나 먹으로 쓰거나 뒤에 종이 한 장을 붙여서 우리가 서녕하여 기록(양식은 별도로 붙일 계획입니다)해야 합니다. 그러면 이다음에 책임을 지지 않아도 됩니다. 이는 '새로운 골동품'을 만들 의도가 아닙니다. 실제로 복각본 『개자원』[1]을 보고 창시한 왕씨 형제를 미워했던 일을 감안하여 스스로 그 전철을 밟지 않고자 하는 것입니다.

서문은 이미 부쳤습니다. 이 편지보다 먼저 도착했을 것으로 생각합니다. 서표書標는 젠스에게 써 달라고 부탁했는데 정말 좋습니다. 그리고 1쪽('이끄는 머리말'이라고 해야 합니까?)에도 써 달라고 부탁할 사람을 찾아야 하는데 선생이 참고하여 정해 주십시오. 나는 다만 첸쉬안퉁만 반대합니다. 그의 논의는 박식하고 고상하지만 지나치게 통속적이고 남의 비위를 맞추어서입니다.

글에 대한 새로운 억압이 곧 시작될 겁니다. 항저우에서 열 명의 작가가 금지됐다 하는데 빙신氷心까지 포함됐다고 하니 아주 괴상망측합니다. 그렇지만 이것도 소문이어서 단정하기는 어렵습니다. 마오 형도 압박이 있을 뿐만 아니라 『구니키다 돗포 소설집』[2]까지 반동서적으로 지목됐는데 생각에 괴상하지 않습니까? 카이밍이 폐쇄된 것은 영업실적이 꽤 좋았던 까닭인 듯합니다. 이번에 베이신은 무사합니다. 그저께 판궁잔潘公展과 주잉펑朱應鵬 무리가 서점 사장을 소집하여 훈화를 했습니다. 내용은 상세하게 알려지지 않았지만 아마 또다시 좌경서적을 금지하고 민족문학을 선전하라는 류였겠지요. 그들은 민족문학의 원고를 쓰지 않으면 이러한 지침 아래에서는 서점을 여는 것이 아주 어려워질 것이라고 했다고 합니다. 그렇지만 이런 상황 역시 지속될 수 없을 것이라 생각됩니다.

　나는 소련의 원판 목판화가 있는데 동양에는 드물어서 콜로타이프로 중국에 소개하려 합니다. 그런데 이곳의 인쇄비는 비싸서 한 판에 3위안이 듭니다. 선생이 베이핑에는 1위안이면 된다고 했던 말이 기억납니다. 만약 그렇다면 40판이면 80위안을 절약할 수 있습니다. 바쁘시겠지만 대신 인쇄에 부쳐서 베이핑에서 제본하여 바로 책으로 만들 수 있을런지요? 만약 가능하다면 다른 날 전체 원고를 책 모양으로 초벌 제본해 주시길 삼가 부탁드립니다.

　『문학계간』의 일에 대해서는 지난 서신에서 말했으니 여기에서 굳이 덧붙이지 않습니다.

　이와 같이 답신드립니다. 평안하시기 바랍니다.

11월 3일 밤, 쉰 드림

주)_____

1) 『개자원』(芥子園)은 곧 『개자원화전』(芥子園畵傳)이다. 중국화의 기법 도보(圖譜)이다. 청초의 왕개(王槩)가 편집했고 나중에 왕기(王耆), 왕얼(王臬)과 같이 엮었다. 모두 3집이다.
2) 『구니키다 돗포 소설집』(國木田獨步集)은 단편소설집으로 일본 구니키다 돗포(國木田獨步, 1871~1908)가 쓴 단편소설집이다. 소설 다섯 편이 수록됐다. 샤몐쭌(夏丏尊)이 번역하여 1927년 6월 카이밍서점에서 출판했다.

331105 야오커에게

Y. K. 선생

10월 30일 편지를 어제 받았습니다. 문의와 평전에 관한 의견은 다른 편지에서 기록했는데 덧붙여 드리니 살펴보시기 바랍니다.

평전 번역문은 실을 곳이 없을 것 같습니다. 그 책에 관한 평론은 또다시 이와 같이 반복됩니다. 그러나 겨를이 되면 번역하여 우리에게 한번 보여 주는 것은 대환영합니다. 며칠 전 이곳의 관(官)과 출판가 및 서점 편집은 연회를 열었습니다. 먼저 관에서 반동서적을 내서는 안 된다고 훈시했고 다음에 스저춘이 신문검열 사례를 모방하여 먼저 잡지원고를 검열해야 한다고 떠들었습니다. 그 다음에 자오징선이 일본 사례를 모방하여 삭제·수정하거나 ××로 대체할 수 있다고 보충했습니다. 그들도 좌경잡지를 금지하면 서점은 문을 닫을 수밖에 없다는 것을 알고 있습니다. 그래서 좌익작가 물건은 여전히 내야 하지만 그 골격을 발라내서 어부지리를 취하고자 하는 것입니다. 일부 관료는 원래 서점의 주주입니다. 그래서 이 덫을 설치해서 이 방법은 실행될 것으로 보입니다. 그럼 이후의 출판물 상황은 미뤄 짐작할 수 있습니다. 대략 스와 자오 제군과 그 외 이른바 제3종인[1]이 연합하여 일종의 출판물검열 반대선언을 발표합니다. 이는 독자를 기만하는 것으로 자신들이 대책을 일러바쳤다는 비밀을 은폐하는 것입니다.

나와 스저춘의 필묵 소송[2]은 정말 무료합니다. 이런 변론은 5·4운동 시기에 진작 했던 것입니다. 그런데 지금 또다시 이 술수를 쓰고 있으니 퇴보가 아니면 무엇이란 말입니까. 나는 스 군이 반드시 정말 『문선』[3]을 고려하고 있는 것은 아니라고 봅니다. 다만 이것으로 권력자의 환심을 사는 것일 뿐입니다. 만약 정말 고려했다면 청년에게 거기에서 새로운 글자를 찾으러 가라고 권할 리가 없습니다. 이 군은 상인 출신인데 우연히 고서를 보고 기이한 보석으로 여긴 겁니다. 마치 벼락부자가 굳이 사대부 행세를 하려고 하는 것처럼 말입니다. 그의 글을 한번 보십시오. 『장자』와 『문선』의 분위기가 어디 조금이라도 있습니까?

번역명은 통일되어야 하는데 이것이 오히려 급한 일입니다. 그리고 새로운 일상집기 명사라 하더라도 구어에서 취해야 합니다. 예를 들어 전등을 설치하는 것을 쓰려면 신문학가는 허다한 명사 ── 코드, 콘센트, 스위치 ──의 글자를 쓸 줄 모릅니다. 한번은 내가 이발하러 갔는데 몇 가지 기구의 이름을 모른다는 것을 깨달았습니다. 그런데 스 군은 궁전과 같은 것을 묘사하려면 『문선』이면 된다고 말하여 갑자기 한나라와 진나라 궁전 묘사에서 착상하려 합니다. 정말 '몸은 강호에 있는데 마음은 궁궐에 있노라'가 됩니다.

사실 고서에서 살아 있는 글자活字를 찾는다는 것은 사람을 속이는 이야기입니다. 가령 우리가 『문선』을 읽는 것으로 어떻게 그 글자가 죽고 사는 것을 정할 수 있습니까. 이른바 '살아 있다'는 것은 한번 보면 알 수 있는 글자에 불과합니다. 그렇지만 어떻게 한번 보면 이해할 수 있단 말입니까. 이는 반드시 이미 다른 곳에서 본 적이 있거나 들어본 적이 있는 것입니다. 기왕에 이미 듣거나 본 적이 있는데 이것으로 이런 글자가 다른 곳에 이미 존재한다는 것을 알 수 있습니다. 그렇다면 어떻게 반드시 『문선』이어야 합니까.

우리는 평소와 다름없습니다. 「자유담」에 여전히 투고하고 있지만 자주 필명을 바꿔야 출판할 수 있고 그래서 또다시 책 한 권이 생기게 됩니다. 그렇지만 출판할 곳이 없을까 봐 걱정하여 삭제하거나 수정해야 한